# DER STOLZ DES HERZENS

LIEBE AM EXILHOF BUCH 4

JULIA STIRLING

JULIA STIRLING

# WERDE MITGLIED IN JULIAS ROMANCE CLUB

Die Mitglieder von Julias Romance Club bekommen kostenlose Bücher, exklusive Infos, was hinter den Kulissen passiert und andere schöne Sachen, die mit Julias Büchern zu tun haben.

Als Mitglied erfährst Du immer als Erste, wenn es neue Bücher oder andere Veröffentlichungen von Julia gibt.

Am Ende des Buches erfährst Du, wie Du Mitglied in Julias Romance Club werden kannst.

# KAPITEL EINS

Irgendjemand schubste sie nach vorn. Katherine stolperte in den Kreis, den die Adeligen im Ballsaal von Schloss Saint-Germain-en-Laye gebildet hatten. Sofort fühlte sie alle Augen auf sich gerichtet und ihre Haut begann, unangenehm zu jucken.

Allzu gern wäre sie wieder einen Schritt zurückgetreten, um in der Reihe zu verschwinden, unsichtbar zu werden, doch das war nicht möglich, denn die Frau, die wartend in der Mitte des Raumes stand, hatte sie bereits erblickt. Ihr Gesicht hellte sich auf und sie trat auf Katherine zu, einen roten Seidenschal in der Hand. »Wir haben eine Freiwillige.«

Katherines Atem ging schneller und das unangenehme Prickeln ihrer Haut verstärkte sich. Gehetzt schaute sie sich um, doch es gab keinen Ausweg. Die anderen bildeten eine undurchdringliche Mauer. Katherine sah nicht einmal ein vertrautes Gesicht, sie war ganz auf sich allein gestellt.

Jetzt hatte Lady Walton sie erreicht und lächelte sie an. »Darf ich Euren Namen erfahren, bevor ich Euch die Augen verbinde?«

Katherine drückte den Rücken durch und versuchte, sich ihre Nervosität nicht anmerken zu lassen. Für einen kurzen

Moment überlegte sie, Lady Walton darauf hinzuweisen, dass sie ihren Namen eigentlich kennen musste, da sie sich in den vergangenen Monaten bereits zweimal mit ihr unterhalten hatte. Doch sie wusste auch um ihre Eitelkeit und dass ihr eine solche Bemerkung in dieser Situation nicht helfen würde. Trotzdem wollte ihre Stimme nicht gehorchen, als sie sagte: »Katherine Eastham.«

»Wunderbar«, sagte Lady Walton jetzt. »Einen Applaus für unsere Freiwillige.«

Nur eine Handvoll der Anwesenden klatschte, was die Situation noch peinlicher machte. Katherines Finger begannen, zu kribbeln, doch sie zwang sich, ruhig zu atmen. Schade, dass sie nicht jemand war, der ohnmächtig wurde, denn das wäre ein guter Ausweg gewesen, um sich nicht zum Narren machen zu müssen.

Kurz erwog sie, Lady Walton zu bitten, dass sie dieses Spiel nicht mitmachen müsse, doch sie wusste, dass es kein Entrinnen gab, da niemand sonst sich freiwillig melden würde.

Niemand hier hatte Lust auf das Fangspiel, das Lady Walton nur spielte, weil sie sich wichtigmachen wollte. Sie demonstrierte damit allen, dass sie es in Versailles gelernt hatte, wo auch der französische König mitgespielt hatte. Immer wieder betonte sie, was für eine große Freude alle daran gehabt hatten. Nun versuchte sie, dieses Spiel auch am englischen Exilhof zu etablieren. Doch die Engländer schätzten derlei Spiele gar nicht und meist rümpften sie nur die Nase darüber. Lady Walton hingegen ergriff jede Gelegenheit, wenn sich eine große Gruppe von Menschen in einem Raum aufhielt, um dieses Spiel anzupreisen.

Heute waren alle hier zusammengekommen, weil der König von seinem Irlandfeldzug zurückgekehrt war und alle erwarteten, dass er sich dem Hof zeigen würde. Deswegen war auch Katherine heute hierhergekommen. Sie hatte den englischen König noch nie gesehen und war neugierig gewesen, immerhin war er der Grund, warum sie jetzt in Frankreich lebte. Doch wenn sie gewusst hätte, dass König James nicht auftauchen würde und sie stattdessen dieses furchtbare Spiel zur Belustigung aller spielen musste, wäre sie in ihrem Zimmer geblieben.

Doch nun gab es kein Zurück mehr und sie hatte schon ganz andere Dinge überstanden.

»Jetzt verbindet mir schon die Augen«, sagte sie zu Lady Walton und an derer erhobenen Augenbraue erkannte sie, dass es barscher geklungen hatte, als es beabsichtigt gewesen war. Doch sie klang immer ärgerlich, wenn sie nervös war.

Lady Walton lächelte schmierig. »Wusste ich doch, dass Ihr Euch für das Spiel erwärmen würdet.«

Katherine straffte die Schultern und bemühte sich, zu ignorieren, dass ihr ein Schweißtropfen den Nacken entlanglief und in dem goldenen Stoff ihres Kleides versickerte.

Lady Walton legte ihr die kühle Seide über die Augen und band den Schal an ihrem Hinterkopf zusammen. Dabei stellte sie sich so ungeschickt an, dass sich eine Strähne aus Katherines Frisur löste und sie an der Schulter kitzelte. Lady Walton machte sich nicht die Mühe, die Haare wieder in die Frisur zu stecken, und das ärgerte Katherine.

Sie seufzte. Sie hatte stundenlang gebraucht, um sich diese Frisur zu machen. Da sie keine Dienerin hatte und ihre Schwester Sophia sich zurzeit am Hof von Versailles aufhielt, hatte sie niemanden gehabt, der ihr helfen konnte. Und eine solche Frisur selbst hochzustecken, war viel schwieriger, als jemand wie Lady Walton, die immer eine Dienerin zur Verfügung hatte, vermutet hätte. Doch Lady Walton hatte sie mit wenigen Handgriffen zerstört.

Wunderbar, dann machte sie sich nun auf doppelte Weise zur Närrin.

Der Schal saß so fest, dass sie wirklich gar nichts mehr sehen konnte. Die Welt um sie herum war schwarz geworden. Doch sie konnte die Anwesenden sehr wohl fühlen, auch die vielen Augenpaare, die auf sie gerichtet waren. So war es nun einmal am Hof. Sie alle kannten keine Gnade und meistens freute man sich, wenn es jemand anderen traf, der zur Schau gestellt wurde.

»Ich hoffe, es ist nicht zu fest? Auf geht es«, sagte Lady Walton und nahm Katherine am Arm. Sie drehte sie mehrmals im Kreis, bis ihr so schwindelig war, dass sie schon fast froh war, dass Lady Walton sie noch stützte. Doch sie wusste, dass sie sie gleich loslassen würde, damit sie beginnen konnte, jemanden zu fangen.

»Loslassen«, zischte sie ihr zu.

Lady Walton lachte auf, drehte sie noch einmal besonders schnell und ließ dann abrupt los. Katherine taumelte und wäre beinahe gestolpert, doch zum Glück konnte sie sich gerade noch abfangen. Das fehlte noch, dass sie lang hinschlug. Was für eine Freude das für die andere wäre.

Sie hörte das leise Kichern der Damen, vor allem das der jungen Gänse, die sich niemals für solche Spiele meldeten, es sei denn, der Raum war voller stattlicher Männer, die noch unverheiratet waren. Doch das passierte natürlich nie. Die anwesenden Herren waren nämlich fast alle älter und räusperten sich peinlich berührt ob dieses Spiels. Während der König auf seinem Irlandfeldzug gewesen war, hatten diese altgedienten Männer hier die Stellung gehalten und der Königin treu zur Seite gestanden. Die meisten jüngeren Lords, die im Dienst des Königs standen, sowie die Soldaten kehrten erst jetzt mit dem König aus Irland zurück und waren ebenfalls noch nicht im Ballsaal erschienen.

Katherine blieb stehen und spürte, wie sie schwankte. Es musste wirken, als hätte sie zu viel Wein getrunken. Allerdings war ihr auch genauso schlecht. Mittlerweile schwitzte sie unter den Achseln, es pikte unangenehm und sie hoffte, dass man die Schweißflecken nicht sah. Doch bei ihrem Glück waren diese sicherlich für alle sichtbar.

Sie würde dieses Spiel so schnell es ging zu Ende bringen müssen. Irgendjemanden würde sie doch wohl erwischen und dann sollte diese Person sich der Lächerlichkeit preisgeben.

Wer auch immer es war. Sie selbst würde sich zurückziehen und lesen.

Doch sie wusste auch, dass niemand dieses furchtbare Spiel spielen wollte und alle ihr so geschickt wie möglich ausweichen würden, nur damit sie nicht der Nächste sein mussten. Stattdessen würden sie sich gern an ihrem Elend weiden.

Sie brauchte also einen Plan. Kurz überlegte sie, das Seidenband ein wenig zu lupfen, damit sie zumindest die Füße der anderen sehen konnte. Doch alle schauten sie an, das würde man sofort merken. Und nicht ehrlich zu spielen, war eine noch viel größere Schande, als mit Schweißflecken unter den Armen durch den Ballsaal zu taumeln.

Also blieb ihr nur, sich auf ihre anderen Sinne zu verlassen, deren Wahrnehmung verstärkt war, nun, da sie nichts sehen konnte. Ihre Ohren sagten ihr, dass links von ihr eine Gruppe Menschen stehen musste, denn sie hörte das Scharren von Füßen auf dem Holzboden. Und ihre Nase sagte ihr, dass dies ein paar jüngere Damen sein mussten, die heute Morgen reichlich Duftwasser verwendet hatten. Sie waren zu leichtfüßig für Katherine und würden sich einen Spaß daraus machen, vor ihr zu fliehen. Allerdings musste sie langsam etwas tun, denn wenn sie nur hier herumstand, würde man sie später mit noch mehr Häme behandeln. Die anderen wollten belustigt werden.

Also machte Katherine ein paar Schritte in die Richtung und streckte die Arme aus. Irgendjemand kreischte auf und Röcke raschelten. Auf der anderen Seite kicherten ein paar Leute.

»Daneben! Ihr müsst schon ein wenig schneller sein, Lady Katherine«, rief Lady Walton und Katherine biss die Zähne zusammen.

Wieder spürte sie jemanden in ihrer Nähe. Es musste ein Mann sein, denn er roch streng nach Schweiß. Sie griff nach ihm, doch er wich ihr mit einem empörten Schnauben aus. So lächerlich die älteren Herren dieses Spiel auch finden mochten, so wenig waren sie Mann genug, sich fangen zu lassen. Denn auch sie waren anscheinend der Meinung, dass Fänger zu sein eine der schlimmsten Demütigungen war, die man bei Hofe erdulden konnte.

Katherine war übel und ihre Hände kribbelten mittlerweile so sehr, dass sie nur beten konnte, tatsächlich keine Ohnmacht zu erleiden. Sie bewegte sich weiter durch den Raum. Doch in den nächsten Minuten konnte sie niemanden erwischen.

Einmal lief sie gegen eine Wand und danach schmerzte ihre Schulter. Dann streifte ihre Hand jemanden, doch die Person entwischte ihr.

Hinter ihrer Augenbinde war sie den Tränen nahe und ihr Hals schmerzte, weil sie versuchte, diese zurückzuhalten. Sie wollte, dass dies endlich ein Ende hatte.

Einer letzten Anstrengung folgend bewegte sie sich durch den Raum. Gerade dachte sie darüber nach, ob sie sich einfach die Augenbinde abreißen sollte, denn schlimmer konnte die Schmach ja kaum werden, als sie jemanden direkt vor sich wahrnahm. Er strahlte Wärme aus und roch fürchterlich. Also ein Mann.

Ihn würde sie nicht entwischen lassen. Sie täuschte vor, sich nach links bewegen zu wollen, und drehte sich erst im letzten Moment um, machte einen Sprung nach vorn und griff nach ihm.

Ihre Hände fühlten Stoff und eine lange Locke. Der Mann trug also eine Perücke. Und er bewegte sich nicht. Irgendetwas irritierte sie daran, doch sie hatte so viel Schwung, weil sie damit gerechnet hatte, dass er vor ihr fliehen würde, dass sie gegen ihn prallte. Sie flog mit der Schulter gegen ihn und ihm entwischte ein erstauntes Keuchen, als er ein Stück zurücktaumelte.

Ein Raunen ging durch die Menge. Katherine stolperte, kam aus dem Gleichgewicht, versuchte, sich an ihm festzuhalten, damit er ihr nicht wieder entwischte.

»Zurück«, rief eine befehlsgewohnte Stimme.

Irgendjemand packte sie grob am Arm und sie prallte auf den Boden. In der Hand hielt sie etwas, und alles, woran sie denken konnte, war, dass sie ihn gefangen hatte. Jetzt würde er die Augenbinde tragen müssen und konnte sich hier zum Narren machen.

Mit zittrigen Fingern band sie sich den Schal ab. Das Erste, was sie sah, war eine dunkle Perücke, die neben ihr auf dem Boden lag. Und dann bestrumpfte Beine, die in einem Paar edler Schnallenschuhe steckten. Daneben erblickte sie schwere Lederstiefel und noch andere Beinpaare, die auch edle Schuhe und Strümpfe trugen.

Es war totenstill im Saal und eine ungute Ahnung machte sich in Katherine breit.

Sie hörte ein leises Stöhnen und hob den Kopf. Der Mann vor ihr, der nun keine Perücke mehr trug, krümmte sich vor Schmerz und war bleich im Gesicht. Seine braunen Augen richteten sich auf sie und obwohl sie ihn noch nie gesehen hatte, wusste Katherine in diesem Moment, dass der König von England vor ihr stand. Ohne Perücke und mit Schmerzen, weil sie sich gegen ihn geworfen hatte.

Kaltes Entsetzen packte sie und sie wollte sich aufrappeln. Doch der König streckte die Hand aus und deutete auf Katherine. »Ergreift sie.«

Sofort standen zwei der Schweizer Wachen neben ihr und packten ihre Arme. Sie zogen Katherine auf die Beine.

»Es tut mir so leid«, stammelte sie und wollte die Hand nach dem König ausstrecken, doch wieder ging ein Ausruf des Entsetzens durch die Anwesenden.

»Wagt nicht, den König zu berühren«, fuhr ein älterer Mann neben dem König sie an.

»Aber es war doch nur ein Spiel«, brachte Katherine hervor.

Die Augen des Königs richteten sich auf sie, als er sich wieder gerade hinstellte. Er biss die Zähne zusammen und ein Muskel an seinem Lid zuckte. Anscheinend hatte er immer noch Schmerzen. »Entfernt sie von meinem Hof. Ich will sie hier nicht mehr sehen.«

Es dauerte einen kleinen Moment, bis Katherine begriff,

was er gerade gesagt hatte. Der König wollte, dass sie den Hof verließ? Panisch blickte sie sich um. War nicht irgendjemand hier, der ihr helfen konnte? Doch sie sah nur in Gesichter, die sie entsetzt, mitleidig oder sogar feindselig musterten. Kein Freund, der ihr zur Seite springen konnte oder wollte.

»Es tut mir so leid. Das war keine Absicht. Ich konnte nichts sehen und Ihr standet im Weg.«

Oje, sie machte es nicht besser, doch die Worte rutschten einfach so aus ihr heraus.

»Still«, zischte der Mann neben dem König. »Wagt es nicht, den König anzusprechen.« Er nickte dem jüngeren Mann in den Stiefeln zu, der neben dem König stand. »Fort mit ihr.«

Die Wachen führten sie zur Tür und Katherine konnte kaum noch atmen. Wie betäubt stolperte sie zwischen den beiden Soldaten durch den Saal und sicherlich wäre sie gefallen, wenn die beiden sie nicht so unbarmherzig festgehalten hätten.

Sie hörte, wie einige der Anwesenden ihren Namen flüsternd weitergaben. Nun wusste tatsächlich jeder, wer sie war: Lady Katherine Eastham, die dem König die Perücke vom Kopf gerissen hatte.

Aufgeregtes Gemurmel erklang, als sie in den Gang traten und die Tür sich hinter ihnen schloss. Im Flur hingegen war es unglaublich still und angenehm kühl nach der stickigen Luft im Ballsaal. Katherine versuchte, tief Atem zu holen, das beruhigte sie eigentlich immer, doch es gelang ihr nicht.

»Ich übernehme ab hier«, sagte der Mann in den Stiefeln, der neben dem König gestanden hatte und ihnen gefolgt war. »Lasst sie los.«

Die beiden Schweizer Wachen ließen ihre Arme los und Katherine schwankte. Der Mann in den Stiefeln griff nach ihrem Ellenbogen und stützte sie. »Wegtreten«, befahl er den Wachen und die Männer verschwanden. »Werdet Ihr jetzt ohnmächtig oder könnt Ihr allein zu Eurem Zimmer gehen, Lady Katherine?«

Verwirrt schaute Katherine ihn an. Dann schüttelte sie den Kopf. »Ich werde nie ohnmächtig.«

»Gut. Dann werde ich Euch jetzt zu Eurem Zimmer begleiten.«

Katherine versuchte, einen klaren Gedanken zu fassen, doch es gelang ihr nicht. Also nickte sie einfach nur. Was hätte sie auch sonst tun sollen?

# KAPITEL ZWEI

Philippe ging hinter Lady Katherine, deren Namen er eben zum ersten Mal gehört hatte, als die Zuschauer sich aufgeregt unterhalten hatten, und bewunderte, wie gerade sie den Rücken hielt, trotz der Situation, in der sie sich befand. Rote Flecken hatten sich auf ihrem eleganten weißen Hals gebildet. Das und ihr schneller Atem waren das einzige Anzeichen dafür, dass sie nervös war.

Es hatte einen kurzen Moment gedauert, bis er die Situation begriffen hatte, die sich im Ballsaal abgespielt hatte. Sie war viel harmloser, als König James dachte, doch das hatte er dem Monarchen in diesem Moment nicht erklären können. Das würde er später erledigen, wenn dieser sich beruhigt hatte.

Lady Katherine hatte versucht, dem englischen König zu erklären, dass es nur ein Spiel gewesen war – eines, das sie ganz offensichtlich nicht gern gespielt hatte –, doch dieser war anscheinend nicht in der Lage, so etwas von einer Frau zu hören. Vielleicht würde er es sich ja vom Capitaine seiner Wache anhören. Aber dafür brauchte es noch etwas Zeit. Der englische König schien nach seiner Niederlage in Irland etwas empfindlich zu sein.

Ihre Röcke raschelten, als sie vor ihm die Treppe hinaufstieg. Sie waren jetzt auf der Südwestseite des Schlosses angekommen und die Sonnenstrahlen fielen durch die Fenster in den Gang.

Ihre Haare, die die Farbe von dunklem Honig hatten, leuchteten in der Sonne auf. Während des Spiels hatte sich anscheinend eine Haarsträhne aus ihrer kunstvollen Frisur gelöst. Philippe beobachtete, wie die Locke im Sonnenlicht tanzte und immer wieder über die weiße Haut an ihrem Hals strich. Und auf einmal fragte er sich, wie sich ihre Haare wohl anfühlen mochten. Nach der Frisur zu urteilen, mussten sie sehr lang sein. Wenn sie ihr offen über die Schultern hingen und die Sonne darauf schien, so wie jetzt, musste es eine wahre Pracht sein.

Er wandte den Blick ab und atmete tief durch. Solche Gedanken waren fatal und sie konnten ihn seine Stelle kosten. Das durfte er nicht riskieren. Doch war es wirklich so verwerflich, wenn er sich zumindest den Gedanken erlaubte? Er war schon seit Ewigkeiten nicht mehr mit einer Frau zusammen gewesen und Lady Katherine hatte so zauberhaft ausgesehen, als sie vor dem König auf dem Boden gesessen und mit diesen großen, fast goldenen Augen zu ihm aufgeblickt hatte. Es war nur dieser eine kurze Moment gewesen, als sie noch nicht begriffen hatte, dass sie beinahe den König von England umgerissen hätte, da sie so rein und arglos ausgesehen hatte.

Himmel! Er wischte sich über die Stirn. So etwas durfte er nicht denken. Der englische König war seit zwei Tagen wieder in Saint-Germain-en-Laye und nachdem Philippe ein Jahr nur die englische Königin bewacht hatte, sollte sein Hauptaugenmerk der König sein. Er musste dafür sorgen, dass die Sicherheit von König James gewährleistet war. Gedanken an Frauen konnte er sich nicht leisten, und schon gar nicht an eine, die dem englischen Hof angehörte.

Er zwang sich, den Blick von Lady Katherines Nacken abzuwenden, und betrachtete seine Stiefelspitzen. Er bemühte sich, an seine Aufgabe zu denken, die sich als schwieriger herausstellte, als er gedacht hatte. König James war anspruchsvoll und unzufrieden damit, wie der Hof im Palast von Saint-Germain-en-Laye gestaltet war. Außerdem schien er nicht damit zufrieden, dass er vorerst hierbleiben musste, da der Feldzug nach Irland nichts ergeben hatte. Den Ärger darüber ließ er an allen um sich herum aus, auch an Philippe.

Mit der Königin war es so unglaublich einfach gewesen. Sie war eine gebildete, freundliche und aufgeschlossene Dame, die das Leben nicht so ernst und tragisch nahm, wie ihr Gatte es wohl tat. Sie schien das Leben hier im Exil sogar zu genießen.

Doch bei König James machte Philippe anscheinend alles falsch. Dabei konnte er noch nicht einmal vorgeben, dass es an der Sprache lag. Man hatte ihn extra für diese Aufgabe ausgewählt, weil er dank seiner Mutter Englisch perfekt beherrschte, auch wenn er manchmal vorzog, das nicht zu zeigen, denn so bekam er mehr mit, was im Schloss vor sich ging.

Schon so manches Mal war er entsetzt gewesen, was die Engländer redeten, wenn sie dachten, dass niemand um sie herum Englisch verstand. Auch in ihren Briefen waren sie unvorsichtig. Sie fühlten sich zu sicher. Dabei waren sie gerade aus ihrem Heimatland vertrieben worden und Gefahr für die Königsfamilie drohte aus verschiedenen Richtungen. Den meisten Engländern ging es aber nur darum, dass sie ihr altes Leben in England hatten aufgeben müssen, und sie beschwerten sich über so ziemlich alles, was Frankreich zu bieten hatte.

Als Lady Katherine vor ihm stehen blieb, wäre er beinahe in sie hineingelaufen. Schon wieder war er mit den Gedanken nicht bei seiner Aufgabe gewesen, die ihm gerade vom König selbst zugeteilt worden war. Herrgott, was war denn nur los mit ihm?

Sie schwankte und hielt sich an einer Mauer fest. Philippe

streckte die Hand nach ihr aus, berührte sie aber nicht. »Geht es Euch gut, Lady Katherine?«

Sie wandte sich um und schaute ihn aus großen Augen an. »Hat der König wirklich gesagt, dass er mich nicht mehr hier am Hof haben will?«

Philippe seufzte. »Das hat er, aber …«

Weiter kam er nicht, denn Lady Katherine wurde bleich und ihre Beine gaben unter ihr nach. Er griff nach ihr und konnte sie auffangen, bevor sie den Boden erreichte. Doch sie war nicht ohnmächtig und schaute ihn aus diesen goldenen Augen an.

»Aber das kann nicht sein«, flüsterte sie. »Ich habe doch gar nichts getan.«

Philippe zog sie wieder auf die Beine. Ihre Hände waren eisig, obwohl es in diesem Gang recht warm war, weil er von der Sommersonne erhitzt wurde. Er sah, dass ihr Schweiß auf der Stirn stand.

»Setzt Euch«, sagte er und führte sie hinüber zu einer Fensternische.

Sie wehrte seine Hand ab. »Ich sagte doch bereits, dass ich nicht ohnmächtig werde«, zischte sie.

Er nickte, auch wenn er sich da nicht so sicher war. Sie wirkte zumindest so, als würde sie jeden Moment in eine Ohnmacht sinken. Doch folgsam ließ er sie los. So waren sie, die Damen aus dem Adel. Sie sahen ihn nicht einmal, in ihren Augen war er nur ein einfacher Wachsoldat.

Sie hielt sich an der Wand fest und schaute ihn eindringlich an. »Ihr müsst mir glauben, ich habe das nicht mit Absicht getan. Es war ein Versehen, wegen dieses furchtbaren Spiels, das Lady Walton spielen wollte. Ich wollte gar nicht mitmachen.«

»Ihr müsst mir nichts erklären, Lady Katherine«, sagte Philippe.

Sie musterte ihn von oben bis unten. »Wer seid Ihr eigentlich?«

»Capitaine Philippe-Baptiste Laurent«, sagte er mit einer kleinen Verbeugung.

»Ein Franzose?« Sie runzelte die Stirn.

Auf eine lächerliche Art und Weise freute es ihn, dass sie ihn für einen Engländer gehalten hatte. Ihm war gar nicht bewusst gewesen, dass er akzentfreies Englisch mit ihr gesprochen hatte.

Wieder verbeugte er sich knapp. »Im Dienste Seiner Majestät, König Louis von Frankreich.«

Die Engländer hatten manchmal Mühe, zu verstehen, dass ihr König von Soldaten bewacht wurde, die dem französischen König dienten, unterstützt von Dutzenden von Schweizer Wachen, die zu Tausenden dem König von Frankreich selbst dienten. Doch den Engländern war manchmal auch nicht bewusst, dass sie nur Gäste in diesem Land waren.

Ihr Blick glitt über seine Uniform. »Dann seid Ihr der Capitaine der Leibwache des Königs?«

Sie war noch eine Spur blasser geworden und ihre Stimme klang dünn. Egal, was sie sagte, sie würde bestimmt doch noch ohnmächtig werden.

Er positionierte sich so, dass er sie zur Not auffangen konnte und sie nicht die Treppe hinunterfiel, falls sie das Bewusstsein verlieren würde.

»Jawohl, Lady Katherine.«

»Wenn der König den Capitaine seiner Wache schickt, muss ich Euch vermutlich sehr wohl etwas erklären, denn er hält mich anscheinend für eine Gefahr.«

Er war erstaunt, wie schnell sie das begriffen hatte. Zu gern hätte er das abgestritten, aber König James hielt sie vermutlich tatsächlich für gefährlich.

»Wollt Ihr mich einsperren?« Sie presste den Handrücken auf den Mund und ihre goldenen Augen musterten ihn besorgt.

Philippe schüttelte den Kopf. »Nein, ich werde Euch nicht einsperren.«

Er war sich sehr sicher, dass diese Frau keine Gefahr für

den König darstellte. Es war ein Versehen gewesen. Ein unglückliches zwar, das für alle Beteiligten eine grobe Peinlichkeit war, aber es war nur ein Versehen. Der König würde das auch bald einsehen. Zumindest hoffte er das.

Auch ihre Gedanken schienen wieder beim König zu sein. »Hat er wirklich gesagt, dass ich den Hof verlassen soll?«

Erneut nickte Philippe, und bevor er etwas erwidern konnte, sagte sie: »Seid Ihr deswegen hier? Um mich aus dem Schloss zu begleiten?«

»Nein.« Er hob beschwichtigend die Hände. »So schnell geht das nicht. Selbst der König kann eine Dame nicht einfach rauswerfen.«

»Aber irgendwann bald muss ich schon gehen?«

Am liebsten hätte er ihr gesagt, dass dem nicht so war, aber bei Königen konnte man sich nie sicher sein, wie sie etwas meinten. Und um das in diesem Fall einzuschätzen, kannte er König James zu wenig. Bei König Louis von Frankreich hätte er gewusst, wie der es gemeint hatte, doch König James war ihm ein Rätsel.

Da er sie nicht anlügen wollte, hob er die Schultern. »Ich weiß es nicht, Lady Katherine. Es ist gut möglich, dass er es morgen schon wieder vergessen hat. Vielleicht ist es besser, wenn Ihr ein paar Tage in Eurem Zimmer bleibt und der König Euch nicht zu Gesicht bekommt.«

Ihre Augen weiteten sich. »Und was ist, wenn er es nicht vergisst und er will, dass ich gehe?«

Ihr Atem ging wieder schneller und Philippe wurde klar, dass er sie beruhigen musste.

»Das werden wir in ein paar Tagen sehen.«

Plötzlich begann sie, zu zittern, und ihre Beine sackten erneut unter ihr weg. Sie kniete auf dem Boden, schlang die Arme um den Oberkörper und zitterte unkontrolliert. Sie war so blass geworden, dass ihre Haut fast durchsichtig wirkte.

Philippe kniete sich neben sie. »Lady Katherine, könnt Ihr mich hören?«

Doch sie schüttelte einfach nur weiter den Kopf und ein Schluchzen stieg aus ihrer Kehle auf.

Sie bekam einen Anfall. Für einen kurzen Moment fühlte Philippe sich vollkommen hilflos. Er kannte diese Anfälle. Seine Mutter hatte sie öfter in der Zeit nach dem Tod seines Vaters gehabt, weil sie nicht gewusst hatte, wie sie das Leben als Engländerin in Frankreich allein bewältigen sollte.

Lady Katherine wiegte sich vor und zurück und das Zittern verstärkte sich.

Philippe wischte sich über das Gesicht. Das lief gar nicht gut.

Er erinnerte sich daran, dass die Köchin einen Trick gehabt hatte, um seine Mutter zu beruhigen. Sie hatte sich vor sie gestellt, ihre dicken Arme um ihre Herrin gelegt und sie ganz fest gehalten, sodass die Arme von Philippes Mutter an ihren Körper gedrückt waren und sie sich kaum mehr bewegen konnte. Die Köchin hatte Philippe erklärt, dass es gerade die Tatsache war, dass man sich nicht bewegen konnte, die dazu führte, dass man wieder zu Sinnen kam. Bei jeder Form von Angst half es, fest gehalten zu werden.

Und tatsächlich schien sie recht zu haben, denn Philippe hatte es einmal bei einem Kameraden ausprobiert, der nach einem Unfall mit einem Pferd ein Bein an den Feldscher verloren hatte und in Panik geraten war, als er wieder zu sich gekommen war. Es hatte länger gedauert als bei seiner Mutter und der Mann hatte sich heftiger gewehrt, aber schließlich war er weinend in Philippes Armen zusammengebrochen und hatte zumindest nicht mehr um sich geschlagen.

Aber ob das auch auf Lady Katherine zutraf? Zumindest hatte sie anscheinend einen Angstanfall, was kein Wunder war, wenn sie glaubte, des Hofes verwiesen zu werden. Mittlerweile gab sie merkwürdige kleine Schluchzlaute von sich.

Philippe versuchte es noch einmal: »Lady Katherine, so beruhigt Euch doch. Es wird alles gut werden.«

Er konnte es nicht versprechen, aber er war sich sicher, dass sie sich sowieso nicht daran erinnern würde, was er jetzt sagte. Daher konnte er ihr wer weiß was versprechen. Doch sie reagierte nicht einmal. Stattdessen steigerten sich die Wehlaute zu einem hysterischen Schluchzen.

»Verdammt«, murmelte er, atmete tief durch und umschlang sie dann mit beiden Armen.

Sie reagierte nicht, ein sicheres Zeichen dafür, dass sie wirklich nicht mehr sie selbst war, denn jede englische Lady, die bei Sinnen wäre, hätte sich eine solche Berührung verboten und vermutlich dafür gesorgt, dass er entlassen wurde. Oder noch Schlimmeres.

Ihr Körper war kalt und ganz steif, allerdings zitterte sie. Sie wollte ihre Arme befreien, wehrte sich gegen ihn, aber er hielt sie einfach nur fest. Sie versteifte sich noch mehr, rief jedoch nicht um Hilfe und beschimpfte ihn auch nicht. Es war nur eine natürliche Reaktion bei dieser Art von Anfall und Philippe zwang sich, durchzuhalten.

Dann warf sie sich erst nach hinten und befreite sich beinahe. Als sie sich nach vorn warf, prallte sie gegen ihn und ihr Kopf verfehlte seine Nase nur knapp. Da er in der Hocke vor ihr saß, stieß sie ihn beinahe um und es kostete Philippe alle Kraft, auf den Beinen zu bleiben.

In dieser Stellung würde er nicht lange durchhalten. Also setzte er sich auf den kalten Steinfußboden und zog sie auf seinen Schoß. So konnte er sie sicherer halten.

Sie zog sofort die Beine an und er schloss die Arme noch fester um sie. Ihr Rücken war schmal und er konnte sie einmal ganz umfassen. Das Voluminöseste an ihr waren die Röcke, die sich um ihre Knie bauschten.

Noch einmal versuchte sie, sich loszumachen, doch dann wurden ihre Bewegungen schwächer und sie ließ den Kopf an seine Schulter sinken. Während er den Kopf so drehte, dass ihre Haare ihn nicht an der Nase kitzelten, wurde ihr Atem ruhig und die Anspannung verließ ihren Körper. Schwer lehnte sie an seiner Brust, während sie mehrmals tief durchatmete.

Unter seiner Hand, die noch auf ihrem Rücken lag, konnte

er den schnellen Herzschlag spüren, wie ein kleiner Vogel. Ein Vogel mit goldenen Augen.

Eine ganze Weile saßen sie so da, während die Sonne weiterwanderte und helle Vierecke auf den Boden malte. Sie lehnte jetzt einfach nur noch an seiner Brust und er lockerte den festen Griff etwas.

Wann hatte er eigentlich das letzte Mal eine Frau in den Armen gehabt?

Erschrocken bemerkte er den Gedanken und schämte sich dafür. Dies hier war nicht so, als wenn er eine Frau hielt, sondern er hatte einer Dame geholfen, ihre Angst zu überwinden.

Doch er musste zugeben, dass sie gut roch.

Auch diesen Gedanken wehrte er ab. König James hatte ihm den Auftrag erteilt, sie des Hofes zu verweisen, und er saß hier und roch an ihr, während sie einen Angstanfall hatte. Wie pathetisch war er denn?

Im unteren Flur ging jemand entlang und Philippe versteifte sich. Um Himmels willen, wenn jetzt jemand vorbeikam und sie so sah … Das durfte auf keinen Fall passieren. Keiner von ihnen würde das erklären können. Vermutlich würden sie beide den Hof verlassen müssen.

Unruhig setzte er sich auf. Sie musste die Veränderung gespürt haben, denn sie richtete sich auf und brachte Abstand zwischen sich und ihn. Den Kopf hielt sie gesenkt, aber ihre Wangen brannten. Wenigstens hatte sie wieder etwas Farbe und er musste keine Angst haben, dass sie doch noch in Ohnmacht fiel. Vielleicht vor Scham. Schließlich saß sie auf dem Schoß eines Mannes, den sie eigentlich nicht kannte.

»Danke«, sagte sie so leise, dass er sie kaum hören konnte. Dann rappelte sie sich auf und kam leichtfüßig und ohne seine Hilfe auf die Beine. So war es besser. Wenn jemand sie jetzt so sah, brauchten sie nichts zu erklären.

Noch immer konnte sie ihn nicht anschauen. »Das hättet Ihr nicht tun müssen.«

»Ich wäre ein schlechter Mensch, wenn ich einer Lady in Not nicht geholfen hätte.«

Sie nickte und atmete tief durch. Es schien, als wollte sie gehen, doch sie blieb, wo sie war.

»Wovor habt Ihr solche Angst?«, fragte er leise, und als er sah, wie sie wieder leicht zitterte, bereute er seine Frage sofort. »Vergesst, dass ich gefragt habe. Es geht mich nichts an.«

Doch zu seiner Überraschung hob sie den Kopf. Ihre goldenen Augen blickten hoheitsvoll. Es war, als hätte sie eine Maske aufgesetzt.

»Ich habe es so verstanden, als solltet Ihr dafür sorgen, dass ich den Hof verlasse. Deswegen habt Ihr jedes Recht, mich auszufragen.«

»Trotzdem nehme ich meine Frage zurück«, erwiderte Philippe mit einer Verbeugung.

Abwartend schaute sie ihn an. »Darf ich jetzt gehen? Oder wollt Ihr mich vielleicht doch noch verhaften?«

Ihre Stimme kippte beim letzten Wort, und um das zu vertuschen, straffte sie die Schultern noch ein wenig. Hätte er es nicht besser gewusst, so hätte er angenommen, dass sie königlichen Blutes war, so majestätisch verhielt sie sich.

Er schüttelte den Kopf. »Nein, das werde ich nicht. Ich glaube nicht, dass Ihr eine Gefahr darstellt.«

Irgendetwas regte sich in ihren Augen und auf einmal fragte er sich, ob sie doch etwas verheimlichte. Aber der Anfall war nicht gespielt gewesen. Sein Instinkt sagte ihm, dass sie harmlos war. Trotzdem war da etwas in ihrem Blick, das ihm Rätsel aufgab.

Sie neigte den Kopf. »Ich werde Euren Rat befolgen, Capitaine, und in meinem Zimmer bleiben. Das ist vermutlich das Beste.«

Noch als sie es sagte, bedauerte er, dass er sie vermutlich so schnell nicht wieder zu Gesicht bekommen würde. Doch auch diesen Gedanken schob er beiseite.

Er verbeugte sich. »Ich empfehle mich, Lady Katherine.«

Und ohne darüber nachzudenken, fügte er hinzu: »Wenn ich irgendetwas für Euch tun kann, lasst es mich wissen.«

Hochmütig schaute sie ihn an. »Ich denke nicht, dass ich etwas von Euch brauche, Capitaine. Aber habt Dank.«

Dann raffte sie ihre Röcke und ging davon, den Rücken wieder streng aufgerichtet. Er blickte ihr nach, bis sie nicht mehr zu sehen war.

# KAPITEL DREI

Es war später Nachmittag, als Katherine endgültig das Gefühl hatte, in ihrem Zimmer zu ersticken. Seit sechs Tagen saß sie hier nun schon mit ihren Gedanken fest, die sich ausschließlich im Kreis drehten, und wusste nicht, ob sie sich wieder aus dem Zimmer trauen konnte. Am liebsten wäre sie hinaus in den Park gegangen, doch was war, wenn sie dort dem König begegnete?

Sie hatte Stunden auf Zehenspitzen am großen Fenster verbracht und hinaus in den Park geschaut, der in der Sommerhitze lag. Der König war in den etwas kühleren Morgenstunden häufig draußen, meist in Begleitung von mehreren Männern, die Katherine alle noch nie hier gesehen hatte. Sie waren vermutlich mit ihm zusammen aus Irland zurückgekehrt und planten nun ihre nächsten Schritte, um den englischen Thron für König James zurückzuerobern.

Für die Damen, die über ein Jahr allein in Saint-Germain-en-Laye mit der Königin verbracht hatten, musste es eine Erleichterung sein, dass ihre Ehemänner, Brüder und Väter wieder da waren. Oder vielleicht auch nicht, denn viele Damen hatten sich das Leben am Exilhof gut eingerichtet. Und zwar ohne die Männer.

Sie selbst erinnerte sich nur zu gut an die Zeit, als sie als erwachsene Frau gemeinsam mit ihren halbwüchsigen Schwestern noch bei ihrem Vater gelebt hatte, weil kein Ehemann für sie in Sicht gewesen war. Dabei hatte sie sich nichts sehnlicher gewünscht als das. Doch ihr Vater hatte sich überhaupt nicht bemüht und so waren die Jahre verstrichen und es hatte sich nie ein passender Ehemann gefunden. Einen hatte sie abgelehnt und den hatte dann ihre Schwester Mary geheiratet.

Als ihr Vater sie zu einer Tante geschickt hatte, damit sie sich um diese kümmerte und ihr Gesellschaft leistete, war es wie eine Befreiung gewesen, denn sie hatte einen kleinen Haushalt selbstverantwortlich geführt und viele Dinge, die ihr eigenes Leben betrafen, selbst entscheiden können. Leider hatte sie die eine oder andere Fehlentscheidung getroffen, für die sie jetzt bitter büßen musste.

Dennoch hatten diese Fehler sie hierhergeführt und Katherine konnte nicht leugnen, dass die vergangenen Monate die glücklichste Zeit ihres Lebens gewesen waren. Bis sie dem König vor dem gesamten Hof die Perücke vom Kopf gerissen hatte.

In den sechs Tagen und Nächten seit dem Vorfall hatte sie darüber nachgedacht, wie sie diesen Fehler wiedergutmachen konnte. Mittlerweile wusste sicherlich der gesamte Hof darüber Bescheid. Und während Katherine zu Beginn noch froh darüber gewesen war, dass ihre Schwester Sophia diese Peinlichkeit nicht hatte miterleben müssen, war ihr inzwischen bewusst geworden, dass es sicherlich eines der ersten Dinge war, die man ihrer Schwester erzählen würde, wenn sie aus Versailles zurückkehrte. Was Sophia wohl dazu sagen würde, dass Katherine ihr eine solche Schande gemacht hatte? Schließlich wirkte sich das sicherlich auch auf Sophias Reputation bei Hofe aus und auf die von ihrem Mann Thomas Hartfort ebenfalls.

Zum vermutlich tausendsten Mal trat Katherine ihre Runde um den kleinen Tisch an, der sie am Bett vorbei zum Fenster führte. Die Sonne schien ins Zimmer und erwärmte es so sehr, dass sie manchmal kaum noch atmen konnte. Der

Hochsommer in Frankreich war erbarmungslos und manchmal sehnte Katherine sich nach dem kühlen Grün Englands. Allerdings sehnte sie sich nicht nach all den Dingen, vor allem nicht nach den Menschen, die sie dort zurückgelassen hatte.

Bei dem Gedanken an die Worte des Königs, dass man sie des Hofes verweisen sollte, schauderte sie. Es war unmöglich, nach England zurückzugehen. Sie müsste wieder bei ihrem Vater leben, der sie vermutlich nicht sehr freundlich behandeln würde, da sie mit ihrer Flucht hierher die Sache von König James unterstützt hatte. Ihr Vater hingegen hatte sich damals auf die Seite von William of Orange geschlagen, der den englischen Thron eingenommen hatte.

Natürlich konnte sie auch ihre Schwester Lilly fragen, ob sie bei ihr leben konnte. Doch die war so glücklich mit ihrem Ehemann Nicholas, und nun auch noch guter Hoffnung, dass der Gedanke Katherine noch mehr abschreckte. Hier bei Hofe gab es zumindest ein paar andere ledige oder verwitwete Frauen, mit denen sie Zeit verbringen konnte, ohne dass immer nur über Schwangerschaften und Säuglinge gesprochen wurde.

Interessanterweise hatte sich hier auch niemand dafür interessiert, wann sie zu heiraten gedachte. Denn alle wussten, dass dies nicht so leicht war, da ihr Vater nicht hier war und sie keine Mitgift hatte. Oder – so sagte eine böse kleine Stimme in ihrem Hinterkopf – sie wussten alle, dass sie sowieso zu alt zum Heiraten war. Aber was auch immer der Grund war, sie war froh darüber, sich nicht ständig rechtfertigen zu müssen. Und sie war Sophia und Thomas dankbar dafür, dass die beiden sie hierbleiben ließen.

Katherine hatte längst entschieden, dass das Leben am Exilhof einer Frau wie ihr so viele Vorteile bot, dass sie nicht bereit war, es aufzugeben. Und deswegen musste sie dafür sorgen, dass der König sie und den Vorfall vergaß.

Sie erreichte das Fenster wieder und stellte sich auf die Zehenspitzen, um hinunter in den Park zu schauen. Ob sie es wagen sollte, sich hinauszuschleichen, um dort eine Runde zu spazieren? Aber für eine Dame allein gehörte sich das nicht. Und was war, wenn der König sie erwischte? Manchmal ging er auch in den Abendstunden noch einmal draußen spazieren. Ob er sie mittlerweile wohl vergessen hatte?

Wieder einmal betete Katherine, dass es so sein möge. Gott musste ihre immer gleichen Gebete sicherlich schon lange leid sein.

Als Katherines Blick auf die Bäume fiel, bemerkte sie, dass diese sich in einer leichten Brise bewegten. Wind! Das war selten hier. Auf einmal wusste sie, dass sie ihn auf der Haut spüren musste. Die Luft in ihrem Zimmer schien von einem Moment zum anderen noch stickiger geworden zu sein.

Sie zog einen Stuhl heran, kletterte hinauf und erreichte gerade so den Fenstergriff. Wer hatte sich solch hohe Fenster nur ausgedacht? Es war vollkommen unpraktisch.

Es dauerte einen Moment, bis sie die großen Flügel öffnen konnte. Vermutlich waren sie seit Jahren nicht geöffnet worden. Doch dann sprangen sie endlich auf.

Sofort wehte ihr ein warmer Sommerwind ins Gesicht. Katherine holte mit einem undamenhaften Japsen Luft. Wie wundervoll.

Sie hob die Arme ein wenig und zupfte an ihrem Kleid, um so viel frische Luft darunter zu lassen wie möglich. Es war nicht viel, denn trotz der Hitze trug sie ein Mieder und ein Unterkleid, aber selbst ein kleines bisschen tat schon gut.

Es schien, als frische der Wind noch auf, und Katherine hörte das Rauschen der Bäume. Sie war sich sicher, dass es das Schönste war, was sie seit Langem erlebt hatte.

Ihre Kopfhaut begann zu jucken und vorsichtig hob Katherine ihre schweren Haare an, um auch diese ein wenig zu lüften. Am liebsten hätte sie ihre Strähnen aus der strengen Frisur gelöst, aber tagsüber gestattete sie sich das nicht. Auch wenn sie den ganzen Tag in diesem Zimmer verbrachte und niemand sie sah, wollte sie nicht in Liederlichkeit versinken und wie ein junges Mädchen mit offenen Haaren herumlaufen. Allerdings steckte sie die gespreizten Finger in die Haare und genoss es, wie die Wärme, die sich in ihren Haaren gesammelt hatte, daraus entwich.

Im nächsten Moment erschreckte sie ein Klopfen von der Tür her. War schon wieder Zeit fürs Essen? Hunger hatte Katherine jedoch nicht, dafür war ihr Herz zu schwer und auch die Hitze sorgte dafür, dass sie kaum Appetit hatte. Doch war es immer nett, wenn die Dienerin kam, denn sie war die einzige Gesellschaft, die Katherine hatte. Das Mädchen sprach nicht viel, was Katherine durchaus recht war. Allerdings kam sie um diese Zeit eigentlich nie. Ob jemand anders sie besuchen wollte? Dabei hatte sie doch den wenigen Menschen, die sie hier bei Hofe kannte, eine Nachricht geschickt, dass sie unpässlich war und nicht gestört werden wolle.

Doch bevor sie den Gedanken zu Ende gedacht hatte, wurde die Tür bereits geöffnet. Dabei hatte Katherine nicht einmal Herein gesagt.

Ein Mann stand in der Tür und musterte sie erst erstaunt, dann verdunkelte sich sein Gesicht. »Was tut Ihr in meinem Zimmer?«, fragte er.

Katherine war nicht sicher, ob sie ihn richtig verstanden hatte. Sie hatte gerade genau den gleichen Satz sagen wollen. »Ich wohne hier«, sagte sie.

»Nein, tut Ihr nicht. Mir wurde dieses Zimmer zugewiesen.«

Verdattert starrte sie ihn an. »Aber das kann nicht sein. Ihr müsst Euch irren.«

Er hob eine blonde Augenbraue. »Wisst Ihr eigentlich, mit wem Ihr es zu tun habt?«

Katherine biss sich auf die Lippe und schüttelte den Kopf. Sie wollte nicht schon wieder einen Fauxpas begehen.

»Ich bin der Marquess of Winsbury.«

Sie runzelte die Stirn. Diesen Titel hatte sie schon einmal gehört, aber er sagte ihr nicht wirklich etwas. Ein Schotte, seiner Aussprache nach zu urteilen.

»Wo ist Euer Gatte?«, fragte er jetzt.

Katherine öffnete den Mund und schloss ihn wieder. Das

war gar nicht gut. Schließlich schüttelte sie den Kopf. »Ich bin unverheiratet.«

Und deswegen war es auch nicht rechtens, dass sie mit diesem Mann allein in einem Zimmer war, in dem ein Bett stand. Das war schon fast anzüglich.

»Eine unverheiratete Frau hat ein Zimmer für sich allein?«, fragte er jetzt. »Sitten sind das hier in Frankreich. Wie gut, dass der König wieder da ist. Jetzt wird hier einiges anders werden.«

Er erinnerte sie so sehr an ihren Vater, dass ihr beinahe schlecht wurde.

Der Marquess trat ins Zimmer und schaute sich um. Als sein Blick auf ihr Kleid fiel, das sie an den Rahmen des Bettes gehängt hatte, weil sie versucht hatte, einen Fleck zu entfernen, verzog er das Gesicht. »Dies ist jetzt mein Zimmer und es wäre gut, wenn Ihr verschwindet.«

Katherine schüttelte den Kopf. »Das muss ein Missverständnis sein. Mir wurde dieses Zimmer zugewiesen und niemand hat mich informiert, dass …«

Er unterbrach sie rüde. »Komm schon, Mädchen. Steig von dem Stuhl und pack die Sachen. Ich kehre gerade von einem Feldzug heim und will nicht diskutieren. Schon gar nicht mit einer Frau.«

Entsetzt stellte Katherine fest, dass sie immer noch auf dem Stuhl stand und auf ihn hinabschaute. Hastig kletterte sie hinunter.

Derweil schaute er sich um. »Gibt es einen zweiten Raum?«

Katherine schüttelte wie betäubt den Kopf. Konnte es wirklich sein, dass man ihr Zimmer an jemand anderen vergeben hatte? Dachte der Verwalter womöglich, dass sie gar nicht mehr am Hof war?

Wieder begann ihr Nacken, unangenehm zu kribbeln, und das gleiche Gefühl der Angst wie beim Vorfall mit dem König packte sie. Mühsam hielt sie sich an den Vorhängen des Bettes fest und versuchte, zu atmen.

Der Marquess zog seine Jacke aus und warf sie aufs Bett. Dann schüttelte er ungeduldig den Kopf. »Mir reicht es.«

Er trat zur Tür und streckte den Kopf in den Flur. »Wachen!«

Katherine begann, zu zittern. Es konnte doch nicht sein, dass sie schon wieder abgeführt wurde. Dieses Mal hatte sie nun wirklich nichts getan. Am besten wäre es, wenn sie einfach gehen würde. Doch sie konnte sich nicht bewegen. Es war, als wären ihre Füße am Boden festgewachsen.

Zwei französische Wachen erschienen an der Tür und verbeugten sich vor dem Marquess.

»Diese Dame will mein Zimmer nicht verlassen. Bitte geleitet sie nach draußen.«

Die Wachen blickten sich unschlüssig an, dann nickte der eine dem anderen zu, der daraufhin kehrtmachte und verschwand.

»Wir kümmern uns darum, Mylord«, sagte die Wache in gebrochenem Englisch zum Marquess.

Der runzelte die Stirn. »Wir werden hier von Franzosen bewacht? Gibt es keine Engländer, die das übernehmen können?«

Das Gesicht des Wachmanns blieb ausdruckslos.

»Nun mach schon. Schaff mir diese Frau vom Hals«, herrschte der Marquess ihn an.

»Ich warte noch auf jemanden«, sagte die Wache.

»Aber ich befehle es dir. Ich bin schließlich der Marquess of Winsbury und gerade mit dem König aus dem Krieg zurückgekehrt. Was ist das nur für ein Loch hier?«

»Worum geht es, Mylord?«, erklang plötzlich eine andere Stimme aus dem Flur und Katherine wurde noch ein wenig übler. Der Capitaine der Wache.

Während ihre Gedanken fast unablässig um den Vorfall mit dem König im Ballsaal gekreist waren, hatte sie versucht, die Peinlichkeit mit dem Capitaine zu verdrängen. Er hatte sie gehalten wie ein verängstigtes Kind, während sie zusammengebrochen war. Eine Ohnmacht wäre gnädiger gewesen, dann hätte sie wenigstens nicht diese jämmerlichen Angstlaute von sich gegeben. Sie wollte gar nicht darüber nachdenken, was er wohl von ihr halten mochte.

Und das Schlimmste war gewesen, dass es sich so gut angefühlt hatte, von einem Menschen berührt zu werden. Das hätte sie niemals denken dürfen, aber als ihre Sinne sich wieder geklärt hatten und sie immer noch auf seinem Schoß gesessen hatte, war ihr klar geworden, wie sehr sie danach gehungert hatte, angefasst zu werden. Doch das war ein schändlicher Gedanke. Genau diese Art von Gefühlen waren es, die dazu geführt hatten, dass sie jetzt hier in Frankreich war, und dazu noch unverheiratet.

Dass der Capitaine ein gut aussehender Mann war, war ihr erst bewusst geworden, als sie sich im Flur wieder gegenübergestanden hatten. Auf eine merkwürdige Art und Weise hatte dies alles nur noch schlimmer gemacht.

Ob er wohl dachte, dass sie ihn hatte verführen wollen?

Und nun war er hier!

»Wer seid Ihr?«, fragte der Marquess.

»Mein Name ist Philippe-Baptiste Laurent und ich bin der Capitaine der königlichen Wache.«

»Diese Frau will mein Zimmer nicht verlassen. Ich will, dass sie umgehend entfernt wird.«

Der Capitaine räusperte sich. »Darf ich eintreten, Mylord?«

Die Antwort war ein Grunzen.

Katherine erstarrte, als Capitaine Laurent ins Zimmer trat und sie mit einem undurchdringlichen Ausdruck musterte. Sie wollte das Kinn heben, um wenigstens ein bisschen würdevoll zu erscheinen, doch es gelang ihr nicht. Stattdessen klammerte sie sich noch fester an den schweren Samtvorhang.

»Lady Katherine«, grüßte er sie.

Sie schaffte es nicht einmal, zu nicken. In ihren Ohren erklang auf einmal ein Pfeifton. Und alles, woran sie denken konnte, war, dass sie ihm gesagt hatte, dass sie nicht ohnmächtig wurde. Das würde sie auch dieses Mal nicht tun. Irgendwie würde sie das hier überleben.

Er wandte sich an den Marquess. »Was ist geschehen, Mylord?«

»Diese Dame war in meinem Zimmer und jetzt weigert sie sich, zu gehen.«

Oh Gott, es klang so, als hätte sie sich in das Zimmer eines Mannes geschlichen, der sie nicht wollte.

»Ich wohne hier«, schaffte sie, zu sagen.

Der Capitaine warf ihr einen kurzen Blick zu. Dann wandte er sich wieder an den Marquess. »Darf ich fragen, wer Euch das Zimmer zugeteilt hat?«

Dieser machte eine wegwerfende Handbewegung. »Ich weiß es nicht. Ein Mann. Klein, dick, Franzose.«

»Monsieur Dufour?«

»Möglich.«

»Er ist der Verwalter des Schlosses und für die Zimmervergabe verantwortlich.«

»Dann sollte ich vielleicht mit ihm ein Wörtchen reden. Dieses Zimmer ist zu klein. Außerdem ist es nur ein Zimmer. Ich brauche mindestens zwei. Wo soll ich denn sonst speisen?«

Katherine schluckte. »Das Zimmer ist aber schon besetzt.«

Sie wusste nicht, woher sie den Mut nahm, das zu sagen. Doch es schien sowieso bedeutungslos, denn der Marquess nahm sie gar nicht wahr.

Dafür blickte der Capitaine sie an. »Nun, da der König aus dem Krieg heimgekehrt ist …«, setzte er an, doch der Marquess unterbrach ihn.

»Nicht heimgekehrt. Dies hier ist nicht unser Zuhause. Es ist ein erbärmliches Loch. Für die verlausten Franzosen vielleicht gut genug, aber für Männer wie uns nicht.«

Der Capitaine presste nur ganz kurz die Lippen zusammen. Dann sprach er weiter zu Katherine. »Der König braucht Platz für seine Männer, die mit ihm in Irland waren. Deswegen werden die Zimmer neu vergeben, und dazu gehört ganz sicher auch das Eure, Mylady.«

Katherines Knie zitterten und sie verstärkte den Griff um den Vorhang. »Und wohin soll ich?«, fragte sie.

»Hat Monsieur Dufour Euch das nicht mitgeteilt?«

Katherine schüttelte den Kopf. »Ich war in den vergangenen Tagen nur hier im Zimmer.«

Ein Muskel an seinem Mund zuckte und für einen Moment schaute er ihr in die Augen. Dann wandte er schnell den Blick ab. »Vermutlich wird er das noch tun, Mylady. Er hat gerade sehr viel zu tun, weil alles sehr schnell gehen muss.«

»Und es gibt weitaus wichtigere Leute als diese Dame«, schnappte der Marquess. »Sie ist noch nicht einmal verheiratet. Ungeheuerlich! Eine unverheiratete Frau besetzt ein Zimmer allein. Sitten sind das bei diesen vermaledeiten Franzosen.« Er stemmte die Hände in die Hüften. »Entfernt Ihr sie jetzt aus meinem Zimmer oder soll ich das selbst tun?«

Katherine wurde übel. Wo sollte sie denn hin? Vielleicht konnte sie ja in Sophias Zimmer ziehen, das direkt neben ihrem lag. Zumindest so lange, bis die beiden wiederkamen.

Der Capitaine musterte sie ernst. »Ich werde mich darum kümmern, Mylord. Aber ich denke, wir müssen Lady Katherine die Möglichkeit geben, zu packen. Michel, ruf eine Dienerin«, wies er die Wache an, die immer noch an der Tür stand.

Katherine versuchte, sich zusammenzureißen. Anscheinend konnte sie wirklich nichts dagegen tun, dass sie hier ausziehen musste.

»Das Mädchen heißt Suzanne. Ruft sie bitte.«

Die Dienerin hatte ihr nicht nur das Essen gebracht, sondern ihr manchmal auch mit ihren Kleidern geholfen. Und obwohl Katherine ihre wenigen Habseligkeiten allein in die Truhe packen konnte, wäre es doch schön, ein vertrautes Gesicht in der Nähe zu haben.

Der Marquess wirkte allerdings nicht so, als hätte er Verständnis dafür, dass Katherine ihre Sachen noch packen musste. Er wollte gerade etwas sagen, als der Capitaine ihm zuvorkam.

»Mylord, soweit ich weiß, hat die Königin alle Neuankömmlinge im Salon zu einem Tee eingeladen. Wie wäre es, wenn Ihr Euch der Königin anschließt? Wenn Ihr zurückkommt, werdet Ihr Euer Zimmer leer vorfinden.«

Der Marquess zögerte nur einen Moment, bevor er sich zur Tür wandte. »Das will ich Euch auch geraten haben.« Dann war er verschwunden.

Kaum hatte sich die Tür hinter ihm geschlossen, trat der Capitaine einen Schritt näher. »Wie geht es Euch, Mylady?«

Katherine starrte ihn an. Tränen stiegen in ihr auf, doch sie würde nicht noch einmal vor ihm zusammenbrechen. Also atmete sie tief durch und würgte hervor: »Ausgezeichnet.«

Er wusste natürlich, dass sie log, bestimmt sah man es ihr an, aber er sagte nichts dazu.

»Vermutlich war das alles nur ein Missverständnis. Der gute Dufour ist wirklich überfordert mit der Neuaufteilung der Zimmer. Vor allem, da einige der Herren hohe Ansprüche haben.«

Katherine nickte. »Da bin ich mir sicher.« Sie zögerte, doch schließlich stellte sie die Frage, die ihr auf der Seele brannte, doch. »Dann ist es also nicht, weil ich den Hof verlassen muss?«

Ein leichtes Lächeln huschte über sein Gesicht. »Der König hat Euch nicht mehr erwähnt. Und ich weiß, dass ich vor Monsieur Dufour eine Anweisung bezüglich eines Hofverweises erhalten hätte. Ich glaube, Ihr seid sicher.«

Schon wieder stiegen die Tränen in ihr auf, doch dieses Mal weinte sie, weil sie so erleichtert war. Schnell wischte sie eine Träne fort. »Danke.«

Allerdings schaffte sie es immer noch nicht, den Samtvorhang loszulassen, da sie fürchtete, doch umzufallen.

Es schien, als wollte er noch etwas sagen, aber dann nickte er nur.

Katherine überlegte, ob sie die Sache von neulich erwähnen sollte, doch es war ihr schon peinlich genug, mit ihm hier allein zu sein. Da musste sie nicht auch noch ansprechen, dass sie auf seinem Schoß gesessen und geweint hatte. Und dass sich seine Hände auf ihrem Rücken und seine Schulter unter ihrer Wange gut angefühlt hatten. Allein der Gedanke daran ließ sie erstarren und sie wusste nicht, wohin sie schauen sollte. Warum musste sie immer diese liederlichen Gedanken denken?

»Ich schlage vor, Ihr geht so schnell wie möglich zu Monsieur Dufour, damit er Euch sagen kann, wo Euer neues Zimmer ist.«

Die Tür öffnete sich und die Dienerin schlüpfte hinein. Sie warf dem Capitaine einen neugierigen Blick zu. »Mylady? Ihr habt nach mir geschickt?«

Katherine nickte und ließ nun doch den Vorhang los. »Ich muss packen. Bitte hilf mir dabei.«

»Gern, Mylady.« Die Dienerin lächelte und machte sich daran, die kleine Reisetruhe zu öffnen.

Auf wackeligen Beinen ging Katherine hinüber zu ihrem Kleid und nahm es herunter. Die Stelle, wo sie den Fleck bearbeitet hatte, war noch nicht ganz getrocknet. Aber es musste eben so gehen.

Sie besaß nicht viel und das meiste befand sich sowieso in der Truhe. Also hatten Katherine und die Dienerin alles schnell gepackt. Der Capitaine beobachtete sie die ganze Zeit still, aber aufmerksam. Ihr war, als würde er alles sehen. Vermutlich sogar ihre Gedanken, die so gar nicht angemessen waren. Doch sie wich seinem Blick aus und hielt ihre Hände beschäftigt.

»Wohin soll ich die Truhe bringen, Mylady?«, fragte die Dienerin.

»Ins Zimmer meiner Schwester.«

Die junge Frau riss die Augen auf. »Aber ich weiß nicht, wo das ist. Es ist alles ein so großes Durcheinander.«

Katherine runzelte die Stirn. »Es ist nebenan. Das weißt du doch.«

Der Capitaine meldete sich zu Wort. »Ich fürchte, das ist es nicht mehr. Auch Eure Schwester und ihr Gatte mussten vermutlich umziehen.«

»Aber sie sind gar nicht da«, empörte sich Katherine. »Sie wissen davon nichts.«

Er hob die Schultern, als wollte er andeuten, dass das nicht seine Entscheidung gewesen war. »Ich glaube, Ihr solltet dringend mit Monsieur Dufour sprechen.«

Die Dienerin rang die Hände. »Er schreit gerade alle nur an.«

Katherine presste die Lippen zusammen. Mit einem schreienden Schlossverwalter würde sie schon umgehen können. »Ich muss aber wissen, wo ich heute Nacht schlafen werde, deswegen wird er mir ein Zimmer zuweisen müssen.«

Sie ignorierte das zweifelnde Gesicht der Dienerin und steuerte auf die Tür zu. »Kontrolliere bitte noch einmal, ob wir wirklich alles eingepackt haben. Und dann wäre es nett, wenn du hier ein klein wenig sauber machst. Ich möchte nicht, dass der Marquess sich unwohl fühlt, weil es noch Spuren von mir gibt.«

Der Capitaine betrachtete sie interessiert und sein Blick kribbelte auf ihrer Haut. Herrgott, warum musste der Capitaine der Wache ein so attraktiver Mann sein?

Ihre Beine waren immer noch zittrig, als sie sich an der Tür ein letztes Mal umwandte und einen Blick in das Zimmer warf, das in den vergangenen Monaten ihr Zuhause gewesen war. Noch immer stand das Fenster offen und ein warmer Wind fuhr über ihre erhitzte Haut.

Die Angst war einer Wut gewichen, über die sie sich freute. Sie war wütend auf Monsieur Dufour, auf den Marquess und ein ganz kleines bisschen auf den König. Und wenn sie ehrlich war, auch auf den Capitaine der Wache. Einfach, weil er sie durcheinanderbrachte.

Diese Wut war ein viel besseres Gefühl als die Angst, denn sie hatte so mehr Kontrolle über sich. Sie würde nie wieder vor jemandem derart zusammenbrechen und sich gehen lassen. Das hatte sie sich in den langen Nächten, die gerade hinter ihr lagen, geschworen. Doch jetzt musste sie erst einmal ihr Zimmer finden.

»Mylady?«, fragte die Dienerin. »Soll ich die Truhe hier stehen lassen?«

Entsetzt schüttelte Katherine den Kopf. Mit dem Marquess wollte sie nichts mehr zu tun haben. »Stell sie in den Flur.«

Doch die Dienerin hob bedauernd die Schultern. »Das dürfen wir nicht. Es gibt strikte Anweisungen, dass dort nichts stehen darf.«

Katherine fuhr sich über die Stirn. »Gibt es einen Abstellraum, wo wir sie hinbringen können? Eine Leinenkammer vielleicht? Es ist ja nicht für lange.«

Bevor das Mädchen antworten konnte, schaltete der Capitaine sich ein. »Wie wäre es, wenn ich die Truhe zu mir stelle? Dort ist sie nicht im Weg und sie ist sicher.«

Katherine atmete tief durch und dachte über seinen Vorschlag nach. Doch bei dem Gedanken, dass sie später zu ihm gehen müsste, um die Truhe zu holen, wurde sie unruhig. Es war besser für sie, wenn sie so wenig wie möglich in die Nähe dieses Mannes kam. Also schüttelte sie den Kopf. »Das ist sehr freundlich, aber ich kann das nicht annehmen. Dufour wird einen Platz finden.«

Die Dienerin warf dem Capitaine einen verzweifelten Blick zu und er nickte.

»Keine Sorge, es macht mir überhaupt keine Mühe, Lady Katherine. Bei mir ist Eure Truhe in guten Händen.«

Sie merkte, dass sie keine Argumente mehr hatte, und wenn sie ehrlich war, hatte sie gerade Wichtigeres zu tun, als sich mit ihm darüber zu streiten. Schließlich konnte sie später das Mädchen schicken, damit es die Truhe bei ihm abholte.

»Also gut. Ich danke Euch.«

Sie verließ das Zimmer und machte sich auf den Weg zu Monsieur Dufour.

# KAPITEL VIER

Katherine ging mit gesenktem Kopf durch das Schloss und hoffte, dass sie niemandem begegnen würde, den sie kannte. Auf den Gängen war viel mehr los als vor der Ankunft des Königs und überall schienen Reisetruhen herumgetragen zu werden. Türen standen offen und Diener eilten an ihr vorbei. Die Neuankömmlinge richteten sich also in Saint-Germain-en-Laye ein. All das war an ihr vorbeigegangen, weil sie sich sechs Tage lang in ihrem Zimmer eingeschlossen hatte. Und es beunruhigte sie, denn sie hatte die Atmosphäre im Palast gemocht. Jetzt waren ihr viel zu viele Männer hier, die sich zu wichtig nahmen.

Als sie an Sophias Zimmer vorbeigekommen war, hatte die Tür offen gestanden und Katherine hatte gesehen, dass man das Kinderbett, in dem die Zwillinge schliefen, bereits entfernt hatte. Dafür stapelten sich mehrere große Reisetruhen in dem Zimmer. Ein ärgerlich aussehender Mann in einem feinen Hemd hatte die Hand auf den Arm einer weinenden Frau gelegt. Vermutlich waren sie die neuen Bewohner des Zimmers und genau wie der Marquess nicht glücklich mit der Größe. Nun, zumindest hatten sie bereits ein Zimmer.

Der Gedanke, dass man sie ohne ihr Wissen ausquartiert hatte, erboste Katherine. Noch schlimmer war, dass man auch

Sophia, Thomas und die Kinder aus ihrem Zimmer geworfen hatte, obwohl sie gerade gar nicht hier waren. Wer wohl ihre Sachen gepackt hatte? Sie hatten natürlich nicht alles für ihren vierwöchigen Aufenthalt in Versailles eingepackt.

Nun, sie würde es in Erfahrung bringen.

Plötzlich hörte sie, wie jemand ihren Namen rief. Es war Lady Ella, die auf sie zugeeilt kam. »Wie geht es Euch?«, fragte sie freundlich und musterte Katherine besorgt. »Ich wollte Euch besuchen, aber in Eurem Brief sagtet Ihr, dass Ihr keinen Besuch wünscht. Ich hoffe, es ist alles in Ordnung?«

Katherine nickte. »Danke, mir geht es wieder gut. Ich war nur ein paar Tage unpässlich.« Sie machte eine vage Geste, die die meisten Damen am Hof benutzten, wenn sie die unaussprechlichen Frauenangelegenheiten meinten.

Lady Ella lächelte. »Da bin ich aber froh. Ich habe mir schon Sorgen gemacht.«

Katherine betrachtete die junge Frau, die ihr manchmal ein Rätsel war. Sie selbst war mit sechs Schwestern aufgewachsen, die alle jünger als sie waren. Sie wusste, wie Frauen untereinander sein konnten, und sie hatte oft Streitigkeiten zwischen ihren Schwestern schlichten müssen. Auch hier am Hof hatte sie schon so manches Mal erlebt, wie bösartig und hinterhältig einige Frauen sein konnten. Doch Lady Ella war nichts dergleichen. Sie war tatsächlich arglos, freundlich und lustig, und sie spielte es nicht nur, denn auch das nutzten einige Damen am Hof als Waffe, so viel hatte Katherine schon beobachtet. Lady Ellas echte Freundlichkeit gefiel Katherine, aber es fiel ihr oft schwer, sich darauf einzulassen. Und manchmal fragte sie sich, warum Lady Ella ihre Nähe suchte, denn sie selbst war alles andere als heiter und fröhlich.

Jetzt riss die jüngere Frau die großen blauen Augen auf. »Was für ein Durcheinander hier herrscht. Aber ist es nicht auch aufregend? Endlich ist einmal Leben im Schloss.«

Katherine war sich nicht sicher, ob sie es genauso sah, aber sie nickte.

Lady Ella plapperte weiter. »Und jetzt werden wir endlich

genug Männer zum Tanzen haben, wenn gefeiert wird. Ich hoffe, dass der König uns die Bälle zugesteht. Er ist ja immer ein wenig griesgrämig und für solche Dinge nicht zu haben.«

Erschrocken schaute Katherine sich um, doch niemand war in der Nähe, der sie gehört haben könnte. Ihr loses Mundwerk würde die junge Frau eines Tages noch in Schwierigkeiten bringen.

Lady Ella seufzte. »Jetzt schaut nicht so entsetzt. Jeder weiß das doch.«

»Aber man darf es nicht sagen.«

Lady Ella kicherte. »Man sollte den König auch nicht beim Fangenspielen umreißen, doch das habt Ihr trotzdem getan.«

Katherine erstarrte. »Habt Ihr es gesehen?«

»Leider nein. Ich hätte zu gern sein Gesicht gesehen. Er fand das bestimmt nicht amüsant. Warum müsst Ihr so etwas tun, wenn ich nicht dabei bin?«

Katherine überlegte kurz, ob sie auf diese Frage antworten sollte, doch Lady Ella redete schon weiter.

»Aber stimmt es, dass Ihr ihm die Perücke vom Kopf gerissen habt? Oder übertreibt Lady Margaret da wieder maßlos?«

Katherine musterte die jüngere Frau, die mit einem Lächeln zu ihr blickte. Sie konnte keinerlei Häme oder Hinterlistigkeit in ihrem Gesicht finden. Dazu war Lady Ella einfach nicht in der Lage. Vielleicht war das der Grund, warum Katherine sie so mochte. Man wusste immer, woran man bei ihr war. Und deswegen konnte sie ihr auch die Wahrheit sagen.

»Leider stimmt das.«

»Wirklich?« Sie schlug eine Hand vor den Mund, doch ihre Augen blitzten vergnügt.

»Es ist mir sehr unangenehm, und ich wünschte, dass ich es wiedergutmachen könnte.«

»Das ist schwer beim König, er kann sehr nachtragend sein.«

Sie hatte es nur so dahingesagt, aber Katherines Herz flatterte unangenehm. Wenn das stimmte, steckte sie vielleicht immer noch in Schwierigkeiten. Doch sie atmete tief durch und dachte an die Worte des Capitaines, der eben erst gesagt hatte, dass der König sie nicht mehr erwähnt hatte. Vielleicht sollte sie sich lieber an seine Worte halten als an die von Lady Ella.

Die junge Frau lächelte. »Wenn Ihr das nächste Mal so etwas tut, wartet bitte, bis ich da bin. Das möchte ich gern sehen.«

»Das wird nie wieder vorkommen.«

Wenn Katherine sich eines sicher war, dann war es das. Sie würde dem König einfach nie wieder unter die Augen treten.

Lady Ella hakte sich bei ihr unter. »Wohin geht Ihr? Oder besser gesagt, kann ich mitkommen? Wir haben ein neues Zimmer bekommen und meine Eltern sind außer sich und streiten sich nur noch. Das Schlimmste ist, dass wir jetzt nur noch einen Raum haben. Ich kann entweder in der Zofenkammer schlafen, die winzig ist und in der die Zofe meiner Mutter schlafen muss, oder mit meinen Eltern in einem Zimmer. Ist das nicht furchtbar? Deswegen versuche ich, so wenig wie möglich dort zu sein, und ich hoffe, dass sie sich beruhigt haben, wenn ich heute Abend wiederkomme.« Sie seufzte. »Ich wünschte, ich hätte ein eigenes Zimmer, so wie Ihr. Was für eine Freiheit das wäre. Ich könnte kommen und gehen, wann ich will, und sogar mit auf das Zimmer nehmen, wen ich will.«

Sie zwinkerte Katherine zu, so als wäre das etwas, was jeden Tag geschah. Dabei hatte Katherine außer ihren Schwestern und manchmal deren Ehemännern noch nie jemanden mit auf ihr Zimmer genommen.

Sie straffte die Schultern. »Ich bin gerade auf dem Weg zu Monsieur Dufour, weil ich eine Frage wegen meines neuen Zimmers habe.«

Lady Ella blieb stehen und zog eine Grimasse. »Tatsächlich? Dann verzeiht mir, dass ich Euch allein gehen lasse. Er hat mich heute schon einmal angeschrien, ich möchte ihm nicht noch einmal begegnen. Sehen wir uns beim Abendessen? Wie ich hörte, sind einige der Neuankömmlinge noch unverheiratet. Vielleicht können wir sie uns gemeinsam anschauen.«

Das war einer der liebsten Zeitvertreibe der jungen Damen – die unverheirateten Männer zu begutachten. Von denen hatte es im vergangenen Jahr im Palast nur wenige gegeben, es sei denn, der französische König war mit einer Entourage zu Besuch gekommen. Und die, die im Palast lebten und keine Frau hatten, waren meistens Witwer. Doch Katherine stand so gar nicht der Sinn danach, sich nach einem potenziellen Ehemann umzuschauen. Vor allem nicht, wenn sie an den Marquess dachte, der jetzt ihr Zimmer besetzte.

»Ich werde sehen, ob ich es schaffe.«

»Aber Ihr müsst etwas essen, junge Dame. Nicht, dass Ihr vom Fleisch fallt.«

Mit erhobenem Zeigefinger ahmte Lady Ella Lord Thornton nach, der ein entfernter Verwandter von ihr war und dies schon häufiger zu ihr gesagt hatte. Seiner Frau nach zu urteilen, mochte er Frauen, die üppiger waren.

Jetzt musste sie doch lächeln. Die Imitation war täuschend echt und auch Katherine hatte sich diesen Satz schon mehrmals anhören müssen.

»In diesem Durcheinander habe ich gar keinen großen Appetit. Vermutlich bleibe ich auf meinem Zimmer.«

Obwohl das Zusammentreffen mit dem Marquess nur kurz gedauert hatte, war sie so durcheinander, dass sie sich nach Ruhe sehnte.

Lady Ella zog ein betrübtes Gesicht, doch dann lächelte sie. »Ich bin so froh, dass es Euch wieder besser geht. Ich habe Euch vermisst.«

Sie drückte Katherines Hände und eilte dann mit einem Winken davon.

Katherine schaute ihr nach und musste lächeln, als Lady Ella an einem jüngeren Mann vorbeikam, der ebenfalls neu im Schloss zu sein schien, und erst sittsam den Kopf senkte, aber als sie an ihm vorbei war, sich zu Katherine umwandte und mit einem breiten Lächeln auf den jungen Mann zeigte. Sie freute sich anscheinend tatsächlich, dass wieder mehr Männer im Schloss waren. Kein Wunder, denn sie hatte ja auch noch Hoffnung darauf, dass sie würde heiraten können.

Der junge Mann, dem Lady Ella so verzückt nachgeschaut hatte und der tatsächlich sehr gut aussehend war, kam jetzt auf Katherine zu. »Verzeihung, Madame«, sagte er.

Oh, ein Franzose. Sie liebte diesen Singsang der französischen Sprache.

»Könnt Ihr mir sagen, wo ich den Marquess of Winsbury finde?«

Und schon fand sie ihn nicht mehr so charmant.

Sie lächelte und hob bedauernd die Schultern. »Leider nein, Monsieur.«

Und das war noch nicht einmal gelogen.

Sie nickte ihm ein weiteres Mal zu und eilte die Treppen hinunter, um endlich zu Monsieur Dufour zu kommen. Ohne ein Zimmer, in das sie sich zurückziehen konnte, fühlte sie sich schutzlos.

# KAPITEL FÜNF

Die Tür zu Monsieur Dufours Büro stand offen und der Verwalter saß mit hochrotem Kopf am Schreibtisch, der über und über mit Papieren und Plänen bedeckt war.

»Monsieur Dufour?«, fragte Katherine und versuchte, so viel Selbstbewusstsein wie möglich in ihre Stimme zu legen.

Er blickte nicht einmal auf.

Sie sprach ihn erneut an. Wieder reagierte er nicht, sondern murmelte etwas vor sich hin.

Katherine biss die Zähne zusammen. Es war bekannt, dass der Verwalter Frauen nicht ausstehen konnte und ihnen das Leben schwer machte, wo er nur konnte. Doch sie hatte nun einmal keinen Ehemann, Vater oder Bruder, der für sie sprechen konnte. Thomas war ihr einziger Verwandter bei Hofe, doch selbst wenn er hier gewesen wäre, hätte sie ihn nicht für sich sprechen lassen. Sie war sehr wohl in der Lage, es mit Monsieur Dufour aufzunehmen. Zumindest hoffte sie das.

Sie räusperte sich. »Ich möchte Sie bitten, mir mitzuteilen, wo mein neues Zimmer ist.«

Ohne aufzuschauen, sagte er: »Da seid Ihr nicht die Einzige.«

»Da mein bisheriges Zimmer ohne mein Wissen an den

Marquess of Winsbury vergeben wurde, möchte ich Euch bitten, mir zu sagen, wohin ich meine Truhe bringen kann.«

»Dafür habe ich jetzt keine Zeit.«

Fassungslos schaute Katherine ihn an. Hatte er das wirklich gerade gesagt?

»Aber ich muss doch wissen, wo mein Zimmer ist. Es ist bald Abend.«

»Ich muss erst noch einige Unterlagen fertig machen. Heute war viel zu tun und ich bin noch lange nicht fertig.«

Er sagte es so, als würde es alles erklären.

»Und wann könnt Ihr mir sagen, wo mein Zimmer ist?«

Er zuckte die Schultern. »Wartet draußen.«

Katherine wandte sich um. Tatsächlich war vor seinem Zimmer eine steinerne Bank. Wie ein Bittsteller sollte sie dort warten? Aber ihr blieb wohl kaum etwas anderes übrig, denn Monsieur Dufour hatte nun einmal die Macht über die Zimmer.

Sie straffte die Schultern. »Also gut. Aber beeilt Euch, ich habe nicht viel Zeit.«

Jetzt blickte er zum ersten Mal auf und hob eine buschige Augenbraue. »Die müsst Ihr wohl mitbringen, Mylady. Es gibt wichtigere Menschen in diesem Schloss als Euch.«

Katherine biss die Zähne zusammen, drehte sich möglichst würdevoll um und ging zu der Bank.

Sie wartete bereits eine geraume Zeit, als ein älterer Herr den Gang entlangkam. Er trat ins Zimmer des Verwalters. »Dufour, ich habe eine Beschwerde vorzubringen.«

»Lord Seaforth.« Monsieur Dufour war sofort auf den Beinen. »Was kann ich für Euch tun?«

»Mein neues Zimmer liegt im zweiten Stock und nicht mehr im ersten. Ich verlange, dass das geändert wird.«

»Ich werde sehen, was ich tun kann.«

Der Verwalter begann, in seinen Unterlagen zu blättern.

Katherine erhob sich halb, doch bevor sie etwas sagen konnte, kam Monsieur Dufour um den Schreibtisch herum und schloss die Tür.

Einen Moment später kam ein zufriedener Lord Seaforth aus dem Zimmer und hielt ein Dokument in der Hand.

Seine Schritte waren noch nicht verhallt, als schon der nächste Mann in der Tür stand. Der Diener eines Earls, der sich auf Geheiß seines Herrn erkundigte, ob der nicht ein Zimmer mit Ausblick auf den Park bekommen könne.

Wieder schloss sich die Tür und bevor sie sich erneut öffnete, hatten sich zwei weitere Männer eingefunden, die ebenfalls Wünsche bezüglich der Zimmer hatten. Alle wurden sie eilfertig bedient und obwohl sich die Tür hinter ihnen immer wieder schloss und Katherine nicht hören konnte, was besprochen wurde, nahm sie wahr, dass sie alle zufrieden herauskamen. Monsieur Dufour schien alles möglich zu machen, was die Männer wollten.

Allerdings wurde seine Miene immer sauertöpfischer, wenn sein Blick auf Katherine fiel. Und als er noch drei weitere Männer abgefertigt hatte und bereits die Glocke zum Abendessen rief, begriff sie, dass er gehofft hatte, dass sie gehen würde und sich das Problem von allein lösen würde.

Doch warum? Hatte er womöglich gar kein Zimmer für sie?

Katherine schluckte trocken. Das wäre fatal. Es war schon spät.

Als der letzte Fragesteller gegangen war, erhob Katherine sich und trat an die Tür. Zu ihrer Überraschung blickte Monsieur Dufour ihr beinahe triumphierend entgegen.

Hoffnung keimte in ihr auf. Hatte er womöglich doch ein Zimmer für sie?

»Ihr seid also Lady Katherine Eastham?«

Sie nickte. »Die bin ich, Monsieur.«

»Was tut Ihr dann noch hier? Der König hat Euch doch des Hofes verwiesen.«

Sie war sich sicher, dass er diese Information zuvor noch nicht gehabt hatte. Irgendeiner der Männer musste sie ihm gegeben haben.

Er schien sehr zufrieden mit sich, während Katherine das

Herz jetzt bis zum Hals schlug. Doch sie zwang sich, den Verwalter hoheitsvoll anzuschauen. »Wollt Ihr mir deswegen kein Zimmer geben?«

Er schnaubte ungeduldig. »Es ist sowieso keines mehr frei. Alles belegt mit den tapferen Männern, die mit dem König im Krieg waren. Aber Ihr braucht ja sowieso kein Zimmer mehr, denn Ihr habt kein Recht, hier zu sein.« Er erhob sich mit einem Ächzen. »Und jetzt entschuldigt mich bitte, ich möchte etwas zu Abend essen. Der Tag war anstrengend.«

»Und was soll ich jetzt tun?«

Der Satz rutschte ihr heraus, bevor sie darüber nachdenken konnte. Sofort ärgerte sie sich, denn es wirkte so, als würde sie ausgerechnet den Verwalter um Rat fragen. Doch sie wusste wirklich nicht, was sie jetzt tun sollte.

»Den Hof verlassen, so wie der König es angewiesen hat?«

Er wollte sich an ihr vorbeidrängen, doch sie stellte sich ihm in den Weg. »Ihr seid nicht richtig informiert. Der König hat seine Meinung geändert.«

Monsieur Dufour blähte die fleischigen Nasenflügel ein wenig auf. »So, hat er das? Soweit ich weiß, hat er den Verweis vor dem gesamten Hof ausgesprochen. Ich war leider nicht dabei, weil ich zu beschäftigt mit der Zimmervergabe war, aber heute Nachmittag haben mir das gleich drei der Lords, die hier waren, bestätigt.«

Deswegen hatten die Männer Katherine so merkwürdige Blicke zugeworfen, als sie das Zimmer verlassen hatten.

Panik stieg in ihr auf. Monsieur Dufour war sicher niemand, der einer Frau etwas glaubte, wenn ein Mann ihm etwas anderes erzählte. Aber sie hatte eine Idee und straffte die Schultern.

»Ihr könnt den Capitaine der Wache fragen. Er hat mich auf Geheiß des Königs selbst aus dem Ballsaal begleitet und er war auch derjenige, der mir gesagt hat, dass der Verweis nicht mehr gilt.«

In dem Moment, da sie die Worte aussprach, wurde ihr

klar, dass sie gelogen hatte. Fast hätte sie alles wieder zurückgenommen, doch sie wusste, dass sie gegenüber Monsieur Dufour keine Schwäche zeigen durfte. Sie konnte und wollte den Hof nicht verlassen.

Der Verwalter schaute sie aus zusammengekniffenen Augen an. »Ich werde ihn dazu befragen. Aber ich habe trotzdem kein Zimmer für Euch. Alles ist besetzt. Von den Männern des Königs.«

»Zumindest für heute Abend brauche ich aber einen Platz zum Schlafen«, sagte sie. »Ich werde ja jetzt nicht mehr den Hof verlassen können. Außerdem könnt Ihr Euch schon einmal überlegen, welches Zimmer Ihr mir gebt, denn meine Geschichte ist wahr.«

Allerdings hoffte sie sehr, dass er nicht mit dem Capitaine sprechen würde. Zumindest nicht bevor sie es getan hatte.

Er hob die Schultern. »Mir ist es gleich, was Ihr heute Abend tut. Es gibt kein freies Zimmer mehr. Und schließlich ist das hier kein Gasthaus, sondern ein Königspalast, und bereits mein Vater war hier Verwalter. Ich kenne mich also bestens aus.«

»Aber ich muss irgendwo nächtigen.« Sie hörte selbst, dass Verzweiflung in ihrer Stimme mitschwang. »Und es ist Eure Aufgabe, mir ein Zimmer zur Verfügung zu stellen.«

Er presste die Lippen zusammen und sein Gesicht wurde rot. Sie war zu weit gegangen. Doch die Verzweiflung hatte sie getrieben.

Monsieur Dufour musterte sie, dann sagte er langsam: »Ich habe einen Vorschlag für Euch, Lady Katherine. Entweder Ihr sucht Euch das Bett von jemandem, der es gern mit Euch teilt, was einer schönen Frau wie Euch vermutlich nicht schwerfallen wird, oder Ihr nehmt Euch ein Zimmer in der Stadt. Allerdings wird das auch nicht leicht, denn all die Höflinge, die nicht im Schloss untergekommen sind, und davon gibt es einige, haben bereits Zimmer angemietet. Es sind sicherlich nur noch Absteigen verfügbar, in denen eine Lady, wie Ihr es seid, nicht nächtigen will. Daher würde ich Euch vorschlagen, die erste Möglichkeit in Betracht zu ziehen. Einen geruhsamen Abend wünsche ich Euch.«

Katherine starrte ihn an, für einen Moment unfähig, zu reagieren. »Wie könnt Ihr es wagen, mir vorzuschlagen, dass ich …«

Sie konnte es nicht einmal aussprechen. Er hatte ihr doch tatsächlich vorgeschlagen, dass sie die Mätresse eines Mannes werden sollte, damit sie ein Bett zum Schlafen hatte. Eher würde sie in der Besenkammer übernachten.

Er hob die Schultern. »Es ist mir gleich, was Ihr macht. Ich habe kein Zimmer für Euch.«

Verzweiflung ergriff Katherine. Doch dann hatte sie eine Idee. Sie atmete tief durch, um etwas Ruhe in die Situation zu bringen. »Welches Zimmer habt Ihr Sir Thomas Hartfort zugeteilt?«

Vielleicht konnte sie erst einmal dort schlafen, schließlich waren Thomas und Sophia gerade in Versailles.

Der Verwalter runzelte die Stirn, öffnete den Mund, schloss ihn jedoch gleich wieder. Sein Blick fiel auf seine Unterlagen. Sie sah Unbehagen und Missmut in seinem Gesicht. Dann setzte er wieder seine arrogante Maske auf. »Das geht Euch nichts an.«

»Habt Ihr überhaupt ein Zimmer für ihn und seine Familie?«

»Ich muss jetzt zum Abendessen, und wenn Ihr mich nicht durchlasst, werde ich den Capitaine der Wache holen. Soweit ich weiß, hattet Ihr heute erneut das Vergnügen mit ihm, weil Ihr Euch geweigert habt, das Zimmer des Marquess of Winsbury zu verlassen. Was wird er wohl sagen, wenn ich die gleiche Beschwerde über Euch vorbringe?«

Die Wut brodelte so schnell in Katherine hoch, dass die Heftigkeit sie beinahe von den Beinen riss. Bevor sie auch nur einen Herzschlag lang darüber nachdenken konnte, holte sie aus und versetzte Monsieur Dufour eine Ohrfeige. Das Geräusch hallte von den kahlen Wänden seines Büros wider.

»Wie könnt Ihr es wagen, so mit einer Lady zu sprechen? Ich werde mich über Euch beschweren.«

Jetzt funkelte auch in seinen Augen Zorn. »Das würde ich lieber sein lassen. Niemand wird Euch glauben, denn Euer Wort steht gegen meines und ich habe eine unbefleckte Reputation bei Hofe, ganz im Gegensatz zu Euch. Außerdem braucht man mich hier, gerade im Moment. Euch hingegen nicht.«

Am liebsten hätte Katherine ihn ein weiteres Mal geschlagen, aber sie sah ein, dass sie das noch mehr in Schwierigkeiten bringen würde. Außerdem wurde ihr klar, dass er ihr nun niemals ein Zimmer geben würde.

Ganz kurz überlegte sie, ob sie sich entschuldigen sollte, doch dazu war sie nicht in der Lage, denn dieser dreiste Mann war im Unrecht.

Als sie nichts mehr sagte, drängelte er sich an ihr vorbei, und als sein dicker Bauch ihren nackten Arm streifte, erschauderte sie vor Ekel.

»Verlasst jetzt mein Büro.« Da Katherine einsah, dass sie verloren hatte, ging sie an ihm vorbei in den Flur, bedacht darauf, ihn nicht noch einmal zu berühren.

Er zückte einen großen Schlüssel und schloss die Tür bedächtig. Das laute Klicken hallte in dem Kellergang wider.

Wie betäubt wandte Katherine sich zum Gehen, als sich die Tür am Ende des Ganges erneut öffnete und ein Herr im mittleren Alter, der auch einer von den Neuen sein musste, in schweren Stiefeln auf sie zukam.

»Lord Braden«, rief Monsieur Dufour freundlich. »Kann ich etwas für Euch tun?«

»Ich bin eben erst angekommen. Ich brauche ein Zimmer.«

»Aber sicher, ich werde sehen, was ich tun kann.«

Katherine biss die Zähne zusammen.

»Geht jetzt«, zischte Monsieur Dufour und schloss die Tür wieder auf. »Nicht, dass noch jemand denkt, ich hätte mich mit Euch hier vergnügt.«

Wäre der andere Herr nicht gewesen, hätte Katherine ihm

eine zweite Ohrfeige verpasst. »Das werdet Ihr büßen«, flüsterte sie und eilte in die andere Richtung davon.

# KAPITEL SECHS

Erschöpft stieg Philippe die Treppe zu seinem Quartier hinunter. Als er den Posten des Capitaines der Wache in Saint-Germain-en-Laye angenommen hatte, war ihm bewusst gewesen, dass seine Aufgabe darin bestand, für die Sicherheit eines Königs und dessen Familie zu sorgen. Allerdings hatte er nicht gewusst, dass es so anstrengend sein konnte, von morgens früh bis abends spät durch einen Palast zu laufen. An manchen Tagen wünschte er sich die Zeiten in der Truppe auf dem Feld zurück, auch wenn man dort den Unbilden des Wetters ausgesetzt war, das Essen dürftig und die Langeweile manchmal grausam war. Doch die Kameradschaft unter den Männern und die echte Arbeit, die man dort verrichtete, erschienen ihm auf diesem Posten hier durchaus verlockend. Wenigstens legte man sich abends auf seine Pritsche und wusste, was man getan hatte.

Heute war er zwar auch erschöpft, aber es war eher eine zähe Müdigkeit, keine körperliche Erschöpfung nach einem harten Tag im Feld. Er war unzählige Treppen hoch und runter gegangen, weil viel zu viele Menschen in nichtige Streitigkeiten zu geraten schienen, die er für sie lösen sollte. Dabei war er sich sicher, dass das nicht zu seinen Aufgaben zählte. Er sollte den König und den Palast vor Gefahren von außen schützen und nicht den Missmut des Hofstaates auffangen. Mehrmals war er sich wie ein Pfarrer vorgekommen, der eine Horde zankender Schuljungen beaufsichtigte.

Eigentlich hatte seine Aufgabe hier schon lange beendet sein sollen. Er hatte sie im Dezember vor achtzehn Monaten angetreten, als der englische König nach Frankreich geflohen war. König Louis hatte seinem Cousin freundlicherweise den Palast von Saint-Germain-en-Laye überlassen und ihm nicht nur eine Leibrente zukommen lassen, sondern auch Wachen und Dienerschaft zur Verfügung gestellt. Als Capitaine der Wache war Philippe ausgewählt worden, was ihn im ersten Moment gefreut hatte. Allerdings hatte niemand damit gerechnet, dass König James nicht in der Lage war, seinen Thron zurückzuerobern. Einige Monate sollte seine Aufgabe dauern, hatte Capitaine Lourdes, sein Vorgesetzter in Versailles, Philippe damals gesagt. Wenn er gewusst hätte, dass es so viel länger dauerte und der Hof sich nun auf unbestimmte Zeit dauerhaft in Frankreich einrichtete, hätte er diese Stelle niemals angenommen.

Er hatte es als Möglichkeit gesehen, sich hier zu beweisen, um dann wichtigere Aufgaben in Versailles übernehmen zu können. Zunächst als Stellvertreter von Lourdes und später womöglich als Capitaine der Wache in Versailles. Doch weil der Engländer nicht in der Lage war, sich in seinem eigenen Land durchzusetzen, musste er jetzt hier versauern.

Und wenn er ehrlich war, hatte er spätestens seit heute die Nase voll von den Engländern, die sich so arrogant gaben und sich den Franzosen gegenüber erhaben fühlten. Dabei waren sie es doch, die hier in Frankreich zu Gast waren.

Er hatte nicht übel Lust, alles hinzuschmeißen. Doch was sollte er dann tun? Wenn er diesen Posten aufgäbe, würde ihn das weiter von seinem eigentlichen Ziel in Versailles entfernen als jemals zuvor. Er hatte zu hart gearbeitet, um überhaupt in die Nähe des französischen Königs zu kommen. Das konnte er jetzt nicht aufgeben. Auch wenn es bedeutete, dass er sich mit diesen Engländern herumschlagen musste.

Diese Gedanken beschäftigten ihn, als er den Flur erreichte, in dem die Wachen ihre Quartiere hatten. Wenigstens hatte er diese Männer gut trainiert und sie waren eine ganz brauchbare Mannschaft. Die Schweizer Wachen waren allesamt erfahren, und auch die Franzosen, die hier in den unteren Rängen der Offiziere dienten, waren ganz brauchbare Männer. Die Monate, in denen nur die Königin hier gewesen war, hatte Philippe gut für die Ausbildung genutzt und er war zufrieden mit seiner Leistung. Außerdem waren die Königin und der Prinz, der gerade erst keine Windeln mehr trug, wohlauf. Er hatte seine Aufgabe also erfüllt.

Eine Tür öffnete sich und Jaques Bonnet trat heraus. Sein Stellvertreter teilte sich ein Zimmer mit Pierre Morel, dem anderen zweiten Mann. Und auch wenn Philippe alle Männer gleich behandeln sollte, war Jaques mittlerweile zu einem guten Freund geworden. Er mochte den freundlichen Mann aus dem Süden.

Das war schon immer so bei Philippe gewesen. Obwohl er ehrgeizig war und viel erreichen wollte, hatte er schnell gemerkt, dass es leichter war, wenn er sich Freunde unter den anderen Männern machte, als ständig in einen Wettbewerb mit ihnen zu treten. Und Freunde machen konnte er sich leicht. Das war sicherlich etwas, was er von seinem Vater geerbt hatte. Es erforderte vor allem Verstand und die Bereitschaft, sich darüber Gedanken zu machen, was es wirklich war, was der andere wollte. Dabei durfte man denjenigen, den man sich zum Freund machen wollte, aber nicht ausnutzen, sondern die Freundschaft musste echt sein. Auch das fiel Philippe nicht schwer, denn trotz seines Berufes als Soldat mochte er Menschen. Zumindest die Franzosen, bei den Engländern war er sich nicht mehr sicher.

Schon oft hatte Philippe darüber sinniert, was er wohl noch von seinem Vater über Menschen hätte lernen können, wenn er sich nicht so früh das Leben genommen hätte. Seine Fähigkeit, sich Freunde zu machen, war ihm im Grunde zum Verhängnis geworden. Das war etwas, was Philippe nicht wiederholen wollte. Aber er konnte gar nicht anders, als sich mit einigen der Männer anzufreunden. Und Jaques war jemand, dem er vertrauen konnte, das sagte ihm sein Instinkt.

Der kam auf ihn zu und grinste. »Ihr hattet Besuch.«

Philippe seufzte und schloss die Jacke wieder, die er gerade aufgeknöpft hatte. Es war ein heißer Tag gewesen und er konnte es nicht abwarten, endlich die Uniformjacke abzulegen. Wenigstens war es in den Quartieren angenehm kühl. Im Winter erfroren seine Männer hier unten zwar fast, aber im Sommer war es ein Segen.

»Was wollen sie denn nun schon wieder?«

Jaques' Grinsen vertiefte sich und Philippe ahnte, dass dies ein außergewöhnlicher Besuch gewesen war.

»Wer war es?«

»Eine Dame.«

»Eine Dame? Hier?«

Nicht einmal die Männer des englischen Hofes kamen hier herunter, geschweige denn eine Dame. Er war sich sicher, dass hier unten bisher nur die Röcke von Dienerinnen gesehen worden waren, und das auch nur zum Saubermachen, denn Philippe hatte seinen Männern streng verboten, ihre Liebschaften mit in die Quartiere zu bringen. Er wusste, dass er nicht verhindern konnte, dass der eine oder andere mit einer Dienerin oder gar einem Diener anbandelte, aber wenn er zuließ, dass sie diese mit auf ihre Zimmer nahmen, würde hier das Chaos ausbrechen.

Doch bevor Jaques etwas sagen konnte, wusste er, wer hier gewesen war.

Konnte das wirklich sein? Würde sie sich hier herunter trauen?

»Wenn mich nicht alles täuscht, war es sogar diese Lady Katherine, die Ihr auf Befehl des Königs vor Kurzem aus dem Ballsaal geleitet habt.«

Er sagte es nicht, aber Philippe wusste, dass Jaques, der an dem Tag vor der Tür des Ballsaals gestanden hatte, aufgefallen war, dass er sehr lange gebraucht hatte, um wieder zurückzukommen. Zum Glück hatte niemand gesehen, wie er Lady Katherine beruhigt hatte.

Er gab sich ruhig. »Was wollte sie?«

Jaques breitete die Hände aus. »Seht Ihr, das war das Merkwürdige. Sie meinte, dass Ihr ihre Reisetruhe hättet und sie diese gern abholen würde.« Er legte den Kopf schief. »Ich frage mich, wie sie darauf kommt, dass Ihr ihre Truhe haben könntet.«

Philippe wusste, dass er sich schnell etwas einfallen lassen musste.

»Die habe ich tatsächlich. Und bevor Eure Gedanken in eine falsche Richtung gehen: Als ich heute Mittag intervenieren musste, als dieser Marquess sie aus dem Zimmer werfen wollte, habe ich die Gelegenheit ergriffen, ihre Reisetruhe an mich zu nehmen.«

Jaques hob vielsagend die Augenbrauen. »Wie nobel von Euch.«

»Wischt Euch das Grinsen aus dem Gesicht. Ihr wisst genau, dass ich nach dem Vorfall mit dem König mehr über sie erfahren muss, damit ich sicherstellen kann, dass sie keine Gefahr darstellt. Deswegen war es eine gute Gelegenheit, ihre Sachen diskret zu durchsuchen.«

Jaques verschränkte die Arme. »Glaubt Ihr wirklich, dass sie Euch ihre Sachen einfach so überlassen hätte, wenn sie gefährlich wäre?«

»Ihr blieb kaum etwas anderes übrig«, verteidigte Philippe sich. »Außerdem wähnen sich solche Menschen manchmal in Sicherheit und werden unvorsichtig. Was sie nicht weiß, ist, dass ich sehr gut darin bin, Rückschlüsse zu ziehen und Spuren zu finden.«

Jaques verdrehte die Augen. »Jaja, ich weiß, wie ein Spürhund. Aber ich glaube nicht, dass sie gefährlich ist. Sie wirkte eher sehr aufgelöst und hilfsbedürftig.«

Irritiert stellte Philippe fest, dass sich sein Herz ein wenig zusammenzog. Er wusste genau, wie sie aussah, wenn sie aufgelöst war. Auch wenn er mittlerweile schon gelernt hatte, dass es ihr mehr als unangenehm war, wenn jemand hinter die Fassade schaute, die sie nach außen zur Schau stellte. Heute Nachmittag, als sie am offenen Fenster gestanden hatte und der leichte Wind ihre Röcke gebauscht hatte, hatte ihr Anblick ebenfalls irgendetwas in ihm angerührt. Sie war nach außen hin so steif und förmlich, fast unnahbar, aber unter der Oberfläche, die sie so mühsam zusammenhielt, brodelte etwas. Und das war nicht die Angst, die sie vor ein paar Tagen übermannt hatte, sondern noch etwas anderes. Er konnte nicht mit Bestimmtheit sagen, was es war, aber zu gern hätte er es herausgefunden.

Und zwar so gern, dass er vorhin, als er die Truhe in sein Zimmer gestellt hatte, nicht hatte widerstehen können, sie zu öffnen. Er war mit den Fingern über ihr goldenes Kleid gefahren, das sie beim Zusammenstoß mit dem König getragen hatte. Vorsichtig hatte er weiter unten in der Truhe geschaut, war aber schnell auf ein Unterkleid gestoßen und hatte den Deckel hastig geschlossen. Sie war immerhin eine Dame und es stand ihm nicht zu, ihre Sachen zu durchwühlen. Schon gar nicht, wenn er es nur tat, um aus privatem Interesse mehr über sie zu erfahren. Hätte er einen echten Verdacht ihr gegenüber gehabt, wäre es etwas anderes gewesen, aber so kam er sich beinahe schmutzig vor, ihre Kleider zu berühren. Allerdings hatte er nicht umhingekonnt, den feinen Lavendelduft wahrzunehmen, der davon aufstieg, gepaart mit einem Geruch von Honig, der ihr zu eigen zu sein schien. Er hatte es auch gerochen, als ihr Kopf an seiner Schulter gelegen hatte. Sie roch wie ein träger Spätsommertag auf dem Land.

Er schüttelte den Kopf, um diese Gedanken zu vertreiben. Jaques betrachtete ihn mit einem Grinsen. Er musste wieder Herr der Lage werden.

»Was hat sie noch gesagt?«

»Nichts. Nur, dass sie Euch sucht, und als ich sie fragte, ob ich ihr weiterhelfen könne, hat sie verneint und meinte, dass Ihr ihre Truhe habt.«

Wenn sie ihre Truhe abholen wollte, hatte sie also ein neues

Zimmer. Das erleichterte ihn, denn heute war ihm klar geworden, dass Dufour die Kontrolle über die Zimmervergabe verloren hatte. Es war zu unzähligen Streitereien gekommen, weil Zimmer doppelt vergeben gewesen waren und jeder sich wichtiger als der andere fühlte und die meisten größere Wohnungen für sich beanspruchen wollten. Doch dieses Privileg hatte noch nicht einmal der König. Was ein Grund für dessen Missmut war. Er war der Meinung, dass die Anzahl seiner Zimmer nicht ausreichte, da er kein zweites Vorzimmer und Ankleidezimmer hatte. Aber das war nichts, was Philippe lösen konnte.

»Hat sie Euch mitgeteilt, wo ihr Zimmer ist?«

Jaques hob die Augenbrauen. »Nein.«

»Hat sie gesagt, dass sie wiederkommt?«

Sein Stellvertreter schüttelte den Kopf.

»Verdammt.«

»Warum? Wolltet Ihr ihr etwa zu dieser Stunde noch ihre Truhe vorbeibringen?«

Er sagte es so anzüglich, dass Philippe brummte: »Passt auf, was Ihr sagt. Sie ist immerhin eine Lady.«

»Stimmt. Aber eine sehr attraktive Lady. Mercier ist gegen den Pfosten seiner Zimmertür gelaufen, als er sie gesehen hat.«

»Die Männer wissen genau, dass sie die englischen Damen nicht anschauen sollen. Ich werde mit ihm reden.«

Jaques seufzte. »Ihr wisst genau, dass die Männer das nicht tun, aber wenn sich auf einmal jemand wie sie nach hier unten verirrt, kann das schon Erstaunen bei ihnen auslösen. Immerhin sind es auch nur Männer.«

»Und sie ist eine Lady«, wiederholte Philippe.

»Genau. Das sollte keiner von uns vergessen. Sie ist eine Lady und deswegen dürfen wir sie nicht anschauen. Keiner von uns.«

Eindringlich blickte er Philippe an. Eigentlich hätte er den anderen Mann zurechtweisen müssen, doch er wusste, dass dieser als Freund und nicht als Untergebener mit ihm gesprochen hatte. Und vermutlich hatte er recht.

»Sie war immerhin in den Vorfall mit dem König verwickelt und mein Instinkt sagt mir, dass der noch nicht ausgestanden ist. Deswegen ist es wichtig, dass ich sie im Auge behalte.«

Er hatte damit gerechnet, dass Jaques sich wieder als Freund äußern würde, doch der Blick des jüngeren Mannes wurde aufmerksam. Das schätzte Philippe an ihm. Er nahm seine Aufgabe ernst.

»Glaubt Ihr wirklich, dass König James ihr zur Last legen wird, dass sie beim Fangenspielen gegen ihn geprallt ist?«

Jaques war zwar im Ballsaal nicht dabei gewesen, aber jeder im Schloss kannte diese Geschichte mittlerweile. Und er machte sich Gedanken darüber, was das über den Charakter des Königs aussagte. Denn davon, wie König James mit solchen Ereignissen umging, hing auch ab, wie sich ihre Aufgaben in der kommenden Zeit gestalteten. Als Wache, vor allem als Capitaine, war man den Launen der Königlichen Hoheit, für die man verantwortlich war, ausgeliefert. Da war es wichtig, zu wissen, wie man den Monarchen einzuschätzen hatte. Jede Information war hilfreich. Das wusste auch Jaques.

Als König James vor etwas über einem Jahr schon einmal für ein paar Monate in Saint-Germain-en-Laye gewesen war, hatte er sich anders verhalten. Er war zwar nicht übermäßig freundlich gewesen, im Gegenteil, der Zorn hatte ihn fest im Griff gehabt, aber es war ein Zorn auf sein Volk gewesen, das ihn aus England vertrieben und seinen Schwiegersohn, den Holländer William of Orange, eingeladen hatte, den Thron zu besteigen. Dieser Zorn hatte ihm Tatendrang verliehen, einen Feldzug zu planen, der ihn nach England zurückbrachte. Er hatte seinen Aufenthalt in Frankreich nur als vorübergehend angesehen und war seinem Cousin, König Louis, dankbar, dass der ihm aushalf. Nun, da sein Feldzug in Irland ihm nichts eingebracht hatte als Häme und ihm bewusst war, dass er erst einmal in Saint-Germain-en-Laye heimisch werden musste, richtete sich die Wut des englischen Königs allerdings eher gegen die Franzosen und die in seinen Augen unzureichende Unterkunft. Und genauso wie der König verhielten sich auch seine Anhänger, so als wären sie Hunderte kleiner Spiegel. Das gesamte Schloss schien seit ein paar Tagen aus Missfallen zu bestehen.

Philippe wusste, dass seine Aufgabe in den nächsten Monaten nicht leicht sein würde. Er war froh, dass er einen Mann wie Jaques an seiner Seite hatte. Denn, und das wusste jeder Soldat, eine unzufriedene Armee war immer ein leichtes Ziel für Angriffe. Philippe war sich sicher, dass das auch für einen Königshof galt. Und es gab einige, die den König, vor allem aber den kleinen Prinzen, um den sich so viele Gerüchte und Erwartungen rankten, am liebsten tot gesehen hätten. Dies hätte das Leben von vielen Menschen in England erleichtert.

Allerdings war er sich sehr sicher, dass bei allen Gefahren, die dem König dort draußen drohten, Lady Katherine nicht dazugehörte.

Philippe verschränkte die Arme. »Bisher hat er sie nicht mehr erwähnt, aber er findet Anstoß an allem und jedem, und ich glaube, dass er sich sehr gut an sie erinnern wird, sobald er sie sieht. Aber das werden wir abwarten.« Er zögerte, dann fügte er hinzu: »Und bis dahin kann es sicherlich nicht schaden, wenn wir sie im Auge behalten.«

Jaques nickte nur, obwohl Philippe ihm ansah, dass er gern noch etwas gesagt hätte.

Er knöpfte seine Jacke wieder auf, nahm seinen Schlüsselring vom Gürtel und schloss seine Tür auf. Sein Zimmer war das einzige hier unten, das abschließbar war.

»Ich muss noch einiges an Schreibarbeiten erledigen. Könnt Ihr mir bitte Essen schicken lassen? Und Ihr übernehmt heute die Aufsicht der Wachablösung beim König.«

Jaques' Augen wurden groß, aber er nickte begierig. Diese Aufgabe hatte Philippe bisher niemand anderem überlassen und es war eine Ehre und ein Vertrauensbeweis, das wussten sie beide. Für einen kurzen Moment fragte Philippe sich, ob er das Richtige getan hatte, und beinahe hätte er den Befehl zurückgenommen, doch dann schwieg er.

Als Jaques salutierte und schließlich davoneilte, wurde Philippe bewusst, dass es nur einen Grund gab, warum er auf seinem Zimmer essen wollte. Er hatte Angst, sie noch einmal zu verpassen.

So saß er an seinem Schreibtisch und schaffte es tatsächlich, einiges an Korrespondenz zu erledigen, die er schon lange aufgeschoben hatte. Dabei fiel sein Blick immer wieder auf ihre Truhe und es juckte ihn in den Fingern, sie noch einmal zu untersuchen, doch er rührte sie nicht an.

Allerdings wartete er vergeblich auf Lady Katherine. Als er sich schließlich auf sein Bett legte, beschloss er, gleich am Morgen den furchtbaren Dufour zu fragen, wo sich ihr Zimmer befand. Immerhin brauchte sie ihre Truhe, in der sich all ihre Sachen befanden.

# KAPITEL SIEBEN

Obwohl es eine warme Sommernacht war, fror Katherine erbärmlich. Sie saß auf dem Steinboden in einem Flur, der nicht einmal von den Dienstboten benutzt wurde, weil das Ende der Treppe mit einer Mauer verschlossen worden war. Hierher würde sich niemand verirren. Die Steine waren kalt und obwohl sie versucht hatte, ihre Röcke so zu falten, dass sie mehrere Lagen unter ihrem Gesäß hatte, spürte sie immer noch die Kälte.

Mehrmals in dieser Nacht dachte sie daran, dass sie sich doch besser in einen der Salons gesetzt hätte. Aber sie wusste, dass diese irgendwann im Laufe der Nacht oder am frühen Morgen gereinigt wurden, und da ihr nicht bekannt war, wann genau das geschah, konnte sie es nicht riskieren.

Außerdem wusste sie, dass viele Bewohner des Schlosses gerade jetzt, da so viele heimgekehrt waren und es viel zu erzählen gab, bis spät in die Nacht dort zusammensaßen. Und sie war nicht bereit, sich irgendjemandem zu zeigen. Sie wollte mit niemandem über den Vorfall im Ballsaal sprechen, denn nicht jeder würde so gnädig mit ihr sein wie Lady Ella.

Auch neugierige Fragen darüber, dass der Marquess sie aus ihrem Zimmer verdrängt hatte und wo sie jetzt untergekommen war, wollte sie vermeiden. Denn dann hätte sie lügen müssen, und eigentlich log sie nicht. Obwohl sich das heute anscheinend auch geändert hatte.

Außerdem wusste sie nicht, ob sich womöglich auch schon herumgesprochen hatte, dass sie dem Verwalter eine Ohrfeige gegeben hatte, oder ob man sich erzählte, dass sie eine Affäre mit ihm hatte. Das ging manchmal schnell, wenn eine Frau allein mit einem Mann in einem Raum erwischt wurde.

Sie legte das Gesicht in die Hände, die ebenfalls eiskalt waren. Wie hatte sie sich innerhalb weniger Tage nur in ein solches Schlamassel stürzen können?

Und dann der Besuch im Untergeschoss bei den Wachen. Auch das war ein Fehler gewesen, den sie zu spät bemerkt hatte. Die Männer hatten sie dermaßen ungläubig angestarrt, dass Katherine begriffen hatte, dass eine Dame dort unten nichts zu suchen hatte. Vermutlich waren jetzt noch mehr Gerüchte über sie im Umlauf. Ob sie sich überhaupt jemals wieder in einen der Salons trauen konnte?

Vermutlich war es doch das Beste, wenn sie den Königshof verließ. Nur, wo sollte sie hin? Nach England auf jeden Fall nicht. In London würde sie sich genauso verstecken müssen, wie sie es hier gerade tat. Und während sie hier noch die Hoffnung hatte, dass man sie und den Vorfall wieder vergessen würde, so würde das in London nicht passieren. Denn dort hatte sie sich eine Frau zur Feindin gemacht, die sie nicht mehr in England haben wollte. Doch der Hof vergaß in der Regel schnell. Was gestern noch ein Skandal gewesen war, wurde in wenigen Tagen von etwas anderem überschattet. So viel hatte Katherine in den Monaten, die sie hier war, schon mitbekommen. Es waren bereits mehr Skandale gekommen und gegangen, als sie Haarbänder besaß.

Deswegen war es vermutlich am besten, wenn sie in Frankreich bleiben würde. Im Moment war der Palast von Saint-Germain-en-Laye allerdings denkbar ungeeignet, denn sie hatte ja nicht einmal einen Platz zum Schlafen.

Auch das würde sich irgendwann vermutlich ändern. Vielleicht konnte sie fürs Erste mit Sophia und Thomas in ein Zimmer ziehen. Allerdings gruselte sie der Gedanke, keinerlei Privatsphäre mehr zu haben. Aber besser als die kalten Steinfliesen in einem stillgelegten Gang war es allemal. Es würde sich bestimmt etwas ergeben. So viele Menschen kamen und gingen, da wurde sicher schnell wieder ein Zimmer frei.

Katherine lehnte den Kopf gegen die Wand und versuchte, das Trappeln von Mäusefüßen um sie herum zu überhören. Sie konnte nicht schlafen, wenn Mäuse um sie herumliefen, und auch nicht, wenn ihr so kalt war.

Zu gern hätte sie ihre Truhe gehabt, dann hätte sie wenigstens ihren Mantel oder ein anderes Kleid zum Zudecken und als Kopfkissen verwenden können. Doch leider war der Capitaine nicht da und seine Tür verschlossen gewesen.

Sie hatte sich nicht getraut, dortzubleiben und auf ihn zu warten, denn die Männer hatten sie viel zu neugierig angestarrt. Und auch suchen wollte sie ihn nicht, denn das hätte bedeutet, dass sie durchs Schloss hätte laufen müssen.

Jetzt wurde ihr klar, dass der Plan sowieso schiefgegangen wäre, denn sie hätte die Truhe niemals allein durchs Schloss tragen können. Der Capitaine hätte sicherlich darauf bestanden, ihr das schwere Möbelstück in ihr Zimmer zu bringen, und dann hätte sie lügen müssen, denn sie wollte nicht, dass er erfuhr, dass sie gar kein Zimmer hatte. Es wäre doch ein vortrefflicher Grund, sie des Hofes zu verweisen.

Allerdings schätzte sie ihn nicht so ein, dass er nur nach einem Grund suchte, sie loszuwerden. Ganz im Gegensatz zu dem dreisten Monsieur Dufour.

Aber da war noch etwas anderes, was ihr aufgefallen war. Der Capitaine strahlte eine solche Ruhe aus, dass sie, immer wenn er in der Nähe war, ein wenig ruhiger wurde und es ihr leichter fiel, klar zu denken. Außer in dem Moment, da er sie auf dem Schoß gehalten hatte. Da hatte sie gar nicht mehr denken können, sondern hatte einfach seine Nähe genossen.

Obwohl sie allein im Dunkeln saß, spürte sie, wie ihre Wangen und ihre Ohren heiß wurden. Sie errötete jedes Mal wie ein junges Mädchen, wenn sie darüber nachdachte, wie gut sich seine Hände auf ihrem Rücken angefühlt hatten.

Sie ballte die Fäuste und drückte sie auf die Augen, so als würde es etwas an diesem unsäglichen Gefühl ändern, das sie schon einmal fast ins Verderben geführt hätte. Was war es nur mit dieser verdammten Lust? Warum strafte Gott sie mit diesem Gefühl?

In England waren es genau diese Gefühle gewesen, die ihr Leben zerstört hatten. Wenn sie sich Richard nicht hingegeben hätte, wäre all das nicht passiert. Sie würde immer noch in London sein, ein beschauliches Leben führen und nicht hier im Dunkeln hocken.

Doch der Gedanke an das beschauliche Leben in London hatte in den letzten Monaten seinen Reiz verloren. Katherine war durchaus bewusst, dass sie das Leben bei Hofe, den Austausch mit anderen Damen und vor allem die Freiheit, die sie hier genoss, sehr gern mochte und niemals mehr für das Leben im Haus ihrer Tante in London eintauschen wollte. Vielleicht war es daher doch gut gewesen, dass sie sich mit Richard eingelassen hatte, denn es hatte sie hierhergeführt.

Entsetzt presste Katherine die Fäuste fester an die Augen, sodass sie kleine Sternchen tanzen sah, und schüttelte den Kopf. So etwas durfte sie nicht einmal denken! Ihre unzüchtigen Gefühle hatten sie in diese Lage gebracht und daran war nichts Gutes. Damals, als Richards Frau vor ihr gestanden und von ihr verlangt hatte, dass sie London verlassen und nie wiederkommen sollte, hatte Katherine sich geschworen, dass sie diese Lust fest in sich verschließen und nie wieder an die Oberfläche kommen lassen würde. Es war einer Dame unwürdig.

Doch kaum berührte ein Mann sie, prickelte es wieder so herrlich in ihrem Bauch. Was für eine liederliche Frau sie doch war.

Der Capitaine hatte nur freundlich sein wollen, weil sie einen Schock erlitten hatte. Außerdem war er ein Angestellter im Dienst des Königs. Mit jemandem wie ihm konnte sie sich nicht einlassen, egal, wie gut er aussah und wie wunderbar männlich er roch.

*Hör auf!*, schalt Katherine sich selbst. Sie durfte sich mit niemandem einlassen, egal ob es ein Duke war oder der Gärtner. Es würde sie zu genau dem machen, was Monsieur Dufour ihr vorgeschlagen hatte: zu einer Mätresse, wenn sie sich mit einem Adeligen einließ, und zu einer gefallenen Frau, wenn es ein einfacher Mann war. Denn heiraten würde sie doch sowieso niemand mehr.

Vermutlich war die Tatsache, dass sie bereits einmal die Mätresse eines Mannes gewesen war, der Grund, warum sie so heftig reagiert hatte, als Monsieur Dufour ihr das vorgeschlagen hatte. Obwohl er kein Recht hatte, so etwas zu ihr zu sagen, war sie doch diejenige, die gesündigt hatte. Und das Schlimmste damals war gewesen, dass sie es so sehr genossen hatte.

Sie sollte sich schämen, doch das konnte sie bis heute nicht. Stattdessen dachte sie wieder an das Gefühl der Hände des Capitaines auf ihrem Rücken.

Wie sehr sehnte sie sich danach, mit einem Mann zusammen zu sein. Ob ihr das in ihrem Leben noch einmal vergönnt sein würde?

Sofort schämte sie sich für diesen Gedanken und schob ihn energisch beiseite.

Das Schlimmste war, dass sie morgen noch einmal zum Capitaine gehen musste, um ihm zu erklären, dass sie Monsieur Dufour gesagt hatte, dass der König sie doch nicht des Hofes verwiesen hatte. Nur damit er nicht eine andere Geschichte erzählte. Vielleicht bekam sie dann ja doch noch ein Zimmer.

Katherine hielt inne und stöhnte auf, als ihr etwas klar wurde. Egal, was der König gesagt oder nicht gesagt hatte, Monsieur Dufour würde ihr in nächster Zeit vermutlich sowieso kein Zimmer geben, nicht nach der Ohrfeige. Deswegen war es eigentlich egal, was der Capitaine ihm sagte.

Also brauchte sie morgen nicht zu ihm zu gehen.

Ein Gefühl der Erleichterung durchströmte sie, denn es würde auch das Problem mit diesen Gefühlen lösen, wenn sie ihn nicht mehr sah.

Blieb nur noch die Truhe, die sich in seiner Obhut befand.

Katherine entschied, dass sie dafür Suzanne zum Capitaine schicken konnte.

Zufrieden mit dieser Entscheidung, seufzte Katherine. Es hallte von den kahlen Wänden wider und es machte ihr nur allzu deutlich, wo sie sich gerade befand.

Auch wenn sie ihr Problem mit dem Capitaine gelöst hatte, gab es da noch das mit dem Zimmer. Denn wenn sie kein Zimmer bekommen würde, hieße das, dass sie weiterhin in diesem Flur nächtigen musste.

Katherine entschied, dass sie das nicht wollte. Aber welche Möglichkeiten blieben ihr noch?

Ein Zimmer außerhalb des Schlosses wäre eine Lösung. Ihre Schwester Lilly und ihr Mann Nicholas hatten sich im Frühjahr ein Zimmer im Ort genommen, doch soweit Katherine wusste, kostete dies Geld und das hatte sie nicht. Sie musste hier im Schloss bleiben, wo sie kostenlos wohnen und essen konnte. Außerdem würde niemand eine alleinstehende Frau bei sich wohnen lassen.

Also konnte sie nur hoffen, dass jemand sie bei sich aufnahm. Aber wer? Lady Ella wohnte mit ihren Eltern in einem Zimmer. Lady Valentina und ihr Mann Jonathan hatten einen Säugling und außerdem kannten sie sich nicht gut genug, als dass Katherine bei ihnen unterkommen könnte. Blieben also nur noch Sophia und Thomas. Aber die waren in Versailles, weil Thomas dort ein Engagement als Musiker hatte.

Wenn sie doch nur deren Zimmer nutzen könnte, bis die beiden wieder da waren, dann wäre alles viel leichter. Doch anscheinend hatte Monsieur Dufour auch die beiden vergessen. Sicherlich würden sie ein Zimmer bekommen, wenn sie zurückkehrten, denn selbst der Verwalter konnte es sich nicht leisten, dem Musiker der Königin ein Zimmer vorzuenthalten.

Sophia hatte ihr einmal erklärt, dass Thomas im Palast wohnen musste, damit er auch spätabends noch musizieren konnte. Wenn er sich ein Zimmer außerhalb nahm, würde es schwierig für ihn werden, deswegen hatte die Königin angeordnet, dass er immer Platz in dem Gebäude fand, in dem auch sie sich befand.

Wenn sie doch nur Monsieur Dufour dazu bewegen könnte, den beiden bereits jetzt ein Zimmer zu geben. Dann könnte sie dort wohnen. Und wenn sie zurückkamen, hätte sich die Lage sicherlich schon wieder verändert und sie würde gemeinsam mit Sophia eine Lösung finden.

Doch Katherine wurde klar, dass Monsieur Dufour nichts tun würde, bevor nicht die absolute Notwendigkeit dazu bestand, und gerade sie würde ihn nicht überzeugen. Vielleicht sollte sie die beiden bitten, früher zurückzukommen.

Im nächsten Moment fuhr jedoch ein Gedanke durch ihren Kopf, der sie erstarren ließ. Sie starrte in die Dunkelheit und ihr Herz klopfte auf einmal schneller.

Was war, wenn sie nach Versailles ging und dort einige Tage verbrachte? Es hätte sogar mehrere Vorteile. Sie hätte dort eine Unterkunft, wenn sie mit den beiden ein Zimmer teilte, und sie wäre erst einmal von hier verschwunden. In der Zwischenzeit würde man sie und den kleinen Skandal vergessen und sie konnte dann als eine von den wenigen Beneidenswerten, die Versailles hatten erleben dürfen, nach Saint-Germain-en-Laye zurückkehren.

Der Plan war ausgezeichnet und Katherine fragte sich, warum sie nicht schon früher darauf gekommen war. Jetzt musste sie es nur noch schaffen, nach Versailles zu kommen, aber das sollte nicht allzu schwer sein.

Es verkehrten zwar regelmäßig berittene Boten zwischen den beiden Palästen, aber Katherine konnte nicht reiten und natürlich hatte sie auch kein Pferd zur Verfügung. Kutschen fuhren seltener und man konnte nicht einfach in eine einsteigen und nach Versailles fahren. Das musste arrangiert werden. Auch eine Kutsche hatte Katherine nicht und sie kannte noch nicht einmal jemanden, der eine hatte.

Doch sie wusste, wen sie fragen konnte. Lady Valentina war schon oft in Versailles gewesen und war über alles informiert, was am Hof vor sich ging. Sie würde Katherine sicherlich helfen können.

Bei dem Gedanken daran, was die Italienerin wohl zu dem Vorfall mit dem König sagen würde, rutschte Katherine zwar peinlich berührt ein wenig auf den Steinfliesen herum, aber irgendwann würde sie Lady Valentina sowieso wieder unter die Augen treten müssen.

Gleich morgen würde sie dafür sorgen, dass sie nach Versailles kam. Und wenn es morgen noch nicht klappte, dann spätestens übermorgen, und dann würde sie sich für die kommende Nacht einen anderen Schlafplatz organisieren. Noch eine Nacht würde sie nicht auf den kalten Fliesen verbringen, das schwor sie sich.

Beruhigt, dass sie einen guten Plan hatte, legte Katherine den Kopf an die Wand und schlummerte tatsächlich ein. Sie erwachte erst, als das orange Licht der aufgehenden Sonne durch die Fenster sickerte.

Sie erhob sich, strich, so gut es ging, die Falten aus ihren Röcken, richtete ihre Haare und kniff sich in die Wangen. Heute Abend würde sie nicht mehr hier sein und dieser Gedanke erfüllte sie mit Freude.

# KAPITEL ACHT

Philippe wusste, dass der Verwalter noch nicht sehr früh in seinem Büro war, und schaute erst weit nach dem Morgenmahl bei ihm vorbei. Monsieur Dufour war bekannt dafür, abends viel Zeit beim Kartenspielen zu verbringen, wo er manchmal bis spät in die Nacht versuchte, seine Schulden wieder wettzumachen. Dann schaffte er es morgens nicht rechtzeitig aus dem Bett.

Seinen üblichen Gang durch das Schloss dehnte Philippe ein wenig aus, und auch wenn er es sich selbst nicht eingestehen mochte, so hielt er doch Ausschau nach Lady Katherine. Aber er konnte sie nirgendwo entdecken.

Schließlich war es an der Zeit, zu Dufour zu gehen. Philippe war nicht überrascht, eine Schlange von Wartenden vor dem Büro des Verwalters zu sehen. Sie alle sahen griesgrämig aus, als hätten sie nicht gut geschlafen. Es waren zum Teil Diener, aber auch Edelmänner selbst, denn einige hatten noch keine Bediensteten, die sie für solche Erledigungen losschicken konnten. Nur wenige Diener waren aus England mit nach Frankreich gekommen. Lediglich der König und die Königin hatten Bedienstete dazu bewegen können, mitzukommen.

Er ging an der Reihe vorbei, grüßte freundlich und fragte jeden, ob er nur kurz eine Frage an Monsieur Dufour stellen könne, es wäre von äußerster Wichtigkeit. Da die meisten an seiner Uniform erkannten, welchen Rang er innehatte, nickten alle und so schob Philippe sich mit einem schlechten Gewissen bis an das vordere Ende der Schlange.

Als sich die Tür öffnete und ein Mann herausstürmte, der offenbar nicht bekommen hatte, was er wollte, trat Philippe ein.

Obwohl es erst früh am Morgen war und die Räume von Dufour auch im Untergeschoss lagen und damit kühl waren, schwitzte der Verwalter.

»Laurent«, stöhnte er, als er Philippe erblickte. »Sagt mir nicht, dass Ihr auch ein neues Zimmer wollt.«

»Guten Morgen. Schlecht geschlafen oder gestern Abend verloren?«, fragte Philippe als Erwiderung.

»Beides«, knurrte Dufour. »Also, was wollt Ihr? Und sagt mir bitte nicht, wie lang die Schlange vor der Tür noch ist. Die Engländer machen mich wahnsinnig. Können sie nicht einfach das akzeptieren, was ich ihnen gebe? Ich kann mir keine Zimmer aus dem Hintern ziehen, wenn sie gerade eines wünschen.«

Philippe hob die Augenbrauen. So derb wurde der Verwalter eigentlich nur, wenn er getrunken und verloren hatte. Er zuckte gleichmütig die Schultern, obwohl er durchaus nachfühlen konnte, wie es Dufour mit den Engländern ging. »Ich fürchte, dass die Franzosen genauso reagieren würden, wenn sie an einem Exilhof in England leben müssten.«

Dufour schnaubte. »Ihr nehmt sie nur in Schutz, weil Ihr selbst ein halber Engländer seid. Aber das Gute ist, dass unser König so stark ist, dass er sich von nichts und niemandem ins Exil schicken lassen würde. Er ist kein solcher Schwächling wie König James.«

»Vorsicht, Dufour«, mahnte Philippe. »Immerhin arbeitet Ihr für ihn, und ich ebenfalls.«

»Ach bitte, Laurent. Seid nicht so förmlich.«

Doch Philippe wollte sich mit dem Verwalter nicht verbrüdern. »Ich bin für die Sicherheit von König James verantwortlich, und wenn ich das Gefühl habe, dass hier im Schloss gegen ihn gearbeitet wird, muss ich einschreiten.«

»Jetzt übertreibt nicht, Dufour. Ihr seid Franzose und damit König Louis unterstellt und sonst niemandem. Wer würde schon seinen Landsmann an die Engländer verraten?«

Philippe verzichtete, ihn darauf hinzuweisen, dass er ihn noch vor wenigen Augenblicken als halben Engländer bezeichnet hatte.

»Ich will Eure Zeit auch gar nicht lange in Anspruch nehmen, sondern werde mich gleich wieder nach oben begeben, um all die Streitigkeiten zwischen neuen Zimmernachbarn zu schlichten.«

»Und warum seid Ihr dann hier unten?«

Dufour tupfte sich die Stirn mit einem Tuch ab und griff nach einem Glas mit dunkelrotem Wein, der ganz sicher nicht mit Wasser gestreckt war, obwohl es noch vor Mittag war.

»Ich habe nur eine Frage. Wo finde ich das Zimmer von Lady Katherine Eastham?«

Dufour verschluckte sich beinahe und setzte hastig das Glas ab. Er kniff die Augen zusammen. »Was wollt Ihr von ihr?«

Philippe hob die Augenbrauen. »Ich denke nicht, dass Euch das etwas angeht.«

»Das tut es sehr wohl. Ich habe bezüglich der Dame nämlich auch noch eine Frage. Sie hat mir gestern gesagt, dass der König den Hofverweis aufgehoben hat. Stimmt das?«

Philippe stutzte und versuchte, Zeit zu gewinnen. Genau so hatte er es nicht gesagt, sondern nur, dass der König sie nicht mehr erwähnt hatte. Hatte sie ihn möglicherweise falsch verstanden? Allerdings war er sich sehr sicher, dass sie sehr wohl wusste, was er gesagt hatte, und auch, was der Unterschied zwischen beiden Aussagen war. Wenn sie das Dufour gegenüber geäußert hatte, musste das einen Grund haben. Ob Dufour ihr ein Zimmer verweigert hatte, weil er von dem Hofverweis gehört hatte?

»Ist das relevant für die Vergabe eines Zimmers?«, fragte er den Verwalter.

»Natürlich ist es das. Wenn König James sie nicht mehr bei Hofe haben will, kann ich mir sparen, ihr ein Zimmer zu geben.«

Er wirkte fast trotzig. Irgendetwas stimmte hier nicht.

»Sie sagte übrigens auch, dass Ihr derjenige gewesen seid, der ihr diese Information gegeben hat. Also, könnt Ihr mir bestätigen, dass der König den Hofverweis zurückgenommen hat?«

Er klang, als wollte er nur bestätigt bekommen, dass Lady Katherine eine Lügnerin war. Es war allgemein bekannt, wie sehr Dufour Frauen verachtete, deswegen machten auch alle, die das wussten, einen großen Bogen um ihn. Lady Katherine hatte es sicherlich nicht leicht gehabt, und das, nachdem sie von dem Marquess aus ihrem Zimmer geworfen worden war, ohne vorher informiert worden zu sein. Was sicherlich Absicht von Dufour gewesen war.

Philippe dachte fieberhaft nach. Wenn er Dufour erklärte, wie der Sachverhalt wirklich war, würde der daran Anstoß finden und Lady Katherine sah aus wie eine Lügnerin. Das konnte schlimme Folgen für sie haben.

»Nun, Laurent?«, hakte der Verwalter nach.

Philippe entschloss sich, das Risiko einzugehen. »Die Information stimmt. Ich habe Lady Katherine das so gesagt.«

Enttäuschung machte sich auf dem roten Gesicht breit. Er hatte also tatsächlich gehofft, dass sie gelogen hatte.

Philippe versuchte es versöhnlicher. »Dann ist es ja gut, dass Ihr ihr ein Zimmer gegeben habt. Also, wo finde ich sie?«

Dufour presste die Lippen zusammen.

»Ihr habt ihr doch ein Zimmer zugeteilt, oder?«

Der Verwalter hob die Schultern und machte wieder dieses trotzige Gesicht.

»Herrgott, Dufour! Ihr könnt doch eine Dame nicht so behandeln. Das kann sich sehr ungut für Euch auswirken.«

»Was sollte sie mir schon tun? Sie hat kaum Verbindungen am Hof und ist erst seit Kurzem hier. Ich denke nicht, dass sie lange bleiben wird. Außerdem ist wirklich kein Platz mehr im Schloss. Es gibt viel wichtigere Personen, die unterzubringen sind. Wenn ich für die kein Zimmer habe, wird es mir Probleme bereiten. Aber eine wie die doch nicht.«

Entsetzt starrte Philippe ihn an. »Hütet Eure Zunge, Dufour. Immerhin sprecht Ihr über eine englische Adelige.«

»So weit kann es damit nicht her sein. Ihre Schwester ist mit dem Hofmusiker verheiratet.«

Philippe merkte sich diese Information, so wie er jedes Detail, das er jemals über einen Menschen erfuhr, sicher in seinem Gedächtnis verstaute. Das bedeutete vermutlich, dass Lady Katherine bei ihrer Schwester übernachtet hatte.

»Wo finde ich das Zimmer des Hofmusikers?«

Bisher hatte es neben Lady Katherines Zimmer gelegen, so viel hatte er gestern erfahren. Doch anscheinend waren auch die beiden umgezogen.

Dufour schüttelte den Kopf. »Der Musiker ist mit seiner Familie in Versailles und er hat auch noch kein Zimmer hier im Palast. Darum werde ich mich kümmern, wenn er zurückkommt.«

Philippe erinnerte sich an den fröhlichen jungen Mann, der regelmäßig Konzerte gab und den er im vergangenen Jahr sogar häufiger in Versailles gesehen hatte.

»Und wann wird das sein?«

»In einem Monat.«

Philippe runzelte die Stirn. »Und was ist mit Lady Katherine? Wenn das ihr einziger männlicher Verwandter am Hof ist, wird sie keinen Platz zum Nächtigen haben.«

Er fragte sich, ob Dufour wohl auffiel, dass er sich viel zu viele Sorgen um Lady Katherine machte. Er musste sich ein wenig mehr zurückhalten, doch das Verhalten des Verwalters machte ihn wütend.

Jetzt grinste der, lehnte sich zurück und betrachtete Philippe abschätzig. »Meiner Vermutung nach, und ich denke, dass ich da richtigliege, hat sie sehr wohl einen Platz zum Nächtigen.«

»Und wo?«

»Warum wollt Ihr das eigentlich wissen?«

»Weil ich sie noch befragen muss.«

»Wozu?«

»Ich wüsste nicht, was Euch das angeht, aber zum Vorfall im Ballsaal. Der König wünscht vollständige Aufklärung, wie es dazu kommen konnte.«

Auch das war gelogen und Dufour wusste es. Er hob eine buschige Augenbraue. »Ach ja?« Er lehnte sich behäbig nach vorn. »Kann es sein, dass Ihr vielleicht ein ganz anderes Interesse an der Dame habt? Aber dann muss ich Euch enttäuschen, denn anscheinend war jemand anders schneller als Ihr. Sie ist bereits die Mätresse von jemandem.«

Fassungslos starrte Philippe ihn an. »Von wem?«

Dufour hob die Schultern. »Das weiß ich nicht, aber als ich ihr sagte, dass ich kein Zimmer für sie habe, hat sie das leicht abgetan und ist davongegangen. Jemand, der keinen Platz zum Schlafen hat, hätte anders reagiert. Das bedeutet also, dass sie schon wusste, in wessen Bett sie krabbeln wird.« Er blähte die Nasenflügel auf. »Und schaut sie Euch doch an. Sie ist zu alt, um noch einen Ehemann zu bekommen, aber hübsch genug, um die Blicke der Männer auf sich zu ziehen. Natürlich hat da jemand schon die Finger dran. Und darauf ist sie doch auch angewiesen. Wie soll sie sonst ihren Unterhalt hier finanzieren?«

Diese Information musste Philippe erst einmal verdauen. Natürlich hatte Dufour mit seiner Beobachtung zum Alter und zum Ehestatus von Lady Katherine recht, aber sollte das wirklich bedeuten, dass sie die Mätresse von einem dieser alten Männer war? Die Tatsache, dass dieser Gedanke ihn gewaltig störte, beachtete er nicht. Darum konnte er sich später kümmern.

Er brauchte mehr Informationen, und er wusste, wer welche hatte. Der Mann saß direkt vor ihm.

»Ihr führt doch genau Buch darüber, wer die Kosten für die Mahlzeiten und die Unterkunft hier im Palast bezahlt und wie viel das jeweils ist. Wer hat das bei Lady Katherine bezahlt?«

Er hoffte sehr, sie selbst oder der Hofmusiker. Vielleicht sogar die Königin, die sich einiger Bewohner des Hofes annahm, um ihnen den Aufenthalt hier zu ermöglichen. Sicherlich galt das für den Musiker.

Dufour zögerte. »Eigentlich dürfte ich Euch das nicht sagen.«

»Ihr müsst es mir sogar sagen, vor allem, wenn es eine Rolle für die Sicherheit der Königsfamilie spielen könnte.«

Das war eine gewagte Aussage und er sah das Misstrauen in den kleinen Schweinsäuglein. Doch dann griff Dufour nach einem dicken Buch, das auf seinem Schreibtisch lag.

Schon öfter hatte Philippe Dufour nach Informationen über die Bewohner des Schlosses gefragt, denn keiner hatte einen so guten Überblick darüber, wer sich seit wann im Schloss aufhielt oder aufgehalten hatte. Dem Mann entging nicht viel, weswegen er eigentlich ein wertvoller Verbündeter für Philippe war. Wenn er ihn doch nur mehr achten würde. Aber das war bei einem Mann wie Dufour schwierig.

Eine Weile blätterte er umständlich in seinem Buch herum. »Wann ist sie hierhergekommen? Ach ja, im Februar. Zur Fastenzeit. Aber das gilt ja für sie nicht, denn sie ist Protestantin.«

Philippe verstaute auch diese Information und wartete darauf, dass Dufour weitersprach. Schließlich breitete sich ein zufriedenes Lächeln auf dem Gesicht des Verwalters aus.

»Hier steht es. Ein Mann hat alle Kosten für ihren Aufenthalt hier im Voraus beglichen. Zuerst im Februar und dann noch einmal im März für den Rest des Jahres. Vermutlich wollte er, dass sie es gut hier hat und sie sicher für ihn zur Verfügung steht und sich nicht nach einem anderen Gönner umschauen muss, wenn Ihr versteht, was ich meine.«

Er hob die Augenbrauen und am liebsten hätte Philippe

ihm eine reingehauen. Doch er war auf Dufour angewiesen und einen solchen Gefühlsausbruch wegen einer Dame konnte er sich nicht leisten. Also gab er vor, unbeteiligt zu sein. »Sein Name?«, fragte er betont sachlich.

»Lord Nicholas Bedington.«

Der Name sagte Philippe etwas, aber zuordnen konnte er ihn nicht. Das störte ihn sogar noch mehr, als er vermutet hatte. Er sollte alle Männer kennen, die hier im Schloss ein und aus gingen. Vor allem, wenn es im Februar gewesen war, als die Königin noch allein und schutzlos hier gewesen war. Doch dann erinnerte er sich. Im Februar war er kurz zu Hause gewesen, weil seine Mutter krank gewesen war.

»Wo kann ich ihn finden?«

Dufour hob die Schultern. »Hier im Schloss nicht. Er ist abgereist, kurz nachdem er die zweite Rate beglichen hatte. Aber soweit ich weiß, kommt er ab und zu auf Besuch vorbei.« Die kleinen Augen blinzelten ihn listig an. »Vermutlich, um sein kleines Vögelchen zu sehen, das er hier für sich versteckt hat. Soweit ich weiß, hat er eine Frau in England.«

Philippe bemühte sich, keine Regung zu zeigen. Konnte es wirklich sein, dass Lady Katherine die Mätresse eines Mannes war, der eigentlich in England lebte? Er hätte sie anders eingeschätzt, und sein Bauchgefühl trog ihn selten.

Irgendetwas an dieser Information irritierte ihn, aber er konnte nicht genau benennen, was es war. Da er keine Lust hatte, weiter mit Dufour über Lady Katherine zu sprechen, nickte er dem Verwalter zu. »Habt Dank für die Informationen, Dufour.«

Der wirkte ein wenig enttäuscht. Vielleicht hatte er sich mehr Drama erhofft, doch das würde Philippe ihm ganz sicher nicht liefern. Und eigentlich war es ja auch gleich, was mit Lady Katherine war. Sie gehörte nicht zu seinen Aufgaben und sie konnte des Nachts tun, was sie wollte.

»Ich will die Männer vor Eurer Tür nicht länger warten lassen«, sagte er steif. »Nicht, dass noch eine Meuterei ausbricht.«

»Es wäre Eure Aufgabe, mich vor diesen Engländern zu beschützen«, erklärte Dufour spitz.

»Falsch. Ich bin nur für den König und seine Familie verantwortlich.«

Und darum sollte er sich jetzt auch wieder kümmern. Er hatte schon viel zu viel Zeit mit Lady Katherine und den Gedanken an sie verbracht.

# KAPITEL NEUN

Katherine passte die Dienerin Suzanne an der hinteren Treppe ab und bat sie, ihr ein wenig Frühstück aus der Küche zu organisieren. Sie hatte seit gestern Mittag nichts mehr gegessen, da sie am Abend nach einem Schlafplatz gesucht hatte und viel zu aufgewühlt gewesen war, um sich unter Leute zu begeben. Doch jetzt knurrte ihr Magen.

Zum Glück stellte die junge Frau keine Fragen, sondern brachte ihr mit einem Lächeln ein wenig Brot und Käse. Für dieses Lächeln war Katherine dankbar. Es tat gut nach einer solchen Nacht.

Sie verzehrte ihr Frühstück auf einer kleinen Bank im Kräutergarten und versuchte, ihre Gedanken zu ordnen. Das Wissen, dass sie vermutlich bald nicht mehr hier sein würde, machte sie aufgeregt. Der Gedanke, dass sie Versailles sehen würde, nahezu euphorisch. Alle sprachen davon, es musste ein Ort der Magie sein.

Als die Sonne um das Schloss herumwanderte und es zu warm im Kräutergarten wurde, ging sie hinein und machte sich auf die Suche nach Lady Valentina. Sie fand diese in ihrem Zimmer, wo sie gemeinsam mit ihrem Mann Jonathan Papiere studierte. Als der Diener Katherine ankündigte, blickte sie überrascht auf.

»Lady Katherine«, rief sie. »Kommt herein.«

Zögernd trat Katherine näher. Lady Valentina Wickham, eine geborene Contessa Turrini und entfernte Verwandte der Königin aus Italien, schüchterte Katherine manchmal immer noch ein wenig ein. Sie war nicht nur schön, sondern so intelligent, dass kaum ein Mann am Hof ihr etwas vormachen konnte. Sie wusste über alles Bescheid, was hier vor sich ging, und für einen kurzen Moment fragte Katherine sich, ob sie vielleicht schon wusste, dass sie kein Zimmer mehr hatte und in einem dunklen Gang geschlafen hatte.

Wenn es so war, ließ sie es sich zumindest nicht anmerken.

»Was kann ich für Euch tun? Ich hoffe, Ihr habt nicht auch eine Zimmerbeschwerde. Ich habe das Gefühl, dass niemand mehr über etwas anderes sprechen kann. So langsam bin ich es leid.«

Ihr Mann, Lord Jonathan, schaute sie leicht tadelnd an. »Das mag daran liegen, dass wir zu den wenigen Glücklichen gehören, die nicht umziehen mussten. Vielleicht würdest du dich genauso über die Zimmervergabe ärgern, wenn es uns getroffen hätte.«

Sie wischte den Einwand mit einer Handbewegung beiseite. »Dieses Schloss hat nun einmal nur eine bestimmte Anzahl von Zimmern, und die Herren, so verdient sie auch sein mögen, müssen das nehmen, was sie bekommen können. Sie sollten sich einmal anschauen, wie die Diener oder die Wachen hausen müssen. Dann würden sie vielleicht den Mund halten.«

Katherine dachte mit Entsetzen daran, dass sie gesehen hatte, wie die Wachen im Untergeschoss wohnten, und dass sie neidisch gewesen war, dass die Männer ein Bett hatten, in dem sie schlafen konnten, und eine Tür, die sie hinter sich schließen konnten. Hatte Lady Valentina eine Anspielung darauf gemacht, dass sie über ihren Besuch im Untergeschoss Bescheid wusste?

Lord Jonathan wandte sich an Katherine und sage leise: »So geht das schon seit ein paar Tagen. Langsam kann auch ich das Thema nicht mehr hören.«

»Das habe ich gehört«, sagte Lady Valentina und stemmte die Hände in die Seiten.

»Ich glaube, es ist besser, ich sehe einmal nach den Pferden. Nicht, dass die sich auch noch gestritten haben, weil sie auf einmal in eine andere Box umziehen mussten.« Er zwinkerte Katherine zu.

Sie mochte den ruhigen und unkomplizierten Mann, der der Stallmeister des Königs war.

Für einen kurzen Moment dachte Katherine darüber nach, ob der Stall vielleicht ein Platz war, wo sie schlafen konnte, wenn sie es heute nicht nach Versailles schaffte, sondern erst morgen. Immerhin gab es dort Stroh, und das war weich. Doch allein der Gedanke, so niedrig zu sinken, dass sie im Stroh schlafen musste, widerte sie an.

Als sich die Tür hinter Lord Jonathan geschlossen hatte, wandte Lady Valentina sich Katherine zu. »Also, was kann ich für Euch tun? Und wirklich, wenn es um Euer neues Zimmer geht, wendet Euch an Monsieur Dufour.«

Sie schnitt eine Grimasse der Verzweiflung und fast musste Katherine lächeln, auch wenn ihr nicht danach zumute war.

Sie schüttelte den Kopf. Hätte sie jemals vorgehabt, mit Lady Valentina über die Sache mit dem Zimmer zu sprechen, so wusste sie jetzt, dass das nicht ratsam war. Sie wollte nicht als weinerlich dastehen.

»Ich habe ein anderes Anliegen.«

»Ein Glück! Was ist es? Wollt Ihr Euch setzen?«

Sie zeigte auf eine Sesselgruppe in der Ecke des geräumigen Zimmers. Neidvoll erkannte Katherine, dass hier ganz leicht noch mindestens zwei Personen schlafen konnten, und das obwohl auch in diesem Zimmer eine Wiege stand, in der der erst wenige Monate alte Sohn der beiden schlief.

Als sie sich gesetzt hatten, sagte Katherine: »Ich möchte

gern Sophia in Versailles besuchen, aber ich weiß nicht, wie ich dorthin kommen kann.«

Die dunklen Augenbrauen schossen in die Höhe. »Ihr wollt nach Versailles?«

Katherine nickte.

»Warum?«

Mit dieser Frage hatte Katherine nicht gerechnet. »Ich vermisse meine Schwester.«

»Aber sie ist doch erst seit acht Tagen fort.«

»Ich vermisse sie trotzdem.«

»Und deswegen wollt Ihr nach Versailles fahren? Ich würde Euch das nicht empfehlen.«

Katherine setzte sich etwas aufrechter hin. »Und warum nicht, wenn ich fragen darf?«

Lady Valentina machte eine wegwerfende Handbewegung. »Versailles ist scheußlich. Wir haben es hier viel besser. Es ist laut, schmutzig und überfüllt mit Menschen, die alle glauben, dass sie etwas Besseres sind als jeder andere im Raum. Manche glauben das selbst, wenn der König anwesend ist. Es macht keinen Spaß, dort zu sein.«

Katherine schluckte und überlegte, ob sie Lady Valentina den wahren Grund nennen sollte, warum sie dorthin wollte, doch sie konnte sich nicht dazu durchringen, denn dann hätte sie auch zugeben müssen, dass sie die Nacht in einem dunklen Gang verbracht hatte, den Verwalter geohrfeigt und bezüglich der Anweisung des Königs gelogen hatte. Das war vielleicht doch ein bisschen viel für eine Hofdame der Königin.

»Ich würde mir gern selbst eine Meinung bilden.«

Lady Valentina lächelte. »Ich mag Frauen, die so etwas sagen. Ich finde so etwas wichtig.« Sie seufzte. »Nun gut, wenn Ihr gehen wollt, werde ich sehen, was ich tun kann. Wir werden Eure Schwester informieren müssen, und wenn ihre Antwort da ist, könnt Ihr Euch sicher einer Kutsche anschließen. Ich werde mich umhören, ob demnächst jemand dorthin möchte. Soweit ich weiß, will der König in der kommenden Woche nach Versailles reisen. Sicherlich wird es dann einen

Platz in einer Kutsche geben.« Sie runzelte die Stirn. »Natürlich werden wir es so anstellen, dass der König Euch besser nicht sieht.«

Sie sagte es so dahin, doch Katherine erschauderte. Sie wollte nicht einmal in die Nähe des Königs kommen. Am besten wäre es, wenn sie vor ihm aufbrechen würde. Versailles sollte so groß wie eine Stadt sein. Dort würde sie ihm sicherlich nicht begegnen.

Doch es gab da noch ein anderes Problem. Vorsichtig fragte sie: »Wir müssen Sophia erst eine Nachricht schicken?« Das würde viel zu lange dauern. »Kann ich nicht einfach so hinreisen und sie überraschen?«

Lady Valentina schüttelte den Kopf. »Ich denke nicht, dass das eine gute Idee wäre. Sophia müsste zuerst eine Unterkunft für Euch organisieren. Obwohl das vermutlich leichter zu bewerkstelligen wäre als hier.«

Katherine schluckte. »Wie lange würde es denn dauern, bis wir eine Antwort von Sophia haben?«

Sie wusste nicht einmal, wie weit entfernt Versailles war. Soweit sie wusste, schaffte man es innerhalb eines Tages dorthin.

Die dunklen Augen richteten sich aufmerksam auf sie. »Lady Katherine, gibt es irgendetwas, das Euch bedrückt?«

Erschrocken schaute Katherine sie an. Dann schüttelte sie den Kopf. »Nein, es ist alles in Ordnung.«

Schon wieder eine Lüge. Damit hatte sie doch aufhören wollen.

So leicht ließ Lady Valentina sich nicht hinters Licht führen. »Ihr scheint mir nicht wie jemand, der sich von einem Umzug in ein anderes Zimmer so aus der Ruhe bringen lassen würde, deswegen muss es etwas anderes sein. Ist es immer noch der Vorfall mit dem König?«

Katherine spürte, dass ihre Hände zu zittern begannen, und sie hielt sie fest in ihrem Schoß verschränkt. »Nein, das ist es nicht.« Zumindest nicht ausschließlich, dachte sie. »Wart

Ihr etwa dort, als es passiert ist?«, fragte sie vorsichtig. Gegenfragen waren immer gut, um Lügen zu vermeiden.

»Nein, leider nicht, sonst wäre ich Euch natürlich zur Seite gesprungen. Lady Walton spielt dieses alberne Spiel zu gern, und es tut mir leid, dass Ihr ihr Opfer wart. Es war einfach unglücklich, dass Ihr mit dem König zusammengestoßen seid. Habt Ihr ihn wirklich nicht gesehen?«

Katherine schüttelte den Kopf. »Lady Walton hatte mir doch die Augen verbunden. Ich konnte nichts sehen.«

»Aber Ihr habt den Schal doch sicherlich so verschoben, dass ihr zumindest den Fußboden sehen konntet, nicht wahr?«

Stumm schüttelte Katherine den Kopf.

»Das hättet Ihr tun müssen.«

»Es wäre aber nicht ehrlich gewesen.«

Lady Valentina gab ein leichtes Schnauben von sich. »Bei dem Spiel geht es nicht um Ehrlichkeit. Es ist Teil des Spiels. Lady Walton hat Euch doch sicherlich gefragt, ob die Binde zu fest ist, nicht wahr?«

Katherine nickte.

»Seht Ihr, und in dem Moment hättet Ihr sagen müssen, dass sie zu fest sitzt, und sie ein klein wenig verschieben müssen, damit Ihr etwas sehen könnt. Jeder, der das Spiel mitspielt, weiß das. Sonst würde man ja wirklich blind durch den Raum tappen und könnte niemals jemanden fangen.«

Außer jemanden, der sich nicht bewegt, wie der König, dachte Katherine und fühlte sich auf einmal sehr dumm.

Lady Valentina beugte sich vor und legte ihr eine Hand auf den Arm. »Es tut mir leid, dass Ihr das nicht wusstet und jetzt das Gefühl habt, Euch noch mehr blamiert zu haben.«

Überrascht hob Katherine den Kopf. Woher wusste Lady Valentina, wie sie sich fühlte?

»Es muss furchtbar gewesen sein, ganz blind durch den Ballsaal zu laufen, während alle anderen sich auf Eure Kosten amüsieren. Und dann noch der Zusammenstoß mit dem König. Es tut mir leid, dass Ihr so etwas mitmachen musstet. Dabei könnt Ihr noch nicht einmal etwas dafür. Ich nehme auch nicht an, dass Ihr Euch freiwillig für das Spiel gemeldet habt?«

»So etwas würde ich niemals tun. Jemand hat mich in Richtung von Lady Walton geschoben.«

Lady Valentina seufzte. »Ihr seid viel zu ehrlich für einen Königshof, da wird man leicht zum Opfer. Seid Ihr wirklich sicher, dass Ihr nach Versailles wollt?«

Katherine schluckte und versuchte, zu begreifen, was Lady Valentina damit meinte. Doch sie nickte. »Es ist das Beste, wenn ich eine Weile nicht hier bin.«

»Dann geht Ihr also tatsächlich wegen des Vorfalls mit dem König?«

»Wäre das so verwerflich?«

Lady Valentina betrachtete sie lange, dann schüttelte sie den Kopf. »Ich kann Euch verstehen. Vielleicht ist es auch besser so, bis ein neuer Skandal aufgekommen ist.« Sie lächelte verschwörerisch. »Und wenn ich richtig informiert bin, braut sich da gerade einiges zusammen. Die Rückkehr der Männer aus Irland könnte Euch zugutekommen. Soweit ich weiß, sind einige der Ehefrauen, die hier ausgeharrt haben, nicht sonderlich erfreut. Und auch die Männer sind unzufrieden. Da wird sich ganz sicher die eine oder andere Gelegenheit für einen kleinen Skandal ergeben.«

Katherine gelang ein zittriges Lächeln. »Eigentlich mache ich mir nichts aus so etwas, aber mittlerweile kann ich den nächsten Skandal nicht erwarten.«

Lady Valentina lächelte. »Und wenn gar nichts passiert, werden wir einfach einen erfinden.«

Es dauerte einen Moment, bis Katherine begriff, dass Lady Valentina keinen Spaß gemacht hatte. Sie nickte einfach nur. Mittlerweile wäre ihr sogar das recht.

Ihre nächsten Worte wählte sie mit Bedacht. »Um noch einmal auf meinen Besuch bei Sophia zurückzukommen … Seht Ihr keine Möglichkeit, dass ich so bald wie möglich aufbreche?«

Ihre Hände schwitzten und sie widerstand dem Drang, sie an ihrem Rock abzuwischen.

Lady Valentina schaute sie ernst an. »Wir müssen Sophia vorher informieren, sonst könnte es auch für sie und Thomas Probleme geben, denn sie sind ja auch nur Gäste von König Louis. Das heißt also, dass wir die Nachricht so schnell es geht nach Versailles schaffen müssen. Am besten jetzt gleich. Dann hätten wir vielleicht heute noch oder spätestens morgen Antwort von Sophia.« Sie legte einen Finger ans Kinn und dachte einen Moment lang nach. Dann hellte sich ihr Gesicht auf. »Soweit ich weiß, korrespondiert Monsieur Laurent regelmäßig mit Versailles. Bestimmt kann einer seiner Boten die Nachricht mitnehmen.«

»Monsieur Laurent?«, fragte Katherine schwach. Der Capitaine war niemand, den sie in diese Sache involvieren wollte.

»Er ist der Capitaine der Wache und sehr umgänglich. Er hat mir schon häufiger bei diesen Dingen geholfen. Ich werde gleich mit ihm sprechen.«

Katherines Herz schlug auf einmal schneller. War es klug, wenn der Capitaine von ihrer Abreise erfuhr? Doch Lady Valentina war schon aufgestanden. Hastig erhob auch Katherine sich.

»Wäre es nicht vielleicht besser, wenn ich mit ihm spreche?«, bot sie an, obwohl sie nicht wusste, was sie zu ihm sagen sollte.

Als sich die dunklen Augen aufmerksam auf sie richteten, bemühte Katherine sich, ruhig zu wirken.

»Ich meine, Ihr habt schon so viel für mich getan. Ich möchte Euch nicht zu sehr beanspruchen.«

Doch die Hofdame der Königin schüttelte den Kopf. »Das tut Ihr nicht. Ich sehe den Capitaine sowieso gleich, wenn die Wachen bei der Königin abgelöst werden.« Sie klopfte Katherine auf den Arm. »Am besten schreibt Ihr gleich die Nachricht an Sophia, dann kann ich sie dem Capitaine schon überreichen. So sind wir schneller.«

Katherine war unfähig, etwas zu sagen.

»Ist Euer Zimmer weit entfernt?«, fragte die Italienerin jetzt.

Es dauerte einen Moment, bis Katherine mit der Frage etwas anfangen konnte. »Am anderen Ende des Schlosses«, murmelte sie.

Oh, diese furchtbaren Lügen.

»Dann schreibt den Brief eben hier. So sind wir schneller.«

Sie schob Katherine hinüber zum Schreibtisch, räumte diskret einige Dokumente beiseite, legte ihr dann ein kleines Stück Papier bereit und deutete auf den Federkiel, der in einem Tintenfass stand.

Nur wenig später hatte Katherine mit zitternden Fingern eine kurze Nachricht an Sophia verfasst und immer noch keine Idee, wie sie Lady Valentina davon abhalten konnte, mit dem Capitaine zu sprechen. Sie wusste allerdings nicht einmal, warum sie sich so davor fürchtete. Alles, was sie wusste, war, dass er nicht mitbekommen sollte, dass sie nach Versailles reisen wollte. Das sagte ihr Instinkt ihr.

# KAPITEL ZEHN

Als sie in den Gang hinaustraten, wurden sie beinahe von zwei Dienern angerempelt, die eine mannshohe Kleidertruhe trugen. Die beiden entschuldigten sich mehrmals.

Lady Valentina seufzte, als sie ihnen hinterherschaute. »Ich muss mich erst einmal daran gewöhnen, dass nun so viele Menschen hier im Palast leben. Ich fand es vorher durchaus angenehmer.«

Katherine nickte. Dem konnte sie nur zustimmen, denn vorher hatte sie auch noch ein Zimmer gehabt.

»Begleitet Ihr mich noch ein Stück oder werdet Ihr irgendwo erwartet?«

Katherine zögerte. Natürlich wurde sie nicht erwartet, von wem denn auch? Aber sie wusste, dass vor dem Zimmer der Königin immer viel Betrieb war, weil es einige Höflinge gab, die auf eine Audienz mit ihr warteten oder sich diese zumindest erhofften. Und sie wollte so wenigen Menschen wie möglich begegnen, die ihr unangenehme Fragen stellen konnten.

Allerdings gab es da eine Sache, die sie Lady Valentina noch fragen wollte, also stimmte sie zu. Es dauerte einen Moment, bis sie sich die Worte passend zurechtgelegt hatte.

»Dieser Umzug muss für Monsieur Dufour furchtbar anstrengend gewesen sein.«

Lady Valentina schaute sie von der Seite an. »Für Monsieur Dufour ist alles furchtbar. Er übertreibt meistens maßlos.«

Verstohlen wischte Katherine sich nun doch die Hände an ihrem Rock ab. Ihre rechte Hand, mit der sie den Verwalter gestern geohrfeigt hatte, kribbelte auf einmal, als hätte sie den Schlag eben erst ausgeführt.

»Dann hat er also keinen so guten Ruf bei Hofe?«

Zu gern hätte sie direkt gefragt, ob man ihm Glauben schenken würde, wenn er herumerzählte, dass eine Lady ihn geohrfeigt hatte, oder ob es ihm gar zu peinlich war, dies zu erwähnen.

Wieder dieser aufmerksame Blick aus den dunklen Augen. Doch bevor Lady Valentina antworten konnte, kamen ihnen mehrere Herren entgegen, die zwar in ein Gespräch vertieft waren, es aber unterbrachen und freundlich grüßten, als sie die Damen bemerkten.

Lady Valentina blieb stehen. »Lord Thornton«, sagte sie. »Hättet Ihr einen Moment Zeit für mich?«

Der Lord hob die Augenbrauen, in die sich wie in sein Haupthaar schon das Grau mischte, und nickte dann. »Ich komme gleich nach«, sagte er zu den anderen Männern.

»Habt Dank«, sagte Lady Valentina freundlich. Sobald die anderen außer Hörweite waren, wandte sie sich zu Katherine um. »Mir ist zu Ohren gekommen, dass Ihr nach Versailles reisen wollt, um den Besuch des Königs dort vorzubereiten.«

Verblüfft schaute Katherine Lady Valentina an und wusste sofort, worauf sie hinauswollte. Ihr Herz schlug ein wenig schneller.

Lord Thornton schien ebenfalls überrascht. »Ihr seid sehr gut informiert, Lady Valentina.«

Die Italienerin neigte leicht den Kopf. Jeder, der sie kannte, wusste, dass ihr an diesem Hof nur wenig verborgen blieb.

»Wann wird das sein?«

»In zwei Tagen.«

»Wie wunderbar. Sagt, ist vielleicht noch ein Platz in Eurer Kutsche frei?«

»Wollt Ihr mich etwa begleiten?«, fragte der Lord mit einem Zwinkern.

Lady Valentina schüttelte den Kopf. »Ich bin in Zeiten wie diesen leider unabkömmlich. Aber Lady Katherine muss dringend nach Versailles, und es wäre wunderbar, wenn sie eine sichere Möglichkeit zum Reisen hätte.«

Der Lord wandte sich Katherine zu und musterte sie. Dann nickte er. »Aber natürlich könnt Ihr mitfahren. So habe ich wenigstens ein bisschen Gesellschaft auf der Reise. Darf ich fragen, was Euch nach Versailles verschlägt?«

»Ich besuche meine Schwester. Sie braucht meine Hilfe.«

Die Worte waren heraus, bevor Katherine darüber hatte nachdenken können. Beinahe hätte sie sich eine Hand auf den Mund gelegt. Woher kamen all diese Lügen nur?

Lady Valentina warf ihr einen kurzen Blick zu, wandte sich dann aber wieder an Lord Thornton. »Wunderbar, dann ist das also abgemacht. Habt Dank für Eure Großzügigkeit.«

Er verneigte sich. »Das tue ich doch gern. Ich gebe Euch Bescheid, wann genau ich plane, abzureisen.«

»Danke schön«, sagte auch Katherine.

Als der Lord davonging, wartete sie darauf, dass Lady Valentina etwas zu der Lüge sagen würde, doch diese lächelte nur, raffte ihre Röcke und stieg die Treppe hinunter, um zu den Gemächern der Königin zu gelangen.

Immer mehr Menschen begegneten ihnen und Katherine hatte das Gefühl, als ob jeder sie anstarrte. Und tuschelten nicht sogar einige vernehmlich, wenn sie an ihnen vorbei war? Ob sie wohl an den Vorfall im Ballsaal dachten?

Gerade wollte Lady Valentina etwas sagen, als Katherine eine rote Uniformjacke aufblitzen sah. Sie wusste sofort, wer ihnen da entgegenkam. Und es gab nicht einmal einen Weg, um zu flüchten, da sie mitten auf der Treppe standen, die der Capitaine gerade heraufkam.

Als er sie bemerkte, blieb er stehen. Ihre Augen trafen sich und Katherine fühlte ein verräterisches Flattern im Bauch. Sie legte eine Hand darauf und bemühte sich, zu atmen. Seine dunkelbraunen Augen musterten sie, doch Katherine war nicht in der Lage, ihren Ausdruck zu deuten. Alles, was sie wusste, war, dass sie eine Mischung aus Verlegenheit, Furcht und überraschenderweise Freude darüber verspürte, ihn zu sehen.

»Capitaine Laurent«, sagte Lady Valentina jetzt und blieb stehen. »Was für eine wunderbare Überraschung.«

Er löste den Blick von Katherine und stieg die letzten Stufen zu ihnen herauf. »Guten Tag, Lady Valentina.« Er wandte sich zu Katherine und musterte sie wieder eindringlich. »Lady Katherine.« Er verbeugte sich vor ihnen.

Katherine konnte nichts sagen, sondern nickte nur.

»Ich wollte sowieso gerade zu Euch«, erklärte Lady Valentina nun. »Ich habe eine Bitte.«

»Was kann ich für Euch tun?«

Eine Gruppe jüngerer Männer kam die Treppe herunter, anscheinend in eine hitzige Diskussion vertieft. Katherine hörte die Worte Irland, Gehorsam und Truppe. Als sie die kleine Gruppe, die mitten auf der Treppe stand, passierten, spürte Katherine auf einmal einen Stoß im Rücken und sie prallte gegen Lady Valentina. Die konnte sich zum Glück am Geländer abfangen, aber es hätte nicht viel gefehlt und sie wären die Treppe hinuntergestürzt.

Die Hand des Capitaines schloss sich um ihren Ellenbogen und er stabilisierte sie wieder. »Alles in Ordnung?«, fragte er und sein Gesicht war auf einmal sehr dicht vor ihrem. Sie konnte ihn sogar riechen und es machte ihre Beine noch ein wenig schwacher. Die Wärme seiner Hand brannte sich durch den Ärmel ihres Kleides.

Atemlos nickte Katherine, während auch Lady Valentina sich wieder aufrichtete. Die jungen Männer waren bereits verschwunden. Sie hatten anscheinend nicht einmal gemerkt, dass sie sie angerempelt hatten.

»Verzeihung«, sagte Katherine und richtete sich auf.

»Ihr könnt nichts dafür«, erwiderte Lady Valentina.

Der Capitaine blickte den jungen Männern nach. »Wenn man die letzten Monate in einem Heerlager verbracht hat, muss man anscheinend erst noch lernen, wie man sich in einem Schloss benimmt, vor allem wenn Damen anwesend sind. Ist Euch wirklich nichts passiert?«

Erst jetzt nahm er die Hand von ihrem Arm und Katherine starrte auf die Stelle, wo er sie berührt hatte. Nichts war in Ordnung, gar nichts.

Beschämt stellte sie fest, dass sie sich wünschte, dass er sie noch einmal berühren würde. Beinahe kamen ihr die Tränen, doch sie straffte die Schultern und nickte.

Lady Valentina strich ihre Röcke glatt. »Keine Sorge, ich kenne die Mutter des jungen Mannes, der so unachtsam war. Ich werde ihr später einen Besuch abstatten. Ich glaube kaum, dass sie ein solches Verhalten gutheißen wird.« Dann wandte sie sich mit einem Lächeln an den Capitaine. »Wie gut, dass wir uns treffen. Ich habe eine Bitte. Könnt Ihr einen Brief in Eurer täglichen Korrespondenz mit Versailles mitschicken?«

Er hob die Augenbrauen. »Aber natürlich.«

»Ist der Bote heute schon fort?«

»Das heißt, es ist dringend?«

»Genau das heißt es.«

Lady Valentina streckte ihm den Brief hin. Er nahm ihn, las Sophias Namen und runzelte dann die Stirn. Sein Blick fiel auf Katherine. »Ihr habt Eurer Schwester geschrieben«, stellte er fest.

Woher wusste er, dass sie den Brief verfasst hatte?

Sie nickte.

»Lady Katherine möchte ihre Schwester besuchen, denn diese braucht Hilfe.«

Überrascht stellte Katherine fest, dass Lady Valentina ihre Lüge übernommen hatte. Warum wohl?

»Sie braucht Hilfe?«, hakte der Capitaine nach und musterte Katherine lange. Sie schaffte es gerade noch, ein Nicken zustande zu bringen.

»Und das Wunderbare ist, dass Lady Katherine auch schon eine Möglichkeit hat, nach Versailles zu reisen. Lord Thornton wird sie mitnehmen, allerdings reist er bereits in zwei Tagen ab. Bis dahin brauchen wir eine Antwort von Lady Sophia. Denkt Ihr, dass das möglich sein wird?«

Wieder richteten sich die dunkelbraunen Augen auf sie und Katherine fragte sich, was es war, das sie darin las. Ihr erster Eindruck war Schmerz, aber dann merkte sie, wie albern das war. Es musste Misstrauen sein.

Er schaute auf den Brief in seiner Hand und atmete tief durch. »Ich denke, dass ich das möglich machen kann. Wir wollen ja nicht, dass die Kutsche von Lord Thornton ohne Lady Katherine abfährt.«

Er klang bitter. Er misstraute ihr also doch. Am liebsten hätte sie dieses Bild wieder geradegerückt, doch sie wusste nicht, wie, und hier war der denkbar ungünstigste Platz. Vor allem, wenn die so aufmerksame Lady Valentina zuhörte.

»Ich danke Euch, Capitaine«, sagte diese. »Jetzt wollen wir Euch auch nicht länger von der Arbeit abhalten. Ihr wart sicherlich auf dem Weg zum Wachwechsel.«

Er schaute noch einmal auf den Brief und auch Katherines Blick fiel auf seine großen Hände, in denen das Papier winzig wirkte. Wieder dachte sie daran, wie diese Hände auf ihrem Rücken gelegen hatten, und wieder begannen ihre Wangen, zu brennen.

»Wart Ihr schon einmal in Versailles, Lady Katherine?«, fragte er unvermittelt.

Überrascht hob sie den Blick und schüttelte den Kopf. »Es ist mein erstes Mal.«

Durchdringend schaute er sie an. »Dann solltet Ihr wissen, dass die Quartiere nicht groß sind und man nur kleine Truhen dort unterbringen kann.«

Bevor Katherine etwas erwidern konnte, erklang von der Kapelle eine Glocke, die zwölf Mal schlug.

Lady Valentina atmete tief durch. »Ich muss zur Königin und Ihr zur Wachablösung. Bitte informiert mich gleich, wenn Ihr eine Antwort aus Versailles habt, oder am besten Lady Katherine direkt.«

»Ihr habt recht. Ich wünsche den Damen einen schönen Tag.«

Der Capitaine wandte sich ab. Er warf Katherine einen letzten Blick zu, der ihr einen Schauder über den Rücken jagte, dann ging er davon.

Lady Valentina schaute ihm mit hochgezogenen Augenbrauen nach. »Wie äußerst merkwürdig. So hat er sich noch nie verhalten. Vermutlich sind die Neuankömmlinge nicht nur für uns eine Prüfung, sondern auch für alle Bediensteten hier.«

Doch Katherine wusste, dass sein Verhalten nichts mit den Irland-Rückkehrern zu tun hatte. Er hatte auf sie so merkwürdig reagiert. Er traute ihr nicht. Oder er hatte mit Monsieur Dufour gesprochen und von ihrer Lüge und womöglich auch von der Ohrfeige erfahren.

Fast hätte sie ein Seufzen ausgestoßen.

»Und wie verwunderlich, dass er Euch geraten hat, nur eine kleine Truhe mitzunehmen.«

Katherine fühlte den aufmerksamen Blick der Italienerin auf sich und betete inständig, dass sie nicht schon wieder erröten möge.

»Ich kann mir das auch nicht erklären.«

Erneut eine Lüge. Sie wusste sehr wohl, dass er sie damit daran hatte erinnern wollen, dass ihre Truhe noch bei ihm war. Himmel, daran hatte sie gar nicht mehr gedacht. Wenn sie nach Versailles reisen wollte, musste sie die Truhe abholen. Und ihm noch einmal gegenübertreten.

Nun gut, das würde sie auch irgendwie überstehen. Hauptsache, sie kam nach Versailles.

Als Lady Valentina sich verabschiedet hatte und Katherine ihr hinterherschaute, dachte sie darüber nach, dass sie nun noch ein weiteres Problem hatte. Denn wenn sie erst in zwei Tagen mit Lord Thornton nach Versailles reisen konnte, brauchte sie für mindestens zwei Nächte einen Platz, wo sie schlafen konnte. Und da sie nicht noch einmal in dem dunklen Gang schlafen wollte, war es wohl am besten, wenn sie sich schon jetzt auf die Suche machte.

# KAPITEL ELF

Müde wischte Philippe sich über das Gesicht, als er durch das Vorzimmer des Königs ging, doch als sich die Tür zum Zimmer des Königs öffnete und Lord Thornton ihm entgegenkam, war er hellwach. Er hatte die ganze Nacht nicht geschlafen und darüber nachgedacht, wie es hatte passieren können, dass Lady Katherine die Mätresse dieses Mannes geworden war. Denn anders konnte er sich nicht erklären, warum sie mit ihm nach Versailles reiste.

Sie wolle ihre Schwester besuchen, hatte sie gesagt, doch sie hatte ihn anscheinend für dumm verkaufen wollen. Lord Thornton reiste ohne seine Ehefrau nach Versailles, und es war fast unanständig, dass er das so öffentlich in Begleitung einer unverheirateten Frau tat.

Ob der König davon wusste? Dabei hatte Philippe keine Ahnung, ob der Monarch ein solches Verhalten verurteilen würde. Er war zwar erzkatholisch und praktizierte seine Religion mit Inbrunst, doch die Ehe schien ihm nicht sehr heilig zu sein. Genau wie sein Bruder Charles, der vor ihm König gewesen war, wurden ihm unzählige außereheliche Affären nachgesagt. Vermutlich würde er keinen Anstoß daran nehmen, dass einer seiner wohlverdienten Lords eine Affäre mit Lady Katherine hatte.

Auch in Versailles war die Mätressenwirtschaft an der Tagesordnung, hatte doch König Louis früher selbst öffentlich Favoritinnen gehabt, manchmal sogar ein paar zur selben Zeit. Dort würde sich niemand an Lord Thorntons Verhalten stören und man würde ihnen sicherlich ein Zimmer zusammen geben.

Philippe biss die Zähne und fragte sich zum hundertsten Mal, warum ihn das so störte.

Weil seine Arme sich immer noch daran erinnerten, wie gut es sich angefühlt hatte, sie zu halten, und weil er sich noch allzu genau daran erinnerte, wie wunderbar es gewesen war, als die Ruhe in die goldenen Augen zurückgekehrt war. Doch er schob diese Gedanken beiseite, denn er durfte nicht so dumm sein und sich in eine der Ladys verlieben. Es war nur Einsamkeit, sonst nichts. Vielleicht sollte er sich irgendwo ein Mädchen suchen, damit diese Einsamkeit verging.

Als Lord Thornton ihm zunickte, studierte Philippe den Mann genauer. Er war in den mittleren Jahren, sein Haar war schon ergraut, sein Gesicht faltig, und er hatte einen Bauchansatz von zu viel Genuss guten Essens.

Kurz blitzte das Bild von Lady Katherine in den Armen dieses Mannes auf und Abscheu stieg in Philippe hoch. Eine Schande war es, wenn ein Mann wie Lord Thornton eine junge Frau wie Lady Katherine als Mätresse nutzte.

Ihm fiel auf, dass er davon ausging, dass Lady Katherine es nur tat, weil ihr nichts anderes übrig blieb, und als er sich kurz fragte, ob sie es vielleicht sogar genoss, mit diesem Mann ins Bett zu gehen, wurde ihm übel.

Verdammt, er sollte sich darüber keine Gedanken machen. Es ging ihn nichts an. Trotzdem hätte er Lord Thornton fast angerempelt, so wie es junge Soldaten im Heerlager taten, wenn sie einander nicht ausstehen konnten. Doch im letzten Moment nahm er sich zusammen.

Er musste sich jetzt auf seine Audienz beim König konzentrieren. Täglich musste er diesem Bericht erstatten und seine neuen Befehle entgegennehmen. Es war ein wenig lächerlich, denn der König kannte sich in Saint-Germain-en-Laye nicht annähernd so gut aus wie Philippe und konnte zur Sicherheitslage gar nichts sagen. Trotzdem taten sie so, als würde der König Philippe darüber unterrichten, wie er seine Aufgaben zu erledigen hatte.

Im Grunde waren diese Treffen nur dafür da, dass Philippe erfuhr, was der König geplant hatte. Morgen zum Beispiel wollte er zur Jagd gehen. Dass das bei dem heißen Wetter keine gute Idee war und sie vermutlich kein Wild finden würden, sagte Philippe ihm nicht. Er hatte gelernt, sich bei Königen mit klugen Ratschlägen zurückzuhalten.

Als er den Raum betrat, in dem wie immer die Ratgeber saßen und Buch über die Besucher führten, verbeugte er sich tief vor dem König und erhob sich erst, als dieser ihn dazu aufforderte.

Wie immer saß König James auf einem Stuhl in der Mitte des Raumes, so als wäre es eine Bürde, hier zu sein. Sein Blick war gelangweilt.

»Capitaine«, sagte er und hustete.

Philippe beobachtete ihn genau. Vermutlich war es nichts, aber in Versailles hatte es schon einige Male Vergiftungsversuche gegeben, deswegen war es auch die Aufgabe einer Wache, auf solche Hinweise zu achten. Doch die Nase des Königs war gerötet, sicher hatte er sich einfach nur verkühlt.

»Wie ist die Lage?«, fragte der König jetzt und nieste vernehmlich in ein Taschentuch.

Philippe erklärte ihm, dass seine Männer einen passenden Weg für die Jagdgesellschaft in den ausschweifenden Wäldern von Saint-Germain-en-Laye ausgesucht hatten und er diesen persönlich abgeritten war, um ihn auf eventuelle Sicherheitsrisiken zu überprüfen.

König James grunzte zufrieden. »Die Jagd wird mich hoffentlich aufheitern. Ich hoffe, Ihr habt eine Strecke mit viel Wild zusammengestellt.«

Philippe neigte den Kopf, um seine wahren Gedanken zu verbergen. Es war nicht seine Aufgabe, eine Strecke zusammenzustellen, die auf Jagderfolg hoffen ließ. Dafür hatten sie den Jagdmeister mitgenommen, der das ganze Unterfangen als genauso absurd ansah, aber ebenso wie Philippe aufgehört hatte, mit Königen so etwas zu diskutieren.

»Ich habe mein Bestes gegeben. Und wenn Eure Majestät Glück haben, wird es morgen nicht so warm, sodass sich das Wild möglicherweise zeigt.«

Sie würden vermutlich nicht einmal einer Krähe begegnen.

Dann berichtete er von dem Umzug und dass langsam die Ordnung wiederhergestellt war, was allerdings leicht übertrieben war, denn gerade gestern Abend hatten seine Wachen eine Prügelei zwischen einem Earl und einem Viscount auflösen müssen, die beide der Meinung gewesen waren, der andere hätte sich aufgrund der Größe des Zimmers über den anderen lustig gemacht und es hätte etwas mit ihrem Stand bei Hofe zu tun. Er hatte selten so rauflustige Männer gesehen wie diese englischen Adeligen. Doch es schien etwas zu sein, worauf sie stolz waren. Er hoffte allerdings sehr, dass bald wieder Ruhe einkehrte.

Der König verzog das Gesicht. »Dieses Schloss ist viel zu klein. Ich hoffe, dass mein Cousin etwas für mich tun kann, wenn ich nächste Woche nach Versailles reise. Diese kleinen Zimmer sind eine Zumutung. Ich kann so nicht leben.«

Philippe senkte den Kopf und dachte: *Ich fürchte, das werdet Ihr müssen.* Doch er sagte nichts.

Der König hustete und fuhr fort: »Ich hoffe, Lord Thornton wird dafür sorgen, dass ich wenigstens in Versailles angemessen große Räume zur Verfügung gestellt bekomme.«

Philippe hielt den Kopf gesenkt. Auch in Versailles lebten die Höflinge beengt, doch das lag vor allem daran, dass jeder an diesem Hof sein wollte und mittlerweile Tausende von Menschen dort lebten. Doch für Gäste war immer viel Platz.

Der König setzte sich auf. »Übrigens hat Lord Thornton mir etwas erzählt, das mich erstaunt hat, und ich möchte, dass Ihr eingreift.«

Philippe nickte. »Worum geht es, Eure Majestät?«

»Er sagte mir, dass Lady Katherine Eastham ihn nach Versailles begleiten möchte.«

Philippe erschrak, versuchte aber, sich nichts anmerken zu lassen. Worauf würde das hinauslaufen?

»Grahme«, er wies auf den dicklichen Mann neben sich, »hat mich daran erinnert, dass diese Lady Katherine die Dame ist, die sich ihrem König gegenüber so unmöglich verhalten hat. Im Ballsaal neulich, Ihr erinnert Euch?«

»Das ist richtig«, sagte Philippe. Ob er ihn gleich fragen würde, warum sie überhaupt noch bei Hofe war? Darauf hatte er keine Antwort.

»Ich möchte nicht, dass sie nach Versailles reist. Was ist, wenn sie sich dort ebenso unmöglich verhält und man von ihrem Verhalten Rückschlüsse auf ihr Land zieht? Ich will, dass mein Besuch nächste Woche dort reibungslos vonstattengeht.«

Philippe schluckte. »Aber natürlich, Eure Majestät. Ich werde die Dame davon in Kenntnis setzen.«

Insgeheim spürte er eine gewisse Genugtuung. Lord Thornton würde seine kleine Liebesreise nicht bekommen.

Der forsche Grahme setzte sich auf und runzelte die Stirn. »Hattet Ihr die Dame nicht sowieso des Hofes verwiesen, Sire?«

Philippe schaute den Berater des Königs ausdruckslos an, so wie er es in all den Jahren beim Militär und vor allem während seiner Arbeit in den Wachmannschaften der Paläste gelernt hatte, doch innerlich wand er sich. Er hatte einen Befehl des Königs nicht ausgeführt und gleich würde es auffliegen.

Doch zu seiner Überraschung schüttelte König James den Kopf. »Jemand hat für sie vorgesprochen und mich davon überzeugt, dass sie harmlos ist. Was soll eine Lady einem König denn auch schon anhaben können?«

*Eine ganze Menge,* dachte Philippe, doch auch diesen Gedanken ließ er nicht hinter seiner ausdruckslosen Maske hervorschlüpfen. Wer eine Zeit lang an einem Königshof gelebt hatte, und vor allem in Versailles, der wusste, dass Frauen die gefährlicheren Gegnerinnen waren, denn sie agierten im Verborgenen und man wurde sich der Gefahr meist erst bewusst, wenn es bereits zu spät war. Ihre Waffen waren Gift, Niedertracht und Gerüchte.

»Dann ist der Hofverweis also aufgehoben?«, fragte Grahme und notierte etwas in den Unterlagen.

Der König nickte knapp und machte eine abwehrende Handbewegung. Das Thema war beendet.

Erleichterung breitete sich in Philippe aus. Das war gerade noch einmal gut gegangen.

Er spürte, wie er zu schwitzen begann, als ihm bewusst wurde, dass er kurz davor gewesen war, einen Rauswurf zu kassieren, weil er einen Befehl seines Dienstherrn missachtet hatte. Und wofür? Für eine Frau, die sich mit einem dickbäuchigen, mittelalten Mann in den Kissen wälzte. So etwas durfte nie wieder passieren.

Der König hatte noch ein paar kleinere Ordnungspunkte, die Philippe zwar im Geiste notierte, aber recht bei der Sache war er nicht mehr. Er überlegte bereits, wo er Lady Katherine finden konnte, um ihr zu erklären, dass sie nicht mit nach Versailles reisen durfte. Auf Anordnung des Königs.

# KAPITEL ZWÖLF

Philippe knüpfte seine Uniformjacke auf und ging die letzten Treppenstufen zum Quartier hinunter. Wenn es nach ihm ginge, dürfte dieser Tag jetzt enden. Eine unerfreuliche Begebenheit hatte sich an die nächste gereiht. Dass er in der vergangenen Nacht so schlecht geschlafen hatte, war dabei überhaupt nicht hilfreich gewesen und er hatte selbst gemerkt, wie übellaunig er gewesen war. Er musste sich endlich wieder in den Griff bekommen.

Er bog um die Ecke in den Gang, in dem sein Zimmer lag, und prallte zurück, als er Lady Katherine vor seiner Tür stehen sah. Sie hatte den Rücken durchgedrückt und das Kinn erhoben, doch die roten Flecken auf ihrem Hals zeigten, dass sie aufgeregt war.

Verdammt, was tat sie hier? Er hatte sie den halben Nachmittag gesucht und nicht gefunden. Und nun war sie auf einmal hier.

Es war ein merkwürdiger Anblick, sie hier unten zu haben. Sie passte nicht hierher. Das war das Reich der Wachen, der derben Sprüche, und sie war eine Lady.

Er trat zu ihr. »Lady Katherine«, sagte er kühl. »Was kann ich für Euch tun?«

Sie zuckte zusammen, als er sie ansprach, und ihr Gesicht

verhärtete sich ein wenig. Doch die roten Flecken blieben und sie knetete ihre Finger.

Er wusste sehr genau, warum sie so aufgeregt war, aber er war überrascht, dass sie sich die Mühe gemacht hatte, ihn deswegen zur Rede zu stellen. Eigentlich hatte er erwartet, dass die Sache jetzt ein Ende hatte und er sie außer aus weiter Ferne nicht mehr wiedersehen würde.

»Warum habt Ihr meine Truhe zu Lord Thornton gebracht?«, fragte sie, ohne sich lange mit einer Begrüßung aufzuhalten. Ihre Stimme zitterte ein wenig.

Er hatte also recht gehabt. Sie war deswegen hier.

Er hob eine Augenbraue und bemerkte förmlich: »Ich habe Euch nicht gefunden und dachte, dass ihr sie so am schnellsten erhaltet.«

Sie schluckte sichtbar. »Lord Thornton erwähnte auch, dass Ihr gesagt habt, dass ich nicht mit nach Versailles fahren darf. Ist das wahr?«

Er nickte. »Ein Befehl des Königs.«

Noch immer war es für ihn eine gewisse Befriedigung, das zu sagen.

Sie wurde eine Spur blasser. »Des Königs?« Ihre Augen waren riesig in dem Dämmerlicht, das hier unten herrschte.

Auf einmal hörte er Stimmen und Schritte auf der Treppe. Siedend heiß fiel ihm ein, dass die Männer von der Wachablösung kamen. Wenn sie ihn hier mit Lady Katherine sahen, konnte das schlimme Folgen haben.

Hektisch schaute er sich um. Die einzige Tür, die in der Nähe offen stand, war das Quartier von Jaques und Pierre, doch vermutlich war Pierre bei den Männern und würde jetzt in sein Zimmer zurückkehren. Philippe musste etwas tun, wenn er nicht von seinen Männern mit einer Frau überrascht werden wollte.

Hektisch nahm er sein Schlüsselbund und steckte den Schlüssel ins Schloss.

»Was tut Ihr?«, fragte Lady Katherine leise, doch er schüttelte den Kopf und legte einen Finger an die Lippen.

Als Soldaten waren die Männer geschult, all ihre Sinne zu benutzen und auf kleinste Veränderungen zu achten, die ihnen verraten konnten, dass Gefahr drohte, denn die Veränderung ging der Gefahr immer voraus. Die meisten Männer waren genauso aufmerksam, wenn sie gerade nicht im Dienst waren. Sie würden eine Frauenstimme hier unten sofort ausmachen. Und sie hatten den Flur fast erreicht.

Er stieß die Tür auf, schob Lady Katherine unsanft hinein und schloss die Tür hinter ihr. In diesem Moment kamen die Männer in den Gang. Sie sprachen über das Abendessen und was sie am Abend noch vorhatten.

Philippe schloss die Tür ab und knöpfte seine Uniformjacke wieder zu. »Ist der Wachwechsel schon beendet?«, fragte er.

Pierre runzelte leicht die Stirn und Philippe erkannte, dass das eine reichlich blöde Frage gewesen war. Wenn die Männer hier auftauchten, war der Wachwechsel natürlich vollzogen. Er war eigentlich niemand, der solch unnütze Fragen stellte, wie eine Dame im Salon, die plaudern wollte.

»Jawohl, Capitaine«, sagte einer der einfacheren Männer.

»Gut, dann habt ihr ab jetzt eure freie Zeit.«

Noch ein so schwachsinniger Satz. Er wischte sich über die Stirn, als er merkte, dass ihm der Schweiß ausbrach.

Sein Stellvertreter Pierre musterte ihn. Dann sagte er: »Nur damit Ihr es wisst, Capitaine, eine Fieberkrankheit geht im Schloss um. Es hat schon mehrere Diener und nun auch drei Ladys erwischt.«

Philippe biss die Zähne zusammen, als ihm klar wurde, dass Pierre mit dieser Bemerkung versteckt auf Philippes dämliches Verhalten anspielte. Es war beinahe eine Beleidigung, auf die er eigentlich reagieren musste, aber er konnte das nicht riskieren, wenn Lady Katherine in seinem Zimmer war und womöglich jeden Moment ein Geräusch von sich geben würde, was die Männer misstrauisch werden ließe. Der Gedanke, dass sie ihn bei etwas erwischten, was er ihnen strengstens verbot, brachte ihn noch mehr ins Schwitzen. Er musste dafür sorgen, dass sie verschwanden.

»Ich weiß«, erwiderte er. »Haltet Euch so gut es geht von den Kranken fern.«

Da die Männer so dicht aufeinander lebten, konnte eine ansteckende Krankheit schlimme Folgen für eine Truppe haben.

Die Männer standen noch einen Moment unschlüssig herum und am liebsten hätte Philippe ihnen befohlen, wegzutreten, aber das würde noch merkwürdiger aussehen.

Schließlich wurde ihm klar, dass alle darauf warteten, dass er ging. Doch er konnte nicht gehen und Lady Katherine in seinem Zimmer eingesperrt lassen. Was war, wenn sie gegen die Tür klopfte und um Hilfe rief? Aber er wollte die Tür auch nicht öffnen, wenn die Männer direkt davor im Gang standen. Womöglich kam sie heraus.

Der Zufall eilte ihm zu Hilfe, und zwar in Form eines jungen Wachsoldaten. Er kam vor Philippe zum Stehen und stieß atemlos hervor: »Capitaine, schnell. Ihr werdet im Obergeschoss gebraucht. Da prügeln sich wieder zwei.«

Philippe biss die Zähne zusammen. »Wisch dir dein Grinsen aus dem Gesicht«, fuhr er den jungen Mann schärfer an als beabsichtigt.

Sofort wurde der Mann ernst. Auch die anderen standen auf einmal etwas strammer. Gut so. Sie sollten ihm Respekt zollen.

Doch nun hatte er ein ganz anderes Problem, denn er konnte jetzt unmöglich ins Obergeschoss gehen. Er hatte keine Möglichkeit, Lady Katherine zuvor aus dem Zimmer zu befreien.

Der junge Mann schaute ihn erwartungsvoll an und auch die anderen warteten darauf, was er sagen würde. Philippe musste eine Entscheidung treffen, und zwar schnell.

Er wandte sich an Pierre. »Du wirst dich darum kümmern.«

Das immer leicht griesgrämige Gesicht des Mannes hellte

sich ein wenig auf und Philippe spürte, wie überrascht er war. Ihm selbst missfiel es, dass er diesen Befehl geben musste, denn er war sich nicht sicher, dass der Mann einen solchen Streit schlichten konnte.

»Aber Capitaine«, sagte der junge Wachmann besorgt, »man hat extra nach Euch geschickt. Es ist wohl einer der Dukes beteiligt.«

Philippe musste dem Drang widerstehen, seinen Befehl nicht zurückzunehmen. Das war tatsächlich nichts, was Pierre regeln konnte. Er spürte, wie ein Schweißtropfen seine Schläfe entlanglief.

Er schüttelte er den Kopf. »Pierre geht.« Er konnte nicht zurückrudern.

Pierre salutierte kurz vor Philippe, zeigte auf drei Männer und sagte: »Mitkommen.«

Philippe seufzte, als die Männer davonliefen. Auch wenn Pierre nicht in der Lage sein würde, diesen Streit aufzulösen, musste er ihm zumindest gestatten, sich zu beweisen. Allerdings gab es dafür weitaus bessere Situationen als eine Prügelei, in die ein Duke verstrickt war.

Diese Engländer, sie machten nichts als Ärger. Warum konnten sie ihre Fäuste nicht ein Mal bei sich behalten?

Der Gedanke, dass man extra nach Philippe geschickt hatte, bereitete ihm Sorgen. Wenn das schiefging, konnte er noch nicht einmal anführen, dass er Wichtigeres zu tun gehabt hatte, denn seine Männer hatten neben ihm gestanden und gesehen, dass er überhaupt nichts zu tun hatte.

Er meinte, ein Geräusch aus seinem Zimmer zu hören, und täuschte ein Husten vor, damit die anderen es nicht auch hörten. Er merkte, wie einer der Männer verstohlen ein Stück von ihm abrückte. Jetzt dachten sie auch noch, er wäre krank.

Die verbliebenen drei Männer standen immer noch herum und schließlich ertrug Philippe es nicht mehr. »Wegtreten«, fuhr er sie an.

Die drei salutierten und wandten sich dann ab.

Als sie in ihren Quartieren verschwunden waren, atmete

Philippe tief durch. Verdammt, warum hatte Lady Katherine ausgerechnet jetzt auftauchen müssen? Sie brachte ihm nichts als Schwierigkeiten. Dabei hatte er gedacht, dass er sehr schlau gehandelt hatte, als er Lord Thornton die Truhe von Lady Katherine hatte bringen lassen. Er hatte vorgegeben, sie in einem Flur gefunden zu haben, und darauf gehofft, dass Lord Thornton diesen verdeckten Hinweis, dass seine Affäre mit Lady Katherine nun bekannt war, verstand. Doch der ältere Mann hatte verwirrt reagiert. Vielleicht, weil seine Frau hinter ihm im Zimmer war und mit einer Freundin Karten spielte.

Philippe war davon ausgegangen, dass Lord Thornton Lady Katherine davon berichten würde, dass man sie entdeckt hatte, und dass sie dann, beschämt, dass er von ihrem Geheimnis wusste, ihn nie wieder auch nur anschauen würde. Aber was tat sie? Sie tauchte hier auf. Und nun war sie sogar in seinem Zimmer.

Er schloss die Augen und wischte sich mit der Hand über das Gesicht. Er würde sie einfach bitten, zu gehen. Höflich, aber bestimmt. Sie hatte ihre Truhe und es gab nichts mehr zu besprechen. So einfach war das.

Er schloss die Tür auf und trat in sein Zimmer. Der liebliche Geruch einer Frau, der ihm entgegenschlug, traf ihn unvermittelt und sofort wusste er, dass er einen Fehler begangen hatte, sie in sein Zimmer zu lassen. Einen sehr großen Fehler.

Er schluckte und schloss die Tür hinter sich. Sie stand an seinem Schreibtisch und es war offensichtlich, dass sie die Papiere angeschaut hatte, die darauf lagen. Anscheinend hatte sie nichts in die Hand genommen, denn alles lag noch genau so, wie Philippe es hinterlassen hatte. Doch warum sonst sollte sie so dicht vor dem Schreibtisch stehen, wenn sie nicht seine Korrespondenz hatte lesen wollen?

Schnell ging er im Kopf durch, was für Papiere auf seinem Schreibtisch lagen, doch es war nichts Geheimes dabei. Er verfluchte sich selbst, dass er die Unterlagen nicht besser weggelegt hatte, aber dann wiederum hatte er nicht damit gerechnet, dass jemand ins Zimmer kommen würde, wenn er nicht dabei war. Er konnte sich nicht daran erinnern, dass dies überhaupt schon einmal vorgekommen war. Außer den Dienstmädchen, die hier einmal im Jahr sauber machten, kam hier so gut wie niemand rein. Er ging immer zu den anderen, und das war auch gut so.

Unwillen stieg in ihm auf. Sie sollte nicht hier sein, und es war besser, wenn sie jetzt ging.

»Es gehört sich nicht, die Unterlagen eines anderen Menschen zu lesen.«

Er war überrascht über seine Worte, vor allem über den harten Tonfall, in dem sie ihm herausgerutscht waren.

Sie wandte sich zu ihm um und schaute ihn mit hochgezogenen Augenbrauen an. »Es gehört sich auch nicht, eine Lady in einen Raum zu sperren, und trotzdem habt Ihr es getan.«

Sie hatte ja recht. Allein dafür konnte er in Schwierigkeiten geraten, wenn sie Lord Thornton zum Beispiel davon erzählte. Man würde ihr vermutlich mehr glauben als ihm. Denn sie war eine Lady.

Philippe senkte den Kopf und atmete tief durch. Ein Fehler. Dieser Geruch.

»Mir blieb nichts anderes übrig. Es wäre schlecht für Eure Reputation gewesen, wenn die Männer Euch hier unten noch einmal gesehen hätten.«

Sie presste die Lippen zusammen und schaute ihn einen viel zu langen Moment an, dann sagte sie: »Vielleicht meintet Ihr damit Eure Reputation, denn wenn ich es mir recht erkläre, haltet Ihr sowieso nicht mehr viel von meiner, wenn Ihr Lord Thornton meine Reisetruhe aushändigt, sodass seine Frau der Meinung ist, dass ich …«

Sie schluckte und brach ab. Wieder breiteten sich rote Flecken auf ihrem Hals aus.

Entsetzt bemerkte Philippe, dass sie darauf anspielte, dass sie Lord Thorntons Mätresse war. Er wollte nicht mit ihr darüber sprechen.

»Ich glaube, Ihr solltet jetzt gehen.«

Er wies auf die Tür, doch sie reagierte nicht, sondern sprach einfach weiter.

»Es war sehr unangenehm für mich, als Lord Thornton mich darüber in Kenntnis gesetzt hat, dass er meine Truhe hat. Da er nicht wusste, wem sie gehört, hat er sie geöffnet und meine«, sie schluckte und straffte ihren Rücken ein wenig, »meine Kleider gefunden. Das war nicht nur für mich peinlich, sondern auch für ihn. Ihr solltet Euch schämen.«

Er setzte seine ausdruckslose Miene auf und versuchte, ihre Gefühle nicht an sich herankommen zu lassen. Er sollte sich schämen? Vielleicht war es so, denn vom Rang her stand es ihm nicht zu, eine Dame so zu behandeln. Doch sie hatte sich auch nicht ehrenhaft verhalten.

»Ist es denn nicht so?«, fragte er herausfordernd.

Er fand selbst, dass er wie ein trotziges Kind klang, aber er konnte nicht anders. Warum ließ er sich darauf ein? Er sollte dieses Gespräch beenden, bevor es ihn noch mehr in Schwierigkeiten brachte. Was war, wenn Pierre wiederkam und ihm Bericht erstatten wollte? Der Gedanke, dass auf einmal jemand unangemeldet ins Zimmer platzen und ihn hier mit Lady Katherine erwischen könnte, ließ ihn erneut in Schweiß ausbrechen. Dann konnte er gleich kündigen und auf das Landgut seiner Familie zurückkehren.

Auf einmal waren alle seine Sinne auf Geräusche aus dem Flur gerichtet. Pierre durfte jetzt nicht zurückkommen. Schließlich drehte er sich um und schloss die Tür ab. Sicher war sicher.

Er wandte sich wieder zu ihr um und stellte erstaunt fest, dass sie zitterte. Sie starrte auf die Tür. »Was wollt Ihr von mir?« Ihre Stimme klang dünn.

Es dauerte einen Moment, bis er begriff, dass sie Angst vor ihm hatte. So zornig er auch darüber war, dass sie immer nur Ärger machte, wenn sie auftauchte, und dass allein ihr Geruch ihn in tiefe Verwirrung stürzte, so wollte er nicht, dass sie Angst vor ihm hatte. Das alles lief so schief.

Er schloss die Augen, um besser hören zu können, ohne sich von ihrem Anblick ablenken zu lassen. Doch das führte dazu, dass seine anderen Sinne sich schärften. Er konnte jetzt sogar hören, wie ihr Mieder leise knarrte, wenn sie einatmete.

Der Gedanke an ihr Mieder hatte schon etwas Intimes. Und wieder nahm er ihren Geruch wahr. Nun, da sie neben ihm stand, war er noch viel deutlicher. Eindeutig Honig und Lavendel.

Er biss die Zähne zusammen, als ihm klar wurde, dass es ihn in den Fingern juckte, weil er sie an sich ziehen wollte, um zu erfahren, ob sie so gut schmeckte, wie sie roch. Er wollte fühlen, wie weich ihre Lippen waren, und diese Haare lösen und durch seine Finger gleiten lassen.

Verdammt, er durfte das nicht denken. Sie war eine Lady und hatte ihm gerade deutlich zu verstehen gegeben, dass sie weit über ihm stand. Er hatte kein Recht, so etwas zu denken.

Doch sein Körper schien da anderer Meinung zu sein. Es fiel ihm schwer, sich zu beherrschen, nicht einfach nach ihr zu greifen und sie an sich zu ziehen. Allerdings, wenn er eines als Soldat gelernt hatte, dann war das Disziplin und nicht jeder Regung seines Körpers nachzugeben. Das kam ihm jetzt zugute.

Es war ein Fehler gewesen, sie in sein Zimmer zu lassen. Er war viel zu lange nicht mehr mit einer Frau zusammen gewesen, das war alles. Deswegen fühlte er sich so von ihr angezogen. Das würde vergehen. Sobald sie in ihre Welt zurückgekehrt war und ihn nicht mehr beachtete, würde er wieder klarer denken können.

»Hört Ihr etwas?«, fragte sie leise, beinahe atemlos.

Er schüttelte den Kopf und öffnete die Augen. Der nächste Fehler. Das Licht der Lampen am Schreibtisch reichte nicht ganz bis zur Tür und so war es hier dunkler. Doch ihr Gesicht war auf eine bezaubernde Weise erhellt und ihre weit aufgerissenen Augen schimmerten golden.

In diesem Moment wirkte sie nicht wie die englische Lady, die sie war und die sie eben noch so herausgekehrt hatte, sondern wie eine junge Frau, mit der er sich davongeschlichen hatte. So als würden sie gemeinsam etwas aushecken und ein Geheimnis teilen.

Er konnte nicht anders, als auf ihren Mund zu starren, diese vollen Lippen, die so selten lächelten.

Ihm wurde bewusst, dass er schon viel zu lange starrte und die Stille sich in die Länge zu ziehen begann. Doch sie erwiderte seinen Blick, wandte sich nicht ab, versteckte sich nicht hinter ihrer Maske.

Auf einmal war sie eine andere Frau.

Eine, die er vielleicht doch küssen konnte.

Ging ihr Atem etwa schneller?

Sein Blick wanderte zum Ausschnitt ihres Kleides, das nicht so tief geschnitten war wie bei anderen Damen. Er konnte den Ansatz ihrer Brust nur erahnen, doch er sah, dass sich ihr Brustkorb schneller hob und senkte als zuvor. Und da waren sie wieder, die verräterischen roten Flecken am Hals.

Sie war also aufgeregt. Fühlte sie es auch?

Er schaute ihr wieder ins Gesicht und als ihre Blicke sich trafen, sah er, wie sie erzitterte. Dabei teilten sich ihre Lippen und das erregte ihn noch mehr. Es war also keine Einbildung.

Sollte er es wagen? Sein Körper hatte darauf eine klare Antwort. Doch sein Verstand sagte ihm, dass er wusste, wohin das führte. So richtig es jetzt zu sein schien, weil sie beide es wollten, so sehr würde er es in dem Moment bereuen, da sie das Zimmer verlassen hatte.

Ein alberner Gedanke kam ihm in den Kopf, wieder wie ein junger Bursche, der noch nichts von der Welt wusste. Er würde einfach dafür sorgen, dass sie das Zimmer so schnell nicht verließ. Dort drüben stand sein Bett, niemand erwartete ihn. Er könnte sie die ganze Nacht hierbehalten.

Und dann? Das führte doch zu nichts. Es würde ihn nur in Schwierigkeiten bringen.

Er schloss die Augen und sofort konnte er klarer denken. Er atmete tief durch. Bevor er noch einmal darüber nachdenken konnte, sagte er: »Ich denke, Ihr könnt gefahrlos gehen. Aber beeilt Euch.«

Philippe drehte den Schlüssel um und legte die Hand auf den Türgriff. Er wappnete sich und schaute sie erneut an. Gerade noch konnte er die Verwirrung und den Schmerz auf ihrem Gesicht sehen, dann nahm sie sich zusammen und ihr Ausdruck wurde wieder erhaben und distanziert.

»Habt Dank, Capitaine.«

Nur die Spur eines Zitterns in ihrer Stimme verriet, was eben geschehen war.

Er nickte ihr knapp zu und öffnete die Tür. »Geht nach rechts und nicht nach links, wo der Eingang für die Männer ist. Am Ende des Ganges findet Ihr eine Tür, die in einen Keller führt. Sie ist verschlossen, aber hier ist der Schlüssel.« Er löste ihn von seinem Schlüsselbund und reichte ihn ihr. Der Schlüssel war zum Glück lang genug, dass ihre Hände sich nicht berühren mussten. »Von dem Keller führt eine Tür in den Garten. Sie ist um diese Zeit noch nicht bewacht. Dort werdet Ihr nicht gesehen. Hier«, sagte er und griff nach einer Lampe, »nehmt die mit und lasst sie an der Tür zum Garten stehen. Ich hole sie später ab, genau wie den Schlüssel. Lasst ihn einfach stecken.«

Er fand selbst, dass er wie jemand klang, der einen Überfall plante.

Oder wie ein Liebhaber, der sich mit seinem Mädchen davonstehlen wollte.

Sie nahm auch die Lampe von ihm, peinlich darauf bedacht, seine Finger nicht zu berühren, und er war dankbar und enttäuscht zugleich. Dann blickte sie wieder zu ihm auf und Philippes Herzschlag beschleunigte sich aufs Neue. Wenn sie doch nur ein bürgerliches Mädchen sein könnte. Dann wüsste er genau, was er jetzt tun würde.

Sie zögerte und es schien, als wollte sie noch etwas sagen, doch schließlich nickte sie einfach nur und ging davon. Er hatte erwartet, dass sie eilig laufen würden. Doch das tat Lady Katherine nicht. Sie schlich sich nicht davon, sondern ging würdevoll. Diese Disziplin bewunderte er an ihr. Selten hatte er eine Frau getroffen, die sich so im Griff hatte. Wenn man einmal von dem Moment absah, als sie auf seinem Schoß gesessen hatte.

Er stöhnte leise auf, als er daran dachte, wie sie sich angefühlt hatte. Vielleicht hätte er sie doch einfach küssen sollen. Aber nun war es zu spät.

Als er hörte, wie sie die Tür zum Keller aufschloss, sich mit raschelnden Röcken durch die Tür schob und diese wieder hinter sich schloss, atmete er tief durch. Vermutlich würde er sie so schnell nicht wiedersehen, nur aus weiter Ferne, wie zuvor auch.

Er hätte sie doch küssen sollen, egal, ob er es morgen bereut hätte.

# KAPITEL DREIZEHN

Katherine schloss die Tür zum Keller sorgfältig hinter sich, schaute sich um und ging dann gemessenen Schrittes in den Garten. Doch so ruhig sie äußerlich wirkte, ihr Inneres war aufgewühlt wie die See bei Sturm.

Sie bemühte sich, ihren Herzschlag zu beruhigen. So viel war in den vergangenen Stunden passiert und es fiel ihr schwer, ihre Gedanken zur Ordnung zu rufen.

Obwohl sie eigentlich eine Unterkunft für die Nacht suchen musste, wenn sie nicht erneut in der Besenkammer schlafen wollte, in der sie die vergangene Nacht verbracht hatte, entschied sie sich, eine Runde durch den Garten zu gehen. Das würde ihr sicherlich guttun. Die Sonne war zwar noch nicht hinter dem Horizont verschwunden, doch es war nicht mehr so brütend heiß wie am Mittag.

Katherine atmete tief durch und der Duft des Lavendels, der in einem Beet neben ihr blühte, erfüllte ihre Nase. Sie liebte Lavendel, doch heute vermochte der Geruch der Pflanze sie nicht wie sonst zu beruhigen.

Vor ein paar Stunden hatte Lord Thornton sie zu sich gebeten und sie dumme Gans hatte gedacht, dass er ihr mitteilen wollte, wann seine Kutsche am nächsten Tag abfuhr. Doch er hatte ihr ziemlich barsch erklärt, dass sie ihre Truhe wegschaffen sollte, weil er damit nichts zu schaffen haben wollte. Seine Frau sei sehr aufgebracht, weil sie eine Vermutung hatte, die er nicht einmal auszusprechen wagte. Katherine hatte sofort begriffen, was er meinte, und ihr hatten die Worte gefehlt.

Dabei konnte sie Lady Thornton durchaus verstehen. Was sollte sie sonst auch denken? Ihr war es peinlich, dass Lord Thornton ihre Truhe anscheinend geöffnet hatte. Dabei hatte er ihr nur einen Gefallen getan, als er zugestimmt hatte, sie mit nach Versailles zu nehmen. Und nun wurde er diesem unsagbaren Verdacht ausgesetzt.

Aber nicht nur, dass er ihr erklärt hatte, dass sie nicht mit ihm nach Versailles fahren durfte. Er hatte sogar angedeutet, dass der Capitaine, der die Truhe gebracht hatte, gesagt hätte, dass sie keine Erlaubnis hatte, nach Versailles zu reisen. Lord Thornton war sehr erzürnt gewesen, dass sie ihm das nicht vorher gesagt hatte. Dabei hatte Katherine noch nicht einmal gewusst, dass sie eine Erlaubnis brauchte, um ihre Schwester in Versailles zu besuchen. Sie hatte gedacht, dass sie so frei wäre, das einfach zu tun, aber anscheinend hatte sie sich getäuscht. Warum hatte der Capitaine ihr nicht gesagt, dass man eine solche Erlaubnis brauchte?

Viel schlimmer noch als Lord Thorntons Zorn und der giftige Blick, den seine Frau ihr zugeworfen hatte, war jedoch der Gedanke, dass sie nun noch weitere Nächte irgendwo im Schloss schlafen musste, statt in Versailles bei Sophia zu sein. Langsam wusste sie nicht mehr, wohin sie nachts sollte. Das Schloss war einfach zu voll, überall schienen Menschen zu sein, selbst in Zimmern, die vorher gar nicht für die Unterbringung genutzt worden waren.

Die Leinen- und Besenkammern waren winzig, sodass sie sich nicht einmal ausstrecken konnte, und heute Morgen war eine junge Magd noch vor dem Morgengrauen hereingekommen, um Eimer und Putzlappen zu holen. Sie hatte Katherine entgeistert angestarrt und war dann schnell wieder verschwunden.

Katherine umrundete den Brunnen und ging hinüber zum Geländer, das die Terrassen abgrenzte, die steil zum Ufer der Seine abfielen.

Nachdem sie den ersten Schreck bezüglich des Gesprächs mit Lord Thornton überwunden hatte, war Katherine klar geworden, wer schuld an ihrer Situation war. Der Capitaine hatte sich nicht gerade ehrenhaft verhalten.

Sie hatte sich in den Schatten eines Baumes im Kräutergarten zurückgezogen und war das Gespräch mit Lord Thornton wieder und wieder durchgegangen. Ihr war klar geworden, dass es der Capitaine gewesen war, der anscheinend angedeutet hatte, dass sie Lord Thorntons Mätresse war. Bei diesem Gedanken schüttelte sie sich unwillkürlich. Niemals würde sie sich von einem Mann wie Lord Thornton anfassen lassen.

Doch wie kam der Capitaine dazu, ihr so etwas zu unterstellen? Und warum hatte er die Frechheit besessen, ihre Truhe zu Lord Thornton zu bringen? Nun, da Lady Thornton der Meinung war, sie wäre eine unehrenhafte Frau, und sie dies ganz sicherlich in den Salons herumerzählte, konnte sie sich gar nicht mehr dorthin wagen.

Ach, wenn doch nur bald der nächste Skandal kommen würde. Dann würde man sie endlich vergessen.

Der Gedanke, dass der Capitaine sie derart hintergangen hatte, nachdem er ihr angeboten hatte, ihre Truhe bei sich unterzubringen, bis ihr ein Zimmer zur Verfügung gestellt wurde, hatte sie unglaublich wütend gemacht. Zum Glück hatte gerade die Glocke zum Abendessen geläutet, was bedeutete, dass der Capitaine in sein Quartier zurückkehren würde. Kurz entschlossen hatte sie sich auf den Weg dorthin gemacht und auch gar nicht lange warten müssen.

Doch was dann passiert war, ließ sie selbst jetzt noch schwanken. Zum Glück hatte sie das Geländer erreicht und konnte sich dagegen lehnen. Für andere, die hier unterwegs waren, sah es so aus, als würde sie den Ausblick über den Fluss genießen.

Sie war bis zu dem Moment wütend auf ihn gewesen, in dem er um die Ecke gekommen war. Und dann war alles schiefgegangen, und schuld waren wieder diese Gefühle, derer sie nicht Herr werden konnte. Er hatte so gut ausgesehen mit seiner aufgeknöpften Uniformjacke, anscheinend erschöpft vom Tag, aber immer noch so schneidig. Sie hatte nicht mehr genau gewusst, was sie ihm eigentlich hatte sagen wollen, und wie ein junges Mädchen, das zum ersten Mal in der Gesellschaft von Erwachsenen essen durfte, herumgestammelt.

Dann waren die anderen Wachen gekommen und er hatte sie in sein Zimmer geschubst und sie eingeschlossen. Zuerst war sie wie erstarrt gewesen, doch dann war sie erneut zornig geworden. Immer wenn sie ihn nicht sah, konnte sie wütend auf ihn sein. Doch wenn er vor ihr stand, war alles vergessen.

Sie hatte sich in seinem Zimmer umgesehen, das ordentlich war, bis auf seinen Schreibtisch, wo alle möglichen Papiere durcheinander lagen. Sie wusste, dass es sich nicht gehörte, wenn sie sich die Papiere anschaute, aber es war auch unziemlich, dass er sie in seinem Zimmer eingeschlossen hatte, deswegen erlaubte sie sich, einen Blick auf die Papiere zu werfen.

Er schien viele Briefe zu schreiben. Seine Handschrift war klar und nahm viel Raum ein, was ihr sagte, dass er vermutlich ein mutiger und entschlossener Mann war. Die Handschrift passte zu ihm.

Dann war er ins Zimmer gekommen und sie hatte kaum noch atmen können. Es schien, als würde er den gesamten Raum einnehmen. Einerseits hatte sie weglaufen wollen und andererseits wollte sie mehr von dieser Männlichkeit.

Er war ärgerlich gewesen, dass sie an seinem Schreibtisch stand, und dieser Ärger hatte ihr gutgetan, denn so hatte auch sie endlich ihr Missfallen darüber zum Ausdruck bringen können, dass er ihre Truhe zu Lord Thornton gebracht hatte.

Ihr Gespräch war ein merkwürdiges Wechselspiel der Gefühle gewesen. Einerseits hatte sie es geschafft, ihn wissen zu lassen, dass sie ein solches Verhalten nicht gutheißen konnte, und dann hatte sie sich wieder davon hinreißen lassen, dass sie sich vorstellte, wie er sie noch einmal in den Armen hielt und mehr.

Doch das durfte sie nicht. Er war nur ein Capitaine und man durfte sich niemals mit den Bediensteten einlassen. Das hatte ihre Mutter all ihren Töchtern immer wieder klargemacht und Katherine selbst war es gewesen, die darauf geachtet hatte, dass ihre jüngeren Schwestern den Stallburschen oder Gärtnern keine schönen Augen machten.

Streng genommen war ein Capitaine natürlich kein Bediensteter, aber eine Lady durfte sich trotzdem nicht mit ihm einlassen. Dabei hatte es auch keine Anzeichen gegeben, dass er es überhaupt wollte. Nur ganz zum Schluss, kurz bevor sie endlich gegangen war, hatte er sie so angeschaut, als ob er in ihr die Frau sehen würde, die sie eigentlich war. Doch dann war der Moment vorbei gewesen und sie hatte endlich fliehen können.

Katherine legte sich die Hände auf die Wangen und atmete tief ein. Sie hoffte inständig, dass er nicht die Frau gesehen hatte, die sie eigentlich war. Denn das war eine Frau, die sie selbst nicht mochte und für die sie sich schämte. Es war eine Frau, die sich nicht im Griff hatte und die ihren sündigen Gefühlen nachgab. Nachgegeben hatte, verbesserte sie sich. So etwas tat sie nicht mehr, denn es brachte sie nur in Schwierigkeiten.

Doch wie immer, wenn sie sich für diese Leidenschaft schämte, die so gefährlich unter der Oberfläche brodelte, kam Katherine nicht umhin, sich einzugestehen, dass diese Gefühle ihr die schönsten Momente ihres Lebens beschert hatten. Von einem Mann gehalten zu werden, Fingerspitzen über nackte Haut gleiten zu lassen, sich selbst zu spüren, war viel schöner als jedes Kartenspiel mit anderen Frauen, jedes Buch und jeder Ball, den sie jemals besucht hatte. Nichts reichte an das Gefühl heran, berührt zu werden. Warum war das nur so verwerflich?

Und warum konnte sie diese Gedanken nicht einfach aus ihrem Kopf verbannen? Jetzt war sie sogar schon so verzweifelt, dass sie sich wünschte, ein Capitaine würde sie küssen. Sie musste sich einfach noch mehr Mühe geben, sich zusammenzunehmen. Egal, wie viel Kraft es sie kostete.

Eine Stimme schreckte sie aus ihren Gedanken. »Lady Katherine!«

Sie wandte sich um und sah Lady Ella auf sich zukommen, die sich aus einer Gruppe von einigen älteren Frauen gelöst hatte. Anscheinend nutzten sie den schönen Abend auch für einen Spaziergang.

Sie lächelte die jüngere Frau an.

Diese hob eine Augenbraue, als sie Katherine erreichte. »Ihr habt es gut, dass Ihr einfach so allein hier herumspazieren dürft. Ich darf niemals allein raus, sondern nur mit ihnen.« Sie wies mit einem Kopfnicken auf die anderen Frauen, die langsam in Richtung Schloss schlenderten. »Aber meine Mutter und die anderen sprechen nur darüber, wie anstrengend es ist, dass die Männer wieder da sind. Dabei finde ich es so wunderbar. Meinetwegen könnten noch viel mehr kommen, dann hätte ich mehr Auswahl.« Sie hakte sich bei Katherine ein. »Ich darf Euch doch ein Stück begleiten, oder? Bitte sagt Ja, sonst muss ich wieder zurück zu meiner Mutter.«

»Aber natürlich«, sagte Katherine. Obwohl sie eigentlich ungestört hatte sein wollen, um sich klar zu werden, was heute Nachmittag passiert war und was sie jetzt tun sollte, war sie nun froh, mit ihren Gedanken nicht mehr allein zu sein, denn das alles führte doch zu nichts. Und das Gute an Lady Ella war, dass sie in einem fort plapperte und Katherine nicht viel sagen musste, sondern einfach zuhören und sich ablenken lassen konnte.

»Gut«, sagte diese und sie schlenderten langsam zurück in Richtung des Brunnens. »Sagt, habe ich das richtig gehört, dass Ihr nach Versailles reisen dürft?«

Bevor Katherine antworten konnte, legte Lady Ella sich eine Hand auf die Brust und seufzte. »Ich würde so gern einmal wieder dorthin fahren. Bisher war ich nur zweimal da, aber es war so wunderbar. Ich habe die ganze Nacht getanzt und die Männer sind einfach so anders. Nicht so langweilig wie unsere Engländer. Ich habe das Gefühl, die Franzosen sind viel leidenschaftlicher.«

Katherines Bauch kribbelte, als sie daran dachte, dass der Capitaine ebenfalls Franzose war. Und auch wenn sie eigentlich nicht darüber nachdenken wollte, fühlte sie, dass er viel leidenschaftlicher war als die englischen Männer. Doch sie scheuchte den Gedanken fort. Es war zu gefährlich.

»Ich wünsche mir so, dass ich einen Franzosen finde, den ich heiraten könnte. Dann müsste ich nicht diesen alten Mann nehmen, den meine Eltern für mich ausgesucht haben. Ein Glück ist er noch in England und die Hochzeit kann nicht arrangiert werden. Aber wenn ich vorher einen Comte oder dergleichen in Versailles kennenlernen würde, bräuchte ich ihn nicht mehr zu heiraten. Wäre das nicht wunderbar?«

Sie drückte Katherines Arm. »Warum habt Ihr bisher eigentlich noch nicht geheiratet?«

Katherine versteifte sich ein wenig, denn sie hasste diese Frage, die ihr schon so oft gestellt worden war. Doch Lady Ella schien es nicht zu bemerken. Wie immer war sie so arglos, sie meinte diese Frage ganz ernst und es lag wie immer keine Häme darin.

»Es hat sich nie ergeben.«

Das war die bessere Antwort als *Mich wollte keiner und mein Vater hat nicht genug Geld geboten, dass mich ein Mann nimmt.* Dabei war sie manchmal dankbar dafür, dass es nie geklappt hatte, denn bei dem Gedanken, einen älteren Mann heiraten und dann mit ihm das Bett teilen zu müssen, wurde ihr ein wenig übel und sie fand es gar nicht so schlimm, eine alleinstehende Frau zu sein. Wenn nur diese vielen Gefühle nicht wären.

»Wäret Ihr denn gern verheiratet?«, fragte Lady Ella. Doch bevor Katherine antworten konnte, plapperte sie weiter. »Ich stelle es mir so schön vor, nicht mehr bei meinen Eltern zu wohnen, sondern meinen eigenen Haushalt zu haben und mit meinem Mann …« Sie brach ab und lächelte. »Nun ja, das zu tun, was man sich so erzählt. Würdet Ihr nicht auch gern wissen, wie das ist? Alle sagen immer, dass es wehtut und man es ertragen muss, aber wenn ich mir Valentina oder Eure Schwester Sophia anschaue, habe ich das Gefühl, dass es auch sehr schön sein kann mit einem Mann. Was denkt Ihr denn?«

Katherine wandte den Blick in die Ferne, wo die untergehende Sonne die Bäume anstrahlte. Zu gern hätte sie der jüngeren Frau gesagt, dass das, was zwischen Mann und Frau war, überhaupt nicht schlimm war, sondern wunderschön und dass es Lust machte auf mehr. Auf so viel mehr. Doch sie durfte dieses Wissen nicht haben und deswegen konnte sie es auch nicht teilen. Wie immer musste sie vorgeben, dass sie nicht wusste, wovon Lady Ella sprach.

»Ich glaube, dass die älteren Damen gern ein wenig übertreiben, wenn es darum geht, und dass jeder seine eigenen Erfahrungen sammeln sollte.«

Lady Ella seufzte. »Ich hoffe, ich sammle sie bald. Übrigens habe ich gehört, dass es in Versailles durchaus nicht so streng zugehen soll wie am englischen Königshof. Es wäre viel leichter, dort einmal einen Kuss zu bekommen oder auch ein wenig mehr.« Ihre Wangen waren gerötet und ihre blauen Augen blitzten. »Deswegen beneide ich Euch ja auch so, dass Ihr dorthin fahren dürft. Vielleicht lernt Ihr ja einen Comte kennen, der Euch küsst.«

Sie kicherte und Katherines Herz zog sich schmerzhaft zusammen. Es wäre vielleicht besser, wenn sie das Gespräch bald abbrach, denn es führte zu nichts und außerdem musste sie sich noch um ihr Zimmer für die Nacht kümmern. Unauffällig versuchte sie, Lady Ella zurück in Richtung des Schlosses zu dirigieren.

»Wann reist Ihr denn morgen ab?«

Bevor Katherine etwas antworten konnte, sah sie, dass eine Gruppe Männer auf sie zukam. Mit Schrecken stellte sie fest, dass der König darunter war.

»Oh nein«, flüsterte sie und blieb stehen.

»Was ist?«, fragte Lady Ella und hob ihre Hand zu den Augen, um sie vor der Sonne zu beschatten.

»Der König«, sagte Katherine.

»Oh«, seufzte nun auch Ella. »Ich denke nicht, dass er es gutheißt, dass wir beiden unverheirateten Damen allein im Park sind. Neulich hat er anscheinend Lady Elizabeth zur Rede gestellt und ihr gesagt, sie sollte dieses Verhalten, das einer jungen Lady nicht würdig sei, beichten gehen.« Sie hob die Schultern und lachte. »Da wir beide protestantisch sind, können wir leider nicht beichten.«

Doch Katherine hatte Mühe, sich zu entspannen. Sie wollte dem König nicht begegnen. Bestimmt erinnerte er sich an sie. Und was war, wenn er sie fragte, warum sie immer noch bei Hofe war? Dafür hatte sie keine gute Antwort. Der Capitaine hatte ihr zwar gesagt, dass der König nicht mehr von ihr gesprochen hatte, aber das hieß nicht, dass der Hofverweis aufgehoben war. Oder hatte vielleicht Monsieur Dufour mit ihm darüber geredet, was Katherine getan hatte?

Auf einmal konnte sie nicht mehr klar denken. Alles, was sie wusste, war, dass sie dem König auf keinen Fall begegnen wollte. Er durfte nicht wissen, dass sie hier war.

Hektisch schaute sie sich um, ob sie irgendwo abbiegen konnten, um den Männern auszuweichen, doch es gab keinen Weg, der abzweigte. Sie konnten lediglich umdrehen. Die Männer waren in ein Gespräch vertieft und es war möglich, dass sie sie noch nicht gesehen hatten.

»Warum seid Ihr so blass?«, fragte Lady Ella nun. Dann weiteten sich ihre Augen. »Ach je, ist es immer noch wegen der Sache neulich im Ballsaal? Das hat der König bestimmt vergessen. Solange Ihr ihm nicht wieder die Perücke vom Kopf reißt, sollte das kein Problem sein.«

Sie kicherte. Doch Katherine begann, zu zittern.

Sie dachte an den Moment im Ballsaal, als ihr aufgegangen war, dass sie sich dem König gegenüber derart verhalten hatte. Damit hatte das ganze Unglück begonnen, das dazu geführt hatte, dass sie nun in einer Besenkammer schlief und ihre Freunde anlog.

Auf einmal wollte sie all das nicht mehr. Sie packte ihre Begleiterin am Arm, drehte sich um und ging davon.

»Was tut Ihr denn?«, fragte Lady Ella, stolperte ihr aber weiter hinterher.

Katherine konnte nicht antworten, sie schaute nur auf ihre Röcke und hörte das Knirschen, wenn ihre Füße den Kies berührten.

Hinter sich vernahm sie Stimmen, die sich ein wenig erhoben. Sie ging schneller.

»Sollten wir nicht lieber stehen bleiben?«, fragte Lady Ella und wandte sich nach den Männern um. »Immerhin ist es der König.«

Katherine schüttelte den Kopf und ging noch schneller. Jetzt rannte sie schon fast.

»Ich denke, dass es besser wäre.«

»Nein«, stieß Katherine hervor. Sie wollte dem König nie wieder begegnen.

»Stehen bleiben«, rief eine Stimme hinter ihnen.

Lady Ella tat, was der Mann gesagt hatte, doch Katherine konnte nicht. Sie raffte ihre Röcke und rannte los.

»Lady Katherine«, rief Ella hinter ihr her.

In Katherines Ohren summte es und sie hörte ihren keuchenden Atem. Darunter mischten sich auf einmal die Schritte von schweren Stiefeln, die schnell näher kamen. Viel zu schnell. Sie wusste, dass sie keine Chance hatte, zu entkommen, aber sie konnte auch nicht stehen bleiben. Ihr wurde klar, dass die Demütigung schon jetzt viel zu groß war. Was hatte sie nur getan?

Auf einmal packte eine Hand sie am Arm und riss sie herum. *Oh Gott, lass es nicht Capitaine Laurent sein,* dachte Katherine. Doch als sie in das griesgrämige Gesicht eines jüngeren Wachmanns schaute, atmete sie erleichtert aus.

»Mitkommen«, sagte der Mann mit einem starken französischen Akzent. »Sofort.«

Sein Gesicht war so nah vor ihrem, dass sie seinen Atem spüren konnte. Ein Spucketropfen landete auf ihrer Wange.

Katherine versuchte, ihren Arm zu befreien. »So behandelt man eine Dame nicht.«

Doch er hielt ihren Arm so fest, dass sie ihm diesen nicht entwinden konnte.

»Ihr kommt mit.«

Er schleifte sie in Richtung des Königs, während sie sich verstohlen seine Spucke aus dem Gesicht wischte.

Als sie an Lady Ella vorbeikamen, die ihnen mit weit aufgerissenen Augen entgegenschaute, schloss sie sich ihnen an.

Die Wache ging schnell und Katherine hatte Mühe, mitzuhalten, doch sie wusste auch, dass er sie unbarmherzig weitergeschleift hätte, wäre sie ins Straucheln gekommen. Sein Griff an ihrem Arm tat weh und vermutlich würden sich blaue Flecken bilden. Hinter sich hörte sie die schnellen, trippelnden Schritte von Lady Ella.

Der König und seine Männer, alles ältere Herren, schauten ihr missbilligend entgegen und Katherine fragte sich entsetzt, was nur in sie gefahren war, dass sie weggerannt war. Sie hatte alles noch schlimmer gemacht.

»Eure Majestät, hier ist sie«, sagte die Wache und verbeugte sich vor König James.

Katherine wagte es nicht, ihn anzuschauen. Genau wie Lady Ella versuchte sie, in einen Knicks zu sinken, aber die Wache hielt sie weiterhin fest.

»Wer ist sie?«, fragte der König.

»Vermutlich jemand, der Euch aufgelauert hat, Eure Majestät«, sagte die Wache.

Erschrocken schaute Katherine ihn an. Sie wollte etwas sagen, doch einer der anderen Männer fuhr sie an: »Antwortet Eurem König, wenn er Euch anspricht, junge Dame.«

Katherine schluckte. Ihr war nicht klar gewesen, dass der König sie angesprochen hatte. Noch immer ging ihr Atem schnell und als sie gerannt war, hatte sich eine Haarsträhne aus ihrer Frisur gelöst, die sie heute Morgen in der Besenkammer nur leidlich hatte hochstecken können. Sie fühlte sich schäbig.

»Lady Katherine Eastham, Eure Majestät.« Sie senkte den Kopf, da sie nicht knicksen konnte.

»Warum ist sie fortgelaufen?«

Katherine schluckte. »Ich weiß es nicht, Eure Majestät.« Ihre Stimme zitterte.

»Ich denke, sie hat befürchtet, dass Eure Majestät es nicht gutheißt, wenn zwei unverheiratete Damen allein im Park unterwegs sind, Sire«, mischte Lady Ella sich ein. »Als wir Euch erblickten, habe ich Lady Katherine davon erzählt, und ich denke, sie hat Angst bekommen, weil wir doch alle unserem König gefallen wollen. Sie hat es nicht so gemeint und sie ist ganz bestimmt keine Spionin oder hatte etwas Böses im Sinn. Dafür verbürge ich mich.«

Ein warmer Schauer rieselte durch Katherine. Lady Ella hätte das nicht tun müssen, aber sie war nun einmal eine freundliche Seele.

Der Griff des Wachmanns um Katherines Arm wurde fester.

»So ist es, Eure Majestät«, brachte sie hervor. »Ich wollte nichts Böses. Ich hatte nur Sorge.«

Einen Moment lang war es ganz still und Katherine hörte nur ihr eigenes Herz schlagen und das Zirpen der Zikaden. Dann sagte der König: »Lass sie los, immerhin ist sie eine Dame.«

Es dauerte einen kurzen Augenblick, bis die Wache sie losließ. Katherine schwankte.

»Knicksen«, flüsterte Lady Ella.

Entsetzt, dass sie daran nicht gedacht hatte, sank Katherine ebenfalls in einen Knicks und so knieten sie vor den Männern, die schweigend auf sie herabschauten. Katherines Beine begannen, zu zittern.

»Sie ist also nicht verheiratet?«, fragte der König schließlich.

»Nein, Sire«, würgte Katherine hervor. Auch Lady Ella verneinte.

»Dann ist es also an ihrem Vater, sie Benehmen zu lehren. Anscheinend hat er das versäumt. Eine Schande. Er soll sich mit Vater Bertrand in Verbindung setzen, der ihm erklären wird, wie eine junge unverheiratete Dame zu führen ist.«

Ein unangenehmes Schweigen breitete sich aus und Katherine fragte sich, ob sie darauf etwas antworten sollte.

Einer der anderen Männer räusperte sich. »Der Vater der Dame ist der Earl of Eastham, Sire.«

»Und?«, fragte der König.

»Er ist einer der Männer, der zu William of Orange übergelaufen ist. Er ist noch in England.«

»Tatsächlich? Eastham, sagtet Ihr? Und was tut seine Tochter dann hier? Allein?«

Katherine spürte, wie ihr die Röte in die Wangen stieg. Es half ganz sicher nicht, wenn der König jetzt auch noch wusste, dass ihr Vater sich gegen ihn gestellt hatte.

Es dauerte einen Moment, bis sie begriff, dass dies eine Frage gewesen war, und zwar eine an sie gerichtete. Sie zögerte. »Ich bin hier, weil ich die Sache Eurer Majestät unterstütze. Ich heiße nicht gut, was mein Vater getan hat, und ich weiß, dass William of Orange sich den Thron unrechtmäßig angeeignet hat. Ich möchte alles tun, um Eure Majestät zu unterstützen. Von Herzen.«

Katherine wurde klar, dass sie nun auch noch den König angelogen hatte. Einen von Gott eingesetzten König. Damit hatte sie also auch Gott angelogen.

Sie unterstützte seine Sache nicht. Doch wie hätte sie sonst begründen sollen, warum sie hier war? Kaltes Entsetzen kroch in ihr hoch.

Ein belustigtes Schnauben erklang. »Was kann denn eine Lady wie sie schon tun? Sie sollte nicht einmal solche Dinge denken. Das ist Männersache.«

Katherine hatte Mühe, zu atmen. Ihr eng geschnürtes

Mieder drückte in ihre Rippen, weil sie immer noch im Knicks verharrte. »Verzeiht, Eure Majestät.«

Wieder entstand ein langes Schweigen.

»Sie soll sich erheben«, sagte der König schließlich. »Ich erwarte, dass beide Damen dieses unziemliche Verhalten beichten und die Buße tun, die Vater Bertrand ihnen auferlegt.«

Lady Ella wollte etwas sagen, doch Katherine kam ihr zuvor, da sie Sorge hatte, dass sie ihm womöglich erklären würde, dass sie gar nicht katholisch waren. »Aber natürlich, Eure Majestät. Wir werden Buße tun.«

»Gut. Und ich möchte sie nie wieder ohne Begleitung eines Mannes oder einer verheirateten, älteren Frau hier im Park sehen.«

»Sehr wohl, Eure Majestät.«

Sie spürte, dass er sie anschaute, aber sie traute sich nicht, den Blick zu heben.

»Sagt, Grahme, ist sie nicht auch die Dame, die im Ballsaal dieses ungebührliche Verhalten gezeigt hat?«

Katherine erstarrte und ihr wurde kalt. Er hatte sie bisher gar nicht erkannt? Warum war sie nur weggerannt? Das hatte seine Aufmerksamkeit erst auf sie gerichtet.

»Das stimmt, Sire.«

Katherines Finger waren auf einmal ganz kalt und sie klammerte sich an den Falten ihres Rockes fest, so als könnte er ihr Halt bieten.

»Ich möchte mich für mein Verhalten entschuldigen, Eure Majestät«, stieß sie hervor. »Ich wollte Euch nicht …«

Doch der König unterbrach sie.

»Sie soll schweigen. Man hat mir erklärt, es wäre ein unglückseliger Unfall gewesen. Ich möchte das gern glauben. Allerdings zeigt es, dass ihr insgesamt gutes Benehmen fehlt, und ich erwarte, dass sie das ändert. Vater Bertrand wird sich ihrer annehmen. Welcher Mann ist ihr Vormund hier im Schloss?«

Bevor Katherine etwas antworten konnte, sagte einer der

Männer: »Sir Thomas Hartfort. Er ist ihr Schwager und der Musiker der Königin. Aber es war der Duke of Bedington, der die Kosten für ihren Unterhalt übernommen hat.«

Katherine hob den Kopf ein wenig und schaute verstohlen den Mann an, der das gesagt hatte. Er sah streng aus, trug eine Perücke und hielt ein Buch in der Hand. Sie war sich nicht sicher, ob sie ihn richtig verstanden hatte. Thomas sollte ihr Vormund sein und Nicholas hatte dafür bezahlt, dass sie hier sein durfte? Davon hatte ihr niemals jemand etwas gesagt.

Der König runzelte die Stirn. »Der Duke of Bedington? Ist er nicht als einer der Ersten zu den Verrätern übergelaufen?«

»Der neue Duke of Bedington, Sire. Lord Nicholas Bedington. Er ist der Bruder von Lord Charles, der vor ein paar Monaten kinderlos verstorben ist. Der neue Duke unterstützt unsere Sache. Er hat angeboten …«

Er brach ab, als einer der anderen Männer sich räusperte und murmelte: »Das sollten wir später allein besprechen.«

Der König blickte sie wieder an und Katherines Knie gaben beinahe nach. »Was hat sie mit dem Duke zu tun?« Etwas wie Abscheu schwang darin mit.

Oh Gott, dachte der König nun etwa auch, dass sie eine Mätresse war und dass Nicholas sie aushielt? Aber sie war sich nicht sicher, ob sie überhaupt noch antworten durfte.

Keiner der Männer hatte darauf eine Antwort und als sich das Schweigen in die Länge zog, sagte Katherine: »Er ist mein Schwager. Er hat vor wenigen Monaten meine Schwester Lilly geheiratet und wir sind im Februar gemeinsam hierhergereist.«

Aus Richtung des Schlosses war das Schlagen einer Glocke zu hören.

Der König seufzte. »Ich werde mich nicht mehr mit diesen Dingen abgeben. Ich gehe zur Messe.« Er nickte Katherine düster zu. »Ich habe den Hofverweis nicht vergessen. Sollte sie noch einmal derart auffallen, wird sie zurück nach England reisen.«

Katherine wagte es kaum, zu atmen, doch sie brachte ein

Nicken zustande. Lady Ella sank wieder in einen Knicks und Katherine tat es ihr gleich.

Die Männer gingen grußlos davon, dennoch hörte sie den König zum Wachmann sagen: »Gute Arbeit. Wie war sein Name?«

»Pierre Morel, Eure Majestät. Stellvertreter des Capitaines und für Eure Sicherheit zuständig.«

»Gute Arbeit«, wiederholte der König. Dann waren sie außer Hörweite.

Die beiden Frauen blieben, wo sie waren, bis sie ganz sicher sein konnten, dass sie allein waren. Dann erhoben sie sich. Katherines Knie zitterten.

»Es tut mir so leid«, sagte sie leise. »Ich weiß auch nicht, was in mich gefahren ist. Ich hätte Euch da nicht mit reinziehen sollen.«

Doch Lady Ella schaute sie nur mitfühlend an. »Es muss furchtbar sein, wenn der König so mit einem redet. Ich kann Euch verstehen. Ich wäre vermutlich auch weggerannt.« Sie lächelte. »Und danke, dass Ihr mich davon abgehalten habt, dem König zu sagen, dass wir gar nicht beichten können, weil wir protestantisch sind. Das hätte ihn sicherlich nicht erfreut. Aber so etwas merke ich manchmal erst hinterher.«

Sie verschränkte die Arme hinter dem Rücken, machte ein Doppelkinn und verzog das Gesicht zu einer strengen Grimasse. Eine perfekte Imitation der Männer, die noch vor wenigen Augenblicken vor ihnen gestanden hatten. »Diese jungen Damen von heute. Eine Schande ist das, eine Schande. Sie sollten Benehmen lernen.« Bedächtig schüttelte sie den Kopf.

Katherine musste wider Willen lächeln. Mit Lady Ella war es einfach so leicht. »Danke, dass Ihr Euch für mich eingesetzt habt.«

Die jüngere Frau erwiderte das Lächeln. »Aber natürlich. Dafür sind Freundinnen doch da.« Sie seufzte. »Jetzt sollten wir aber zurückgehen. Allerdings werden wir unseren letzten Gang in Freiheit durch den Garten richtig genießen. Ich denke, fürs Erste sollten wir uns zumindest ein bisschen an den Befehl des Königs halten. Oder«, sie hängte sich wieder bei Katherine ein und klopfte ihr auf den Arm, »wir suchen uns schnell einen Mann zum Heiraten und mit dem dürfen wir dann nach Herzenslust durch den Garten flanieren.«

Katherine hatte keinerlei Hoffnung, dass das bei ihr jemals passieren würde.

Langsam gingen sie weiter und Katherine fragte sich, was sie nun tun sollte. Zwar war das Zusammentreffen mit dem König unangenehm gewesen, aber ein Gutes hatte es gehabt, denn er hatte den Hofverweis offiziell zurückgenommen. Das bedeutete, dass sie bleiben konnte, wenn sie sich ordentlich benahm. Das musste doch zu schaffen sein.

Die andere Information, die an ihr nagte, war die Tatsache, dass Nicholas ohne ihr Wissen für ihren Aufenthalt hier bezahlt hatte. Wenn er und Lilly doch nur hier wären, dann hätte sie ihn danach fragen können. Sie musste ihm dieses Geld irgendwie zurückzahlen.

Sie wusste, dass es richtig von ihm gewesen war, ihr nichts davon zu erzählen, denn sie hätte es vermutlich strikt abgelehnt. Doch sie hatte sich nicht einmal Gedanken darüber gemacht, dass es sie etwas kosten könnte, wenn sie hier lebte.

Sie hatten das Schloss fast erreicht, als Lady Ella sie aus ihren Gedanken riss. »Ich weiß nicht, wie es Euch geht, aber ich verspüre keine Lust, mir von Vater Bernard erklären zu lassen, wie sich eine junge Dame zu benehmen hat. Deswegen werde ich jetzt einfach in mein Zimmer zurückkehren und Gott heute Abend alles in meinem Abendgebet beichten. Ich denke, das reicht.«

Katherine blieb stehen und hob die Augenbrauen. »Aber der König hat es doch befohlen.«

Lady Ella zuckte die Schultern. »Ich werde darüber nachdenken.« Doch ihr Lächeln verriet, dass sie schon wusste, wie die Antwort lautete.

Katherine hingegen war sich nicht sicher, ob sie es sich erlauben konnte, dem Befehl des Königs nicht Folge zu leisten.

Sie würde ebenfalls darüber nachdenken, und zwar heute Nacht, wenn sie schlaflos auf einem kalten Bretterboden liegen würde. Zumindest hatte sie jetzt ihre Truhe und konnte sich zudecken.

Sie schaute Lady Ella an. »Könnt Ihr mir eines versprechen?«

Die Augen der jungen Frau leuchteten. »Aber natürlich.« Dabei wusste sie noch nicht einmal, was es war.

»Erzählt niemandem etwas von dem, was eben im Park passiert ist. Es wird schon genug über mich geredet. Wenn ich Glück habe, verbreitet sich diese Geschichte nicht auch noch.«

Lady Ella drückte ihre Hände. »Ihr könnt Euch auf mich verlassen. Und wenn Ihr irgendetwas braucht, sagt Bescheid. Versprecht Ihr mir das?«

Katherine nickte und spürte, wie sich in ihrem Hals ein dicker Kloß bildete. Sie hatte die Freundlichkeit dieser jungen Frau nicht verdient, denn sie hatte sie nun schon mehrmals angelogen. Trotzdem war sie dankbar dafür. Es tat gut, eine Freundin im Schloss zu haben. Wenn nur Sophia schon wieder da wäre, dann wäre alles noch leichter.

# KAPITEL VIERZEHN

Katherine gab sich alle Mühe, unauffällig zu sein. Am liebsten wäre sie unsichtbar gewesen, denn sie wusste genau, dass sie tatsächlich des Hofes verwiesen werden würde, wenn sie noch einmal mit dem König zusammentraf und sich wieder nicht benehmen konnte. Doch unsichtbar zu sein war an einem Königshof, der so überfüllt war, gar nicht so leicht. Vor allem, wenn man kein eigenes Zimmer hatte, in dem man sich aufhalten konnte, aber trotzdem vorgeben musste, eines zu haben, und auch nicht allein in den Garten durfte.

Eigentlich war die Situation absurd. Doch was sollte sie anderes tun?

So schlenderte Katherine den gesamten Tag durchs Schloss und versuchte, so wenigen Menschen wie möglich zu begegnen. Manchmal hatte sie das Gefühl, als ob die Wachen sie sehr genau beobachteten, aber vielleicht bildete sie sich das auch nur ein.

Zum Glück traf sie den Capitaine nicht, denn sie schämte sich ihm gegenüber ein wenig, dass sie sich direkt nach ihrem Besuch bei ihm dem König gegenüber wieder unangemessen verhalten hatte. Sie überlegte zwar, bei Vater Bertrand vorbeizugehen, wie der König es befohlen hatte, konnte sich aber noch nicht dazu durchringen. Das würde sie morgen tun.

Im Laufe des Tages erfuhr sie, dass der König mit einer größeren Gruppe von Männern auf die Jagd in die ausschweifenden Wälder rund um den Palast geritten war, und so war sie erleichtert, dass sie zumindest ihm nicht begegnen würde. Trotzdem wurde der Tag sehr lang, denn auch in die Salons traute sie sich nicht. Dort war bestimmt Lady Thornton und würde sie wieder mit Blicken durchbohren.

Seit Tagen wurde es immer heißer und stickiger und Katherine konnte sich nicht daran erinnern, jemals eine Hitze wie diese erlebt zu haben. Am frühen Nachmittag zogen sich die meisten Schlossbewohner zurück, um sich ein wenig auszuruhen, und Katherine überlegte ernsthaft, ob sie sich vielleicht in einen der Kellerräume setzen sollte, einfach um sich ein wenig abzukühlen, denn in den Gängen des Palastes war es unerträglich heiß. Ihr Unterkleid klebte an ihrem Körper und sie sehnte etwas Kühles herbei.

Doch sie fürchtete, dass auch der Aufenthalt in einem Keller einer Dame nicht gestattet war. Deswegen versuchte sie, sich zusammenzureißen, und war froh, dass Lady Ella ihr vor einiger Zeit einen Fächer geschenkt hatte, den sie nun benutzen konnte. Als die junge Frau ihr damals das Geschenk gemacht hatte, war Katherine nicht bewusst gewesen, dass der Fächer tatsächlich eine andere Funktion hatte, als nur ein dekoratives Accessoire zu sein.

Auf einer der hinteren Treppen hatte sie im Vorbeigehen gehört, wie die Diener davon gesprochen hatten, dass es heute wohl ein Gewitter geben würde. Katherine sehnte sich nach Regen, obwohl sie ihn in England verabscheut hatte.

Gleichzeitig fürchtete sie das Gewitter. Als sie gerade erst zwölf Jahre alt gewesen war, hatte es in London ein fürchterliches Gewitter gegeben. Ihre Eltern waren außer Haus gewesen und als der Blitz in das Nachbarhaus eingeschlagen war und dies angefangen hatte, zu brennen, war es an Katherine gewesen, ihre angsterfüllten Schwestern zu beruhigen, was ihr nicht gelungen war. Schließlich hatte sich eine der älteren Mägde der jüngeren Mädchen angenommen und Katherine hatte den Rufen und Schreien aus dem brennenden Nachbarhaus gelauscht und sich geschämt, dass sie nicht mehr hatte helfen können. Dabei war es als älteste Tochter ihre Aufgabe gewesen.

Seitdem hasste sie Gewitter, doch heute sehnte sie es herbei, damit es endlich Abkühlung brachte. Und in einem großen Schloss wie diesem, mit so vielen Wachen und Bediensteten, war sie sicher vor den Unwillen des Wetters, auch wenn sie das Gewitter vermutlich in der Leinenkammer im zweiten Stock erleben würde.

Gerade stand sie am Fuße einer Treppe und überlegte, ob sie eine weitere Runde durch das obere Stockwerk schlendern sollte, als eine ihr mittlerweile wohlbekannte Gestalt oben auf der Treppe erschien. Ihr Herz klopfte sofort schneller, obwohl sie es gar nicht wollte. Warum hatte der Capitaine nur eine solche Wirkung auf sie?

Er blieb stehen, als er sie erblickte, und sie konnte sehen, dass er tief durchatmete. Anscheinend war er auch nicht erfreut, sie zu treffen.

Katherine dachte für einen kurzen Moment darüber nach, sich umzudrehen und davonzueilen, doch damit hatte sie gestern so schlechte Erfahrungen gemacht, dass sie es sich anders überlegte und einfach stehen blieb. Sie reckte das Kinn noch ein wenig höher, damit er nicht dachte, dass sie sich von ihm einschüchtern ließ, und schaute ihm entgegen. Sie brauchte nicht vor ihm davonzulaufen, sagte sie sich. Schließlich hatte sie ihm nichts getan. Er war derjenige gewesen, der ihre Truhe bei Lord Thornton abgegeben und sie damit in Verruf gebracht hatte. Außerdem hatte er sie in seinem Zimmer eingesperrt.

Er schloss die Hände zu Fäusten, entspannte sie dann wieder und eilte schließlich die Treppe hinunter. Mit jeder Stufe, die er nahm, wurden ihre Knie ein wenig wackliger, sodass sie sich gern irgendwo festgehalten hätte.

»Capitaine Laurent«, grüßte sie, um ihm zuvorzukommen.

Seine dunklen Augen musterten sie aufmerksam. »Guten Tag, Lady Katherine. Wie ich hörte, kommt Ihr heute viel im Schloss herum.«

Seine Bemerkung irritierte sie. Ließ er sie etwa beobachten?

»Ich brauche etwas Bewegung und in den Garten darf ich als Dame nicht. Aber ich wüsste nicht, was Euch das anginge. Oder ist es etwa auch verboten, durch das Schloss zu schlendern?«

Sie überlegte, ob sie zu harsch gewesen war, doch eigentlich war es genau recht so. Sie hatte dieses Verhalten viele Jahre bei ihrem Vater und später auch bei der Tante beobachtet. Wenn man zuerst sprach und gleich forsch war, war man oft im Vorteil.

Er antwortete nicht sofort, sondern musterte sie wieder. Katherines verräterisches Herz schlug noch ein wenig schneller, als sie seine braunen Augen auf sich fühlte, die sich wie die Sommersonne am Himmel in ihre Haut zu brennen schienen. Schließlich seufzte er, so als wüsste er nicht, was er mit ihr anfangen sollte.

»Das ist es nicht. Aber ich habe Euch gesucht, und das tue ich schon eine ganze Weile. Es war, als wäre nicht nur der König auf der Jagd, sondern ich auch.«

Jetzt stolperte ihr Herz sogar ein wenig.

»Ihr habt mich gesucht?«

Bei dem Gedanken, dass er sich selbst mit einem Jäger und sie mit einem flüchtenden Tier verglich, lief ihr ein Schauer über den Rücken. Bestürzt wurde ihr bewusst, dass es keine Angst war, sondern ein wohliger Schauer der Lust, und Katherine verfluchte ihren sündigen Körper. Zum Glück konnte er ihr diese Gefühle nicht ansehen. Zumindest hoffte sie das, denn manchmal schien es ihr, als könnte er alles wahrnehmen.

Tatsächlich glitten genau in diesem Moment seine Augen wieder über sie. Katherine hoffte, dass ihre Kleider und ihre Frisur in Ordnung waren. Heute Morgen in der Leinenkammer hatte sie nicht viel Platz zum Frisieren gehabt. Auch die Sommerhitze hatte schon ihren Tribut gefordert.

»Ich habe Euch gesucht, weil ich Nachricht von Eurer Schwester habe, und da Lady Valentina nicht zu sprechen ist, dachte ich, dass ich Euch die Nachrichten selbst überbringe.«

Katherine schluckte. Sosehr sie sich auch freute, von Sophia zu hören, so war es doch gleich, denn sie würde ihr zurückschreiben müssen, dass sie doch nicht nach Versailles kommen konnte.

Er zog einen Brief aus der Tasche seiner Uniformjacke. Katherine wurde bewusst, dass diese Jacke aus einem dicken Wollstoff gemacht war. Es musste unerträglich sein, sie bei dieser Hitze zu tragen. Warum schwitzte er dann nicht?

Es dauerte einen Moment, bis sie bemerkte, dass er ihr immer noch den Brief hinhielt. Katherine erkannte die Handschrift ihrer Schwester. Sie nahm ihn zögernd. Obwohl ihr Finger sich nicht berührten, erschien ihre Hand der seinen viel zu nah. Wieder erschauderte sie.

»Seid Ihr wohl, Lady Katherine?«, fragte er.

Überrascht hob sie die Augenbrauen. »Natürlich. Warum fragt Ihr?«

»Nun, es geht ein Fieber um, und ein erstes Anzeichen ist der Wechsel von Hitze und Kälte im Körper. Aber ich mag mich auch täuschen.«

Er warf einen Blick auf ihre Arme, die immer noch von einer Gänsehaut überzogen waren.

Da sie nicht wusste, was sie auf diese Frechheit antworten sollte, straffte sie die Schultern und blickte ihn herausfordernd an. Er erwiderte ihren Blick für einen Moment, dann senkte er scheinbar beschämt den Kopf, aber sie war sich sicher, dass er sich nicht für seine Worte schämte.

Es war unmöglich, ihn einzuschätzen. Wenn sie doch nur die Regeln dieses Spiels besser kennen würde, dann wäre sie in der Lage, mitzuspielen.

»Mir geht es ausgezeichnet, vielen Dank.«

Sie hörte selbst, wie pikiert sie klang. Sollte er ruhig wissen, dass er zu weit gegangen war. Einer Dame durfte man so etwas nicht sagen. Wenn sie nicht allein in den Garten durfte, war es nicht recht, wenn er Bemerkungen über ihren Körper machte. Auch nicht, wenn er sie schon einmal in den Armen gehalten hatte.

Die Erinnerung an diesen Moment und an seine Nähe, führte dazu, dass ihr schon wieder ein Schauer über den Körper rann. Es wäre vermutlich besser, wenn sie jetzt gehen würde.

Er schaute auf den Brief in ihrer Hand. »Wollt Ihr ihn nicht lesen?«

Katherine schüttelte den Kopf. Sie hatte nicht vor, Sophias Brief vor ihm zu lesen. »Wie Ihr wisst, werde ich ihr sowieso zurückschreiben müssen, dass ich nicht kommen kann.«

Er hob die Schultern. »Vielleicht müsst Ihr das ja gar nicht.«

Katherines Herz schlug schneller. »Wie meint Ihr das? Darf ich doch nach Versailles reisen?«

Betroffen schaute er sie an, dann schüttelte er den Kopf. »Nein, ich meinte, dass vielleicht etwas anderes darin steht, als Ihr erwartet.«

Katherine blickte auf den Brief in ihrer Hand. Eine Ahnung stieg in ihr auf. »Habt Ihr ihn etwa gelesen?«

Auf einmal war sein Gesicht verschlossen. »Ich muss leider zum Wachwechsel. Ich wünsche Euch noch einen schönen Tag.«

Er wollte sich gerade abwenden, als Lady Ellas Stimme über den Flur schallte. »Lady Katherine, hier seid Ihr! Eure Schwester sucht Euch.«

Die junge Frau kam undamenhaft schnell auf sie zugeeilt.

Katherine wandte sich um. »Wie bitte?«

Lady Ella strahlte. »Lady Sophia ist wieder da, und ich denke, sie könnte unsere Hilfe gut gebrauchen. Sie hat nämlich kein Zimmer und spricht gerade mit Monsieur Dufour. Der ist heute noch unausstehlicher als sonst, weil es so heiß ist. Ich glaube, wir sollten sie nicht allein lassen.«

Ihr Blick fiel auf den Capitaine, der immer noch neben Katherine stand. »Oh! Guten Tag, Capitaine Laurent.«

Ihre blauen Augen strahlten und plötzlich fragte Katherine sich, ob der Capitaine Lady Ella wohl hübsch fand. Dieser Gedanke kam so schnell und ungebeten, dass sie vor Überraschung scharf einatmete. Wieder fühlte sie seine Augen auf sich, doch sie wagte es nicht, aufzublicken. Es stand ihr nicht zu, so etwas zu denken.

»Guten Tag, Lady Ella«, sagte er nun und verbeugte sich.

»Verzeiht, dass ich Euch unterbrechen muss, aber es ist wichtig, denn Lady Katherines Schwester ist wieder da.«

Er nickte. »Ich weiß. Man hat es mir bereits mitgeteilt.«

Katherine schaute auf den Brief in ihrer Hand und auf einmal durchströmte sie eine tiefe Erleichterung, die sie ganz zittrig machte. Sophia und Thomas waren wieder da und sie würden sicher ein Zimmer bekommen. Vielleicht würde sie heute Nacht ein wenig bequemer schlafen.

»Sollen wir gehen?«, fragte Lady Ella nun. »Wir könnten ihr wenigstens die Kinder abnehmen, während sie mit Monsieur spricht.«

Katherine nickte, obwohl sie sich sicher war, dass sie bei den Kindern keine große Hilfe war. Aber sie wollte Sophia sehen.

Lady Ella nahm sie am Arm. »Kommt. Wir sollten uns beeilen. Ich hatte das Gefühl, als wäre Eure Schwester sehr aufgelöst.«

Sophia und aufgelöst? Das konnte nicht sein. Sie war immer die Ruhe selbst.

»Ihr entschuldigt uns bitte, Capitaine?«, fragte Lady Ella und lächelte schon wieder strahlend. Als der nickte, zog sie Katherine weg.

Kaum waren sie ein paar Schritte gegangen, beugte die jüngere Frau sich zu ihr herüber. »Kontrolliert der Capitaine Euch jetzt schon für den König, ob Ihr Euch auch angemessen verhaltet?«

Katherine erschrak und richtete sich ein bisschen mehr auf. »Wie kommt Ihr darauf?«

»Weil er Euch so merkwürdig angeschaut hat.«

Katherines Hände wurden feucht. »Das bildet Ihr Euch ein.«

Doch Lady Ella schüttelte den Kopf. »Er hatte einen Blick wie ein Raubvogel. So als würde er etwas über Euch wissen, was sonst keiner weiß.«

Katherine erschauderte, als sie daran dachte, dass der Capitaine eine ganze Menge über sie wusste, was niemand ahnte. Trotzdem schüttelte sie den Kopf. »Das glaube ich nicht. Er hat mir nur Sophias Brief gegeben.« Sie hielt ihn hoch. »Ich glaube, er hat ihn gelesen.«

Lady Ella lachte. »Natürlich hat er das. Soweit ich weiß, lesen er und seine Männer alle Briefe, die nach Versailles gehen und von dort kommen. Und alle anderen vermutlich auch. Deswegen ist es gut, wenn man wichtige Dokumente verschlüsselt.« Sie schüttelte den Kopf und drückte Katherines Arm. »Nein, da war noch etwas anderes. Er wirkte, als ob er darauf warten würde, dass Ihr etwas Bestimmtes sagt oder tut. Ich hoffe wirklich nicht, dass er den Auftrag hat, unser Benehmen zu beobachten.«

Katherine schluckte. »Das kann ich mir kaum vorstellen. Dafür sind wir doch nicht wichtig genug.«

Lady Ella zuckte die Schultern. »Bei unserem König weiß man nie, in was für Merkwürdigkeiten er sich versteigt.«

Entsetzt schaute Katherine ihre Freundin an. »So etwas dürft Ihr nicht sagen.«

Diese hob die Schultern. »Es hört uns doch niemand. Zumindest nicht der Capitaine. Auch wenn er uns immer noch hinterherschaut.«

Sie hatten die Treppe erreicht, die zu dem Untergeschoss führte, in dem Monsieur Dufour sein Büro hatte, und Katherine wagte einen Blick zurück in den Flur, den sie gerade entlanggegangen waren. Capitaine Laurent stand tatsächlich immer noch am Fuße der Treppe und schaute zu ihnen herüber. Selbst aus dieser Entfernung brannten sich seine Augen in sie und Katherine fragte sich, warum. Beobachtete er sie wirklich im Auftrag des Königs? Misstraute er ihr aus anderen Gründen?

Lady Ella zog sie die Treppe hinunter. »Kann es vielleicht sein, dass der Capitaine ein Auge auf Euch geworfen hat?« Sie grinste, sodass sich ihre sommersprossige Nase kräuselte und ihre Augen blitzten.

Erschrocken schaute Katherine sie an. »Wie kommt Ihr denn darauf?«

Wie immer war sie entsetzt, dass Lady Ella so offen über solche Dinge sprach, nicht nur vor Katherine, sondern auch vor anderen Frauen. Doch niemand schien es ihr übel zu nehmen. Sie war wie ein Welpe, unbedarft und arglos.

Die jüngere Frau hob die Schultern. »Welchen Grund gibt es sonst, dass er Euch so anstarrt?«

»Das glaube ich nicht«, sagte Katherine und drückte den Rücken durch. Doch ein winziger Teil in ihr regte sich und wollte es gern glauben, obwohl es nicht sein konnte.

Lady Ella seufzte dramatisch. »Schade nur, dass er für Frauen wie uns so gar nicht in Betracht kommt. Zumindest nicht als Ehemann. Für uns bleiben nur die langweiligen, alten englischen Männer mit ihren Backenbärten, die sich den ganzen Tag über Politik, Krieg und Jagd unterhalten, obwohl sie selbst schon schnaufen, wenn sie nur eine Treppe hochgehen.« Sie hob die Augenbrauen. »Von jemandem wie dem Capitaine werden wir wohl nur träumen können. Ich frage mich, ob es eine glückliche Frau gibt, die in seinen Armen liegen darf. Ob die Wachen überhaupt heiraten dürfen?«

Katherine hatte auf einmal Mühe, zu atmen. Selbst für Lady Ella war das sehr offen gesprochen. Doch anscheinend war die junge Frau in Gedanken schon woanders, denn sie zog an Katherines Arm und dirigierte sie einen kleinen Flur entlang und wechselte das Thema.

»Ich frage mich wirklich, warum Eure Schwester schon

wieder da ist. Sie wollte doch über einen Monat in Versailles bleiben.«

Es fiel Katherine schwer, zuzuhören, denn sie dachte daran, dass sie schon einmal in den Armen des Capitaines gelegen hatte, auch wenn das anders gewesen war, als Lady Ella es gemeint hatte. Aber sie wusste, dass es sich gut anfühlte. Der Gedanke daran trieb ihr das Blut in die Wangen und auf einmal wurde die Hitze unerträglich. Sie sollte aufhören, darüber nachzudenken. Lady Ella hatte recht: Ein Capitaine war nichts für sie. Schließlich war sie die Tochter eines Earls. Sie konnte viel besser heiraten. Oder besser gesagt, sie hätte besser heiraten können, denn niemand hatte sie gewollt. Jetzt würde vermutlich nicht einmal jemand wie der Capitaine sie zur Frau nehmen.

Entsetzt stellte sie fest, dass ihre Gedanken in eine völlig unangemessene Richtung gingen. Wie konnte sie nur über den Capitaine und eine Ehe nachdenken? Wie tief war sie gesunken? Eine Lady tat so etwas nicht.

Sie versuchte, sich darauf zu konzentrieren, was Lady Ella sagte, und darauf, dass Sophia wieder da war. Das war sicherer, als über den Capitaine nachzudenken.

Aber ob er wohl auch manchmal an sie dachte?

Als sie sich bei diesem Gedanken ertappte, wurden ihre Wangen heiß und sie war froh, dass niemand wusste, was sie dachte.

Sie konzentrierte sich wieder auf Sophia. Das war viel wichtiger. Obwohl sie sich freute, ihre Schwester zu sehen, wusste sie nicht, was sie ihr sagen sollte, was vorgefallen war. Ob sie ihr erklären sollte, wie sie sich vor dem König blamiert hatte – zwei Mal schon – oder dass sie die letzten Nächte in einer Leinenkammer verbracht hatte?

Katherine wusste nur eines: Sie würde ihrer Schwester ganz sicher nicht erzählen, dass der Capitaine sie in den Armen gehalten hatte und dass sie mit ihm in seinem Zimmer allein gewesen war. Und auch nicht, dass sie von ihm geträumt hatte.

Sie war sich nicht sicher, ob ihre Schwester das verstehen würde.

Als sie merkte, dass ihre Gedanken schon wieder beim Capitaine waren, seufzte sie.

Lady Ella betrachtete sie von der Seite. »Geht es Euch gut?«

Katherine atmete tief durch. »Mir geht es ausgezeichnet. Ich freue mich nur, dass Sophia wieder da ist.«

Die junge Frau musterte sie nachdenklich. »Nicht, dass Ihr Euch auch dieses lästige Fieber eingefangen habt.«

Ein Fieber hatte sie in der Tat ergriffen, aber es war ein ganz anderes, als Lady Ella ahnte. Deswegen sagte sie nur: »Macht Euch keine Sorgen.«

Es reichte, wenn sie das tat.

# KAPITEL FÜNFZEHN

Sophia kam ihnen am Ende der Treppe entgegen, die zu Monsieur Dufours Arbeitszimmer führte, und Katherine sah sofort, dass ihre Schwester wütend war. Aber sie wirkte auch erschöpft und die Blässe und die dunklen Schatten unter ihren Augen erschreckten Katherine. Ob Sophia sich mit dem Fieber angesteckt hatte?

Ihre Schwester hielt einen Schlüssel hoch, und ohne die beiden Frauen zu begrüßen, sagte sie: »Er meinte, dass er an der Größe nichts tun könne.«

Nein, Sophia war ganz sicher nicht krank, sondern anscheinend nur wütend. Katherine war so froh, dass ihre Schwester wieder da war.

»Ihr habt also ein Zimmer bekommen?«, fragte Lady Ella. »Das ist gar nicht so leicht. Das Schloss ist vollkommen überfüllt und viele mussten sich Zimmer im Ort nehmen. Ihr könnt Euch gar nicht vorstellen, was für ein Wehklagen und Jammern das ist.«

Sophia drückte den Rücken durch. »Natürlich haben wir ein Zimmer bekommen.« Ihre Miene wurde grimmig. »Aber Monsieur Dufour sollte sich trotzdem schämen.«

Katherine war so erleichtert, dass sie sich am Geländer

festhalten musste. Sie hatten ein Zimmer. Das waren die besten Nachrichten seit Langem.

Sophia verzog den Mund. »Wenn Thomas hier gewesen wäre, hätte er sich sicher anders verhalten. Ich denke, er mag keine Frauen.«

Frustriert stieß sie die Luft aus.

Katherine schaute an ihrer Schwester vorbei den Gang entlang. Monsieur Dufour streckte gerade den Kopf in den Flur und sagte: »Etwas Ruhe, wenn ich bitten darf.«

Sophia schnaubte erneut. »So ein widerlicher Kerl«, flüsterte sie, aber so laut, dass man es durchaus noch weiter hinten im Flur hören konnte.

Am liebsten hätte Katherine ihre Schwester umarmt. Sie traute sich ganz andere Dinge als Katherine.

»Ist Thomas bei den Kindern?«, fragte sie, um das Thema zu wechseln. Nun, da sie ein Zimmer hatten, wollte sie nicht länger über Monsieur Dufour sprechen.

Sophia fuhr sich mit der Hand über die Stirn. Auf einmal wirkte sie erschöpft. »Nein, er musste noch in Versailles bleiben. Ich bin allein zurückgekommen. Und das ist laut Monsieur Dufour auch der Grund, warum wir nur ein winziges Zimmer bekommen haben. Er hätte keine Zeit gehabt, sich vorzubereiten, und meine Ankunft sei ihm zu kurzfristig angekündigt worden.« Sie schaute Katherine an. »Hast du ihm nichts erzählt? Ich habe dir doch alles geschrieben.«

Katherine blickte auf den Brief, den sie immer noch in der Hand hielt. »Ich habe deinen Brief eben erst erhalten und noch gar nicht gelesen.«

»Nicht? Wie merkwürdig, ich habe ihn vor zwei Tagen abgeschickt. Darin habe ich dich gebeten, dass du alles für meine Ankunft vorbereitest. Wir hatten nämlich schon gehört, dass die Zimmer im Schloss neu vergeben worden sind.«

»Es tut mir leid«, sagte Katherine und dachte daran, dass Lady Ella erwähnt hatte, dass der Capitaine alle Briefe las. Wenn dem tatsächlich so war, hatte das den Brief vermutlich aufgehalten. »Ich wusste nichts davon. Allerdings bin ich mir sicher, dass Monsieur Dufour auch dann nicht mehr vorbereitet hätte. Wir hatten schon das Vergnügen und da war er meinen Argumenten ebenfalls nicht sehr zugänglich.«

Sie überlegte, ob sie Sophia davon erzählen sollte, dass sie kein Zimmer hatte, aber das wollte sie lieber unter vier Augen tun und nicht wenn Lady Ella danebenstand. Obwohl sie die junge Frau mochte, war es ihr peinlich, zuzugeben, dass sie in einer Besenkammer übernachtet hatte. Aber damit war nun endlich Schluss.

Zu Katherines Überraschung standen auf einmal Tränen in Sophias Augen. Ihre Schwester weinte normalerweise nicht.

»In den letzten Tagen ist alles schiefgelaufen. Ich hätte niemals nach Versailles gehen sollen.«

»Oje, was ist denn geschehen?« Lady Ella legte Sophia eine Hand auf den Arm.

Die atmete tief durch. »Lasst uns erst einmal woanders hingehen. Ich mag es hier unten nicht. Dieser Keller verursacht bei mir Beklemmungen.«

Katherine war das nur recht, sie wollte Monsieur Dufour nicht noch einmal begegnen.

Als sie den unteren Flur im Westflügel erreicht hatten, blieb Sophia stehen und schaute auf den Schlüssel in ihrer Hand. »Ich wünschte, Thomas wäre hier. Er wüsste genau, was zu tun wäre.«

Lady Ella lächelte. »Das wäre sicherlich schön, aber wir sind da. Wir lassen uns etwas einfallen, um Euch aufzuheitern.«

Immer noch standen Sophia Tränen in den Augen und zu gern hätte Katherine sie getröstet, aber sie wusste nicht genau, wie. Auf einmal fühlte sie sich unbeholfen.

Wenn sie ehrlich war, war sie froh darüber, dass Thomas noch in Versailles war. So konnte sie mit Sophia in einem Zimmer wohnen, ohne die beiden zu stören.

»Was ist denn eigentlich geschehen, dass du schon wieder

zurück bist?«, fragte Katherine. »Du wolltest doch ein paar Wochen in Versailles bleiben.«

Sophia atmete tief durch und ihre Haut schien noch ein wenig blasser zu werden. »Alles ist schiefgegangen. Erst hatten sie kein Zimmer für uns im Schloss. Dann haben wir eines bekommen, aber es war winzig und natürlich gab es keine Kinderbetten. Zu spät ist uns klar geworden, dass Kinder in Versaille nicht erwünscht sind. Mir ist das früher nie aufgefallen, als wir allein dort gelebt haben, aber jetzt, wo ich zurückblicke, ist es so klar. Es gibt dort keine Kinder. Es gibt ein paar Frauen, die ein Kind erwarten, doch wenn sie das Kind bekommen haben, sind sie entweder nicht mehr da oder sie leben dort ohne das Kind.«

Lady Ella legte eine Hand vor den Mund. »Es stimmt. Jetzt, wo Ihr es sagt, fällt es mir auch auf, aber darüber habe ich nie nachgedacht.«

Sophia lächelte dünn. »Deswegen konnte ich mit den Kindern auch nicht durchs Schloss laufen oder in den Garten gehen. Einmal habe ich es probiert, doch ich bin schnell wieder umgedreht, weil mich einige Leute so entsetzt angeschaut haben.« Ihre Hand zitterte ein wenig. »Dann haben die beiden neue Zähne bekommen und waren unleidlich. Sie haben nur noch geschrien und wenn Thomas nicht da war, konnte ich nicht einmal etwas für ihre Schmerzen besorgen. Ich war den ganzen Tag mit ihnen in dieser Kammer eingesperrt. Als ich dann auch noch …« Sie brach ab, schaute Katherine mit großen Augen an und hob die Schultern. »Mir ging es einfach nicht gut.«

»Es tut mir so leid, das zu hören«, sagte Katherine. »Aber jetzt bist du ja wieder hier und alles wird besser.«

Sophia schluchzte auf einmal und presste sich eine Hand vor den Mund.

Entsetzt starrte Katherine ihre Schwester an. Sophia weinte normalerweise nicht. Sie war die stärkste der sieben Schwestern.

»Ich vermisse Thomas nur jetzt schon so. Ich weiß gar nicht, wie ich die nächsten Wochen aushalten soll.«

Ratlos schauten Katherine und Lady Ella sich an. Katherine war sich nicht sicher, ob sie verstand, wovon Sophia sprach. Ja, sie wusste, dass sie ihrem Ehemann sehr zugetan war und er ihr auch, doch ein paar Wochen getrennt zu sein, war eigentlich kein Problem für eine Frau wie Sophia.

»Ist es so schlimm?«, fragte Lady Ella mitfühlend.

Sophia nickte, hob die Schultern und bekam auf einmal Schluckauf. »Ich weiß, dass ich es nicht so schwer nehmen sollte. Aber es ist so anstrengend mit den Kindern, und dann noch diese Hitze. Ich wünschte mir einfach, dass er hier wäre und mir helfen könnte.«

»Wir werden Euch helfen. Nicht wahr, Lady Katherine? Wir sind immer für Euch da, wenn Ihr uns braucht. Es ist sicherlich nicht einfach mit zwei Kindern in dem Alter und dann noch ohne Amme.« Lady Ella biss sich auf die Lippe. »Oder habt Ihr mittlerweile Eure Meinung geändert und wollt vielleicht doch jemanden anstellen?«

Seit Monaten war es Gespräch unter den älteren Damen im Schloss, dass Sophia sich selbst um ihre Zwillinge kümmerte und weder eine Amme noch ein Kindermädchen engagiert hatte. Doch Katherine wusste, warum, und es war etwas, das Sophia niemandem gegenüber gern zugab: Thomas hatte nicht genug Geld, um das zu tun. Es reichte nicht einmal, um sich ein Zimmer im Ort leisten zu können, wenn sie denn ausziehen wollten. Sie waren genau wie Katherine auf das Zimmer im Schloss angewiesen. Die älteren Matronen fanden es unmöglich, dass Sophia sich dazu herabließ, sich selbst um ihre Kinder zu kümmern. Eine Lady tat so etwas nicht und in den Augen der älteren Frauen war es ein Zeichen für ihren Abstieg, weil sie den mittellosen Bruder eines Baronet geheiratet hatte. Warum sie das getan hatte, konnte sich keine der Frauen erklären.

Alles, was Sophia mit den Kindern tat, wurde beobachtet und kommentiert. Doch Katherine wusste auch, dass Sophia es genoss, sich um die Kinder zu kümmern, und dass sie eine gute Mutter war. Ihr würde es genauso gehen, wenn es ihre Kinder wären.

Unwillkürlich legte sie eine Hand auf den Bauch, wie immer, wenn der kurze Schmerz sie überkam, wenn sie daran dachte, wie sie wohl als Mutter gewesen wäre. Es wäre ihr auch schwergefallen, das Kind an eine Amme abzugeben, und da sie noch weniger finanzielle Mittel hatte als Thomas und Sophia und dazu nicht einmal einen Ehemann, der jemanden hätte einstellen können, wäre ihr nichts anderes übrig geblieben, als sich selbst um das Baby zu kümmern. Doch sie wäre dazu bereit gewesen, wenn nicht dieser unglückselige Tag im vergangenen November gewesen wäre, als sich dieser Traum in einem blutdurchtränkten Laken und unter unglaublichen Unterleibsschmerzen in Nichts aufgelöst hatte.

Katherine schluckte den Schmerz hinunter, der immer in ihr aufstieg, wenn sie daran dachte, und versuchte, sich darauf zu konzentrieren, was die anderen beiden Frauen sagten.

Sophia schüttelte den Kopf. »Nein«, sagte sie schlicht. Dann schluckte sie und blickte auf den Schlüssel in ihrer Hand. »Und nun hat Dufour mir auch noch dieses Zimmer gegeben. Unglaublich ist das.«

Ihre Stimme klang etwas fester, beinahe zornig, und Katherine wusste, dass Sophia gerade versuchte, ihre Würde zurückzuerlangen. Jemand wie Lady Ella, deren Eltern den Großteil ihres Vermögens nach Frankreich hatten retten können und immer noch Einnahmen aus England bekamen, fiel es oft schwer, zu sehen, dass jemand wie Sophia, die zwar die Tochter eines Earls war, aber Thomas geheiratet hatte, anders lebte als sie selbst. Doch Katherine wusste auch, dass Lady Ella es nicht böse meinte. Trotzdem verstand sie zu gut, dass Sophia nicht ihr Gesicht verlieren wollte und um ihre Würde kämpfte.

Vorsichtig fragte Katherine: »Was ist denn mit dem Zimmer?«

Es war ihr völlig gleich, was damit war, denn es war ein

Raum, dessen Tür man schließen konnte und in dem man schlafen konnte, ohne von einem Dienstmädchen geweckt zu werden, die ein paar Tücher holte.

Sophia hielt den Schlüssel hoch. »Ich habe mir das Zimmer eben schon angeschaut. Es ist winzig und sogar noch kleiner als die Kammer in Versailles. Wir können kein Kinderbett darin unterstellen und in dem Bett kann höchstens eine Person schlafen. Vielleicht geht es, wenn ich mit den Kindern allein bin, aber was wir tun sollen, wenn Thomas zurückkommt, weiß ich nicht.«

Wieder traten ihr Tränen in die Augen, aber sie presste die Lippen zusammen und drängte sie zurück.

Übelkeit stieg in Katherine auf. Das Zimmer war so klein, dass nur eine Person darin schlafen konnte?

Lady Ella seufzte. »Monsieur Dufour ist ein furchtbarer Mann. Er hat meinen Eltern auch ein kleineres Zimmer gegeben und ich muss jetzt mit ihnen im selben Raum schlafen. Vielen anderen geht es ebenso. Es herrscht ein schreckliches Gedränge im Schloss.«

Katherine hatte Mühe, zu atmen. Wenn das Zimmer so klein war, würde sie nicht mit dort schlafen können.

Sie versuchte, sich zu beruhigen. Es würde bestimmt eine Möglichkeit geben. Sicherlich übertrieb Sophia ein wenig.

»Am liebsten würde ich nach Versailles zurückgehen, aber dort war es noch viel schlimmer. Hier habe ich wenigstens Freundinnen.« Sophia versuchte sich an einem Lächeln, doch es war ein wenig zittrig. »Ich danke Euch für Eure Hilfe.«

Lady Ella lächelte. »Ich werde mit Valentina sprechen. Vielleicht kann sie etwas für Euch tun. Schließlich ist Euer Mann der Musiker der Königin.«

Sophia lachte leise. »Das Schlimmste ist, dass es ihn vermutlich am wenigsten stört. Er ist es gewohnt, in den kleinsten Zimmern zu schlafen oder sogar auf dem Boden. Er hat jahrelang so gelebt, wenn er in den Häusern der Adeligen in England gespielt hat. Da war nicht immer Platz für ihn.«

»Aber jetzt ist es anders. Er hat eine Frau und zwei Kinder.

Und Ihr könnt auf keinen Fall auf dem Boden schlafen, meine Liebe. Das werden wir nicht zulassen. Das wäre ja demütigend. Uns wird schon etwas einfallen.«

Katherine umklammerte ihre Hände und unterdrückte auf diese Weise ein Zittern. Dies war nicht der richtige Moment, um den beiden Frauen zu erzählen, dass sie in den vergangenen Nächten auf dem Boden geschlafen hatte, weil Monsieur Dufour sie noch schlimmer behandelt hatte. Hätte sie etwas gesagt, wäre das in der Tat demütigend gewesen. Doch sie konnte kaum noch atmen und in ihren Ohren dröhnte es.

Sophia nickte. »Ich danke Euch, Lady Ella. Ich werde selbst mit Lady Valentina sprechen und sehen, ob sie etwas für uns tun kann. Bis Thomas zurückkommt, ist ja noch etwas Zeit. Bis dahin kann ich mit den Kindern in einem Bett schlafen. Das sollte gerade gehen.«

Katherine schluckte. In diesem Zimmer war anscheinend wirklich kein Platz für sie.

»Wo sind die Kinder eigentlich gerade?«, fragte Lady Ella.

»Bei Lady Strickland. Sie war so freundlich, sich eine Weile um sie zu kümmern. Sie ist mir da immer eine große Hilfe.«

Katherine biss die Zähne zusammen. Sie wusste, dass Sophia dies nicht als Spitze gegen sie gemeint hatte, trotzdem schmerzte es, dass sie ihre Schwester so im Stich ließ. Immer musste sie die Freundlichkeit anderer Damen nutzen, wenn es darum ging, jemanden zu finden, der auf die Kinder aufpasste. Eigentlich wäre es ihre Aufgabe als Schwester gewesen, sich mit um die Kinder zu kümmern, aber der Schmerz um ihr eigenes Kind, das sie vor nicht einmal einem Jahr verloren hatte, war so frisch, dass sie es nicht konnte. Jedes Mal, wenn sie die Kinder sah, musste sie ihr Herz verschließen, um nicht in Tränen auszubrechen. Aber vielleicht sollte sie das ändern und Sophia etwas mehr unterstützen. Dann würde sie sich wenigstens nützlich machen.

Sie atmete tief durch. Warum sollte sie nicht gleich heute damit anfangen?

»Sollen wir sie holen und du ziehst mit ihnen in das Zimmer? Ich könnte dir beim Auspacken helfen«, bot Katherine an.

Überrascht hob Sophia die Augenbrauen. Auch ihr war bewusst, dass Katherine noch niemals freiwillig angeboten hatte, in der Nähe der Kinder zu sein.

»Ich würde mich freuen, wenn du mir beim Auspacken hilfst«, sagte sie langsam. »Aber die Kinder sind bei Lady Strickland gut aufgehoben.«

Katherine wollte protestieren, doch als sie die Bestimmtheit in den Augen ihrer Schwester sah, schwieg sie. Vielleicht hatten sie, wenn sie allein waren, die Möglichkeit, über Katherines Situation zu sprechen. Sonst drehte sich ja alles immer nur um die Kinder.

Lady Ella verabschiedete sich und Sophia führte Katherine zu der Kammer, die Monsieur Dufour ihr zugewiesen hatte. Erschrocken schaute sie sich den kleinen Raum an. Er musste früher einem Diener gehört haben, denn er war tatsächlich winzig. Es würde sogar schwierig werden, eine Truhe darin unterzubringen. Allerdings gab es Schränke, die in die Wände eingelassen waren und in denen man etwas verstauen konnte. Immerhin etwas.

Sophia drängte sich an Katherine vorbei, was mit ihren Röcken schwierig war, und ließ sich auf die Kante des Bettes sinken. Sie atmete tief durch. »Ich bin wirklich glücklich mit Thomas und ich bereue überhaupt nicht, dass ich ihn geheiratet habe, aber es gibt manchmal Momente, in denen ich mich frage, wie ich das alles ertragen soll.«

Katherine wollte etwas sagen, doch sie wusste nicht, was.

Sophia hob den Blick. »Und weißt du, was das Schönste und Schlimmste zugleich ist?«

Katherine schüttelte den Kopf.

»Ich bin wieder schwanger.«

Es traf Katherine härter, als sie gedacht hätte. Natürlich hatte sie es erwartet, denn sie hatte lange genug in dem Zimmer neben Sophia und Thomas geschlafen, um zu wissen, dass die beiden einander auch im Bett sehr zugetan waren. Es hatte so kommen müssen, trotzdem versetzte es ihr einen Stich und sie empfand Neid auf ihre Schwester.

Sie selbst hatte damals nicht schwanger sein wollen, doch auch sie hatte damit gerechnet, schließlich hatte sie das getan, was dazu führte, dass eine Frau guter Hoffnung wurde. Doch da sie nur die Mätresse eines Mannes gewesen war, hatte sie nicht schwanger werden wollen. Als sie es dann aber gewesen war, hatten das Glück darüber, dies erleben zu dürfen, und die zärtliche Zuneigung zu dem Leben, das sie unter dem Herzen trug, alle anderen Gefühle beiseitegeschoben. Bis sie das Kind verloren hatte.

Trotzdem sollte sie sich jetzt für ihre Schwester freuen. Immerhin war diese verheiratet und hatte sich schon als Mutter bewährt.

Sie bemühte sich, Fassung zu bewahren und den Stich in ihrem Herzen zu ignorieren. Das Schweigen hatte sich schon genug in die Länge gezogen und allein der Höflichkeit halber musste sie jetzt antworten. Vorsichtig sagte sie: »Ich weiß, dass du dir gewünscht hast, noch mehr Kinder zu bekommen. Aber ich kann mir auch vorstellen, dass es gerade jetzt schwer ist, da ihr in so beengten Verhältnissen leben müsst.«

Sophia rollten die Tränen über die Wangen und sie barg ihr Gesicht in den Händen. »Genau so ist es. Ich weiß, dass ich mich freuen sollte, doch ich kann nicht. Ich habe solche Angst, dass ich es nicht schaffe. Ich muss alles allein machen, da wir uns keine Amme leisten können, und Janet und Robert fangen bald an, zu laufen. Wie soll ich das in einem kleinen Zimmer alles schaffen? Und wo soll das neue Kind schlafen? Ausgerechnet jetzt ist Thomas in Versailles und wird erst in ein paar Wochen wiederkommen.«

Katherine schob sich an der Reisetruhe vorbei und hockte sich neben Sophia auf die harte, anscheinend mit Stroh gefüllte Matratze. Das war wirklich kein Zustand für die Tochter eines Earls, die dazu auch noch junge Mutter und schwanger war. Katherine wusste, sie würde etwas tun müssen, und wenn sie dafür noch einmal mit Monsieur Dufour sprechen musste, war sie auch dafür bereit.

»Weiß Thomas schon davon?«

Gequält blickte Sophia sie an und schüttelte den Kopf. »Ich habe es erst vor ein paar Tagen gemerkt. Und da kündigte sich schon an, dass ich nicht in Versailles bleiben konnte. Da ich wusste, dass er mich niemals allein gehen lassen würde, habe ich ihm nichts gesagt. Ich wollte nicht, dass er sein Engagement abbricht. Es ist so wichtig für ihn und es kann zu vielen neuen Aufträgen führen. Wir brauchen das Geld, Katherine, und ich schäme mich so, das zu sagen.«

Katherine wusste genau, was Sophia meinte. Ihre Mutter hatte sie dazu erzogen, dass eine Dame nicht über Geld sprach. Man hatte es einfach und alles andere war Männersache. Doch für Sophia war es ein wichtiges Thema geworden, weil ihr Wohlergehen davon abhing. Sie zögerte, dann fragte sie: »Diese neuen Aufträge, wären die auch in Versailles?«

Sophia öffnete den Mund, schloss ihn wieder und nickte dann mit noch mehr Tränen in den Augen.

»Möchtest du tatsächlich, dass er diese Aufträge bekommt?«

Katherine kannte die Antwort schon, bevor Sophia den Kopf schüttelte.

»Aber ich fühle mich schäbig, wenn ich das denke. Es steht mir nicht zu, ihn davon abzuhalten. Als seine Ehefrau muss ich ihn unterstützen.«

Katherine seufzte. »Sprich mit ihm darüber.«

Sophia presste sich eine Hand auf die Stirn. »Ich kann gerade nicht mehr denken. Die Reise war furchtbar, die Kinder haben nur geschrien und mir war schlecht. Versailles war schrecklich und diese Hitze bringt mich um.«

»Vielleicht solltest du dich eine Weile ausruhen. Du siehst blass aus.«

Sophia kniff die Augen zusammen. »Ich war immer stark, Katherine. Aber das bin ich nicht mehr. Diese Schwangerschaft ist so anders. Mir ist immerzu übel, ich habe Schmerzen und ich habe für nichts mehr Kraft. Nicht einmal, um mich um die Kinder zu kümmern. Vielleicht haben sie alle recht und ich hätte mir eine Kinderfrau nehmen sollen.«

Katherine verzichtete darauf, ihr zu sagen, dass sie dafür kein Geld hatte. Das führte jetzt zu nichts.

»Es wird bestimmt besser werden.«

Sophia schüttelte den Kopf. »Es ist so anders dieses Mal. Als ich mit den Zwillingen schwanger war, ging es mir so gut. Ich war so glücklich.«

Katherines Herz zog sich zusammen, doch sie schob das Gefühl beiseite. »Vielleicht ist das so, weil du schon zwei Kinder hast, um die du dich kümmern musst. Das ist anstrengend.«

Wieder traten Sophia die Tränen in die Augen und besorgt griff Katherine nach ihrer Hand. So kannte sie ihre Schwester gar nicht.

»Unsere Mutter hat es doch auch geschafft, sieben Kinder zu bekommen. Warum fällt es mir dann so schwer?«

»Weil unsere Mutter mehrere Dienstboten und Ammen hatte, die sie bei ihrer Aufgabe unterstützt haben. Kannst du dich daran erinnern, dass Mutter sich je so um uns gekümmert hat, wie du es mit Robert und Janet tust?«

Sophia schüttelte den Kopf. »Aber das kann ich mir nicht leisten.« Sie schluckte. »Weißt du, was Lady Thornton neulich gesagt hat?«

Katherine presste die Lippen zusammen, als der Name fiel, dann hob sie die Schultern. »Es ist doch gleich, was jemand wie Lady Thornton sagt. Sie hat keine kleinen Kinder.«

»Sie sagte, dass man eben Verzicht üben muss, wenn man sich nicht mehr Kinder leisten kann. Und dass es die Aufgabe der Frau sei, ihren Mann von ihrem Bett fernzuhalten. Aber nicht jede Frau hätte die Stärke, das zu tun.«

»Das hat sie gesagt?«

Sophia schaute Katherine mit kummervoller Miene an. »Ich weiß, dass sie das nur gesagt hat, damit ich es höre. Aber was ist, wenn sie recht hat?«

Katherine nahm die Hände ihrer Schwester. »Du musst für dich selbst entscheiden, ob sie recht hat. Als du Thomas geheiratet hast, wusstest du, dass es nicht leicht werden würde, aber du hast dich trotzdem dafür entschieden. Deswegen weißt du jetzt auch, ob das Geschwätz von Lady Thornton richtig oder falsch ist.«

Sophia nickte langsam. »Ich glaube, du hast recht. Sie kennt Thomas und mich gar nicht.«

Zufrieden nickte Katherine. »Natürlich habe ich recht. Schließlich bin ich deine ältere Schwester.«

Ein leichtes Funkeln in Sophias Augen sagte Katherine, dass ihre Schwester wieder Mut fasste.

»Ich werde mit Thomas sprechen, sobald er wieder da ist. Wir werden eine Lösung finden. Gemeinsam.«

»So kenne ich dich«, lobte Katherine sie.

Sophia drückte ihre Hände. »Wann bist du eigentlich so weise geworden? Schließlich kennst du dich beim Thema Ehe und …« Sie brach ab und ihre Wangen färbten sich rot. »Verzeih, dass ich das gesagt habe. Mir geht es wirklich nicht gut.«

Katherine zögerte. Jetzt war der richtige Moment. Sie sollte Sophia endlich erzählen, was in London vorgefallen war und warum sie hierher hatte fliehen müssen. Auch wenn ihr dieser Skandal unendlich peinlich war, hatte Sophia es verdient, alles zu wissen. Und schließlich war die Tatsache, dass sie mit Thomas eine heimliche Affäre gehabt hatte und nach Frankreich geflohen war, nicht minder skandalös.

Gerade holte sie Luft, um endlich die Geschichte zu erzählen, die Sophia verdient hatte, zu hören, als ihre Schwester sich erhob.

»Ich muss die Kinder bei Lady Strickland abholen.« Sie seufzte schwer. »Ich weiß nicht, ob ich das schaffe.«

Katherine war versucht, Sophia wieder auf die Bettkante zu ziehen und ihr endlich ihr Herz auszuschütten, doch als sie in das blasse und schmale Gesicht ihrer Schwester sah und die Last fühlte, die auf ihre Schultern drückte, schwieg sie. Es war doch nicht der richtige Moment gewesen. Aber bald würde sie ihren Mut zusammennehmen müssen, um es Sophia zu erklären. Vor allem, da sie ihr auch bald erklären musste, dass es für sie kein Zimmer mehr in Saint-Germain-en-Laye gab, sie aber nicht nach London zurückkehren wollte.

»Ruhe dich noch einen Moment aus. Lady Strickland wird es sicherlich nichts ausmachen.«

Sie sah den Zweifel in Sophias Miene, doch zu Katherines Überraschung nickte diese und ließ sich wieder auf der Bettkante nieder.

»Vielleicht hast du recht. Ich bin so müde.«

Katherine zwang sich zu einem Lächeln. »Wie ich schon sagte, als deine ältere Schwester habe ich immer recht.«

Katherine erstarrte, als Sophia sich an sie lehnte und ihr sogar den Kopf an die Schulter legte.

»Ich bin so froh, dass du da bist. Ich weiß gar nicht, was ich allein tun würde. Du weißt immer einen Rat.«

Katherines Kehle schnürte sich zu, als sie daran dachte, dass sie das Gleiche von Sophia gedacht hatte. Sie hatte es kaum abwarten können, dass diese aus Versailles wiederkam, weil sie gehofft hatte, dass Sophia einen Rat für ihre missliche Lage wusste. Doch nun war sie es, die sich um ihre jüngere Schwester kümmern musste. Sie konnte Sophia nicht zumuten, dass sie sich auch noch Katherines Problemen annahm.

Sophia seufzte und erschauderte. Katherine saß ganz steif da und fragte sich, was sie tun sollte. Sie war diese körperliche Nähe mit ihren Schwestern nicht gewohnt. Erwartete Sophia von ihr, dass sie etwas tat?

Unbeholfen legte sie ihr einen Arm um die Schultern. Es war schön und merkwürdig zugleich, ihrer starken Schwester, der sie all die Jahre eher eine strenge zweite Mutter gewesen war, so nahe zu sein.

Wenn sie ihr doch nur mehr helfen könnte. Es war eindeutig, dass Sophia erschöpft war. Sicherlich machten ihr diese unsägliche Hitze und das Gewitter, das sich seit Tagen aufbaute und wieder zurückzog, auch zu schaffen. In England wäre der Sommer angenehmer gewesen.

Doch sie waren nun einmal nicht in England. Sie alle mussten lernen, Frankreich als ihre Heimat anzusehen. Zumindest solange der König seinen Thron nicht wiederhatte.

Sophia, deren Kopf immer noch auf Katherines Schulter lag, sagte leise: »Weißt du, was mir immer geholfen hat, kurz bevor ich mit den Zwillingen niedergekommen bin und es mir auch nicht gut ging?«

»Nein. Was denn?«

Sophia richtete sich auf. »Ich habe immer daran gedacht, wie du mir sagst, dass ich mich zusammenreißen soll, weil man der Tochter eines Earls nicht ansehen darf, wie es ihr geht. Dass es unsere Pflicht ist, so zu wirken, als würde uns die Welt nichts anhaben können.«

Entsetzt schaute Katherine ihre Schwester an. Sie erinnerte sich daran, dass sie so etwas einmal gesagt hatte, denn früher war sie wirklich der Meinung gewesen, dass dem so sei. Doch die Worte aus dem Mund von Sophia gespiegelt zu bekommen, löste Entsetzen in ihr aus.

»Schau nicht so«, sagte Sophia sanft und drückte Katherines Hand. »Es hat mir wirklich geholfen, mich zusammenzureißen und so zu tun, als wäre alles in Ordnung. Und daran denke ich auch jetzt gerade. Ich sollte einfach so tun, als würde mir all das nichts ausmachen.«

Katherine setzte sich etwas aufrechter hin. Seit sie selbst mit diesen furchtbaren Schmerzen im Bett gelegen hatte, weil sie gerade dabei gewesen war, ihr Kind zu verlieren, war sie sich nicht mehr so sicher, ob es die richtige Art war, mit den Dingen umzugehen. Ja, dieser Mantel der feinen Lady hatte ihr in der Zeit danach, als sie wieder unter Leute gegangen war, geholfen, so zu tun, als wäre nichts gewesen. Aber innerlich hatte sie weiter an Schmerzen gelitten, und die Einsamkeit, dies mit niemandem teilen zu können, der ihre Schmerzen linderte, hatte sie fast zerrissen. Das wollte sie Sophia nicht ebenfalls antun.

Ihre Hand zitterte, als sie sagte: »Aber das musst du nicht. Wenn es dir nicht gut geht, solltest du dich ausruhen und Hilfe annehmen. Manche Dinge, vor allem im Leben einer Frau, sollte man nicht still durchleiden.«

Sophias Augen wurden groß und sie betrachtete Katherine lange. Schon immer hatte es Katherine erschreckt, dass ihre Schwester Dinge und Zusammenhänge so schnell begriff, und am liebsten hätte sie ihre Worte zurückgenommen. Ob sie ahnte, dass Katherine etwas vor ihr verbarg?

Doch nur wenige Augenblicke zuvor hatte Katherine entschieden, dass dies nicht der richtige Zeitpunkt war, Sophia davon zu erzählen, was ihr widerfahren war und warum sie mehr von diesen Frauendingen verstand, als ihre Schwester ahnte. Und dabei würde sie auch bleiben.

Rasch erhob sie sich, bevor Sophia noch etwas sagen konnte. »Wie wäre es, wenn du dich ein wenig ausruhst? Ich werde in der Zeit Lady Strickland besuchen und schauen, wie es den Kindern geht. Wenn sie Hilfe braucht, werde ich mich um die beiden kümmern.«

Sophias Augen wurden noch ein wenig größer, dann füllten sie sich wieder mit Tränen. »Das würdest du für mich tun?«

Katherine drückte das Rückgrat durch. »Aber natürlich.«

Dabei war es gar nicht so natürlich, denn in den vergangenen Monaten hatte Katherine sich von ihrer Nichte und ihrem Neffen so ferngehalten, wie es gerade noch höflich war. Der Anblick der Kinder hatte sie so sehr geschmerzt, dass sie es nicht hatte ertragen können. Und so gab sie lieber vor, Kinder nicht zu mögen, auch wenn das nicht stimmte und ihre Arme sich danach sehnten, einen warmen kleinen Körper zu halten, den weichen Haarflaum auf der Wange zu spüren und mit den klebrigen Händchen zu spielen.

Doch Katherine hatte auch gelernt, dass es besser war, dieser Sehnsucht nicht nachzugeben, sondern sich ganz davon fernzuhalten. Wenn die Gesundheit ihrer Schwester allerdings erforderte, dass sie sich um die Kinder kümmerte, würde sie das auch schaffen.

Als sich das Schweigen in der stickigen Kammer unangenehm in die Länge zu ziehen begann, sagte Katherine: »Ruhe dich ein wenig aus. Ich werde nachher nach dir sehen und dir etwas zu essen bringen lassen.«

Nach einem Moment wich die Skepsis auf Sophias Gesicht einer solchen Erleichterung, dass Katherine wusste, dass sie das Richtige getan hatte. Das erste Mal seit Tagen hatte sie etwas richtig gemacht, und dieses Gefühl war so schön, dass ihr beinahe die Tränen kamen. Wenn sie auch nicht wusste, wie sie Sophia in den Arm nehmen und trösten sollte, so konnte sie wenigstens etwas für sie tun. Und dieses Mal würde sie alles richtig machen und niemanden beschämen.

»Danke«, flüsterte Sophia. »Ich weiß wirklich nicht, wie ich dir danken soll.«

Katherine atmete tief durch. »Das musst du nicht. Natürlich kümmere ich mich um dich, wenn es dir nicht gut geht. Wozu sind Schwestern denn sonst da?«

Noch mehr Tränen traten in Sophias Augen und Katherine war sich sicher, dass sie ihre Schwester noch nie so viele Tränen hatte weinen sehen.

»Es tut gut, dass du da bist.«

Ein warmes Gefühl breitete sich in Katherine aus. Sie konnte sich nicht daran erinnern, dass das jemals schon jemand zu ihr gesagt hatte.

»Ich tue nur meine Pflicht.«

Die Worte hingen einen Moment lang zwischen ihnen im Raum und Katherine bemerkte zu spät, dass sie für diese Situation nicht passend waren. Es war eine Floskel, die sie sich angewöhnt hatte, als sie sich um die alternde Tante gekümmert hatte. Doch in diesem Moment, da sie ihrer Schwester zum ersten Mal im Leben wirklich nahe war, machten sie alles kaputt. Zu gern hätte Katherine sie zurückgenommen, doch sie war sich sicher, dass es das nicht besser machen würde.

»Geht es dir gut?«, fragte Sophia jetzt.

Katherine straffte die Schultern. »Es geht mir sehr gut. Mach dir um mich keine Gedanken.«

Auch diese Worte waren heraus, bevor sie darüber nachgedacht hatte. Nein, es ging ihr nicht gut, und eigentlich hatte sie gehofft, dass Sophia ihr helfen würde, ihr Problem zu lösen. Doch sie konnte ihrer Schwester das nicht auch noch aufbürden. Deswegen war diese Lüge gerechtfertigt.

Sophia nickte langsam, fragte jedoch nicht mehr nach. Stattdessen streifte sie ihre Schuhe ab und legte sich aufs Bett. Jetzt war noch offensichtlicher, was vorher schon klar gewesen war: In diesem Bett konnte tatsächlich nur ein Erwachsener schlafen, es sei denn, man rückte sehr dicht zusammen. Hier war kein Platz für Katherine.

Sie hob das Kinn. »Ruh dich aus und mach dir keine Sorgen.« Dann öffnete sie die Tür.

Sophia antwortete nicht mehr. Anscheinend war sie bereits eingeschlafen. Katherine wusste, dass sie wenigstens ein Mal etwas Gutes getan hatte.

# KAPITEL SECHZEHN

Aus einem der Salons im unteren Stockwerk war lautes Lachen zu hören. Philippe blieb an der Treppe stehen und zögerte. Eigentlich hätte er hinuntergehen müssen, um den Feiernden zu sagen, dass der König sich bereits zu Bett begeben hatte und dies bedeutete, dass im Schloss Ruhe sein sollte, doch Philippe wusste, dass es keine gute Idee war, sondern zu noch mehr Ärger führen würde. Denn jedes Mal, wenn er es tat, sagten die Engländer ihm, dass dies wichtige Gespräche waren, die dem König dienten, und dass er sie in Ruhe lassen sollte. Mittlerweile machten sie sich schon über ihn lustig, weil er so strikt auf die Einhaltung der Regeln bedacht war.

Das machte Philippe an sich nichts aus. Sollten sie lachen, so viel sie wollten. Er musste nur seine Arbeit gut machen. Manchmal bedeutete das eben, dass man die Regeln ein wenig anders auslegte, wenn es der Situation besser diente. Diese Engländer verstanden nichts von den Regeln, die in Frankreich herrschten, und trotzdem mussten sie sich ihnen beugen, ob sie wollten oder nicht.

Philippe hatte seine Ausbildung am Hof des Königs von Frankreich genossen und wusste, wie wichtig die Einhaltung von Regeln war. Es gab dort klare Abläufe, die jeder kannte, und nur das führte dazu, dass alles am Hof mit so vielen Menschen reibungslos funktionierte.

Philippe wusste auch, dass König Louis dies von seinen Gästen erwartete, doch die Engländer waren so anders. Sie taten, was sie wollten, und waren dabei so derb, dass er sich manchmal schämte, zur Hälfte Engländer zu sein.

Das Lachen schwoll an und Philippe entschied sich, eine weitere Runde durch die nur noch schwach beleuchteten Gänge von Saint-Germain-en-Laye zu drehen. Später, wenn die Männer immer noch dort waren, würde er etwas sagen. Jetzt würde er erst einmal nach dem Rechten sehen. Dafür würde er keine Zeit haben, wenn er sich mit den Engländern anlegte.

Das Gewitter, das in der Luft lag und vermutlich in der nächsten Stunde über sie hereinbrechen würde, steigerte nicht nur die Gereiztheit der Schlossbewohner, sondern auch seine eigene. Es war an der Zeit, dass diese Spannung sich endlich entlud und alle wieder durchatmen konnten.

Doch er war sich sicher, dass die Engländer auch dann nicht zur Ruhe kommen würden. Immerhin hatten sie gerade im Krieg gegen William of Orange eine Niederlage einstecken müssen, die sie dazu zwang, sich dauerhaft in Frankreich einzurichten. Das war nichts, was ein noch so heftiges Gewitter fortspülen konnte.

Doch vielleicht würde das Unwetter endlich seine eigenen Sinne klären, die sich in den vergangenen Tagen auch unerträglich überreizt hatten.

Er atmete tief durch und als er die stickige Luft in seine Lungen sog, überlegte er, ob er eines der Fenster zum Hof aufmachen sollte. Doch er wusste nicht, ob er wieder hier sein würde, um es zu schließen, wenn der Sturm losbrechen würde. Außerdem brachte es in einem riesigen Schloss wie diesem nicht viel, ein Fenster zu öffnen.

Der Duft von Lavendel hing in der Luft und Philippe schüttelte unwillig den Kopf. Es kam ihm vor, als würde es nichts anderes mehr für ihn geben. All seine Sinne schienen auf Lady Katherine Eastham ausgerichtet zu sein. Doch in den meisten Fällen bildete er sich das nur ein, so wie jetzt. Der Lavendelgeruch mochte echt sein, doch es hieß nicht, dass er von ihr stammte. Einige Frauen benutzten ihn, aber nur bei ihr hatte es diese wunderbare Mischung mit dem Duft von Honig.

Er biss die Zähne zusammen und ging weiter, fort von den lachenden Engländern und fort von dem Geruch, der ihm die Sinne benebelte. Gerade jetzt, da der englische König zurückgekehrt war und sich die Sicherheitslage noch einmal dramatisch verschärft hatte, durfte er sich keine Ablenkungen leisten. Doch seit er Lady Katherine zum ersten Mal gesehen hatte, als sie vor den Füßen des Königs gelegen und mit diesen goldenen Augen zu ihm aufgeblickt hatte, war er wie benebelt.

Ein Grollen in der Ferne kündigte das Gewitter an und Philippe spürte die Vorfreude in sich aufsteigen. Der Sturm würde ihm helfen, wieder klarer zu denken. Ständig war sie in seinen Gedanken und er ertappte sich dabei, dass er nach ihr Ausschau hielt.

Manchmal versuchte er, sich selbst zu überzeugen, dass er das nur tat, weil es ein Teil seiner Aufgabe war. Schließlich wusste er nicht mit Sicherheit, ob sie eine Gefahr für den König darstellte.

Doch das war Unsinn. Sie war überhaupt keine Gefahr für die Königsfamilie. Für ihn selbst allerdings schon.

Wenn er nicht an sie dachte oder versuchte, sie zu treffen, schlich sie sich in seine Träume, und so wie eben meinte er ständig, sie zu riechen oder zu hören. Sie hatte eine bestimmte Art, zu gehen, die er mittlerweile unter all den anderen raschelnden Röcken heraushören konnte.

Schon manches Mal hatte er sich gefragt, ob er sie vor dem Vorfall mit dem König schon einmal gesehen und nur nicht wahrgenommen hatte oder ob sie sich tatsächlich noch nie zuvor begegnet waren. Es schien ihm unwahrscheinlich, denn da es seine Aufgabe war, das Schloss zu bewachen, schaute er sich jeden Besucher genauer an. Doch er hatte jetzt herausgefunden, dass sie im Februar nach Saint-Germain-en-Laye gekommen war. Damals war er für ein paar Tage zu Hause gewesen.

Er konnte sich kaum vorstellen, dass er eine Frau wie sie nicht wahrgenommen hätte. Er mochte es, wie das Licht mit ihren Haaren spielte, und auch die Sommersprossen, die sie auf den Schultern hatte. Sie trug nur selten das eine Kleid, das ihre Schultern zeigte. Die anderen drei waren hochgeschlossen und bedeckten ihre cremige Haut.

Philippe rieb sich über das Gesicht und stöhnte auf. Verdammt, schon wieder. Er sollte weder darüber nachdenken, wie die Sommersprossen auf ihren Schultern aussahen, noch darüber, wie viele Kleider sie hatte und welches davon ihre fein geschwungenen Schultern zeigte.

Unweigerlich glitten seine Gedanken zu ihrer Reisetruhe und dahin, dass er ihr Unterkleid in den Händen gehalten hatte. Er schämte sich beinahe, als er daran dachte, dass er wie ein junger Bursche, der noch nie ein Mädchen geküsst hatte, dagestanden und an dem Stoff, der schon einmal ihre Haut berührt hatte, gerochen hatte.

Das musste aufhören. Doch er hatte sich in den vergangenen Tagen schon so häufig zur Ordnung gerufen und immer wieder ertappte er sich dabei, wie sie sich in seine Gedanken schlich.

Das Schlimmste war, dass er die Stimme der Köchin seiner Mutter im Ohr hatte, die ihm in den Jahren nach dem Tod seines Vaters, als es seiner Mutter so schlecht gegangen war, eine Vertraute geworden war. Immer wieder hörte er, wie sie ihm erklärte, dass er eines Tages eine Frau treffen würde, die ihm den Verstand rauben würde. Er erinnerte sich genau an den Moment. Er hatte als Heranwachsender bei ihr in der Küche gehockt, in der Hoffnung, noch etwas mehr zu essen zu bekommen, und sich darüber amüsiert, dass ein Mädchen aus dem Ort sich in ihn verliebt hatte und manchmal über ihre eigenen Füße fiel, wenn er auftauchte. Er war sich so sicher gewesen, dass ihm so etwas niemals passieren würde, denn sein Verstand und sein Scharfsinn waren etwas, worauf er sehr stolz war. Die würde er niemals wegen einer Frau verlieren. Dessen war er sich sicher und genau das hatte er der Köchin auch gesagt. Die hatte allerdings nur wissend gelächelt und ihm beschieden, dass er sich eines Tages an ihre Worte erinnern würde, wenn er selbst über seine Füße fiel, weil er die eine Frau erblickte, die sein Herz rauben würde. Und nun fragte er sich, ob sie nicht vielleicht recht gehabt hatte.

Er bog in den Gang ein, der zu den Räumen des Königs führte, und schüttelte den Kopf. Sie hatte nicht recht. Bisher hatte es keine Frau geschafft, ihn für sich einzunehmen. Ja, es hatte einige gegeben, an die er häufiger gedacht hatte als an andere, aber es war ihm nie schwergefallen, sie wieder zu verlassen. Zumindest hatte er es aber mit Anstand getan und war niemals grausam gewesen.

Noch etwas, das er von der Köchin gelernt hatte. Anständig gegenüber Frauen zu sein.

Und auch wenn Lady Katherine diejenige war, die sich am hartnäckigsten in seinen Gedanken hielt, raubte sie ihm nicht den Verstand. Er war immer noch Herr seiner Sinne.

Eine kleine Stimme in seinem Hinterkopf, die leider allzu deutlich den Klang der Stimme der Köchin hatte, warnte ihn jedoch, dass er sich da nicht sicher sein konnte.

Doch auch dieses Thema war er in den vergangenen Tagen immer und immer wieder durchgegangen. Selbst wenn sie die Frau war, die ihm den Verstand raubte, so war sie unerreichbar für ihn. Sie war eine englische Adelige am Hof von König James und er war nur der Capitaine der Wache. Dass seine Mutter als entfernte Cousine der Prinzessin Henriette auch einmal aus England gekommen war, um an einem Königshof zu leben, und er damit Lady Katherine viel ebenbürtiger war, als sie annahm, spielte keine Rolle. Jetzt war sie die Lady und er der Capitaine. Mehr nicht.

Jemand tauchte neben ihm auf und Philippe zuckte zusammen. Doch es war nur Jaques, den Philippe ebenfalls auf eine Runde durchs Schloss geschickt hatte, damit sie alle bereit waren für den Fall, dass das Gewitter dem Palast Schaden zufügen würde.

Sein Stellvertreter grinste ihn an. »Im Krieg hätte Euch diese Unaufmerksamkeit den Kopf kosten können. Ich habe drei Mal Euren Namen gerufen und Ihr habt mich nicht gehört.«

Philippe biss die Zähne zusammen. So viel zum Thema, dass Lady Katherine ihm nicht den Verstand raubte. Er begann, nachlässig bei seinen Aufgaben zu werden.

»Was gibt es?«, fragte er Jaques, ohne auf das Thema einzugehen.

Der seufzte. »Unten trinken die Männer um den Marquess schon wieder. Und in einem der kleineren Salons unten ist eine Gruppe von jungen Burschen, die den Wein nicht so gut vertragen. Ich habe die Diener angewiesen, sich dort nicht mehr blicken zu lassen und auf keinen Fall noch etwas zu trinken zu bringen.«

Philippe nickte. »Gut gemacht.«

Die jungen Kerle waren ihm ein Dorn im Auge. Sie hielten sich für besonders schlau und weltgewandt, obwohl sie in ihrem Leben vermutlich noch nicht einen richtigen Kampf bestanden hatten. Ihre Eltern waren entweder nicht hier oder gaben sich ihrer Schwermut hin, denn die jungen Männer waren als Gruppe immer zusammen und ihr Verhalten glich dem eines Rudels junger Wölfe, die das Schloss unsicher machten.

Im Vergleich mit ihnen waren der Marquess und seine Männer, die sich in Tiraden über William of Orange ergingen, leicht zu handhaben. Er würde bald mit dem König über die Meute sprechen müssen, denn er hatte bereits bemerkt, dass die jungen Männer begannen, über die Damen am Hof zu reden und zotige Bemerkungen zu reißen.

Philippe hatte zu viele Jahre in Heerlagern verbracht, um zu wissen, wohin das führen konnte. Hier gab es keine Huren und die jungen Männer hatten weder Gelegenheit noch Geld, um nach Paris zu gehen und Freudenhäuser zu besuchen.

Irgendwann würden sie anfangen, Jagd auf die Frauen im Schloss zu machen. Entweder würden die Dienerinnen leiden müssen oder, wenn die Burschen ganz überschnappten oder sich eine ungünstige Gelegenheit ergab, es würde eine der Ladys treffen.

Er seufzte. »Müssen wir schon etwas tun?«

Jaques schüttelte den Kopf. »Ich habe gehört, wie einer gesagt hat, dass es eine vorzügliche Idee wäre, während des Gewitters draußen zu sein. Vielleicht ernüchtert der Regen sie.«

Philippe nickte. »Dann hätten wir wenigstens heute Abend Ruhe.«

Jaques zögerte. »Mir ist noch etwas aufgefallen. Ihr erinnert Euch an die Lady, die Euch einmal bei uns in den Quartieren besucht hat?«

Philippe erstarrte. »Passt auf, was Ihr sagt. Sie hat mich nicht besucht. Sie ist einfach aufgetaucht.«

Er sagte es bewusst etwas drohender als eigentlich angemessen, doch wie so oft hob Jaques unbekümmert die Schultern.

»Ihr hattet immerhin ihre Reisetruhe in Eurem Zimmer.«

Bevor Philippe ihn zurechtweisen konnte, fuhr er schnell fort.

»Wie auch immer, soweit ich weiß, war sie es auch, die im Park vor dem König davongelaufen ist. Pierre hat sich doch tagelang damit gebrüstet, dass er den König beschützt hat.«

Philippe nickte knapp und sie bogen vor den königlichen Zimmern auf die Treppe nach unten ab. Die Schweizer Wachen vor den Türen des Königs grüßten mit einem fast unmerklichen Nicken, denn es war bereits das dritte Mal, dass Philippe heute Abend hier vorbeikam.

»Vielleicht ist sie ja doch verdächtig«, sagte Jaques nun.

Philippe seufzte und gab vor, desinteressiert zu sein, dabei war sein Inneres in Aufruhr und er hätte liebend gern das Thema gewechselt. Wenn seine Männer sich darin verstiegen, dass Lady Katherine gefährlich war, konnte es noch ungemütlicher für sie werden und er würde sich mehr mit ihr auseinandersetzen müssen.

»Ich denke nicht. Sie ist eine englische Lady.«

Für Jaques schien dieses Argument nicht zu reichen. »Sie verhält sich allerdings merkwürdig.«

»Es waren sicherlich nur Zufälle, und ich denke, dass wir unser Augenmerk auf ganz andere Personen richten sollten. Wie zum Beispiel die Burschen im Salon im Erdgeschoss.«

Doch Jaques schüttelte den Kopf. »Aber warum schleicht sie des Nachts durchs Schloss?«

Philippe blieb stehen. Ein Blitz fuhr über den Nachthimmel und erhellte das Gesicht seines Stellvertreters für einen kurzen Moment. »Was meint Ihr damit?«

»Nun ja, vorhin habe ich sie vor den Gemächern der Königin erwischt. Und als sie mich gesehen hat, ist sie sehr schnell in die andere Richtung gegangen. Ich frage mich, was sie um diese Uhrzeit hier tut. Keine der anderen Frauen würde auf die Idee kommen, des Nachts hier herumzuschleichen. Vor allem nicht, wenn überall betrunkene Männer sind.«

Da hatte Jaques durchaus recht und Philippe musste sich eingestehen, dass ihm der Gedanke, dass Lady Katherine auf die Gruppe junger Männer stieß, überhaupt nicht gefiel.

»Wo ist sie hingegangen?«

Jaques hob die Schultern. »Sie hat die Südtreppe genommen und schien es sehr eilig zu haben.«

»Wann war das?«

»Direkt bevor ich Euch getroffen habe.«

Dann war es also möglich, dass sie noch im Schloss unterwegs war.

»Danke«, sagte Philippe. »Ich werde mich darum kümmern.«

Jaques wollte etwas sagen, doch Philippe kannte seinen Freund und wusste, dass es eine unpassende Bemerkung war, deswegen kam er ihm zuvor. »Ihr geht zum königlichen Apartment. Wartet dort, falls der König etwas braucht oder unruhig ist wegen des Gewitters.«

Wie auf Befehl krachte ein Donner. Das Gewitter kam näher.

Jaques runzelte die Stirn. »Warum ist eine Lady nachts im Schloss unterwegs?«

Philippe schüttelte den Kopf. »Ich weiß es nicht. Und eigentlich geht es uns auch nichts an.«

»Ob sie zu einem der alten Lords ins Bett steigt?«, fragte Jaques unbekümmert.

Die Wut stieg so schnell in Philippe auf, dass er um ein Haar seinen Stellvertreter am Hemdkragen gepackt und geschüttelt hätte. Doch er ballte nur die Hände zu Fäusten und atmete tief durch. »Das geht uns nichts an.«

»Wenn sie eine Gefahr für den König ist, schon. Wer weiß, vielleicht hecken sie gemeinsam etwas aus. Ihr wisst selbst, dass die Betten dafür der beste Ort sind.«

Das wusste Philippe allerdings. Die meisten Informationen wurden zwischen den Laken weitergegeben, und es gab Frauen, die Meisterinnen darin waren, Männer und Ereignisse zu lenken, indem sie zu ihnen ins Bett stiegen. Trotzdem sagte er: »Sie ist keine Gefahr für den König.«

»Und woher wollt Ihr das wissen?«

Philippe biss die Zähne zusammen. Er wusste es nicht sicher, aber sein Instinkt sagte es ihm und der hatte ihn noch nie getrogen. »Geht jetzt einfach zu den königlichen Gemächern. Der Sturm wird bald über uns hereinbrechen.«

Es schien, als wollte Jaques noch etwas sagen, doch dann nickte er und lief die Treppe wieder nach oben.

Philippe ging zum Fenster und schaute in den Innenhof hinunter. Warum trieb sie sich um diese Uhrzeit im Schloss herum? Heute war ihre Schwester angekommen und Philippe wusste, dass sie den ganzen Tag mit ihr und den Kindern verbracht hatte. War sie jetzt tatsächlich auf dem Weg zu ihrem Liebhaber? Der Gedanke drehte ihm den Magen um.

Und wer konnte der Mann sein?

Er beschloss, es herauszufinden. Noch heute Nacht. Doch dafür musste er sie erst einmal finden.

Er dachte nach. Wenn Jaques sie auf der Südtreppe bei den Gemächern der Königin gesehen hatte, konnte sie entweder in Richtung der Salons gegangen sein oder ihr Ziel war die Kapelle gewesen. Doch er wusste, dass sie nicht katholisch war und nur selten die Kirche betrat. Deswegen war es unwahrscheinlich, dass sie des Nachts beten ging. Und mit ihrem Liebhaber würde sie sich dort sicherlich auch nicht treffen.

Also doch die Salons. Aber dann würde sie dort auf die angetrunkenen Männer um den Marquess treffen. Oder war das womöglich ihr Ziel? War einer dieser Männer derjenige, dessen Bett sie des Nachts wärmte?

Er wollte sich gerade abwenden, als er eine Bewegung im Hof wahrnahm. Er schaute genauer hin. Der Wachwechsel konnte es nicht sein, denn der würde erst in ein paar Stunden stattfinden. Der letzte war um Mitternacht gewesen.

Jemand anders war im Hof.

Erste Regentropfen prasselten ans Fenster und der Wind hatte merklich aufgefrischt. Ein Blitz zuckte über den Himmel und Philippe bemerkte jemanden, der sich an die Mauer drängte, direkt neben der Tür, die zum Südflügel führte.

Die Gestalt hätte er unter Tausenden wiedererkannt. Es war Lady Katherine. Doch was tat sie im Hof? Ein Gewitter wie dieses sollte keine Lady draußen erleben. Führte sie doch etwas im Schilde?

Er starrte angestrengt auf die Mauer, wo er sie eben entdeckt hatte, doch sie war jetzt in den Schatten der Nacht verborgen.

Wieder peitschte ein Blitz über den Himmel und nun sah er, dass sie über den Hof rannte. Sie hatte die Röcke gerafft und lief schnell, das Gesicht gegen den Regen gesenkt. Ihr Ziel war anscheinend die Tür zum Westflügel.

Ihm stockte der Atem. Nur wenige Zimmer neben dieser Tür war der Salon, in dem die jungen Männer feierten. Und Lady Katherine lief ihnen direkt in die Arme.

Philippe fluchte. Sicherlich wusste sie nicht, dass die Kerle dort waren. Und was würden die tun, wenn sie mitten in der Nacht mit alkoholbenebeltem Kopf eine klatschnasse Lady in ihrer Mitte finden würden?

Das durfte er nicht zulassen.

Schnell überlegte er, wie er sie am besten abfangen konnte. Es gab nur eine Möglichkeit: Er musste ebenfalls durch den Hof, an dem Salon vorbei und ihr entgegen gehen. Er betete, dass er nicht zu spät kommen würde.

# KAPITEL SIEBZEHN

Katherine hielt den Kopf gesenkt und war sich nicht sicher, ob sie in die richtige Richtung lief. Sie verfluchte sich, dass sie so lange bei Sophia geblieben war. Sie hätte viel früher gehen sollen.

Doch ihrer Schwester hatte es gutgetan, dass Katherine sich um die Kinder gekümmert hatte. Die Zwillinge waren tatsächlich weinerlich und heulten fast ununterbrochen. Lady Strickland hatte gesagt, dass dies vermutlich von der weiten Reise käme, und vorgeschlagen, dass Sophia sie das nächste Mal nicht mehr mit nach Versailles nehmen sollte.

Katherine hatte alles in ihrer Macht Stehende getan, um die Kinder zu beruhigen, was erstaunlich gut geklappt hatte. Sie hatte mit den beiden auf dem Bett gesessen, während Sophia blass neben ihr gehockt hatte. Auf Katherines Arm hatten die beiden Kinder ein paar Stunden ruhig geschlafen, doch jedes Mal, wenn sie versucht hatte, die Zwillinge abzulegen, waren sie aufgewacht und hatten erneut angefangen, zu weinen. Auch Sophia waren dann die Tränen in die Augen gestiegen und Katherine hatte sich immer entschieden, noch eine Weile zu bleiben.

Doch als die Glocke der Kapelle zur Mitternachtsstunde geschlagen hatte und die Kinder endlich auf dem Bett schliefen, hatte Sophia darauf bestanden, dass Katherine in ihr Zimmer zurückkehren sollte, um auch ein wenig zu schlafen. Zuerst hatte sie abgewehrt und ihr versichert, dass es ihr nichts ausmachen würde, zu bleiben, doch es war offensichtlich gewesen, dass Sophia sich ebenfalls gern zur Nachtruhe begeben wollte, was sie nicht konnte, wenn Katherine auf dem Bett saß. Also war sie zögernd gegangen.

Noch nie war sie nachts durch das Schloss gelaufen und sie hatte nicht geahnt, dass es so unheimlich sein konnte. Das Gewitter, das sich gerade zusammenbraute, tat sein Übriges, um den Palast geisterhaft wirken zu lassen. Die Flure, die sonst so belebt waren, lagen verlassen. Hier und da brannten Öllampen, doch meistens bewegte sie sich im Dämmerlicht.

Eigentlich hatte Katherine auf dem direkten Weg zur Leinenkammer gehen wollen, doch im Südflügel hatte sie aus einem der Herrenzimmer die Stimmen einiger Männer gehört. Anscheinend war es eine Gruppe älterer Lords, die große Reden auf den König und das Heimatland schwangen. Es klang so, als wären sie betrunken. Und eines hatte Katherine von ihrer Mutter und anderen Frauen aus der Familie gelernt: Einer Gruppe betrunkener Männer sollte man immer aus dem Weg gehen. Selbst ein betrunkener Mann reichte schon, um Unheil anzurichten.

Zögernd hatte sie eine Weile im Flur gestanden und darüber nachgedacht, wie sie nun zu ihrem Zimmer kommen sollte. Denn im zweiten Stock neben dem Herrenzimmer war der einzige Übergang zum Westflügel, wo die Leinenkammer lag. In den anderen Stockwerken wurden die Übergänge von den Gemächern der Königsfamilie blockiert, die streng bewacht wurden. Das bedeutete, wenn sie nicht wollte, dass jemand sie sah, musste sie durch den Hof gehen.

Der Gedanke daran hatte ihr einen Schauder über den Rücken gejagt. Sie wollte bei diesem Wetter nicht raus. Aber sie konnte auch nicht hierbleiben oder zurück zu Sophia gehen.

Gerade als sie in den Innenhof getreten war, hatte es

geblitzt, gefolgt von einem mächtigen Donnerschlag, und Katherine war zusammengefahren. Ihr Herz schlug so schnell, dass es schon fast wehtat.

Eine Weile hatte sie an der Mauer gestanden und sich gefragt, wie sie den Innenhof, der ihr auf einmal riesig erschien, überqueren sollte. Als dann der Regen einsetzte und mit großen Tropfen auf sie niederprasselte, wusste sie, dass sie schnell sein musste. Sie hatte in der Leinenkammer zwar genug Tücher, mit denen sie sich abtrocknen konnte, doch sie hatte keine Möglichkeit, sich aufzuwärmen, wenn sie erst einmal nass war.

Also rannte sie los. Wieder zischte ein Blitz über den Himmel und der Donner, der folgte, erschütterte Katherine bis ins Mark. Warum war sie nicht früher von Sophia fortgegangen?

Während sie lief und versuchte, den Pfützen auszuweichen, die sich schnell bildeten, sagte sie sich, dass es daran lag, weil sie gehofft hatte, die Nacht über bleiben zu können.

Endlich erreichte sie die Tür zum Westflügel. Wieder zuckte ein Blitz über den Himmel und Katherine durchfuhr der Gedanke, dass die Tür womöglich abgeschlossen sein könnte. »Oh, bitte nicht«, murmelte sie.

Ihre Haare klebten an der Stirn und sie fühlte, wie die warmen Tropfen ihren Hals hinunter und in ihr Kleid liefen. Zumindest war der Regen nicht kalt.

Sie griff nach der Türklinke und zog daran. Die Tür war schwer, ließ sich aber problemlos öffnen. Erleichterung durchflutete Katherine und sie stürzte in den Flur. Zumindest war sie dem Gewitter entkommen.

In diesem Gang war es dunkler als drüben bei den Gemächern der Königin, wo mehr Öllampen die Flure erhellten. Nach den grellen Blitzen draußen musste Katherine sich erst an die Dunkelheit gewöhnen.

Ihr Keuchen klang laut in ihren eigenen Ohren. Sie zwang sich zur Ruhe, denn sie wollte nicht, dass jemand sie bemerkte.

Jetzt musste sie nur noch in den zweiten Stock kommen, wo die Leinenkammer war.

Sie wandte sich nach links, doch sie stockte, als sie das Lachen der Männer hörte. Das konnte nicht sein, sie war ihnen doch so weitläufig ausgewichen.

Hinten im Gang stand eine Tür offen und Licht fiel aus einem Zimmer in den Flur.

Wieder ein meckerndes Lachen. Unwillkürlich erschauderte Katherine. Sie wollte diesen Männern nicht begegnen. Ihr Instinkt sagte ihr, dass sie fliehen sollte. Doch wohin? Die Treppe lag direkt hinter dem Salon, in dem die Männer waren. In der anderen Richtung wartete nur Dunkelheit auf sie und sie wusste nicht, wohin der Gang führte.

Unschlüssig schaute sie sich um. Doch ihr blieb keine Wahl. Wenn sie nicht wieder in den Hof wollte, musste sie dort vorbei.

Schwer atmend betrachtete sie den Lichtschein und lauschte auf die Stimmen der Männer. Für einen Moment war es ziemlich leise, dann lachten alle auf einmal los. Laut, vulgär, gefährlich. Katherines Instinkt sagte ihr, dass sie nicht hier sein sollte.

Sie atmete tief durch und versuchte, zu entscheiden, was sie jetzt tun konnte. In diesem Moment sah sie, wie die Schatten im Flur sich bewegten. Dort war jemand.

Ihr Herz schlug schneller und sie drückte sich an die Tür, die noch nicht ganz wieder ins Schloss gefallen war.

Wer war das?

Sie kniff die Augen zusammen. Lauerte dort jemand in der Dunkelheit? Wartete darauf, sie zu packen?

Der Schatten bewegte sich weiter und sie merkte, dass die Gestalt dem Lichtschein des Salons auswich und einen weiten Bogen darum machte.

Wieder dröhnte Lachen aus dem Zimmer. »Komm schon, Percy, trau dich. Wenn du jemals eine besteigen willst, musst du zeigen, dass du das auch kannst.«

Alles in Katherine spannte sich an, als sie die Stimme

erkannte. Es war einer der jungen Männer, die in den letzten Wochen das Schloss unsicher gemacht und sie und Lady Valentina kürzlich auf der Treppe angerempelt hatten. Ihnen wollte sie ganz gewiss nicht begegnen. Dann schon lieber den älteren Lords, die sicherlich eine ganze Menge mehr Anstand hatten.

Doch wer war das in den Schatten? Einer von ihnen?

Jetzt konnte sie das Kratzen von Stiefeln hören, die vorsichtig auf die Steinfliesen gesetzt wurden. Ein Mann also. Und es war ganz sicher kein Diener, denn die trugen keine schweren Stiefel.

Helle Panik breitete sich in Katherine aus. Er war ihr schon viel zu nahe und er hatte etwas zu verbergen, so viel war sicher, sonst würde er nicht durch die Schatten schleichen.

Sie wandte sich um und floh in den Hof hinaus. Eine Windböe riss ihr die Tür aus der Hand, doch Katherine kümmerte es nicht. Sie rannte einfach los.

In der Dunkelheit trat sie in eine Pfütze, aber es war ihr gleich, ob ihre Füße nass waren, sie wollte nur weg von hier. Während sie rannte, dachte sie darüber nach, wohin sie laufen sollte.

Zurück zum Südflügel konnte sie nicht. Dort waren die anderen Männer und sie säße erneut in der Falle. Die Türen auf der Ostseite führten zu den Wirtschaftsräumen und waren möglicherweise verschlossen. Dann gab es noch die Kapelle und das Torhaus, wo die Wachen waren.

Ein Blitz erhellte den Hof für einen Moment und Katherine unterdrückte einen Schrei. Sie rannte schneller und ihre Füße trugen sie zum Eingang am Tor. Sie wollte nicht in die Kapelle. Zum einen war dort Vater Bertrand, den sie immer noch nicht aufgesucht hatte, um sich darüber belehren zu lassen, wie sich eine junge Dame zu verhalten hatte, zum anderen hieß es, dass der König dort manchmal nächtelang für seine baldige Rückkehr auf den englischen Thron betete. Dann würde sie doch lieber den betrunkenen Lords in die Arme laufen, als den König beim Beten zu stören.

Die Wachen beim Tor hingegen schienen ihr die allerbeste Alternative zu sein. Sie waren ganz sicher nicht betrunken und es war ihre Aufgabe, die Bewohner des Schlosses zu schützen.

Ihr Atem ging keuchend und als der Donner für einen Moment aussetzte, hörte sie, dass sie schluchzte.

Sofort presste sie die Lippen zusammen. Das war einer Lady wie ihr nicht würdig. Es war nur ein Gewitter.

Endlich tauchte sie in den Windschatten der Schlossmauern ein und die Tür, die den Innenhof mit dem Eingang zum Wachraum verband, durch den jeder Besucher musste, war in greifbarer Nähe.

Schlitternd kam sie zum Stehen.

In diesem Moment nahm sie Schritte hinter sich wahr. Sie rannten ebenfalls, aber es waren keine feinen Damenschuhe, sondern schwere Stiefel. Der Mann aus den Schatten.

Sie wandte sich um, konnte aber nichts sehen, da natürlich ausgerechnet in diesem Moment kein Blitz den Hof erhellte.

In Panik griff sie nach der Türklinke. Die Wachen würden ihr helfen. Wenn sie nur in den Wachraum gelangen konnte, würden die Soldaten nicht zulassen, dass ihr etwas geschah.

Doch sie war zu langsam. Sie fühlte, dass er sie erreicht hatte, bevor er sie tatsächlich von hinten umschlang, an ihr vorbeigriff und die Tür wieder zudrückte. Ein kräftiger Arm schloss sich um ihre Taille, sodass sie sich nicht mehr bewegen konnte. Sie schrie auf, doch ihr Schrei ging in einem Donner unter.

»Wartet«, sagte eine raue Stimme an ihrem Ohr. Auch sein Atem ging keuchend. »Nicht da rein. Dort sind die Wachen.«

Katherine begann, sich zu wehren, strampelte, schlug um sich, doch er hielt sie so unerbittlich fest, dass ihr innerhalb weniger Herzschläge klar wurde, dass sie sich gegen ihn nicht wehren konnte. Er war viel zu stark.

»Lasst mich los!«, schrie sie.

»Gleich«, sagte er. »Aber beruhigt Euch, Lady Katherine. Es passiert Euch nichts. Ich würde Euch niemals etwas tun.«

Katherine erstarrte und ein Schauer lief ihr über den

Rücken. Sie konnte nicht einmal sagen, ob es Angst war oder die Erkenntnis, dass sie den Mann, der sie gerade umschlungen hielt, sehr wohl kannte.

Ihr Atem ging keuchend, doch sie wehrte sich nicht mehr. Sie standen in einem der Torbögen und der Regen konnte sie nicht erreichen, aber ihre Kleider klebten an ihr und kleine Rinnsale liefen aus ihren Haaren, den Hals hinunter.

Sie hörte seinen Atem an ihrem Ohr, fühlte, wie sich sein Brustkorb hob und senkte, und auf eine merkwürdige Art und Weise beruhigte sie das.

Katherine wartete darauf, dass er etwas tat, doch er stand einfach nur da und hielt sie fest. Ihr Atemrhythmus passte sich einander an und sie war versucht, den Kopf nach hinten an seine Schulter zu legen.

Wieder blitzte es und Katherine konnte einen Herzschlag lang die Ärmel seiner Uniformjacke sehen. Seine Hände lagen auf ihrem Bauch, direkt neben sich nahm sie sein Gesicht wahr, das hell aufleuchtete. Dann war es wieder dunkel.

Im nächsten Moment krachte ein Donnerschlag so heftig, dass Katherine es im ganzen Körper spürte. Sie zuckte zusammen und bemerkte überrascht, dass er sie enger in seine Arme zog, sie ganz mit seinem Körper zu umhüllen schien.

Es fühlte sich so gut an und sie schmolz in seine Umarmung. Er schien zu spüren, dass sie den Widerstand aufgab, und er lockerte seinen Griff ein wenig.

Im nächsten Moment fühlte sie seine Wange an ihrer. Ein leichtes Kratzen von Bartstoppeln, die sanft über ihre überreizte Haut strichen.

Katherines Atem ging schneller und sie legte ihre Hände auf seine. Sie sollte sich losmachen, aber sie konnte nicht.

Er seufzte leise, und dieser Laut, obwohl er fast in einem Donner unterging, ließ irgendetwas in ihr aufbrechen. Etwas, das gut war und richtig.

Jetzt erlaubte sie es sich doch, den Kopf an seine Schulter sinken zu lassen. So lag ihre Wange an seinem Hals und sie konnte fühlen, wie er atmete, immer noch schnell, und sein warmer Atem strich über sie. Katherine erschauderte.

Er umschlang sie fester und strich mit den Lippen über ihren Haaransatz bis hinunter zu ihrem Ohr. Das Gefühl war so süß und überwältigend, dass sie sich an seinen Händen festklammerte. Er öffnete sie und verschlang seine Finger mit den ihren.

Noch immer atmete er direkt an ihrem Ohr und es war alles, was sie hören und fühlen konnte.

Ein Blitz erhellte den Hof, doch Katherine schloss die Augen, denn sie wollte, dass die Dunkelheit sie einhüllte, damit sie einfach nur fühlen konnte. Wenigstens für diesen kurzen Moment.

Der Donner ließ ein wenig auf sich warten. Das Gewitter zog vorüber. Katherine wollte nicht, dass es aufhörte. Sie wollte für immer hier stehen bleiben und von ihm beschützt werden.

Sie fühlte und hörte, wie er tief einatmete, und es dauerte einen Moment, bis sie begriff, dass er an ihren Haaren roch. Diese simple Tatsache erregte sie so sehr, dass sie beinahe gestöhnt hätte. Gerade noch rechtzeitig konnte sie den Laut unterdrücken, aber ihr Körper begann, zu prickeln, sodass sie meinte, dass er es auch fühlen musste.

Doch die Erregung, die sie durchfuhr, ernüchterte Katherine ein wenig. Das durfte sie nicht. Sie durfte dem nicht nachgeben. Es brachte ihr nur Schwierigkeiten ein.

Aber ihr Körper schien sich verselbstständigt zu haben, denn sie presste sich an ihn und wandte den Kopf so, dass ihre Lippen den seinen gefährlich nahe kamen.

Sein Brustkorb hob und senkte sich immer schneller. Katherine schien alles viel bewusster wahrzunehmen, jede Faser ihres Körpers war in Aufruhr. Entsetzt wurde ihr klar, dass sie nichts dagegen gehabt hätte, wenn er sie hier und jetzt gegen die Wand drängen und küssen würde. Oder noch viel mehr.

Das Sehnen ihres Körpers und das Entsetzen ihres

Verstandes über ihr Verhalten fochten einen harten Kampf in ihr aus und die ganze Zeit über spürte sie seinen wunderbaren männlichen Körper, der sie so sicher hielt.

Als seine Lippen wieder über ihre Wange glitten und ihren Hals fanden, wölbte sie sich ihm entgegen und stieß im selben Moment hervor: »Wir dürfen das nicht.«

Er hielt inne und sie fühlte, wie er sich sammelte. »Ich weiß«, sagte er rau.

Es donnerte noch einmal, doch dieses Mal war es schon in weiter Ferne. Das Gewitter war vorübergezogen. Es gab keinen Grund, hier in seinen Armen zu bleiben.

»Ich sollte gehen«, sagte sie leise, rührte sich aber nicht.

Er umschlang sie fester. »Und ich sollte Euch gehen lassen.«

Doch keiner von ihnen rührte sich und Katherine wurde bewusst, dass er in dem gleichen Zwiespalt steckte wie sie.

Es blitzte erneut und Katherine presste die Lider so fest sie nur konnte zu. Einen Herzschlag später krachte der Donner. Katherine zuckte zusammen und hörte, wie er einen beruhigenden Laut von sich gab. Das vibrierte so herrlich in ihrem Rücken, der an seiner breiten Brust lag.

Nur wenig später blitzte es erneut und wieder schlug der Donner kurz darauf krachend zu.

»Ich dachte, das Gewitter wäre vorbei«, stieß sie hervor, um irgendetwas zu sagen.

Er schüttelte den Kopf. »Die Stürme hier sind unberechenbar.« Er zögerte. »So wie Ihr.«

Er atmete tief ein, wieder an ihren Haaren, direkt über ihrem Ohr, und setzte sie auf diese Weise in Flammen.

Oh Gott, sie wollte ihn so sehr, wollte wissen, wie er sich anfühlte unter ihren Händen, wie er schmeckte, wie es sich anfühlte, wenn er …

Nein, sie durfte das nicht denken.

Sie versuchte, ein wenig von ihm abzurücken. »Ich sollte wirklich gehen.«

Er atmete tief ein und sein Griff um sie lockerte sich ein wenig.

»Warum lauft Ihr immer vor mir davon?«

In seiner Stimme klang etwas mit, das einen Widerhall in Katherine fand und durch ihren Bauch rieselte. Es war eine kaum versteckte Sehnsucht und beinahe hätte sie sich umgedreht und die Arme um seinen Hals geschlungen. Doch dann rief sie sich zur Ordnung.

Was sollte daraus werden, wenn sie sich jetzt auch noch mit einem Mann einließ? Ihre Reputation bei Hofe stand schon auf der Kippe, sie konnte es sich nicht erlauben, den letzten Rest Respekt, der ihr hier gezollt wurde, zu verlieren. Also atmete sie tief durch, löste ihre Hände aus seinen und richtete sich so auf, dass wieder ein Abstand zwischen ihren Körpern war. Mit aller Kraft machte sie einen Schritt nach vorn und drehte sich dann um. Ein Blitz zuckte hinter ihm über den Himmel, grell und gleißend, sodass sie ihn nur als Schatten wahrnahm. Wild sah er aus, wie er breitbeinig dastand, das Haar vom Wind zerzaust, die Hände, die sich zu Fäusten schlossen und wieder öffneten. Er wirkte, als ob er sich zum Kampf bereitmachte. So wie sie auch.

Katherine hob das Kinn. »Ihr seid ein Capitaine und ich bin die Tochter eines Earls. Es gehört sich nicht.«

Er schwieg und sie fragte sich, ob er sie über das Grollen des Donners überhaupt gehört hatte. Schließlich nickte er. »Ihr habt recht. Ich würde meine Anstellung verlieren.«

Aus irgendeinem Grund war sie enttäuscht. Doch was hatte sie erwartet? Dass er sich ihr zu Füßen warf und versuchte, sie zu überzeugen, dass sie doch in sein Bett kommen sollte?

Eine kleine Stimme in ihr sagte, dass es genau das war, was sie gehofft hatte. Denn ihr verräterischer Körper wollte mehr von ihm, seinen starken Armen und seiner Kraft.

Sie erschauderte, als es wieder blitzte.

»Ich werde jetzt gehen«, sagte sie.

Unschlüssig schaute sie sich um. Sie hatte völlig die Orientierung verloren, welches der beste Weg war.

»Ich werde Euch zu Eurem Zimmer begleiten.«

Erschrocken schaute Katherine ihn an. »Das braucht Ihr nicht.«

»Ich werde Euch begleiten. Es ist nicht sicher für eine Lady«, er betonte das Wort, »allein um diese Uhrzeit in einem Schloss herumzulaufen.«

»Warum? Habt Ihr Sorge, dass noch jemand anders über mich herfällt?«

Die Worte waren heraus, bevor sie darüber nachdenken konnte. Erschrocken legte sie eine Hand auf den Mund. Sie spürte ein Ziehen im Bauch. Sie hatte es genossen, dass er über sie hergefallen war, daran war nichts zu leugnen.

Er stieß einen Laut aus, der einem Knurren glich, und wieder flatterte es in Katherines Bauch.

»Genau das befürchte ich. Und da ich ein Capitaine bin«, wieder betonte er das Wort unnötig, »und für die Sicherheit aller an diesem Hof zuständig, werde ich Euch begleiten. Also, wohin gehen wir?«

Katherine merkte, dass sie in der Falle saß. Er hatte natürlich recht. Es wäre viel sicherer für sie, wenn er sie begleiten würde. Noch immer wollte sie weder den betrunkenen Männern noch dem König in die Arme laufen. Das Problem war nur, dass der Capitaine sie ja nicht zur Leinenkammer bringen konnte.

»Ihr könnt mich ein Stück begleiten.«

Sie sagte es, obwohl sie es nicht wollte.

»Wohin?«

»In den Westflügel.«

Vielleicht konnte er sie zumindest an den jungen Männern vorbeibringen.

»Wo genau müsst Ihr hin?«

Der Wind zerrte an Katherines Röcken und wieder donnerte es. Sie wischte sich mit der Hand über die Stirn, die nass vom Regen war, um Zeit zu gewinnen.

»Ihr wollt es mir nicht sagen«, stellte er fest.

Katherine hob das Kinn. »Das stimmt.« Sie schaute ihn an, obwohl sie sein Gesicht nicht sehen konnte.

Er atmete tief durch. »Wartet jemand auf Euch?«

Als sie begriff, was er damit meinte, versteifte sie sich. Wie konnte er es wagen?

»Ist es das, was Ihr von mir denkt?«, fuhr sie ihn an. »Ihr habt mich schon einmal dessen beschuldigt. Denkt Ihr deswegen etwa, dass ich leicht zu haben bin?« Hitze stieg in ihren Wangen auf.

Er erstarrte. Dann schüttelte er den Kopf. »Nein, ganz und gar nicht. Ich …«

Doch sie wollte nichts mehr hören, wandte sich um und versuchte, die schwere Tür zu öffnen.

Auf einmal war er wieder hinter ihr und drückte die Tür zu. »Nicht«, bat er, sein Atem heiß an ihrem Ohr.

Sie schüttelte den Kopf, um seine Nähe abzuwehren, die sie schon wieder schwach machte. »Lasst mich in Ruhe.«

»Dort drin ist der Mann, der gestern solche Freude daran hatte, Euch vor dem König einzufangen. Was meint Ihr wohl, was er tut, wenn Ihr nass und mitten in der Nacht dort drinnen auftaucht?«

Katherine erinnerte sich an den Wachsoldaten, der sie so fest am Arm gepackt hatte. Sie hatte jetzt am Oberarm einen blauen Fleck. Es hatte ihm tatsächlich Spaß gemacht und das Lob des Königs hatte ihn noch eifriger werden lassen.

Sie raffte ihre Röcke und drängelte sich an ihm vorbei in Richtung des Hofes. Mittlerweile regnete es nicht mehr so heftig, doch es war windiger geworden.

»Wo wollt Ihr denn hin?«, fragte er, schon wieder direkt hinter ihr.

»Irgendwohin, wo Ihr mich in Ruhe lasst.«

»Lady Katherine …«, sagte er beschwörend.

Sie drückte den Rücken durch und schüttelte den Kopf. »Geht einfach. Ich komme schon zurecht.«

Allerdings war sie sich dessen nicht so sicher.

»Es ist mir egal, zu wem Ihr geht. Aber ich bringe Euch dorthin. Ich kann nicht zulassen, dass Ihr allein im Schloss seid.«

Katherine spürte, wie Wut in ihr aufstieg. Er hatte kein Recht, sie so zu behandeln oder das von ihr zu denken.

Ein Blitz erhellte den Hof und ihr Blick fiel auf die verschnörkelten Fenster der Kapelle. Hinter einer der Scheiben schimmerte ein mattes Licht.

»Ich werde in die Kirche gehen und beten. Ich möchte Euch bitten, mir dorthin nicht zu folgen. Ich denke, Ihr habt anderes zu tun.«

Ohne eine Antwort abzuwarten, ging sie los. Der Hof war vom Regen matschig geworden und mehrmals glitt sie beinahe aus. Doch sie hielt sich aufrecht und erreichte schließlich die Tür der Kapelle.

Hinter ihr zuckte ein Blitz und gleich darauf krachte der Donner. Katherine wusste nicht, was sie in der Kapelle tun sollte oder wie sie ihre Anwesenheit begründen sollte. Wenn sie ehrlich war, suchte sie Schutz. Vor ihm, aber vor allem vor ihren sündigen Gedanken. Und wenn jemand sie fragte, was sie dort tat, würde sie einfach sagen, dass sie für all die Menschen betete, die diesem Wetter schutzlos ausgeliefert waren.

Sie wandte sich nicht noch einmal um, aber sie wusste auch so, dass er ihr nicht gefolgt war. Erleichtert atmete sie auf, als sie die Tür hinter sich schloss.

In der Kapelle war es still und mehrere Kerzen am Altar flackerten in dem Windzug, den das Öffnen der Tür verursacht hatte.

Sie glitt in eine der hinteren Bänke, die im Schatten lagen. Langsam beruhigte sich ihr Herzschlag und auch das Dröhnen in ihren Ohren wurde weniger. Doch das Lodern in ihrem Inneren war entfacht worden. Sie wusste, dass es sich nicht so leicht löschen lassen würde, egal, wie viel sie jetzt betete.

Was hatte sie nur getan? Aber es hatte sich so unglaublich gut angefühlt, von ihm gehalten zu werden. Er begehrte sie, das wusste sie jetzt. Doch sie fragte sich, warum. Weil er annahm, dass sie leicht zu haben war?

Der Gedanke, dass er dachte, dass sie die Mätresse eines der Lords war, machte ihr zu schaffen. Aber was sollte er sonst denken, wenn sie nicht zuließ, dass er sie zu ihrem Zimmer geleitete?

Sie hatte richtig gehandelt, als sie sich von ihm gelöst hatte. Sie hätte niemals zulassen dürfen, dass er sie überhaupt so hielt. Dabei war es das Schönste gewesen, was ihr seit Langem widerfahren war.

Katherine faltete die Hände, legte sie auf die Bank vor sich und bettete ihren Kopf darauf. Ob er wohl draußen auf sie wartete? Am besten war es sicherlich, wenn sie die Nacht hier verbrachte. Bis zum Morgengrauen waren es nur wenige Stunden. Das würde sie aushalten. Bis dahin konnte sie tatsächlich ein wenig beten und Gott bitten, dass er ihr die Last der Lust nahm.

# KAPITEL ACHTZEHN

Katherine kuschelte sich tiefer in ihren Mantel, aber ihr war immer noch kalt. Dabei war es heute unerträglich heiß draußen gewesen. Außerdem schmerzte ihr Kopf so fürchterlich, als würde ein mehrspänniges Fuhrwerk hindurchfahren.

Sie schaute zum Fenster hinauf, durch das sie die schmale Mondsichel sehen konnte. Es war die vierte sternenklare Nacht nach dem Unwetter. Es schien schon Ewigkeiten her zu sein, doch die Erinnerung an die intensiven Gefühle, die sie in den Armen des Capitaines empfunden hatte, war nicht weniger geworden. Mit aller Kraft, die sie hatte, drängte sie sie beiseite. Sie durfte so etwas nicht tun.

Eigentlich war sie in den vergangenen Tagen sehr zufrieden mit sich gewesen. Sie hatte sich nicht in den Salons blicken lassen, mit kaum jemandem außer Sophia und den Kindern gesprochen und daher nicht allzu oft gelogen. Sophia hatte sie bisher noch nicht danach gefragt, wo sie schlief, daher musste sie auch nichts erklären.

Und vor allem hatte sie kein ungebührliches Verhalten gezeigt.

Sophia war so sehr mit sich, der Schwangerschaft und den Kindern beschäftigt, dass sie nicht einmal lange hatte darüber sprechen wollen, dass Katherine sich vor dem König lächerlich gemacht hatte.

Den hatte Katherine in den vergangenen Tagen nicht zu Gesicht bekommen und darüber war sie froh. Trotzdem wollte sie zeigen, dass sie sich bessern konnte, und war an dem Tag nach dem Unwetter zu Vater Bertrand gegangen, damit dieser ihr erklären konnte, wie eine unverheiratete Dame sich zu verhalten hatte. Doch der Geistliche war an dem Fieber erkrankt, das anscheinend viele im Schloss ereilt hatte. Außerdem hatte er sie wissen lassen, dass er zu viel mit dem Seelenheil der aus dem Krieg zurückgekehrten Männer zu tun hatte, als dass er sich um sie kümmern konnte. Doch das war ihr sehr recht, denn sie hatte es probiert, und wenn Vater Bertrand ihr nicht helfen wollte, so konnte sie ja nichts dafür.

Allerdings hatte sie die Gelegenheit genutzt und noch eine Weile in der Kirche verbracht. Zuerst hatte sie erneut um ihr Seelenheil gebetet, aber dann war sie vor lauter Erschöpfung in der Kirchenbank eingenickt, und als sie erwachte, war sie schnell wieder gegangen. Der König besuchte die Kirche anscheinend häufiger als jeden anderen Raum im Schloss und es fehlte noch, dass er sie schlafend in der Kirche überraschte. Das war alles andere als ordentliches Benehmen.

Das Beste in den vergangenen Tagen war jedoch gewesen, dass sie nach einer weiteren Nacht in der Leinenkammer, in der ihr zweimal etwas Größeres als eine Maus über die Füße gelaufen war, einen perfekten Schlafplatz gefunden hatte. Sie war zufällig auf die Bibliothek gestoßen. Der Raum war groß genug, um mehrere Sitzmöbel zu beherbergen, und die Regale an den Wänden waren voller angestaubter Bücher. Auch auf den Tischen lag Staub, was bedeutete, dass nie jemand hierherkam, nicht einmal die Diener zum Putzen.

Es war ein perfekter Platz für die Nacht, vor allem weil der Boden zum Teil mit Teppichen ausgelegt war, die deutlich bequemer als die Holzdielen in der Kammer waren.

Katherine hatte zuerst überlegt, in einem der Sessel oder gar auf dem Sofa zu schlafen, aber für den Fall, dass doch jemand hereinkam, würde man sie gleich entdecken. Also hatte sie sich einen Platz auf dem Boden gesucht. Nahe beim Fenster, halb hinter dem schweren Samtvorhang, schlief es sich ganz gut. Sie hatte einen Sessel so herangerückt, dass er sie verdeckte, sollte doch jemand des Nachts in die Bibliothek kommen.

Der Boden war nicht mit Holzdielen ausgelegt, durch die es kalt am Rücken zog, sondern mit feinem Parkett. Das war zwar auch hart, aber sie hatte sich zusätzlich einen Teppich in die Ecke gezogen und eines ihrer Kleider unter sich gelegt. Ihr Mantel diente als Decke und ein gefaltetes Unterkleid als Kissen.

Sie hatte sogar ihre Truhe hierhergebracht, was ziemlich aufwendig gewesen war, da sie sie allein hatte tragen müssen, und das ohne gesehen zu werden. Doch glücklicherweise hatte sie sich daran erinnert, dass Lady Ella ihr einmal von einem Geheimgang hinter den Wänden des Schlosses erzählt hatte, der früher von den Dienern benutzt worden war, damit sie die Bewohner des Schlosses nicht störten.

Es hatte eine Weile gedauert, bis Katherine den Gang gefunden hatte, und zu ihrem Glück war ganz in der Nähe der Bibliothek eine Tür, die in das Geflecht aus Gängen führte. Ihr war ein wenig unheimlich gewesen, aber sie hatte den Gang erkundet und ihn dann genutzt, um ihre Truhe in die Bibliothek zu schaffen. Allerdings hatte sie auch entschieden, dass sie den Gang danach nicht mehr nutzen wollte, denn das würde sicherlich ebenfalls nicht als das richtige Verhalten einer Lady angesehen werden.

Die Truhe stand nun hinter dem Samtvorhang, der so breit war, dass man sie nicht einmal sah. Das bedeutete, dass jemand, der tagsüber in die Bibliothek kam, nicht erkannte, dass hier nachts jemand schlief. Jeden Morgen räumte Katherine nach ihrer kurzen Morgentoilette all ihre Habseligkeiten in die Truhe zurück. Einmal hatte sie sich sogar mitten in der Nacht ein anderes Kleid angezogen, damit niemand auf sie aufmerksam wurde, nur weil sie seit Tagen in demselben Kleid herumlief.

Katherine war äußerst zufrieden mit sich, auch wenn ihre Glieder schmerzten. Tagsüber war sie so müde, dass sie sich manchmal wünschte, sich in die Bibliothek legen zu können. Doch das verbot sie sich. Tagsüber betrat sie diesen Raum nicht.

Noch immer traute sie sich nicht in die Salons und ihr Frühstück nahm sie gleich morgens als Erste ein, wenn außer den Dienern noch niemand wach war. Die Dienerin Suzanne brachte ihr Essen in den Kräutergarten und stellte zum Glück keinerlei Fragen.

Obwohl sich dieser Rhythmus nach ein paar Tagen gut eingespielt hatte, gab es etwas, das Katherine des Nachts wach hielt. Sie wusste nicht, wohin das alles führen sollte. Sie konnte doch nicht für immer in der Bibliothek auf dem Boden schlafen.

Irgendwann würde sie Sophia davon erzählen müssen, aber je mehr Tage verstrichen, desto peinlicher wurde ihr der Gedanke, jemandem zu gestehen, dass sie so etwas tat.

Doch was blieb ihr anderes? Sophia war nicht in der Lage, sich ihre Probleme anzuhören. Und nach England konnte Katherine nicht zurück. Allein der Gedanke daran verursachte ihr Übelkeit. Da würde sie lieber weiterhin hier auf dem Boden schlafen und so tun, als wäre alles in Ordnung.

Sie wollte den Mann, den sie geliebt hatte und der sie so schäbig behandelt hatte, nicht mehr wiedersehen. Noch weniger wollte sie aber seiner Frau begegnen, die ihr offen gedroht und danach ihre Reputation in London zerstört hatte. Außerdem erinnerte alles dort sie daran, dass sie das Kind verloren hatte.

Sie würde hierbleiben und einen Weg finden, alles wieder in Ordnung zu bringen, auch wenn sie noch nicht wusste, wie.

Kurz hatte sie sogar darüber nachgedacht, ein weiteres Mal zu Monsieur Dufour zu gehen und ihm zu erklären, dass der König den Hofverweis wirklich aufgehoben hatte. Doch sie wusste, dass der Verwalter ihr immer noch kein Zimmer geben würde. Nicht nach der Ohrfeige.

Etwas anderes, das sie nachts wach hielt, war die Erinnerung an den Capitaine. Sie hatte ihn seit der Nacht des Unwetters nicht mehr gesehen und darüber war sie erleichtert, denn so konnte sie sich nicht in noch mehr Schwierigkeiten bringen.

Doch wenn sie schlief, suchte er sie in ihren Träumen heim, in denen er sie entweder zu verhaften drohte oder sie einfing und küsste. Gerade erst vor einer Weile war sie mit einem Keuchen aus einem solchen Traum erwacht, für den sie sich fast mehr schämte als für alles andere, was sie in den vergangenen Wochen angestellt hatte. Nun konnte sie nicht mehr einschlafen. Wenn nur diese furchtbaren Kopfschmerzen nicht wären. Auch ihr Hals fühlte sich rau an.

Ein Geräusch an der Tür ließ sie erstarren. Mit klopfendem Herzen horchte sie. Waren hier etwa auch Ratten? Es wäre kein Wunder, denn ein so großes Schloss bot viele Versteckmöglichkeiten für die Nager. Doch bisher war hier in der Bibliothek keine Maus gewesen.

Aber da war eindeutig ein Geräusch. Die Tür knarrte, sie hörte Schritte, und dann schloss sie sich wieder. Jemand war in der Bibliothek!

Jetzt konnte sie auch den Lichtschein einer Lampe sehen, der sich über den Boden bewegte.

Alles zog sich in Katherine zusammen und sie versuchte, keinen Laut von sich zu geben.

Warum kam jemand mitten in der Nacht in die Bibliothek?

Sie lauschte angestrengt. Die Person gab sich keine Mühe, leise zu sein.

Ob man sie suchte? Hatte jemand entdeckt, dass sie hier schlief?

Wenigstens behielt sie jede Nacht ihr Kleid an, damit es nicht noch peinlicher wurde, wenn jemand sie hier doch fand.

Die Person im Zimmer musste ein Mann sein, denn sie hörte keine Röcke rascheln und außerdem konnte sie den strengen Schweißgeruch wahrnehmen, der vor allem älteren

Männern anhaftete. Darunter mischte sich der kreidige Geruch von Perückenpuder.

Doch an der Art, wie er ging, bemerkte sie, dass er nicht auf der Suche nach ihr zu sein schien. Stattdessen hörte sie einen Laut, der entstand, wenn Leder auf Leder rieb. Er hatte anscheinend ein Buch aus dem Regal genommen. Kurz darauf knarrte das Leder des Sofas und der Lichtschein der Lampe schwankte nicht mehr.

Um Himmels willen, schoss es Katherine durch den Kopf. Er hatte sich hingesetzt, um zu lesen. Wie lange würde das dauern? Sie wusste nur eins: In dieser Zeit würde sie hier liegen bleiben müssen, ohne ein Geräusch von sich zu geben, damit er sie nicht bemerkte. Sie betete still, dass sie das schaffen würde.

In ihrem Kopf schien ein Schmied zu hämmern und auf einmal war ihr fürchterlich heiß. So heiß, dass ihr der Schweiß ausbrach und sie am liebsten den Mantel von sich geworfen hätte.

Sie hörte, wie der Mann eine Seite umblätterte und dann schnaufte. Er erhob sich und ging zurück zum Regal, holte ein neues Buch, setzte sich wieder.

Etwas summte in Katherines Ohren und der Ton wurde auf einmal so schrill, dass ihre Kopfschmerzen sich verstärkten. Sie musste ein Stöhnen unterdrücken.

Während er wieder eine Seite umblätterte, wandte sie vorsichtig den Kopf. Unter dem Sessel hindurch, hinter dem sie vor seinen Blicken geschützt war, konnte sie zwei Füße sehen, die in Schnallenschuhen steckten. Darüber waren bestrumpfte Beine.

Plötzlich beugte er sich nach unten und kratzte sich am Schienbein. Seine Hand war groß, fleischig und beringt. Er musste einer der Adeligen sein, die mit dem König aus Irland zurückgekehrt waren.

Warum konnte er nicht in seinem Bett liegen und schlafen? Immerhin hatte er ein Bett.

Plötzlich wurde ihr wieder kalt. Die Kälte stieg so schnell

in ihren Körper, dass sie unwillkürlich zu zittern begann. Obwohl Katherine versuchte, still zu halten, konnte sie es nicht. Auf einmal war sie froh für den Mantel.

Der Mann schien sie nicht bemerkt zu haben, denn er blätterte um, schnaufte und rieb das eine Bein am anderen, weil es ihn wohl immer noch am Schienbein juckte.

Katherine musste dem Drang widerstehen, den Mantel enger um sich zu schlingen.

Die Zeit schien sich endlos in die Länge zu ziehen, während der Mond ganz langsam weiterwanderte. Als die nächste Hitzewelle in Katherine aufstieg, sie furchtbaren Durst bekam und ihre Lippen wie ausgetrocknet schienen, wurde ihr klar, dass sie krank war. Sie musste sich ebenfalls das Fieber eingefangen haben, das im Schloss umging.

Beinahe hätte sie angefangen, zu weinen, denn sie lag hier auf dem Boden einer Bibliothek, in Angst, entdeckt zu werden, und nun war sie auch noch krank. Aber sie durfte nicht weinen. Zum einen brachte es ihr nichts und zum anderen würde es den lesenden Mann auf sie aufmerksam machen. Und wenn er einer der Adeligen war, hatte er sicherlich mit dem König zu tun, und dann würde dem zu Ohren kommen, dass Lady Katherine Eastham sich wieder einmal ungebührlich verhalten hatte. Nein, sie musste das hier durchstehen, ohne auf sich aufmerksam zu machen. Er würde sicherlich nicht die ganze Nacht hier lesen. Sobald er fort war, würde sie es sich bequemer machen. Morgen früh würde sie Suzanne bitten, ihr einen Tee zu bringen, und vielleicht Lady Ella um Hilfe bitten. Hatte sie nicht gesagt, dass sie ihr helfen würde? Vielleicht war es in Ordnung, das anzunehmen, wenn sie krank war. Das würde sicherlich jeder verstehen.

Dies waren ihre letzten Gedanken, bevor sie in einen Dämmerzustand verfiel.

# KAPITEL NEUNZEHN

Philippe konnte nicht schlafen. Unruhig wälzte er sich auf seinem Bett hin und her. Obwohl sein Quartier im Keller lag, war es mittlerweile auch hier unten unerträglich heiß geworden. Das Unwetter vor ein paar Tagen hatte nicht die ersehnte Abkühlung gebracht. Direkt am nächsten Morgen hatte die Sonne wieder vom wolkenlosen Himmel geschienen und die Feuchtigkeit aus dem Boden gesogen. Dadurch schien es noch schwüler geworden zu sein.

Obwohl er eigentlich angezogen hätte schlafen müssen, damit er jederzeit einsatzbereit war, falls er irgendwo im Schloss gebraucht wurde, hatte er sich ausgezogen. Er schlief nur mit einem Laken bedeckt und nackt, doch selbst das brachte keine Linderung und er wälzte sich unruhig hin und her.

Seit Tagen war er unruhig. Er sagte sich, dass es daran lag, dass so viel zu tun war. Die streitenden Engländer, der unwirsche König und dann das Fieber. Es ging im Schloss um und ein junges Mädchen war der Krankheit bereits erlegen. Ja, sie war kränklich gewesen, aber trotzdem hatte diese Nachricht alle verunsichert und die Stimmung im Palast war noch gereizter geworden, als sie es vorher schon gewesen war.

Philippe hatte gehofft, dass sich die Streitereien nach ein

paar Tagen legen würden, wenn alle sich mit der neuen Zimmersituation arrangiert hatten, aber es war noch schlimmer geworden. Und das heiße Wetter machte es nicht besser. Alle waren missgelaunt, sogar die Tiere. Erst heute hatte einer der englischen Jagdhunde eine der Damen gebissen, was natürlich zu einem Streit zwischen dem Besitzer des Tieres und dem Ehemann der Lady geführt hatte.

Langsam hatte er genug von den Engländern.

Doch die Streitereien waren das kleinere Problem. Das Fieber bereitete Philippe viel größere Sorgen, denn wenn sich jemand aus der Königsfamilie ansteckte, hatte er keine Möglichkeit, sie davor zu schützen. Trotzdem würde man es ihm vermutlich zur Last legen. Er selbst wurde so gut wie nie krank, daher fürchtete er sich nicht davor, aber gegen einen unsichtbaren Feind zu kämpfen, war nichts für ihn.

Sogar seine Männer hatte das Fieber nicht verschont und vier von ihnen lagen krank in ihren Betten. Philippe hatte angeordnet, dass man sie in einem Raum einquartierte, damit sich die Magd, die ihnen zugewiesen worden waren, besser um die Kranken kümmern konnte und der Dienst der anderen Wachen reibungslos ablaufen konnte. Doch einer der Männer, die krank darniederlagen, war sein Stellvertreter Pierre, und der hatte sich geweigert, sich mit den anderen Wachen ein Zimmer zu teilen, da dies unter seinem Stand war. Wie sein anderer zweiter Mann Jaques auch entstammte er dem niederen Landadel und fühlte sich erhaben über die Söhne von Soldaten oder Handwerkern, die hier ebenfalls Dienst taten.

Seit Pierre es geschafft hatte, den Streit zwischen dem Duke und einem der anderen Adeligen zu schlichten, zu dem Philippe ihn hatte schicken müssen, war er noch überheblicher geworden. Die Sache mit Lady Katherine und dem König im Park hatte es dann noch schlimmer gemacht.

Philippe stöhnte auf. Lady Katherine, da war sie wieder. Ständig kam sie in seine Gedanken, egal, worüber er eigentlich nachdachte. Und dann landete er unweigerlich bei der Nacht des Unwetters und wie er wie ein Tier über sie hergefallen war.

Er schämte sich dafür und gleichzeitig erregte ihn der Gedanke noch immer. Als sie vor ihm davongelaufen war, schien es, als ob sein Jagdinstinkt geweckt worden war, und er hatte sie einfach einfangen müssen. Als er sie dann in den Armen gehalten hatte, war es um ihn geschehen gewesen. Noch nie in seinem Leben hatte er derart die Kontrolle verloren. Er ahnte, dass sie und der Vorfall im Hof der eigentliche Grund waren, warum er so unruhig war, doch das durfte nicht sein. Egal, wie sehr er sie wollte, er musste die Finger von ihr lassen.

Er versuchte, seine Gedanken zurück zu Pierre und dem Problem zu lenken, das sein Stellvertreter zu werden begann. Denn es war ein Problem, dass der König ihn derart offen lobte. Es machte Pierre arrogant und unberechenbar.

Das einzig Gute an dem Vorfall war, dass der König selbst Philippe dafür gelobt hatte, dass er seine Männer so gut ausbildete. Es war das erste Lob aus dem Mund des Monarchen gewesen.

Trotzdem hätte er dort sein sollen, als es passiert war. Pierre hatte ihm einfach nicht Bescheid gegeben, als der König mit seinen Beratern in den Park gegangen war. Dabei hatte er seinen Männern eingeschärft, dass er selbst diese Aufgabe übernahm. Wenn er da gewesen wäre, hätte er den Vorfall mit Lady Katherine vielleicht verhindern können.

Noch immer war ihm schleierhaft, wie es hatte passieren können, dass sie sich schon wieder vor dem König in Schwierigkeiten gebracht hatte. Pierre hatte vor den anderen Männern damit geprahlt, dass er den König vor der verrückten Lady beschützt hatte, die es schon neulich im Ballsaal auf ihn abgesehen hatte. Mit gewichtiger Stimme hatte er erklärt, dass er der Meinung war, dass Lady Katherine sich auffällig verhielt und jemand sie im Auge behalten müsse, weil sie eine Gefahr für den König darstellte.

Philippe hatte ihm den Mund verboten und betont, dass er die Dame selbst überprüft hatte und sie keine Gefahr war. Doch Pierre hatte nur die Mundwinkel leicht nach unten gezogen und erklärt, dass der König ihn für seine gute Arbeit gelobt hatte. Und das vor den anderen Männern, die natürlich alle aufmerksam zuhörten.

Die Machtverhältnisse unter den Wachen waren eine Sache für sich und schon immer hatte Philippe sich gegen politische Spielchen wehren müssen. Denn es ging nicht immer darum, dass derjenige, der am besten geeignet war, den begehrten Posten bekam, sondern oft die, die rücksichtslos und intrigant agierten. So wusste Philippe natürlich, dass sein Stellvertreter auf seinen Posten spekulierte, und dann war es immer gefährlich, wenn dieser sich durch gute Arbeit hervortat. Nur dass er in diesem Fall keine gute Arbeit geleistet hatte, sondern eine unschuldige Frau verdächtigte, dem König übelzuwollen.

Eine unschuldige Frau … Er seufzte. Schon wieder glitten seine Gedanken zu Lady Katherine und wie sie sich in seinen Armen angefühlt hatte. Sie war ganz und gar nicht unschuldig, zumindest wenn er die Art beurteilen sollte, wie sie reagiert hatte, als er sich an sie gepresst hatte und mit den Lippen über ihren Hals gefahren war. Der Donner hatte das kehlige Stöhnen fast übertönt, aber er war dankbar, dass er es gehört hatte.

Nein, Lady Katherine war vieles, aber unschuldig ganz sicher nicht.

Verdammt, schon wieder. Philippe drehte sich auf den Bauch und stierte hinüber zu seinem Schreibtisch, auf dem wie immer eine Öllampe brannte, damit er Licht hatte für den Fall, dass er gerufen wurde. Die Papiere lagen wild durcheinander, doch ein Schreiben konnte er sogar von hier sehen. Es war ein Brief an seinen Vorgesetzten, den er begonnen hatte.

Mittlerweile war er sich nicht mehr so sicher, ob er ihm diesen Brief schicken sollte. Vielleicht war es besser, wenn er persönlich nach Versailles ritt, um mit ihm über eine Versetzung dorthin zu sprechen. Es wurde allmählich Zeit dafür.

Weil er die Versetzung anstrebte, hätte es Philippe sogar ganz recht sein sollen, dass jemand als sein Nachfolger infrage kam, der dem König gefiel. In den vergangenen Monaten hatte er darauf hingearbeitet, sich entbehrlich zu machen und seine Männer so auszubilden, dass einer der beiden seine Stelle einnehmen konnten.

Er hingegen wollte zurück. Versailles war das eigentliche Zentrum der Macht, das Herz von Frankreich. Er wollte dem König von Frankreich dienen, seinem König, und nicht dem von England. Wenn es nach ihm gegangen wäre, hätte er jederzeit gern Saint-Germain-en-Laye den Rücken gekehrt. Allerdings hatte er immer gehofft, dass Jaques sein Nachfolger werden würde und nicht Pierre. Es wäre besser für die Männer und auch für die Bewohner des Schlosses gewesen, denn Jaques spielte sich nicht auf, während Pierre wie jetzt dazu neigte, zur Not Situationen zu erfinden oder so zu interpretieren, dass er in einem besseren Licht dastand. So wie mit Lady Katherine.

Doch sie war ihm auch ein Rätsel. Selbst wenn sein Instinkt ihm sagte, dass sie keine Gefahr für den König war, so gab es etwas an ihr, das er nicht verstand. Irgendetwas verbarg sie.

Seit dem Tag im Ballsaal hatte er sie heimlich beobachtet, so gut es eben ging. Denn sie verschwand manchmal für viele Stunden. Das nagte mehr an ihm, als er zugeben mochte. Wo war sie dann?

Immer wieder sagte er sich, dass er sie nur beobachtete, um sicherzustellen, dass sie wirklich keine Gefahr für den Monarchen darstellte. Doch im Grunde seines Herzens wusste er, dass er sie sehen wollte. Er musste wissen, ob es ihr gut ging. Und ja, wenn er sie noch einmal in die Arme nehmen und dieses Mal vielleicht sogar küssen könnte, hätte er auch nichts dagegen. Ganz im Gegenteil.

Philippe stöhnte und warf wieder einen Blick auf den angefangenen Brief. Er sollte sich schnellstmöglich versetzen lassen. Wenn er eine neue Aufgabe in Versailles hätte, würde er sie vermutlich schnell vergessen.

Es wäre auch besser, wenn ihm das schon jetzt gelingen

würde, denn er hatte im Moment Wichtigeres zu tun, als sich nach einer Frau zu verzehren, egal, wie sehr sie ihn erregte. Er war doch keine fünfzehn mehr.

Zum Beispiel musste er sich Gedanken darüber machen, wie er die Wachdienste an den Gemächern des Königs und der Königin besetzte. Nun, da einige Männer ausgefallen waren und bei der Heftigkeit, mit der das Fieber grassierte, sicherlich noch einige folgen würden, musste er umplanen.

Ja, das war ein gutes Thema, über das er jetzt nachdenken konnte, wenn er sowieso wach lag.

Außerdem gab es noch ein schwerwiegenderes Problem. Bei seiner Kontrolle der Briefe, die aus dem Schloss geschickt wurden, waren ihm einige Unregelmäßigkeiten aufgefallen. Kleinere Hinweise darauf, dass jemand versuchte, Informationen nach England zu schicken, die die Sicherheit des Königs betrafen. In Versailles hatte er gelernt, solche Muster zu lesen, denn mögliche Attentäter verhielten sich oft auffällig unauffällig, hinterließen aber trotzdem Spuren.

Er selbst musste alle englischen Briefe lesen, denn er war der Einzige in seiner Mannschaft, der fließend Englisch sprach. So manches Mal hatte er es bereits verflucht, dass es sonst niemanden gab.

Die Funde in den Briefen hatte er lange mit Jaques diskutiert, der ein noch besseres Auge für diese Auffälligkeiten in Briefwechseln hatte als er und der ein Meister darin war, Kodierungen zu entschlüsseln. Sie waren der Meinung, dass der König in Gefahr war. Vor allem Attentäter, die es darauf abgesehen hatten, den König oder den Prinzen zu töten, waren ein Problem. Natürlich sagte es niemand offen, aber selbst einige Mitglieder des Exilhofes schienen nichts dagegen zu haben, wenn dem König ein Unfall passieren sollte.

Da auch der neue englische König William of Orange sicherlich ein leichteres Leben hätte, wenn König James nicht mehr auf dieser Erde weilte, war es eigentlich nur eine Frage der Zeit, bis jemand versuchen würde, ihm etwas anzutun.

Denn William of Orange galt als rücksichtslos, das hatte selbst König Louis schon erfahren müssen.

Zeiten der Unruhe und des Umbruchs wie im Moment eigneten sich dafür am besten, denn die Aufmerksamkeit der Wachen war nicht immer voll auf den König und seine Familie gerichtet. Philippe hatte deswegen schon um Unterstützung aus Versailles gebeten, in Form von mehr Wachen und vor allem ein oder zwei Offizieren, die noch mehr von seinen Aufgaben übernehmen konnten, damit er sich ganz auf den König und die Korrespondenz konzentrieren konnte. Doch man hatte seine Briefe bisher nicht beantwortet. Es war wirklich an der Zeit, nach Versailles zu reiten.

Er hatte auch schon versucht, mit dem König darüber zu sprechen, aber seine Berater hatten ihm das Wort abgeschnitten. Vor allem der Duke of Melfort, ein Schotte, schien sehr erpicht darauf, dass Philippe dieses Thema nicht mit dem König erörterte. Was ihn in Philippes Augen bereits verdächtig machte.

Aber was auch immer geschah, er musste den englischen König beschützen. Diesen Auftrag hatte er von König Louis selbst bekommen, der ihn zu einer Audienz gerufen hatte, damit er vorstellig werden konnte. Sollte König James oder der junge Prinz sterben, so würde dies den Einfluss Frankreichs auf England noch mehr schwächen, und die Möglichkeit, dass wieder ein katholischer Monarch auf dem englischen Thron sitzen würde, wäre dahin. Und das alles lag in Philippes Verantwortung.

Das Laken klebte an seinem Körper. Er stand auf und ging ein paar Schritte durchs Zimmer. Selbst der Steinboden unter seinen nackten Füßen schien wärmer zu sein als sonst.

Er warf einen Blick auf seinen Schreibtisch und überlegte, ob er die Zeit für Korrespondenz nutzen sollte. In diesem Moment erklang ein lautes Pochen an der Tür.

»Capitaine Laurent?«

Es war Jaques, und wenn er ihn so förmlich ansprach, war es etwas Dienstliches.

»Was ist?«, fragte Philippe und streifte sich bereits sein Hemd über.

»Wir wissen jetzt, wo der König nachts ist«, sagte Jaques.

Philippe stieg in seine Hose. Das war noch ein Problem, das sie vor zwei Nächten entdeckt hatten und das seine Arbeit nicht einfacher gemacht hatte. Der König war nachts nicht in seinem Zimmer, sondern irgendwo im Schloss unterwegs. Wohin er ging, wusste niemand. Er verschwand einfach und tauchte ein paar Stunden später wieder auf. Doch Philippe musste zu jeder Zeit wissen, wo der König sich aufhielt. Und wenn es das Bett einer anderen Dame war als die Königin. Ihm war es gleich, was König James mit wem tat, solange seine Sicherheit dabei nicht gefährdet wurde. Und wenn er des Nachts eine Dame besucht, musste Philippe diese überprüfen und notfalls Wachen vor ihrer Tür postieren.

Er knöpfte seine Hose zu, stopfte das Hemd hinein und öffnete die Tür. Davor standen Jaques und eine der Wachen, die er heute Nacht die Flure hatte patrouillieren lassen, da der weinselige Abend von ein paar Engländern schon wieder viel zu lange gedauert hatte. Und man wusste nie, welche Damen sich nachts im Schloss herumtrieben.

»Wo ist er?«, fragte er und schlüpfte in seine Stiefel. Wenn er beim Militär eines gelernt hatte, dann war es, sich schnell anzukleiden.

»Wir haben nicht genau nachgeschaut, aber der Raum ist vermutlich eine Bibliothek.«

Philippe hielt inne. »Eine Bibliothek?« Er hatte nicht einmal gewusst, dass es hier eine Bibliothek gab. »Wo ist sie?«

»Auf der Westseite im zweiten Stock.«

Der Westflügel wurde anders genutzt als der Rest des Schlosses. Da es dort im Sommer oft zu heiß wurde, waren dort keine Schlafzimmer untergebracht.

»Ist jemand mit ihm dort?«

Philippe griff nach seiner Uniformjacke und zog sie über. Wenn er dem König gegenübertrat, musste er tadellos gekleidet sein, egal, wie heiß es war.

Jaques schüttelte den Kopf. »Wir haben ihn nur hineingehen sehen. Da war er allein. Es brannte kein Licht im Zimmer, also war vermutlich niemand darin, doch das können wir nicht mit Sicherheit sagen. Aber es waren auch keine Stimmen aus dem Zimmer zu hören.« Sein zweiter Stellvertreter hob die Schultern. »Vermutlich liest er einfach nur.«

Philippe knöpfte seine Jacke zu und schüttelte den Kopf. Und sie hatten alle gedacht, dass er seine Geliebte besuchte. Lesen war weitaus weniger gefährlich.

Und er tat es allein.

Eine Idee sprang in Philippes Kopf. Wenn der König allein war und keiner seiner Berater in der Nähe, war das eine hervorragende Gelegenheit, den König darauf aufmerksam zu machen, in welche Gefahr er sich begab, wenn er nachts allein durch das Schloss lief. Oder dass womöglich Männer aus seinem Hofstaat mit England über ein mögliches Attentat korrespondierten. Das war eine heikle Angelegenheit, die er nicht leichtfertig vorbringen konnte, und keinesfalls vor den Männern, die ihn sonst umgaben.

»Ist noch eine Wache dort?«, fragte er, nahm eine Lampe vom Tisch und ging zur Tür.

Jaques nickte. »Ich habe Mercier dort postiert, für den Fall, dass jemand zum König will. Aber er brauchte genaue Anweisungen. Deswegen bin ich zu Euch gekommen.«

Philippe klopfte Jaques auf die Schulter. »Gute Arbeit. Und jetzt zeigt mir, wo diese Bibliothek ist.«

Kurze Zeit später stand Philippe vor der Tür der Bibliothek. Ihm wurde bewusst, dass er diesen Gang nur zu Beginn seiner Dienstzeit einmal betreten hatte, als er sich mit dem Schloss vertraut gemacht hatte. Doch seitdem hatte er keinen Grund mehr gehabt, hierherzukommen. Er wusste nicht einmal, was sich hinter den anderen Türen befand.

Das war eindeutig etwas, was er in den nächsten Tagen ändern musste. Sobald er Zeit hatte, würde er sich hier umschauen.

Auf dem Weg zur Bibliothek hatte er sich zurechtgelegt,

wie er vorgehen wollte. Er war ein wenig nervös, denn er hoffte, dass König James wirklich allein war, und auch, dass er sich durch Philippe nicht gestört fühlte. Doch dieses Risiko musste er eingehen. Immerhin war es seine Aufgabe, das Leben des englischen Königs zu beschützen, und das führte manchmal dazu, dass er Dinge tun musste, die dem Monarchen nicht gefielen.

In diesen Momenten erinnerte er sich immer wieder daran, dass der Capitaine der Wache in Versailles, dem er regelmäßig Bericht erstattete, ihm erklärt hatte, dass König James ein Gast von König Louis war.

Sie alle wussten, was es bedeutete, ein Gast des französischen Königs zu sein. Man wurde überwacht und jeder Schritt wurde genauestens verfolgt. Denn jeder konnte eine Gefahr für König Louis darstellen. Das hatte die Zeit seiner Regentschaft gezeigt. Und es war an Männern wie Philippe, diese Aufgabe auszuführen. Das Wichtigste war dabei, dass die Gäste des Königs nicht das Gefühl haben durften, dass sie überwacht wurden.

Philippe wusste, dass König James sich nicht wie ein Gast fühlte und eher meinte, dass er wie ein richtiger Monarch über seinen Hof hier herrschte, doch im Grunde war er ein Gast, der länger blieb und ein paar mehr Zimmer für seine Gefolgschaft zur Verfügung gestellt bekommen hatte. Die eigentliche Macht am Exilhof in Saint-Germain-en-Laye hatte immer noch König Louis. Er bestimmte, was hier passierte.

Das würde Philippe dem englischen König so natürlich niemals sagen, aber er musste ihm bewusst machen, dass es seiner Sicherheit diente, wenn er bei solchen nächtlichen Spaziergängen bewacht wurde, und dass Philippe die Männer, die den König umgaben, im Auge behielt.

Er klopfte leise an und öffnete die Tür. Allerdings trat er noch nicht ein, sondern gab dem König Gelegenheit, sich zu sammeln. Und hoffentlich nicht, um sich rasch anzuziehen. Philippe hatte viel in seinem Leben gesehen und war gewiss nicht prüde, aber einen König beim Liebesakt zu überraschen, gehörte nicht zu den Dingen, die er schon immer einmal hatte tun wollen.

»Wer ist da?«, erklang die Stimme des Königs. Er schien nur verwundert, nicht verärgert.

»Capitaine Laurent, Eure Majestät. Darf ich eintreten?«

Im nächsten Moment wurde ihm klar, dass er einen Fehler gemacht hatte. Wenn der König jetzt ablehnte, hatte er die günstige Gelegenheit vertan.

Doch zum Glück sagte König James: »Kommt herein.«

Philippe betrat den Raum und schaute sich rasch um. Es war tatsächlich eine Bibliothek. Sie war nur klein, aber behaglich eingerichtet. Die Wände waren bedeckt mit Regalen voller Bücher und in der Mitte standen einige Sitzmöbel. Der König hatte auf einem Sofa Platz genommen und hielt ein Buch in der Hand, in dem er anscheinend gelesen hatte, denn er hatte einen Finger zwischen die Seiten gesteckt. Seine Perücke saß etwas schief auf dem Kopf und auf seiner Stirn standen Schweißperlen, was kein Wunder war, denn in dem Raum war es unerträglich heiß. Tagsüber musste die Sonne dieses Zimmer unglaublich aufheizen.

Es roch auch nach ungewaschenem Mann. Es war Philippe schon häufiger aufgefallen, dass der englische König streng roch. Zum Glück hatte er anscheinend ein wenig Duftwasser aufgetragen, denn in der Luft lag ein Hauch von Lavendel, der den Schweißgeruch jedoch nicht überdecken konnte. Allerdings war das eine merkwürdige Duftwahl für einen Mann. Ob er vorher doch bei einer Dame gewesen war?

»Was führt Euch des Nachts hierher, Capitaine?«, fragte der König nun und lehnte sich zurück. »Könnt Ihr genauso wenig schlafen und wollt auch etwas lesen?«

Philippe versuchte, sich seine Überraschung nicht anmerken zu lassen. Er hatte den König seit seiner Rückkehr noch nie so entspannt erlebt.

Er schüttelte den Kopf. »Nein, Eure Majestät. Ich wollte die Gelegenheit nutzen, um allein mit Euch zu sprechen.«

König James schaute ihn einen Moment lang an und Philippe begann, sich zu fragen, ob er womöglich zu weit gegangen war. Dann seufzte der König und legte das Buch weg. »Ich hatte gehofft, endlich einmal ein wenig Ruhe zu finden. Wie Ihr wisst, ist das ein rares Gut auf einem Feldzug, von dem ich gerade zurückgekehrt bin. Aber wenn Ihr mich nachts aufsucht, Capitaine, wird es sicherlich einen Grund dafür geben. Ihr tut doch nichts aus einer Laune heraus.«

Philippe nickte knapp. Das stimmte wohl und er war froh, dass der König das erkannt hatte.

»Es geht um Eure Sicherheit, Eure Majestät.«

Der König runzelte die Stirn. »Was ist damit? Sollte ich hier im Schoße Frankreichs in einem Schloss meines mächtigen Cousins etwa nicht sicher sein?«

Philippe stellte fest, dass der König ein angenehmer Gesprächspartner sein konnte. So hatte er den Mann gar nicht eingeschätzt.

»Für einen König lauern überall Gefahren, und da es meine Aufgabe ist, Euch zu beschützen, wäre es mir lieb, wenn ich zu jeder Zeit wüsste, wo Ihr Euch aufhaltet.«

Ein Mundwinkel des Königs zuckte und wieder wartete Philippe gespannt ab. Er wusste, dass es eine gewagte Aussage war, die sich nicht jeder Monarch gefallen lassen würde.

»Und da hatte ich geglaubt, dass ich wenigstens in Gesellschaft eines guten Buches einmal allein sein dürfte.«

»Eure Majestät darf sehr gern ungestört sein. Ich würde Euch sogar dabei unterstützen, indem ich eine Wache vor der Tür postiere, wenn Ihr hier seid. Ich muss nur davon wissen.«

König James seufzte. »Aber wenn einer Eurer Männer die Tür bewacht, weiß doch jeder, dass ich hier bin. Dann kommen sie trotzdem und bitten um etwas oder beklagen sich bitterlich über das Schloss und die Tatsache, dass sie zurück nach England wollen.«

Philippe zögerte und fragte sich, ob jetzt ein guter Moment war, seine Bedenken anzubringen. Er begann mit einem Vorschlag. »Ich kann die Wache auch anweisen, niemanden zu

Euch zu lassen. Ihr braucht nur ein Wort zu sagen und keiner dringt zu Euch vor.«

König James nickte. »Das ist ein guter Gedanke, Capitaine. Also gut, ich lasse Euch wissen, wenn ich hierherkommen will, und Ihr werdet mir eine Wache schicken.«

»Oder Ihr nehmt einfach einen der Männer mit, der vor Eurem Apartment Wache steht.«

Der König schüttelte den Kopf. »Es ist besser, wir treffen uns hier.«

Philippe merkte sich diese Information. Es gab also etwas, was der König tat, bevor er hierherkam. Was es wohl war? Doch eine Frau?

Ihm wäre es lieber gewesen, wenn der König mit einer Wache durch die Flure gelaufen wäre, aber das konnte er später noch anbringen. Es war gut, dass der König diesem ersten Vorschlag schon einmal zugestimmt hatte.

»Sehr wohl, Eure Majestät. Aber es ist von äußerster Wichtigkeit, dass ich immer informiert bin, wo Ihr Euch aufhaltet. Es gibt da nämlich noch etwas, über das ich mit Euch sprechen möchte.«

»Nur zu, Capitaine.« Der König lehnte sich zurück und das Leder des Sofas knarrte.

Philippe wollte gerade anfangen, zu sprechen, als er ein Rascheln vernahm. Er erstarrte. Das war keine Maus gewesen, dessen war er sich sicher. Eher hatte es sich wie ein Mensch angehört. Oder besser gesagt wie eine Frau, denn es war das Rascheln eines Kleides gewesen. Hatte der König womöglich doch jemanden mit hier?

Er warf dem Monarchen einen schnellen Blick zu, aber entweder tat er so, als hätte er nichts gehört, oder er hatte es wirklich nicht. Oder hatte Philippe sich geirrt? Verstohlen schaute er sich um, doch in dem dunklen Raum, der nur schwach von den beiden Lampen erhellt wurde, konnte er niemanden entdecken.

»Also, Capitaine? Sagt, was Ihr zu sagen habt, oder lasst mich mein Buch weiterlesen.«

Philippe nahm sich zusammen. Er wollte die Geduld des Königs nicht überstrapazieren.

»Ihr habt soeben erwähnt, dass es Mitglieder Eures Hofes gibt, die gern nach England zurückmöchten. Das haben wir ebenfalls schon festgestellt. Und auch, dass es durchaus einiges an Korrespondenz mit England gibt. Noch gibt es keine konkreten Hinweise, aber ich fürchte, dass wir es früher oder später mit einer Gefahr zu tun bekommen werden.«

Der König setzte sich auf. »In welcher Form?«

»Wir rechnen mit einem Attentat auf Euch oder auf den Prinzen.«

Auf einmal kam er ins Schwitzen und widerstand dem Drang, seinen Kragen zu lockern.

»Saint-Germain-en-Laye ist ein Palast, den man nicht gut absichern kann, da er so eng mit dem Ort verbunden ist und Bedienstete täglich ein und aus gehen. Ein Attentäter könnte sich leicht einschleusen. Außerdem treffen immer wieder neue Mitglieder des Hofes ein oder Besucher werden vorstellig. Wir versuchen, so gut es geht, diese zu kontrollieren, aber das ist nicht immer möglich.«

Der König hörte ihm aufmerksam zu. Schließlich nickte er. »Was schlagt Ihr vor?«

»Da ich nicht verhindern kann, dass ein Attentäter in den Palast kommt, muss ich versuchen, ihn von Euch fernzuhalten. Das bedeutet, dass Ihr immer eine Wache an Eurer Seite haben solltet. Oder vor dem Zimmer, in dem Ihr Euch aufhaltet, wenn nur ein Weg hineinführt. Alle Speisen werden von uns vorher kontrolliert. Die Zubereitung Eurer Mahlzeiten erfolgt in einer separaten Küche und wird von einer Wache überwacht.«

König James nickte. »Gut. Gelten die gleichen Maßnahmen für den Prinzen?«

Philippe nickte. »Selbstverständlich. Allerdings müsste ich dafür noch ein paar Männer aus Versailles holen lassen.«

»Tut das, Capitaine.«

Plötzlich vernahm Philippe wieder ein Geräusch, doch

dieses Mal konnte er es nicht einordnen. Lediglich, dass es vom Fenster her kam. Irgendetwas stimmte hier nicht, das sagte ihm sein Instinkt. Auch wenn er noch nicht benennen konnte, was es war.

Auf einmal wirkte der König besorgt. »Glaubt Ihr wirklich, dass ein hohes Sicherheitsrisiko besteht?«

Philippe schüttelte den Kopf. »Wir haben alles im Griff. Meine Männer sind gut ausgebildet.«

Wieder nickte der König. »Ich weiß. Als diese Dame mir im Park aufgelauert hat, hat Euer Stellvertreter gut reagiert. Ich habe mich in keinem Moment bedroht gefühlt.«

Philippe schluckte. Er sprach von Lady Katherine.

Wieder war ein Geräusch zu hören und er fragte sich ernsthaft, ob der König überspielte, dass er es hörte, oder ob seine eigenen Ohren so viel feiner waren.

»Das ist gut. Allerdings habe ich die Dame bereits mehrfach kontrolliert und denke nicht, dass sie eine Bedrohung darstellt.«

»Nicht? Nun, man weiß es nie. Selbst enge Freunde können einem in den Rücken fallen, so viel habe ich in den vergangenen Jahren gelernt. Und immerhin ist ihr Vater auf die Seiten des Thronräubers gewechselt.«

Er schien verstimmt.

Philippe merkte sich auch diese Information und versuchte, das Gespräch mit dem König weiterzuführen, während all seine Sinne auf die andere Person gerichtet waren, die sich mit ihnen im Raum aufhielt. Wer war sie? Und wo? Er musste sich unauffällig umschauen, ohne den König zu beunruhigen oder ihn in Verlegenheit zu bringen für den Fall, dass es seine Geliebte war, die hier mit ihm im Raum war.

Jetzt ärgerte er sich, dass er solch brisante Informationen mit dem König besprochen hatte, ohne sicher zu sein, dass niemand mithörte.

Er machte einen Schritt in Richtung des Fensters und seine Augen tasteten die Dunkelheit ab, die sich außerhalb des Lichtkreises ihrer beiden Lampen ausbreitete.

»Wir behalten alle Angehörigen des Hofes im Auge, damit Eure Majestät in Sicherheit ist.« Er zögerte. »Erlaubt Ihr mir, ein Fenster zu öffnen? Es ist sehr heiß hier.«

Der König hob die Schultern und winkte mit seiner beringten Hand in Richtung des Fensters. »Es scheint immer heiß zu sein in Frankreich. Selbst das Unwetter neulich hat keine Abkühlung gebracht.«

Philippe nahm das Winken als Zeichen, dass er das Fenster öffnen durfte. Der König wirkte immer noch entspannt, was bedeutete, dass er nicht befürchtete, dass Philippe die andere Person entdecken könnte. Der König wusste also nicht, dass hier noch jemand war.

Langsam ging Philippe um den Sessel herum. Der Lavendelgeruch wurde stärker. Also war tatsächlich eine Frau hier. Ob sie sich hinter den großen Samtvorhängen verbarg?

Sein Körper war angespannt und zum Kampf bereit. Obwohl er wusste, dass er rein körperlich jeder Frau überlegen war, unterschätzte er sie niemals. Frauen kämpften anders als Männer, heimtückischer, und sie konnten ungeahnte Kräfte entwickeln, wenn sie sich in die Enge gedrängt fühlten. Außerdem konnte sie mit Messern und kleinen Dolchen bewaffnet sein und das Überraschungsmoment konnte jeden noch so erfahrenem Kämpfer das Leben kosten. Das hatte Philippe auf dem Schlachtfeld gelernt.

Seine Augen glitten über die Vorhänge und er fragte sich, wie er kontrollieren konnte, ob sich jemand dahinter verbarg, ohne dass der König misstrauisch wurde.

Der hatte schon wieder andere Themen.

»Sagt, Capitaine, wie können wir eine Jagd organisieren, die meine Männer zufriedenstellt? Dass wir letztes Mal kein Wild erlegt haben, war nicht akzeptabel. Dabei heißt es doch, dass die Wälder um diesen Palast herum so wildreich wären.«

Philippe hatte Mühe, ihm zuzuhören. Auf dem Boden in der Nähe des Regals schimmerte etwas und er richtete seine Aufmerksamkeit darauf. Hatte die Dame eine Brosche oder ein anderes Schmuckstück verloren? In einer Bibliothek lag normalerweise nichts am Boden, was derart im Mondlicht schimmerte.

Unauffällig hielt er seine Lampe etwas niedriger und ihr Schein erhellte die Dunkelheit am Boden neben dem Regal. Als Philippe erkannte, was dort lag, erstarrte er, auf einmal unfähig, zu denken oder irgendetwas zu tun.

Eine Frau lag auf dem Boden. Und es war nicht irgendeine Dame, sondern Lady Katherine. Sie schaute ihn aus weit aufgerissenen Augen an, ihr Körper völlig erstarrt. Ihre Stirn war mit Schweißtropfen bedeckt und sie war sehr blass.

Als ihre Blicke sich trafen, nahm ihr Gesicht einen flehentlichen Ausdruck an und sie schüttelte leicht den Kopf.

Für einen Moment war er unfähig, zu denken, doch dann nahm er sich zusammen und sortierte seine Gedanken. Sie lag auf dem Boden, bedeckt von einem Mantel, und ihr Kopf ruhte auf einem kleinen weißen Kissen. Außerdem konnte er sehen, dass sie ihr Kleid trug, sie hatte sogar Schuhe an.

Sie wirkte nicht wie jemand, der dem König auflauerte, um ihn zu überfallen, und auch nicht wie eine Frau, die hier ein Stelldichein mit ihrem Liebhaber hatte. Aber was tat sie dann hier? Und konnte es ein Zufall sein, dass sie sich schon wieder in der Nähe des Königs aufhielt?

»Wolltet Ihr nicht das Fenster öffnen, Capitaine?«, hörte er jetzt dessen Stimme.

Philippe wusste, dass er schnell eine Entscheidung treffen musste. Lady Katherine schaute ihn immer noch aus diesen großen Augen an, die selbst in diesem Licht wie dunkles Gold schimmerten. Sie rührte sich nicht.

Er räusperte sich, nickte und zwang sich, zum Fenster zu gehen. »Verzeihung, Eure Majestät. Da war nur gerade eine Maus.«

Der König schnaubte belustigt. »Jetzt sagt nicht, dass Ihr Angst vor Mäusen habt. In wie vielen Schlachten habt Ihr gekämpft?«

Philippe öffnete das Fenster, das laut quietschte. Im nächsten Moment wehte eine warme Nachtbrise herein.

Was sollte er jetzt nur tun?

»Ich wollte sichergehen, dass es keine Ratten sind, sonst müssten wir dagegen vorgehen.«

»Gehört das etwa auch zu Euren Aufgaben?«

Philippe wandte sich zum König um. »Nein, aber ich habe meine Augen und Ohren überall.«

»Und das ist gut so. Ihr macht gute Arbeit, Capitaine.« Er nahm sein Buch wieder vom Tisch. »Da Ihr jetzt wisst, wo ich bin, seid Ihr entschuldigt.«

Himmel, der König wollte, dass er ging. Doch er musste etwas tun.

Philippe straffte die Schultern und ging hinüber zum Sessel, damit er Lady Katherine sehen konnte. Die lag noch immer unbeweglich auf dem Boden, sie schien vor Angst wie erstarrt.

Und auf einmal begriff er, warum sie hier war. Er wusste sicher von Monsieur Dufour, dass sie noch immer kein Zimmer von ihm bekommen hatte. Wenn sie laut ihrer eigenen Aussage tatsächlich nicht in das Bett eines Mannes hier im Schloss schlüpfte und auch nicht bei ihrer Schwester schlafen konnte, deren Kammer wirklich zu klein dafür war, blieb ihr nur, sich einen Platz zum Schlafen zu suchen. Und den hatte sie anscheinend in der Bibliothek gefunden.

Er starrte sie an. Konnte es wirklich sein, dass sie in den vergangenen Nächten hier auf dem Boden geschlafen hatte? Es sah ganz danach aus, denn so wie sie lag, wirkte es wie eine improvisierte Schlafstatt.

Es machte ihn ratlos, was er jetzt tun sollte. Das war etwas, was ihm in seiner Laufbahn selten passiert war.

Wenn er sie jetzt auffliegen ließ, würde es schwierig für sie werden, denn der König wäre sicherlich nicht erfreut darüber, dass es gerade Lady Katherine war, die schon wieder unangenehm auffiel. Und Menschen wie Pierre würden den König ganz sicher davon überzeugen, dass Lady Katherine ihm schaden wollte und ihm hier aufgelauert hatte.

Nein, der König durfte nicht erfahren, dass sie hier war.

Vermutlich war es das, was sie versuchte, ihm wortlos mitzuteilen.

Aber er konnte auch nicht gehen. Wenn der König sie fand, war es seine Verantwortung, dass er die beiden allein gelassen hatte. Das würde ihn ganz sicher seine Stellung kosten.

Er musste den König also hier herausbringen. Doch wie?

Er bemerkte, wie der König die Schultern hob, als ob er fröstelte.

»Schließt das Fenster, Capitaine. Es ist zu kalt.«

Philippes Herz schlug auf einmal schneller. Das war eine Möglichkeit.

»Gern, Eure Majestät, aber mit Verlaub, die Nachtluft ist sehr warm.«

Der König schaute ihn an. »Was wollt Ihr mir damit sagen, Capitaine?«

»Ihr wisst, dass im Schloss dieses Fieber umgeht. Vor allem ist den Kranken abwechselnd heiß und kalt. Das sind immer die ersten Anzeichen.«

»Seid Ihr jetzt auch noch der Hofmedicus?«

Philippe schüttelte den Kopf, während er das Fenster wieder schloss, und merkte, dass er selbst in Schwitzen kam. »Nein, Eure Majestät, aber ich bin für Eure Sicherheit zuständig, und wenn Euch in dieser warmen Sommernacht kalt ist, so wäre es mir lieber, wenn ich Euch zu Euren Gemächern zurückbegleite und Ihr eine stärkende Suppe zu Euch nehmt.«

Er wusste, dass er sich weit vorwagte, indem er dem König solche Vorschläge machte. Beim König von Frankreich hätte so etwas sehr gefährlich werden können, aber König James war da anders, jovialer, deutlich mehr zugänglich, wie er heute Nacht gelernt hatte.

Er bemühte sich, nicht in Richtung von Lady Katherine zu schauen, und hielt seine Lampe so, dass sie die andere Ecke des Zimmers erleuchtete.

Der König runzelte die Stirn. »Ist das Fieber wirklich so schlimm?«

Philippe nickte. »Ein Mädchen ist bereits daran gestorben

und viele Männer und Frauen liegen krank in ihren Betten. Selbst der Duke of Melfort ist krank.«

König James riss die Augen auf. »Tatsächlich? Warum hat mir das niemand gesagt? Ich habe heute noch nach ihm gefragt.«

»Vielleicht wollte man Euch nicht beunruhigen.«

Philippe ging langsam in Richtung der Tür. Irgendwie musste er den König dazu bringen, auch aufzustehen und die Bibliothek zu verlassen.

»Es heißt, dass das Fieber abgewendet werden kann, wenn man sich frühzeitig mit einer stärkenden Suppe wärmt, sobald die ersten Anzeichen auftreten.«

Das war eine Lüge und Philippe schämte sich dafür, doch es war keine schädliche Lüge, denn alles, was passieren konnte, war, dass der König sich ins Bett legte und sich eine Suppe kommen ließ. Das würde niemandem schaden.

Mit einem Seufzen erhob der König sich. »Ich werde mich zurückziehen, Capitaine. Aber seid versichert, dass ich morgen Abend wieder ein wenig lesen werde. Ich werde Euch Bescheid geben, wann ich die Wache brauche.«

Er stellte das Buch ins Regal zurück und ging mit steifen Schritten zur Tür. Philippe folgte ihm langsamer. Er wagte es nicht, noch einen Blick zu Lady Katherine zu werfen. Er hoffte, dass sie verstand, dass er gleich wiederkommen würde.

König James wartete, bis Philippe ihm die Tür geöffnet hatte, dann schaute er erstaunt Jaques und die Wache an, die sich davor postiert hatten. Er seufzte. »Ihr habt also Verstärkung mitgebracht. Gute Nacht, Capitaine. Und morgen sprechen wir über die Jagd.«

Philippe begriff, dass der König nicht wollte, dass er ihn zu seinem Zimmer brachte. Für einen Moment haderte er mit sich, doch dann ließ er ihn gewähren.

»Gute Nacht, Eure Majestät. Lasst mich rufen, wenn ich etwas tun kann.«

Der König brummte. »Ich denke nicht, dass Ihr mir Suppe bringen wollt. Oder gehört auch das zu Euren Aufgaben?«

»Ich würde auch das tun«, erklärte Philippe und meinte es ernst. Er begann, den englischen König zu mögen.

König James schlurfte davon und sobald er verschwunden war, wies Philippe die anderen beiden Männer an. »Geht auf Eure Posten im Wachhaus.«

Jaques kniff die Augen zusammen, sagte aber nichts, sondern nickte nur.

Ungeduldig wartete Philippe, bis sie endlich gegangen waren, dann stand er allein in dem dunklen Flur und senkte den Kopf, um sich zu sammeln. Hatte sie wirklich die vergangenen Tage auf dem Boden der Bibliothek geschlafen? Zutrauen würde er es ihr, so stolz wie sie war.

Doch das war kein Zustand für eine Lady. Er musste mit ihr sprechen und dann mit Monsieur Dufour, damit er ihr endlich ein Zimmer gab.

Er atmete tief durch und ging wieder in die Bibliothek. Er lauschte in die Dunkelheit. Es herrschte atemlose Stille, doch er wusste, dass sie da war. Er konnte sie fühlen.

»Lady Katherine?«, fragte er.

Die Antwort war ein Seufzen. Ob sie sich schämte?

Langsam trat er näher. »Der König ist fort. Ihr könnt aufstehen.«

Er hörte das Scharren ihrer Schuhe auf dem Holzboden und das sanfte Rascheln ihrer Röcke. Sie atmete tief ein und zog sich dann am Regel hoch.

Schwankend kam sie zum Stehen und sah im fahlen Mondlicht, das genau auf sie fiel, überirdisch schön aus. Wie eine Statue. Mit großen Augen betrachtete sie ihn und er fragte sich, ob sie ihn in der Dunkelheit sehen konnte. Er wollte ihr keine Angst machen, doch er wusste nicht so recht, was er mit ihr anfangen sollte. Es war mitten in der Nacht, sie waren allein in einem Raum und gerade hatte sie sich eines Vergehens gegen ihren König schuldig gemacht. Zumindest wenn man es ganz streng nahm.

Er räusperte sich. »Ihr könnt nicht einfach irgendwo im Schloss übernachten.«

»Ich weiß«, sagte sie und ihre Stimme klang heiser. Ihre Worte erinnerten sie an die seinen, als er ihren Hals geküsst hatte und sie ihm erklärt hatte, dass sie das nicht dürften. Doch es war besser, wenn er jetzt nicht daran dachte.

Sie schwankte wieder und fasste sich an den Kopf.

»Ist alles in Ordnung?«, fragte er und trat näher.

»Es geht schon. Danke.« Ihre Stimme klang dünn.

»Wenn es nach mir geht, wird niemand davon erfahren.«

»Danke.«

Er zögerte. »Wusstet Ihr, dass der König regelmäßig hierherkommt?«

Sie schüttelte den Kopf. »Ich gehe ihm aus dem Weg. Das wäre doch dumm.«

Sie kniff die Augen zusammen und erschauderte.

»Ich werde morgen dafür sorgen, dass Monsieur Dufour …«

Weiter kam er nicht, denn auf einmal verdrehte sie die Augen und sackte in sich zusammen. Mit einem Sprung war er bei ihr und konnte sie gerade noch auffangen, bevor ihr Kopf auf eines der Regalbretter schlug. Schwer fiel sie in seine Arme.

Beinahe sofort merkte er, dass ihre Haut glühte. Und sie war blass. Er hatte erst gedacht, dass es das Mondlicht war, doch ihre Haut war heiß, blass und auf ihrer Stirn standen immer noch Schweißperlen. Das Fieber hatte auch sie erwischt.

Er fluchte leise.

Ihre Lider flatterten und sie öffnete die Augen. Als sie ihn sah, keuchte sie vor Schreck auf und wollte sich aufsetzen, doch er hielt sie fest.

»Ihr seid krank.«

»Ich weiß«, flüsterte sie und schloss die Augen wieder.

Er kniete sich auf den Boden und zog sie etwas weiter in seine Arme.

Was sollte er nur mit ihr tun? Er konnte sie nicht einfach hier liegen lassen.

»Ihr braucht Hilfe und vor allem ein Bett«, sagte er.

»Habe keins«, murmelte sie.

Er biss die Zähne zusammen. Das hatte er mittlerweile auch begriffen.

»Soll ich Euch zu Eurer Schwester bringen?«

Ihre Augen flogen auf. »Nein«, stieß sie hervor und es klang wie ein Krächzen. Sie leckte sich über die trockenen Lippen. »Sie erwartet ein Kind. Will sie nicht gefährden.«

Philippe wusste nicht viel über schwangere Frauen, doch dass es nicht sinnvoll war, sie einem Fieber auszusetzen, sah er ein.

»Gibt es jemand anderen?«

Sie schaffte es doch tatsächlich, eine Augenbraue zu heben, sagte jedoch nichts.

»Ich meine eine Freundin. Lady Ella vielleicht?«

Er hatte die beiden Frauen häufiger miteinander gesehen.

Wieder schüttelte sie den Kopf. »Wohnt bei ihren Eltern.«

»Das weiß ich, aber wenn Ihr krank seid, gibt es doch vielleicht eine Möglichkeit, dass sie Euch einen Platz gewähren. Soweit ich weiß, hat das Zimmer eine Zofenkammer.«

»Besetzt«, flüsterte sie.

»Ich denke, dass die Zofe von Lady Ridley sicherlich ein paar Nächte woanders schlafen kann.«

Himmel, warum stritten sie darüber?

»Ich will nicht«, stieß sie hervor und leckte sich wieder über die rauen Lippen. Das Gespräch schien sehr anstrengend für sie zu sein.

»Gibt es noch eine andere Dame, an die ich mich wenden könnte?«

Er bemühte sich, es nicht wieder so klingen zu lassen, als würde er vermuten, dass sie einen Liebhaber im Schloss hatte.

Sie schüttelte den Kopf. »Könnt Ihr Suzanne Bescheid geben?«

Es schien schwierig für sie zu sein, diese Worte hervorzubringen.

»Die Dienerin?«

Sie nickte.

»Und was soll ich ihr sagen?«

»Sie soll sich um mich kümmern.«

Er seufzte. »Gern. Aber wo soll sie das tun?«

Auf die Antwort war er gespannt.

Lady Katherine zögerte. »Kann sie hierherkommen?«

Philippe schüttelte den Kopf. »Ihr könnt nicht hierbleiben. Der König wird nächste Nacht wiederkommen.«

Sie kräuselte die Lippen, wie sie es immer tat, wenn ihr etwas nicht gefiel. »Suzanne wird mir helfen, einen anderen Platz zu finden, an dem ich mich ausruhen kann.«

»Und wo soll das sein? Bei den Dienstboten oder vielleicht in einem der Wirtschaftsräume?«

Langsam wurde er ungeduldig mit ihr. Obwohl sie krank war und ganz eindeutig Hilfe brauchte, war sie immer noch zu stolz, diese anzunehmen.

Sie schaute ihn lange aus ihren goldenen Augen an und auf einmal begriff er, dass er an etwas gerührt hatte, was ihr unangenehm war. Hatte sie tatsächlich bei den Dienstboten übernachtet? Wenn sie auf dem Boden der Bibliothek schlief, war das durchaus möglich.

Sie versuchte, sich aufzusetzen, doch er hielt sie fest.

»Nicht. Ihr seid zu schwach.«

»Bin ich nicht«, protestierte sie.

Er verstärkte seinen Griff ein wenig. Wenn er ehrlich war, mochte er es, ihr so nahe zu sein, auch wenn er es sich anders vorgestellt hatte, sie in den Armen zu halten.

Sie gab den Widerstand auf, doch sie wandte das Gesicht von ihm ab.

»Ihr solltet Eure Arbeit tun, Capitaine Laurent. Ich möchte Euch nicht mit meinen Angelegenheiten belasten.«

»Wenn ich Euch nachts in einem Zimmer mit dem König finde, ist es Teil meiner Aufgabe, mich darum zu kümmern, dass das nicht mehr vorkommt.«

Auf einmal erschauderte sie. Er konnte fühlen, wie ein

Zittern durch ihren gesamten Körper lief. Sie zog die Schultern hoch, als würde sie in einem Wintersturm frieren.

Er angelte sich den Mantel vom Boden und legte ihn über sie. Wieder kräuselten sich ihre Lippen, doch er wusste nicht, was ihr daran missfiel.

»Danke.«

»Deswegen kann ich Euch auch nicht hierlassen. Ich muss dafür sorgen, dass Ihr irgendwo gut untergebracht seid und dem König nicht noch einmal begegnet.«

»Es gibt keinen Platz für mich«, sagte sie leise.

Sein Herz zog sich ein wenig zusammen.

»Ich werde gleich morgen früh mit Monsieur Dufour sprechen. Er hat sicherlich noch ein Zimmer. Ich werde ihn zwingen, es Euch zu geben. Dort könnt Ihr Euch ausruhen.«

Es schien, als wollte sie protestieren, doch dann winkte sie ab. »Er wird mir keins geben.«

Er spürte, dass mehr hinter dieser Geschichte steckte. Dufour hatte sich auch schon so seltsam geäußert. Irgendetwas musste zwischen den beiden vorgefallen sein.

»Ich werde morgen früh mit ihm sprechen«, versprach er.

Sie hob einfach nur die Schultern. Ihr Körper schien zu glühen und gleichzeitig zitterte sie. Auf einmal verspürte Philippe das Bedürfnis, sie zu beschützen. Er wusste, dass das albern war, denn Lady Katherine brauchte niemanden, der sie beschützte. Sie lehnte es sogar strikt ab. Trotzdem konnte er nicht umhin, sie enger an sich zu ziehen. Am liebsten hätte er ihr über die Haare gestrichen.

Er hörte die Glocke der Kapelle schlagen. Eine Stunde nach Mitternacht. Er konnte jetzt nicht zu Dufour gehen. Wenn er den aus dem Bett holte, wäre er sicherlich nicht geneigt, Lady Katherine ein Zimmer zu geben. Das musste bis morgen früh warten.

Doch er konnte sie auch nicht den Rest der Nacht hierlassen. Was war, wenn der König wiederkam? Er traute es dem Mann durchaus zu, dass er sich heimlich hierherschlich, ohne einer der Wachen Bescheid zu geben.

Oder jemand anders verirrte sich in diese Bibliothek. Auch das war möglich. Orte wie diese boten sich für ein nächtliches Stelldichein an.

Lady Katherine seufzte und schloss die Augen. Wieder durchlief sie ein Schauer. Sie musste wirklich in ein Bett und heiße Suppe bekommen.

Ein Gedanke stieg in ihm auf. Er hatte ein Bett.

Verdammt, das durfte er nicht einmal denken.

Doch die Idee wollte nicht verschwinden. Sein Zimmer war abschließbar. Niemand kam dort jemals herein, wenn er es nicht wollte. Es störte ihn nicht, dass sie krank war, da er sich vermutlich nicht anstecken würde. Seit er als Soldat im Heerlager gelebt hatte, war seine Gesundheit sehr robust geworden.

Er konnte dafür sorgen, dass sie von einer Dienerin versorgt wurde. Von jemandem, der keine Fragen stellte.

Philippe zwang sich, innezuhalten und diesen Gedanken fortzuschieben. Auf keinen Fall konnte er eine Lady in sein Bett legen, egal ob sie krank war oder nicht. Wenn das jemand herausfand, war er in Erklärungsnöten. Und Lady Katherines Reputation wäre vollkommen zerstört.

Aber er wusste, dass er aufpassen würde, dass niemand es merkte. Er war in der Lage, dies unauffällig zu tun.

Sie stöhnte leise und zog den Mantel von sich. Anscheinend war die Kälte einer Hitze gewichen.

Er konnte sie nicht hier allein lassen, damit eine Magd sich in einem Abstellraum um sie kümmerte. Denn er wusste, dass sie zu stolz war, die Hilfe ihrer Schwester oder einer Freundin anzunehmen. Vermutlich würde sie die anderen Frauen nicht einmal darüber in Kenntnis setzen, dass sie krank war.

Ihm wurde klar, dass sie auch seine Hilfe nicht annehmen würde. Doch in ihrem Zustand blieb ihr wohl kaum eine andere Wahl. Er würde sie einfach zwingen, denn wenn sie so weitermachte, würde dieser Stolz sie vielleicht das Leben kosten.

Der Gedanke, dass sie an dem Fieber sterben konnte,

erschütterte ihn so sehr, dass er sie fester in seine Arme zog. Sie durfte auf keinen Fall sterben.

In diesem Moment hatte er seine Entscheidung getroffen. Für heute Nacht würde er sie mit in sein Zimmer nehmen. Sie konnte sich ausruhen, er würde etwas Suppe von den kranken Soldaten abzweigen und gleich morgen früh zu Monsieur Dufour gehen und ihn zwingen, ihm ein Zimmer zu geben. Niemand würde etwas davon mitbekommen. Er musste es nur schaffen, sie in sein Zimmer zu bringen, ohne dass jemand etwas merkte. Doch zum Glück wusste er, wo die Wachen postiert waren, und es war unwahrscheinlich, dass er um diese Uhrzeit vielen Menschen begegnete.

Er nahm den Mantel und erhob sich mit ihr in den Armen. Sie schlug die Augen auf und schaute ihn fragend an. »Wohin geht Ihr?«

»Das werdet Ihr schon sehen.«

Er wusste, dass sie protestieren würde, wenn er ihr sagte, wohin er mit ihr ging.

»Lasst mich runter.«

Er schüttelte den Kopf. »Ihr seid zu schwach.«

»Nein.«

»Ich trage Euch.«

Sie fing an, zu strampeln, doch er konnte spüren, dass sie kaum Kraft hatte, und so war es ein Leichtes für ihn, sie festzuhalten.

»Ganz ruhig. Vertraut mir.«

Sie hielt inne und schaute ihn lange an, während er sich einen Weg zwischen den Sitzmöbeln hindurch zur Tür bahnte. Er wusste, dass es ihr schwerfiel, überhaupt jemandem zu vertrauen. Deswegen rechnete er es ihr hoch an, dass sie sich nicht mehr wehrte.

»Nicht zu meiner Schwester«, bat sie nur leise.

Er schüttelte den Kopf. »Ich weiß einen besseren Ort.«

Sie seufzte, schloss die Augen und ergab sich. Als sie die Wange an seine Schulter legte und er selbst durch den Stoff seiner Uniformjacke fühlen konnte, wie heiß ihre Haut war, hätte er ihr fast einen Kuss auf die Stirn gegeben, nur um ihr zu versichern, dass er sich um sie kümmern würde. Doch zum Glück konnte er sich im letzten Moment zurückhalten.

»Es wäre gut, wenn Ihr nicht sprechen würdet, bis wir da sind. Sollten wir jemanden treffen, werde ich vorgeben, dass ich Euch ohnmächtig gefunden habe.«

Sie nickte mit geschlossenen Augen.

Philippe straffte die Schultern, stellte sicher, dass er die Lampe, den Mantel und Lady Katherine fest hielt, und öffnete dann die Tür. Der Weg zu seinem Quartier war ihm noch nie so lang erschienen wie heute.

# KAPITEL ZWANZIG

Philippe verschränkte die Arme und dachte darüber nach, ob er etwas sagen sollte, damit Monsieur Dufour sich etwas schneller bequemte, mit ihm zu sprechen. Er mochte den dicken kleinen Mann nicht, der so viel Macht im Schloss besaß. Er war genauso ein Kleingeist wie Pierre, der sich auf Kosten anderer aufspielte und immer nur darauf aus war, seinen eigenen Vorteil zu sichern.

Er wusste, dass Monsieur Dufour ihn mit Absicht warten ließ und seine Papiere, die er zu sortieren vorgab, gar nicht wichtig waren. Denn was der Verwalter nicht wusste, war, dass Philippe Dokumente auch über Kopf lesen konnte. Eine Fähigkeit, die ihm schon so manches Mal dabei geholfen hatte, Informationen herauszufinden.

Doch heute half sie ihm nur dabei, immer wütender zu werden. Monsieur Dufour sortierte nämlich wahllos Papiere zueinander, einfach um vorzugeben, beschäftigt zu sein. So legte er Bestandslisten aus dem Weinkeller zu Nachweisen über beauftragte Bauarbeiten und anscheinend privaten Briefen.

Philippe versuchte, sich zusammenzureißen und Monsieur Dufour nicht merken zu lassen, dass er ihn durchschaut hatte.

Denn er wusste, dass der Verwalter länger brauchen würde, je ungeduldiger Philippe wurde. Außerdem war es seinem Anliegen nicht zuträglich, wenn er jetzt ärgerlich würde. Er musste geschickt vorgehen, damit Lady Katherine endlich ein Zimmer bekam. Selbst wenn es nur eine kleine Kammer wie die ihrer Schwester war, wäre ihr schon geholfen.

Seine Gedanken schweiften zu ihr und er fragte sich, ob sie immer noch schlief. Er konnte sie nicht zu lange allein lassen. Wenn sie erwachte und sich in seinem Zimmer, und noch dazu in seinem Bett, wiederfand, würde sie sicherlich erzürnt sein.

Er musste schmunzeln, als er daran dachte, dass es seine größte Sorge war, dass sie sich darüber ärgerte, dass er sie in sein Bett gelegt hatte.

In der vergangenen Nacht war sie so krank und erschöpft gewesen, dass sie nicht mehr mitbekommen hatte, wo er sie hingebracht hatte. Einmal hatte sie sich blinzelnd umgeschaut und ihn gefragt, wo sie waren. Er hatte ihr lediglich geantwortet, dass dies ein Ort war, an dem sie sich ausruhen konnte.

Eine Suppe oder Tee aus Kräutern hatte er nicht mehr besorgen müssen, denn sie war sofort in einen erst tiefen, dann sehr unruhigen Fieberschlaf gesunken. Er hingegen hatte auf seinem Schreibtischstuhl gesessen, sie einfach nur angeschaut und sich gefragt, was um Himmels willen er getan hatte.

Er hatte sie, so wie sie war, auf das Bett gelegt und nicht zugedeckt. Erst als der Schüttelfrost sie überkam, hatte er sie mit seinem Laken bedeckt, obwohl es warm im Zimmer war.

Kurze Zeit später hatte sie wieder geschwitzt und das Laken von sich gestrampelt. Dabei hatte sie mit den Füßen gegen den Bettpfosten getreten, und da sie immer noch ihre Schuhe getragen hatte, hatte es laut gepoltert. Da Philippe fürchtete, dass seine Männer dies hören würden, war er zu ihr gegangen und hatte vorsichtig ihre Schuhe abgestreift.

Es war ein merkwürdig intimes Gefühl gewesen, einer Frau die Schuhe auszuziehen, und er hatte darüber nachgedacht, ob er das in seinem Leben schon einmal getan hatte.

Gleichzeitig schämte er sich dafür, dass er es als erregend empfand, denn immerhin war sie krank, nicht wirklich bei Bewusstsein und merkte nicht einmal, dass er sanft über ihre schmalen Knöchel strich. Er fragte sich, ob sie ihn das hätte tun lassen, wenn sie nicht krank gewesen wäre.

Dann hatte er diese Gedanken entsetzt beiseitegeschoben. Er sollte so etwas nicht denken. Er hatte sich auf seinen Stuhl zurückgezogen und sie weiterhin angeschaut. Es war so merkwürdig, sie in seinem Zimmer zu haben.

»Also, Capitaine, was kann ich für Euch tun? Aber beeilt Euch, ich habe noch wichtige Dinge für den König zu erledigen.«

Die Stimme des Verwalters drang an sein Ohr und legte sich über das Bild von Lady Katherine vor seinem inneren Auge.

»Ich auch, Monsieur Dufour«, sagte er und setzte sich auf. Doch als er sah, dass der Verwalter die Lippen zusammenpresste, beschloss er, dass er dem kleinen Mann geben würde, was er wollte. Vielleicht würde er dann auch bekommen, was er brauchte. »Aber vermutlich ist es nichts gegen das, was Ihr zu tun habt. Seit das Schloss so voll ist, habt Ihr keine ruhige Minute mehr.«

Verwirrt schaute der Verwalter ihn an, dann nickte er eifrig. Vermutlich war er es nicht gewohnt, dass jemand so etwas zu ihm sagte. Aber Philippe wusste auch, dass er das niemals wieder tun würde, denn es fühlte sich widerlich an.

»Wem sagt Ihr das, Laurent? Die Engländer bringen mich noch um den Verstand.«

»Ich finde es erstaunlich, wie viel sie trinken können«, sagte Philippe in vertraulichem Ton, denn er wollte nicht, dass Dufour sich in einer Tirade über die Zimmervergabe erging. »Musstet Ihr schon Wein nachliefern lassen?«

Er wusste genau, dass es so war, denn es stand auf einem der Papiere, die der Verwalter eben hin und her geräumt hatte.

Der stöhnte auf. »Ich bin mir nicht sicher, ob es in Frankreich genug Wein für diese Männer gibt. Jetzt wollen sie aber auch mehr Brandy und dieses Ale aus England. Aber wie soll ich das hierher bekommen?«

Philippe zögerte. Er wusste, wie der Verwalter welches bekommen konnte. Vielleicht war das ein guter Weg, an ein Zimmer zu kommen.

»Ich kann Euch sagen, wie Ihr an gutes Ale kommt.«

Der Verwalter riss die Augen auf. »Ich importiere nichts aus England. Viel zu unsicher und zu teuer.«

»Das braucht Ihr auch nicht, denn es gibt einen Mann in Paris, der Ale für die Engländer in Versailles braut. Ich kenne ihn gut. Er verkauft Euch sicherlich welches, wenn Ihr es wollt, um die Schlossbewohner ruhigzustellen.«

Dufour zögerte. Dann nickte er. »Also gut, besorgt mir welches. Aber ich denke nicht, dass die jemals ruhiger werden. Wäre es nicht eigentlich Eure Aufgabe, dafür zu sorgen, dass sie sich besser benehmen, so wie es Männern von ihrem Stand angemessen ist? Ein Franzose würde so etwas niemals tun.«

Philippe war sich sicher, dass Monsieur Dufour noch nie in Versailles gewesen war. Die französischen Adeligen standen den Engländern in ihren Ausschweifungen in nichts nach. Allerdings schienen es andere Arten von Feiern zu sein. Und da waren ihm die trinkenden Engländer manchmal lieber als die teilweise sonderbaren Ausschweifungen, die er in Versailles gesehen hatte.

Bedauernd hob er die Schultern. »Ich habe von König Louis die Aufgabe bekommen, König James und seine Familie zu beschützen, solange sie Gast in Frankreich sind. Um ihren Hofstaat brauche ich mich nicht zu kümmern.«

Er sah, dass der Verwalter zur nächsten Tirade über die Engländer ansetzte, und sagte schnell: »Das Ale aus Paris ist wirklich ausgezeichnet, nicht sehr teuer und es wird die Engländer sicherlich zufriedenstellen. Ich besorge es Euch gern.«

»Gebt mir einfach den Namen.«

Philippe schüttelte den Kopf, obwohl er das natürlich hätte tun können, aber er wollte ja auch etwas vom Verwalter. »Der

Mann macht eigentlich keine Geschäfte mit Franzosen. Bei mir wird er eine Ausnahme machen.«

Wieder wollte der Verwalter etwas sagen, doch Philippe ließ ihn abermals nicht zu Wort kommen, denn er war sich sicher, dass es eine spitze Bemerkung darüber sein würde, dass Philippe eigentlich gar kein richtiger Franzose war.

»Ich denke, dass auch König James bei diesem Wetter einem kühlen Ale gegenüber nicht abgeneigt sein wird. Bestimmt wird es ihm große Freude machen.«

Monsieur Dufour richtete sich ein bisschen mehr auf. Dafür war er immer zu haben.

»Und wenn Ihr mir einen Gefallen tut, werde ich dem König gegenüber gern lobend erwähnen, dass Ihr in der Lage wart, das Ale heranzuschaffen.«

Sofort verengten sich die kleinen Augen des Mannes. »Was für ein Gefallen?«

»Ich brauche ein Zimmer.«

»Ihr habt doch eines.«

»Es muss kein großes sein. Eine Kammer reicht. Hauptsache, es steht ein Bett darin.«

Als sich ein Lächeln auf dem Gesicht des Verwalters ausbreitete, wusste er genau, was der jetzt dachte, doch es war ihm gleich. Hauptsache, Lady Katherine bekam ihr Zimmer.

Das Lächeln verwandelte sich in ein vulgäres Grinsen und Philippe merkte, wie er den Impuls unterdrücken musste, ihn nicht anzufahren.

»Soso, Ihr plant also ein kleines Stelldichein.«

»Habt Ihr nun ein Zimmer oder nicht?«

»Wie Ihr wisst, ist das Schloss voll belegt. Ich würde Euch vorschlagen, dass Ihr Euch ein Zimmer in der Stadt sucht. Es gibt wohl noch ein paar kleinere in irgendwelchen Hinterhöfen, die den Engländern nicht gut genug waren.«

Lauernd schaute der Verwalter ihn an und Philippe wusste, dass er noch irgendetwas raushandeln wollte. Er kam sich sehr schlau vor.

»Das geht nicht. Es muss im Schloss sein«, sagte er, ohne eine weitere Erklärung abzugeben.

»Ich sehe ein, dass der Weg aus der Stadt zu weit ist, wenn der König Euch rufen lässt. Möglicherweise hätte ich noch etwas für Euch.«

Er rieb sich die Hände, als ob er schon ein gutes Geschäft abgeschlossen hatte.

»Was wollt Ihr noch dafür?«

Dufour grinste. »Ihr seid ein schlaues Bürschchen, Laurent.«

Diese Art der Anrede einem Capitaine gegenüber war eine Frechheit, doch Philippe reagierte nicht darauf. Sollte er sich ruhig fühlen, als hätte er die Oberhand. Dann würde er schneller an sein Zimmer kommen.

Als sich das Schweigen in die Länge zog, während Dufour anscheinend darüber nachdachte, was er noch raushandeln konnte, sagte Philippe: »Sagt mir, was Ihr wollt, und ich werde sehen, was ich tun kann. Aber ich muss wirklich wieder los.«

Der Verwalter nickte. »Ich will, dass Ihr das Kartenspiel in den Salons wieder für Franzosen öffnet. Es war sehr bedauerlich, dass Ihr uns diese Freude genommen habt.«

Vor etwa einem Jahr hatte Philippe entschieden, dass es nicht angemessen war, wenn Diener und andere Angestellte im Schloss, zu denen auch die Wachen und Menschen wie der Verwalter gehörten, sich mit den englischen Adeligen an einen Tisch setzten und Karten spielten. Dufour hatte es damals sehr bedauert und deswegen bei Philippe vorgesprochen, doch er war hart geblieben, denn er wusste, dass es nur zu Komplikationen führte. Es wäre nicht gut, wenn er diese Regel wieder aufhob, vor allem im Moment nicht, da die Engländer so oft über die Stränge schlugen. Außerdem ging es ihm gegen den Strich, sich vom Verwalter erpressen zu lassen.

Doch dann hatte er eine Idee.

»Ich kann es leider nicht aufheben.«

Lauernd schaute der Verwalter ihn an. »Aber?«

Dumm war der Mann nicht. Er hatte genau gehört, dass Philippe eine Einschränkung machen wollte.

»Aber für den Fall, dass ich ein Zimmer bekomme, könnte ich mir vorstellen, speziell für Euch eine Ausnahme zu machen. Ihr bekommt als Einziger das Privileg, hier im Schloss Karten spielen zu dürfen. Allerdings auch nur in der Runde, mit der Ihr vor einem Jahr gespielt habt.«

Der Verwalter strahlte und Philippe wusste, dass er gewonnen hatte. Ein Gutes kam noch hinzu: Er wusste, dass Dufour sowieso weiter heimlich Karten mit einigen niederen Adeligen gespielt hatte, und er hatte bereits überlegt, ob er die Runde nachts einmal auffliegen lassen sollte. Das würde er nun nicht mehr tun müssen. Außerdem war es ihm gleich, ob Dufour sein Geld verspielte. Er hatte das Verbot vor allem ausgesprochen, weil einige seiner Wachen ebenfalls anfällig dafür gewesen waren und solche Vermischungen mit den Engländern die Moral der Männer untergrub. Doch so hatte Dufour, was er wollte, und Philippe musste seine offizielle Aussage nicht zurücknehmen.

Er stand auf. »Welches Zimmer bekomme ich?«

Eifrig begann Dufour, in seinen Papieren zu blättern, und es dauerte nicht lange, bis er darunter das Buch gefunden hatte, in denen die Zimmer vermerkt waren und die Namen dahinter.

»Ich habe etwas, das ausgezeichnet für Eure Zwecke geeignet ist.«

Er leckte sich über die Lippen und Philippe biss die Zähne zusammen. Er wollte sich gar nicht vorstellen, was Dufour sich gerade ausmalte.

»Westflügel, Erdgeschoss, links neben dem Treppenaufgang. Soweit ich weiß, steht sogar ein Bett darin. Wenn Ihr etwas Besseres wollt, müsst Ihr es Euch besorgen.«

Er lachte schäbig und Philippe ahnte nichts Gutes. Trotzdem sagte er: »Habt Dank, Monsieur Dufour.«

Der nickte. »Denkt an das Ale und an meine Empfehlung beim König.«

Philippe nickte und ging zur Tür. Er wusste, dass der Preis, den er bezahlt hatte, nicht zu hoch gewesen war. Allerdings war er sich nicht sicher, ob das Zimmer überhaupt einen Preis wert war. Es lag im Trakt der Dienerschaft neben einer Treppe, die viele der Dienstboten benutzten, wenn sie Dinge in die oberen Stockwerke bringen mussten. Wahrlich kein Platz für eine Lady. Aber zumindest hatte sie ein Bett, solange sie krank war. Danach würde er weitersehen.

# KAPITEL EINUNDZWANZIG

Katherine erwachte, als jemand sie hochhob. Ihr Kopf dröhnte und ihr Mund war trocken. Die Hitze in ihrem Körper war immer noch da, ihre Glieder schmerzten.

Verwirrt schaute sie sich um. Das Erste, was sie sah, waren zerwühlte Laken in einem Bett, das ihr vage bekannt vorkam.

»Ihr seid wach«, sagte eine Stimme in der Nähe ihres Ohres. Sie schaute auf und ihr Blick traf den von Capitaine Laurent. Es dauerte einen Moment, bis sie begriff, dass er sie auf dem Arm hielt. Aber warum?

Ihr Kopf schmerzte so sehr, dass sie nicht in der Lage war, einen klaren Gedanken zu fassen. Er hielt sie auf dem Arm, eng an sich gepresst, sie standen neben einem Bett mit zerwühlten Laken. Hatten sie etwa …

Hastig schaute sie an sich herunter. Nein, sie trug ihr Kleid, obwohl das verschwitzt und zerknittert war.

»Was ist passiert?«, fragte sie.

»Ihr seid krank.«

Katherine nickte. »Ich weiß.«

Sein Mundwinkel zuckte, doch er sagte nichts.

Verzweifelt durchforstete Katherine ihre Gedanken. Alles, woran sie sich erinnern konnte, war, dass sie in der Bibliothek gelegen hatte. Jemand hatte auf dem Sofa gesessen und seine Beine gekratzt. War das der Capitaine gewesen? Doch der Mann hatte Strümpfe und Schnallenschuhe getragen. Das konnte nicht der Capitaine gewesen sein.

Sie hatte das Gefühl, als ob sie seit dem Zeitpunkt, da sie dieses Bild gesehen hatte, lange geschlafen hatte, mit wirren Träumen. War das hier in diesem Bett gewesen?

Sie schaute sich weiter um. Sie sah einen Schreibtisch, der voller Briefe lag. Auch der kam ihr bekannt vor.

Und auf einmal begriff sie, wo sie war.

»Lasst mich runter«, befahl sie ihm. Der Schreck über diese Erkenntnis ließ sie die Kopfschmerzen und das Fieber vergessen. Alles in ihr war in heller Aufregung.

Er seufzte. »Ihr seid zu schwach, um selbst zu laufen. Ich trage Euch.«

»Setzt mich sofort runter oder ich schreie.«

Er blickte sie an, dann hob er die Schultern und stellte sie auf die Füße. Sie schwankte und merkte im nächsten Moment, dass er recht gehabt hatte. Sie war wirklich zu schwach. Ihre Knie gaben unter ihr nach und sie kippte zur Seite.

Er fing sie auf und nahm sie wieder auf den Arm. Gleich fühlte sie sich sicherer, auch wenn sie es eigentlich nicht sollte. Mit zitternder Hand strich sie sich über die Stirn, um eine Lösung für diese Situation zu finden. Sie musste hier raus und sie konnte sich unmöglich von ihm tragen lassen. Egal, wie krank sie war. Und wie kam es überhaupt dazu, dass sie in seinem Zimmer war?

Sie versuchte, ihren letzten Rest Würde zusammenzukratzen, und schaute ihn an. »Wo wollt Ihr mit mir hin? Nicht in Euer Bett, oder?«

Es war besser, wenn sie ihm gleich deutlich machte, dass er mit ihr nicht tun und lassen konnte, was er wollte.

Er antwortete nicht sofort und sie konnte sehen, dass er seine Worte überdachte.

»Ich bringe Euch in ein Zimmer, in dem Ihr ungestört seid. Ich habe es für Euch von Monsieur Dufour besorgt.«

Ihr Herz schlug auf einmal schneller. »Ihr habt ein Zimmer für mich?«

Er nickte und sah etwas betreten aus. »Es ist aber nur im Trakt der Dienstboten, doch zumindest hat es eine Tür und ein Bett. Es ist nicht so komfortabel wie dieses hier, aber wenigstens seid Ihr ungestört.«

Enttäuschung mischte sich in Katherines Erleichterung. Natürlich war es kein Zimmer, das sie länger nutzen konnte. Sie konnte ja schlecht im Dienstbotengang wohnen. Doch zumindest war es ein Ort, an dem sie sich ausruhen und wieder gesund werden konnte.

Trotzdem fragte sie sich noch immer, wie sie hierhergekommen war.

»Ihr habt mich in der Bibliothek gefunden, nicht wahr?«

Er nickte einfach nur.

Katherine musste den Blick abwenden, so unangenehm war es ihr. Was dachte er nur von ihr?

Ihr Blick fiel auf das Bett und auf das Kissen, auf dem die Initialen PBL eingestickt waren.

»Warum bin ich hier?«

Sie spürte, dass er erstarrte, und warf ihm einen vorsichtigen Blick zu.

Er räusperte sich. »Ihr brauchtet einen Platz zum Schlafen.«

Sie konnte sich nicht mehr rühren und auf einmal war sie ihm viel zu nahe. Am liebsten hätte sie wieder gestrampelt, um auf den Boden zu kommen.

»Ich lag in Eurem Bett?«

Er atmete tief durch. »Nicht lange.«

Ein Zittern durchlief sie. »Egal, wie lange es war, es gehört sich nicht.«

Aus dem Augenwinkel sah sie, wie er eine Grimasse zog. Aus irgendeinem Grund verscheuchte das ihre eigene Beschämung und machte Ärger breit.

»Wie könnt Ihr es wagen?« Jetzt strampelte sie doch. »Lasst mich gefälligst runter.«

Mit einem Seufzen stellte er sie ab. Für einen Moment verlieh der Ärger ihr Kraft und sie glaubte, dass sie es zumindest bis zur Tür schaffen würde, doch dann packte der Schüttelfrost sie und ihre Knie gaben unter ihr nach. Das Blut rauschte in ihren Ohren, ihr Herz schlug viel zu schnell und sie nahm alles nur noch wie durch einen Nebel wahr. Sie merkte, dass sie einer Ohnmacht nahe war, und streckte suchend die Hand aus, um sich an irgendetwas festzuhalten.

Als ihre tastenden Finger etwas fanden, erkannte sie zu spät, dass es seine Hand war. Doch sie konnte nicht loslassen, sonst wäre sie umgefallen.

»Setzt Euch«, sagte er sanft. Seine Stimme klang wie aus weiter Ferne.

Er dirigierte sie ein Stück zur Seite und drückte sie dann an den Schultern nach unten. Als sie endlich saß, seufzte sie erleichtert auf. Doch der Schwindel wollte nicht fortgehen und die Ohnmacht näherte sich schon wieder.

»Atmet tief ein und aus«, hörte sie ihn sagen.

Sie versuchte, zu tun, was er ihr vorschlug, doch auf einmal geriet sie in Panik und war nicht mehr in der Lage, auch nur einen Atemzug zu nehmen. Sie wollte nicht ohnmächtig werden. Was würde dann mit ihr geschehen? Schließlich war sie hier unten mit ihm allein.

»Ganz ruhig atmen. Wollt Ihr Euch hinlegen?«

Wider Willen nickte sie, in der Hoffnung, dass dann die Ohnmacht fortgehen würde.

Sie spürte seine Hände an ihren Schultern und wie er sie vorsichtig nach hinten drückte. Sobald sie lag, nahm er ihre Füße und schob diese ebenfalls aufs Bett.

Noch immer rauschte es in ihren Ohren, und alles, worauf sie sich konzentrieren konnte, war das beklemmende Gefühl in ihrer Brust. Vage nahm sie wahr, dass dies nicht nur daher kam, dass sie krank war und ein Fieber in ihrem Körper tobte, sondern auch, weil sie im Bett des Capitaines lag. Sie schämte sich fürchterlich. Was musste er von ihr denken?

Es dauerte nur ein paar Herzschläge und dann begann ihr

Kopf, sich zu klären. Katherine sammelte sich noch ein wenig und als sie wieder leichter atmen konnte, fragte sie: »Wie bin ich hierhergekommen?«

Da er nicht gleich antwortete, schlug sie die Augen auf. Er stand vor dem Bett, die Hände hinter dem Rücken verschränkt, und schaute nachdenklich auf sie herunter. Sobald sich ihre Blicke trafen, wandte er sich ab und ging zu einem kleinen Tisch. Er schenkte etwas in einen Becher.

»Trinkt etwas Wein. Er ist mit Weidenrindentee versetzt. Die Dienerin Suzanne sagte, dass dies das Fieber lindert.«

Katherine wollte ablehnen, weil sie sich nicht sicher war, ob sie den Becher halten konnte, doch ihr Mund war so trocken, dass sie etwas trinken wollte. Mühsam stützte sie sich auf die Ellenbogen und versuchte dann, sich ganz aufzusetzen. Der Capitaine beobachtete sie aus dunklen Augen, der Schein der Lampe flackerte über sein Gesicht und machte seinen Ausdruck noch intensiver. Schnell wandte Katherine den Blick ab und bemühte sich, sich aufzusetzen, doch ihr Körper wollte ihr nicht gehorchen.

»Wartet.« Er trat zu ihr, zögerte einen Moment und sagte dann: »Ich werde Euch gegen die Kissen am Kopfende lehnen, dann könnt Ihr leichter trinken.«

»Das ist nicht nötig«, wehrte sie ab.

»Ansonsten muss ich Euch den Becher halten, damit Ihr trinken könnt. Und ich bin mir sicher, dass Ihr das nicht wollt.«

Erstaunt schaute sie ihn an. Er hatte recht, das wollte sie noch weniger, schließlich war sie kein kleines Kind.

»Also gut«, sagte sie und presste die Lippen zusammen. Er sollte ruhig sehen, dass es ihr nicht gefiel.

Katherine wappnete sich dafür, dass er sie wieder anfasste. Sie fragte sich, ob irgendein Mann außer Richard, der ihr einziger Liebhaber gewesen war, sie schon einmal so oft angefasst hatte. Es schien zur Gewohnheit zu werden, dass der Capitaine sie berührte. Und das Schlimmste war, dass sie es genoss, und zwar viel zu sehr. Sogar jetzt, da sie krank war.

Er schob ihr einen Arm unter die Schultern und den anderen unter die Knie. Katherine atmete scharf ein.

Er hielt inne. »Habt Ihr Schmerzen?«

Ja, die hatte sie, aber es waren keine körperlichen Schmerzen, sondern sie wohnten in ihrer Seele. Obwohl ihr Körper krank und schwach war, sehnte sie sich so sehr nach seiner Berührung, dass es schmerzte. Doch sie schüttelte den Kopf.

Mit Leichtigkeit hob er sie hoch und setzte sie gegen die Kissen. »Hier«, sagte er und streckte ihr den Becher hin. Sie griff danach, doch der Becher schien so schwer wie ein Felsbrocken und ihre Hand zitterte. Er hatte noch gar nicht losgelassen, sondern half ihr dabei, den Becher zu halten.

»Lasst mich das machen.«

Seine Stimme war sanft, doch Katherine konnte die Peinlichkeit nicht ertragen. »Ich habe keinen Durst.«

Sie wandte den Kopf ab. Ganz sicher würde sie sich von ihm nicht füttern lassen.

Er seufzte, so als hätte er ein kleines Kind vor sich, und nahm den Becher wieder an sich. Er ging zum Tisch, kippte einen Großteil des Inhalts zurück in den Krug und reichte ihr den Becher dann erneut. Dieses Mal war er viel leichter und obwohl es Katherine immer noch Mühe kostete, ihn zu halten, ging es jetzt besser.

Sie nahm einen kleinen Schluck und die Flüssigkeit fühlte sich himmlisch in ihrem Mund an. Schon bald hatte sie ausgetrunken und obwohl sie immer noch durstig war, reichte sie ihm den Becher. »Danke.«

Es schien, als könnte er genau erkennen, was ihre Bedürfnisse waren, denn er ging zurück zum Krug und schenkte eine kleine Menge ein. Als er ihr den Becher erneut reichte, trafen sich ihre Blicke für einen kurzen Moment.

Das, was sie in seinen Augen lesen konnte, überraschte Katherine. Sie hatte mit Mitleid gerechnet, vielleicht auch mit Abscheu oder Ungeduld, aber da war etwas ganz anderes. Etwas, das sie nicht genau einordnen konnte. Im ersten Moment hielt sie es für Mitleid und sie spürte, wie sich alles in ihr zusammenzog, denn sie wollte nicht bemitleidet werden. Wenn sie gekonnt hätte, wäre sie sicherlich aus dem Bett gesprungen, doch sie wusste, dass sie nicht weit kommen würde. Und dann musste er sie wieder auffangen und zurück ins Bett tragen. Zurück in sein Bett. Diese Tatsache machte ihr noch immer zu schaffen.

Sie nahm den Becher entgegen und wagte erneut einen Blick in seine Augen. Das war kein Mitleid, stellte sie fest. Eher Wärme und Mitgefühl.

Etwas durchrieselte sie angenehm warm. Doch dann war der Moment vorbei, denn er räusperte sich und wandte sich ab. Ging hinüber zum Schreibtisch, so als wollte er Abstand zwischen sich und das Bett bringen.

Als sie den Becher leer getrunken hatte, fragte sie sich erneut, wie sie hierhergekommen war.

»Ihr habt meine Frage noch nicht beantwortet«, erklärte sie ihm.

An seinem Gesicht konnte sie ablesen, dass er sofort wusste, was sie meinte. Sie wartete ab und es dauerte eine Weile, bis er antwortete.

»Ich habe Euch hierhergebracht.« Beinahe herausfordernd schaute er sie an. »Aber nur, weil mir keine andere Möglichkeit blieb.«

Sie versuchte, sich daran zu erinnern, was geschehen war, doch ihre letzte Erinnerung war, dass sie in der Bibliothek gelegen und festgestellt hatte, dass sie auch das Fieber bekommen hatte.

Sie schaute an sich herunter. Sie trug immer noch dasselbe Kleid wie an dem Abend in der Bibliothek, doch es war durchgeschwitzt, zerknittert und hatte Flecken.

»Wie lange bin ich schon hier?«

Wieder dauerte es eine Weile, bis er antwortete, und sie warf ihm einen kurzen Blick zu, unter dem er sich etwas weiter aufrichtete.

»Dies ist die zweite Nacht.«

Katherine hielt die Luft an. Sie lag seit zwei Tagen im Bett des Capitaines?

»Es ist mir so unangenehm«, stieß sie hervor und der Becher in ihrer Hand zitterte.

Er kam wieder zum Bett herüber und nahm ihr den Becher ab. Zum Glück berührten seine Finger die ihren dabei nicht.

»Das muss es nicht. Ihr seid krank.«

Genau das war ja das Problem. Eine Lady war nicht krank, zumindest nicht öffentlich. Wenn einen etwas plagte, zog man sich zurück, ließ sich von einer Dienerin versorgen, doch belästigte niemanden mit seinen Wehwehchen. Schon gar nicht einen fremden Mann, der zudem nur ein Capitaine war.

»Ich sollte gehen«, sagte sie, rührte sich jedoch nicht von der Stelle. Denn zum einen war sie zu schwach und zum anderen wusste sie nicht, wohin. Sie konnte mit diesem Fieber schlecht zu Sophia gehen. Höchstens zurück in die Bibliothek, doch dann würde sie tagsüber entdeckt werden.

Sie spürte seinen Blick auf sich und auf einmal wurde sie wütend. »Schaut mich nicht so an.«

Er hob die Augenbrauen, sagte aber nichts, sondern stellte nur den Becher auf den Boden.

»Wie konntet Ihr es wagen, mich hierherzubringen? Ich habe dem bestimmt nicht zugestimmt.«

Ihr Kopf schmerzte immer noch, obwohl es schon besser geworden war. Es fiel ihr schwer, sich an irgendetwas zu erinnern, was in den vergangenen Tagen passiert war. Doch egal, wie krank sie gewesen war, wenn er sie gefragt hätte, ob sie sich in sein Bett legen wollte, hätte sie bestimmt abgelehnt.

Der Ausdruck eines schlechten Gewissens huschte über sein Gesicht. Er atmete tief durch. »Wäre es Euch lieber gewesen, ich hätte Euch auf dem Boden der Bibliothek liegen gelassen?«

Katherine verschränkte die Arme und nickte. »Ich wäre schon zurechtgekommen.«

»Bis der König erneut zum Lesen in die Bibliothek

gekommen wäre. Ich war froh, dass er Euch nicht entdeckt hat.«

Es war, als hätten seine Worte ein Schleusentor geöffnet. Die Erinnerungen an die Nacht in der Bibliothek stürzten auf einmal auf sie ein. Als die Erkenntnis sie traf, dass der Mann auf dem Sofa der König gewesen war, keuchte sie auf. Sie erinnerte sich daran, wie starr vor Angst sie auf dem Boden gelegen hatte. Der Capitaine und der König hatten sich über die Sicherheit im Schloss unterhalten und auch kurz über sie. Dann hatte der Capitaine sie entdeckt. In diesem Moment hatte sie gedacht, dass sie sterben müsste.

Doch sie erinnerte sich auch daran, dass er sie nicht verraten hatte, sondern dem König erklärt hatte, dass er sich ins Bett legen sollte, woraufhin dieser das Zimmer verlassen hatte.

Eigentlich müsste sie dem Capitaine dankbar sein, denn er hatte sie vor einer weiteren Peinlichkeit bewahrt. Doch sie konnte es nicht.

Sie erinnerte sich auch daran, was dann geschehen war. Ohnmächtig war sie geworden und wieder einmal hatte er sie aufgefangen. Dann hatten sie darüber diskutiert, wohin er sie bringen sollte. Sie hatte vehement abgelehnt, dass er Sophia Bescheid sagte. Doch sie konnte sich nicht daran erinnern, wie ihr Gespräch ausgegangen war.

Auf einmal schreckte sie auf. »Sophia!«

Sie würde sich unglaubliche Sorgen machen, wenn sie nicht wusste, wo Katherine war.

Jetzt versuchte sie doch, aus dem Bett zu steigen. Er war mit einem Schritt wieder neben ihr und drückte sie zurück in die Kissen.

»Eure Schwester weiß Bescheid«, sagte er.

»Dass ich hier bin?« Erneut kroch die Scham in ihren Nacken und packte sie fest.

Er schüttelte den Kopf. »Ich habe ihr nur gesagt, dass Ihr nicht wohl seid, und um sie und die Kinder nicht zu gefährden, würdet Ihr in Eurem Zimmer bleiben.«

Katherine schloss die Augen und lehnte den Kopf zurück in die Kissen. »Das habt Ihr ihr gesagt?«

»Ja.«

»Und Ihr habt ihr diese Nachricht persönlich überbracht?«

Sie konnte sein Zögern fühlen. »Ja.«

Katherine seufzte und fühlte auf einmal eine Enge in der Brust.

»Was ist?«, fragte der Capitaine und streckte die Hand nach ihr aus, zog sie jedoch wieder zurück, bevor er sie berührt hatte.

»Jetzt weiß Sophia, dass ich bei Euch bin.«

Erstaunt schaute er sie an. »Woher sollte sie das wissen?«

»Weil sie alles herausfindet, wenn sie es will.« Sie schüttelte den Kopf. »Ihr hättet ihr die Nachricht nicht überbringen sollen.«

Sie wollte sich gar nicht vorstellen, was Sophia jetzt von ihr dachte.

Er schüttelte den Kopf. »Ich glaube nicht, dass sie das weiß.«

»Ihr kennt sie nicht.«

»Aber sie denkt, dass Ihr in Eurem Zimmer seid.«

»Sie hat ganz sicher schon herausgefunden, dass ich gar kein Zimmer habe.«

Zweifelnd schaute er sie an. »Soll ich noch einmal mit ihr sprechen?«

»Nein!« Katherine fuhr auf. Wie konnte er nur so etwas Dummes fragen? »Ich werde mir schon eine Erklärung überlegen, wenn ich zu ihr gehe.«

Auch wenn sie nicht wusste, wie diese aussehen sollte. Am liebsten wäre sie sofort zum Zimmer ihrer Schwester gegangen, doch sie war wirklich zu schwach.

»Ich glaube nicht, dass sie weiß, dass Ihr bei mir seid. Ich war äußerst diskret.«

»Aber die Tatsache, dass Ihr es wart, der ihr die Nachricht überbracht hat, sagt ihr doch schon alles.« Katherine vergrub das Gesicht in den Händen. »Sie wird denken …« Sie brach ab und schüttelte den Kopf.

»Was wird sie denken?«

»Dass ich mit Euch …« Erneut konnte sie es nicht sagen.

Doch er hakte wieder nach. »Sagt es mir. Vielleicht finde ich eine Lösung dafür.«

Sie hob den Kopf und funkelte ihn an. Machte er sich etwa lustig über sie?

»Sie wird denken, dass ich mit Euch ins Bett gehe.«

Er war überrascht, so viel konnte sie sehen, und es gab ihr ein merkwürdiges Gefühl des Triumphes. Doch dann zuckte sein Mundwinkel.

»Ihr seid aber tatsächlich in meinem Bett.«

Sie konnte seine Frechheit nicht fassen. »Jedoch nicht freiwillig.«

Sein Gesichtsausdruck wurde nachdenklich. »Ihr wisst, dass ich Euch niemals gegen Euren Willen in mein Bett holen würde, nicht wahr?«

Verwirrt starrte Katherine ihn an. Worüber sprachen sie gerade? Es fiel ihr schwer, zu begreifen, was hier vor sich ging. Gaukelte das Fieber ihr etwas vor oder hatte er wirklich gerade das Thema in eine andere Richtung gebracht?

Als sie weiterhin seinen Blick auf sich spürte, wurde ihr klar, dass er tatsächlich auf eine Antwort wartete. »Das weiß ich«, sagte sie daher leise und es war die Wahrheit. Obwohl ihre Begegnungen bisher zu ungewöhnlich gewesen waren, wusste sie, dass er ein Mann von Ehre war. Selbst als er sie mitten in einem Gewitter in den Armen gehalten hatte, seine Lippen den ihren so nah, hatte sie nicht einen Augenblick lang das Gefühl gehabt, als würde er sie zu irgendetwas zwingen oder die Situation ausnutzen wollen. Wenn sie ehrlich war, fühlte sie sich in seiner Nähe immer sicher, auch wenn sie ihn und seine Handlungen manchmal nicht verstand. Ihre Beziehung hatte etwas Verwirrendes bekommen und die Grenzen begannen, sich zu verschieben.

Auch jetzt war er ihr so nah. Nicht nur körperlich. Sie

hätte nur die Hand ausstrecken brauchen, um ihn zu berühren, und sie ahnte, dass er sie gelassen hätte. Auch mit ihren Worten waren sie sich nah. Normalerweise sprach eine Lady mit einem Mann nicht über solche Dinge. Das alles war so verwirrend.

Dann erinnerte sie sich daran, was das letzte Mal passiert war, als sie einem Mann so nahe gekommen war. Sie hatte blutend und allein in einem Bett gelegen und den Verlust ihres Kindes betrauert. Allerdings war Richard kein Mann von Ehre gewesen. Das hatte er eindrucksvoll bewiesen.

Entsetzt bemerkte sie, dass sie in ihren Gedanken abgeschweift war. Der Capitaine saß ganz ruhig vor ihr und wartete, beobachtete sie, war ihr nahe. Katherine seufzte. Sie durfte nicht zulassen, dass er von ihr und sich und dem Bett sprach. Es war zu gefährlich.

Sie richtete sich auf. »Trotzdem bin ich gerade nicht freiwillig hier.«

Mittlerweile erinnerte sie sich daran, worüber sie in der Bibliothek gesprochen hatten, und sie wusste ganz sicher, dass sie nicht zugestimmt hatte, dass er sie hierherbrachte.

Er blickte sie forschend an, so als würde er sich fragen, woran sie gedacht hatte. Katherine hielt seinem Blick stand und entschied, dass sie ihn nicht merken lassen würde, wie sehr er sie verwirrte.

Er senkte den Kopf ein wenig, doch ohne den Blick von ihr abzuwenden. »Das ist in der Tat wahr. Aber ich wusste mir nicht anders zu helfen. Und ich wollte Euch auch nicht in der Bibliothek Eurem Schicksal überlassen. Trotzdem weiß ich natürlich, wie unangenehm es für eine Lady wie Euch ist, in dieser Lage zu sein. Ich hoffe, Ihr könnt mir eines Tages vergeben.«

Als seine Worte ihr bewusst wurden, erkannte Katherine beschämt, dass sie es war, die sich falsch verhalten hatte. Er hatte ihr wirklich nur geholfen. Natürlich hätte er sie in der Bibliothek lassen können. Doch was wäre dann passiert? Man hätte sie unweigerlich entdeckt, vielleicht sogar der König selbst. Sie sollte ihm dankbar sein und ihm nicht solche Vorwürfe machen.

Einem Impuls folgend griff sie nach seiner Hand, die vor ihr auf dem Laken lag. Seine Finger waren kühl unter ihrer vom Fieber warmen Hand und fühlten sich so gut an.

Sie spürte, wie er erstarrte. Vor Überraschung weiteten sich seine Augen ein wenig, doch er zog seine Hand nicht weg.

Katherine räusperte sich. Auf einmal war ihr Mund wieder trocken. »Da gibt es nichts zu vergeben. Ganz im Gegenteil, ich muss Euch danken, dass Ihr Euch um mich gekümmert habt. Es ist schließlich nicht Eure Aufgabe. Dennoch habt Ihr es getan und gleichzeitig ein großes Risiko auf Euch genommen.«

Er hielt den Kopf gesenkt und schaute auf ihre Finger. Atemlos wartete sie darauf, was er als Nächstes sagen würde. Schließlich hob er den Kopf und sein Blick brannte sich in sie, viel stärker als das Fieber, das sie gerade gefangen hielt.

»Vielleicht ist es ja doch meine Aufgabe.«

Katherine erschauderte und noch während sie sich fragte, wie er das meinte, nahm er ihre Finger, umschlang sie mit seinen kühlen, viel größeren und führte sie zu seinem Mund. Vorsichtig legte er die Lippen auf ihre Knöchel und ließ sie dabei nicht einen Moment aus den Augen.

Katherine wusste nicht, wie ihr geschah. Noch vor wenigen Augenblicken war sie wütend auf ihn gewesen und nun das. Sie verstand sich einfach nicht in der Nähe dieses Mannes. Und ihn verstand sie noch weniger.

»Ihr solltet ein wenig schlafen.« Seine Stimme klang rau. »Das alles muss sehr erschöpfend für Euch gewesen sein.«

Katherine nickte, immer noch verwirrt. Ihre Haut brannte dort, wo er sie mit seinen Lippen berührt hatte. Obwohl sie zu gern einfach die Augen geschlossen hätte, fiel es ihr schwer.

Sie atmete tief durch. »Habt Ihr vorhin nicht gesagt, dass Ihr ein Zimmer für mich hättet? Kann ich dort schlafen?«

Er seufzte leise und erhob sich.

»Was ist?«, fragte sie, als er nicht antwortete. »Gibt es das Zimmer doch nicht?«

Er senkte den Kopf. »Das Zimmer existiert. Allerdings ist es im Dienstbotentrakt. Es wäre zwar leicht für Suzanne, Euch dort zu versorgen, aber ich bin mir nicht mehr sicher, ob es eine gute Idee ist, wenn ich Euch dorthin bringe.«

»Warum nicht?«

Nach ihren Nächten in der Leinenkammer und in der Bibliothek hörte sich selbst ein Zimmer bei den Dienstboten wundervoll an. Hauptsache, es gab eine Tür, die man hinter sich schließen konnte.

»Weil ich mich dort nicht mehr um Euch kümmern kann.«

Überrascht schaute Katherine ihn an und fragte sich, ob sie ihn richtig verstanden hatte. »Ihr braucht Euch nicht um mich zu kümmern.«

Sein Blick wurde weich, doch dann schlich sich ein gequälter Ausdruck in seine Augen. »Ich möchte es aber gern.«

»Ihr müsst es nicht aus Pflichtgefühl tun. Ihr habt schon genug für mich getan.«

Sie konnte sehen, wie es in ihm arbeitete, und sie fragte sich, ob er wohl darüber nachdachte, wie er ihr schonend beibringen konnte, dass er froh war, dass sie ihm dieser Pflicht entbunden hatte. Gleichzeitig bewegte sich etwas in ihr. So unangenehm ihr der Gedanke auch war, hier in seinem Bett zu sein, so machte sie die Aussicht, allein in einem Zimmer im Dienstbotentrakt zu liegen und ihn nicht mehr zu sehen, unruhig.

Er trat ans Bett und setzte sich auf die Kante. Es dauerte einen Moment, bis er sie anschaute, doch als er es tat, lag darin nichts als Wärme.

»Wenn man Soldat ist, weiß man sehr gut, was Pflichtgefühl ist. Ich habe schon viele Dinge in meinem Leben nur getan, weil ich glaubte, sie wären meine Pflicht. Doch wenn es um Euch geht, spüre ich nichts davon.«

Atemlos schaute sie ihn an. »Was fühlt Ihr dann?«

Die Worte waren heraus, bevor sie darüber nachdenken

konnte. Doch sie konnte und wollte sie nicht mehr zurücknehmen.

Wieder dauerte es einen Moment, bis er antwortete. In dieser Zeit schienen seine Augen irgendetwas in ihrem Gesicht zu suchen.

»Ich weiß es noch nicht.«

Ein Flattern breitete sich in ihrem Bauch aus. Er deutete etwas an, rührte an etwas, das sie gleichzeitig beflügelte und ihr Angst machte. Genau das gleiche Gefühl konnte sie auch in seinen Augen sehen.

Er legte seine Hand auf ihre. »Können wir es fürs Erste dabei belassen, dass ich mich gern um Euch kümmern möchte? Ich will Euch nicht allein in dieser Kammer lassen. Hier bei mir kann ich mehr für Euch da sein.«

Tränen stiegen in Katherine auf, doch sie würgte sie herunter, obwohl das schmerzhaft war. Sie konnte sich nicht daran erinnern, dass schon einmal jemand zu ihr gesagt hatte, dass er sich um sie kümmern wollte.

Er drückte ihre Finger. »Könnt Ihr das zulassen?«

Katherine brachte nur ein Nicken zustande.

»Dann schlaft jetzt ein wenig. Ihr müsst erschöpft sein.«

Sie schaute noch einmal zu ihm auf und als ihre Blicke sich trafen, erschauderte sie. Darin lagen so viele Gefühle, die sie nicht deuten konnte. Dann legte sie den Kopf zurück und schloss die Augen.

Er drückte ihre Finger noch einmal und erhob sich. Sie spürte, wie sein Gewicht die Matratze verließ, und auf einmal fühlte sie sich allein. Doch dann deckte er sie zu, steckte die Decke um ihre Schultern fest, so wie ihre Kinderfrau es manchmal getan hatte, als sie noch ein kleines Mädchen gewesen war, und sagte: »Morgen früh werde ich Suzanne kommen lassen, damit sie Euch hilft, das Kleid zu wechseln. Sie wird Euch auch etwas zu essen bringen und noch einen Tee gegen die Schmerzen.«

Katherine zwang sich, die Augen zu öffnen. »Meine Truhe ist noch in der Bibliothek.«

Er lächelte. »Nein, sie steht dort vorn.«

Jetzt traten ihr doch die Tränen in die Augen. »Danke«, flüsterte sie erstickt.

»Schlaft jetzt. Ich passe auf Euch auf.«

Katherine wusste, dass er es ernst meinte, und zu gern hätte sie ihm noch etwas gesagt, doch im nächsten Moment übermannte sie bereits der Schlaf.

# KAPITEL ZWEIUNDZWANZIG

Als die Glocke zur Morgenandacht schlug, wusste Philippe, dass er aufbrechen musste, um nicht zu spät zum Dienst zu kommen. Eigentlich hatte er heute den Wachwechsel an den Königsgemächern überwachen wollen, denn er hatte gedacht, dass Lady Katherine zu diesem Zeitpunkt in dem Bett in der kleinen Kammer liegen und von der Dienerin versorgt werden würde. Doch es war anders gekommen und sie lag noch immer in seinem Bett.

Er konnte nicht umhin, sich einzugestehen, dass es ihm gefiel. Sehr sogar. Ihr Gespräch in der Nacht hatte ihn überrascht und in tiefe Verwirrung gestürzt. Und zwar nicht das, was sie gesagt hatte, sondern die Worte, die er selbst gefunden hatte.

Nachdem sie wieder in seinem Bett eingeschlafen war und er die Decke um sie herum festgesteckt hatte, wie seine Mutter es jeden Abend bei ihm getan hatte, als er noch ein kleiner Junge gewesen war, hatte er sich auf seinen Schreibtischstuhl gesetzt, sie einfach nur angeschaut und darüber nachgedacht, was geschehen war. Sie war so stolz gewesen und hätte seine Hilfe am liebsten abgelehnt, doch das konnte sie nicht, denn sie war zu schwach. Und er hätte alles getan, um ihr helfen zu dürfen.

Er wollte sich um sie kümmern, sie beschützen vor der Welt da draußen, wollte ihr zeigen, dass sie nicht alles allein durchstehen musste. Er wollte, dass sie nicht alle Kraft aufwenden musste, um sich hinter ihrem Stolz zu verstecken. Und er wollte die wahre Katherine zum Leben erwecken, denn hinter der spröden Fassade steckte eine gefühlvolle und leidenschaftliche Frau, das hatte er nun schon mehrmals erlebt. Noch nie hatte er sich einer Frau gegenüber so gefühlt. Ja, er hatte so manche Frau begehrt, aber das hier war etwas ganz anderes. Nur was?

Er mochte es, dass sie ihre Prinzipien hatte und zu stolz war, um irgendetwas zu bitten, sondern in Kauf nahm, dass sie auf dem Boden in der Bibliothek schlief. Er hatte großen Respekt vor ihr.

Dieses Mal schlief sie viel tiefer und ruhiger, was ein gutes Zeichen war, wie Suzanne gesagt hatte. Das Fieber ging langsam zurück. Sonst hätte sie sich auch nicht derart mit ihm streiten können.

Er musste lächeln, als er daran dachte. Obwohl sie krank war und auf seine Hilfe angewiesen, hatte sie ihn zurechtgewiesen. Noch nie hatte er eine Frau wie sie kennengelernt und er wusste, dass er das auch nie wieder würde.

Das brachte ihn zum nächsten Problem. Er wollte gar keine andere Frau mehr kennenlernen. Er wollte sie, nur sie. Das war ihm in dem Moment bewusst geworden, als sie nach seinen Fingern gegriffen hatte und er ihr gesagt hatte, dass er es als seine Aufgabe ansah, sich um sie zu kümmern. Und obwohl er gespürt hatte, dass seine Worte sie auch berührten und etwas in ihr zum Klingen brachten, war er sich unsicher, was sie fühlte. Er hatte sie die ganze Nacht angestarrt, als ob ihn das einer Antwort näher bringen würde.

Als er die Zeit schließlich nicht mehr weiter hinauszögern konnte, erhob er sich mit steifen Gliedern, schlüpfte in seine Uniformjacke, knöpfte sie zu und trat ans Bett. Sie musste ihn gehört haben und davon erwacht sein, denn auf einmal bemerkte er, dass ihre Augen geöffnet waren. Ruhig schaute sie ihn an. Der Fieberglanz darin war verschwunden.

»Ich muss gehen«, sagte er.

Sie nickte. »Ich weiß.«

Für einen kurzen Moment fragte er sich, ob sie diese Worte bewusst gewählt hatte. Für ihn hatten sie mittlerweile eine Bedeutung, und jedes Mal, wenn sie sie sagte, dachte er daran, wie sich ihre Haut unter seinen Lippen angefühlt hatte.

»Wie fühlt Ihr Euch?«

Sie schien in sich hineinzuhorchen. »Ein wenig besser.«

»Das ist gut.« Er zögerte, wollte nicht gehen. »Kann ich noch etwas für Euch tun?«

Wieder schaute sie ihn einfach nur aus diesen goldenen Augen an und er fragte sich, was in ihrem Kopf vorging.

»Nein, Ihr habt schon genug getan.«

Am liebsten hätte er ihr gesagt, dass er nicht einmal annähernd das für sie getan hatte, was er wollte. Wenn es nach ihm gegangen wäre, hätte er sie auf Händen getragen. Die Erkenntnis erschütterte ihn und erfüllte ihn gleichzeitig mit Freude.

»Ich bin bald wieder da«, sagte er. Schon jetzt plante er, ab und zu vorbeizuschauen. Er konnte nicht bis heute Abend fortbleiben. Auch gestern, als sie den ganzen Tag geschlafen hatte, war er immer wieder hierhergekommen, um sich zu vergewissern, dass es ihr gut ging.

Doch gestern war noch alles anders gewesen. Ihr Gespräch heute Nacht hatte alles verändert, selbst wenn er nicht wusste, warum.

Sie lächelte. »Das wäre schön.«

Sein Herz stolperte ein wenig. Ob sie es auch fühlte?

Eine Weile schaute er auf sie herunter, hielt ihren goldenen Blick fest, dann konnte er nicht widerstehen, strich ihr vorsichtig über die Wange und ließ seine Finger in ihre seidigen Haare gleiten. Sie ließ es geschehen, ohne den Blick abzuwenden, und er wusste, dass es für sie ungewöhnlich war. Deswegen schlug sein Herz jetzt noch schneller.

Er ließ seinen Finger an ihrem Hals hinuntergleiten und als er ihn fortnahm, sah er, dass sich auf ihrem Arm eine Gänsehaut gebildet hatte. Er hoffte so sehr, dass es war, weil sie es genossen hatte, und nicht, weil sie es gerade so ertragen hatte.

»Bis später«, stieß er hervor und wandte sich schnell ab, bevor er sich zu noch mehr Dingen verleiten lassen würde, bei denen er sich den ganzen Tag fragen würde, ob sie es schön fand oder nicht.

Der Tag schien sich endlos in die Länge zu ziehen. Er bat die Dienerin Suzanne, zu Katherine zu gehen und ihr zu helfen, sich frisch zu machen. Zum Glück war die freundliche junge Frau zurückhaltend und verschwiegen und sagte nichts dazu, dass Lady Katherine in seinem Zimmer war.

Gegen Mittag schaute er einmal nach ihr, doch sie schlief wieder und er hatte keine Gelegenheit, mit ihr zu sprechen.

Den Rest des Tages verbrachte er in einem merkwürdigen Zustand. Er erledigte zwar seine Aufgaben, war in Gedanken aber immer bei ihr. Er fragte sich, wie es ihr ging. Aber am schlimmsten war es, dass er sich ständig fragte, ob sie auch gefühlt hatte, dass sich etwas zwischen ihnen verändert hatte.

Als er am Ende des Tages wieder zu seinem Zimmer ging, musste er sich eingestehen, dass er heute häufiger an Lady Katherine gedacht hatte als jemals zuvor an eine andere Frau. Sie raubte ihm tatsächlich den Verstand, so wie die Köchin es prophezeit hatte, und er konnte nichts dagegen tun.

Sie war wach, als er eintrat. Noch immer war sie blass, doch sie wirkte nicht mehr so schwach wie in der Nacht zuvor. Das Fieber schien verschwunden.

Die Dienerin war da gewesen und Lady Katherine trug ein anderes Kleid. Es irritierte ihn ein wenig, sie in einem dunkelblauen, hochgeschlossenen Kleid in seinem Bett zu sehen. Mit dem Rücken lehnte sie am Kopfende des Bettes und ein Laken bedeckte ihre Beine. Neben ihr auf dem Tisch standen eine

Suppenschale und ein Becher mit Wein. Der Schein der Öllampe flackerte über ihr Gesicht.

Ihre goldenen Augen richteten sich auf ihn, doch sie sagte nichts.

Sorgfältig schloss er die Tür hinter sich, dann trat er an den Schreibtisch und öffnete seine Jacke. Im Vergleich zu den oberen Räumen, in die jetzt die Abendsonne fiel, war es hier unten angenehm kühl.

»Geht es Euch besser?«

Nachdenklich schaute sie ihn an. »Wollt Ihr, dass ich gehe? Ich denke, ich wäre dazu in der Lage.«

Schnell schüttelte er den Kopf. Nein, er wollte ganz und gar nicht, dass sie ihn verließ.

»Ihr könnt so lange bleiben, wie Ihr wollt.«

»Aber dann habt Ihr keinen Platz zum Schlafen.«

Wollte sie nicht mehr mit ihm in einem Raum sein?

»Ich könnte auch in der Kammer schlafen, die Monsieur Dufour mir gegeben hat.« Er zögerte. »Allerdings wäre ich dann nicht für Euch da, wenn Ihr etwas braucht.«

Sie taxierte ihn und er fragte sich, was in ihrem Kopf vor sich ging. Er fürchtete sich vor ihrer Antwort, denn er wollte nicht in der Kammer schlafen. Er wollte hier bei ihr sitzen und sie die ganze Nacht anschauen.

Als sie nicht antwortete, fügte er hinzu: »Es macht mir ganz und gar nichts aus, auf einem Stuhl oder auf dem Boden zu schlafen. Im Heerlager habe ich schon in viel unbequemeren Posen geschlafen.«

Er ahnte, dass sie gerade mit ihrem Stolz rang. Sie war eigentlich noch zu schwach, um irgendwo anders hinzugehen, das verriet das Zittern ihrer Hand, als sie sich eine imaginäre Strähne aus dem Gesicht strich.

»Ihr wart im Krieg?«, fragte sie unerwartet.

Er nickte.

»In welchem?«

»Dem Holländischen Krieg.«

Sie runzelte die Stirn und ihm fiel auf, dass ihr das vermutlich wenig sagte.

»König Louis hat gegen William of Orange gekämpft.«

»Der William of Orange, der dafür gesorgt hat, dass wir hier sind?«

Er nickte. »Genau der.«

Und wenn er ehrlich war, war er mittlerweile froh darüber, dass es so gekommen war. So manches Mal hatte er sich schon darüber geärgert, dass der englische König nach Frankreich geflohen war und ausgerechnet er es war, der ihn hier bewachen musste. Doch seit vergangener Nacht wusste er, dass er Lady Katherine Eastham niemals kennengelernt hätte, wenn William of Orange sich nicht einfach den englischen Thron genommen hätte. Früher auf dem Schlachtfeld hatte Philippe mit viel Hass gegen diesen Mann gekämpft, doch für den Schachzug in England war er ihm dankbar, hatte es doch diese wunderbare Frau nach Frankreich gespült.

»Erzählt Ihr mir davon?«

Erstaunt blickte er sie an. Sie wollte, dass er ihr vom Krieg erzählte?

In diesem Moment klopfte es an der Tür.

»Capitaine Laurent? Ich habe Euer Nachtmahl«, vernahm er Suzannes Stimme von draußen.

Er beeilte sich, die Tür zu öffnen. Seine Männer sollten nicht sehen, dass die Dienerin ihm etwas brachte. Eigentlich aß er mit den anderen Männern zusammen.

Mit einem großen Tablett in der Hand schlüpfte sie durch die Tür. »Hier ist Suppe für Euch, Mylady, und noch ein Trank, damit das Fieber nicht wiederkommt.« Sie schaute Philippe an. »Ich konnte Euch auch nur Suppe mitbringen. Alles andere wäre zu auffällig gewesen.«

Er war dankbar, dass sie überhaupt an ihn gedacht hatte. »Vielen Dank, Suzanne.«

Die junge Dienerin stellte die Schüsseln und Krüge auf dem Tisch ab. Dann wandte sie sich Katherine zu. »Wie geht es Euch, Mylady?«

»Viel besser. Danke, Suzanne. Ich denke, dass der Trank, den du besorgt hast, gut wirkt.«

Katherine lächelte und Philippe starrte sie bezaubert an. Wirklich oft hatte er sie noch nicht lächeln sehen, doch es veränderte ihr Gesicht so unglaublich, dass er nicht mehr wegschauen konnte.

Suzanne beugte sich vor und flüsterte Katherine etwas zu, diese nickte und errötete sogar leicht. Die beiden Frauen führten das Gespräch noch eine Weile flüsternd weiter und Suzanne schien Katherine etwas zu erklären.

Philippe fühlte sich wie ein Eindringling. Anscheinend waren es Frauenthemen, über die die beiden sprachen.

Schließlich wandte Suzanne sich ab und knickste vor ihm. »Ihr wisst, wo Ihr mich findet, Capitaine Laurent.«

Er nahm seine Börse vom Tisch und fischte eine kleine Münze heraus. »Danke, dass du dich so gut um Lady Katherine kümmerst.«

Die Augen der Dienerin wurden groß, als sie die Münze nahm. Sie knickste wieder. »Habt Dank!«

»Ich habe zu danken. Du leistest hervorragende Arbeit, und vor allem bist du diskret. Das weiß ich sehr zu schätzen.«

Die junge Frau senkte die Augen, als er ihr das Kompliment machte. Dann eilte sie zur Zimmertür und wenige Momente später waren sie wieder allein, vermutlich für den Rest der Nacht. Philippe fühlte eine Vorfreude in sich aufsteigen, für die er sich fast schämte.

Er ging zum Tisch, nahm eine der Suppenschüsseln, in denen die kräftige Brühe noch dampfte, und reichte sie Katherine. Sie nahm sie entgegen und ihre Blicke trafen sich. Warum hatte sie nur diese faszinierenden Augen?

»Setzt Ihr Euch zu mir und erzählt mir von Euren Erlebnissen im Krieg?«

»Warum wollt Ihr darüber etwas hören?«

Sie hob die Schultern und setzte ihre Schale vorsichtig auf ihrem schlichten blauen Rock ab. »Mein Vater war nie im Krieg und ich kenne auch sonst niemanden. Wir hatten nur einen Onkel, der irgendwann einmal zur See gefahren ist. Und es ist eine Welt, die ich niemals kennenlernen werde. Deswegen würde ich gern mehr darüber erfahren.«

Solche Worte hatte er noch nie aus dem Mund einer Frau gehört. Er zog sich seinen Schreibtischstuhl heran und sagte: »Seid froh, dass Ihr diese Welt niemals kennenlernen werdet. Es ist nichts für eine Frau.«

»Warum nicht?«

Diese Frage überraschte ihn, doch sie meinte es ernst, merkte er.

»Weil es meist dreckig und kalt ist. Man verbringt viel mehr Zeit mit Warten als mit Kämpfen. Und bei einem Kampf, so aufregend er auch sein mag, so wenig weiß man, ob man lebend herauskommt. Man sieht Männer neben sich fallen oder verwundet werden, die man als Freunde schätzen gelernt hat, und schämt sich dafür, dass man erleichtert ist, dass es nicht einen selbst getroffen hat. Denn schlimmer, als getötet zu werden, ist es, verwundet nach Hause zu kommen.«

Ruhig schaute sie ihn an. »Warum?«

Er atmete tief durch und wunderte sich, dass er überhaupt so viel gesagt hatte. Er war sich nicht sicher, ob er diese Gedanken schon einmal mit jemandem geteilt hatte. Doch auf eine merkwürdige Weise tat es ihm gut.

»Weil sich dann die Menschen um einen kümmern müssen, denen man geschworen hatte, dass man für sie sorgen würde. Das ist für die meisten Männer schwer zu ertragen. Deswegen gehen sie oft nicht zu ihren Familien zurück.«

»Gibt es denn eine Frau, der Ihr geschworen habt, dass Ihr Euch um sie kümmert, und die bisher das Glück hat, dass Ihr lediglich ein paar Narben davongetragen habt?«

Ihre Stimme klang leicht, fast amüsiert, doch sie umklammerte die Schale etwas fester.

Ein sanftes Prickeln der Hoffnung machte sich in Philippe breit. Fragte sie ihn gerade aus, ob er eine Frau hatte? Er ließ sich Zeit mit der Antwort und er spürte, dass ihre Anspannung stieg. Er wurde neugierig. Jetzt wollte er es genauer wissen.

»Ja und nein.«

Ihr Atem ging ein wenig schneller, stellte er zufrieden fest, während sie sich äußerlich ruhig gab und - ganz die Lady - keine Miene verzog. Sie hakte nicht nach, obwohl er sah, dass sie es wollte. Schließlich hielt sie es nicht mehr aus. »Wie meint Ihr das? Ihr seid also verheiratet?«

Ihre blassen Wangen nahmen eine rosige Färbung an.

Er schüttelte den Kopf. »Nicht mehr. Meine Frau ist bei der Geburt unserer Tochter gestorben. Doch ich habe geschworen, dass ich mich immer um meine Tochter kümmern werde. Genau wie um meine Mutter, bei der sie lebt. Und damit sie sich niemals um mich kümmern müssen, habe ich die Armee verlassen und bin in den Dienst in Versailles getreten.«

Er beobachtete die Wirkung seiner Worte auf sie genau. Ihre Augen weiteten sich vor Verwunderung. »Es tut mir sehr leid, dass Ihr Eure Frau verloren habt.«

Jetzt war es an ihm, überrascht zu sein. »Danke.«

Es war sehr lange her, dass jemand das zu ihm gesagt hatte, und jedes Mal, wenn es passiert war, hatte er ein schlechtes Gewissen gehabt. So auch dieses Mal. Er hatte Marguerite kaum gekannt und sie nur geheiratet, weil das Land, das sie als Mitgift mitbrachte, an das Land seiner Familie grenzte. Sie hatten nur zwei Wochen nach der Hochzeit miteinander verbracht. In dieser Zeit hatten sie ihre Tochter gezeugt. Das hatte er aber erst erfahren, als er schon ein paar Monaten zurück beim Heer war. Er hatte Marguerite nie wiedergesehen, denn als er nach Hause zurückgekehrt war, hatte man sie bereits beerdigt und er war Vater einer kleinen Tochter, mit der er zunächst nicht viel anzufangen wusste. Er war Soldat und sonst nichts. In dem Moment, als er das kleine Bündel auf dem Arm gehalten hatte, war ihm klar geworden, dass die Heirat ein fataler Fehler gewesen war.

Mittlerweile konnte er sich nicht einmal mehr an das Gesicht seiner Frau oder an ihre Stimme erinnern. Der einzige Beweis, dass sie existiert hatte, war Jeanne, die inzwischen fast zehn Jahre alt war und die er zu lieben gelernt hatte.

Doch das alles war nur dank seiner Mutter geschehen, die das Kind mit viel Hingabe großgezogen hatte und es immer noch tat.

»Warum habt Ihr nicht wieder geheiratet?«

Ihre Stimme zitterte ein wenig und sie tauchte den Löffel in die Suppe.

Die ehrliche Antwort war, dass er kein Interesse daran hatte, diese Erfahrung zu wiederholen. Während er noch nach eine Worten suchte, fragte sie: »Trauert Ihr so sehr um Eure verstorbene Frau?«

Sie hatte sich wieder gefangen, das konnte er ihrer Stimme anhören.

Er schüttelte den Kopf, dann hob er den Blick und schaute sie direkt an. »Weil ich nicht vorhabe, noch einmal nur wegen der Mitgift zu heiraten. Es war der größte Fehler meines Lebens. Und noch habe ich keine Frau getroffen, die mich auch nur annähernd genug interessiert hätte, als dass ich sie für den Rest meines Lebens an meiner Seite wissen wollte.« Er atmete tief durch und fügte dann leise hinzu: »Bis jetzt.«

Sie schluckte hart und wandte nach einem Moment den Blick ab. Sie hatte ihn genau verstanden. Oder doch nicht? Zu seiner Enttäuschung schwieg sie. Was ging nur in ihrem Kopf vor?

Um das immer länger werdende Schweigen zu unterbrechen, nahm er seine Schale vom Tisch und führte sie an den Mund. Die Brühe duftete gut, obwohl es eigentlich nicht die geeignete Mahlzeit für einen warmen Tag wie diesen war.

Bevor er die Schale an die Lippen setzen konnte, sagte sie: »Verbrennt Euch nicht.«

Zu spät, dachte er, doch im Gegensatz zu ihr meinte er nicht die Suppe.

Vorsichtig nahm er einen Schluck. Die Brühe war bereits ein wenig abgekühlt, rann aber immer noch warm seine Kehle hinunter.

Als er feststellte, dass sie nicht auf seine Bemerkung

antworten würde, beschloss er, den Spieß umzudrehen. »Warum seid Ihr nicht verheiratet?«

Ihr Blick verdunkelte sich. »Ich glaube nicht, dass das eine Frage ist, die Ihr einer Lady stellen solltet.«

»Warum nicht?« Auch er konnte Gegenfragen stellen.

Anscheinend hatte sie gedacht, dass das Thema beendet war, denn er sah die Verblüffung in ihren Augen. »Weil es sich nicht gehört.«

Er nahm noch einen Schluck von der Brühe und überdachte seinen nächsten Schritt. Es war wie das Taktieren vor einer Schlacht. Es machte wirklich Freude, mit ihr zu sprechen. Meistens war sie schlagfertig und gewitzt, gepaart mit einer drolligen Art von Hochmut, den sie selbst manchmal nicht ernst zu nehmen schien.

»Katherine«, sagte er und benutzte mit Absicht nur ihren Vornamen, denn er wusste, dass dies eine Reaktion bei ihr hervorrufen würde, und tatsächlich kräuselten sich ihre Lippen, »die meisten Dinge, die wir miteinander tun, gehören sich nicht. Da finde ich, dass wir uns gegenseitig so etwas fragen dürfen. Schließlich wolltet Ihr auch wissen, ob es eine Frau in meinem Leben gibt.«

Mit Freude beobachtete er, wie sogar ihre Ohren rot wurden und sich Flecken an ihrem Hals bildeten. Hatte sie wirklich geglaubt, dass er nicht gemerkt hatte, dass sie ihn ausgefragt hatte?

Sie stellte ihre Schüssel weg und verschränkte die Arme. »Nur weil ich in Eurem Bett liege, heißt das nicht, dass Ihr mich mit meinem Vornamen ansprechen dürft.«

Er hob die Schultern. »Ihr dürft mich gern Philippe nennen.«

»Das möchte ich aber nicht.«

Er lächelte und wusste, dass seine nächste Bemerkung ihren Hochmut kitzeln würde.

»Warum nicht? Immerhin liegt Ihr in meinem Bett.«

Die Empörung war ihr ins Gesicht geschrieben und im nächsten Moment schwang sie die Beine über die Bettkante.

»Dann ist es wohl besser, wenn ich gehe. Da ich kein Fieber mehr habe, werde ich bestimmt keine Gefahr mehr für meine Schwester darstellen.«

Sie wollte aufstehen, doch er streckte die Hand aus, legte sie ihr auf den Arm und hielt sie so zurück. Er liebte diese kleinen Berührungen und zum Glück zog sie den Arm nicht weg.

»Legt Euch wieder hin. Ich habe nur einen Scherz gemacht. Und ich weiß, dass Ihr klug genug seid, um ihn zu verstehen. Unsere Köchin hat immer gesagt, dass Lachen genauso zur Genesung beiträgt wie Schlaf und gutes Essen. Ihr seht, ich wollte also nur helfen, dass Ihr schneller wieder gesund werdet.«

Sie zögerte. »Mir ist aber nicht zum Lachen zumute.«

»Legt Euch trotzdem wieder hin, und ich versuche, Euch auf andere Art zum Lachen zu bringen. Ich nehme die Frage zurück, wenn sie Euch so unangenehm ist.«

Ihr Blick begegnete seinem und für einen kurzen Augenblick sah er den Schmerz darin, den sie im nächsten Moment schon wieder maskierte. Dann hob sie die Füße grazil aufs Bett. Überrascht stellte er fest, dass sie weder Schuhe noch Strümpfe trug. Einen Moment lang starrte er auf ihre nackten Füße, die sie nicht wieder unter das Laken schob. Zu gern hätte er sie angefasst.

Ihre Worte rissen ihn aus seinen Gedanken.

»Ich werde Euch diese Frage beantworten, wenn Ihr mir sagt, warum Ihr das wissen wollt.«

Er zwang sich, seinen Blick von ihren Füßen loszureißen. »Ihr verhandelt hart, Lady Katherine.«

Sie nickte hoheitsvoll. »Das lernt man, wenn man sechs Schwestern hat.«

»Sechs Schwestern? Dann lasst mich raten. Ihr seid nicht verheiratet, weil Ihr die jüngste seid.«

Auf einmal wirkte sie traurig und senkte den Kopf. Verdammt, er hatte genau das Falsche gesagt.

Er beugte sich vor und stellte seine Schüssel ebenfalls ab.

»Ich wollte Euch nicht kränken, bitte verzeiht. Vergesst, was ich gesagt habe.«

Sie presste für einen kurzen Moment die Lippen zusammen. Dann schüttelte sie den Kopf. »Ihr könnt ja nichts dafür. Ich bin die älteste der Schwestern, aber alle anderen außer einer sind bereits verheiratet.«

Sie hob den Kopf und schaute ihn an. Er konnte den Schmerz in ihren Augen sehen, den sie mühsam zu verbergen suchte, aber es nicht schaffte.

Er war ein Trottel, er hatte wirklich genau das Falsche gesagt.

»Das muss schwer für Euch sein.«

Verwirrt schaute sie ihn an. Dann nickte sie erst, schüttelte aber gleich darauf den Kopf. »Es ist, wie es ist. Es hat sich einfach so ergeben. Anscheinend war in London bekannt, dass mein Vater nicht genug Geld für eine Mitgift hatte. Leider wussten wir nur nichts davon und haben uns gewundert, warum uns keiner wollte. Dann gab es einmal einen Mann, der um meine Hand angehalten hat. Aber ich habe ihn abgelehnt, denn ich dachte, dass noch viele kommen würden, immerhin ist mein Vater der Earl of Eastham.«

Seine Brust zog sich schmerzhaft zusammen. Sie sagte es so, als ob ihr Vater ein mächtiger und hochstehender Mann war, was vermutlich auch so war. Eine Tochter eines solchen Mannes zu heiraten, wäre für jemanden wie ihn völlig undenkbar.

Er räusperte sich. »Warum habt Ihr ihn abgelehnt?«

Sie seufzte. »Er war nur ein Viscount.«

Erneut spannte sich alles in Philippe an. Er hatte keine Chance bei dieser Frau.

»Das muss schwer für Euch gewesen sein.«

Sie seufzte. »Das Schlimmste war, dass er meine Schwester geheiratet hat und ich noch bei der Hochzeit Mitleid für sie empfand, dass sie nur einen Viscount bekommen hatte. Dazu war er ungebildet und hatte Mundgeruch.« Sie drückte den

Rücken durch. »Leider blieb er der Einzige, der sich je für mich interessiert hat.«

Es schien, als wollte sie noch etwas hinzufügen, doch sie schloss den Mund wieder und schwieg.

»Die Männer in London müssen verrückt sein«, sagte Philippe und meinte es genau so.

Sie hob den Blick wieder und schaute ihn verwundert an. Dann zuckte sie die Schultern. »Vielleicht war ich auch einfach zu sicher, dass mich noch jemand anders wollte als nur ein Viscount. Ich hätte nicht so selbstgefällig sein sollen. Die Frau eines Viscounts zu sein, ist immerhin besser, als als alte Jungfer zu sterben. Sogar meine jüngste Schwester ist mittlerweile verheiratet.«

Philippe versuchte, die Erkenntnis, dass sie selbst einen Viscount unter ihrem Stand ansah, zu verdrängen. Er wusste ja, dass sie der Meinung war, dass ein einfacher Capitaine ihrer nicht würdig war. Trotzdem machte ihre Geschichte ihm Hoffnung, denn es klang so, als wäre sie traurig darüber, dass kein Mann sie hatte haben wollen. Aber er wollte sie. So sehr.

»Ehrlich gesagt bin ich froh darüber, dass Ihr nicht verheiratet seid.«

Er war selbst überrascht über seine Worte, doch zurücknehmen konnte er sie nicht.

Sie richtete sich auf und die roten Flecken auf ihrem Hals erschienen wieder. Doch sie sagte nichts. Sie wollte anscheinend nicht darauf eingehen.

Und er wollte sie auf keinen Fall drängen. Nicht, dass sie doch noch die Flucht ergriff.

»Wie kam es, dass Ihr hierhergekommen seid?«, fragte er stattdessen.

Er hatte gedacht, dass diese Frage sie entspannen würde, doch sie wurde noch steifer und ihr Atem ging auf einmal schneller. Sie hatte Angst, stellte er fest. Diese Geschichte wollte sie noch weniger erzählen als die von den fehlenden Heiratsanträgen. Er ahnte, dass er auf ihre wahre Geschichte gestoßen war.

Prickelnde Neugier breitete sich in ihm aus und er beobachtete sie aufmerksam. Sie wirkte, als wäre sie ein scheues Reh, das die Hunde in seiner Nähe hatten bellen hören und überlegte, in welche Richtung es fliehen sollte. Doch dieses Mal nahm er die Frage nicht zurück und sie war zu höflich, um nicht zu antworten.

Sie richtete den Blick auf ihre Hände. »Das ist nicht so einfach zu erklären.«

Er lehnte sich zurück und nahm sich einen Becher mit Wein. »Ich habe heute Nacht nichts anderes zu tun.«

Sie haderte mit sich, das war eindeutig. Schließlich schüttelte sie den Kopf. »Ich bin zu erschöpft.«

Ihre Worte ernüchterten ihn ein wenig. Im Laufe ihres Gesprächs hatte er den Grund, warum sie in seinem Bett lag, vollkommen vergessen. Das Fieber war erst heute Morgen verschwunden. Natürlich war sie noch nicht wieder bei Kräften. Sie konnte ja kaum aufstehen.

»Ich muss um Entschuldigung bitten. Ruht Euch aus.«

Sie seufzte. »Das werde ich am besten tun.«

Philippe erhob sich und schob den Stuhl zum Schreibtisch. »Ich werde ein wenig Korrespondenz erledigen. Ich hoffe, das stört Euch nicht.«

Aus ihren goldenen Augen schaute sie ihn eindringlich an. »Ich finde es schön, wenn Ihr da seid.« Ihre Stimme war leise.

Sein Herz stolperte ein wenig. Unschlüssig stand er neben dem Bett. »Ich bin immer für Euch da.«

Sie lächelte traurig, sagte aber nichts, und am liebsten hätte er ihr tausendmal versichert, dass sie sich auf ihn verlassen konnte.

Sie rutschte in den Kissen nach unten, legte sich hin und wollte das Laken über sich ziehen. Doch es war verdreht und sie hatte Mühe damit.

Philippe griff danach. »Lasst mich Euch helfen.«

»Das wäre nett«, erwiderte sie leise.

Er schüttelte das Laken aus, ließ es über sie sinken und nach kurzem Zögern steckte er es wieder an ihren Schultern fest. Sie schaute zu ihm auf und ihn überkam eine solche Zärtlichkeit, dass er sich mit Mühe zurückhalten musste, um sich nicht nach vorn zu beugen und sie auf die Stirn zu küssen.

»Schlaft gut«, sagte er stattdessen. »Ich bin hier, wenn Ihr mich braucht.«

Noch immer schaute sie ihn aus den goldenen Augen an. Dann sagte sie: »Ich fand unser Gespräch …«, sie suchte nach dem richtigen Wort, »angenehm.«

Philippe musste lächeln. »Nachdem ich Euch so ausgefragt habe, nach Dingen, die mich nichts angehen, bezeichnet Ihr das Gespräch als angenehm?«

»Es ist wirklich eine komplizierte Geschichte.«

»Auch wenn sie mich überhaupt nichts angeht, würde ich sie doch gern hören. Erzählt Ihr sie mir eines Tages?«

Sie senkte den Blick. »Ihr würdet schlecht von mir denken.«

»Niemals.«

Sie lächelte freudlos. »Aber das habt Ihr schon.«

Alles in Philippe zog sich zusammen. Er wusste genau, worauf sie anspielte. Er war davon ausgegangen, dass sie die Mätresse von Lord Thornton oder einer der anderen alten Männer hier im Schloss war.

»Ich bereue es zutiefst und ich hoffe, Ihr könnt mir eines Tages verzeihen.«

Sie öffnete den Mund, schloss ihn dann aber wieder. Schließlich hob sie die Schultern. »Das habe ich schon längst.«

Ihre Worte wärmten ihn von innen. Er streckte die Hand aus und gestattete es sich doch, ihr über die Wange zu streichen. »Schlaft jetzt.«

Sie lächelte. »Ihr seid ein guter Mann, Capitaine Laurent. Ich bin Euch sehr dankbar.«

Sie schloss die Augen und Philippe konnte nicht mehr atmen. Wenn sie glaubte, dass er ein guter Mann war, bestand vielleicht doch noch Hoffnung. Aber worauf er hoffte, wusste er nicht.

# KAPITEL DREIUNDZWANZIG

Katherine erwachte und wusste für einen Moment nicht, wo sie war. Doch als ihr Blick auf den schlafenden Capitaine fiel, der auf seinem Stuhl saß, die Füße auf den Schreibtisch gelegt und den Kopf an die Wand gelehnt, fiel es ihr sofort wieder ein.

Sie lag ganz still und betrachtete ihn. Das warme Licht der Öllampe schimmerte auf seiner gebräunten Haut. Die dunklen Haare waren wie so oft, wenn er hier im Zimmer war, zerzaust, weil er sich ständig mit der Hand hindurchfuhr.

Sein Gesicht war friedlich, fast heiter im Schlaf, und Katherine beneidete ihn um diese Ruhe, die ihn meistens umgab. Zu gern wäre sie auch so gewesen. Doch sie mochte es, in seiner Nähe zu sein, denn es färbte auf sie ab. Auch die Leichtigkeit, mit der er das Leben nahm, übertrug sich auf sie. Zumindest ein bisschen.

Vorhin, als sie sich unterhalten hatten, hätte sie ihm beinahe davon erzählt, warum sie nach Frankreich gekommen war. Doch dann hatte sie Angst gehabt, dass er schlecht von ihr denken würde, und sich in die Ausrede geflüchtet, dass sie müde sei.

Sie war beeindruckt von seiner Reaktion gewesen. Er hatte sie nicht gedrängt und war nicht ärgerlich geworden, sondern hatte sich stattdessen entschuldigt. In seiner Nähe fühlte sie sich immer sicher.

Und sie liebte es, wenn er sie berührte. Am Morgen hatte er das getan und auch als er sie noch einmal zugedeckt hatte.

Es waren keine begehrlichen Berührungen, sondern sie waren so zärtlich, dass sie ein schmerzendes Sehnen in Katherine auslösten. Sie konnte sich nicht daran erinnern, dass jemand sie jemals so angefasst hatte. Ihr Körper und ihre Seele hungerten danach, dass er sie noch einmal so berührte, und aus irgendeinem Grund schämte sie sich nicht dafür. Denn dieses Mal war es nicht die Lust, die sie von innen auffraß, sondern Zuneigung und Zärtlichkeit, viel ruhigere Gefühle, die sie mit einer warmen Zufriedenheit erfüllten. Doch sie stellte fest, dass sie auch davon nicht genug bekommen konnte.

Sie betrachtete ihn genauer, studierte sein Gesicht, was sie sich sonst nie erlaubte, denn er schien immer zu merken, wenn sie ihn anschaute, und sie wollte nicht, dass er sie beim Starren ertappte.

Er war also schon einmal verheiratet gewesen. Diese Erkenntnis hatte sie schockiert und sie hatte unberechtigterweise eine Eifersucht auf die fremde Frau verspürt, die doch schon lange tot war. Der Gedanke, dass er eine andere Frau so zärtlich berührt hatte wie sie heute, machte ihr zu schaffen.

Sie fragte sich, ob sie jemals die gleichen Gedanken bei Richard gehabt hatte, der sogar während ihrer Affäre verheiratet gewesen war. Doch sie musste sich eingestehen, dass sie niemals dergleichen gedacht hatte. Nicht einen Gedanken hatte sie daran verschwendet, ob er seine Frau berührte oder mit ihr in einem Bett schlief. Es war ihr gleich gewesen. Doch bei Capitaine Laurent war es ihr gar nicht gleich, ob es eine Frau in seinem Leben gab.

Sie hätte sich dafür schämen sollen, aber sie konnte es nicht. Nicht hier und jetzt, da sie bei ihm war.

In der vergangenen Nacht, als sie Fieber gehabt hatte und er sie in die andere Kammer hatte tragen wollen, hatte sie akzeptiert, dass sie gern in seiner Nähe war und hierbleiben wollte. Im Laufe des Tages hatte sie sich gefragt, wann er endlich zu ihr zurückkommen würde, und hatte Suzanne sogar gebeten, ihre Haare neu zu frisieren. Als er schließlich eingetreten war, hatte ihr Herz einen solchen Sprung gemacht, dass sie gedacht hatte, dass er es hören musste.

Und jetzt waren sie gemeinsam hier in diesem Kokon, eingehüllt von ihren sonderbaren Gesprächen, der Nähe des anderen und der Stille, die in diesen Kellerräumen herrschte. Obwohl sie immer noch krank war, ihre Glieder und ihr Kopf schmerzten, konnte sie sich nicht daran erinnern, jemals so glücklich gewesen zu sein. Und das alles nur seinetwegen.

Katherine versuchte, nicht daran zu denken, dass er nur ein Capitaine im Dienste des französischen Königs war. Denn wenn sie begann, darüber nachzudenken, begannen die Zweifel, das angenehme Gefühl in ihrem Inneren zu zernagen, und das wollte sie nicht zulassen. Dafür war dieses Gefühl viel zu kostbar. Sie wollte es noch mehr auskosten, wenigstens solange sie hier unten war.

Als ob er gespürt hätte, dass sie wach war, schlug er die Augen auf. Der intensive Blick aus seinen dunklen Augen verschlug ihr immer wieder den Atem. Es war, als könnte er in ihr Inneres schauen.

Eine Weile sahen sie sich einfach nur an, dann lächelte er warm.

»Ich hoffe, ich habe Euch nicht mit meinem Schnarchen geweckt.«

Sie erwiderte sein Lächeln. »Ihr schnarcht nicht.«

»Dann bin ich beruhigt. Wie geht es Euch?«

Statt zu antworten, betrachtete sie ihn und stellte erstaunt fest, dass sie sich nach ihm sehnte. Sie wollte ihm nah sein, seine Ruhe spüren, sich sicher fühlen.

»Ist der Stuhl zum Schlafen nicht furchtbar unbequem?«, fragte sie und ihr Herz schlug so laut, dass sie überlegte, ob er es hören konnte.

»Es geht schon. Ich habe auch nur ein kleines Nickerchen gemacht und wollte gleich weiterarbeiten. Braucht Ihr etwas?«

Sie brauchte ihn. Aber wie konnte sie ihm das mitteilen?

Sie schloss für einen kurzen Moment die Augen, sammelte all ihren Mut und sagte dann: »Das Bett ist breit genug. Ihr könntet Euch auch hier ausruhen.«

Ihre Hände begannen zu schwitzen, doch sie gab sich alle Mühe, nach außen beherrscht zu wirken. So als würde sie mit ihm über das Wetter reden.

Er erstarrte und das Lächeln verschwand aus seinem Gesicht. War sie zu weit gegangen? Bestimmt war sie zu weit gegangen. Hatte sie all das, was er gesagt und getan hatte, falsch verstanden? Sollte sie ihre Worte zurücknehmen?

Langsam setzte er sich auf. »Seid Ihr sicher?« Seine Stimme klang rau.

Sicher war sie sich ganz und gar nicht. Es war einer Lady nicht angemessen, solche Fragen überhaupt zu stellen. Doch sie wollte jetzt gerade keine Lady sein, sondern nur eine Frau, die sich nach einem Mann sehnte, der versprochen hatte, sich um sie zu kümmern.

Sie nickte.

Langsam erhob er sich, streifte seine Stiefel ab, die er sorgfältig neben das Bett stellte. Dann trat er auf die andere Seite des Bettes und ließ sich behutsam nieder. Das Einsinken der Matratze unter seinem Gewicht sandte ihr einen Schauer über den Körper.

Vorsichtig legte er sich neben sie, doch er berührte sie nicht. Da sie auf der Seite lag, dem Schreibtisch zugewandt, drehte sie ihm immer noch den Rücken zu.

Sie war sich jedes Geräusches bewusst, besonders dem seines Atems. Sie roch ihn, fühlte die Wärme seines Körpers. All ihre Sinne waren auf ihn gerichtet und sie spürte, dass es ihm genauso ging.

Schließlich nahm sie all ihren Mut zusammen und drehte sich zu ihm um. Ohne es noch einmal zu hinterfragen, schmiegte sie sich in seine Arme, denn sie wusste, dass sie sich nicht mehr trauen würde, wenn sie auch nur einen Moment lang weiter darüber nachdenken würde.

Ihr Körper passte perfekt an den seinen und im gleichen Moment, da sie ihre Wange auf seine Brust legte, schlossen sich seine Arme um sie. So als hätten sie das schon tausend Mal getan und als wäre es das Natürlichste auf der Welt.

Er drehte sich ein wenig zu ihr, sodass er sie vollkommen umfing. Tief sog sie seinen Geruch ein und schmiegte sich an ihn. Es war alles so, wie es sein sollte.

Sein Herz unter ihrer Wange schlug kräftig und schnell, doch es beruhigte sie und gab ihr Sicherheit. Jetzt gerade war sie einfach eine Frau, die in den Armen eines Mannes lag, der sie beschützte und sich um sie sorgte. Mehr wollte sie nicht und mehr brauchte sie auch nicht. Sie wollte nur seine Nähe genießen.

Obwohl er sie festhielt und eng an sich zog, versuchte er nicht, mehr von ihr zu bekommen. Seine Hände gingen nicht auf Wanderschaft und sie konnte auch keine Ungeduld erspüren. Anscheinend war er genauso zufrieden wie sie, einfach nur hier zu liegen.

Er hatte die Wange auf ihren Kopf gelegt und sie spürte seinen Atem auf ihrer Stirn. Katherine seufzte leise und fühlte, wie ihr Körper zur Ruhe kam, schwerer wurde.

Sie konnte sich nicht daran erinnern, dass sie sich schon einmal so wohlgefühlt hatte. Er hatte einfach diese Wirkung auf sie.

»Schlaft weiter«, murmelte er. »Ich bin hier.«

»Ich weiß«, erwiderte sie und erlaubte sich, den Arm über seine breite Brust zu legen. Der stetige Rhythmus seines Atems beruhigte sie und sie spürte, wie sie langsam in den Schlaf glitt. Alles war gut, denn sie war bei ihm.

# KAPITEL VIERUNDZWANZIG

Philippe fiel es schwer, sich zu konzentrieren. Hatte er gestern nur noch an Katherine denken können, so war er heute geradewegs besessen von den Gedanken an sie.

In der Nacht war das Unglaubliche passiert, dass er sie stundenlang in den Armen hatte halten dürfen. Es war eine der bemerkenswertesten Nächte seines Lebens gewesen, dabei hatten sie sich nicht einmal geküsst. Er hatte sie einfach nur halten dürfen, während sie geschlafen hatte.

Dass sie ihn gefragt hatte, ob er sich zu ihr ins Bett legen wollte, hatte ihm den Atem genommen. Er hatte gemerkt, wie nervös sie geworden war, nachdem er aufgewacht war, aber er hätte niemals damit gerechnet, dass sie ihn in das Bett einladen würde.

Es war ihm heute Morgen noch schwerer gefallen, zu gehen, als gestern, und heute konnte er sich noch weniger auf seine Aufgaben konzentrieren. Er machte reihenweise kleine Fehler, und immer wieder, wenn er daran dachte, wie sie schwer in seinen Armen gelegen hatte, schlafend, voller Vertrauen, und wie gut sie gerochen hatte, musste er lächeln. Er hatte nicht ein Auge zugetan, weil er keinen Moment verpassen wollte.

Ständig fragte er sich, was heute Abend geschehen würde, wenn er wieder ins Zimmer kam. Seine größte Sorge war, dass sie bereute, dass sie es getan hatte. Allerdings hatte sie heute Morgen nicht so gewirkt, sondern sie hatte ihm eines dieser seltenen Lächeln geschenkt und ihm einen schönen Tag gewünscht.

Bei der Erinnerung daran musste auch er lächeln und plötzlich fühlte er sich beobachtet. Als er aufblickte, schaute er geradewegs in ein Paar blauer Augen in einem blassen und mittlerweile sehr schmalen Gesicht.

Er atmete tief durch. Seit er Lady Sophia gesagt hatte, dass sie sich keine Sorgen um ihre Schwester machen müsse, beobachtete sie ihn häufig, so als würde sie ahnen, dass er etwas verbarg.

Ihre Blicke trafen sich und sie setzte sich in Bewegung, um zu ihm herüberzukommen. Philipp konnte nicht anders, als auf ihren sehr flachen Bauch zu schauen. Ob sie wirklich ein Kind erwartete, wie Katherine gesagt hatte? Er bemerkte flüchtig, dass er in Gedanken das *Lady* wegließ, wenn er an sie dachte. Doch würde er das auch in Wirklichkeit tun dürfen? Wäre es nicht merkwürdig, jemanden, der in seinen Armen geschlafen hatte, formal anzusprechen?

Lady Sophia hatte ihn erreicht und er wappnete sich für das Gespräch.

»Guten Tag, Capitaine Laurent«, sagte sie und warf einen schnellen Blick auf den Stapel Briefe in seiner Hand, die er gerade von dem Boten aus Versailles bekommen hatte und die er heute Abend durcharbeiten musste. Zeit, die er nicht mit Katherine verbringen konnte. Doch seine Gedanken schweiften schon wieder ab, er konzentrierte sich auf die Frau vor sich.

»Guten Tag, Lady Sophia.«

Sie kam gleich zur Sache. Hatte Katherine nicht einmal erwähnt, dass sie sehr direkt war?

»Habt Ihr einmal wieder etwas von meiner Schwester gehört?«

Er entschied sich für eine Gegenfrage, doch sie brachte ihn trotzdem zum Schwitzen. »Wie kommt Ihr darauf?«

»Nun, schließlich wart Ihr derjenige, der mir ihre letzte Nachricht überbracht hat, und das ist mittlerweile drei Tage her.«

Zwei Tage und drei Nächte, verbesserte er sie in Gedanken. Er wusste auf die Stunde genau, wie lange Katherine schon in seinem Bett lag.

»Habt Ihr seitdem nichts mehr von ihr gehört?«

Heute Morgen noch hatte er ihr vorgeschlagen, dass sie ihrer Schwester eine Nachricht schreiben sollte, dass es ihr gut ging, doch Katherine war ihm ausgewichen.

Sie kniff die Augen zusammen. »Warum beantwortet Ihr meine Fragen nicht?«

»Wie kommt Ihr darauf, dass ich Eure Fragen nicht beantworte?«

Sie stemmte die Hände in die Hüften und er bemerkte, dass einige der anderen Damen sich zu ihnen umdrehten, so ungewohnt war diese Geste für eine Lady in der Öffentlichkeit.

»Ihr weicht mir aus«, beschied sie ihm. »Und das kann nur bedeuten, dass Ihr etwas über sie wisst. Etwas, das Ihr mir nicht sagen wollt.«

Sie sprach immer lauter und er konnte sehen, dass einige der Damen ihr Gespräch unterbrachen und offen lauschten. Ihm war vollkommen klar, dass Lady Sophia dies bewusst einsetzte. Sie war gut, das musste er ihr lassen.

»Können wir woanders sprechen?«, fragte er.

Ihr Gesicht hellte sich auf. »Dann wisst Ihr also tatsächlich etwas.«

»Das habe ich nicht gesagt.«

»Es gibt aber keinen Grund, warum Ihr mich sonst bitten solltet, woanders hinzugehen.«

Er schaute sie an. »Wir könnten auch einfach leiser sprechen.«

Lady Sophia hob die schmalen Schultern. »Sagt mir, wo sie ist, und ich werde euch nicht weiter belästigen.«

»Das kann ich nicht, Lady Sophia.«

Sie betrachtete ihn einen Moment schweigend. »Hat sie Euch etwa verboten, mir etwas zu sagen?«

Verblüfft schaute er sie an. Er wusste, dass es viele Frauen gab, die klüger waren als die meisten Männer, seine Mutter gehörte zum Beispiel dazu, aber dieses schnelle Durchdenken einer Situation hatte er bisher selten erlebt. Er ahnte, dass er Lady Sophia nicht lange standhalten würde. Vor allem nicht hier, vor den anderen Damen, die immer noch zu ihnen herüberblickten und sich vermutlich fragten, was er mit der verheirateten Lady Sophia zu schaffen hatte. Selbst seine beiden Wachen, die an der Tür postiert waren, hörten zu, auch wenn sie vorgaben, es nicht zu tun.

»Ich mache Euch ein Angebot. Wir gehen gemeinsam ein paar Schritte in den Garten und besprechen dort alles.«

Sie runzelte die Stirn. »Das ist kein Angebot. Ich komme nur mit, wenn Ihr mir versprecht, zu sagen, wo sie ist. Denn eines weiß ich mittlerweile.« Nun senkte sie doch die Stimme. »Sie hat kein eigenes Zimmer mehr im Schloss und auch nicht in der Stadt. Seit Tagen hat niemand sie gesehen. Außer Euch. Also, was geht hier vor?«

Die anderen Damen wurden wieder ganz still, als Lady Sophia ihre Stimme bei den letzten Worten erneut hob.

Er nickte. »Kommt mit.«

Sie wirkte zufrieden, fragte aber dennoch: »Habe ich Euer Wort?«

Philippe seufzte. »Ihr habt mein Wort.«

Als sie gemeinsam zur Tür gingen, konnte er die Enttäuschung der Lauschenden förmlich mit den Händen greifen. Sie wussten sowieso schon zu viel. Niemand sollte auch nur ahnen, dass Katherine bei ihm war.

Er ließ Lady Sophia den Vortritt in den Garten und überlegte fieberhaft, was er ihr sagen sollte. Doch er hatte nicht viel

Zeit, um darüber nachzudenken, denn kaum hatte die Tür sich hinter ihnen geschlossen, drehte sie sich um.

»Ich kann diese Hitze hier draußen nicht lange ertragen, deswegen wäre es gut, wenn Ihr mir die Information schnell gebt. Also, wo ist sie?«

Philippe hatte nicht vor, irgendetwas zu verraten. »Wenn sie wollte, dass Ihr das wüsstet, hätte sie Euch Bescheid gegeben.«

Sie presste die Lippen zusammen. »Ich bin ihre Schwester und habe ein Recht, zu wissen, wo sie ist. Ich muss wissen, ob es ihr gut geht. Sie wirkte nämlich nicht so, als ich aus Versailles zurückgekommen bin. Ich mache mir Sorgen.«

Sie wedelte sich mit einem Fächer Luft zu, aber auf ihrer Stirn standen schon Schweißperlen, während die Sommersonne auf sie herunterbrannte.

Er führte sie in den Schatten eines großen Baumes. So waren sie auch ein wenig weiter weg von den Mauern des Schlosses. Hier wusste man nie, wer möglicherweise durch ein geöffnetes Fenster lauschte. Im Garten war außer ihnen niemand.

Unter dem Baum angekommen, drehte sie sich zu ihm um. In ihren Augen standen Tränen. »Sagt es mir, Capitaine. Ich kann kaum noch schlafen.«

Beschwichtigend breitete er die Arme aus. »Es geht Ihr gut. Das müsst Ihr mir glauben.«

»Und woher wisst Ihr das?«

Auf einmal war ihr Gesicht wieder grimmig und er fragte sich kurz, ob die Tränen gespielt gewesen waren. Sie war wie ein Wachhund, der nicht lockerließ.

»Weil ich mich mit meinen eigenen Augen davon überzeugt habe.«

»Wo ist sie?«

Als er nicht gleich antwortete, setzte sie nach: »Denkt Euch bitte nicht wieder eine Ausrede aus. Ihr werdet mir noch heute sagen, wo sie ist. Ich kann wirklich nicht schlafen.«

Er atmete tief durch. »Sie ist krank.«

»Wie bitte?«

»Ich meine, sie war krank. Sie ist auf dem Weg der Besserung.«

»Was hat sie?«

»Das Fieber, das im Schloss umgeht. Sie wollte Euch nicht anstecken, deswegen hat sie sich zurückgezogen.«

Lady Sophia verschränkte die Arme und ihre blauen Augen funkelten. In ihrer Empörung hatte sie durchaus Ähnlichkeit mit Katherine, stellte er fest.

»Wohin genau hat sie sich zurückgezogen?«

»Sie will nicht, dass Ihr das wisst.«

»Jaja, ich weiß, weil sie mich nicht anstecken will. Aber das ist dumm und unvernünftig von ihr. Ich bin ihre Schwester, ihre Familie, und sie braucht doch jemanden, der sich um sie kümmert. Sonst ist sie ganz allein.«

Er straffte die Schultern. Wie gern hätte er ihr gesagt, dass Katherine ganz und gar nicht allein war und es jemanden gab, der sich sehr gut um sie kümmerte.

»Sie ist bestens versorgt.«

»Und von wem? Etwa von Euch?«

Kaum hatte sie die Worte ausgesprochen, wurden ihre Augen groß. »Ihr habt Euch um sie gekümmert?«

Er wollte den Kopf schütteln, konnte aber nicht. »Jemand musste es tun.«

Sie schnaubte und es klang belustigt. »Wusste ich es doch.«

Philippe biss die Zähne zusammen. Das Gespräch lief in die völlig falsche Richtung. »Ich glaube nicht, dass Ihr die richtigen Schlüsse zieht, Lady Sophia.«

Sie hob die Augenbrauen. »Ich denke schon, denn ich hatte diese Vermutung bereits, als Ihr mir ihre Nachricht überbracht habt.«

Er stöhnte leise auf. Dann hatte Katherine also recht gehabt. Ihre Schwester hatte tatsächlich Verdacht geschöpft, als er sie informiert hatte.

»Es ist nicht so, wie Ihr denkt.«

»Was denke ich denn?«, parierte sie.

»Ich habe mich nur um sie gekümmert, weil sie Hilfe brauchte und zu stolz war, irgendjemand anders zu bitten. Ihr wisst, wie sie ist.«

Lady Sophia lachte freudlos auf. »Das klingt in der Tat nach meiner Schwester. Sie ist für alles zu stolz, selbst wenn man es wirklich gut mit ihr meint.«

Er hatte das Bedürfnis, Katherine zu verteidigen, wusste aber nicht, wie, denn natürlich hatte Lady Sophia recht.

Schließlich seufzte sie. »Danke, dass Ihr das getan habt. Aber nun sagt mir bitte, wo sie ist. Dann kann ich jetzt übernehmen.«

Entsetzen packte ihn. Er wollte nicht, dass sie ihm Katherine wegnahm.

»Das geht nicht«, sagte er förmlich.

Wieder hob sie eine Augenbraue und erinnerte ihn erneut an Katherine. Verdammt, diese Frauen hatten einen starken Willen.

»Das war keine Bitte, Capitaine. Ich will sie sehen. Sonst werde ich alle Hebel in Bewegung setzen, bis ich sie gefunden habe. Zur Not suche ich das Schloss allein durch. Ich denke nicht, dass Ihr das wollt.«

Er sah ein, dass er verloren hatte. Trotzdem wagte er einen letzten Versuch. »Lasst mich zuerst mit ihr sprechen.«

»Nein«, beschied sie ihm. »Ihr bringt mich jetzt sofort zu ihr.«

»Ich bitte Euch. Ihr wisst, wie sie ist. Sie wird mir niemals verzeihen, wenn ich Euch einfach mitnehme.«

Er wusste, dass Lady Sophia die völlig falschen Schlüsse ziehen würde, wenn er Katherine in seinem Bett sah.

Ihre blauen Augen verengten sich und sie betrachtete ihn aufmerksam. »Es würde Euch sehr stören, wenn sie böse auf Euch wäre«, stellte sie fest.

Himmel, sie war wirklich gut.

Während er noch überlegte, was er darauf antworten sollte, sagte sie: »Also gut. Ihr sprecht mit ihr und ich warte hier, bis Ihr zurückkommt. Wie ich schon sagte, geht es mir im

Moment in der Hitze gar nicht gut, deswegen wäre es nett, wenn Ihr Euch beeilt. Das könnt Ihr auch gern meiner Schwester sagen.«

Philippe seufzte. Er verlor nicht gern, aber in diesem Fall musste er eingestehen, dass sie ihn überrumpelt hatte. Jetzt musste er es nur noch Katherine schonend beibringen.

Ein ungutes Gefühl stieg in ihm auf. Das alles kam zu früh. Sie hatten gerade erst begonnen, einander näherzukommen. Wenn das, was zwischen ihnen war, was auch immer es war, entdeckt wurde, würde es ein jähes Ende nehmen. Doch ihm blieb keine andere Wahl. Lady Sophia würde keine Ruhe geben.

»Ich bin gleich wieder da«, sagte er, wandte sich ab und ging zur anderen Seite des Schlosses, dorthin, wo der Eingang zu den Kellerräumen lag, die direkt in den Gang führten, von dem sein Zimmer abging. Es war der Weg, den auch Katherine genommen hatte, als sie sich aus seinem Zimmer geschlichen hatte.

Als er die Tür sorgfältig hinter sich verschlossen hatte, damit niemand ihm folgte, lehnte er sich in der kühlen Dunkelheit des Kellers gegen die Wand und atmete tief durch. Er kämpfte die Panik nieder, dass er womöglich gerade dabei war, etwas zu verlieren, was ihm unendlich wichtig geworden war.

Er nahm sich vor, Katherine davon zu überzeugen, das Richtige zu tun. Doch was war das?

Nun, er würde es gleich herausfinden.

# KAPITEL FÜNFUNDZWANZIG

Als sich die Tür öffnete und Philippe mit ernstem Gesicht eintrat, spürte Katherine sofort, dass etwas geschehen sein musste. Außerdem war es noch nicht Abend.

Sie hatte gedöst, setzte sich aber nun auf. »Was ist passiert?«, fragte sie.

Er lehnte sich gegen die Tür. »Eure Schwester hat mich im Salon angesprochen.«

Ihr fiel auf, dass er die förmliche Anrede benutzte. Sie selbst war auch unsicher, wie sie das handhaben sollten. Wie sprach man sich an, wenn man sich so nah gewesen war?

»Was wollte sie?«

Obwohl sie häufiger an Sophia gedacht hatte, war sie noch nicht bereit, sich ihr zu stellen. Vor allem deswegen nicht, weil es vermutlich ihrer Zeit hier unten ein Ende setzen würde. Dazu war sie noch nicht bereit.

»Sie hat nach Euch gefragt.«

Er kam langsam näher und sie konnte sehen, dass er ihr noch irgendetwas verschwieg. Außerdem kannte sie Sophia. Wenn sie den Capitaine ansprach, würde sie sich nicht mit einer einfachen oder ausweichenden Antwort zufriedengeben.

»Ihr habt ihr aber nicht gesagt, wo ich bin, oder?«

Er zögerte und schüttelte dann den Kopf. »Sie weiß nicht, wo Ihr seid.«

Erleichtert atmete Katherine aus. »Das ist gut. Sie würde mich sofort hier rausbringen.«

Er hielt inne. »Und das wollt Ihr nicht?«

Hoffnung schwang in seiner Stimme mit und sie musste lächeln. »Nein, ich fühle mich noch zu schwach.«

Er nickte und erwiderte ihr Lächeln. Es hatte etwas Verschwörerisches und Katherines Herz machte einen kleinen Satz. Ihr Geheimnis war so wunderbar.

»Was wollte sie genau von Euch?«

Betreten schaute er sie an, doch bevor er antworten konnte, klopfte es an der Tür.

»Capitaine Laurent?«

Es musste einer der Schweizer Wachen sein.

Philippe war mit zwei Schritten am Bett, beugte sich zu ihr herunter und flüsterte ihr ins Ohr: »Wenn Ihr auf meine Seite des Bettes geht, kann er Euch von der Tür aus nicht sehen. Ich werde ihn nicht reinlassen, aber vielleicht muss ich die Tür kurz öffnen, um etwas entgegenzunehmen.«

Katherine nickte und rutschte auf die andere Seite des Bettes, während er in Richtung Tür sagte: »Was ist?«

Es dauerte einen Moment, bis der andere Mann antwortete. »Ich habe etwas für Euch.«

Philippe schaute sie an und Katherine duckte sich in die Kissen. Er nickte ihr zu und trat zur Tür. »Was ist es?«

»Seht selbst.«

Katherines Herz klopfte zum Zerspringen, als sie hörte, wie der Riegel mit einem kratzenden Geräusch zurückgeschoben wurde. Sie versuchte, nicht einmal zu atmen. Hoffentlich wollte der andere Mann nicht hereinkommen.

»Was …«, setzte Philippe an, doch er brach ab und dann vernahm sie eine Stimme, die ihr nur allzu vertraut war.

»Guten Tag, Capitaine. Ich glaube, Ihr habt aus Versehen etwas an Euch genommen, das eigentlich für mich gedacht war. Ich würde es gern abholen.«

Sophia.

Katherine vergrub das Gesicht in den Kissen. Sie hatte also herausgefunden, wo sie war. Was für eine Schande! Doch viel mehr als das Schamgefühl fühlte Katherine Bedauern. Sie wollte nicht, dass das hier schon zu Ende war.

»Danke, Jaques. Ihr könnt gehen. Ich übernehme«, hörte sie die Stimme des Capitaines.

Verzweifelt versuchte Katherine, sich eine Erklärung zurechtzulegen. Es war ja nicht so, dass sie in den vergangenen Stunden nicht darüber nachgedacht hatte, was sie Sophia und den anderen sagen sollte, wenn sie wieder auftauchte, aber sie hatte gedacht, noch etwas mehr Zeit zu haben. Eigentlich hatte sie gehofft, dass Sophia ihr einfach glauben würde, dass sie krank in ihrem Zimmer gewesen war.

»Darf ich jetzt bitte zu meiner Schwester? Ich nehme an, sie ist hier.«

Katherine wurde schlecht.

Zu ihrem Entsetzen zog der Capitaine Sophia ins Zimmer und verschloss die Tür. »Nicht so laut.«

»Dann weiß also keiner Eurer Männer, dass sie hier ist? Sehr interessant.«

Katherine stöhnte leise in das Kissen. Sophia konnte viel zu schnell denken und bemerkte alles.

Vorsichtig setzte sie sich auf und erkannte zu spät, dass es besser gewesen wäre, wenn sie aufgestanden wäre, um ihre Schwester zu begrüßen. So saß sie mit nackten Füßen in dem zerwühlten Bett eines Mannes. Wem wollte sie dann noch erklären, dass nichts passiert war?

Sie hatte eine Standpauke von Sophia erwartet, doch zu ihrer Überraschung eilte ihre Schwester auf sie zu und nahm sie fest in die Arme.

»Da bist du ja! Ich habe mir solche Sorgen gemacht. Wie geht es dir? Der Capitaine sagte, dass du krank bist.«

Katherine kniff die Augen zusammen und versuchte, sich zu entspannen. Sophia war nicht böse auf sie, sondern erleichtert.

»Das bin ich auch. Ich hatte dieses schlimme Fieber.«

Sophia löste sich von ihr und musterte sie aufmerksam. »Ich sehe es, du bist ganz blass und ausgezehrt. Das muss furchtbar gewesen sein. Warum hast du mir nichts gesagt?«

Katherine musste schlucken, doch es tat weh. Sophias Besorgnis rührte sie an. »Weil ich dich und die Kinder nicht anstecken wollte.« Sie senkte die Stimme zu einem Flüstern. »Ich glaube nicht, dass das in deinem Zustand gut gewesen wäre.«

Ein Schatten huschte über Sophias Gesicht, dann nickte sie. »Du hast recht. Das war lieb von dir. Ich danke dir.«

Katherine blinzelte und war sich nicht sicher, ob sie richtig gehört hatte. Sophia hatte sie noch nie als lieb bezeichnet.

Ihre Schwester zögerte und wandte sich dann in Richtung Tür, wo der Capitaine mit verschränkten Armen stand und zu ihnen herüberschaute. Sein Gesichtsausdruck war unlesbar und er schaute Katherine nicht in die Augen, sondern irgendwo hinter dem Bett an die Wand.

Sophia räusperte sich. »Wäre es möglich, dass Ihr mir und meiner Schwester ermöglicht, ungestört zu sprechen?«

»Wenn Ihr damit meint, dass ich vor die Tür gehen soll, dann ist das leider nicht möglich, denn meine Männer würden sonst Verdacht schöpfen, wenn weiterhin Stimmen aus meinem Zimmer kommen. Vor allem, wenn es die von Frauen sind. Daher wäre es sehr freundlich, wenn Ihr Euch etwas leiser unterhalten würdet.«

Sophia presste die Lippen zusammen und Katherine erwartete, dass sie Widerworte geben würde, doch sie wandte sich wieder zu ihrer Schwester um. So leise, dass selbst sie es kaum verstehen konnte, sagte Sophia: »Ich freue mich, dass es dir wieder besser geht, aber wie kommt es, dass du ausgerechnet hier bist? Ich nehme an, das Bett, in dem du liegst, ist das des Capitaines?«

Katherine spürte, wie die Wärme in ihre Wangen kroch, die förmlich zu glühen begannen. »Es ist nicht so, wie du denkst«, stieß sie hervor.

Sophia hob eine Augenbraue. »Was denke ich denn?«

»Das weißt du genau.«

»Nein, leider weiß ich nicht, was ich darüber denken soll. Ich sehe, dass du wirklich krank warst, aber ich verstehe nicht, wie du hierhergekommen bist.«

Katherine wusste nicht, was sie antworten sollte, und blickte Hilfe suchend zum Capitaine, doch der schaute auf seine Stiefelspitzen und schien nicht zu merken, dass sie seine Hilfe brauchte.

Sophia drückte ihre Hände. »Was ist passiert? Ich weiß, dass du kein Zimmer im Schloss hast. Aber seit wann? Hast du die ganze Zeit hier geschlafen?«

Panisch blickte Katherine ihre Schwester an. Woher wusste sie von dem Zimmer?

»Es ist wirklich nicht das, was du denkst.«

Sanft strich Sophia ihr mit dem Daumen über den Handrücken. »Hab keine Angst, Katherine. Ich bin deine Schwester, und du weißt doch, dass Schwestern zusammenhalten. Vor allem in einer Umgebung wie dieser. Wir können es nur gemeinsam schaffen.«

Katherine versuchte, sich zu entspannen, doch es gelang ihr nicht. Sie schaffte es kaum, zu atmen.

»Woher weißt du, dass ich kein Zimmer habe?«

Es hatte keinen Zweck, das zu leugnen.

»Monsieur Dufour hat es mir gesagt, nachdem ich ihn mehrmals heimgesucht habe.«

Katherine schloss die Augen und unterdrückte ein Stöhnen. »Er ist so ein furchtbarer Mann.«

Sophia drückte ihre Hände sanft. »Das stimmt. Aber ich habe das Gefühl, dass er auch deinetwegen ein wenig verärgert ist. Er sagte etwas davon, dass du ihn belästigt hättest.«

»Wie bitte? Das habe ich nicht. Er war unverschämt und da habe ich nur …« Sie brach ab.

»Was hast du?«, hakte Sophia nach.

»Ich habe ihn ins Gesicht geschlagen. Er war wirklich impertinent.«

Ein Lächeln breitete sich auf Sophias Gesicht aus und Katherine sah aus dem Augenwinkel, wie der Capitaine die Arme verschränkte und den Kopf weiter senkte. Vermutlich hatte er gehört, was sie gesagt hatte. Was er jetzt wohl von ihr dachte? Wieder wurden ihre Wangen heiß.

»Ich finde, dass du das gut gemacht hast«, erklärte Sophia ihr und senkte ihre Stimme erneut. »Aber wie um alles in der Welt bist du hierhergekommen? Warst du die ganze Zeit hier?«

Katherine wusste nicht, was sie darauf antworten sollte, und während sie nach einer Antwort suchte, begann das Schweigen, das ganze Zimmer auszufüllen, und ließ immer mehr Raum für Spekulationen. Doch dieses Mal kam der Capitaine ihr zu Hilfe.

»Als Eure Schwester krank wurde, habe ich sie gefunden. Sie war zusammengebrochen und nicht bei sich. Ich wusste, dass sie kein Zimmer hat, und wollte sie zu Euch oder Lady Ella bringen. Doch sie wollte das nicht, denn sie fürchtete, Euch anzustecken. Da ich mir nicht anders zu helfen wusste, habe ich ihr mein Bett angeboten, bis sie wieder gesund ist.«

Sophia wandte sich zu ihm um und betrachtete ihn eine Weile. »Wie ehrenhaft von Euch.«

»Das war er wirklich«, beeilte Katherine sich, zu sagen. »Ich weiß nicht, was passiert wäre, wenn er mich nicht gefunden hätte. Ich bin ihm sehr dankbar.«

»Dann habt Ihr sie also nicht nur gefunden, sondern sie auch gesund gepflegt?« Sophia beobachtete den Capitaine immer noch genau.

Schnell schüttelte Katherine den Kopf. »Er hat Suzanne, die Dienerin, beauftragt, sich um mich zu kümmern. Er selbst hat seinen Dienst versehen und nachts auf dem Stuhl geschlafen. Er hat sich wirklich ehrenhaft verhalten.«

Sie hörte selbst, wie drängend ihre Stimme klang, doch es war ihr wichtig, dass Sophia nicht den Eindruck bekam, dass der Capitaine etwas falsch gemacht hatte. Ganz im Gegenteil, er hatte sich richtig verhalten. Die ganze Zeit.

Sophia schwieg noch eine Weile und betrachtete den Capitaine, der ihren Blick ruhig erwiderte. Es war, als würden die beiden einen stillen Kampf ausfechten. Schließlich seufzte Sophia. »Dann bin ich Euch wohl zu Dank verpflichtet, Capitaine.«

Er schüttelte den Kopf. »Nicht nötig, Lady Sophia. Ich habe nur getan, was jeder getan hätte.«

Sophia lächelte spöttisch und Katherine wusste, dass sie gleich eine unpassende Bemerkung machen würde, deswegen drückte sie Sophias Hände, um ihre Aufmerksamkeit wieder auf sich zu lenken. Es gelang ihr.

»Ein paar Tage noch, dann geht es mir wieder gut. Du brauchst dir wirklich keine Sorgen zu machen.«

Sophia betrachtete sie nachdenklich, dann beugte sie sich zu Katherines Überraschung vor und flüsterte ihr ins Ohr: »Es klingt beinahe so, als würdest du hierbleiben wollen, bis du wieder gesund bist.«

Katherine erstarrte. »Ich …«, setzte sie an, doch sie wusste nicht, was sie dazu sagen sollte. Natürlich wollte sie hierbleiben, dies hier war ihr Rückzugsort, denn hier durfte sie einfach nur sein. Und vor allem wollte sie mehr von seiner Nähe, die sie nicht mehr haben würde, wenn sie wieder in die Welt dort oben auftauchte. Aber das konnte sie ihrer Schwester doch nicht sagen. Sie konnte es ja nicht einmal sich selbst gegenüber eingestehen.

Noch immer war Sophias Mund direkt an ihrem Ohr. Sie war Katherine so nah, dass die Haare ihrer Schwester an ihrer Wange kitzelten.

»Ist er gut zu dir?«

Katherine zögerte, dann entschied sie sich für die Wahrheit. »Ja.«

»Du möchtest gern noch bleiben, nicht wahr?«

»Es ist nicht das, was du denkst.«

Sophia lachte leise. »Es geht nicht darum, was ich denke, sondern darum, was du fühlst. Ich glaube nämlich, dass du nicht zu viel denken solltest.« Sie drückte Katherines Hände, die sie immer noch festhielt. »Ich kann sehen, dass er dir guttut. Denk nicht darüber nach, ob es falsch oder richtig ist. Genieße es.«

Katherine konnte nicht mehr atmen. Was genau hatte Sophia ihr gerade vorgeschlagen?

»Aber ich kann doch nicht einfach …«, setzte sie an, doch sie wusste nicht, wie sie den Satz zu Ende bringen sollte.

Sophia rückte ein Stück von ihr ab, sodass sie sich ansehen konnten. In ihren Augen lag so viel Wärme, wie Katherine es noch nie gesehen hatte.

»Als das mit Thomas passiert ist, habe ich auch versucht, die Situation mit meinem Kopf zu lösen. Dabei wäre es viel besser gewesen, wenn ich auf mein Herz gehört hätte. Versprichst du mir, dass du klüger bist als ich?«

Katherine war sich nicht sicher, ob sie wusste, was Sophia damit meinte. Trotzdem nickte sie.

Ihre Schwester lächelte. »Hab Vertrauen.«

Dann erhob sie sich vom Bett und trat zum Capitaine. »Ich denke, dass meine Schwester hier fürs Erste gut untergebracht ist. Habt Dank dafür, Capitaine. Gibt es eine Möglichkeit, wie ich sie ab und zu besuchen kann, bis sie wieder vollständig genesen ist?«

Sprachlos schaute er Sophia an und rührte sich nicht. Auch Katherine war sich nicht sicher, ob sie richtig gehört hatte. Schließlich schüttelte er den Kopf. »Ich denke nicht, dass das eine gute Idee wäre. Es wäre viel zu auffällig, da hier unten außer den Mägden normalerweise keine Frauen sind. Wenn ich so offen sein darf, es könnte sogar Eurem Ruf stärker schaden als meinem.«

Sophia seufzte. »Ihr habt recht. Vor allem, wenn mein Ehemann in Versailles weilt. Dann kocht die Gerüchteküche schnell einmal über.« Sie nickte ihm zu. »Ihr habt übrigens meinen Respekt verdient. Ihr habt Eure Sache gut gemacht. Es gibt keinerlei Gerüchte über meine Schwester und darüber, wo sie ist. Alle gehen davon aus, dass sie krank in ihrem Zimmer liegt. Das ist eine wahre Meisterleistung.«

Verblüfft schaute der Capitaine sie an. Bevor er jedoch etwas erwidern konnte, trat Sophia erneut ans Bett.

»Dann sehen wir uns wieder, wenn du vollständig gesund bist. Aber es wäre nett, wenn du mir ab und zu eine Nachricht schickst, dass es dir gut geht. Dann brauche ich mir nicht wieder solche Sorgen zu machen.«

Wie benommen nickte Katherine.

Sophia beugte sich vor und nahm sie in den Arm. An ihrem Ohr flüsterte sie: »Und ich hoffe sehr, dass du mir irgendwann die ganze Geschichte erzählst, wie es dazu kam. Ich platze fast vor Neugier.«

Katherine konnte nicht mehr als zu nicken, denn der Kloß in ihrem Hals verhinderte, dass sie auch nur ein Wort hervorbringen konnte.

Sophia ging zur Tür, doch dort hielt sie inne und wandte sich wieder zum Capitaine. »Mir ist gerade noch etwas eingefallen. Wie ich hörte, werdet Ihr den König nach Versailles begleiten. Das ist in vier Tagen, nicht wahr?«

Katherines Herz klopfte schneller. Er würde Saint-Germain-en-Laye in vier Tagen verlassen?

»Ihr seid gut informiert, Lady Sophia.«

Sie hob die Schultern. »Solche Dinge sind leicht zu erfahren. Aber viel interessanter ist die Frage, was dann mit Katherine geschehen soll. Ich nehme an, dass sie nicht hier unten bleiben kann.«

Der Capitaine warf Katherine einen schnellen Blick zu, dann schüttelte er den Kopf. »Nein, das wird nicht möglich sein.«

Katherine wurde schlecht. In vier Tagen würde all das hier enden.

Sophia seufzte. »Gut, dann werde ich versuchen, ihr bis dahin ein Zimmer zu besorgen. Obwohl ich glaube, dass Monsieur Dufour mich mittlerweile auch nicht mehr leiden kann. Und Ihr könnt schlecht für meine Schwester bei ihm vorsprechen.«

Zu Katherines Überraschung blickte der Capitaine beinahe

schuldbewusst drein. Doch Sophia bemerkte es entweder nicht oder sie ignorierte es bewusst.

»Vielleicht werde ich Lady Valentina bitten, mit ihm zu sprechen. Sie weiß sicherlich, wie sie an ein Zimmer kommen kann.«

»Das wäre sehr freundlich, Lady Sophia.«

Sie lächelte. »Ich denke, es ist besser, wenn ich wieder gehe. Wie können wir das am besten bewerkstelligen, Capitaine? Ich möchte Euch nicht in Verruf bringen.«

Nur wenig später schloss er die Tür zum Gang und schob den Riegel vor, nachdem er Sophia denselben Weg in den Garten erklärt hatte wie damals Katherine, als sie ihn wegen der Truhe zur Rede gestellt hatte. Doch das schien Jahre her zu sein und nicht Tage. So viel war seitdem passiert.

Als er die Tür hinter sich geschlossen hatte, lehnte er sich dagegen und betrachtete Katherine lange. Sie fragte sich, ob er gehört hatte, was Sophia und sie geflüstert hatten.

»Eure Schwester ist eine bemerkenswerte Frau.«

Katherine nickte. »Ich weiß.«

Sie konnte nicht glauben, dass Sophia ihr vorgeschlagen hatte, dass sie hierbleiben sollte. Doch sie war glücklich darüber, vor allem weil sie erst einmal bei ihm bleiben durfte. Eine Weile würde sie noch in dieser wunderbaren Welt sein dürfen.

Vier Tage, um genau zu sein.

Sie schluckte. »Ihr müsst also in vier Tagen nach Versailles?«

Ein bekümmerter Ausdruck huschte über sein Gesicht. Er stieß sich von der Tür ab und kam zu ihr, setzte sich auf die Bettkante, berührte sie aber nicht. »Ich wollte heute Abend mit Euch darüber sprechen.«

Katherine schluckte. »Ihr seid mir keine Rechenschaft schuldig.«

Er lächelte leicht. »Solange Ihr in meinem Bett liegt, schon.«

Ihr Herz klopfte ganz schnell und sie betrachtete ihre

Hände, die auf dem Laken lagen, weil sie es nicht schaffte, ihm in die Augen zu schauen.

Seine große Hand schob sich in ihr Blickfeld, als er ihre Finger sanft berührte. »Ich bin sehr froh darüber, dass wir wenigstens diese vier Tage haben. Ich hatte befürchtet, dass Eure Schwester Euch zwingen würde, mit ihr zu kommen.«

Noch immer konnte Katherine nicht glauben, dass Sophia sie eher dazu gedrängt hatte, hierzubleiben. Und vielleicht schaffte sie es ja sogar, ihrem anderen Rat zu folgen und auf ihr Herz zu hören. Auch wenn sie nicht recht wusste, was es ihr gerade sagte.

Im Moment sagte es ihr nur eines: Vier Tage waren viel zu kurz. Sie wollte mehr. Doch das würde sie ihm nicht sagen. Stattdessen würde sie die nächsten vier Tage genießen.

Er drückte ihre Finger sanft. »Ich denke, dass es Eurer Gesundheit zuträglich wäre, wenn Ihr noch mindestens vier Tage im Bett verbringt.«

Katherine hob den Blick. »Und was passiert dann?«

Der Blick aus seinen braunen Augen war warm. »Das werden wir sehen, wenn es so weit ist. Bis dahin werde ich mich um Euch kümmern.«

Ein Schauder lief Katherine über den Rücken. Es fühlte sich so gut an.

Der Druck seiner Finger verstärkte sich. »Ist das für Euch in Ordnung?«

Sie schluckte. »Das ist es.«

Er hob ihre Hand an die Lippen und küsste ihre Finger, ohne sie dabei auch nur einen Moment aus den Augen zu lassen.

Zu ihrer Enttäuschung erhob er sich. »Ich muss zurück. Heute Abend wird es ein wenig später, da der König ein Abendessen veranstaltet, bei dem ich anwesend sein muss. Ruht Euch bis dahin ein wenig aus.«

Katherine ließ sich in die Kissen sinken und hatte keine Ahnung, wie sie Ruhe finden sollte. Aber das Wichtigste war, dass sie bleiben durfte.

# KAPITEL SECHSUNDZWANZIG

Philippe starrte auf die Karten und versuchte, sich zu konzentrieren. Am vergangenen Abend war er erst spät in sein Zimmer zurückgekehrt. Katherine hatte geschlafen, doch als er zu ihr getreten war und gerade darüber nachdachte, ob er sich einfach neben sie auf das Bett legen sollte, war sie erwacht, hatte süß gelächelt und er hatte gewusst, dass er willkommen war.

Wieder hatte er sie die ganze Nacht im Arm gehalten, doch dieses Mal hatte er ebenfalls geschlafen. In seinem Leben war er erst selten neben einer Frau aufgewacht. Meistens war es nicht geplant gewesen, sondern er war einfach nach nächtlichen Aktivitäten eingeschlafen. Doch das hier war etwas ganz anderes und er hatte es genossen, aufzuwachen und sie sofort neben sich zu fühlen. Noch immer hatten sie sich nicht einmal geküsst, aber es störte ihn überhaupt nicht. Er wusste, dass es passieren würde, die Frage war nur, wann. Allerdings war er sich nicht sicher, ob er dann wieder würde aufhören können. Denn so schön die feinen Zärtlichkeiten auch waren, er wollte sie ganz und unterdrückte diese Leidenschaft lediglich, um die Momente mit ihr besser genießen zu können. Sollten sie sich jedoch küssen, wäre es vermutlich um ihn und seine Selbstbeherrschung geschehen.

Noch war es dafür zu früh, aber er hoffte, dass er ihr zumindest vor seiner Abreise mit dem König nach Versailles einen Kuss würde stehlen können.

Diese Fahrt des Königs nach Versailles plante er gerade mit Jaques und Pierre, der nach dem Fieber auch wieder auf den Beinen war. Es war eine große Angelegenheit, denn es war der erste Besuch des Königs, nachdem er aus Irland wiedergekommen war. Die Straßen waren seit dem vergangenen Jahr unsicherer geworden und die Planung musste sorgfältig durchgeführt werden. Auch die Königin würde mit nach Versailles reisen. Der Prinz hingegen blieb in Saint-Germain-en-Laye. Das bedeutete, dass eine größere Anzahl von Wachen im Palast bleiben musste, um den englischen Thronfolger zu schützen. Philippe hatte schon darüber nachgedacht, ob er für die Sicherheit des Prinzen in Saint-Germain-en-Laye bleiben sollte statt einer seiner Stellvertreter, doch er wusste auch, dass das nur ein Vorwand war und es den König verstimmen würde, wenn er als Capitaine nicht mit nach Versailles reiste.

»Werdet Ihr etwa auch krank, Capitaine?«, hörte er Pierre jetzt fragen.

Er kniff sich in die Nasenwurzel. »Wie kommt Ihr darauf?«

»Weil Ihr so unkonzentriert seid«, warf Jaques ein.

Philippe seufzte. »Das Essen gestern Abend war ein bisschen lang.«

Jaques grinste ihm zu und Philippe fragte sich, ob das irgendetwas mit dem Besuch von Lady Sophia zu tun hatte. Glaubte Jaques womöglich, dass er mit Katherines Schwester eine Affäre hatte? Er würde ihm noch einmal auf den Zahn fühlen müssen.

Pierre lehnte sich zurück. »Glaubt mir, das Fieber ist nicht schön. Es zermürbt einen.«

Philippe schüttelte den Kopf. »Ich bin nicht krank.«

Jaques warf ihm erneut einen Blick zu, der ihm sagte, dass er ihm das nicht recht glaubte.

Auf einmal wünschte er sich, dass er seinen Freund ins Vertrauen ziehen konnte, doch er wollte ihn nicht in die Sache involvieren. Er war sich nämlich nicht sicher, was passieren würde, wenn es herauskommen würde.

»Aber ich habe noch viel Korrespondenz zu erledigen und werde mich heute Abend früh zurückziehen. Jaques, Ihr überwacht den Wachwechsel beim König.« Er zögerte. »Und wenn er jemanden wegen der Bibliothek rufen lässt, werdet Ihr ihn begleiten.«

Die Augen des jungen Mannes leuchteten auf. »Jawohl, Capitaine.«

Pierre zog ein säuerliches Gesicht. »Wenn er das nächste Mal geht, bin ich aber dran. Schließlich hat König James neulich gesagt, dass ich gute Arbeit geleistet habe, als ich ihm diese Verrückte vom Hals gehalten habe.«

Philippe erhob sich so abrupt, dass er gegen den Tisch stieß, auf dem sie ihre Pläne ausgebreitet hatten. Jaques' Becher kippte um und kullerte über den Tisch. Zum Glück war er leer. Die Pläne waren teuer gewesen.

»Sie ist nicht verrückt, wie oft soll ich dir das noch sagen. Ihr steigert Euch in etwas rein.«

Dieser Gefühlsausbruch beeindruckte sogar Pierre, denn er hob schuldbewusst die Schultern.

Philippe bereute schon ein wenig, dass er so heftig gewesen war, trotzdem setzte er nach: »Es geht hier um die Reputation einer Lady, die durch ein paar unglückliche Zufälle von dir in Misskredit gebracht wird. Ich lasse nicht zu, dass Ihr so über jemanden aus dem Hofstaat von König James sprecht. Es steht Euch nicht zu.«

Jaques schaute ihn erstaunt an, doch Pierre runzelte die Stirn. »Sie gehört weder dem Hofstaat des Königs noch der Königin an. Sie ist lediglich die Besucherin der Frau des Hofmusikers.«

Er hatte sich also über Lady Katherine informiert.

»Na und? Dann ist sie eben der Gast von jemandem aus dem Hofstaat. Egal, wie Ihr es dreht und wendet, sie steht über Euch und Ihr habt kein Recht, so über sie zu sprechen, wenn Ihr keine Beweise habt.«

»Aber sie hat dem König im Park aufgelauert.«

»Woher wollt Ihr das wissen?«

»Weil ich da war.«

»Deswegen wisst Ihr noch lange nicht, ob sie ihm aufgelauert hat. Was glaubt Ihr wohl, sollte eine Lady wie sie dem König, der von Männern wie uns bewacht wird, im Park antun? Ihr macht Euch lächerlich, Mann.«

Doch Pierre setzte ein störrisches Gesicht auf. »Man kann nie vorsichtig genug sein. Und soweit ich weiß, hat sie in England Verbindung zu Männern, die sich offen gegen den englischen König gewandt haben. Mächtige Männer.«

Philippe biss die Zähne zusammen. Pierre wusste viel, und zwar viel mehr als er selbst. Das störte ihn mehr, als er zugeben wollte. Woher hatte er dieses Wissen?

»Das geht Euch nichts an. Überlasst solche Dinge mir.«

»Ich habe mich über sie informiert. Anscheinend ist sie die Tochter des Earl of Eastham, der sich gegen König James gewandt hat. Außerdem hat sie Kontakt zu einem anderen Earl mit Namen Portsbury. Der hat sich zwar offiziell weder zu König James noch zu William of Orange bekannt, aber er ist ein einflussreicher Mann mit vielen Verbindungen in London. Und dann ist da noch der Duke of Bedington, der ihre Unterkunft hier bezahlt hat. Er ist ganz offen gegen König James und vermutlich hat er sie hierhergeschickt, um entweder zu spionieren oder dem König etwas anzutun. Vielleicht auch dem Prinzen, denn hier bei Hofe hat sie als Erstes Kontakt zu Lady Valentina Wickham aufgenommen, die den Prinzen betreut hat.«

Philippe starrte Pierre fassungslos an. Obwohl er es nicht wollte, fragte er: »Woher habt Ihr all diese Informationen?«

Pierre grinste. »Ich habe meine Quellen.«

»Wer sind diese Quellen?«

»Das kann ich leider nicht sagen.«

Sie wussten beide, dass dies eine Frechheit war.

»Ich befehle Euch, diese Quellen mir gegenüber darzulegen. Es ist wichtig für die Sicherheit des Königs.«

Pierre hob den Zeigefinger. »Seht Ihr, Capitaine, jetzt sagt Ihr es selbst. Sie ist eine Gefahr für den König.«

»Passt auf, was Ihr sagt, Morel. Ihr solltet Disziplin gegenüber Eurem Vorgesetzten lernen.«

Pierre starrte ihn an und das Schweigen zog sich unangenehm in die Länge, dann senkte er den Kopf und sagte: »Verzeihung, Capitaine.«

Philippe atmete tief durch. Der Mann wurde viel zu aufsässig. Und er selbst war nachlässig geworden, das musste er zugeben.

Er dachte darüber nach, ob er weiter darauf dringen sollte, dass Pierre ihm sagte, woher er all das wusste, doch ihm war klar, dass es auf einen Machtkampf hinauslaufen würde, für den er gerade keine Zeit hatte. Trotzdem wollte er mehr wissen. Dass gerade Pierre jedoch der Herrscher über diese Informationen war, missfiel ihm. Widerstrebend fragte er: »Was wisst Ihr noch über sie?«

Pierre hob die Schultern. »Nicht viel mehr, Capitaine. Das war es im Grunde. Sie hat Kontakt zu einflussreichen Männern in London und ist mehrmals in auffällige Situationen mit dem König geraten. Es wurde sogar gemunkelt, dass sie versucht hat, sich in des Königs Bett zu schleichen.« Er hob die Hände. »Das ist nur, was ich gehört habe.«

Philippe biss die Zähne zusammen und versuchte, sich seine Wut nicht anmerken zu lassen. »Wer sagt das?«

»Angeblich die Damen in den Salons. Doch ich glaube das Gerücht nicht. Sonst hätte sie es nicht nötig gehabt, dem König aufzulauern.«

Philippe fühlte den aufmerksamen Blick von Jaques auf sich. Sein Freund ahnte etwas, das spürte er, und er durfte sich nichts anmerken lassen.

Er räusperte sich. »Ich denke nicht, dass sie dem König aufgelauert hat. Aber vielleicht sollte ich sie sicherheitshalber noch einmal befragen. Das werde ich allerdings entscheiden, wenn ich aus Versailles zurück bin. Solange der König fort ist, kann sie ihm sowieso nichts tun.«

Er musste das Thema beenden.

»Was uns zurück zum Besuch in Versailles bringt. Wie steht es mit dem Wald von Marly? Können wir da wieder durch oder ist es immer noch zu gefährlich?«

Jaques zog die Karte heran. Es war seine Aufgabe gewesen, Informationen über die Strecke nach Versailles einzuholen.

»Ich denke, wir sollten den Weg nehmen. Er ist der kürzeste, und obwohl ab und zu noch Wegelagerer gemeldet wurden, werden sie kaum eine königliche Kutsche mit so vielen berittenen Wachen angreifen. Dafür sind sie zu schlecht ausgerüstet. Und sie sind zwar dumm, aber so dumm auch nicht. Wären wir ein Bauer mit einem Ochsengespann, würde ich mich dort allerdings nicht hindurchtrauen.«

Pierre verzog das Gesicht. »Dem Gesindel ist alles zuzutrauen. Ich würde den Weg außen herum empfehlen. Die Überquerung der Seine ist bei diesem Wasserstand kein Problem. Es war viel zu heiß. Wir bräuchten einmal wieder ein Unwetter. Das von neulich hat nichts gebracht.«

Als sein Stellvertreter das Unwetter erwähnte, wurde Philippe jäh daran erinnert, wie er Katherine in den Armen gehalten hatte. Er konnte sich noch allzu gut daran erinnern, wie sich ihr regennasser Hals unter seinen Lippen angefühlt hatte.

Himmel, er musste aufhören, so etwas zu denken. Vor allem, wenn er im Dienst war.

Jaques räusperte sich. »Ja, an dem Abend war ganz schön was los im Schloss.«

Philippe fing seinen Blick auf und fragte sich, ob Jaques gerade daran dachte, dass er an diesem Abend Katherine auf der Südtreppe gesehen hatte. Er hoffte, dass sein Freund dies gegenüber Pierre nicht erwähnen würde. Doch der sagte: »Was mich daran erinnert, dass wir noch besprechen müssen, wer mit nach Versailles reist und wer hierbleibt und aufpasst, dass die Engländer sich benehmen. Gerade diese jungen Kerle werden immer aufsässiger. Neulich haben sie anscheinend eine

Dienerin belästigt und sich später damit rausgeredet, dass es in England so üblich sei, dass die Dienerinnen auch solche Dienste verrichten.«

Philippe hatte auch von dem Vorfall gehört. Zum Glück war einer der älteren Bediensteten dazugekommen und hatte die junge Frau gerettet, bevor ihr etwas Schlimmeres geschehen konnte. Doch nun hatten alle Frauen, die im Schloss angestellt waren, Angst vor den jungen Männern, die anscheinend Narrenfreiheit bei den Engländern besaßen. Außerdem war Philippe sich nicht sicher, ob sich diese Heißsporne nicht vielleicht auch an einer jungen Adeligen vergreifen würden, wenn sich die Gelegenheit dazu bieten würde. Der Gedanke daran, dass Katherine ihnen in der Nacht des Unwetters beinahe in die Arme gelaufen wäre, erschreckte ihn noch immer.

»Wir müssen sie im Auge behalten, und wer auch immer von Euch hierbleibt, muss dafür sorgen, dass sie nicht an Alkohol kommen. Da viele der älteren Lords mit nach Versailles reisen, bleibt kaum noch jemand, der sie im Zaum halten kann.«

»Ich habe außerdem gehört, dass sie gern mit nach Versailles gegangen wären und dementsprechend frustriert sind«, sagte Jaques.

Das war wirklich eine ungute Mischung. Philippe behagte es überhaupt nicht, dass er Katherine hier ungeschützt lassen sollte. Vor allem durfte sie nicht wieder nachts durchs Schloss wandern oder in irgendeinem Raum auf dem Boden schlafen.

»Habt Ihr eigentlich schon entschieden, wer von uns mit nach Versailles kommen muss?«, fragte Jaques nun.

Philippe seufzte, denn er hatte gewusst, dass er diese Frage heute noch adressieren musste. Dabei hatte er noch keine Antwort darauf. Einer der beiden würde hierbleiben müssen, um das Schloss und vor allem den Prinzen zu bewachen, doch den anderen brauchte er an seiner Seite, vor allem während der Fahrt nach Versailles, da sie es sich nicht leisten konnten, dass die Kutsche von König James auf dem Weg überfallen wurde. Er wusste, dass es für beide von höchster Wichtigkeit war, dass sie gewählt wurden, denn sie lagen in dem Wettstreit, wer Philippes Nachfolger werden würde. Wen auch immer er mitnahm, es würde den anderen missmutig stimmen, denn in Versailles saßen die Männer, die darüber entschieden, wer den Posten in Saint-Germain-en-Laye übernehmen würde.

Eigentlich wäre Jaques dran gewesen, da Pierre ihn das letzte Mal begleitet hatte, doch es missfiel Philippe, Pierre hier in Saint-Germain-en-Laye zu lassen, wenn er sich gerade darin verstieg, dass Katherine möglicherweise eine Gefahr für den König war. Was war, wenn er sie in dieser Zeit ausspionierte?

Am liebsten hätte er den Mann mitgenommen, einfach nur um ihn unter seiner Kontrolle zu haben. Doch er hätte damit Jaques ein falsches Signal gegeben, denn der hatte in der Vorbereitung gute Arbeit geleistet. Außerdem hatte Jaques ein Mädchen in Versailles, das er gern wiedersehen wollte.

Zusätzlich hatte Pierre sich gerade durch Ungehorsam hervorgetan. Das war etwas, das Philippe nicht belohnen konnte, indem er ihn mitnahm.

»Jaques wird mich begleiten«, sagte er deswegen schnell, bevor er es sich noch einmal anders überlegen konnte. Doch er würde mit Katherine darüber sprechen, dass sie sich unauffällig verhielt und nichts tat, was Pierre misstrauisch machen könnte. Vor allem aber musste er dafür sorgen, dass sie ein Zimmer bekam, denn wenn Pierre hierblieb, würde der bestimmt merken, dass jemand in Philippes Zimmer war. Und in das Zimmer im Dienstbotentrakt wollte er sie nicht bringen. Es war einer Lady tatsächlich nicht angemessen und die Gefahr, dass noch mehr Gerüchte über Katherine die Runde machten, war zu groß.

Wie immer, wenn er daran dachte, dass sie sich ein paar Tage nicht sehen würden, wurde er unruhig. Er hätte alles dafür gegeben, nicht nach Versailles zu müssen. Doch für ihn führte kein Weg daran vorbei.

Philippe erhob sich. »Wir werden den Weg durch den Wald nehmen, aber die Männer werden schwer bewaffnet.

Einfach nur, damit es abschreckend wirkt. Jaques, fragt bitte noch einmal nach, wie viele Kutschen von den Damen der Königin gebraucht werden. Und klärt im Stall, welche Pferde wir nehmen können. Das könnt Ihr machen, Pierre.«

Jaques erhob sich. »Jawohl, Capitaine. Ich nehme an, Ihr zieht Euch zurück?«

Philippe nickte. »Ich habe noch viel Korrespondenz.«

Jaques' Mundwinkel zuckte. »Das sagtet Ihr bereits.«

Philippe entschied sich, ihm das durchgehen zu lassen, und machte sich auf den Weg zu seinem Quartier.

In den Kellerräumen war es still, die meisten Männer waren auf Wache unterwegs oder schliefen, weil sie erst ab abends Dienst hatten.

Philippe blieb im Gang stehen und fuhr sich durch die Haare. Er rekapitulierte im Kopf, was Pierre über Katherine gesagt hatte.

Sie hätte Kontakt zu einflussreichen Männern in London. Männer, die auf der Seite von William of Orange standen. War das alles nur Hoftratsch und an den Haaren herbeigezogen oder stimmten Pierres Informationen?

Da er immer noch alle Post kontrollierte, die das Schloss offiziell verließ, war er sich sehr sicher, dass Katherine in den letzten Wochen keine Briefe nach England geschickt hatte. Vor allem nicht in den vergangenen Tagen. Es war höchstens möglich, dass sie die Briefe inoffiziell geschickt hatte.

Doch sein Instinkt sagte ihm, dass sie mit keinem dieser Männer in Kontakt stand und auch keine Spionin war. Wenn sie doch eine sein sollte, täuschte sie sehr geschickt Ungeschicktheit vor.

Ja, er musste zugeben, dass sie es geschafft hatte, sich in sein Bett zu schleichen, und dass das für eine Spionin natürlich eine gute Quelle war. Doch sie hatte noch nie versucht, ihn über irgendetwas, was im Schloss vor sich ging, auszufragen.

Er dachte an die Briefe auf seinem Schreibtisch und kurz breitete sich ein ungutes Gefühl in ihm aus. Sie war den ganzen Tag allein in seinem Zimmer und hätte genug Zeit, diese Briefe zu studieren, ja, wenn sie wollte, sogar abzuschreiben. Doch er wusste auch, dass die Schriftstücke abends immer noch genauso lagen wie morgens, wenn er sie verließ. Nun gut, sie konnte natürlich darauf achten, dass sie alles wieder an den gleichen Platz zurücklegte. Die meisten Spione waren geschickt genug, auf so etwas zu achten.

Hatte er womöglich einen fatalen Fehler begangen, als er sie in sein Bett geholt hatte? War es möglich, dass es Teil ihres Plans gewesen war? Vielleicht sogar, dass er sich in sie verliebte?

Dieser Gedanke ließ ihn innehalten. Hatte er sich in sie verliebt? Darüber hatte er noch nicht nachgedacht, doch jetzt, da ihm dieser Gedanke gekommen war, ließ er sich nicht mehr abschütteln.

Er musste zugeben, dass er Gefühle für sie hatte. Doch machte ihn das zum Narren, weil er sich von einer Spionin an der Nase hatte herumführen lassen?

Wieder sagte ihm sein Bauchgefühl, dass sie ihn nicht ausgenutzt hatte. Allerdings wusste er aus Versailles auch, wie geschickt einige Damen darin waren, sich Männer mit Liebe gefügig zu machen. Selbst der französische König war dem mehrmals zum Opfer gefallen. Warum sollte es ihm selbst dann besser ergehen?

Weil Katherine nicht so war. Das Fieber hatte sie nicht vorgetäuscht. Sie war wirklich krank gewesen, und alle Informationen, die er über sie gesammelt hatte, passten nicht mit dem Bild einer Spionin überein.

Oder war er vor Liebe vielleicht blind geworden?

Auf einmal erschien es ihm gut, dass er nach Versailles fahren würde. Mit ein paar Tagen Abstand würde er sicher wieder klar denken können und dann würde er wissen, was er wirklich für sie empfand. Außerdem würde er diskret noch ein paar Informationen über sie und diese drei Männer einholen, die Pierre genannt hatte. Wenn er mit den Beratern des Königs in Versailles war, würde er sicherlich aus dem einen oder anderen etwas herausholen können. Schließlich waren es alle Engländer und sie kannten die drei Männer sicherlich.

Er drehte sich um und ging die Treppe wieder hoch. Er brauchte noch ein klein wenig Abstand, bevor er wieder ins Zimmer ging. Jetzt gerade war er zu misstrauisch. Er musste seinen Kopf frei bekommen.

# KAPITEL SIEBENUNDZWANZIG

Als Philippe sich das Hemd über den Kopf zog und nach einem neuen griff, fühlte er, dass Katherine wach war. Und dass sie ihn beobachtete. Wie schon so oft fragte er sich, warum er gerade ihren Blick körperlich so fühlen konnte. Er hatte schon immer ein gutes Gespür dafür gehabt, wenn jemand ihn beobachtete, und es hatte ihm in der Armee und auch in seinem Dienst beim König so manches Mal die Haut gerettet, doch mit Katherine war es anders. Ihr Blick war ein angenehmes Prickeln, ein Streicheln beinahe, und er genoss es.

Ihm war vollkommen bewusst, dass er mit nacktem Oberkörper vor ihr stand, und am liebsten hätte er ihr Gesicht gesehen. Was sie wohl dachte? In der Nacht des Unwetters hatte er gemerkt, dass sie nicht so unschuldig war, wie es eine Lady sein sollte, die noch nie verheiratet gewesen war. Es störte ihn nicht, ganz im Gegenteil. Er war sich nicht einmal sicher, ob er mit einer unerfahrenen Jungfrau überhaupt etwas hätte anfangen können. Aus dem Alter war er wahrlich raus.

Er streifte sich das Hemd über, griff nach seiner Jacke und drehte sich um. Sie lag auf der Seite und schaute ihn ruhig an.

»Guten Morgen«, sagte er und schlüpfte in seine Uniform.

Sie lächelte und setzte sich auf. Mittlerweile hatte sie

wieder rosige Wangen und wirkte vollkommen gesund. Suzanne hatte sich aber auch gut um sie gekümmert.

In der Nacht, als sie wieder in seinen Armen gelegen hatte, hatte er darüber nachgedacht, ob er seinem Bauchgefühl folgen sollte, das ihn so selten in seinem Leben getrogen hatte. Am Abend, als er in das Zimmer gekommen war, hatte er sich selbst dabei ertappt, wie er sie beobachtet hatte und wie er sich die Papiere auf seinem Schreibtisch genau angeschaut hatte, ob sie bewegt worden waren. Er war sogar kurz davor gewesen, sie dezent auszufragen, doch dann war er sich schäbig vorgekommen. Sie hatte ihm keinerlei Grund für dieses Misstrauen gegeben, sondern all das waren die Hirngespinste von Pierre.

Spätestens als sie sich wieder an ihn gekuschelt hatte und er sie fühlen und riechen konnte, waren seine Zweifel verschwunden. In dem Moment, als sie mit einem leisen Seufzen in den Schlaf gesunken war, hatte er entschieden, dass er nicht an ihr zweifeln würde. Sie hatten nur noch so wenig Zeit miteinander. Er wollte es nicht verderben. Morgen schon würde er nach Versailles reiten und heute gab es noch eine Menge vorzubereiten.

Katherine schwang die Beine aus dem Bett. Noch immer trug sie keine Strümpfe und wie immer starrte er einen Moment auf ihre nackten Füße. Obwohl er sie schon so oft in den Armen gehalten hatte, hatte er für seinen Geschmack viel zu selten ihre Haut berührt.

Während er die Jacke zuknöpfte, beobachtete er, was sie tat. Vorsichtig stand sie auf und atmete tief durch.

»Ist alles in Ordnung?«, fragte er, bereit, sie aufzufangen, falls ihre Beine wieder nachgaben.

Sie nickte. »Es geht mir schon viel besser, und ich denke, dass es an der Zeit ist, dass ich wieder ein wenig herumlaufe. Schließlich muss ich morgen früh umziehen.«

Sein Herz zog sich ein klein wenig zusammen. »Ich werde heute mit Eurer Schwester sprechen, ob sie ein Zimmer für Euch gefunden hat.« Vielleicht würde er doch das Zimmer im

Dienstbotentrakt nehmen müssen, auch wenn ihm nicht wohl dabei war.

Sie nickte und streckte sich, wie eine Katze, die gerade erwacht war. Er hätte sie stundenlang anschauen können.

Als sie seinen Blick bemerkte, lächelte sie schuldbewusst. »Ich habe mich so lange ausgeruht und nun bin ich doch vom Aufstehen schon ganz erschöpft.«

»Ihr wart sehr krank, vergesst das nicht.«

»Das werde ich nie vergessen«, sagte sie und ging hinüber zu ihrer Truhe. Während Philippe in seine Stiefel schlüpfte, ging sie in die Hocke und hob den Deckel. Ganz oben lag eines ihrer Unterkleider und als sie es bemerkte, nahm sie es hastig und steckte es unter das goldene Kleid, das viel Platz in der kleinen Truhe einnahm.

Er konnte sich ein Lächeln nicht verkneifen. Sie hatte in seinen Armen geschlafen und trotzdem war es ihr noch unangenehm, dass er ihr Unterkleid sah. Was sie wohl sagen würde, wenn sie wüsste, dass er so einiges, was sich in der Truhe befand, schon einmal in der Hand gehabt hatte?

Als sie ein Haarband herausholte und eine Bürste, hielt er inne. Das zärtliche Gefühl, das er auf einmal für sie empfand, traf ihn wie ein Schlag. Es war so etwas Einfaches, ein Band und eine Haarbürste aus einer Truhe zu nehmen, doch gleichzeitig war es etwas Intimes und Vertrautes. Und etwas zutiefst Weibliches.

Tief in seiner Brust spürte er ein Sehnen. Ihm wurde klar, dass er genau das am liebsten für immer sehen und mit ihr teilen wollte. Diese kleinen Dinge des Alltags. Er wollte neben ihr aufwachen, sehen, wie sie sich streckte, wie sie sich frisierte, ihre Kleider wechselte, wie sie aß, wie sie schrieb, einfach alles. Diese Erkenntnis verwirrte und beruhigte ihn zutiefst. Zwei ungleiche Gefühle, die an ihm zerrten. Aber alles an ihr und zwischen ihnen schien ein Widerspruch zu sein. Sie durften nicht zusammen sein und dann waren sie es doch.

Als ob sie gespürt hätte, was in ihm vorging, drehte sie sich um und schaute ihn prüfend an. Auf einmal runzelte sie die

Stirn, erhob sich und kam zu ihm herüber. Atemlos betrachtete er sie, als sie direkt vor ihm stand und die Bürste und das Band auf dem Bett ablegte.

»Eure Jacke ist falsch geknöpft«, erklärte sie.

Bevor er reagieren konnte, griff sie nach den Knöpfen und öffnete sie mit geschickten Fingern. Sie stand so dicht vor ihm, dass er ihren Atem auf der Haut fühlte. Er schaute auf ihren Scheitel herunter und sehnte sich danach, sich nach vorn zu beugen und sie dort zu küssen.

Sie rückte seine Jacke zurecht und er ließ es stumm geschehen. Dann schloss sie die goldenen Knöpfe wieder und er beobachtete ihre schlanken Finger, die geschickt arbeiteten.

Als sie den letzten Knopf geschlossen hatte, atmete sie tief durch und legte die Hände kurz auf seine rote Jacke. Mit ihren goldenen Augen schaute sie zu ihm auf und er wusste, dass er es versuchen musste.

Bei jedem anderen Mädchen hätte er sich einfach vorgebeugt und es geküsst, aber Lady Katherine Eastham war nicht irgendein Mädchen. Das wurde ihm wieder einmal nur allzu deutlich bewusst. Deswegen sagte er: »Ich würde Euch so gern küssen.«

Sie erstarrte, hielt den Atem an, und als er zu fürchten begann, dass sie sich gleich von ihm abwenden würde, füllten sich ihre Augen mit Tränen.

Bestürzt legte er eine Hand an ihre Wange. »Entschuldigung, ich hätte nicht …« Doch sie unterbrach ihn, indem sie den Kopf schüttelte.

»Es ist nicht deswegen.«

Ihre Lippen zitterten und immer mehr Tränen füllten ihre Augen.

»Warum dann?«

Er wollte die Bitte, sie küssen zu dürfen, am liebsten zurücknehmen, ungeschehen machen, dass er sie zum Weinen gebracht hatte.

Sie presste die Lippen zusammen und eine Träne rann über

ihre Wange. Ungeduldig wischte sie sie weg. »Ich schäme mich so, dass ich deswegen weine.«

»Bitte vergesst, was ich gesagt habe. Ich hätte das nicht tun sollen.«

Jetzt lächelte sie. »Wollt Ihr wissen, warum ich weine?«

Er war sich nicht ganz sicher, nickte aber.

»Ich habe es mir so gewünscht, aber ich habe angefangen, zu fürchten, dass unsere Zeit hier verstreicht, ohne dass …« Sie schluckte und brach ab. »Ich dachte, Ihr mögt mich vielleicht nicht genug.«

Sanft wischte er die Tränenspur mit dem Daumen weg und schüttelte den Kopf. Sie hatte ja keine Ahnung, wie glücklich ihre Worte ihn machten. Obwohl sie Nacht für Nacht in seinen Armen gelegen hatte, war er sich ebenfalls nicht sicher gewesen, ob sie geküsst werden wollte.

»Darf ich?«, fragte er.

Als sie nickte, wurde das Glücksgefühl so stark, dass er beinahe nach Luft ringen musste. Er umfasste ihr Gesicht mit beiden Händen und legte vorsichtig seine Lippen auf ihre. Sie seufzte leise und schien in seinen Händen zu schmelzen. Ihre Lippen öffneten sich leicht und als sie sie nicht wieder schloss, entschied er, dies als Einladung zu sehen.

Vorsichtig strich er mit der Zunge über ihre Unterlippe und im nächsten Moment berührte sie ihn mit ihrer Zunge. Philippe war sich nicht sicher, ob er in seinem Leben schon einmal etwas so Süßes gekostet hatte. Er wagte sich weiter vor, ließ seine Zunge sanft kreisen und genoss es, wie sie auf sein Spiel einging. Er zog sie näher zu sich heran und war überrascht, als sie die Arme um seinen Nacken schlang und sich noch enger an ihn drängte.

Er wusste nicht, was er erwartet hatte, einen unschuldigen, vorsichtigen Kuss vielleicht, aber dieses Feuer, das der Kuss in ihr zu entfachen schien, damit hatte er nicht gerechnet. Dabei war es nicht verwunderlich, denn die gleiche versteckte Leidenschaft hatte er in der Nacht des Unwetters auch gespürt. Und er hatte überhaupt nichts dagegen, dass sie sich an ihn presste, sodass er ihr Becken und ihre Brüste spüren konnte, und der Tanz ihrer Zungen immer aufregender wurde.

Sein Atem ging schneller und auf einmal wollte er sie so sehr, dass er sich nur mit Mühe davon abhalten konnte, sie einfach aufs Bett zu legen und richtig zu lieben.

Vage nahm er wahr, dass draußen auf dem Flur Stimmen zu vernehmen waren. Die Männer kehrten vom Wachwechsel zurück, den er schon wieder verpasst hatte, während er hier stand und Katherine küsste.

Es kostete ihn alle Anstrengung, den Kuss zu beenden, doch er behielt sie in seinen Armen. Auch ihr Atem ging schnell und ihre Lippen waren so wunderbar gerötet, dass es ihn noch mehr erregte.

»Ich muss gehen«, stieß er hervor.

Sie nickte. »Ich weiß.«

Doch keiner von ihnen rührte sich.

Philippe rang mit sich. Am liebsten hätte er sie noch einmal geküsst, und er wusste, dass sie ihn lassen würde, aber er war sich nicht sicher, ob er es noch einmal schaffen würde, wieder aufzuhören. Schließlich räusperte er sich und löste seine Arme von ihr.

»Es wird wirklich Zeit. Es gibt heute viel zu tun.«

Katherine nickte und trat einen Schritt zurück. Verstohlen wischte sie sich über den Mund, und als ihre Blicke sich trafen, biss sie sich auf die Lippe. Um nicht gleich wieder über sie herzufallen, drehte Philippe sich um und atmete tief durch. Er war sich sicher, dass dies der beste Kuss seines Lebens gewesen war.

Langsam trat er zur Tür. Er fragte sich gerade, ob es irgendwelche Regeln gab, wie man sich nach einem solchen Kuss mit einer Lady angemessen verabschiedete, als er ihre Stimme hörte.

»Philippe?«

Er erstarrte. Noch nie hatte sie seinen Vornamen benutzt. Es klang wie Musik aus ihrem Mund und am liebsten hätte er sie gebeten, dass sie es noch einmal sagte.

»Ja?«

Sie knetete ihre Hände und es dauerte einen Moment, bis sie sprach.

»Darf ich heute Nacht noch einmal hier schlafen oder wäre es besser, wenn ich woanders hingehe?«

Es dauerte einen Moment, bis er begriff. »Natürlich könnt Ihr hier schlafen. Ich …« Er räusperte sich. »Ich werde nicht über Euch herfallen. Ihr braucht Euch keine Sorgen zu machen.«

Doch sie schien ihm nicht zu glauben, denn ihre Miene drückte immer noch Zweifel aus.

Er ging zu ihr zurück und nahm ihre Hände in seine. »Ich tue nichts, was Ihr nicht wollt. Habt keine Angst. Aber bitte seid heute Abend noch hier.«

Der Gedanke, dass sie wegen dieses Kusses nicht mehr bei ihm schlafen würde, machte ihn fast panisch.

»Ich bin mir nicht sicher, ob das gut wäre«, sagte sie schließlich und schaute ihn nicht an.

Verdammt, er hatte alles kaputtgemacht. Er war viel zu schnell vorgegangen.

»Ihr braucht Euch nicht vor mir zu fürchten. Ich werde Euch nicht einmal anfassen, wenn Ihr es nicht wollt. Zur Not schlafe ich wieder auf dem Stuhl.«

Als sie immer noch nicht antwortete, drückte er ihre Hände und sagte: »Ich könnte es nicht ertragen, wenn ich Euch Angst gemacht habe. Das wollte ich nicht.«

Sie atmete tief durch und schüttelte den Kopf. »Ich habe keine Angst vor Euch.«

»Wovor dann?«

Sie zögerte lange und es schien, als suche sie nach einer Antwort in seinem Gesicht. Schließlich gab sie sich einen Ruck und sagte leise: »Vor mir selbst.« Dann entzog sie ihm ihre Hände und trat einen Schritt zurück. »Ihr müsst zum Dienst.«

Philippe versuchte, zu begreifen, was sie eben gesagt hatte. »Warum sagt Ihr das? Es gibt nichts, das Ihr fürchten müsst.«

Sie schüttelte den Kopf. »Ihr müsst zum Dienst.«

Er wollte wieder nach ihren Händen greifen, überlegte es sich aber anders. Anscheinend wollte sie nicht. Aber er konnte auch nicht einfach so gehen.

»Bitte bleibt heute Nacht noch. Ich verspreche Euch, dass nichts geschieht.«

Sein Herz dröhnte so laut in seinen Ohren, dass er Sorge hatte, ihre Antwort zu verpassen. Schließlich seufzte sie. »Ihr solltet nichts versprechen, was Ihr nicht halten könnt, Capitaine.«

»Das werde ich halten. Ich möchte Euch heute Nacht bei mir haben. Bitte. Ihr habt mein Ehrenwort.«

Er sah, wie sie erschauderte, und ganz kurz erschien etwas in ihren Augen, das er nicht deuten konnte. Schließlich neigte sie leicht den Kopf. »Dann sehen wir uns heute Abend.«

Fast hätte er gejubelt, doch er konnte sich gerade noch zurückhalten.

»Habt einen schönen Tag.«

»Danke, Ihr auch.« Sie zögerte. »Versprecht Ihr mir, dass Ihr mit Sophia über das Zimmer redet?«

Er nickte und ging zur Tür. Das würde er gleich als Erstes tun.

# KAPITEL ACHTUNDZWANZIG

Er fand Lady Sophia erst am späten Vormittag in einem der Salons, wo sie ihre beiden Kinder gerade einer Gruppe von älteren Frauen übergab, die sich sofort um die Zwillinge scharten. Als sie ihn erblickte, entschuldigte sie sich und kam auf ihn zu. Bevor sie zu sprechen begann, entfernten sie sich von den Damen, damit sie außer Hörweite waren.

»Ich habe Euch heute auch schon gesucht, Capitaine Laurent. Morgen reist Ihr ab, nicht wahr?«

Er nickte. »Ich werde im Morgengrauen mit den Vorbereitungen beginnen.«

»Kann sie heute Nacht noch bleiben, wo sie ist?«

Ein Kribbeln breitete sich in ihm aus, als er an sein Gespräch mit Katherine dachte. »Ja, kann sie.«

»Gut. Wie geht es ihr?«

»Besser. Sie ist heute Morgen aufgestanden.«

»Das freut mich, zu hören.«

Sie betrachtete ihn forschend und er fragte sich, ob sie ihm am Gesicht ablesen konnte, dass sie sich geküsst hatten.

»Habt Ihr ein Zimmer für sie finden können?«

Sie wirkte betreten. »Leider nein. Ich habe alles versucht, aber das Schloss ist vollkommen überfüllt. Es scheint nicht einmal mehr eine Besenkammer zu geben. Selbst Lady Valentina konnte nichts erreichen.«

»Das hatte ich befürchtet.«

Er dachte darüber nach, ob er ihr von der Kammer im Dienstbotentrakt erzählen sollte, doch er entschied sich dagegen. Er wollte nicht, dass Katherine dort schlief. Sie mussten einen anderen Weg finden.

Lady Sophia hob die Schultern. »Wie es aussieht, wird sie wohl ein paar Nächte bei mir schlafen müssen. Ich habe angeordnet, dass wir zumindest eine weitere Matratze für den Boden bekommen. Dort können vielleicht die Kinder schlafen. Für ein paar Nächte wird es gehen. Ich werde die Zeit nutzen und mit ihr sprechen, wie es weitergehen soll.« Sie zögerte. »Ich denke, dass es vielleicht für Katherine an der Zeit ist, nach England zurückzugehen. Soweit ich weiß, wird gerade jeder, der keine Stellung bei Hofe hat oder mit jemandem verheiratet ist, der bei Hofe gebraucht wird, gebeten, die Sache in England zu vertreten oder sich ein Zimmer in der Stadt zu suchen. Und wir wissen beide, dass das für eine alleinstehende Frau nicht möglich ist.«

Eine eiskalte Hand griff nach Philippes Herz. Er wollte nicht, dass sie ging.

Er spürte, dass Lady Sophia ihn aufmerksam beobachtete, und begriff, dass sie ihn gerade testete. Er erwiderte ihren Blick ruhig. »Ich würde das sehr bedauern.«

»Wirklich? Nun, das hatte ich mir beinahe gedacht. Wenn es ihr auch so geht, werden wir wohl einen Weg finden müssen, wie sie hierbleiben kann.«

Durchdringend schaute sie ihn aus ihren blauen Augen an. Doch so leicht ließ er sich nicht einschüchtern.

»Das werden wir wohl.«

Lady Sophia atmete tief durch. »Könnt Ihr ihr also ausrichten, dass sie morgen früh zu mir kommen soll? Allerdings wird es selbst für ihre Reisetruhe in meinem Zimmer zu eng. Könnte die bei Euch bleiben?«

Er nickte. »Natürlich.«

Wieder zögerte sie. »Darf ich Euch um noch etwas bitten? Auch wenn es nichts mit meiner Schwester zu tun hat?«

»Was ist es?«

»Könnt Ihr einen Brief für meinen Mann mit nach Versailles nehmen?«

Er lächelte. »Sehr gern.«

Sie atmete tief durch. »Könnt Ihr ihm den Brief persönlich überbringen? Es wäre sehr wichtig, dass er ihn bekommt, und manchmal habe ich das Gefühl, dass selbst auf der kurzen Strecke zwischen diesem Palast und Versailles Dinge verloren gehen.«

»Aber natürlich, Lady Sophia.«

Er musterte sie aufmerksam und fragte sich, ob er den Brief lesen sollte. Eigentlich war es seine Pflicht, jeden Brief, der nach Versailles ging, zu überprüfen. Aber es war etwas anderes, wenn er einen Stapel Briefe hatte, die ihm nicht persönlich anvertraut worden waren.

Er entschied sich dagegen, allerdings würde sie das etwas kosten, auch wenn sie das nicht wusste. Er brauchte nämlich ein paar Informationen.

»Darf ich Euch im Gegenzug auch um etwas bitten?«

Er wusste, dass sie nicht Nein sagen konnte.

»Selbstverständlich.«

»Ich brauche ein paar Informationen.«

Sie kniff die Augen zusammen. »Über meine Schwester?«

Er wollte den Kopf schütteln, zögerte dann aber. »Nicht direkt über sie.«

»Sondern?«

»Sagt Euch der Name des Duke of Bedington etwas?«

Sie runzelte die Stirn und musterte ihn aufmerksam. »Natürlich.«

Er wartete darauf, dass sie mehr sagte, aber sie schwieg. Sie würde es ihm also nicht leicht machen.

»Kennt Eure Schwester ihn auch? Und wenn ja, wisst Ihr, was die beiden miteinander zu tun haben könnten?«

Für einen Moment betrachtete sie ihn und er meinte, die

Andeutung eines Lächelns in ihren Mundwinkeln zu entdecken.

»Das sage ich Euch gern, allerdings möchte ich vorher wissen, warum Ihr das fragt.«

Er entschied sich für die Wahrheit. »Soweit ich weiß, ist er derjenige, der den Unterhalt Eurer Schwester hier im Schloss bezahlt hat.«

Sie nickte. »Das hat er. Und es war sehr großzügig von ihm, denn wenn er es nicht getan hätte, wäre es an meinem Mann gewesen, dies zu tun.«

Philippe versuchte, ihr zu folgen. »Warum?«

»Lord Nicholas Bedington ist mit unserer Schwester Lilly verheiratet. Katherine ist im Frühjahr mit den beiden hierhergekommen und während sie wieder nach England zurückgekehrt sind, ist sie geblieben. Nicholas war als ihr Schwager so freundlich und hat ihren Aufenthalt hier bezahlt.«

Philippe fühlte sich dumm. Warum hatte er nicht darüber nachgedacht, dass Katherine womöglich mit dem Mann, der ihren Unterhalt bezahlte, verwandt war? Stattdessen war er sofort davon ausgegangen, dass die beiden eine Affäre hatten.

»Aber es heißt, dass der Duke of Bedington sich offen gegen König James gestellt hat. Wie kam es, dass er hier war?«

Lady Sophia schüttelte den Kopf. »Das war sein Bruder, der vor ein paar Monaten kinderlos verstorben ist. Nicholas ist erst danach Duke geworden.«

»Und wo steht er politisch?«

Sie legte den Kopf ein wenig schief. »Verdächtigt Ihr meine Schwester, gegen König James zu agieren?«

Sie sprach nicht laut und vergewisserte sich, dass niemand in ihrer Nähe war. Selbst Andeutungen waren in einem solchen Fall gefährlich.

Schnell schüttelte er den Kopf. »Nein, aber nach allem, was passiert ist, könnte es sein, dass jemand nachzuweisen versucht, dass sie eine Gefahr für den König ist. Davor versuche ich sie zu bewahren.«

Dass Pierre schon konkret begonnen hatte, Nachforschungen anzustellen, erwähnte er lieber nicht.

Lady Sophia lachte laut auf, sodass nun doch ein paar Damen zu ihnen herüberschauten. Zum Glück waren sie weit genug fort.

»Katherine würde so etwas niemals tun. Dafür ist sie viel zu ehrlich. Sie wäre entsetzt, wenn sie das hören würde.«

Er nickte. »Davon bin ich überzeugt. Trotzdem muss ich diese Dinge wissen, damit ich vorbereitet bin, falls jemand Verleumdungen gegen sie vorbringt.«

Wieder betrachtete sie ihn lange und wirkte sehr zufrieden.

Philippe entschied sich, ihr zu vertrauen. Sie wusste sowieso schon viel zu viel und war vielleicht eine wichtige Verbündete.

»Was ist mit Eurem Vater?«

Sie versteifte sich ein wenig. »Was soll mit ihm sein?«

»Es tut mir leid, dass ich das fragen muss. Aber hat er sich nicht auch gegen König James gestellt?«

Sie presste die Lippen zusammen. »Ja, leider.«

»Hat Eure Schwester Kontakt zu ihm?«

Sie schüttelte den Kopf. »Ich bin mir sehr sicher, dass sie nicht in Kontakt mit unserem Vater steht. Im Gegenteil, ich denke, dass sie froh ist, dass er in England ist und sie hier.«

Erleichtert atmete Philippe aus. »Und was ist mit dem Earl of Portsbury? Sagt Euch dieser Mann etwas?«

Sophia hob die Schultern. »Ich habe den Namen schon einmal gehört. Er ist ein mächtiger Mann in London, aber ich kenne ihn nicht.«

Es fiel Philippe schwer, die nächste Frage zu stellen. »Glaubt Ihr, dass Eure Schwester ihn kennen könnte?«

Lady Sophia schüttelte wieder den Kopf. »Bevor sie nach Frankreich gekommen ist, hat sie ein paar Jahre im Haus unserer Tante gelebt und sich um diese gekümmert. Ihre Tage bestanden aus Sticken, Lesen und Karten Spielen. Wie hätte sie da einen Mann wie den Earl of Portsbury kennenlernen sollen?« Sie runzelte die Stirn. »Ist er auch ein Gegner von König James?«

Philippe hob die Schultern. Er hatte nicht gedacht, dass er in seinem Leben einmal Männer beurteilen würde, die er noch nie getroffen hatte und die in einem anderen Land lebten. Es war, als ob er im Nebel kämpfte und seine Feinde nicht sehen konnte.

»Wurde sein Name etwa auch im Zusammenhang mit meiner Schwester genannt?«

Philippe nickte.

»Ich weiß nicht, wer solche Dinge erzählt, aber ich kann mir nicht vorstellen, dass sie wahr sind. Mir hat sie noch nie etwas davon erzählt. Und selbst wenn Katherine ihn kennt, hat das sicher einen ganz harmlosen Hintergrund. Denn eines kann ich Euch versichern, Capitaine, Katherine würde niemals jemandem etwas antun oder Gemeinheiten aushecken. Ich denke, Ihr könnt in jeder Hinsicht beruhigt sein.«

Tatsächlich war er erleichtert. Pierre hatte sich da sicherlich etwas zusammengereimt, einfach nur, um sich aufzuspielen. Dabei kannte er Katherine nicht einmal.

Er verbeugte sich. »Ich danke Euch für dieses aufschlussreiche Gespräch, Lady Sophia.«

Sie neigte genauso hoheitsvoll wie Katherine manchmal den Kopf. »Ich bin froh, dass Ihr sie gefunden habt, Capitaine. Bitte vertraut ihr. Sie hat es verdient.«

»Ich weiß.«

Philippe hielt ihrem Blick stand, denn er wollte, dass sie wusste, dass Katherine bei ihm in guten Händen war.

»Und nach allem, was ich über Euch gehört habe, seid Ihr ein vertrauenswürdiger Mann, was meiner Einschätzung nach unserem Gespräch entspricht.«

Er verbeugte sich knapp. »Danke für Eure offenen Worte.«

Sie atmete tief durch. »Versprecht mir nur eins: Tut ihr nicht weh.«

Überrascht schaute er sie an. »Das würde ich niemals tun.«

Es war die Wahrheit.

Lady Sophia betrachtete ihn nachdenklich. Dann sagte sie leise: »Was auch immer passiert, meinen Segen habt Ihr. Ich würde mich für sie freuen.«

Dann nickte sie ihm zu und ging davon. Philippe schaute ihr nach und fragte sich, was soeben geschehen war. Was genau hatte Lady Sophia vorgeschlagen? Sein Herz wusste es, aber sein Verstand konnte es noch nicht begreifen.

## KAPITEL NEUNUNDZWANZIG

Aufgeregt lauschte Katherine auf die Schritte auf dem Flur. Mittlerweile hörte sie bereits, wenn er es war.

Als sich die Tür öffnete, stand sie auf und atmete tief durch. Den ganzen Tag hatte sie auf diesen Augenblick gewartet. Nachdem er heute Morgen das Zimmer verlassen hatte, war sie eine Weile ruhelos umhergewandert, in Gedanken immer bei dem Kuss. Als sie zu erschöpft gewesen war, hatte sie sich aufs Bett gelegt und weiter über den Kuss nachgedacht.

Er war erst der dritte Mann, der sie geküsst hatte, doch es war in nichts zu vergleichen gewesen mit den anderen beiden. Kaum hatten seine Lippen sie berührt, war sie in Flammen aufgegangen und sie hatte viel mehr gewollt als nur einen Kuss. Er war zärtlich und begierig zugleich und sie hatte gespürt, dass er sie auch wollte. Doch kaum hatte er den Kuss beendet, war ihr klar geworden, dass sie sich das nie wieder erlauben durfte. Wenn sie ihn noch einmal küsste, würde sie sich ihm hingeben. So sehr wollte sie ihn.

Als sie an diesem Morgen erwacht war und die Augen aufgeschlagen hatte, war sie sich nicht sicher gewesen, ob sie gerade träumte, denn er hatte mit nacktem Oberkörper vor ihr gestanden. Es hatte sie fast körperlich geschmerzt, ihn nicht anfassen zu können. Zu gern wäre sie mit den Händen über die Muskeln an seinem Rücken gefahren. Es war deutlich, dass er ein Soldat war und regelmäßig mit seinen Waffen übte. Sein Körper sah ganz anders aus als der von Richard.

Dieser Vergleich hatte sie für einen Moment ernüchtert und zum Glück hatte er sein Hemd wieder übergestreift und sich erst dann umgedreht.

Doch nun, da sie ihn geküsst hatte, wollte sie mehr von seinem Körper und das durfte nicht sein. Deswegen hatte sie zunächst überlegt, ob sie diese Nacht bereits woanders schlafen sollte. Auf keinen Fall konnte sie noch einmal so unschuldig in seinen Armen liegen wie in den vergangenen Nächten. Sie würde die ganze Zeit nur darüber nachdenken, ob sie sich ihm nicht doch schenken sollte, und da seine Nähe vermutlich ihre Sinne benebeln würde, war sie sich sicher, dass sie schwach werden würde.

Es kam jedoch überhaupt nicht infrage, sich ihm hinzugeben. Als sie damals blutend und mit Schmerzen im Bett gelegen hatte, hatte sie sich geschworen, dass sie niemals wieder bei einem Mann liegen würde, denn noch einmal würde sie es nicht ertragen, schwanger zu werden. Egal, ob sie das Kind bekommen oder es erneut verlieren würde.

Damals hatte sie jedoch nicht geahnt, dass Gott ihr eine solche Versuchung in Form des Capitaines schicken würde. Vielleicht waren er und die Versuchung, die er darstellte, auch die Strafe für all die Sünden, die sie begangen hatte.

Es war so leicht, alle Versprechen über Bord zu werfen, wenn er sie küsste. Als ob ihr Kopf nicht mehr zu gebrauchen wäre. Deswegen wäre es vermutlich besser gewesen, wenn sie nicht mehr hier geschlafen hätte, doch als er ihr so deutlich gesagt hatte, dass er sie gern noch einmal in den Armen halten würde, und versprochen hatte, dass nichts geschehen würde, war sie dahingeschmolzen. So etwas hatte noch nie ein Mann zu ihr gesagt. Noch nie hatte sie das Gefühl gehabt, gebraucht zu werden. Also hatte sie mit klopfendem Herzen zugestimmt und hoffte nun, dass er mehr Standhaftigkeit besaß als sie und sich zurückhalten konnte.

Den ganzen Tag bangte sie schon, dass er zurückkam. Zum einen, weil sie sich ein wenig davor fürchtete, dass sie sich gleich in seine Arme werfen würde, und zum anderen, weil sie ihn unbedingt sehen wollte. Morgen würde er abreisen und sie vermisste ihn schon jetzt.

Doch sie war nicht untätig gewesen und hatte etwas für sie vorbereitet, was sie ablenken würde. Suzanne hatte ihr dabei geholfen und sie war der Dienerin so dankbar.

Und jetzt war es endlich so weit. Philippe trat ein und als sich ihre Blicke trafen, sandte es sofort einen heißen Strahl durch Katherine. Der Kuss hatte alles verändert. Sie hätte all dem den Rücken kehren sollen, aber sie konnte nicht.

Er trat näher und knöpfte langsam die Uniformjacke auf, wie er es abends immer tat. Er schaute auf den Korb in ihrer Hand. »Was ist das?«

Katherine lächelte. »Ich wollte mich bei Euch bedanken und habe ein kleines Picknick vorbereiten lassen.« Sie hob die Schultern. »Wir können zwar nicht in den Garten gehen, aber vielleicht können wir den Schreibtisch freiräumen und hier essen.«

Seine Hände hielten beim Aufknöpfen inne und er betrachtete den Korb. Auf einmal fragte Katherine sich, ob das eine so gute Idee gewesen war. Heute Mittag, als sie es sich mit Suzanne ausgedacht hatte, war sie fest davon überzeugt gewesen, doch jetzt kam sie sich albern vor.

Er warf einen kurzen Blick auf das Bett und atmete tief durch. »Eine gute Idee. Allerdings habe ich eine noch bessere.«

Katherines Herz klopfte schneller. »Welche denn?«

»Lasst uns doch draußen im Garten essen. Es ist ein so schöner Sommerabend.«

Schnell schüttelte Katherine den Kopf. »Es könnte uns jemand sehen. An schönen Abenden sind so viele im Garten.«

Er lächelte spitzbübisch. »Nicht dort, wo ich mit Euch hinmöchte.«

»Und wo ist das?« Sie konnte sich nicht vorstellen, was er im Sinn hatte.

»Vertraut mir einfach. Es ist ein wunderbarer Ort und ich bin mir sicher, es wird Euch gefallen.«

Ihm vertrauen. Wie immer rieselte das Wort wohlig durch sie. Es fühlte sich so gut an, ihm zu vertrauen. Katherine atmete tief durch. »Also gut.«

Er schaute auf ihre Füße. »Schuhe solltet Ihr allerdings anziehen.«

Ihr war völlig entgangen, dass sie immer noch barfuß war. Meine Güte, sie wirkte wie eine Straßengöre. »Verzeihung«, murmelte sie und ging zu ihrer Truhe.

Sie spürte seinen Blick auf sich, als sie in die leichten Schuhe schlüpfte. Warum fühlte es sich nur so gut an, wenn er sie anschaute?

Er nahm den Korb auf, griff nach einer Decke und trat zur Tür. »Bereit?«

Bereit war sie nicht, aber sie wollte sich trotzdem in das Abenteuer wagen. Außerdem konnte sie es gar nicht erwarten, endlich wieder frische Luft zu atmen. Langsam begann das fensterlose Untergeschoss, sie zu ersticken.

»Wir werden durch den Keller gehen und den Hinterausgang benutzen. Den kennt Ihr ja schon. Von dort müssen wir durch ein Gebüsch und dann ist es nicht mehr weit. Folgt mir einfach.«

Durch ein Gebüsch? Katherine war sich nicht sicher, ob sie das wollte, doch ablehnen mochte sie auch nicht.

Er lauschte an der Tür, ob jemand im Flur war, und brachte sie dann hinüber in den großen Lagerraum. Sie hielt sich dicht hinter ihm und spürte, dass er sich immer wieder vergewisserte, dass sie noch bei ihm war.

An der Tür zum Garten blieb er erneut stehen, lauschte und öffnete dann die Tür.

Tief atmete Katherine die würzige Luft des französischen Abends ein. Ein Hauch von Kräutern hing darin, aber sie konnte auch den Fluss und den Wald riechen. Es war, als wäre ihre Nase in der Zeit im Keller feiner geworden. Tief sog sie die Luft in ihre Lungen. Es war herrlich.

Die Sonne stand dicht über dem Horizont, war aber noch nicht untergegangen, und selbst dann würde es noch eine Weile hell sein. Bestimmt gingen gerade viele Schlossbewohner im Park spazieren. Die untergehende Sonne tauchte alles in ein goldenes Licht und Katherine ertappte Philippe dabei, wie er sie lange anschaute.

Sorgfältig schloss er hinter ihnen ab, dann führte er Katherine tatsächlich durch ein nahe gelegenes Gebüsch. Immer wieder hielt er die Zweige zurück, sodass sie durchschlüpfen konnte. Trotzdem blieb ihr Rock mehrmals in Dornen hängen und er musste ihr helfen, diesen zu befreien.

»Auf dem Rückweg können wir vorn herum gehen, da ist es dunkel und uns sieht keiner.«

»Ihr habt vor, draußen zu bleiben, bis es dunkel ist?«

Unbekümmert lächelte er sie an. »Wenn Ihr schon früher wieder ins Zimmer wollt, lässt sich das auch einrichten. Aber dann müssen wir wieder durch dieses Gebüsch.«

Nein, Katherine wollte ganz sicher nicht zurück ins Zimmer. Vor allem deswegen nicht, weil dort ein Bett stand. Was hatte sie sich nur dabei gedacht, noch eine Nacht mit ihm in einem Zimmer zu verbringen?

»Seid Ihr sicher, dass uns hier draußen niemand sieht?«

»Sehr sicher. Dorthin kommt nie jemand, weil keiner davon weiß. Kommt.«

Er streckte ihr die Hand hin, doch Katherine zögerte. Sie wollte ihn gern berühren, aber es war zu gefährlich.

Er schien zu verstehen und zog die Hand zurück, als wäre nichts geschehen. »Die Treppen sind ein wenig verfallen, weil dieser Teil nicht mehr genutzt wird. Versprecht mir, dass Ihr vorsichtig seid.«

Er führte sie durch einen Terrassengarten, der ungepflegt und wild war, der aber offensichtlich früher einmal schön bepflanzt gewesen war. Sie stiegen Treppen hinunter, näherten sich der Seine und stiegen dann wieder ein paar

Treppen hinauf. Die meisten Pflanzen in den Beeten waren vertrocknet, denn natürlich goss hier niemand mehr. Sie kamen an einigen überwucherten Statuen und Brunnen vorbei.

»Was ist das hier?«, fragte Katherine, als sie an einer Bank vorbeikamen, auf der trockene Blätter lagen.

»Das waren die Terrassengärten, die allerdings als zu gefährlich angesehen wurden, da früher einmal ein Teil abgesackt ist. Da man die Gärten nicht brauchte und es zu teuer war, sie zu unterhalten, hat man diesen Bereich vom Schlossgarten getrennt. Deswegen bin ich mir auch so sicher, dass niemand hierherkommt.«

Katherine blieb stehen und schaute sich um. »Ist es auch wirklich sicher?«

Er sah sie durchdringend an. »Ich habe doch schon einmal gesagt, dass ich gut auf Euch aufpasse. Hier geschieht Euch nichts.« Er wies auf eine kleine Terrasse, die ein paar Treppenstufen oberhalb von ihnen lag. »Es ist nicht mehr weit. Dort oben wollte ich mit Euch hin. Man hat eine fantastische Aussicht, und sollte man von einem Unwetter überrascht werden, ist man dort auch geschützt.«

Katherines Bauch kribbelte, als er das Wort Unwetter benutzte, und sie fragte sich, ob es Absicht oder Zufall war, dass er das erwähnte. Doch eigentlich war bei ihm nichts Zufall. Ihr wurde klar, dass sie mit dem Feuer spielte, aber der Gedanke erregte sie auch.

Oben angekommen, fand sie ihn auf einer kleinen terrassenförmigen Rasenfläche, die mit vertrockneten Wildblumen überwuchert war. Hinter der Terrasse erhob sich der Hang und darin gähnte eine dunkle Öffnung, deren Eingang allerdings mit wunderschönen Statuen geschmückt war.

Neugierig trat Katherine näher. »Was ist das?«

»Das ist eine der sogenannten Grotten. Sie wurden in den Hang gebaut, damit der König, oder wer auch immer es wollte, sich hier zurückziehen konnte. Wie ich schon sagte, bei einem Unwetter ist man gut geschützt.«

Er berührte sie am Arm und ein Schauder lief ihr über den Rücken.

»Dreht Euch einmal um.«

Als Katherine sich umwandte, entfuhr ihr ein entzückter Seufzer. Von hier hatten sie einen wunderbaren Blick über den Fluss, der sich durch das Tal schlängelte, und die Landschaft dahinter. Man konnte sogar bis nach Paris schauen.

»Habe ich zu viel versprochen?«

Stumm schüttelte Katherine den Kopf. Es war sogar viel schöner, als er versprochen hatte. Auch wenn der Garten verwildert war, so war allein die Aussicht es wert, hierherzukommen.

Philippe hatte die Decke im Gras ausgebreitet und begann, den Korb auszupacken. Suzanne hatte sich mächtig ins Zeug gelegt und dem Koch anscheinend einige Speisen abgeschwatzt, die eigentlich für den König vorgesehen waren. Stolz hatte sie Katherine mittags ihre Beute gezeigt.

Auch Philippe schien zu staunen und Katherine freute sich, dass sie diese Idee gehabt hatte.

Bevor sie sich niederließ, bat er sie, zu warten. Er lief in die Grotte und kam kurze Zeit später mit einigen zerschlissenen, aber sehr dicken Kissen zurück. »Sie sind nicht mehr die besten, aber zumindest bequem. Und dies hier waren die saubersten.« Er seufzte. »Vielleicht hätte ich Kissen aus dem Zimmer mitnehmen sollen.«

Katherine schüttelte den Kopf. »Alles ist wunderbar. Danke.«

Sie ließen sich nieder und Katherine genoss den würzigen Geruch der Blumen um sie herum. Philippe verteilte das Essen, wie er es immer abends getan hatte, und zuerst aßen sie schweigend und genossen die Aussicht. Katherine fühlte sich ein wenig gehemmt und fragte sich, ob sie den Kuss zur Sprache bringen sollte. Doch wohin würde das führen? Also schwieg sie.

Als die Sonne hinter dem Horizont verschwunden war,

lehnte Philippe sich zurück und betrachtete sie. »Danke, dass Ihr mitgekommen seid.«

Katherine lächelte. »Danke, dass Ihr mir diesen Platz gezeigt habt. Seid Ihr öfter hier?«

Überrascht hob er die Augenbrauen. »Immer wenn ich allein sein will. Es erinnert mich an meine Heimat. Dort gibt es auch einen Platz, an dem man einen herrlichen Ausblick über einen Fluss hat.«

Katherine brach sich ein Stück vom Kuchen ab. Es fühlte sich herrlich dekadent an, mit den Fingern zu essen. »Wo ist Eure Heimat?«

»In der Nähe von Blois.«

»Ist das weit von hier?«

Er hob die Schultern. »Nicht so weit wie England. Zwei oder drei Tagesreisen mit der Kutsche. Wenn ich allein reite, schneller.«

»Wie kommt es eigentlich, dass Ihr so gut Englisch sprecht, wenn Ihr doch eigentlich Franzose seid?«

Er richtete den Blick in die Ferne und dachte einen Moment lang nach, bevor er antwortete. »Meine Mutter ist Engländerin.«

Damit hatte Katherine nicht gerechnet. »Wie ist sie nach Frankreich gekommen?«

Es war ihr peinlich, wie sie ihn ausfragte, aber sie war tatsächlich neugierig.

»Sie hat der englischen Prinzessin Henriette gedient, als diese Philippe of Orleans, den Bruder des Königs, geheiratet hat. In Versailles hat sie meinen Vater kennengelernt und ihn später geheiratet.«

Er warf ihr einen Blick zu, als wollte er prüfen, wie sie diese Nachricht aufnahm.

Verwirrt schaute Katherine ihn an. »Was meint Ihr damit, sie hat Prinzessin Henriette gedient?«

»Sie war ihre Hofdame.«

Die Worte hingen in der Abendluft zwischen ihnen. »Eure Mutter ist eine englische Adelige?«

Er hob die Schultern. »Niederer Adel. Wie Ihr wisst, hatten die Stuarts damals nicht viele Anhänger in England. Nur wenige Familien haben sich hinter sie gestellt. Mein Großvater gehörte anscheinend dazu, aber er hat es mit seinem Leben bezahlt. Meine Mutter konnte deswegen nicht mehr nach England zurück und ist in Frankreich geblieben, selbst als Prinzessin Henriette gestorben ist.«

»Und Euer Vater?«

Sie sah, dass er sich ein wenig versteifte.

»Ihr wollt wissen, wer er war?«

Sie nickte und lauschte mit angehaltenem Atem.

Wieder richtete er den Blick in die Ferne. »Er war ebenfalls aus dem niederen Adel und lebte in Versailles. Er diente dem König, so wie ich es tue. Er hatte ein bescheidenes Landgut bei Blois, auf dem er und meine Mutter aber nicht lebten, denn sie wollten beide in Versailles sein. Als ich geboren wurde, zog meine Mutter mit mir auf das Landgut, da sie mich dort nicht allein lassen wollte und, wie Ihr ja wisst, Kinder in Versailles nicht erwünscht sind.« Er hob die Schultern. »Mein Vater allerdings blieb und das wurde ihm später zum Verhängnis. Denn er war Protestant. Er weigerte sich, seinem Glauben abzuschwören, und wurde des Hofes verwiesen. Gerade noch rechtzeitig, wie wir hörten, denn danach wurde regelrecht Jagd auf die Protestanten gemacht und die meisten von ihnen wurden enteignet.«

Entgeistert schaute Katherine ihn an. Seine Eltern waren Adelige gewesen und hatten sogar am Hof des französischen Königs gelebt? Sie konnte den Schmerz in seiner Stimme hören und fragte sich, ob noch mehr hinter der Geschichte steckte.

»Euer Vater hat also Glück gehabt«, sagte sie vorsichtig. »Und Ihr und Eure Mutter damit auch.«

Er spielte mit einem Grashalm. »Ich bin mir nicht sicher, ob man es Glück nennen kann. Mein Vater hat diese Schmach nie verwunden und er mochte es nicht, auf dem Land zu leben. Für meine Mutter, die fast acht Jahre dort allein mit mir gewesen war, war es ungewohnt, ihn wieder zu Hause zu haben. Ich kannte meinen Vater im Grunde nicht. Er war ein Fremder. Eines Tages war er verschwunden. Einige Zeit später wurde er tot in einem Wald in der Nähe gefunden.«

Sie wartete, ob er noch mehr sagte, doch er schwieg und schaute auf den Grashalm zwischen seinen Fingern.

»Was war passiert?«

Er hob die Schultern. »Keiner weiß es genau, und die Männer, die ihn gefunden haben, sprachen nicht mit meiner Mutter darüber. Sie hat auch seinen Leichnam nie gesehen, sondern er wurde einfach bestattet. Allerdings auf dem Kirchhof. Wenigstens etwas.«

Katherine legte die Wange auf ihr Knie und betrachtete ihn. Er wich ihrem Blick aus. Seiner Erzählung nach zu urteilen, war es gut möglich, dass sein Vater Selbstmord begangen hatte, der vertuscht worden war. Wenn nicht, hätte es schlimme Konsequenzen für ihn und seine Mutter gehabt.

»Es tut mir leid, Philippe«, sagte Katherine. »Das muss furchtbar für Euch gewesen sein.«

Er hob den Blick und seine dunklen Augen bohrten sich in ihre. Genau so war es heute Morgen gewesen, als sie seinen Vornamen benutzt hatte.

»Es ist schon lange her und es ist nicht mehr wichtig, was damals passiert ist. Alle sagten, es wäre ein Unfall gewesen, und ich will das glauben.«

Betreten schaute Katherine ihn an, doch sie wollte mehr wissen, auch wenn es offensichtlich war, dass er das Thema nicht weiter verfolgen wollte. »Seid Ihr seinetwegen in den Dienst des Königs getreten?«

Überrascht schaute er sie an, dann wandte er den Blick in die Ferne.

»Vermutlich schon. Ich wollte wissen, wie es in Versailles ist, wie der König ist, dem mein Vater gedient hat. Ich wollte die Männer kennenlernen, die ihn kannten.«

»Hat es funktioniert?«

Wieder warf er ihr diesen unergründlichen Blick zu. »Ja

und nein. Ich konnte nicht einfach als der, der ich war, dorthin gehen, denn man hätte mir als Sohn meines Vaters den Zutritt verwehrt. Dabei bin ich katholisch erzogen, denn das war meiner Mutter wichtig. Doch der Sohn eines Protestanten ist am Hof nicht erwünscht. Deswegen habe ich mich zur Armee gemeldet und bin später, als ich mich bewährt hatte, in den Dienst am Hof getreten. Ich habe einige Männer getroffen, die meinen Vater gekannt haben müssen, und doch habe ich mit ihnen nie über ihn gesprochen.«

»Ist es Euch heute immer noch genauso wichtig wie damals, als Ihr Euren Dienst begonnen habt?«

Er seufzte, verschränkte die Arme hinter dem Kopf und lehnte sich zurück. »Ihr stellt kluge Fragen, Katherine.«

Sie ließ ihm Zeit, eine Weile darüber nachzudenken. Schließlich schüttelte er den Kopf. »Nein. Ich bin nicht mehr auf der Suche nach den Erlebnissen meines Vaters. Ich habe meine eigenen Erfahrungen gemacht.«

»Seid Ihr gern im Dienst des Königs von Frankreich?«

Er hob die Augenbrauen. »Diese Frage habe ich mir ehrlich gesagt noch nie gestellt.«

Wieder dachte er eine Weile nach, während Katherine sich noch ein Stück vom Kuchen nahm und darüber nachdachte, was sie gerade über ihn gehört hatte. Abgesehen davon, dass sein Vater vielleicht Selbstmord begangen hatte, was Philippe verständlicherweise zu schaffen machte, war er der Sohn eines niederen Adeligen und nicht einfach nur der Sohn eines Handwerkers oder eines Soldaten. Noch immer war er weit unter ihrem Stand und es wäre völlig inakzeptabel, einen Mann wie ihn zu heiraten. Schließlich war er vor allem Soldat im Dienst des französischen Königs. Trotzdem hatte sich etwas verändert. Warum hatte er ihr noch nicht früher davon erzählt?

Schließlich drehte er sich auf die Seite und stützte sich auf den Ellenbogen. »Ich denke, dass ich den Dienst beim König mag, denn ich weiß, wofür ich es tue, und das gibt meinem Leben einen Sinn. Ich diene meinem König und beschütze sein Leben.«

»Könntet Ihr Euch vorstellen, jemals aus dem Dienst auszuscheiden?«

Er schwieg wieder eine Weile, schaute sie dabei aber an. »Die meisten Männer sterben irgendwann im Laufe ihres Dienstes. Wenn sie nicht durch einen Fehler jung sterben oder sich eine Krankheit einfangen, dann spätestens, wenn sie älter sind und auf einen Jüngeren treffen, der ihnen überlegen ist. Die meisten wüssten auch gar nicht, was sie sonst machen sollen. Also bleiben sie.«

»Ihr habt meine Frage nicht beantwortet«, bemerkte Katherine.

Er lächelte. »Weil ich keine Antwort habe.«

»Gibt es nichts, was Ihr außer dem Dienst beim König gern tun würdet?«

Der Gedanke, dass er Soldat und Wache blieb, bis er irgendwann getötet wurde, jagte ihr einen Schrecken ein. Sie konnte sich nicht vorstellen, dass dieser kraftvolle Mann irgendwann alt war und im Kampf mit einem Jüngeren fallen würde.

Mittlerweile war es dämmrig geworden, nur die Öllampe in der Nähe spendete etwas Licht und warf Schatten auf sein Gesicht.

Er schüttelte den Kopf. »Ich wüsste nicht, was ich zu Hause in Blois sollte. Das Landgut ist nicht groß genug, als dass es viel Verwaltungsaufwand erfordert. Meine Mutter erledigt das sehr gut, auch wenn einige der Franzosen manchmal immer noch nicht gern auf sie hören. Ich wäre dort überflüssig. Da bleibe ich lieber hier.« Er seufzte. »Also nicht in Saint-Germain-en-Laye, sondern in Versailles, beim König.«

Katherines Magen zog sich unangenehm zusammen. »Ihr wollt nicht hierbleiben?«

Er schüttelte den Kopf. »Ich möchte zurück nach Versailles. Diesen Posten habe ich nur bekommen, weil ich der Einzige war, der Englisch spricht. Doch langsam würde ich gern etwas anderes machen.«

Für einen Moment fiel es ihr schwer, zu atmen. »Ihr wollt von hier weggehen?«

Es dauerte einen Moment, bis er antwortete. »Gäbe es denn einen Grund, zu bleiben?«

Natürlich gab es den! Doch wie sollte sie ihm das sagen? Außerdem wusste sie selbst, dass dies hier keine Zukunft hatte. Es war mädchenhaft, sich vorzustellen, dass sie zusammen sein konnten. Egal, wer sein Vater gewesen war.

Als sie nicht antwortete, setzte er sich auf. »Katherine«, begann er und seine Stimme klang rau. Sie schaffte es nicht, ihn anzuschauen. »Die vergangenen Tage waren die schönsten und schlimmsten meines Lebens.«

Sie blickte auf. »Warum die schlimmsten?«

Er zog eine Grimasse. »Weil ich den ganzen Tag nur daran denken konnte, dass ich am liebsten in meinem Zimmer wäre, um mit Euch auf dem Bett zu liegen. Ich glaube, ich habe reihenweise Fehler bei meiner Arbeit gemacht. Das ist mir noch nie passiert. Es ist, als ob das Zusammensein mit Euch mir die Sinne raubt.«

Ihr stockte der Atem. »Aber wir haben doch gar nichts getan. Wir haben nur geschlafen.«

Mit einem leichten Kopfschütteln schaute er sie an. »Mehr habe ich nicht gebraucht. Ich wollte einfach nur in Eurer Nähe sein.«

»Das heißt, Ihr wollt mich gar nicht?«

Die Worte waren heraus, bevor sie darüber nachgedacht hatte. Zu gern hätte sie sie zurückgenommen, doch das ging nicht, und außerdem war sie neugierig auf die Antwort.

Er senkte den Kopf und atmete tief. Es dauerte eine Weile, bis sie begriff, dass er leise lachte.

»Was ist daran so lustig?«

Als er sie wieder anblickte, waren seine Augen fast schwarz in der Dämmerung. »Ich wünschte, ich könnte Euch zeigen, wie sehr ich Euch begehre, aber ich hatte das Gefühl, dass Ihr das nicht wollt.«

Katherine hielt den Atem an. Sie spürte, dass dies ein

entscheidender Moment war. Er wollte sie, und ja, sie wollte ihn auch.

»Wir dürfen das nicht«, flüsterte sie.

Er schluckte. »Ich weiß. Aber ich will es trotzdem. So sehr.«

Sie schaute auf seine Lippen und ertappte sich dabei, wie sie sich wünschte, dass er sie damit küsste. Nicht nur auf den Mund, sondern überall. Genauso, wie sie wollte, dass er sie mit seinen Händen berührte.

Sie senkte den Kopf und versuchte, zu atmen. Das Verlangen überwältigte sie beinahe. Sie liebte die Liebe viel zu sehr und ihr Körper gaukelte ihr vor, dass sie es brauchte, von ihm berührt zu werden.

»Wollt Ihr mich denn auch?« Seine Stimme zitterte ein wenig.

Katherine kniff die Augen zusammen, bis kleine Sternchen vor ihr tanzten. Sie nickte. »Aber wir dürfen das nicht.«

Sie ballte die Hände zu Fäusten und hätte sie sich am liebsten auf die Augen gedrückt wie ein kleines Kind, einfach nur, weil so verzweifelt war.

»Katherine«, sagte er sanft und sie spürte, dass er näher an sie herangerückt war. Seine Wange lag an ihrer, sie fühlte seine Wärme und sein Geruch berauschte sie. »Was spricht dagegen? Ihr wollt mich und ich will Euch.«

Sie presste die Augen noch fester zusammen und schüttelte den Kopf.

»Ich habe Euch heute Morgen mein Ehrenwort gegeben, dass ich nichts tun werde, das Ihr nicht wollt. Ihr braucht keine Angst vor mir zu haben. Ich kann jederzeit aufhören.«

Er senkte den Kopf ein wenig, sodass seine Wange an ihrer rieb. Katherine atmete scharf ein. Sie wollte nicht, dass er aufhörte.

»Aber ich weiß, dass Ihr eine leidenschaftliche Frau seid. Wie gern würde ich diese Seite an Euch kennenlernen. Ich könnte mir nichts Schöneres vorstellen, als Euch zu lieben.«

Seine Worte waren wie Messerstiche und Liebkosungen

zugleich. Immer hatte sie danach gehungert, dass ein Mann sie verstand und sie so wollte, wie sie wirklich war. Und jetzt war er hier, und sie wusste, dass es sie ins Verderben stürzen würde, wenn sie sich ihm hingab.

»Ich darf nicht«, stieß sie hervor.

Er wandte den Kopf und streifte mit seinen Lippen sanft über ihre Wange. Ein Schauer lief ihr über den Rücken.

»Warum nicht? Wer oder was hält Euch davon ab?«

Er löste sich von ihr und Katherine wankte. Er legte seine Stirn an ihre und schaute sie fragend an. Es dauerte einen Moment, bis Katherine begriff, dass er wirklich auf eine Antwort wartete. Allein diese Tatsache rührte sie an.

»Sagt es mir, Katherine. Warum verbietet Ihr Euch so etwas Wunderbares?« Er strich mit dem Daumen über ihre Wange.

Katherine schluckte. Die Tränen und die Wahrheit steckten so fest in ihrem Hals, dass es wehtat. »Weil ich nicht wieder schwanger werden darf«, flüsterte sie schließlich.

Sie hatte erwartet, dass er sich von ihr zurückziehen würde, doch er ließ seine Stirn an ihrer und strich weiter über ihre Wange. Sie wusste, dass er sie anschaute, aber sie konnte die Augen nicht öffnen, schließlich hatte sie ihm gerade ihr furchtbarstes Geheimnis gebeichtet.

»Wieder?«, fragte er leise.

Katherine wollte sich abwenden, doch er fasste in ihren Nacken und ließ es nicht zu.

»Ihr müsst schlecht von mir denken.«

Sanft streichelte er sie im Nacken. »Was ist mit dem Kind passiert?«

Sie hatte mit vielem gerechnet, aber mit dieser Frage nicht. »Ich habe es verloren.«

»Es schmerzt Euch«, stellte er fest.

Sie fühlte sich zu ihrer eigenen Überraschung nicken.

»Aber das sollte es nicht. Es war besser so.«

»Wann war das?«

Sie zögerte. »Im November vor einem Jahr.«

»Also erst vor Kurzem.« Er küsste sie sanft auf die Stirn. »Es tut mir leid, dass Ihr das durchmachen musstet.«

Irgendetwas in Katherine zerbrach und auf einmal fing sie an, zu weinen. Sie war nicht in der Lage, die Tränen zurückzuhalten, und wollte es auch gar nicht. Bisher hatte sie nur mit ihrer Schwester Lilly darüber gesprochen, aber selbst vor ihr hatte sie ihre wahren Gefühle geheim gehalten. Sie hatte mit Gott darüber gesprochen, war sich aber sicher, dass er sich von ihr abgewendet hatte, weil sie eine solche Sünde begangen hatte und sie nicht einmal bereute, sondern den Verlust des Kindes betrauerte.

In ihrer Trauer um das Kind war sie ganz allein gewesen. Bis jetzt. Wie konnte es sein, dass gerade er sie verstand?

Als die Tränen nicht aufhören wollten, zog er sie auf seinen Schoß, schloss die Arme um sie und wiegte sie sanft hin und her. Sie fühlte sein Gesicht in ihren Haaren und ergab sich den Tränen und ihm.

Katherine wusste nicht, wie lange sie so dagesessen hatten, doch irgendwann weinte sie nicht mehr und nach einem tiefen Seufzer, lehnte sie einfach nur schwer an seiner Schulter, das nass geweinte Hemd unter ihrer Wange. Schließlich löste sie sich von ihm und rutschte von seinem Schoß. Sie bemerkte, wie er sich verstohlen ein wenig streckte. Vermutlich war es anstrengend gewesen, sie so lange zu halten.

Es war ihr so unendlich peinlich, ihn anzuschauen. Jetzt kannte er ihr dunkelstes Geheimnis, von dem sie noch nicht einmal Sophia erzählt hatte.

Als sich ihre Blicke trafen, versuchte sie, leichthin zu sagen: »Was müsst Ihr nur von mir denken? Ständig müsst Ihr mich irgendwohin tragen oder festhalten, weil ich zu schwach bin.«

Er lachte leise und atmete tief durch. »Wollt Ihr wissen, was ich wirklich denke?«

Katherine war sich nicht sicher, ob sie es wollte oder nicht. Doch sie nickte.

Er lehnte sich nach vorn und hob ihr Kinn mit den Fingern

an, sodass sie ihn im schwachen Lichtschein der Öllampe anschauen musste. »Auch wenn es gerade unpassend ist, denke ich, dass ich Euch so gern zeigen würde, wie ich Euch lieben kann, ohne dass Ihr schwanger werdet.«

Katherine war sich nicht sicher, ob sie sich verhört hatte. »Wie bitte?«

Er seufzte. »Wie ich schon sagte, es ist reichlich unpassend. Aber das ist, was ich gerade denke. Ich würde es Euch wirklich gern zeigen.«

Das altbekannte Verlangen regte sich wieder in Katherine, doch dieses Mal ließ sie das Kribbeln zu, gestattete ihm, dass es sich ausbreitete. Sie schluckte und fasste sich ein Herz.

»Ich bin mir nicht sicher, ob ich weiß, wovon Ihr sprecht. Wie soll das möglich sein?«

Etwas in seinem Gesicht veränderte sich. Der Schalk verschwand und machte einem ungläubigen Ernst Platz. Er setzte sich etwas weiter auf. »Ich fürchte, dass ich es Euch nur zeigen und nicht erklären kann.«

Katherine wusste, dass sie eine Entscheidung treffen musste. Aber sie wusste auch, dass sie ihm vertrauen konnte.

»Ihr versprecht mir, dass ich nicht schwanger werden kann?«

Er legte eine Hand auf sein Herz. »Ich verspreche es.«

Katherine erschauderte und schloss die Augen. Es wäre zu schön, um wahr zu sein.

»Sagt mir trotzdem, wie das möglich sein soll, bevor ich mich darauf einlasse.«

Plötzlich schaffte sie es nicht mehr, ihn anzuschauen.

»Vergesst, was ich gesagt habe. Ich glaube nicht, dass wir darüber sprechen sollten. Ich … Es ist nur so, dass ich sicher sein will.«

Man sprach über solche Dinge einfach nicht. Allerdings tat man sie auch nicht.

Er beugte sich vor und strich ihr sanft über die Wange. »Es braucht Euch nicht unangenehm zu sein. Wenn man auf dem

Land aufwächst, weiß man, dass es eine der natürlichsten Dinge ist, die es gibt.«

Katherine runzelte die Stirn. »Ich bin aber nicht auf dem Land aufgewachsen.«

Sie war überhaupt nicht mit diesem Thema in Berührung gekommen, weil ihre Mutter leider gar nicht mit ihr darüber gesprochen hatte, und sie hatte auch keine ältere Schwester gehabt, die sie in diese Geheimnisse hätte einweihen können.

»Deswegen kann ich mir auch nicht vorstellen, wie man das tun kann, ohne dass die Frau danach guter Hoffnung ist.«

Selbst das auszusprechen, war ihr unangenehm.

Er lächelte. »Vielleicht hilft es Euch, zu wissen, dass ich auch nur davon weiß, weil unsere alte Köchin der Meinung war, ich müsste so etwas wissen. Es war das demütigendste Gespräch meines Lebens.«

»Mit Eurer Köchin?«

Er nickte. »In den Jahren nachdem mein Vater gestorben war, hat sie meiner Mutter geholfen, mich großzuziehen. Im Grunde hat sie den Hof regiert und sich in alles eingemischt, was sie nichts anging. Ich muss sechzehn gewesen sein und es war kurz vor dem jährlichen Fohlenmarkt, zu dem sich immer alle jungen Leute aus der Umgebung einfanden. Ich hatte vor, ein Mädchen wiederzutreffen, das ich mir im Jahr davor ausgeguckt hatte. Irgendwie musste unsere Köchin davon erfahren haben, denn sie passte mich im Hof ab und erklärte mir, dass es meine Verantwortung wäre, wenn ein Mädchen schwanger werden würde, wenn ich eine Nacht mit ihm verbrächte. Und dass es für das Mädchen schlimme Folgen für den Rest seines Lebens haben könnte, die ich nicht einmal ansatzweise verstehen würde. Deswegen müsste ich dafür sorgen, dass sie im nächsten Jahr nicht mit einem Kind auf dem Arm zum Fohlenmarkt kommen würde.«

Er lachte leise bei der Erinnerung und Katherine ertappte sich dabei, wie sie fasziniert lauschte.

»Ich weiß nicht, woher ich den Mut nahm, aber ich habe gewagt, zu behaupten, dass dies kaum möglich sei. Außerdem würden die Mädchen es doch auch wollen und müssten entscheiden, ob sie das Risiko eingingen. Schließlich hatte ich schon eine erste Erfahrung auf diesem Gebiet gemacht und kam mir sehr wissend vor.« Er hob die Schultern. »Ich hatte allerdings nicht damit gerechnet, dass sie sich davon nicht einschüchtern ließ, obwohl ich es eigentlich besser hätte wissen müssen. Sie hat mir daraufhin gesagt – und zwar so, dass der alte Knecht und die Küchenmagd es auch hörten –, dass ein Mann auch nur«, er brach ab und senkte den Kopf, »die Finger benutzen kann. So würde ein Mädchen nicht schwanger, hätte aber trotzdem Freude daran.« Er räusperte sich. »Sie hat mir dann auch noch gesagt – da wir gerade bei dem Thema waren, wie sie meinte –, dass auch das meine Verantwortung sei.«

Katherines Mund war trocken, als sie fragte: »Was genau meinte sie damit?«

Er lächelte. »Sie sagte, dass ich mich unterstehen sollte, jemals etwas zu tun, was ein Mädchen nicht wollte. Im Gegenteil, sie war der Meinung, dass ich dafür sorgen müsse, dass das Mädchen auch Freude daran hätte.«

Bei dem Bild, das in ihr aufstieg, wie Philippe als Jugendlicher mit einer dicken Köchin im Hof stand und sich so etwas anhörte, musste Katherine wider Willen lächeln, aber es brachte auch ihren Bauch zum Kribbeln.

»Ich kann mir vorstellen, dass das ein unangenehmes Gespräch war.«

Er hob den Kopf und lächelte verschmitzt. »Das war es. Allerdings muss ich ihr zugestehen, dass mir dieses Wissen in meinem Leben schon gute Dienste geleistet hat. Soweit ich weiß, bin ich noch nie unfreiwillig Vater geworden.«

Katherine presste die Lippen zusammen und schaute hinüber zu der Öllampe, um die ein Insekt kreiste. Sie musste an Richard denken und daran, dass er sogar angezweifelt hatte, dass das Kind von ihm war. Sie konnte sich nicht vorstellen, dass Richard sich beim Liebesakt jemals auf seine Finger beschränkt hätte oder darauf, ob Katherine Freude daran hatte. Er hatte immer alles gewollt, und das schnell. Manchmal viel zu schnell.

Seine Stimme riss sie aus ihren Gedanken. »Katherine?«

Sie hob den Blick und hoffte, dass er nicht lesen konnte, was sie gerade dachte. Sein Blick war ernst geworden.

»Darf ich Euch noch etwas fragen?«

Sie nickte.

»Als Ihr schwanger wurdet, war es freiwillig oder hat er Euch Gewalt angetan?«

Ihr traten wieder Tränen in die Augen und sofort spannte er sich an.

»Warum wollt Ihr das wissen?«

Er seufzte. »Weil ich dann vorsichtiger mit Euch wäre.«

»Es war freiwillig.« Sie senkte den Kopf. Was dachte er wohl von ihr?

Er griff nach ihrer Hand und strich sanft über ihre Finger. »Darf ich noch etwas fragen?«

Wieder nickte sie.

»Gab es jemand anderen, der Euch zu etwas gezwungen hat?«

Sie schüttelte den Kopf. »Ich habe bisher nur mit einem …«

Sie wusste nicht, wie sie den Satz zu Ende bringen sollte, und wedelte mit der Hand. Warum war das so schwer?

Er rückte noch näher und im nächsten Moment fühlte sie seine Lippen auf ihrer Wange. »Alles ist gut. Ich wollte nur wissen, ob er gut zu Euch war.«

Sie nickte. »Ich schäme mich trotzdem.«

Er lachte leise und küsste sich ihre Wange entlang zu ihrem Ohr. »Würde es dich beruhigen, wenn ich dir sage, dass ich dich vermutlich nicht angerührt hätte, wenn du noch Jungfrau wärst?«

Ihr fiel auf, dass er in die vertrauliche Anrede gewechselt war, und es fühlte sich so unendlich gut an. Genau wie seine Lippen an ihrem Ohr.

Auch seine Worte verursachten ein Kribbeln. Konnte es

sein, dass es zum ersten Mal etwas Gutes hatte, dass sie damals ihrem verräterischen Körper erlegen war?

Sie schloss die Augen, als er mit den Zähnen an ihrem Ohrläppchen spielte, und bog ihm den Hals entgegen. Es war eine Einladung, die er annahm.

Seine Hände glitten ihre Arme hinab, seine Finger fanden ihre und verschränkten sich mit ihnen. Katherine musste an den Rat der Köchin denken und was er möglicherweise gleich mit genau diesen Fingern tun würde. Ein sehnsuchtsvoller Schauer durchlief sie.

Für einen flüchtigen Moment dachte sie noch daran, dass sie sich noch nie Gedanken darüber gemacht hatte, welcher Teil des Liebesaktes genau dazu führte, dass eine Frau schwanger wurde, doch dann schob sie den Gedanken beiseite. Sie vertraute ihm vollkommen und wusste, dass er sie nicht hereinlegen würde.

Sanft löst er sich von ihr, dann erhob er sich. Er reichte ihr die Hand und zog sie ebenfalls auf die Beine.

»Wohin gehen wir?«

»Komm«, sagte er, nahm die Decke und führte Katherine hinüber in den Schatten der Terrassenmauer. Der fast volle Mond schien hell auf den Fleck, auf dem sie eben noch gesessen hatten. Er breitete die Decke aus und trat dann zu ihr. »Falls irgendjemand vorbeikommt, wird er die Lampe sehen, aber nicht uns.«

Erschrocken schaute sie sich um. »Wird hier jemand vorbeikommen?«

Er schüttelte den Kopf und nahm ihr Gesicht in seine Hände. »Nein, aber ich möchte, dass du dich ganz entspannen kannst und dich sicher fühlst.«

Katherine atmete zitternd durch. »Mit dir fühle ich mich immer sicher.«

Er lächelte und fuhr mit dem Daumen über ihre Lippen. »Versprich mir, dass du nichts zurückhältst.«

Sie zögerte. »Was meinst du damit?«

»Ich will dich so erleben, wie du wirklich bist. Du kannst mir vertrauen.«

»Ich weiß«, flüsterte sie.

Und dann senkte er endlich seine Lippen auf ihre. Sofort loderten die Flammen in ihr wieder auf. Mit einem Stöhnen öffnete sie ihre Lippen für ihn.

Er zog sie auf die Decke und sobald sie lag, rollte er sich halb über sie. Nicht einen Moment lang unterbrach er ihren Kuss.

Es fühlte sich gut an, sein Gewicht auf ihr zu spüren, und unwillkürlich schlang sie ein Bein um ihn. Philippe stöhnte leise auf und bewegte seine Hüfte an ihr. Es fühlte sich so gut an und ihr Körper hatte anscheinend nichts vergessen.

Sie fuhr mit den Händen in seine Haare, etwas, das sie schon seit Tagen hatte tun wollen und genoss das weiche Gefühl unter ihren Händen.

Er tauchte tiefer mit der Zunge in ihren Mund ein und Katherine hörte sich leise stöhnen. Sie rieb ihr Becken an ihm, spürte selbst durch die Kleider, wie hart er war, und wünschte sich, dass sie ihn ganz fühlen könnte.

Seine Hand wanderte zu ihrer Brust, die er durch den Stoff liebkoste, aber sie fühlte ihn nur undeutlich, weil das Mieder so steif war. Sie wölbte sich ihm entgegen, wollte mehr und genoss es, dass auch sein Atem immer schneller ging.

Er drängte sich an sie, rutschte immer weiter auf sie, während sie das andere Bein auch um ihn schlang. Diese verfluchten Kleider, dachte Katherine gerade, als er plötzlich innehielt und halb von ihr herunterrutschte. Ihrer beider Atem ging keuchend.

»Katherine, warte«, stieß er hervor und fuhr sich durch die Haare.

»Was ist?«, fragte sie verwirrt, doch dann fiel es ihr auf. Sie war wieder einmal zu forsch gewesen, weil sie nur daran hatte denken können, ihn zu fühlen. »Es tut mir leid«, flüsterte sie.

Er runzelte die Stirn. »Dir braucht nichts leidzutun. Wir müssen nur ein wenig langsamer machen.«

»Warum?«

Er lachte leise. »Weil ich auch nur ein Mann bin. Allerdings habe ich heute Morgen leichtfertig versprochen, dass ich nicht über dich herfalle. Es fällt mir gerade schwer, mich an mein Versprechen zu halten und nur meine Finger einzusetzen.«

Für einen winzig kleinen Moment wollte sie ihm sagen, dass sie ihn von seinem Versprechen entbinden würde, denn sie wollte ihn so gern in sich spüren. Noch nie war ihr Verlangen so stark gewesen, doch sie kämpfte es nieder und nickte. »Dann eben langsamer.« Sie zögerte. »Ich bin mir aber nicht sicher, ob ich weiß, wie das geht.«

Ungläubig schaute er sie einen Moment lang an, dann legte er die Stirn auf ihre Schulter und sie hörte ihn leise lachen.

»Was ist so lustig?«

Sie war sich nicht sicher, wie sie das finden sollte. Lachte er sie aus?

Er stützte sich auf den Ellenbogen, sodass er sie anschauen konnte. »Du bist die unglaublichste Frau, die mir je begegnet ist.«

»Ist das etwas Gutes?«

Es war so schwer, ihn einzuschätzen.

Er beugte sich vor und küsste sie sanft auf die Lippen. »Das ist sehr gut.«

Sie traute sich nicht, seinen Kuss zu erwidern, doch als er mit der Zunge an ihrer Unterlippe um Einlass bat, öffnete sie die Lippen. Dieses Mal küsste er sie langsamer, behutsamer, während seine Finger begannen, über ihren Körper zu wandern. Sie umkreisten sanft ihre Brüste und als Katherine scharf einatmete, weil er über ihre Brustwarze gestrichen war, die sich unter dem Stoff aufgerichtet hatte, wanderten seine Finger weiter und ihr Atem beruhigte sich ein bisschen.

»So ist gut«, murmelte er und Katherine war zufrieden mit sich. Trotzdem wollte sie mehr.

Endlich erreichten seine Finger den Saum ihres Rockes und schlüpften darunter. Während seine Zunge sanft ihre umkreiste, streichelte er zunächst ihre Wade, dann ihre Kniekehle, was eine ungeahnte Lustwelle durch ihren Körper schickte, dann weiter den Oberschenkel hinauf. Dort kamen seine Finger zum Liegen.

»Weiter«, flüsterte sie. »Bitte.«

»Langsam«, sagte er leise. »Ich will dich richtig auskosten.«

Katherine schlug die Augen auf und sah, dass er sie betrachtete.

»Können wir es nicht einmal schneller tun und dann später noch einmal auskosten?«

Sie fragte sich, ob es wie ein Betteln klang, aber es war ihr egal, denn sie konnte fühlen, wie feucht sie war, und zwischen ihren Beinen schien ein Feuer zu pulsieren. Seine Hand war ihr so nah, er hätte sie nur ein wenig zur Seite bewegen müssen und dann hätte sie gehabt, was sie wollte.

Unwillkürlich drehte sie ihre Hüfte ein wenig. Er zögerte nur einen kurzen Moment, dann glitten seine Finger zwischen ihre Beine. Katherine keuchte, drängte sich ihm entgegen und klammerte sich an ihm fest, so köstlich war das Gefühl.

Auch Philippe stöhnte leise. »Du bist so feucht.« Er klang verwundert.

Seine Finger wanderten auf und ab und als er den kleinen Lustknoten fand, wimmerte Katherine.

Er küsste sie wieder und dieses Mal war sein Kuss fordernd, genau wie seine Finger. Sein Daumen blieb an ihrer empfindlichsten Stelle, massierte sie leicht, und seine restlichen Finger streichelten sie, glitten mal in sie und wieder raus.

Katherines Herz begann zu rasen und sie merkte, wie sich das schöne Gefühl in ihr zusammenbraute, das sie ein paar Mal erlebt hatte. Alles in ihr strebte dorthin, doch auf einmal wollte sie ihn auch berühren, wollte, dass er die gleiche Lust empfand.

Atemlos löste sie ihre Lippen von seinen. »Kann ich dich auch anfassen?«

Er hielt inne und schloss für einen kurzen Moment die Augen. »Das brauchst du nicht. Erst einmal bist du dran.«

Katherine schüttelte den Kopf. »Ich möchte aber.« Dann zögerte sie. »Oder willst du nicht?«

Philippe stöhnte wieder. »Oh Gott, Katherine, du bringst mich noch um.«

Sie war sich nicht sicher, ob das etwas Gutes war oder nicht. »Also darf ich?« Doch dann fiel ihr etwas ein. »Oder kann ich davon schwanger werden?«

Wieder dieses tiefe Lachen in seiner Brust, das sie unter ihren Händen fühlen konnte. »Nein, auch davon wirst du nicht schwanger. Nur wenn ich in dir bin.«

Katherine ließ diese Information wirken. Das ergab durchaus Sinn. Sie lächelte. »Dann bin ich froh, dass wir all die anderen schönen Dinge tun dürfen.«

Sie ließ ihre Hände abwärts gleiten und als sie vorsichtig über die Ausbuchtung in seiner Hose rieb, brachte das nicht nur ihn zum Stöhnen, sondern auch in ihr loderte die Lust erneut auf.

Sie hatte Mühe, seine Hose zu öffnen, und er half ihr, obwohl Katherine sofort seine Finger zwischen ihren Beinen vermisste. »Schnell«, drängte sie.

Endlich hatte sie ihn in der Hand. Er war groß, hart und samtig zugleich, und begierig ließ sie ihre Finger auf und ab gleiten.

Er schloss die Augen und an den Muskeln, die auf seinen Wangen spielten, konnte sie erkennen, dass er die Zähne zusammenbiss. Es brachte ihr eine ungeahnte Freude, eine solche Macht über diesen starken Mann zu haben. Sie schloss ihre Finger ganz um ihn und bewegte ihre Hand erst langsam, dann immer schneller auf und ab.

Zischend zog er die Luft ein, dann auf einmal waren seine Finger wieder bei ihr und er drang im gleichen Rhythmus, in dem sie ihn rieb, in sie ein. Innerhalb weniger Herzschläge hatte sich die Spannung in ihrem Schoß wieder aufgebaut und als Philippe sie küsste und mit der Zunge in ihren Mund stieß, gab es kein Halten mehr. Sie hielt nichts zurück, ließ das Gefühl durch ihren Körper strömen, wölbte sich ihm entgegen, klammerte sich mit der freien Hand in seinem Nacken fest, während sie ihn immer härter rieb.

Als er unerwartet ihren Lustknoten berührte, schrie sie auf. Ihre Muskeln zogen sich rhythmisch um seine Finger zusammen und Katherine war, als würde sie zerbersten.

Sie spürte, wie er sich in ihrer Hand bewegte, und als ihr bewusst wurde, dass sie aufgehört hatte, ihre Hand hinauf und hinab zu bewegen, nahm sie den Rhythmus wieder auf, obwohl sie kaum noch klar denken konnte. Alles, was sie tun konnte, war, ihn zu fühlen.

Und dann spannte auch sein Körper sich an und er keuchte laut auf. Er löste seine Hand von ihr und hielt sie über sich. Trotzdem fühlte sie seine warme, klebrige Flüssigkeit an ihren Fingern. Es machte ihre Befriedigung noch wunderbarer und auf einmal breitete sich eine überirdische Ruhe in ihr aus. Ihr Atem wurde langsamer und ihr rasender Herzschlag beruhigte sich, wie ein durchgegangenes Pferd, das wieder eingefangen worden war.

Philippe ließ sich auf den Rücken sinken und zog sie an sich. Auch sein Herz schlug noch schnell, aber nicht mehr so wie eben.

Katherine konnte nicht glauben, dass dies gerade passiert war. Noch nie in ihrem Leben hatte sie so viel Lust erlebt. Dabei hatte er nur seine Finger benutzt. Wie es wohl war, wenn er richtig in ihr wäre?

Sie dachte daran, dass sie dieses schöne Gefühl, das er in ihr ausgelöst hatte, auch ein paar Mal erlebt hatte, als sie mit Richard im Bett gewesen war, doch sie hatte nie gewusst, wie es zustande gekommen war, und sie war auch nicht in der Lage gewesen, es jedes Mal zu wiederholen.

Und wenn sie ehrlich war, war es nicht einmal im Entferntesten vergleichbar mit dem Gefühl, das Philippe ihr gerade beschert hatte.

Was für ein Mysterium das doch alles war. Doch sie war froh, dass sie es mit ihm ausprobiert hatte. Das Problem war nur, dass sie jetzt noch viel mehr davon wollte. Vielleicht wäre es besser gewesen, wenn sie es gar nicht zugelassen hätte.

Sie seufzte leise.

Er spielte mit ihren Haaren. »Wie geht es dir?«

Katherine lachte leise und sie spürte, dass er den Atem anhielt und all seine Sinne auf sie gerichtet waren. Es war unglaublich, wie aufmerksam er war. Sie hatte das Gefühl, dass es immer nur um sie ging und er zu ahnen schien, was sie in jedem Moment brauchte.

Sie stützte sich auf den Ellenbogen und schaute ihn an. »Am liebsten würde ich mich bei eurer Köchin bedanken.«

Einen Moment wirkte er überrascht, dann legte er den Kopf zurück und lachte. Katherine betrachtete ihn und fragte sich, warum mit ihm alles so leicht war. Schließlich schaute er sie an. »Ich werde es ihr gern ausrichten, wenn ich das nächste Mal nach Hause komme. Sie wird sich bestimmt freuen.«

Sie versetzte ihm einen spielerischen Klaps auf die Brust, doch er fing ihre Hand ab und führte ihre Finger zu seinen Lippen.

»Im Ernst, ich freue mich, dass es dir gefallen hat.«

Auf einmal wurde sie nervös. »Hat es dir denn auch gefallen?«

Eigentlich wollte sie ihn fragen, ob er auch diese überwältigende Lust gefühlt hatte, denn sie wünschte sich, dass sie in ihm das Gleiche auslösen konnte wie er in ihr.

Sein Blick wurde weich, dann rollte er sich herum und legte sich halb über sie. Gegen den Nachthimmel wirkte sein Gesicht dunkel und sie konnte seinen Ausdruck nicht mehr erkennen.

»Wie ich schon sagte, Katherine, du wirst mich noch umbringen. Ich will dich so sehr, dass es fast wehtut. Und obwohl wir das gerade getan haben, könnte ich schon wieder. Dieses Mal vielleicht etwas langsamer.«

»Wirklich?« Erleichterung durchrieselte sie.

Er küsste ihre Wange und dann ihren Hals. »Wirklich«,

murmelte er. »Allerdings habe ich so ein Gefühl, dass langsam mit dir schwierig ist.«

Katherine verspannte sich ein wenig, doch bevor sie etwas sagen konnte, schüttelte er den Kopf. »Hör auf, zu denken. Ich liebe es, dass du nichts zurückhältst. Es macht, dass ich dich nur noch mehr will, wenn das überhaupt möglich ist.«

Katherine bog ihm den Hals entgegen. Es fühlte sich so gut an. »Es tut mir leid, dass wir nicht mehr tun können, also, nicht richtig …« Sie brach ab und biss sich auf die Lippe. »Es tut mir leid«, fügte sie noch einmal hinzu.

Er hielt inne und schaute sie an. »Versprich mir, dass du dich nie wieder für so etwas entschuldigst. Im Gegenteil, ich müsste mich bei dir entschuldigen, dass ich dich verführt habe, obwohl ich eigentlich versprochen habe, nicht über dich herzufallen. Aber ich denke, es hätte eines stärkeren Mannes als mich bedurft, um dir zu widerstehen. Du bist verboten verführerisch.«

Ihre Mitte zog sich bei seinen Worten süß zusammen und vorsichtig drückte sie ihr Becken gegen ihn. »Eigentlich ist es ja sehr verboten, was wir hier tun«, sagte sie.

Philippe begann, seine Hüften zu bewegen, und sie spürte, dass er wieder hart wurde. Wenn doch nur diese Kleider nicht wären.

»Ist es möglich«, fragte er und fuhr mit der Zunge über ihren Hals, »dass du das Verbotene magst?«

Katherine schloss die Augen und fühlte, wie er mit den Lippen an ihrem Ohr entlangfuhr, während ihre Hüften schon wieder einen gemeinsamen Rhythmus gefunden hatten. »Wie meinst du das?«

»Ich habe das Gefühl, dass es dich am meisten erregt, wenn es verboten ist.«

Seine geflüsterten Worte an ihrem Ohr sandten heiße Schauer durch ihren Körper. Sie erkannte, dass er recht hatte. Immer wenn sie Sorge hatte, erwischt zu werden, war sie besonders erregt. Wenn sie Dinge tat, die eine Lady eigentlich nicht tun sollte, schämte sie sich zwar, aber spürte gleichzeitig das leidenschaftliche Kribbeln in ihrem Körper. Und vielleicht hatte sie gerade besonders viel Lust empfunden, weil Philippe ein Mann war, den sie eigentlich nicht begehren durfte.

»Wäre das sehr schlimm?«, fragte sie vorsichtig.

Wieder lachte er leise und es ließ ihren ganzen Körper vibrieren. »Nein, das finde ich ganz und gar nicht. Und ich hoffe sehr, dass du es im Gegenzug nicht schlimm findest, wenn ich dir noch ein paar verbotene Dinge zeige, die eine Lady bestimmt noch nicht kennt.«

Seine Hand schlüpfte wieder unter ihren Rock und Katherine stöhnte auf, als seine Finger ihren empfindlichen Oberschenkel berührten.

# KAPITEL DREISSIG

Philippe fühlte sich wie berauscht, als er mit Katherine an der Hand durch die Sommernacht zum Schloss zurück schlenderte. Er hatte es nicht eilig, in das Zimmer zu kommen, auch wenn er sich sicher war, dass sie es dann noch einmal tun würden. Mindestens einmal. Und er konnte es kaum erwarten, denn Katherine hatte ihn heute Nacht schon mehrmals überrascht. Doch jetzt wollte er mit ihr durch den dunklen Schlossgarten spazieren und sich fühlen, als hätten sie alle Zeit der Welt.

Er war nicht überrascht von der Leidenschaft, die Katherine gezeigt hatte. Und noch weniger davon, dass es gerade das Verbotene war, das sie reizte. Wenn er ehrlich war, hatten sie da etwas gemeinsam. Katherine war verboten für ihn und das machte sie umso interessanter.

Er wusste sehr genau, dass seine Stellung im Dienst des Königs in Gefahr war, wenn er mit einer Lady im Bett erwischt wurde. Deswegen hatte er sich auch immer zurückgehalten, obwohl sich in Versailles einige Möglichkeiten geboten hatten. Männer in Uniformen schienen Frauen magisch anzuziehen und es gab nicht wenige Soldaten, die das weidlich ausnutzten. Doch Philippe war seine Stellung immer wichtiger gewesen als jede Frau. Bis jetzt. Er konnte Katherine einfach nicht widerstehen. Ihre Anziehungskraft war übermächtig und er ergab sich ihr gern.

Er versuchte, nicht an den morgigen Tag zu denken, der in wenigen Stunden anbrach, denn er wusste schon jetzt, dass er Katherine vermissen würde. Eigentlich wusste er nicht einmal, wie er jetzt einen Tag ohne sie überleben sollte.

Dabei war es nicht nur ihr Körper, sondern alles an ihr, was ihn beeindruckte. Ihre Stärke, ihre klugen Fragen, ihre Sanftmut, all das bezauberte ihn. Noch nie hatte er sich mit einer Frau so wohlgefühlt.

Sie riss ihn aus seinen Gedanken. »Was würde eigentlich mit dir passieren, wenn man uns zusammen erwischt?«

Er musste lächeln. Sie war offener geworden und ehrlicher.

Er drehte sich zu ihr um. Sie hielten sich in den Schatten der Bäume, um nicht doch vom Schloss aus gesehen zu werden. Zum Glück hatte er seine Uniformjacke ausgezogen, bevor sie das Zimmer verlassen hatten, sonst wäre er leicht zu erkennen gewesen.

Er blieb stehen und zog sie zu sich heran. »Vermutlich würde ich meinen Posten hier verlieren und irgendwohin strafversetzt werden.«

Sie machte ein betroffenes Gesicht, doch bevor sie etwas sagen konnte, küsste er sie.

»Keine Sorge. Zum einen werden wir nicht erwischt werden und zweitens war es das wert. Keine Verbannung dauert ewig und es hat schon viel größere Skandale gegeben. Die Franzosen sehen so etwas nicht so eng.«

Sie erwiderte seinen Kuss und er musste sich zusammenreißen, um sie nicht gegen den Baum zu pressen und dies zu intensivieren. Aber das würde wohl warten müssen, bis sie im Zimmer waren.

Er löste sich von ihr. »Komm, es ist nicht mehr weit bis zur Tür. Ich werde zuerst hingehen, die Wache wegschicken und schauen, ob im Gang jemand ist. Dann komme ich dich holen.«

Schweigend gingen sie weiter und er genoss es, als sie ihre Hand wieder in seine schob. So als würden sie so etwas immer tun. Er drückte ihre Finger und sie erwiderte den kleinen Gruß.

»Bleib hier und halte dich im Schatten«, sagte er, als sie das Schloss erreichten. »Ich bin gleich wieder da.«

Zu gern hätte er sie noch einmal geküsst, doch dies war der gefährlichste Augenblick und er wollte keine Zeit verlieren.

Er lief um das Schloss herum zur Hintertür, die sie vorhin benutzt hatten und an der wie immer nachts eine der Schweizer Wachen stand. Allerdings stand der Mann nicht, sondern er saß und schlief.

»Aufstehen«, zischte Philippe und er fuhr auf. Er richtete seine Pieke auf ihn, doch Philippe sagte scharf: »Wieso schläfst du zu deiner Wachzeit? Auch wenn dies nur ein Kellereingang ist, hast du wach zu sein.«

»Capitaine«, stammelte der Mann und erhob sich langsam. Er war einer der Männer, die Pierre unterstanden.

»Weg mit dir. Ich werde Ersatz holen. Wir sprechen morgen über die Konsequenzen.«

Der Mann salutierte und eilte davon. Zum Glück ging er südlich um das Schloss herum und nicht nördlich, wo Katherine stand.

Sobald die Wache hinter der Ecke verschwunden war, holte Philippe seinen Schlüssel heraus, lief durch den dunklen Keller und prüfte den Flur, der verlassen dalag. Er ließ die Türen offen und beeilte sich, zurückzukommen. Die neue Wache würde er holen, sobald Katherine sicher in seinem Zimmer war.

Leise lief er auf dem trockenen Gras zurück zu der Ecke, wo Katherine immer noch stand. Doch als er näher kam, hörte er Stimmen. Katherines und die von einem Mann.

Verdammt! Hatte eine der anderen Wachen sie erwischt? Eigentlich war es doch gar nicht an der Zeit, dass sie um das Schloss herum patrouillierten. Und jemand anders würde um diese Uhrzeit kaum im Schlossgarten unterwegs sein.

Unschlüssig, ob er sich zeigen sollte, schlich er im Schatten der Schlossmauer näher.

»Ich denke nicht, dass Euch das etwas angeht«, sagte Katherine gerade in dem eisigen Tonfall, den sie so gut beherrschte.

»Wenn Ihr nachts durch die königlichen Gärten schleicht, geht mich das sehr wohl etwas an.«

Philippe biss die Zähne zusammen, als er die Stimme erkannte. Pierre. Ausgerechnet! Was tat er um diese Uhrzeit hier draußen?

»Ich schleiche nicht durch die königlichen Gärten.«

»Und was tut Ihr dann hier?«

»Wie ich schon sagte, ich denke nicht, dass Euch das etwas angeht.«

Philippe dachte darüber nach, ob er eingreifen sollte, aber Pierre war nicht dumm. Er würde sofort eins und eins zusammenzählen und sich denken, warum Katherine und Philippe nachts zusammen im Garten unterwegs waren. Ihm würde sofort klar sein, dass Philippe nicht zufällig auch hier war. Und dann würden sie auffliegen. Das würde ihn ganz sicher seinen Posten kosten, auf den Pierre ja scharf war. Aber er konnte Katherine auch nicht sich selbst überlassen.

»Was habt Ihr da in dem Korb?«

Katherine seufzte. »Was glaubt Ihr wohl?«

Philippe wusste genau, was Pierre dachte. Dass sie darin irgendetwas versteckt hatte, womit sie den König überfallen konnte.

Er hörte ein Knarren, als Pierre anscheinend den Korb untersuchte. »Essen?«

»Ein Picknick, genauer gesagt.«

»Um diese Uhrzeit? Ihr wollt mich wohl für dumm verkaufen.«

»Ihr könnt gern probieren, wenn Ihr mir nicht glaubt.«

Erstaunt stellte Philippe fest, dass Katherine in den vergangenen Stunden selbstbewusster geworden zu sein schien. Es klang, als würde sie sich von Pierre nicht aus der Ruhe bringen lassen. Ein bisschen war er stolz auf sie. Trotzdem, er musste etwas tun. Auch wenn sie sich tapfer schlug, Pierre würde nicht nachgeben.

»Mit wem seid Ihr hier?«

»Allein. Das seht Ihr doch.«

Pierre schnaubte wütend.

»Ich habe gepicknickt und die Zeit vergessen. Auf einmal war es dunkel und ich habe gerade den Weg zurück ins Schloss gesucht. Aber da Ihr nun schon einmal hier seid, wäre es sehr freundlich von Euch, wenn Ihr mich zu meinem Zimmer bringen könntet. Ich fürchte, nachts ist es manchmal nicht sicher im Schloss. Vor allem nicht für eine Frau, die allein unterwegs ist.«

Philippe hatte genau verstanden. Sie ahnte, dass er wieder da sein musste, und wollte ihn schützen. Das war nobel von ihr, doch er hasste es, dass er ihr nicht beistehen konnte. Wenn es jemand anderes als Pierre gewesen wäre, hätte er sich schon längst gezeigt. Doch hier war er machtlos.

Und er wusste, dass Pierre ihre Bitte nicht ablehnen konnte. Trotzdem würde dieser Vorfall seine Zweifel wieder schüren und Philippe würde sich morgen vermutlich neue Mutmaßungen über Katherine anhören müssen.

»Also gut«, sagte Pierre missmutig. »Wo ist Euer Zimmer?«

Katherine zögerte nur kurz. »Im Erdgeschoss im Südflügel.«

Es war das Zimmer ihrer Schwester.

»Dann kommt«, sagte Pierre. »Ich habe heute Nacht noch etwas anderes zu tun.«

»Gern. Es wird Zeit, dass ich ins Bett komme. Könnt Ihr bitte den Korb tragen? Er ist sehr schwer.«

Sie spielte die Rolle der Lady wirklich perfekt und Philippe sehnte sich danach, bei ihr zu sein.

Als sich die Schritte entfernten, lauschte er, bis sie verschwunden waren. Erst als er sich sicher sein konnte, dass sie sich weit genug entfernt hatten, trat er zur Ecke und schaute ihnen nach. Im Mondlicht sah er die beiden Gestalten.

Katherine hielt sich aufrecht, Pierre trug den Korb und wirkte selbst aus der Ferne, als wäre ihm das alles zuwider.

Philippe wurde klar, dass sie den Rest der Nacht nicht in seinen Armen verbringen würde, sondern bei ihrer Schwester, und die Enttäuschung legte sich wie ein schwerer Mantel um ihn. Wenn er Glück hatte, würde er sie morgen früh vor seiner Abreise noch einmal kurz sehen.

Er fluchte leise. Das alles hatte er sich anders vorgestellt.

# KAPITEL EINUNDDREISSIG

Als die ersten Sonnenstrahlen ins Zimmer fielen, streckte Katherine sich. Sophia schlug blinzelnd die Augen auf. Die beiden Kinder schliefen noch rotwangig neben ihr.

Katherine war dankbar dafür, dass Sophia sie nicht nur in die Kammer gelassen hatte, sondern die kleine Scharade mitgespielt hatte, als sie den schrecklichen Wachsoldaten an ihrer Seite erblickt hatte. Sie hatte ihn gleich erkannt, als er sie im Schlossgarten aufgestöbert hatte. Er war derjenige gewesen, der sie beim Vorfall im Park mit dem König eingefangen hatte. Seine Uniform wies ihn als hochrangiger als einen normalen Wachsoldaten aus und Katherine vermutete, dass er einen Posten direkt unterhalb von Philippe innehatte.

In dem Moment, als er vor ihr aufgetaucht war, hatte sie sofort erkannt, dass Philippe ihm nicht in die Arme laufen durfte, und sie war dankbar dafür, dass der gerade den Weg ins Zimmer geprüft hatte. Deswegen hatte sie mit Absicht laut gesprochen, damit Philippe gewarnt war und nicht zu ihr zurückkehrte. Zumindest das hatte geklappt. Schließlich wollte sie nicht, dass er seine Stellung verlor.

Doch sie hatte auch gespürt, wie misstrauisch der andere

Soldat gewesen war. Er hatte sie nicht nur ins Schloss, sondern bis zur Zimmertür von Sophia begleitet. Dort hatte er gewartet, bis Sophia geöffnet hatte, und sogar noch bissig gefragt, warum sie an ihre eigene Zimmertür klopfen müsse.

Sophia war überrascht gewesen, hatte sich aber nichts anmerken lassen, sondern hatte so getan, als würde Katherine immer dort wohnen. Selbst nachdem die Tür geschlossen war, hatte sie diese Rolle weiter gespielt und Katherine mit Handzeichen zu verstehen gegeben, dass der Soldat vermutlich noch vor der Tür stand und lauschte.

Flüsternd hatte Katherine ihr erklärt, dass sie sich auf den Boden setzen würde, doch Sophia hatte davon nichts wissen wollen und kurzerhand eines der Kinder zur Seite geschoben, sodass sie gemeinsam auf dem Bett sitzen konnten.

Erst viel später, nachdem sie sich laut eine gute Nacht gewünscht hatten, waren leise Schritte vor der Tür erklungen, die sich entfernten. Er hatte also tatsächlich gelauscht.

»Geht es dir gut?«, hatte Sophia gefragt und sie forschend gemustert.

Katherine hatte genickt, ihr aber nichts weiter erzählt. Sie wollte erst einmal selbst darüber nachdenken, was geschehen war.

»Morgen reden wir darüber«, hatte sie gesagt und erstaunlicherweise hatte Sophia sich damit zufriedengegeben.

Ihre Schwester hatte sich wie eine Katze zusammengerollt, weil so wenig Platz auf dem Bett war, den Kopf auf Katherines Beinen. Sie selbst hatte aber kein Auge zugetan und nur darüber gegrübelt, was das alles zu bedeuten hatte, und vor allem, was sie jetzt tun sollte.

Sie war enttäuscht darüber, dass sie nun hier war und nicht bei Philippe. Es waren nur noch wenige Stunden bis zum Sonnenaufgang und bald würde er Saint-Germain-en-Laye verlassen. Sie hatten sich nicht einmal richtig verabschiedet.

Jetzt war es Morgen und er würde bald fortgehen. Katherines Herz zog sich schmerzhaft zusammen.

Sophia richtete sich auf und betrachtete ihre Schwestern mit einem Stirnrunzeln. »Warst du letzte Nacht im Park?«

Erschrocken schaute Katherine sie an. »Wie kommst du darauf?«

»Deswegen«, sagte Sophia und zupfte erst etwas von ihrem Kleid und dann aus Katherines Haaren. Es waren vertrocknete Blätter.

»Ich …«, setzte sie an und suchte verzweifelt nach einer Lüge, verstummte dann aber. Damit war jetzt Schluss, sie konnte nicht so weitermachen. Schließlich nickte sie.

»Mit ihm?«

»Ja.«

Aus dem Augenwinkel sah sie, wie Sophia schmunzelte. »War es schön?«

Katherine schluckte. »Sehr.«

Sophia seufzte. »Wie schade, dass er heute nach Versailles reist.«

In Katherines Hals bildete sich ein dicker Kloß und auf einmal konnte sie nicht mehr richtig atmen.

»Hat dieser Stellvertreter vom Capitaine, ich glaube, Morel ist sein Name, euch erwischt oder wie kam es, dass er dich nachts bei mir abgeliefert hat? Ich kann mir kaum vorstellen, dass er eingeweiht ist, oder?«

Hastig schüttelte Katherine den Kopf. »Keiner weiß davon. Nur du.«

Sophia lächelte. »Hat er euch denn erwischt?«

»Nicht so, wie du denkst.«

»Ich denke gar nichts«, protestierte Sophia, doch Katherine konnte genau sehen, dass sie sich sehr wohl denken konnte, was gestern Nacht geschehen war.

Schnell sagte sie: »Wir waren gerade auf dem Rückweg und Philippe ist vorgegangen, um zu sehen, ob der Weg frei ist. Da hat mich dieser Morel gefunden.«

Das Lächeln auf Sophias Gesicht vertiefte sich. »Philippe also.«

Katherine senkte den Kopf. »Du musst jetzt schlecht von mir denken.«

Sophia streckte sich und krabbelte aus dem Bett. »Ganz im Gegenteil, ich sehe dich zum ersten Mal wirklich glücklich. Er tut dir gut und ich bin froh, dass du ihn gefunden hast.«

Katherine runzelte die Stirn. »Was meinst du damit?«

Sophia wechselte ihr Unterkleid und Katherine warf einen verstohlenen Blick auf den Bauch ihrer Schwester. Darin wuchs schon wieder neues Leben heran und auf einmal war sie neidisch. Wenn sie verheiratet wäre, könnte sie im Bett ganz andere Dinge tun, als nur die Hände zu benutzen, und außerdem hätte sie dann auch die Chance, ein eigenes Kind zu bekommen oder vielleicht sogar mehrere. Als verheiratete Frau war das alles möglich.

Sophia befreite ihre Haare aus dem Kleid und schnürte es vorn an der Brust zu. »Ich glaube, dass er dich sehr glücklich machen wird. Und das hast du auch verdient. Vielleicht ist es nicht das, was du dir vorgestellt hast, denn ich weiß, dass du genauso wie ich damals auf einen Duke oder zumindest einen Marquess gehofft hast. Doch glaube mir, es ist viel schöner, mit einem Mann verheiratet zu sein, der einen in jeder Hinsicht glücklich macht, als mit einem Duke, der nicht gut zu dir ist.«

Katherine setzte sich etwas aufrechter hin. »Ich werde ihn nicht heiraten.«

Sophia hielt inne. »Aber warum denn nicht?«

Katherine verschränkte die Arme. »Weil es nicht möglich ist.«

Ihre Schwester kam zu ihr herüber und setzte sich neben sie auf die Bettkante. »Hat er dich denn gefragt, ob du ihn heiraten willst?«

»Nein, und ich hoffe auch nicht, dass er das tun wird.«

»Warum nicht? Er macht dich doch glücklich.«

»Darum geht es nicht.«

»Worum denn dann?« Sophia nahm ihre Hand und drückte sie. »Verstehe mich bitte nicht falsch, aber ich denke nicht, dass du noch darauf warten solltest, dass ein Duke,

Marquess oder ein Earl daherkommt und dich heiraten wird. Wir Eastham-Töchter haben nicht den besten Ruf auf dem Heiratsmarkt und das weißt du besser als ich. Aber es gibt eine Sache, die ich sehr viel besser weiß als du. Wenn du mit einem Mann verheiratet bist, der dich nicht nur heiratet, weil du eine gute Partie bist und er so seine politische Macht weiter ausbauen kann, sondern der dich will und dich liebt, dann ist es das Schönste auf der Welt.«

»Philippe liebt mich nicht.«

»Woher willst du das wissen?«

Darauf hatte Katherine keine Antwort, und wenn sie ehrlich war, wusste sie nicht einmal, ob es stimmte. Doch der Gedanke, ihn zu heiraten, versetzte sie in Panik.

Sie entzog Sophia ihre Hand und stand auf. »Er hat mich nicht gefragt und er wird es sicher auch nicht tun. Vermutlich wollte er sich nur ein wenig amüsieren.«

Sie sah, dass Sophia etwas einwenden wollte, und sagte schnell: »Du würdest doch auch keinen Capitaine heiraten, oder?«

Sophia atmete tief durch, griff nach ihrem Kleid und schlüpfte hinein. »Glaube mir, ich habe mir genau die gleichen Gedanken gemacht, als ich Thomas kennengelernt habe. Ich konnte mir auch nicht vorstellen, die Frau eines Musikers zu sein. Und heute bin ich die glücklichste Frau der Welt.«

»Das bedeutet aber nicht, dass es bei mir auch so sein muss. Außerdem ist Thomas immerhin der Bruder eines Baronet und du kannst wenigstens an einem Königshof leben.«

Sophia seufzte und begann, ihr Kleid zuzuschnüren. »Steh dir nicht selbst im Weg, Katherine. Ich glaube, du würdest es für immer bereuen. Er macht dich wirklich glücklich und ich habe dich noch nie so gesehen. Willst du dieses Glück nicht für den Rest deines Lebens?«

Am liebsten hätte Katherine ihr entgegengeschrien, dass sie das natürlich wollte, doch was sie sagte, war: »Er hat mich nicht gefragt und deswegen stellt sich dieses Problem gar nicht. Vermutlich war es nur eine schöne Abwechslung, einmal mit einer englischen Lady zusammen zu sein, im Gegensatz zu den französischen Landmädchen.«

Beinahe im gleichen Moment, da sie es sagte, schämte sie sich. Sie wusste, dass sie Philippe unrecht tat.

Traurig schaute Sophia sie an. »Glaubst du das wirklich?«

Katherine zuckte mit den Schultern und wandte sich ab.

»Wenn es für dich so klar ist, dass du nicht seine Frau werden willst, solltest du vielleicht überlegen, was du stattdessen tun willst.« Sophia streifte ihre Schuhe über. »Willst du zurück nach England gehen? Du könntest bestimmt bei Lilly und Nicholas wohnen.«

Katherine schluckte hart. Sie wollte nicht bei ihrer jüngsten Schwester wohnen und jeden Tag sehen, wie glücklich sie mit ihrem Mann war, der überraschend der Duke of Bedington geworden war. Lilly war die Jüngste und sie hatte am meisten Glück gehabt. Die Welt war einfach nicht gerecht. Also schüttelte sie den Kopf.

Sophia sagte nichts mehr, doch sie beide wussten, dass hier am Hofe eigentlich auch kein Platz mehr für Katherine war.

Plötzlich machte Sophia ein gurrendes Geräusch und Katherine sah, wie sich ihr aus dem Bett zwei speckige kleine Arme entgegenstreckten, die ihre Schwester ergriff.

»Wenn es für dich in Ordnung ist, würde ich frühstücken gehen«, sagte Katherine. Sie konnte es einfach nicht mehr ertragen, und am wenigsten sich selbst. Wie hatte sie nur so schlimme Dinge über Philippe sagen können?

Sophia schmiegte ihre Wange an das verschwitzte Köpfchen und beobachtete Katherine aufmerksam. »Geh ruhig. Wir können später weitersprechen.« Sie zögerte. »Übrigens wird der König heute sehr früh aufbrechen.«

Katherine wusste genau, was sie ihr damit sagen wollte, und nickte knapp. »Ich weiß.«

Sie eilte aus dem Raum, doch anstatt zum Frühstücksraum zu gehen, trat sie in den Innenhof. Sie wollte nicht zu ihm gehen, aber wenn sie ihm zufällig über den Weg lief, war das etwas anderes.

Es war viel mehr Betrieb als zur gleichen Zeit an anderen Tagen. Vor dem Tor standen bereits mehrere Kutschen bereit. Es herrschte großes Durcheinander, als die ersten Reisenden in den Hof traten und die Diener noch die Kutschen mit Truhen beluden.

Katherine zögerte, sie konnte Philippe nirgendwo entdecken, dann ging sie hinüber zur Tür im Westflügel. Sie würde sich in den Kräutergarten setzen und darüber nachdenken, ob sie es schaffen würde, heute Morgen noch einmal zu ihm zu gehen. Sie war sich nicht sicher, was sie zu ihm sagen sollte. Einerseits wollte sie sich in seine Arme werfen und von ihm gehalten werden, doch jetzt, nach dem Gespräch mit Sophia, stand die Frage im Raum, wie das alles weitergehen sollte, und Katherine hatte keine Antwort darauf.

Sie hatte gerade die Tür erreicht, als sie jemanden dicht hinter sich fühlte. Ohne sich umzudrehen, wusste sie, dass er es war. Ein Schauer lief ihr über den Rücken.

»Katherine«, sagte er so leise, dass nur sie es hören konnte. »Ich habe dich gesucht.«

Er trat an ihr vorbei und öffnete die Tür für sie. Der Blick, den er ihr zuwarf, schien auf direktem Weg ihr Herz zu treffen.

Ein junger Mann trat aus der Tür und drängte sich zwischen ihnen vorbei.

»Guten Morgen, Capitaine«, erwiderte Katherine deshalb steif. »Ihr seid auf dem Weg nach Versailles, nehme ich an?«

Er nickte und schaute sich um. Niemand war in der Nähe. »Ich würde so gern in Ruhe sprechen, aber ich muss gleich los. Mein Pferd ist bereits gesattelt.«

Er wirkte unglücklich. Am liebsten hätte sie die Hand nach ihm ausgestreckt, doch das war nicht möglich.

»Dann wünsche ich Euch eine gute Reise und hoffe, dass Gott Euch wohlbehalten nach Saint-Germain-en-Laye zurückbringt.«

Eine Dienerin mit einem großen Korb eilte an ihnen vorbei.

»Danke«, sagte er und blickte sie so sehnsuchtsvoll an, dass sie unwillkürlich einen kleinen Schritt auf ihn zu machte. Doch dann rief sie sich zur Ordnung, straffte die Schultern und hob das Kinn. Sie durfte sich nicht anmerken lassen, dass sie sich nähergekommen waren.

Er räusperte sich und schaute sich wieder um. »Eines ist mir noch wichtig.«

Katherine hielt den Atem an.

»Morel ist mein Stellvertreter und er wird hierbleiben, während ich den König begleite. Ich habe ihm befohlen, dass er die Augen nach verdächtigen Personen offen halten soll.« Erneut schaute er sich verstohlen um. Niemand war in der Nähe. »Bitte, lass dir nichts zuschulden kommen. Es ist von äußerster Wichtigkeit. Ich weiß, dass er dich verdächtigt. Und jetzt …« Er hob die Schultern.

Katherine verstand sofort, was er meinte, und nickte. Doch was sie noch mehr anrührte, war, dass er tatsächlich besorgt um sie wirkte.

»Ich werde nichts Verbotenes tun, wenn es das ist, was du meinst.« Sie schaute ihn durchdringend an und auf einmal zuckte sein Mundwinkel.

»Das will ich hoffen«, erwiderte er leise und sein Blick verweilte einen Augenblick zu lange auf ihren Lippen. »Aber bald bin ich wieder da.«

Es kribbelte so köstlich in ihrem Bauch.

Wieder näherte sich jemand und Katherine neigte den Kopf. »Ich danke Euch und wünsche Euch eine gute Reise.«

Noch bevor er sich verbeugen konnte, raffte sie ihre Röcke und trat durch die Tür, die er ihr noch immer aufhielt.

Hinter sich hörte sie einen Ruf. »Capitaine Laurent! Wie gut, dass ich Euch treffe, ich habe eine Frage.« Es war einer der älteren Lords.

Katherine warf keinen Blick zurück, es wäre zu auffällig gewesen. Doch als sie im ersten Stock ankam, trat sie ans Fenster und spähte hinaus. Er stand noch immer im Hof und führte das Gespräch mit dem älteren Lord.

Es zerriss ihr beinahe das Herz und sie wollte nicht, dass er abreiste. Doch sie wusste auch, dass sie keinerlei Anspruch auf ihn hatte und niemals haben würde. Irgendwann würde dieses Kribbeln schon verschwinden. Sie dachte an Sophias Vorschlag, dass sie nach England zurückgehen sollte. Vielleicht sollte sie doch ernsthaft darüber nachdenken.

# KAPITEL ZWEIUNDDREISSIG

Es war bereits später Abend, als Philippe Sir Thomas Hartfort endlich fand. Er hatte in einem der Salons gespielt und Philippe wartete geduldig vor der Tür, bis er fertig war. Er verstand nicht viel von Musik, aber das, was er vernommen hatte, klang wesentlich besser als vieles, was er hier schon gehört hatte. Als Wachsoldat bekam man in Versailles eine Menge mit, auch wenn man immer vorgeben musste, nichts zu sehen und zu hören.

Als die Zuhörer aus dem Raum strömten, um sich woanders Zerstreuung zu suchen, trat Philippe zu dem Musiker. Er hatte Thomas Hartfort schon häufiger in Saint-Germain-en-Laye getroffen, wenn er für die englische Königin gespielt hatte, die von seiner Musik sehr angetan war.

Überrascht blickte der ihn an, während er seine Instrumente zusammenpackte. »Guten Abend, Capitaine Laurent. Was führt Euch hierher?« Dann schnippte er mit dem Finger. »Stimmt, König James ist ja heute hier angekommen und Ihr habt ihn sicherlich begleitet.«

»Genau so ist es«, erwiderte Philippe.

Sir Thomas blies sich eine Haarsträhne aus der Stirn. »Jetzt sagt nicht, dass er heute Abend auch ein Konzert möchte. Ich bin mir nicht sicher, ob ich das noch leisten kann.

Und morgen habe ich einen Auftritt, bei dem König Louis dabei sein will. Ich sollte vielleicht ein wenig schlafen.«

Philippe schüttelte den Kopf. »Keine Sorge. König James hat sich bereits zurückgezogen. Wenn dem nicht so wäre, dürfte ich gar nicht hier sein.«

»Das sind ja mal gute Nachrichten.« Er klopfte Philippe auf die Schulter. »Wollt Ihr vielleicht noch einen Krug Wein mit mir teilen? Ich verdurste gleich und in Gesellschaft trinkt es sich besser. In Versailles vergessen sie immer, den Musikern auch etwas zu trinken zu geben.«

Philippe zögerte, doch dann nickte er. »Gern.«

Er hätte ihm auch einfach nur den Brief geben können, doch er mochte Sir Thomas und es gab schlechtere Möglichkeiten, den Abend zu verbringen. Außerdem zog ihn nichts zu der Pritsche in dem Raum, den er mit Jaques teilte. So wie die Musiker nicht mit Wein versorgt wurden, so mussten die Wachen in erbärmlichen Kammern schlafen. Manchmal fragte er sich, ob ihn das eigene Zimmer mit Schreibtisch und einem großen Bett in Saint-Germain-en-Laye möglicherweise verweichlicht hatte.

Während Sir Thomas weiter zusammenpackte, bat Philippe eine der Mägde, ihnen einen Krug Wein zu bringen. Sie kam mit zwei zurück sowie einigen Pasteten, die sie irgendwo abgezweigt haben musste.

Als sie den Raum wieder verlassen hatte, grinste Thomas. »Es scheint, dass die Dienerinnen Euch mögen. Verratet Ihr mir, wie das funktioniert? Ich scheine nicht viel Erfolg bei ihnen zu haben, wenn ich etwas zu essen möchte.«

Philippe lächelte. Es war tatsächlich eine besondere Fertigkeit, wie man mit den Mägden in diesem riesigen Palast umging, aber vor allem half es, wenn man Franzose war und nicht zu den Adeligen gehörte, die den Dienerinnen das Leben oft schwer machten.

Sie setzten sich und Thomas massierte seine Hände. »Ich weiß wirklich nicht, warum ich mir das hier schon wieder angetan habe. Immer wenn ich in Versailles bin, spiele ich den ganzen Tag und fühle mich am Abend wie ein Handwerker, der sein Tagwerk getan hat.« Er seufzte. »Aber wem sage ich das? Euch als Soldaten wird es nicht anders gehen.«

Philippe schenkte ihnen ein und reichte Thomas dann den Brief. »Das ist der Grund, warum ich Euch aufgesucht habe. Eure Frau hat mich gebeten, Euch diesen Brief persönlich zu überbringen.«

Thomas schaute überrascht auf den Brief und nahm ihn entgegen. »Wie geht es ihr?«

Philippe wollte ihm nicht sagen, dass die Schwangerschaft seiner Frau anscheinend zu schaffen machte. Das waren nicht seine Angelegenheiten.

»Ich habe sie nur kurz getroffen, als sie mir den Brief gegeben hat.«

Thomas warf ihm einen interessierten Blick zu, dann wollte er den Brief in die Tasche stecken. Doch Philippe schüttelte den Kopf. »Sie sagte, dass Ihr ihn gleich lesen sollt.« Es war eine merkwürdige Bitte gewesen.

»So, hat sie das? Da meine Frau nichts ohne Grund tut, werde ich wohl besser tun, was sie gesagt hat.«

Sir Thomas nahm einen großen Schluck aus seinem Becher, brach das Siegel und faltete den Brief auseinander. Philippe nahm ebenfalls einen Schluck vom Wein und beobachtete den anderen Mann, wie er den Brief las. Er bemühte sich, ihn nicht über Kopf zu lesen, doch es war so schwer, mit dieser alten Gewohnheit zu brechen. Also schwenkte er die rote Flüssigkeit in seinem Becher und beobachtete die Wirbel, die der Wein machte, um sich davon abzulenken, mitzulesen.

Aus dem Augenwinkel sah er, wie Thomas erst lächelte und dann ungläubig die Augen weitete. »Herr im Himmel«, stieß er hervor.

»Ist alles in Ordnung?«, fragte Philippe und bereute nun, dass er nicht mitgelesen hatte.

»Sie erwartet wieder ein Kind.«

»Herzlichen Glückwunsch«, sagte Philippe vorsichtig.

Interessant, dass Sir Thomas anscheinend noch nichts davon gewusst hatte.

Thomas fuhr sich durch die Haare und trank dann noch einen großen Schluck Wein. »Ich bin mir nicht sicher, ob es eine gute Nachricht ist. Sie hat so viel mit den Kindern zu tun und die erste Schwangerschaft war anstrengend für sie. Ich sollte bei ihr sein.«

Er machte Anstalten, sich zu erheben.

Philippe legte eine Hand auf seinen Arm. »Jetzt gerade könnt Ihr sowieso nicht nach Saint-Germain-en-Laye und vielleicht solltet Ihr erst einmal den Brief zu Ende lesen.«

Sir Thomas wischte sich über das Gesicht und nahm den Brief wieder auf, allerdings nicht, bevor er noch mehr Wein getrunken hatte. »Sie hat auch geschrieben, dass sie es mir vor ihrer Abreise nicht erzählt hat, weil sie nicht wollte, dass ich sie sofort mit nach Saint-Germain-en-Laye begleite, sondern mein Engagement hier beende. Himmel, diese Frau hat ihren eigenen Kopf. «

Philippe beobachtete sein Gesicht genau, während er den Brief las. Er konnte in Thomas Hartfort lesen wie in einem Buch. Er war kein Mann, der seine Gefühle verbarg. Das kam selten vor an einem Hof und Philippe stellte fest, dass er den anderen Mann wirklich mochte. Während er las, wechselten Freude, Unglauben, ein wenig Sorge und dann Verwirrung in seinem Gesicht. Schließlich ließ er den Brief sinken.

»Sie schreibt, dass ich vermutlich am liebsten sofort zurückkommen will, aber dass das nicht geht, weil ihre Schwester Katherine gerade bei ihr wohnt und für mich kein Platz ist.« Fragend schaute er Philippe an. »Sie schreibt weiter, dass Ihr mir erklären könnt, wie es dazu gekommen ist.«

Innerlich stöhnte Philippe auf. Deswegen hatte Lady Sophia ihn also gebeten, dortzubleiben, während Thomas den Brief las.

Während er noch darüber nachdachte, was er antworten sollte, trank Thomas noch mehr Wein. Kopfschüttelnd schaute er auf den Brief. »Ich sollte zu ihr gehen.« Er hob den Kopf.

»Geht es ihr wirklich gut? Ich habe das Gefühl, dass sie mir etwas verschweigt.«

Der Wein, der nicht mit Wasser verdünnt war, wie Philippe festgestellt hatte, und von dem Sir Thomas mittlerweile eine Menge getrunken hatte, zeigte bereits Wirkung. Vermutlich hatte Sir Thomas Hartfort den ganzen Abend nichts gegessen.

Aber vielleicht konnte Philippe das zu seinem Vorteil nutzen und musste die Geschichte mit Katherine nicht erzählen.

Verdammt, Lady Sophia war schlau.

»Es geht ihr den Umständen entsprechend gut«, sagte er vorsichtig. »Ich denke, die Hitze macht ihr zu schaffen. Aber das könnt Ihr auch nicht ändern, egal ob Ihr hier oder in Saint-Germain-en-Laye seid.«

Sir Thomas trank noch einen Schluck und Philippe dachte darüber nach, ob er ihn ermahnen sollte, vorsichtig zu sein, doch dann entschied er sich dagegen. Er musste selbst wissen, was er tat.

Sir Thomas starrte auf den Brief und schüttelte wieder den Kopf. »Ich verstehe immer noch nicht, warum Katherine in unserem Zimmer schläft. Dafür muss es doch eine andere Möglichkeit geben.« Er hob den Blick. »Und was habt Ihr damit zu tun?«

Philippe fuhr sich über das Gesicht. Lady Sophia würde ihrem Mann sowieso alles erzählen, wenn er wieder zurück war. »Nachdem der König aus Irland zurückgekehrt ist, gibt es kaum noch Platz in Saint-Germain-en-Laye. Alle Zimmer sind belegt und sie wurden neu verteilt. Auch Ihr und Eure Frau habt ein neues Zimmer, und wenn ich es so sagen darf, es ist winzig.«

Thomas hob die Schultern und grinste. »Solange es ein Bett hat, in dem nur meine Frau liegt, wenn ich zurückkomme, stört es mich nicht.«

Philippe musste über die Unbekümmertheit dieser Aussage

lächeln. Er war sich nicht sicher, ob Sir Thomas das Gleiche gesagt hätte, wenn er nüchtern gewesen wäre.

»Eure Schwägerin hingegen hat überhaupt kein Zimmer mehr bekommen.«

Thomas seufzte. »Deswegen schläft sie jetzt bei Sophia?« Er ließ den Kopf an die Lehne des Sessels sinken. »Gibt es irgendeine Möglichkeit, dass wir doch noch ein Zimmer für sie finden? Nichts gegen Katherine, aber …«, er schaute Philippe durchdringend an, »ich wäre mit meiner Frau auch gern einmal wieder allein, wenn Ihr versteht, was ich meine.«

Philippe verstand nur allzu gut. Er nahm selbst noch einen Schluck von seinem Wein, obwohl er eigentlich schon mehr getrunken hatte, als er sich normalerweise im Dienst zugestand. Und wenn er mit König James in Versailles war, war er immer im Dienst. Aber dieses Gespräch erforderte Wein.

»Ich fürchte, dass es kein Zimmer für sie gibt. Wir haben alles versucht.«

Obwohl Sir Thomas schon reichlich betrunken war, runzelte er die Stirn und fragte: »Wer ist wir? Warum habt Ihr Euch um ein Zimmer für Katherine bemüht?«

Bevor Philippe etwas darauf erwidern konnte, breitete sich ein Grinsen auf dem Gesicht des anderen Mannes aus. »Jetzt verstehe ich!« Er beugte sich vor und klopfte Philippe aufs Bein. »Willkommen im Kreise der Männer, die einer Eastham-Frau erlegen sind, Capitaine.« Er hob seinen Becher und prostete ihm zu. Dann schüttelte er den Kopf und seufzte. »Sie können einen manchmal in den Wahnsinn treiben, davon können Nicholas und ich ein Lied singen, aber sie sind es wert. Großartige Ehefrauen sind sie. Katherine bestimmt auch.«

Philippe konnte nicht antworten. Er wollte protestieren und Sir Thomas erklären, dass er und Katherine gar nicht heiraten konnten, doch er brachte kein Wort heraus. Ein Gedanke begann sich am Rande seines Bewusstseins zu formen, doch er schob ihn energisch weg.

Sir Thomas nickte zufrieden und schaute wieder auf den Brief. »Katherine hat es verdient. Sie ist zwar nicht immer einfach, aber ich glaube, sie ist ein guter Mensch.« Streng schaute er Philippe an und es hätte nur noch gefehlt, dass er den Zeigefinger gehoben hätte. »Behandelt sie ja gut.«

Philippe lehnte sich zurück und betrachtete den Mann, dem er eigentlich nur einen Brief hatte überbringen wollen. Wie hatte er so schnell rausgefunden, dass er und Katherine sich näher kannten? War es so offensichtlich?

Thomas seufzte, leerte seinen Becher und goss sich nach. »Das sind ja mal gute Neuigkeiten.« Er wirkte sehr zufrieden. »Wisst Ihr denn schon, wo Ihr mit ihr leben werdet? Geht das überhaupt im Schloss? Oder müsst Ihr Euch dann versetzen lassen? Das wäre allerdings zu schade, denn Sophia mag es, ihre Schwester in der Nähe zu haben.«

Philippe erstarrte. Er würde das klären müssen, bevor Thomas sich weiter in diesen Gedanken verstieg. »Wir werden nicht heiraten«, stieß er hervor.

Thomas setzte sich auf und schaute ihn mit einem Stirnrunzeln an. »Warum nicht?«

»Weil sie mich gar nicht zum Mann nehmen würde. Schließlich bin ich nur ein Capitaine.«

Warum hatte er das gesagt? Hatte er auch schon zu viel von dem Wein getrunken? Entschlossen stellte er den Becher auf den Tisch.

Thomas lehnte sich wieder zurück und wischte den Einwand mit einer Handbewegung beiseite. »Das ist Blödsinn. Schaut mich an, ich bin auch nur der Bruder eines Baronets, noch dazu einer, der nicht einmal mehr ein Landgut besitzt. Ich bin als Musiker von einem Adeligen zum anderen gereist, um mir meinen Lebensunterhalt zu verdienen. Trotzdem hat Sophia mich geheiratet. Dann wird Katherine ja wohl auch einen Capitaine heiraten können.«

Der Gedanke, der sich bisher am Rande seines Bewusstseins herumgedrückt hatte, trat etwas näher und Philippe stockte der Atem. Was war, wenn er sie tatsächlich bat, seine Frau zu werden? Er stellte sich vor, wie es wäre, wenn er sie jede Nacht in den Armen halten könnte, wenn er sie bei all den alltäglichen Dingen wie dem Frisieren ihrer Haare beobachten könnte. Wie wäre es, wenn er sie richtig lieben könnte und sie womöglich die Mutter seiner Kinder werden würde?

Er stellte fest, dass ihm diese Vorstellung gefiel. Sehr sogar, und das nicht nur, weil er gerade ein bisschen zu viel Wein getrunken hatte.

Aber sollte er es wirklich wagen? War es dafür nicht zu früh? Und was sollte dann aus ihnen werden? Wo sollten sie leben? All diese Fragen, auf die er keine Antworten hatte, stürzten auf ihn ein.

Es dauerte eine Weile, bis er merkte, dass Sir Thomas ihn beobachtete. Als sich ihre Blicke trafen, grinste er.

»Ihr seid nicht der schlechteste Schwager, den ich mir vorstellen kann.« Er prostete Philippe zu. »Wagt es. Mehr als Nein sagen kann sie nicht.«

Doch genau das machte Philippe Angst. Was war, wenn sie Nein sagte?

Auf einmal merkte er, dass er sich eine Zukunft ohne Katherine nicht mehr vorstellen konnte.

Thomas nahm noch einen Schluck aus seinem Becher. »Sagt Bescheid, wenn Ihr Hilfe dabei braucht, sie zu überzeugen. Wenn ich Sophias Worte richtig deute«, er schüttelte den Brief, »würde sie es auch begrüßen, wenn Ihr Katherine heiratet. Sie würde Euch bestimmt helfen.«

Auf einmal fiel Philippe wieder ein, was Lady Sophia zu ihm gesagt hatte. Sie hatte ihm ihren Segen gegeben. Ob sie das gemeint hatte?

Er fuhr sich mit der Hand durch die Haare und schüttelte den Kopf. Er konnte kaum glauben, dass er darüber nachdachte, die Tochter eines Earls um ihre Hand zu bitten.

Der Gedanke an ihren Vater ließ ihn auffahren. »Aber wie soll das möglich sein? Ich kann Katherines Vater schlecht um ihre Hand bitten.«

Thomas hob die Schultern und winkte ab. »Ich glaube kaum, dass es ihm wichtig ist.« Dann runzelte er die Stirn. »Wenn ich es recht überlege, habt Ihr Glück, denn ich bin

Katherines nächster männlicher Verwandter, schließlich ist Nicholas nicht hier. Wäre er es, müsstet Ihr vermutlich ihn fragen, denn er hat schließlich für Katherines Unterhalt im Schloss bezahlt. Aber er würde auch Ja sagen, da bin ich mir sicher. Ich glaube, Ihr würdet ihn mögen. Obwohl er jetzt der Duke of Bedington ist, ist er kein schlechter Kerl.«

Verwirrt starrte Philippe Thomas an. Das alles ging viel zu schnell.

Thomas hob den Becher. »Also, Capitaine Laurent, wenn Ihr wollt, stimme ich zu, dass Ihr um die Hand meiner Schwägerin anhaltet.«

Unwillkürlich griff Philippe nach seinem Becher, doch er zögerte, mit Thomas anzustoßen. »Ich weiß noch nicht, ob ich das will.«

Thomas nickte. »So eine Ehe kann ziemlich Furcht einflößend sein. Ich hätte es fast auch nicht getan, aber ich habe es noch keinen Moment bereut.« Er erhob sich mühsam und kam schwankend auf die Beine. »Denkt nicht zu lange darüber nach, Capitaine. Sonst schnappt sie Euch noch jemand weg.« Er hob mahnend den Zeigefinger. »Und hört nicht auf die Gerüchte. Meiner Meinung nach ist alles erfunden. Katherine ist eine anständige Frau.«

Alles in Philippe verkrampfte sich. Von was für Gerüchten sprach Sir Thomas da?

Auf einmal wollte er mehr darüber wissen, und dass Sir Thomas' Zunge durch den Wein gelockert war, konnte ihm helfen.

»Wovon sprecht Ihr?«

»Ihr wisst es nicht?« Doch dann wiegte er den Kopf hin und her. »Da eher die Frauen in den Salons tuscheln, könnt Ihr ja auch nichts wissen.«

»Erzählt es mir«, bat Philippe.

Thomas ging hinüber zu seinen Instrumenten und stöhnte leicht, als er sich hinunterbeugte. »Ich weiß nicht viel, aber ich habe gehört, dass gemunkelt wurde, dass der Earl of Portsbury das Haus von Katherines Tante, in dem sie gelebt hat, ziemlich häufig besucht hat. Und soweit ich von Sophia weiß, ist diese Tante taub und bettlägerig. Was will also ein verheirateter Mann wie er dort so oft?« Er klemmte sich seinen Violinenkasten unter den Arm und erhob sich wieder. »Ich denke allerdings, dass das nur Gerüchte sind, weil die Leute sich hier in Frankreich langweilen und nichts anderes zu tun haben, als schlimme Geschichten zu erfinden. Jemand wie Katherine würde so etwas niemals tun. Ihr wisst doch selbst, wie ehrlich sie ist und wie wichtig es ihr ist, die Regeln einzuhalten.«

Philippe starrte ihn an und fragte sich, ob er richtig gehört hatte. Der Earl of Portsbury war der dritte Name gewesen, den Pierre genannt hatte, als er davon gesprochen hatte, dass Katherine Kontakt zu mächtigen Männern in London hatte. Konnte es sein, dass an dem Gerücht etwas dran war? Er dachte an gestern Abend und daran, was sie ihm gestanden hatte, und auf einmal passte alles zusammen.

Damals, als er sie verdächtigt hatte, die Mätresse eines der Lords zu sein, hatte sie es zwar abgestritten, trotzdem hatte sie sich ertappt gefühlt. Und gestern hatte sie ihm gesagt, dass sie freiwillig mit diesem anderen Mann ins Bett gegangen war, was dafür sprach, dass sie die Mätresse von jemandem gewesen war. Dann war sie also von diesem Mann, einem Earl, schwanger gewesen? Kein Wunder, dass sie sich nicht gern mit einem Capitaine abgab.

Fassungslos starrte er Thomas an. Der nickte ihm noch einmal zu.

»Gebt nichts auf die Gerüchte. Ich hoffe sehr, dass sie Ja sagt. Die Eastham-Schwestern halten derart zusammen, dass Nicholas und ich jede Verstärkung gebrauchen können. Und Ihr wärt der richtige Mann dafür.«

Er wankte mehr aus dem Zimmer, als dass er ging. Anschließend saß Philippe noch lange in dem Raum und schaute in die Kerzen, die immer weiter herunterbrannten. Er leerte seinen Weinkrug und dachte über das Gespräch und seine Erkenntnisse nach.

Er stellte fest, dass er sie nicht dafür verurteilen konnte, dass sie eine Affäre mit dem Earl of Portsbury gehabt hatte und von ihm schwanger geworden war. Dass sie nicht unschuldig war und ein Kind verloren hatte, war ihm seit letzter Nacht bewusst und es hatte ihn bisher auch nicht gestört. Warum also sollte es ihn jetzt stören, da er den Namen wusste? Trotzdem nagte es an ihm.

Es dauerte eine ganze Weile, bis er begriff, warum. Dieser Mann, der Einzige, dem sie sich je hingegeben hatte, war ein Earl. Und er war nur ein Capitaine. Warum sollte sie ihn heiraten, wenn sie die Mätresse eines Earls sein konnte? Sie hatte ihm oft genug klargemacht, dass sie eine Lady war und er nur ein Capitaine.

Es war mitten in der Nacht, als er sich mühsam erhob, den letzten Schluck Wein trank und beschloss, dass er nicht weiter darüber nachdenken würde. Es hatte sowieso keinen Sinn.

# KAPITEL DREIUNDDREISSIG

»Schläfst du?« Sophias Stimme war nur ein Wispern.

Katherine schüttelte den Kopf und drehte sich in dem engen Bett um. »Es ist so warm.« Und sie dachte die ganze Zeit an Philippe.

Sophia lag ihr nun direkt gegenüber und Katherine fragte sich, ob sie sich schon einmal so nah gewesen waren. Sie wusste, dass Lilly und Sophia früher oft in einem Bett geschlafen und die ganze Nacht getuschelt hatten, doch ihr als ältester Schwester war das immer verwehrt geblieben. Sie war eher diejenige gewesen, die stets aufgepasst hatte, dass alle anderen Eastham-Töchter sich benahmen.

»Mir geht es nicht so gut, deswegen kann ich nicht schlafen«, gestand Sophia jetzt. »Mein Bauch schmerzt ein wenig.«

Katherine richtete sich auf. »Soll ich dir irgendetwas holen?«

Doch Sophia schüttelte den Kopf. »Nein, das hilft alles nichts. Aber ich würde mich freuen, wenn du dich ein wenig mit mir unterhältst. Nur wenn du magst, natürlich. Das lenkt mich ab.«

Katherine lauschte auf die Atemzüge der Zwillinge, die unten auf der Matratze lagen. »Wachen die Kinder dann nicht auf?«

Sophia schüttelte den Kopf. »Wenn die beiden schlafen, könntest du eine Kanonenkugel neben ihnen abfeuern und sie würden nicht aufwachen.« Sie griff nach Katherines Händen. »Erzähl mir etwas«, bat sie.

Katherine zögerte. »Was soll ich dir denn erzählen?«

Als sie Sophias Lächeln im Mondlicht sah, wusste sie bereits, was ihre Schwester gleich sagen würde. »Was ist gestern Abend genau geschehen?«

Unschlüssig schaute Katherine ihre jüngere Schwester an.

»Bitte erzähle es mir. Hat er dich geküsst?«

Katherine nickte und konnte nicht verhindern, dass sich ein kleines Lächeln auf ihre Lippen schlich.

»Das heißt, es war schön?«

Katherine spürte, wie ihre Wangen heiß wurden. »Sehr schön.«

Sophia seufzte. »Ich weiß noch, wie Thomas mich das erste Mal geküsst hat. Danach wollte ich immer mehr davon. Geht es dir auch so?« Doch sie wartete eine Antwort gar nicht ab und fragte: »War es dein erster Kuss?«

Unbehaglich kaute Katherine auf ihrer Unterlippe. Dann schüttelte sie den Kopf.

Sophia schaute sie interessiert an. »Katherine Eastham, du machst mich neugierig.«

Katherine hob die Schultern. »Da gibt es nicht viel zu erzählen.«

»Wie viele waren es?«

»Mit Philippe drei.«

Sophia seufzte. »Ich habe bisher nur Thomas geküsst, und obwohl ich keinen anderen küssen will, wüsste ich zu gern, ob es mit einem anderen Mann anders wäre.«

Fragend schaute sie Katherine an und es dauerte einen Moment, bis sie begriff, dass Sophia auf eine Antwort von ihr hoffte. Noch nie hatte sie ein solches Gespräch mit einer ihrer Schwestern geführt, doch es fühlte sich gut an.

»Es war ganz anders mit Philippe als mit denen davor.«

Sophias Augen leuchteten auf. »Wie anders?«

Katherine hob die Schultern. »Das ist schwer zu beschreiben. Es fühlte sich besser an.«

Das war wirklich eine Untertreibung, denn es hatten Welten dazwischengelegen.

»Meinst du, das ist, weil er Franzose ist? Waren die anderen beiden Engländer?«

Zögernd nickte Katherine. Wie gern hätte sie Sophia von Richard erzählt, doch wie würde sie das aufnehmen? Würden sie dann noch solche Gespräche führen oder würde Sophia sich von ihr abwenden? Dabei war Sophia auch mit Thomas durchgebrannt und müsste eigentlich Verständnis dafür haben, dass man sich manchmal nicht wie eine Lady verhalten konnte.

Sie konnte ihrer Schwester ansehen, dass ihr eine Frage unter den Nägeln brannte und sie gerade darüber nachdachte, wie sie sie stellen sollte. Schließlich gab Sophia sich einen Ruck. »Hast du schon einmal mehr gemacht, als nur zu küssen?«

Für einen Moment haderte Katherine mit sich, doch sie erinnerte sich daran, dass sie beschlossen hatte, Sophia nicht mehr anzulügen. Also nickte sie. Es fühlte sich so gut an, diese geflüsterten Heimlichkeiten mit einer Schwester zu teilen.

Sophias Augen funkelten. »Wie weit seid ihr gegangen?«

Katherine beschloss, den Spieß umzudrehen. »Nur, wenn du mir erzählst, wie weit du mit Thomas vor der Hochzeit gegangen bist.«

Sophia presste die Lippen zusammen und unterdrückte ein Grinsen. »Eigentlich hätten wir für das, was wir getan haben, schon verheiratet sein sollen, aber wir konnten nicht warten.«

Sehnsüchtig dachte Katherine daran, wie gern sie das mit Philippe auch getan hätte.

Sophia pikste sie in den Arm. »Jetzt sag schon, ich vergehe gerade vor Neugier. Hast du es schon einmal getan?«

Kurz tauchte Richards Gesicht vor Katherines innerem Auge auf und wieder einmal fragte sie sich, ob sie einen Fehler gemacht hatte, dass sie sich ihm hingegeben hatte. Wäre es nicht schön gewesen, wenn Philippe der Erste gewesen wäre? Auf der anderen Seite hatte er gestern gesagt, dass er sie nicht angerührt hätte, wenn sie noch Jungfrau gewesen wäre.

Niemals hätte sie gedacht, dass ein Mann so darauf reagieren würde, dass sie nicht mehr unberührt war.

»Katherine«, riss Sophia sie aus ihren Gedanken, »ich halte es nicht mehr aus. Nun sag schon.«

Sie atmete tief durch. »Ich habe es schon einmal getan.« Als Sophia die Augen aufriss, beeilte sie sich, zu sagen: »Bitte denk nicht schlecht von mir. Ich wollte nur …« Sie biss sich auf die Lippe. Sie hätte es nicht erzählen sollen.

»Ach Liebes«, sagte Sophia warm, »ich bin die Letzte, die dich verurteilt. Ich wollte damals doch auch unbedingt geküsst werden, und wenn ich auch nur geahnt hätte, wie schön all das ist, was zwischen einer Frau und einem Mann im Bett passiert, hätte ich es auch schon früher tun wollen.« Sie zögerte und lächelte dann. »Fandest du es denn auch schön? War er gut zu dir?«

Katherine entspannte sich ein wenig und versuchte, ihrer Schwester zu vertrauen. Sie hatte so wenig Übung darin, sich einer anderen Frau mitzuteilen. Sophia war ihre Schwester, wenn sie es ihr nicht erzählen konnte, wem dann?

Sie nickte.

Sophia lächelte. »Ich finde es so schön, zu sehen, wie er dich anschaut und wie er immer versucht, dich zu beschützen. Es hätte mich sehr gewundert, wenn er grob gewesen wäre.« Sie senkte die Stimme zu einem Flüstern. »Ich bin so froh, dass du das mit dem Capitaine erleben konntest. War es erst gestern Abend oder schon vorher?«

Katherine konnte ihr nicht länger in die Augen schauen und drehte sich auf den Rücken.

»Was ist?«, fragte Sophia alarmiert.

Katherine haderte mit sich. Die Sache mit der Wahrheit war doch schwieriger als gedacht. Dabei hatte sie es Lilly auch schon erzählt, aber das war etwas anderes gewesen, denn Lilly hatte auch ein Geheimnis gestanden und deswegen

Verständnis für Katherine gehabt. Es war endlich Zeit für die Wahrheit, entschied sie.

Schließlich wandte sie den Kopf und schaute Sophia an. »Hat Lilly dir eigentlich damals erzählt, warum ich mit hierhergekommen bin?«

Lange schaute Sophia sie an. »Nein, das hat sie nicht. Aber ich habe mich immer gefragt, welche Geschichte dahintersteckt.«

»Versprichst du mir, dass du nicht schlecht von mir denkst?«

Sophia strich sanft über ihre Wange. »Warum hast du immer solche Sorge, dass ich schlecht über dich denke? Ich bin deine Schwester.«

Katherine starrte noch eine Weile an die Decke und lauschte auf die ruhigen Atemzüge der Kinder. Schließlich fasste sie sich ein Herz.

»Es gab in London einen Mann, in den ich mich verliebt habe. Und er sich in mich. Zumindest dachte ich das. Er hat mir alles Mögliche versprochen, und weil ich dachte, dass er es ehrlich mit mir meint, habe ich mich auf ihn eingelassen. Nicht nur einmal.«

Ihr Hals wurde eng bei dem Gedanken daran, wie dumm sie gewesen war.

Sophia musste es gespürt haben, denn sie drückte ihre Hand.

»Irgendwann sagte er mir, dass er es beenden müsse, weil seine Frau es herausgefunden habe.«

Sie riskierte einen Blick zu Sophia, die sie aber nur still beobachtete.

»Ein paar Wochen später wurde mir klar, dass ich ein Kind erwartete.«

Erschrocken holte Sophia Luft und Katherine bereute für einen Moment, dass sie es ihr erzählt hatte, doch dann sagte sie: »Das muss furchtbar für dich gewesen sein. Es tut mir so leid.«

Katherine blinzelte eine Träne weg. »Ich war ja selbst

schuld. Warum wird denn einer Frau immer gesagt, dass sie sich nur ihrem Ehemann hingeben soll? Damit genau das nicht passiert. Aber ich war so dumm.«

»Du bist alles andere als dumm. Was ist dann geschehen?«

»Ich habe ihm davon erzählt und um seine Hilfe gebeten, aber er hat mich nur gefragt, ob ich mir sicher sei, dass das Kind von ihm sei.«

Sophia runzelte die Stirn. »Sag, dass das nicht wahr ist.«

Katherine hob die Schultern. Die Erinnerung schmerzte immer noch, doch sie versuchte, sich nichts anmerken zu lassen. Allerdings tat es gut, dass Sophia es genauso furchtbar fand wie Lilly damals.

Vorsichtig fragte ihre Schwester: »Hast du das Kind bekommen?«

Katherine schüttelte den Kopf. »Ich habe es verloren. Es war sicherlich besser so.«

Unwillkürlich legte Sophia sich eine Hand auf den Bauch.

Katherine drehte sich wieder zu ihr. »Hab keine Angst. Dir wird nichts geschehen. Ich hätte dir das alles nicht erzählen sollen. Es tut mir leid.«

Sophia runzelte die Stirn. »Nein, im Gegenteil, ich bin froh, dass du es mir erzählt hast, und ich wünschte, du hättest es schon eher getan. Dann hätte ich verstanden, warum es dir so schwerfällt, die Zwillinge auf den Arm zu nehmen.«

Katherine rieb sich über die Stirn. »Es tut mir so leid, dass ich dich im Stich gelassen habe. Du und Thomas seid so gut zu mir und ich hätte euch gern mehr geholfen. Aber ich konnte nicht.«

Sophia machte ein beruhigendes Geräusch, wie es nur eine Mutter konnte. »Es ist alles gut so, wie es ist. Jeder von uns macht Erfahrungen im Leben, die er mit sich herumträgt. Es tut mir leid, dass deine so schrecklich war.«

»Bist du überhaupt nicht schockiert?«, fragte Katherine nach einer Weile des Schweigens.

Sophia schüttelte den Kopf. »Ich glaube, als ich gemerkt habe, dass ich dazu fähig war, alle anzulügen, weil ich mit

Thomas zusammen sein wollte, habe ich aufgehört, über irgendetwas schockiert zu sein. Und du kannst dir nicht vorstellen, was ich seitdem schon alles gehört und gesehen habe.« Sie seufzte. »Ich kann dich sogar verstehen. Die Liebe ist so etwas Schönes, auch wenn die meisten Frauen es anscheinend anders sehen. Ich wüsste nicht, was ich tun würde, wenn sie mir verwehrt bliebe. Aber ich wünschte mir, dass du ihn hättest heiraten können, damit alles seine Ordnung hat. Du magst Ordnung doch so.« Sie lächelte.

Katherine seufzte. »Du kannst dir gar nicht vorstellen, wie sehr ich mir damals gewünscht habe, dass ich ihn heiraten könnte. Aber dieser Wunsch wurde mir nie erfüllt. Vielleicht ist es auch gut so.«

»Ich denke, dass es sehr gut ist, denn er klingt nicht gerade nach einem Mann, der gut zu seiner Frau ist. Der Capitaine hingegen scheint ganz anders zu sein«, sagte Sophia mit einem Lächeln.

Sie wusste genau, worauf ihre Schwester hinauswollte, und richtete den Blick erneut an die Decke. Die Zeit mit Philippe war so schön gewesen und wieder einmal wurde ihr schmerzlich bewusst, wie sehr sie sich nach ihm sehnte.

Sophia stupste sie leicht an. »Jetzt erzähl schon. War es ganz anders mit ihm? Ich kann mir gar nicht vorstellen, wie die Unterschiede sein können.«

Katherine schluckte. »Wir haben es nicht getan. Also, nicht richtig.«

Sie dachte an Philippes geschickte Finger und die Lust, die er ihr mehrmals geschenkt hatte.

»Weil du Angst hast, wieder schwanger zu werden?«

Katherine nickte.

»Das kann ich verstehen.« Sophia seufzte. »Ich würde dir so wünschen, dass du ihn heiraten würdest.«

Wieder einmal schob Katherine diesen Gedanken beiseite und sagte nichts dazu, denn sie wollte nicht schon wieder mit Sophia streiten.

Sie schwiegen eine Weile und Katherine hing ihren

Gedanken an Philippe nach. Schließlich fragte Sophia: »Verrätst du mir seinen Namen?«

Es dauerte einen Moment, bis Katherine begriff, dass sie nicht von Philippe sprach. Sie zögerte, doch dann schüttelte sie den Kopf. »Ich glaube, es ist besser, wenn niemand jemals diesen Namen erfährt. Es ist vorbei und das ist gut so.«

Es war das erste Mal, dass sie es so sagte, und es fühlte sich richtig an.

»Dann war er also der Grund, warum du London verlassen hast?«

Katherine nickte. »Er und seine Frau. Sie hat mich zur Rede gestellt und mir gedroht, dass sie meine Reputation in London zerstören würde, wenn ich die Stadt nicht verlasse.«

Noch heute wurde sie verlegen, wenn sie an das Gespräch dachte.

»Das hat sie tatsächlich gesagt?« Sophia kaute auf ihrer Unterlippe. »Dann muss sie Angst vor dir gehabt haben.«

»Vor mir?« Katherine schüttelte den Kopf. »Das ist nicht möglich. Er ist …« Sie zögerte, unsicher, wie viel sie sagen sollte. »Er ist ein mächtiger Mann in London und damit hat auch sie als seine Frau eine hohe Stellung. Warum sollte sie vor jemandem wie mir Angst haben? Sie meinte sogar, dass dies nicht das erste Mal sei, dass dies passiert ist. Er hatte wohl schon öfter andere Frauen.« Sie schluckte hart. »Ich glaube, das hat mich am meisten verletzt. Dass ich nicht die Einzige für ihn war, wie er immer behauptet hat, und dass er angezweifelt hat, dass es sein Kind ist.«

Sophia griff nach ihrer Hand. »Das kann ich verstehen. Trotzdem glaube ich, dass sie Angst vor dir hat. Sonst hätte sie nicht versucht, dich aus London zu verjagen.«

»Aber warum sollte sie Angst vor mir haben? Das ergibt keinen Sinn.«

Doch ihre Schwester lächelte. »Ich glaube, es gibt einen sehr guten Grund. Vermutlich hast du viel mehr Macht über ihren Mann gehabt, als dir bewusst war. Deswegen wollte sie dich loswerden. Haben die beiden eigentlich Kinder?«

Katherine erstarrte und schüttelte dann den Kopf. »Nein.«

»Siehst du. Wenn sie unfruchtbar ist, ist jede andere Frau, die ein Kind erwartet, eine große Gefahr.«

Katherine seufzte ungeduldig. »Du redest Blödsinn, Sophia. Du kennst sie nicht.«

Sie dachte an die Furie in ihrem schicken Seidenkleid, die im Haus ihrer Tante aufgetaucht war. Doch zum ersten Mal seit diesem Besuch fragte Katherine sich, ob es nicht doch besser gewesen wäre, in der Stadt zu bleiben. Vielleicht hätte sie kämpfen sollen, statt zu flüchten. Aber damals war sie so schwach und verzweifelt gewesen, wenige Wochen nachdem sie das Kind verloren hatte, dass sie sich ganz leicht in die Flucht hatte schlagen lassen.

Unbekümmert hob ihre Schwester die Schultern. »Es ist mir gleich, wie du es nennst. Aber im Grunde müsste ich ihr dankbar sein, denn sie ist der Grund, warum du jetzt hier bei mir bist. Und das finde ich schön. Ich hätte niemals gedacht, dass wir uns einmal so gut verstehen würden.« Sie lächelte warm. »Ich danke dir, dass du mir alles erzählt hast. Das war sicherlich nicht leicht für dich.«

»Nein«, erwiderte Katherine leise. »Aber ich vertraue dir.«

»Das kannst du auch«, sagte Sophia und gähnte. »Dafür sind Schwestern doch da.« Sie schloss die Augen. »Ich bin so müde.«

»Dann schlaf«, sagte Katherine und drückte ihre Hand. »Ich passe auf dich auf.«

Als Sophias gleichmäßige Atemzüge verrieten, dass sie in einen tiefen Schlaf geglitten war, drehte Katherine sich wieder auf den Rücken und dachte darüber nach, was Sophia gerade gesagt hatte. Sie konnte sich nicht vorstellen, dass diese furchtbare Frau Angst vor ihr hatte. Aber eines wusste sie sicher: Sie war ihr auch dankbar. Wenn sie nicht gewesen wäre, wäre sie niemals nach Saint-Germain-en-Laye gekommen.

# KAPITEL VIERUNDDREISSIG

Capitaine Lourdes schloss die Tür hinter sich. »Capitaine, wie schön, dass Ihr Zeit für mich habt.«

Philippe runzelte die Stirn. So jovial kannte er seinen Vorgesetzten gar nicht. »Natürlich, Capitaine. Womit kann ich zu Diensten sein?«

»Gestern habe ich mit König James gesprochen. Er hat sich für die gute Arbeit bedankt, die Ihr macht.«

Philippe senkte leicht den Kopf, um anzudeuten, dass er das seltene Lob dankend entgegennahm.

»Allerdings musste ich ihm mitteilen, dass wir Euch aus Saint-Germain-en-Laye abziehen werden. Er war nicht sehr erfreut, hatte aber schon einen Vorschlag, wer Euer Nachfolger werden könnte.«

Philippe versuchte, zu begreifen, was sein Vorgesetzter eben gesagt hatte. Als der Capitaine ihn heute Morgen zu sich gerufen hatte, war Philippe für einen Moment versucht gewesen, mit ihm über seinen Versetzungsantrag nach Versailles zu sprechen. Doch seit den Nächten mit Katherine hatte sich zu viel verändert. Er wusste einfach nicht, was er tun wollte. Zumindest zog ihn im Moment nichts aus Saint-Germain-en-Laye weg. Doch jetzt war es anscheinend schneller so weit, als er gehofft hatte.

»Natürlich, Capitaine. Wann braucht Ihr mich?«

»Dazu komme ich gleich. Erst einmal werden wir über Eure Nachfolge sprechen. Das ist in der momentanen Situation wichtiger. Ich habe Euren Berichten entnommen, dass Ihr davon ausgeht, dass jederzeit mit einem Anschlag auf das Leben von König James zu rechnen ist?«

Philippe nickte. »Oder auf den Prinzen. Deswegen habe ich Morel in Saint-Germain-en-Laye zurückgelassen, damit er ihn bewacht.«

»Sehr gut. Das heißt, wir brauchen einen durchsetzungsstarken Mann, der gut ausgebildet ist.«

»Ich habe beide gut ausgebildet«, erklärte Philippe.

»Da bin ich mir sicher. König James will aber Morel. Sagt, er hätte gute Arbeit gemacht.«

Philippe atmete tief durch. »Darf ich einen Vorschlag machen?«

»Das dürft Ihr, Laurent, aber ich denke, dass wir König James diesen Wunsch nicht abschlagen sollten. Ihr wollt Bonnet vorschlagen. Habe ich recht?«

Philippe nickte. »Er ist ausgeglichener und hält die Männer besser zusammen. Morel bringt nur Unruhe. Er ist noch nicht so weit.«

Und wird es vermutlich auch nie sein, fügte er in Gedanken hinzu.

»Wenn Ihr wollt, schlagt es König James vor. Es könnte sein, dass er auf Euch hört, vielleicht aber auch nicht. Er war sehr bestimmt.«

Philippe ahnte, dass er keine Chance hatte. Es tat ihm leid für Jaques und auch für alle, die im Schloss lebten, denn Pierre würde seine Sache nicht gut machen. Doch dann hatte er eine andere Idee.

»Egal, wer es später wird, es gibt noch ein anderes Problem.«

»Und das wäre?«

»Keiner von beiden spricht gut genug Englisch, um die

Briefe zu lesen. Bonnet decodiert hervorragend, aber er braucht immer eine Übersetzung.«

Der Capitaine strich sich über seinen kurzen Bart. »Was schlagt Ihr vor?«

»Wie wäre es, wenn wir einen Engländer rekrutieren, der als Verbindungsmann zwischen dem Hof und dem Capitaine fungiert? Natürlich mit König James' Zustimmung. Er könnte die Briefe übersetzen und Hand in Hand mit dem Capitaine arbeiten, auch bei der Beschaffung von Informationen.«

»Er soll seinen eigenen König bespitzeln?«

Philippe hob die Schultern. »Nicht unbedingt, aber die Mitglieder des Hofes schon. Ich glaube nicht, dass sie alle bedingungslos König James ergeben sind. Die Gefahr für ihn und den Prinzen droht nicht nur von außen.«

Der Capitaine lehnte sich zurück. »Die Idee gefällt mir. Ich werde sie König Louis vortragen. Er ist sehr daran interessiert, was in Saint-Germain-en-Laye vor sich geht. Habt Ihr schon jemanden im Kopf?«

Philippe dachte kurz nach, aber es gab niemanden, der ihm einfiel. »Ich werde darüber nachdenken und mich erkundigen.«

»Gut«, sagte der Capitaine jetzt. »Kommen wir zu Eurer nächsten Aufgabe. Sie ist von äußerster Wichtigkeit und wir brauchen Männer, auf die wir uns verlassen können. Deswegen haben wir uns für Euch entschieden.«

Philippe verspürte ein ungutes Gefühl. Er war sich sicher, dass es in Versailles keine Aufgabe von höchster Wichtigkeit gab, für die es mehrere Männer brauchte. Was hatte das zu bedeuten?

»Womit kann ich dienen?«, fragte er vorsichtig.

»Ihr bekommt den Auftrag, Euch den Truppen in der Pfalz anzuschließen. De Melac hat die Truppe nicht mehr im Griff, sie marodieren und beginnen zum Teil, zu meutern. Wie Ihr Euch vorstellen könnt, ist Prinzessin Lieselotte nicht erfreut und sucht Klärung. Ihr wurde versprochen, dass wir Männer schicken, die dort die Zügel in die Hand nehmen.«

Philippe war wie erstarrt. Er sollte in die Pfalz gehen und sich dem Heer anschließen? Das war mehr als zwanzig Tagesreisen von hier entfernt. Ihm war bewusst, dass dies ein Vertrauensbeweis war, doch er wollte nicht und er konnte auch nicht. Es war viel zu weit weg.

Er dachte kurz an Katherine, doch dann schob er den Gedanken entschlossen zur Seite. Er durfte eine solche Entscheidung nicht von einer Frau abhängig machen. Aber es fiel ihm schwer, es nicht zu tun.

»Ihr werdet gemeinsam mit einigen anderen gehen. Wir ziehen sie gerade zusammen«, erklärte der Capitaine jetzt. »Es wird Zeit, dass wieder Ordnung in die Truppe kommt.«

»Ist es eine Strafversetzung?«, fragte Philippe.

Der Capitaine runzelte die Stirn. »Wie kommt Ihr denn darauf? Es ist eine Auszeichnung.«

Genau das hatte Philippe befürchtet. Am liebsten hätte er gefragt, ob er ablehnen könne, aber ihm war bewusst, dass dies keine gute Idee war.

Doch sein Capitaine schien ein besseres Gespür für Zwischentöne zu haben, als er ihm zugetraut hatte. »Gibt es einen vernünftigen Grund, warum Ihr diese Aufgabe nicht antreten wollt?«

Philippe seufzte leise. Selbst vor ein paar Wochen wäre er nicht begeistert von dem Auftrag gewesen, denn er wollte nicht mehr in einem Heerlager leben. Doch jetzt, nach allem, was mit Katherine passiert war, konnte er es sich überhaupt nicht mehr vorstellen. Würde er nun in die Pfalz gehen, würde er sie vermutlich nie wiedersehen.

Unschlüssig hob er die Schultern. »Ich hatte darüber nachgedacht, zu heiraten.«

Der Capitaine runzelte die Stirn. »Ja, und? Was hat das mit dem Auftrag zu tun? Dann heiratet eben. Eure Frau wird sicherlich auf Euch warten, bis Ihr zurück seid.«

Philippe wusste nicht, was er darauf antworten sollte. Natürlich erschien es aus der Sicht des Capitaines so einfach. Frauen spielten keine Rolle in den Überlegungen der meisten

Soldaten. Das hatte es bei ihm auch nie. Doch der Gedanke, Katherine zu heiraten und sie dann zurückzulassen, erschreckte ihn bis ins Mark. Das konnte er nicht. Dann würde er lieber gar nicht heiraten.

Der Capitaine klopfte auf den Schreibtisch und erhob sich. »Ihr reist ab, sobald die anderen Männer eingetroffen sind. Vermutlich wird es in ein paar Tagen so weit sein. Da Ihr Morel in Saint-Germain-en-Laye gelassen habt, werdet Ihr am besten heute noch dorthin reiten, ihn von seiner neuen Aufgabe unterrichten und einweisen. Falls es nötig ist, könnt Ihr auch noch heiraten. Aber seid in spätestens fünf Tagen zurück.«

Philippe verbeugte sich steif. »Danke, Capitaine.«

Wie betäubt verließ er den Raum.

Er wusste nicht, wie er zu seinem Zimmer gekommen war, doch als er Jaques, der die Nachtwache gehabt hatte, dort schlafend auffand, kehrte er wieder um und ging ins Freie. Eigentlich hätte er zurück zu König James gemusst, der in irgendeinem der Salons war, doch dann fiel ihm auf, dass er von seinen Aufgaben bei ihm entbunden war. Vermutlich war König James schon informiert und erwartete ihn gar nicht zurück.

In der Nähe des großen Brunnens fand er eine kleine beschattete Laube und setzte sich hinein, um ungestört nachzudenken. Bei der brütenden Hitze war niemand außer ein paar Gärtnern im Park unterwegs.

Er konnte den Auftrag nicht ablehnen. Wenn König Louis ihn persönlich mit ausgewählt hatte, wäre es ein Affront, wenn er ablehnte. Dann könnte er gleich seinen Dienst quittieren und er wusste nicht einmal, ob das überhaupt möglich war.

Er dachte daran, wie Katherine ihn gefragt hatte, ob er seinen Dienst mochte und was er stattdessen machen würde. Er hatte immer noch keine Antwort darauf.

Katherine. Ihr Gesicht stieg vor seinem inneren Auge auf und er spürte die Sehnsucht nach ihr, die ihn schon seit Tagen begleitete. Warum um alles in der Welt hatte er sich dazu hinreißen lassen, dem Capitaine zu sagen, dass er möglicherweise vorhatte, zu heiraten? Weil er gehofft hatte, dass dieser ihn von dem Auftrag entbinden würde. Doch natürlich hatte jemand wie der Capitaine kein Verständnis dafür.

Doch er wusste auch, dass er Katherine nicht heiraten und sie dann sofort verlassen konnte. Was sollte dann aus ihr werden? Vermutlich würde sie sowieso Nein sagen. Und dieser Gedanke schmerzte ihn am allermeisten.

Doch wenn sie ihn heiratete und er dann in der Pfalz fallen oder, schlimmer noch, verwundet werden würde, wäre es noch unerträglicher für sie. Das konnte er ihr auf keinen Fall antun.

Egal, wie er es drehte und wendete, er würde sie verlieren. Und das war ein Gedanke, den er nicht ertragen konnte.

Und was war, wenn er sie bat, auf ihn zu warten? Philippe setzte sich etwas aufrechter hin. Das war eine Möglichkeit. Dann konnten sie heiraten, wenn er aus der Pfalz wieder da war. Er hoffte nicht, dass es Jahre dauern würde.

Wie auch immer, er würde mit ihr reden müssen, und es war das Beste, wenn er es gleich tat.

## KAPITEL FÜNFUNDDREISSIG

Eigentlich hatte Katherine vorgehabt, bis zum Ende des Musikabends zu bleiben, doch sie konnte es einfach nicht ertragen. Nicht nur, dass es unerträglich heiß war in dem Raum und die Musik schlecht – sie war anscheinend verwöhnt von der Musik ihres Schwagers –, sondern sie fühlte auch die Blicke der anderen Frauen auf sich. Ihr war, als konnten sie ihr ansehen, was sie mit Philippe getan hatte.

Sie sehnte sich nach seinen Armen, seinem Geruch, seinen Berührungen, seinem Lachen. Einfach danach, dass er da war und sie bei ihm sein konnte. Mehrmals fragte sie sich, ob sie am Morgen seiner Abreise zu kühl zu ihm gewesen war und was er jetzt wohl von ihr dachte.

Auch das Gespräch mit Sophia ging ihr immer wieder durch den Kopf. Sie genoss es, dass sie sich so nah waren. Eigentlich hätte sie darüber nachdenken müssen, ob sie wieder nach England zurückgehen sollte, doch diesen Gedanken schob sie noch weiter beiseite als den an eine Heirat mit Philippe.

Sie schloss die Tür hinter sich und ging durch den Flur, um noch eine Runde durch das Schloss zu laufen. Zu gern wäre sie in den Garten gegangen, doch obwohl der König nicht da war, traute sie sich nicht, denn Philippes Stellvertreter war sehr wohl hier und sie wusste, dass er ein Auge auf sie haben würde. Aber einen Spaziergang durch das Schloss konnte ihr kaum jemand verwehren. Die Sonne war erst vor Kurzem untergegangen, doch es war noch so hell, dass die Lampen noch nicht entzündet worden waren.

Katherine stieg eine Treppe hinauf und wollte sich gerade nach rechts wenden, als sie aus der Richtung ein Johlen vernahm. Es waren offensichtlich mehrere junge Männer. Ihr lief ein Schauder über den Rücken. Offensichtlich nutzten diese Burschen die Abwesenheit des Königs aus, um noch mehr zu feiern.

Sie wollte gerade in die andere Richtung abdrehen, als sie zwischen dem Lachen der Männer eine Frauenstimme hörte, und sie klang verzweifelt.

Katherine erstarrte. Was war da los?

Ein Schrei erklang und das Johlen der Männer wurde lauter. Waren das Anfeuerungsrufe?

Verzweifelt schaute Katherine sich um. Wo waren die Wachen, wenn man sie brauchte? Es war offensichtlich, dass diese Frau Hilfe brauchte.

Sollte sie zurück zum Tor laufen und eine Wache holen? Oder in den Musikraum, wo die meisten Schlossbewohner gerade waren?

Erneut erklang ein spitzer Schrei, der abrupt endete, so als hätte jemand der Frau eine Hand über den Mund gelegt. Dann lachten die Männer und es klang so hämisch und lüstern, dass Wut in Katherine aufstieg. Diese jungen Kerle gingen eindeutig zu weit.

Sie raffte die Röcke und eilte den Flur entlang zu dem Zimmer, aus dem die Schreie kamen. Ihr Herz klopfte zum Zerbersten, aber die Wut gab ihr Kraft.

Als sie die nur angelehnte Tür öffnete, starrte sie entsetzt auf die Szene, die sich ihr bot. Eine junge Frau lag bäuchlings auf einem Tisch. Ein junger Mann hielt ihre Arme auf dem Rücken verdreht, ein anderer hinter ihr fummelte gerade an seiner Hose herum, während er mit der anderen Hand schon den Saum ihres Rockes hob. Daneben standen zwei andere mit Weingläsern in der Hand, die das Spektakel mit Rufen und Lachen anfeuerten.

Keiner schien Katherine zu bemerken und für einen Moment war sie ratlos, was sie tun sollte. Doch im nächsten Moment wehrte sich die Frau wieder und als sie den Kopf wandte, erkannte Katherine erschreckt, dass es ihre Dienerin Suzanne war, die dort auf dem Tisch lag und der offensichtlich Gewalt angetan werden sollte.

Bevor sie weiter darüber nachdenken konnte, stürmte Katherine vorwärts, und als der Kerl, der hinter Suzanne stand, gerade seine Hose geöffnet hatte, fasste sie nach seinem Ohr und drehte es gewaltsam um. So hatte ihr Vater es immer mit seinen Hunden gemacht und einmal auch mit einem Stallknecht. Katherine wusste, dass dies eine wirksame Methode war, um jemanden von etwas abzuhalten.

Der Flegel heulte auf und ging in die Knie. Die anderen hielten mitten in der Bewegung inne und starrten Katherine entgeistert an.

»Lasst sie los«, herrschte Katherine den jungen Mann an, der Suzanne den Arm auf den Rücken gedreht hatte.

Er tat sofort, was sie gesagt hatte, hob die Hände und trat einen Schritt zurück. »Ich habe nichts gemacht.«

Noch immer hielt Katherine den jungen Mann am Ohr und er wimmerte vor Schmerz.

»Suzanne, steh auf«, sagte sie.

Die Dienerin rappelte sich auf.

»Komm her und stell dich hinter mich.«

Die junge Frau tat, was Katherine gesagt hatte. Sie war blass im Gesicht und ihre Augen waren weit aufgerissen.

»Ihr solltet euch etwas schämen, und zwar alle«, herrschte Katherine die jungen Männer an.

»Wir haben doch gar nichts gemacht«, protestierte einer.

»Ihr wolltet ihr Gewalt antun.«

»Wir wollten nur etwas Spaß haben, und sie auch. Die Französinnen mögen das.«

Aus dem Augenwinkel sah Katherine, wie Suzannes Hand sich um eines der Messer schloss, die neben einer Platte mit Essen auf dem Tisch lagen. Sie wandte sich zu Suzanne um und schüttelte den Kopf. »Nicht. Hol lieber Hilfe.«

Suzanne schaute Katherine in die Augen. Sie verstärkte den Griff um das Messer und ihr Blick flackerte zu dem jungen Mann am Boden, dessen Hose noch offen stand.

»Bitte, Suzanne, hol Hilfe«, drängte Katherine. »Und gib mir das Messer.«

Es dauerte einen Moment, dann reichte Suzanne es ihr zögernd. Schließlich wandte sie sich um und rannte aus dem Zimmer.

Nervös blickten die jungen Männer zur Tür. Ihnen allen war klar, dass dies böse für sie enden könnte.

»Denkt nicht einmal daran, zu fliehen«, sagte Katherine. Allerdings wusste sie nicht, was sie tun sollte, wenn sie es versuchen würden.

Das schienen sie auch verstanden zu haben, denn einer von ihnen grinste Katherine frech an. »Nichts gegen Euch, Lady Katherine, aber ich glaube kaum, dass Ihr uns aufhalten werdet.«

»Das ist egal, denn ich werde dem König berichten, was ich gesehen habe. So ein Verhalten wird er nicht dulden.«

Zwei der Kerle schauten sich an und zu spät erkannte Katherine, dass sie genau das Falsche gesagt hatte. Jetzt war sie zu einer Gefahr für die Männer geworden.

Außerdem war sie allein und die anderen zu viert.

Langsam kam der eine auf sie zu. »Ich glaube nicht, dass Ihr uns wirklich drohen wollt. Mein Onkel ist der Earl of Montgomery. Er ist ein mächtiger Mann.«

Finster schaute Katherine ihn an. »Ihr wollt mir damit drohen, dass Euer Onkel ein Earl in England ist? Wie wäre es damit: Mein Vater ist der Earl of Eastham, mein Schwager der Duke of Bedington und meine Freundin Lady Valentina Wickham ist eine Hofdame der Königin. Ich denke nicht, dass Ihr mir drohen wollt.«

Verunsicherung huschte über das junge Gesicht, doch sie machte gleich wieder der überheblichen Miene Platz.

»Keiner von denen ist jetzt hier und kann Euch helfen, Lady Katherine. Wie wäre es denn, wenn wir Euch einmal zeigen, was wir unter Spaß verstehen?«

»Adam«, mahnte der andere, der auch johlend danebengestanden hatte. Ihm war es sichtlich unangenehm.

Katherine starrte den jungen Mann an, der sich vor ihr aufgebaut hatte. Hatte er ihr wirklich gerade damit gedroht, dass er sie vergewaltigen würde?

»Ihr seid von Sinnen«, zischte sie.

Doch er schüttelte den Kopf. »Nein, ich glaube, das ist genau das Richtige für eine Lady, die ihre Nase in Dinge steckt, die sie nichts angehen.« Er schnippte mit den Fingern. »Godwin, nimm ihr das Messer weg.«

Der andere junge Mann, der vorhin Suzanne festgehalten hatte, bewegte sich unbehaglich.

Katherine fühlte das Messer in ihrer Hand und wusste, dass sie handeln musste. Sie zog den Kerl, dessen Ohr sie immer noch hielt, wieder auf die Beine. Er schrie auf. Dann hielt sie ihm kurzerhand das Messer an den offenen Hosenschlitz. »Einen Schritt weiter und ich schneide ihn ab.«

»Nein«, heulte der junge Mann auf.

Da erklangen Schritte auf dem Flur und ein Mann in roter Uniform platzte ins Zimmer. Für einen kurzen Moment dachte Katherine, es wäre Philippe, doch nur einen Herzschlag später erkannte sie, dass es sein Stellvertreter war. Niemals hätte sie gedacht, dass sie einmal erleichtert sein würde, ihn zu sehen. Doch im nächsten Moment verzog sich das Gesicht des Anführers zu einem Grinsen.

»Pierre! Wie schön, dass du dazukommst. Stell dir vor, die Lady hat gerade gedroht, Percy den Schwanz abzuschneiden.«

Entgeistert schaute Pierre von einem zum anderen und Katherine versuchte, zu begreifen, was sie gerade gehört hatte. Die jungen Männer kannten ihn?

»Lasst ihn los«, fuhr dieser Pierre sie jetzt an.

»Nein«, sagte Katherine bestimmt und sah entsetzt, wie er seinen Degen zog.

»Lasst ihn los, sagte ich.«

Katherines Hand mit dem Messer zitterte. Was ging hier vor sich?

»Mach, dass sie das Messer wegnimmt, Pierre«, heulte der junge Mann auf.

»Ihr kennt Euch?«

Der junge Mann, den sie Adam genannt hatten, lachte. »Jetzt seht Ihr einmal, wer hier bei Hofe die besseren Verbindungen hat. Es lohnt sich immer, sich mit den Wachen gut zu stellen.«

»Halt's Maul«, zischte Pierre. Es war ihm offensichtlich unangenehm, dass Adam das gesagt hatte. »Was ist hier eigentlich los?«, fragte er den jungen Mann.

Der hob wieder die Hände. »Wir wollten nur ein bisschen Spaß mit dieser kleinen Dienerin haben und dann kam die da rein und hat es verdorben. Danach hat sie uns gedroht, dem König alles zu verraten. Das können wir ihr doch schlecht durchgehen lassen, oder?«

Katherine wurde eiskalt, als sie den Ausdruck auf Pierres Gesicht sah. Irgendetwas stimmte hier nicht, aber sie wusste nicht, was es war.

»Sie hat gar nicht das Ohr des Königs. Er würde ihr kein Wort glauben, wenn mein Wort dagegen steht«, erklärte Pierre. Er schnaubte ungeduldig. »Jetzt lasst ihn endlich los«, herrschte er Katherine an.

Als sie nicht reagierte, kam er mit erhobenem Degen auf sie zu. Der Ausdruck auf seinem Gesicht machte ihr Angst und sie ließ das Ohr des jungen Mannes los. Sofort tat er einen Schritt rückwärts und rieb sich das Ohr.

Der andere Bursche, der Suzanne festgehalten hatte, lachte schrill auf. Er schien der betrunkenste von allen zu sein. »Er macht sich gleich in die Hose. Hast dich von der Lady ganz schön einschüchtern lassen.« Er beendete den Satz mit einem Rülpser und lachte noch einmal.

»Halt's Maul, Godwin«, zischte Pierre. »Und du, mach deine Hose zu.«

Noch immer hatte er seinen Degen auf Katherine gerichtet. Das Blut rauschte in ihren Ohren und sie fragte sich, ob sie einfach zur Tür rennen und flüchten sollte. Doch sie wusste, dass Pierre schneller sein würde. Sie hatte keine Chance, zu entkommen.

»Legt das Messer weg«, knurrte er und kam drohend näher. Er wollte gerade noch etwas sagen, als die Tür erneut aufgestoßen wurde.

Im nächsten Moment stand Lord Jonathan Wickham im Zimmer und schaute sich entgeistert um. Hinter ihm entdeckte Katherine Suzanne, die mit weit aufgerissenen Augen zu ihr herüberschaute.

»Was geht hier vor sich?«, fragte Jonathan mit seiner tiefen Stimme und Katherine sah, dass die vier jungen Männer sich sofort in den Hintergrund zurückzogen, so als wollten sie mit dem Wandteppich verschmelzen.

Doch Jonathan schien sie gar nicht zu bemerken, sondern schaute Pierre unheilvoll an. »Als Erstes werdet Ihr jetzt den Degen auf den Tisch legen und dann werdet Ihr mir erklären, warum Ihr eine Frau damit bedroht habt.«

Die Klinge vor Katherine begann ein wenig zu zittern. »Es ist nicht so, wie Ihr denkt. Sie hat uns zuerst bedroht.«

Jonathan hob die Augenbrauen. »Lady Katherine hat eine Gruppe von fünf Männern, von denen mindestens einer bewaffnet ist, bedroht? Es fällt mir schwer, das zu glauben.«

»Doch, sie wollte Percy den Schwanz abschneiden«, erklang die Stimme von dem Betrunkenen aus dem Hintergrund.

Jonathan warf Katherine einen kurzen Blick zu und sie spürte, wie ihr das Blut in die Wangen schoss. Doch da war etwas in seinem Blick, das sie nicht deuten konnte. War es Belustigung? Wie auch immer, sie wollte nicht länger hier stehen. Es war viel zu gefährlich.

Langsam ging sie hinüber zu Jonathan und nahm hinter

ihm Aufstellung. Keiner der Männer im Raum würde es wagen, ihn anzugreifen, dessen war sie sich sicher.

Er schaute kurz zu ihr. »Geht es Euch gut?«

Katherine nickte, obwohl sie sich nicht sicher war.

»Was ist hier passiert?«, wollte Jonathan wissen.

»Sie wollten Suzanne Gewalt antun und ich bin hinzugekommen.«

»Morel auch?« Jonathans Stimme war eisig.

Katherine schüttelte den Kopf. »Nur die vier.«

»Ich habe nichts gemacht«, sagte der eine wieder, doch Jonathan ignorierte ihn.

»Warum hat er Euch dann bedroht?«

Katherine schaute zu Pierre, der sie finster anstarrte, und sie wusste auf einmal nicht, was sie sagen sollte. Sie hatte keine Ahnung, warum er sich gegen sie gewendet hatte.

Plötzlich erklang eine helle Stimme hinter ihr. »Er steckt mit ihnen unter einer Decke.«

Erstaunt drehte Katherine sich zu Suzanne um. Die junge Frau hatte ein grimmiges Gesicht aufgesetzt.

»Wie meinst du das?«, fragte Jonathan.

Nervös knetete Suzanne ihre Hände. »Sie machen gemeinsame Sache. Er lässt sie feiern und bringt ihnen …«, sie zögerte, »Dinge.«

»Was für Dinge?«, hakte Jonathan nach.

»Alkohol und manchmal auch Frauen.«

»Das ist nicht wahr«, schaltete sich einer der Männer ein. »Er hat uns nur einmal eine Frau …« Doch er wurde von den anderen zum Schweigen gebracht.

»Sie lügt«, knurrte Pierre.

Jonathan ignorierte ihn. »Und was bekommt er dafür?«

Suzanne zögerte. »Informationen.«

Katherine schaute zu Pierre hinüber und sie konnte ihm am Gesicht ablesen, dass Suzanne die Wahrheit sagte.

»Weißt du, was für Informationen?«

Wieder zögerte Suzanne und Pierre drohte: »Pass auf, was du sagst.«

Katherine legte Suzanne eine Hand auf den Arm. »Keine Sorge, er kann dir nichts tun.«

Die machte ein entschlossenes Gesicht. »Es sind Informationen über die Engländer. Er nutzt sie, um die Adeligen zu erpressen, weil er sich Vorteile verschaffen will, damit er Capitaine hier wird.«

Erstaunt schaute Katherine Suzanne an. »Was sagst du da?«

Doch Jonathan nickte. »Das wundert mich gar nicht. Ich habe schon so etwas in der Richtung gehört. Jetzt wissen wir endlich, wer es ist.« Er zog eine Grimasse. »Ich glaube, der König wird nicht sehr erfreut sein, wenn er davon hört. Eine Beförderung wird es sicherlich nicht werden.«

Pierre wollte nach dem Degen greifen, doch Jonathan war schneller. Er sprang nach vorn, nahm Pierre von hinten in einen Würgegriff und drehte ihm gleichzeitig den Arm auf den Rücken.

»Ich denke, wir sollten einen sicheren Aufbewahrungsort für Euch suchen. Morgen früh werde ich eine Nachricht an Capitaine Laurent schicken. Er wird wissen, was zu tun ist.«

Er blickte zu den vier jungen Männern, die immer noch an die Wand gedrängt standen. »Euren Fall werde ich ebenfalls dem König vortragen. Ich denke, er wird sich eine angemessene Strafe ausdenken. Und kommt nicht einmal auf die Idee, zu fliehen, wir werden Euch immer wieder finden. Und jetzt geht in Eure Zimmer. Der Abend ist beendet.«

Er führte Pierre an Katherine und Suzanne vorbei und es war ein merkwürdiger Anblick, dass ein Mann in Uniform von einem Lord abgeführt wurde.

»Lady Katherine, Ihr und Suzanne begleitet mich bitte bis zum Musikzimmer. Dort sind genug Menschen, die dafür sorgen, dass Ihr sicher in Euer Zimmer kommt.« Er lächelte grimmig. »Und auch wenn ich sonst nicht viel auf Hoftratsch gebe, so habe ich von meiner Frau doch eines gelernt: Er ist ein mächtiges Instrument. Erzählt bitte Eurer Schwester noch im Musikzimmer davon, was eben hier passiert ist.«

Katherine warf den vier jungen Männern in der Ecke einen Blick zu. Sie hatten genau gehört, was Jonathan gesagt hatte, und waren blass geworden. Es sah aus, als wollten sie protestieren, doch offensichtlich trauten sie sich nicht.

Katherine seufzte. »Nichts lieber als das.«

Jonathan lächelte. »Das dachte ich mir. Und nun lasst uns gehen, damit ich ihn hier irgendwo einsperren und mich am Hoftratsch beteiligen kann.«

# KAPITEL SECHSUNDDREISSIG

Philippe verließ den Stall, wo er sein erschöpftes Pferd einem Stallknecht übergeben hatte, und ging auf das Tor von Saint-Germain-en-Laye zu, vor dem gerade eine Kutsche wegfuhr.

Es war ein langer und staubiger Ritt gewesen, während dem seine Gedanken ständig darum gekreist waren, wie er Katherine erklären sollte, was geschehen war. Wie bat man eine Frau wie sie darum, dass sie womöglich jahrelang und vielleicht vergeblich auf einen wartete? Er hatte noch immer keine Antwort gefunden.

Er sah, dass die Wachen ihn schon von Weitem erkannten und etwas zueinander sagten. Sie schienen unruhig zu sein. War etwas vorgefallen? Philippe beschleunigte seine Schritte.

Die beiden Wachen salutierten, als er sie erreichte. »Was gibt es Neues?«, fragte er, als er durch das Tor trat.

Wieder tauschten die beiden Männer einen Blick. Der eine schüttelte warnend den Kopf und der andere, der gerade etwas hatte sagen wollen, klappte den Mund wieder zu.

Bevor Philippe sie zum Reden auffordern konnte, hörte er eine Stimme. Es war Monsieur Dufour.

»Capitaine Laurent, gut, dass Ihr kommt. Wir haben einen Neuankömmling.«

Philippe verdrehte die Augen. Er hatte keine Zeit, sich mit neuen Engländern auseinanderzusetzen.

Der dicke Verwalter eilte geschäftig auf ihn zu.

»Ich bin gerade erst aus Versailles zurückgekehrt und habe einiges zu erledigen. Darum soll sich Morel kümmern.«

Monsieur Dufour schüttelte bedauernd den Kopf. »Ich denke nicht, dass das möglich ist.«

»Warum nicht?«

»Er ist anderweitig beschäftigt.«

Philippe sah aus dem Augenwinkel, wie die Wachen wieder einen Blick wechselten. Irgendetwas stimmte hier nicht.

»Was ist hier los?«, fragte er den Verwalter leise, denn er sah, wie sich ein fein gekleideter Engländer näherte, den er nicht kannte und der eben erst mit der Kutsche angekommen sein musste. Obwohl es heiß war, trug er einen teuren Mantel. Allerdings sah er wie die meisten Engländer im französischen Sommer auch ziemlich verschwitzt aus.

Monsieur Dufour wedelte mit der Hand. »Später, Capitaine. Jetzt ist es wichtig, dass wir erst einmal unseren neuen Gast gut unterbringen. Es ist ein Earl und er sagt, er kennt den König persönlich.«

»Das sagen sie alle«, knurrte Philippe. Er wollte zu Katherine.

Der Mann trat zu ihnen. »Monsieur Dufour, wann kann ich endlich mein Zimmer beziehen? Ich würde mich gern frisch machen.«

Der Verwalter seufzte. »Ich fürchte, so einfach ist das nicht, Eure Lordschaft. Das Schloss ist überfüllt und ich muss erst ein Zimmer für Euch frei machen. Das kann ein wenig dauern, aber bis zum Abendessen werde ich zumindest eine vorläufige Lösung für Euch haben. Bis dahin wird sich Capitaine Laurent um Euch kümmern.«

Der Mann betrachtete Philippe. »Nun gut. Ich nehme an, Ihr werdet mich überprüfen?«

Philippe biss die Zähne zusammen. Es blieb ihm vermutlich kaum etwas anderes übrig. »Nur ein paar Fragen. Der König wünscht es so.«

Der Engländer schien überrascht, als Philippe ihn auf Englisch ansprach. »Dann meldet dem König doch, dass der Earl of Portsbury ihn sprechen möchte. Er wird sicherlich Zeit für mich haben.«

Philippe starrte den anderen Mann an. »Wie, sagtet Ihr, ist Euer Name?«

Monsieur Dufour antwortete für ihn. »Richard Portsbury, Earl of Portsbury. Ich sagte Euch doch bereits, dass er wichtig ist.«

Philippe musterte den Engländer und ihm wurde klar, dass er vor dem Mann stand, den Katherine geliebt hatte. Er hatte ihr ein Kind gemacht und sie im Stich gelassen. Wut stieg in ihm auf, doch er kämpfte sie mühsam herunter. Er durfte sich nichts anmerken lassen. Aber es fiel ihm schwer.

Selbstgefällig schaute der andere Mann ihn an. »Und? Könnt Ihr dem König bitte Bescheid geben?«

»König James ist nicht da«, würgte Philippe hervor.

»Nicht? Wie bedauerlich. Er ist aber doch aus Irland zurückgekehrt? Oder bin ich falsch informiert?«

»Nein, nein«, beeilte Monsieur Dufour sich, zu sagen. »Er ist wieder da. Deswegen ist auch so wenig Platz im Schloss. Gerade aber ist er in Versailles und besucht den König. Also, unseren König, den von Frankreich.«

Portsbury hob die Schultern. »Dann werde ich wohl warten. Capitaine, wollen wir?«

Philippe fiel es schwer, irgendetwas zu verstehen, was der Mann sagte. Alles, woran er denken konnte, war, dass er hier war, und zwar anscheinend ohne eine Frau. Und Katherine war auch hier.

Monsieur Dufour stieß Philippe an. »Nun geht und macht Eure Arbeit.«

Philippe nickte und stürmte an Portsbury vorbei in den Innenhof. Grimmig nahm er wahr, dass der Earl Mühe hatte, ihm zu folgen.

Er führte ihn über einen verschlungenen Weg zu einem der kleineren Salons im Erdgeschoss, die um diese Zeit verwaist lagen. Hatte er auf dem Ritt hierher gebetet, dass er Katherine möglichst bald treffen würde, so hoffte er nun, dass er ihr nicht über den Weg lief. Er musste erst mehr über diesen Earl of Portsbury erfahren und dann nachdenken. Allerdings fiel ihm das gerade schwer.

In dem Raum angekommen, entledigte der Earl sich seines Mantels, ließ ihn achtlos auf einen der Stühle fallen und trat an eines der Fenster, das zum Garten hinaus zeigte. Philippe nahm in der Nähe der Tür Aufstellung und hatte Gelegenheit, ihn zu betrachten. Er war groß gewachsen, vermutlich für Frauen attraktiv, aber ganz sicher niemand, der regelmäßig ritt oder mit Waffen umging. Es wäre ein Leichtes für Philippe, ihn auf dem Schlachtfeld zu schlagen. Doch sie waren nicht auf dem Schlachtfeld, sondern an einem Königshof, und Portsbury war hier im Vorteil. Zumindest war er blasiert genug für den Königshof.

»Wo halten sich denn alle um diese Uhrzeit auf? Spielen die Damen Karten oder ist der gesamte Hof mit nach Versailles gereist?«

»Einige Mitglieder des Hofes haben den König und die Königin begleitet«, sagte Philippe steif.

»Ein merkwürdiges Schloss. Sicherlich ist es schwer zu bewachen. Ist das Eure Aufgabe?«

Philippe biss die Zähne zusammen. Er hatte eigentlich nicht vor, seine Arbeit mit diesem Mann zu besprechen.

»Meine Aufgabe ist es, den König zu beschützen. Deswegen habe ich einige Fragen an Euch.«

Portsbury lachte auf. »Wirklich? Reicht mein Name nicht, damit ich hier mit offenen Armen empfangen werde?«

»Ich fürchte nicht. Man weiß nie, wer Freund oder Feind ist.«

Er trat vom Fenster weg und verschränkte die Arme. »Und Ihr glaubt, dass Ihr mit ein paar Fragen herausfinden könnt, ob ich eine Gefahr für König James bin?« Er lachte erneut.

»Ich mache es Euch leicht. Ich kenne König James persönlich, schon seit meiner Jugend. Er wird sich freuen, mich hier zu wissen. Und ich wäre wohl kaum gekommen, wenn ich sein Feind wäre.«

Philippe hob die Schultern. »Ihr würdet Euch wundern, wie viele Menschen hier auftauchen, die nichts Gutes im Sinn haben.«

Der Earl hob eine Augenbraue. »Ganz schön forsch für einen Capitaine. Aber ich bin beruhigt, dass der König in so guten Händen ist. Obwohl es nur die eines Franzosen sind.«

Philippe überging die Bemerkung. »Warum seid Ihr hier?«

Portsbury breitete die Arme aus. »Um den König meine Aufwartung zu machen, natürlich.«

»Wen kennt Ihr noch an diesem Hof?«

Er hob die Augenbrauen. »Erwartet Ihr von mir, dass ich alle Männer aufzähle, die ich am Exilhof kenne? Nun ja, außer den Franzosen in diesem Schloss kenne ich vermutlich alle. Es ist leer geworden in England.«

»Mit wem verkehrt Ihr in England?«

Jetzt stemmte Portsbury die Hände in die Hüften. »Ihr nehmt Eure Aufgabe sehr ernst, Capitaine. Aber macht Euch keine Sorgen, ich verkehre zwar mit vielen Männern in England, doch es ist niemand dabei, der nicht auf der Seite von König James ist.«

»Wie lange gedenkt Ihr zu bleiben?«

Portsbury hob die Schultern. »So lange, wie es nötig ist.«

»Habt Ihr vor, Eure Gattin hierherzuholen?«

Aufmerksam schaute Portsbury ihn an. »Ich wüsste nicht, was Euch das angeht.«

»Ich habe den Auftrag von König James, genau diese Fragen jedem Neuankömmling zu stellen.«

Gespannt wartete er auf die Antwort.

Portsbury presste die Lippen zusammen. »Ich habe nicht vor, meine Gattin hierherzuholen, Capitaine. Außerdem wäre es schwer möglich, denn sie ist vor ein paar Wochen verstorben.«

Philippe war, als hätte eine eisige Hand nach seinem Herz gegriffen. Es war nur eine Ahnung, aber sein Instinkt sagte ihm, warum der Earl hier war.

»Wollt Ihr noch irgendetwas wissen, Capitaine, oder bin ich entlassen?«

Portsbury zog eine Augenbraue hoch und Philippe war kurz davor, auszuholen und seine Faust im Gesicht des anderen Mannes zu platzieren. Er verschränkte die Hände hinter dem Rücken, damit sie sich nicht selbstständig machten.

»Wir sind fertig. Ihr bleibt hier, bis Monsieur Dufour Euer Zimmer bereitgestellt hat.«

»Zu Befehl, Capitaine«, sagte Portsbury und salutierte mokant.

Philippe wandte sich angewidert ab.

»Eine Frage noch«, hörte er die arrogante Stimme hinter sich.

Philippe blieb stehen, wandte sich aber nicht um. Er wusste, dass es unangebracht unhöflich war, aber er konnte nicht anders. »Ja?«

»Sagt Euch der Name Sir Thomas Hartfort etwas?«

»Sicher.«

»Ist er mit der Königin nach Versailles gereist?«

Nun drehte Philippe sich doch um. »Er ist auch in Versailles. Warum fragt Ihr?«

»Hat seine Frau ihn begleitet?«

Philippe überlegte einen Moment, wie er das beantworten sollte. »Sie ist hier. Warum fragt Ihr?«

»Ich habe eine Nachricht von ihrem Vater für sie.«

Lügner, dachte Philippe. Er wollte auf etwas ganz anderes hinaus, dessen war er sich sicher. »Ihr steht in Kontakt zum Earl of Eastham?«

»Das tue ich, aber es ist rein privater Natur, falls Ihr darauf hinauswollt, dass der Earl sich auf die Seite von William of Orange geschlagen hat.«

»Was ist das für eine Nachricht?«, fragte Philippe, obwohl er wusste, dass er zu weit ging.

»Ich denke, das ist eine Sache zwischen Lady Sophia und ihrem Vater.« Portsbury zögerte einen Moment zu lange. »Ihre Schwester, Lady Katherine, soll sich ebenfalls hier aufhalten. Ist das richtig?«

»Warum? Habt Ihr für sie ebenfalls eine Nachricht?«

»So ist es.«

»Was für ein Zufall.«

Der Earl of Portsbury taxierte Philippe auf einmal mit einem ganz anderen Blick. Vermutlich hatte er sich verraten, doch es war ihm gleich.

»Ich habe leider keine Zeit mehr, Eure Fragen zu beantworten«, erklärte Philippe nun. »Wartet hier auf Monsieur Dufour. Er wird Euch möglicherweise erklären, wo Ihr Lady Sophia findet, sobald Ihr Euer Zimmer habt.«

Portsbury kniff die Augen zusammen. »Habt Dank. Natürlich will ich Euch nicht von Euren wichtigen Aufgaben abhalten. Aber könntet Ihr mir bitte noch etwas zu trinken bringen? Die Reise war lang.«

Philippe nickte ihm knapp zu und verließ den Raum. Noch bevor er die Tür geschlossen hatte, entschied er sich, zu vergessen, worum Portsbury ihn gebeten hatte.

Er rannte beinahe zu seinem Zimmer, doch auf der Treppe, die zum Untergeschoss führte, das die Soldaten bewohnten, blieb er stehen. Portsbury hielt sich für sehr schlau, wenn er vorgab, hier zu sein, um den König zu unterstützen. Aber für Philippe war klar, dass er wegen Katherine hier war. Seine Frau war verstorben und nun wollte er seine Mätresse zurück. Dieser Mann würde ihm Katherine wegnehmen, bevor Philippe und sie Zeit hatten, sich füreinander zu entscheiden.

Er lehnte sich gegen die Wand, schloss die Augen und versuchte, zu denken. Doch er konnte es nicht, in seinem Kopf herrschte Chaos wie im wildesten Schlachtgetümmel.

Er brauchte Zeit, viel mehr Zeit. Doch wenn der Earl hier war, blieb ihm die nicht. Er hatte gegen diesen Mann keine Chance. Oder doch?

Philippe fuhr sich durch die Haare, ging ein paar Treppenstufen nach unten, doch rannte sie im nächsten Moment wieder hoch, hielt inne und hieb gegen die Wand.

Wenn er Glück hatte, brauchte Dufour noch ein wenig mit dem Zimmer. Solange würde der Earl hoffentlich in dem Salon hocken bleiben und auf seinen Wein warten.

Aber was, wenn nicht? Er schien durchaus ein Mann zu sein, der sich nicht an Anweisungen hielt.

Was war, wenn er Katherine schon gefunden hatte?

Philippe wusste, dass er ihm zuvorkommen musste. Er würde als Erster mit ihr sprechen. Obwohl er keine Ahnung hatte, was er ihr sagen sollte.

# KAPITEL SIEBENUNDDREISSIG

Katherine stolperte und konnte sich gerade noch am Treppengeländer festhalten, bevor sie fiel. Wieder einmal war sie in Gedanken bei Philippe gewesen und hatte nicht auf die kleine Unebenheit vor der ersten Stufe der Treppe im Südflügel geachtet.

Lady Ella, die neben ihr ging, griff nach ihrem Arm. »Alles in Ordnung?«

Katherine nickte. Auch Sophia hatte sich besorgt umgedreht. Die anderen Damen hingegen unterhielten sich einfach weiter. Katherine wusste, dass sie immer noch die Geschehnisse von gestern Abend diskutierten. Zum Glück drehten sich die Gespräche vor allem um die vier jungen Männer, die sich so abscheulich verhalten hatten. Jeder schien jemanden zu kennen, der eigentlich darauf hätte achten müssen, dass diese Flegel, wie sie nur noch genannt wurden, sich benahmen. Und Lord Jonathans beherztes Eingreifen war schon mehrmals lobend erwähnt worden. Kaum jemand sprach von Katherine, der Dienerin Suzanne oder dem Wachmann. Doch dafür war Katherine dankbar. Sie wollte nicht schon wieder im Mittelpunkt stehen.

Vorsichtig setzte sie den Fuß auf die nächste Stufe, hielt sich aber sicherheitshalber am Geländer fest. Sie musste daran denken, wie Philippe sie einmal aufgefangen hatte, als sie auf genau derselben Treppe gestrauchelt war, weil einer der jungen Männer sie angerempelt hatte.

Bei dem Gedanken an Philippe flatterte wie immer ihr Magen. Heute Morgen hatte Lord Jonathan Nachricht zu ihm nach Versailles geschickt, damit er entschied, was mit seinem Stellvertreter geschehen sollte. Im Moment war der Mann irgendwo im Stall eingesperrt, da Lord Jonathan der Stallmeister war und die Wachen dort nicht viel ausrichten konnten. Nur für den Fall, dass einer seiner Männer auf die Idee kam, ihn befreien zu wollen, hatte Lord Jonathan erklärt.

Katherine wusste nicht, ob Philippe zurückkommen würde, um alles zu klären, oder ob er nur eine Nachricht schicken würde. Und sie wusste nicht, ob sie sich wünschen sollte, dass er nach Saint-Germain-en-Laye kam.

Sophia wandte sich wieder um und ging weiter die Treppe hinunter.

Einen Moment lang betrachtete Katherine ihre Schwester. Während einige der anderen Damen ein hochrotes Gesicht hatten, weil heute auch innerhalb der Schlossmauern eine unglaubliche Hitze herrschte, war Sophia besonders blass. Doch jedes Mal, wenn Katherine sich besorgt nach ihrem Befinden erkundigte, erklärte sie, dass sie einfach nur schlecht geschlafen hätte.

Sie machte sich Sorgen um ihre Schwester und fühlte sich hilflos, weil sie nichts tun konnte und Sophia jegliche Hilfe ablehnte. Zumindest konnte sie ihr abends und nachts mit den Kindern helfen.

Als sie den Fuß der Treppe erreichten und die Gruppe sich gerade nach links wenden wollte, um in Richtung des Salons zu streben, in dem immer die Kartenspiele stattfanden, nahm Katherine aus dem Augenwinkel eine Bewegung wahr und als sie den langen Gang entlangblickte, sah sie, wie eine der Wachen mit schnellen Schritten in ihre Richtung kam. Doch im nächsten Moment begriff sie, dass es nicht irgendeine Wache war. Obwohl er noch weit weg war und sie sein Gesicht nicht erkennen konnte, wusste sie, dass es Philippe war. Sie hätte ihn unter Tausenden von Soldaten wiedererkannt.

Ihr Herz schlug schneller. Er war wieder da und in diesem Moment wusste sie, dass sie gewollt hatte, dass er zurückkam. Auch er schien sie gesehen zu haben, denn er beschleunigte seine Schritte, rannte beinahe. Katherine nahm undeutlich wahr, dass die anderen Damen alle stehen geblieben waren und Philippe ebenfalls bemerkt hatten. Doch er schaute nur sie an, so durchdringend, dass ihr trotz der Wärme eine Gänsehaut über den Rücken lief.

Auf einmal beugte Lady Ella sich zu ihr herüber. »Kann es sein, dass er auf der Suche nach Euch ist?«

Katherine hob unbeteiligt die Schultern, während ihr Herz so laut klopfte, dass Lady Ella es bestimmt hörte. »Warum sollte er gerade mich suchen?«

Lady Ella seufzte leise. »Was würde ich dafür geben, wenn mich ein Mann einmal so anschauen würde.«

Erschrocken atmete Katherine tief ein. War es so offensichtlich?

»Er kommt sicherlich nur wegen des Vorfalls mit seinem Stellvertreter gestern Abend«, beeilte sie sich, zu sagen. »Lord Jonathan hat ihm doch geschrieben. Vielleicht braucht er mehr Informationen.«

Lady Ella schlug ihr spielerisch mit der Hand auf den Arm und raunte ihr zu: »Fragt mich nicht, warum, aber er sieht nicht aus, als wäre es dienstlich. Ich verwette mein bestes Kleid darauf, dass er wegen etwas anderem hier ist.«

Philippe hatte sie nun fast erreicht und erstaunt stellte Katherine fest, dass er nicht einmal zu den anderen Damen hinübernickte. Es war, als würde er sie gar nicht sehen.

Sie versuchte, den Ausdruck auf seinem Gesicht zu deuten, aber es fiel ihr schwer. Er war wegen irgendetwas angespannt. Ob er sich freute, sie zu sehen? Zumindest lächelte er nicht.

Er trat zu ihr und beinahe hätte sie die Hand nach ihm ausgestreckt, nur um sich zu vergewissern, dass er wirklich vor ihr stand.

»Lady Katherine«, sagte er und sie erschauderte beim Klang seiner Stimme. »Kann ich allein mit Euch sprechen?«

Sie schaute in seine braunen Augen, suchte darin nach einem Hinweis, worum es ging, fand jedoch keinen. Was sie hingegen sah, war Unruhe. Noch nie hatte sie ihn so erlebt. Irgendetwas musste geschehen sein.

Dass sie ihm immer noch keine Antwort gegeben hatte, merkte Katherine erst, als einige der Damen hinter ihr zu hüsteln begannen.

»Sollen wir ohne Euch gehen, Lady Katherine?«, fragte Lady Walton. Doch Katherine wusste, dass keine der Damen sich von der Stelle rühren würde, solange sie darauf hofften, etwas von ihrem Gespräch zu erhaschen.

Hilfe suchend schaute Katherine zu Sophia, doch es war Lady Ella, die einsprang. »Es geht sicherlich um den Vorfall mit Eurem Stellvertreter, nicht wahr?«

Philippe blinzelte verwirrt, so als würde er Lady Ella erst jetzt wahrnehmen, und schüttelte dann den Kopf. »Nein, es geht um etwas anderes. Etwas Privates.«

Katherine legte eine Hand auf den Bauch, um den Schreck etwas abzumildern. Hinter sich hörte sie die anderen Damen tuscheln und sie wusste genau, dass die sich wunderten, was Lady Katherine Privates mit dem Capitaine der Wache zu besprechen hatte. Das Gerücht über sie beide würde sich schneller durch das Schloss verbreiten, als sie laufen konnte.

Warum sagte er so etwas? Er war doch derjenige gewesen, der gesagt hatte, dass sie sich unauffällig verhalten sollte.

Lady Ella brauchte nur einen kurzen Moment, um sich zu fangen. »Tatsächlich? Nun, ich glaube, wir können Lady Katherine einige Augenblicke entbehren, obwohl wir gerade auf dem Weg zum Kartenspiel waren. Doch manchmal gibt es Dinge, die wichtiger sind als ein Kartenspiel, nicht wahr?«

Philippe schien sie gar nicht zu hören, denn er schaute nur Katherine an und in seinem Blick lag etwas Drängendes.

Sophia räusperte sich. »Wie wäre es, wenn Ihr mit meiner

Schwester dort in der Nische sprecht und wir warten hier auf sie?«

Erleichtert stellte Katherine fest, dass Sophia wie immer die beste Lösung gefunden hatte. So konnten sie allein sprechen, wurden jedoch weiterhin von den anderen Frauen gesehen und dem Anstand war somit Genüge getan.

Sophia wandte sich zu den Damen um, die immer noch an der Treppe versammelt standen. »Ihr könnt gern schon vorgehen. Wir werden uns Euch gleich anschließen.«

Doch niemand rührte sich vom Fleck. Dies war ein Schauspiel, das keiner verpassen wollte, und Katherine wurde klar, dass sie wieder einmal die Hauptperson war. Warum hatte Philippe sie nicht in Ruhe irgendwo abgepasst oder zumindest vorgegeben, dass es um den Vorfall mit dem Stellvertreter ging? Das hätte so vieles einfacher gemacht.

Mit zitternden Fingern raffte sie ihre Röcke und ging voraus in die Fensternische. Hier war es noch heißer, denn die Sonne schien direkt hinein.

Philippe stand so unanständig nah bei ihr, dass sie ihn hätte berühren können. Obwohl es ihr unter den prüfenden Blicken der anderen Damen unangenehm war, verstärkte es ihr Sehnen nach ihm umso mehr.

Sie zwang sich, ihn anzuschauen. »Was kann ich für Euch tun, Capitaine?« Ihre Stimme zitterte ein wenig.

»Katherine.« In seiner Stimme klang die gleiche Sehnsucht mit, die auch an ihr zerrte.

Nervös schaute sie zu den anderen Damen hinüber. Ob sie gehört hatten, dass er sie so vertraulich ansprach?

Sie drückte den Rücken durch. »Wie Ihr seht, warten die anderen Damen auf mich.« Etwas leiser fügte sie hinzu: »Können wir nicht später sprechen? Allein?«

Er schüttelte den Kopf. »Nein. Ich …« Er brach ab und fuhr sich durch die Haare. »Himmel, ich weiß nicht einmal, wo ich anfangen soll.«

Besorgt musterte sie ihn. »Ist etwas geschehen?«

Er nickte. »So viel.« Es klang verzweifelt.

Fast hätte sie die Hand nach ihm ausgestreckt, konnte sich aber gerade noch zurückhalten. Doch er hatte gesehen, wie sie sich bewegt hatte.

»Geht es Euch gut?«, fragte sie.

»Ich bin versetzt worden.«

Als sie begriff, was er gesagt hatte, wurden ihre Knie weich. »Wohin?«

Doch im gleichen Moment, da sie es fragte, wusste sie, dass es egal war, denn alles, was zählte, war, dass er nicht mehr hier sein würde.

»In die Pfalz.«

Sie wusste nicht einmal, wo das war.

Er atmete tief durch und griff dann nach ihrer Hand. Erschrocken fuhr Katherine zurück, doch er hielt ihre Finger fest.

»Nicht«, zischte sie.

Auch unter den Damen hatte sich ein erstauntes Tuscheln ausgebreitet. Philippe schien es nicht einmal zu bemerken.

»Ich kann den Auftrag nicht ablehnen, es käme vermutlich Desertieren gleich. Trotzdem fällt es mir schwer, zu gehen. Ich kann den Gedanken, dich zu verlassen und womöglich nie wiederzusehen, nicht ertragen.«

Mit jedem Wort, das er sagte, wurden Katherines Knie ein wenig wackeliger. »Philippe, bitte.« Dabei wusste sie nicht einmal, worum sie ihn bat.

Noch immer hielt er ihre Finger fest, doch auch seine Hand zitterte.

»Ich möchte dich so gern bitten, meine Frau zu werden, aber ich kann nicht, denn ich weiß nicht, ob ich lebend aus der Pfalz zurückkomme. Alles, was ich tun kann, ist, dich zu bitten, auf mich zu warten. Und selbst das ist vermessen. Aber ich kann nicht anders. Ich würde es für immer bereuen, wenn ich es nicht versucht hätte.«

Fassungslos starrte Katherine ihn an. Es fiel ihr schwer, zu denken. Der Gedanke, dass er in den Krieg ziehen und vielleicht sterben würde, brachte sie an den Rand der Verzweiflung. Doch was sie noch viel mehr entsetzte, war, dass er sie zur Frau wollte.

Sie fühlte die Blicke der anderen Damen auf sich und Panik stieg in ihr auf. Sie entriss ihm ihre Hand, trat einen Schritt zurück, bis sie die Wand der Fensternische in ihrem Rücken spürte. Sie brauchte Abstand.

Philippe schien zu verstehen, denn er trat einen Schritt zurück in den Gang hinein. Gequält schaute er sie an.

»Ich kann nicht«, hörte sie sich selbst flüstern. »Ich kann das nicht.«

Der Schmerz, der sich auf seinem Gesicht ausbreitete, war fast zu viel für Katherine. Sie wollte ihn anfassen, ihn trösten, ihm sagen, dass alles gut war. Doch nichts würde gut werden. Er würde sie verlassen.

Sie presste eine Hand vor den Mund, um die Tränen zurückzuhalten. Doch als sie von irgendwoher das Lachen einer Dame hörte und ihr klar wurde, dass sie Zuschauer hatten, die nur darauf gierten, dass sie möglichst viel zu sehen bekamen, wurde ihr bewusst, dass sie irgendwie ihre Fassung wiedergewinnen musste. Also atmete sie tief durch, straffte die Schultern und hob das Kinn. Sie würde nicht vor ihm oder den anderen Damen zusammenbrechen. Immerhin war sie eine Lady.

»Katherine«, sagte er leise. »Ich wollte dir nicht wehtun.«

Sie neigte leicht den Kopf. »Das habt Ihr nicht. Ich war nur überrascht.«

Plötzlich spürte Katherine eine Hand auf ihrem Arm. Es war Sophia, die sich zwischen sie und Philippe stellte.

»Es war ein anstrengender Tag. Ich glaube, es wäre das Beste, wenn wir uns alle ein wenig ausruhen.«

Katherine atmete tief durch. »Ich denke, dass das eine gute Idee ist. Der Capitaine wollte sowieso gerade gehen.«

Katherine sah, wie Sophia sie besorgt musterte.

»Es tut mir leid«, hörte sie Philippe sagen.

Sophia drehte sich zu ihm um. »Vielleicht ergibt sich

morgen noch eine Möglichkeit, zu sprechen. Dieses Mal allein. Das richtet vielleicht weniger Schaden an.«

Es war ein Tadel dafür, dass er dieses Gespräch vor den anderen Damen geführt hatte.

Er zögerte. »Ich hätte es anders anfangen sollen. Ich bitte um Verzeihung, aber ...« Er brach ab.

»Ich denke, es ist besser, wenn Ihr jetzt geht«, sagte Sophia.

Etwas auf dem Flur schien Philippes Aufmerksamkeit auf sich zu ziehen. Da Katherine mit Sophia in der Fensternische stand, konnte sie nicht sehen, was es war, aber sie sah, wie sein ganzer Körper sich anspannte. Es wirkte, als würde er sich bereit zum Kampf machen.

Die Damen hatten wieder zu tuscheln begonnen, doch dieses Mal klang es noch aufgeregter. Irgendetwas stimmte hier nicht. Die Härchen in Katherines Nacken stellten sich auf.

Im nächsten Moment hörte sie eine Stimme, die sie unwillkürlich zusammenzucken ließ, und dieses Mal fragte sie sich wirklich, ob sie halluzinierte.

»Guten Tag, die Damen. Ich freue mich sehr, endlich ein paar bekannte Gesichter zu sehen. Das erfreut das Herz eines Mannes nach einer so langen Reise.«

Katherine hörte leises Kichern und ihr wurde schlecht. Richard konnte nicht hier sein. Es war einfach nicht möglich, sie musste sich irren.

Sophia schaute zu der Gruppe hinüber. »Wer ist das?«

Doch Katherine konnte ihr nicht antworten. Sie war versucht, das Gesicht in den Händen zu verbergen oder sich hinter Sophias Röcken zu verstecken. Einfach nur, damit Richard sie nicht sah.

Hektisch schaute sie sich nach einer Fluchtmöglichkeit um. Dabei fiel ihr Blick auf Philippe, der immer noch im Gang stand. Doch seine Aufmerksamkeit war nicht mehr auf Richard gerichtet, sondern auf sie. Auf einmal begann sie, zu zittern. Er wusste irgendetwas, das konnte sie seinem Blick ansehen.

Sie brauchte sich nicht umzudrehen, um zu wissen, dass Richard näher gekommen war.

»Capitaine Laurent«, sagte er nun und es klang wie ein Tadel, doch Philippe warf ihm nicht einmal einen Blick zu. Er biss die Zähne zusammen. »Wusste ich doch, dass ich mich darauf verlassen kann, dass Ihr Lady Sophia und Lady Katherine Bescheid gebt, dass ich sie sprechen wollte.«

Katherine konnte kaum noch atmen und sie wusste, dass sie sich zu Richard umdrehen musste. Allerdings war sie sich nicht sicher, ob sie es schaffen würde, ihn anzuschauen. Sie hatte gedacht, dass sie Richard nie wieder treffen würde. Und nun war er hier, stand leibhaftig vor ihr.

Mit aller Kraft setzte sie eine höfliche Miene auf, drehte sich um und neigte leicht den Kopf. »Lord Portsbury«, sagte sie steif.

Er sah gut aus, wie immer. Die Art, wie er sie anschaute, machte sie schwindelig. Das war ebenfalls wie immer.

»Lady Katherine«, sagte er und verbeugte sich. »Was für eine Freude, Euch zu sehen. Ich habe Nachricht von Eurem Vater für Euch.«

Sie wusste, dass es der Anstand geboten hätte, ihm die Hand hinzustrecken, damit er sie hätte küssen können, doch sie konnte sich nicht von ihm anfassen lassen. Also klammerte sie sich an ihrem Rock fest.

Als sie nicht antwortete, wandte er sich Sophia zu. »Ihr müsst Lady Sophia Hartfort sein. Eine Ehre, Euch endlich einmal kennenzulernen. Mein Name ist Richard, Earl of Portsbury.«

Sophia richtete sich kerzengerade auf und musterte Richard lange. Dann warf sie Katherine einen Blick zu, bevor sie einen Knicks andeutete. »Die Freude ist ganz meinerseits, Lord Portsbury.«

Katherine bemerkte, dass Sophia kurz zu Philippe hinüberschaute, der wie versteinert im Flur stand und die ganze Szene beobachtete.

Richard wandte sich wieder zu Katherine um. »Wie ich

bereits erwähnte, habe ich eine Nachricht von Eurem Vater für Euch. Gibt es eine Möglichkeit, dass wir in Ruhe darüber sprechen?«

Katherine war nicht in der Lage, zu antworten. Sie war dankbar, als Sophia sagte: »Wir waren leider gerade auf dem Weg in unser Zimmer und auch Ihr seht erschöpft von der Reise aus. Wie wäre es, wenn Ihr Euch erst ein wenig ausruht?«

Richard kniff die Augen zusammen und betrachtete Sophia nachdenklich. Katherine konnte sehen, dass ihm nicht gefiel, was ihre Schwester vorgeschlagen hatte. Doch er wusste auch, dass er nur schlecht ablehnen konnte. Natürlich probierte er es trotzdem.

»Es ist aber von äußerster Wichtigkeit, was ich Euch mitzuteilen habe, Lady Katherine.« Zu ihrem Erstaunen warf er Philippe einen Blick zu. »Capitaine, hattet Ihr mir nicht gesagt, dass Ihr noch viele andere Dinge zu erledigen habt? Ich denke, wir brauchen Euch nicht mehr. Aber danke für Eure Hilfe.«

Katherines Knie zitterten auf einmal. Bedeutete das, dass die beiden schon miteinander gesprochen hatten? Sie betete dafür, dass es nicht so war.

Philippe rührte sich jedoch nicht von der Stelle. »Überlasst meine Aufgaben mir, Lord Portsbury.«

Richard verdrehte die Augen. »Franzosen«, murmelte er leise und blickte dann wieder zu Katherine. »Also, Lady Katherine, darf ich Euch ein wenig durch den Garten führen? Dort können wir in Ruhe sprechen.« Er nickte in Sophias Richtung. »Wenn Ihr wollt, schaut uns gern vom Fenster aus zu, falls Ihr besorgt um Eure Schwester seid.«

Sophia wollte etwas sagen, doch dieses Mal kam Katherine ihr zuvor. Sie wollte nicht mit Richard allein sein und sie glaubte auch nicht, dass er eine Nachricht für sie hatte.

»Ich bin tatsächlich erschöpft und würde mich gern zurückziehen.«

Er schaute ihr tief in die Augen und sie sah, dass er überlegte, wie er sie umstimmen konnte. Für einen kurzen Moment fragte sie sich, ob sie ihm überhaupt schon einmal die Stirn geboten hatte.

Schließlich gab er sich geschlagen, denn er wusste so gut wie sie, dass es mehr als unhöflich war, wenn er sie weiter drängte. Und immerhin hörten mehrere Damen zu.

Er nickte. »Natürlich. Wie wäre es, wenn ich Euch zu Eurem Zimmer begleite?«

Er gab wirklich nicht auf.

Sophia schüttelte den Kopf. »Danke, das wird nicht nötig sein.«

Richard bedachte Sophia mit einem Blick, der viele andere Frauen in die Knie gezwungen hätte. Doch sie lächelte nur höflich und hakte sich bei Katherine unter.

»Es war nett, Euch kennenzulernen, Lord Portsbury.«

Katherine stolperte ihr hinterher und schaffte es nicht, Philippe oder Richard noch einmal anzuschauen, doch sie fühlte die Blicke beider Männer in ihrem Rücken, als Sophia sie die Treppe hinunterführte.

»Danke«, sagte sie leise, als sie im Erdgeschoss angekommen waren.

Sophia tätschelte ihre Hand. »Dafür sind Schwestern doch da.«

Als sie hinter der Ecke verschwunden waren und niemand sie mehr sehen konnte, beugte sie sich hinüber zu Katherine. »Und sobald wir im Zimmer sind, erzählst du mir die ganze Geschichte, dann bin ich nächstes Mal besser vorbereitet.« Sie zögerte und vergewisserte sich noch einmal, ob auch niemand in der Nähe war. »Ist er derjenige, dessen Namen du mir nicht nennen wolltest?«

Katherine senkte den Kopf und versuchte, die Tränen zurückzuhalten. »Ja«, flüsterte sie.

Sophia seufzte. »Das wird es nicht leichter machen, ihn loszuwerden. Aber irgendwie schaffen wir das schon.« Sie zog Katherine weiter. »Jetzt erzählst du mir erst einmal alles. Vor allem das, was dein Capitaine zu dir gesagt hat.« Sie schüttelte den Kopf und schaute Katherine noch einmal von der Seite an. »Und ich dachte bisher immer, dass mein Leben aufregend wäre.«

Oh, wie sehr wünschte Katherine sich, dass ihr Leben ein wenig langweiliger wäre.

## KAPITEL ACHTUNDDREISSIG

Katherine zog die Beine an und schlang die Arme darum. »Am liebsten würde ich für immer hier im Zimmer bleiben«, gestand sie Sophia.

Ihre Schwester setzte sich wieder neben sie aufs Bett. »Nur weil du einen Heiratsantrag von einem Mann bekommen hast, den du sehr magst?«

Sie wussten beide, dass es vor allem um Richard ging, doch Katherine hatte festgestellt, dass Sophia ihn als überhaupt nicht wichtig eingestuft hatte und sich lieber darauf konzentrierte, wie es mit ihr und Philippe weiterging. Doch da würde es keine Zukunft geben.

Sie atmete tief durch. Sie waren das Gespräch schon mehrmals durchgegangen und noch immer konnte Katherine sich nicht daran erinnern, ob er ihr tatsächlich einen Heiratsantrag gemacht hatte. Alles, was sie wusste, war, dass Philippe fortgehen würde, so viel hatte sie verstanden.

»Ich weiß nicht, wie ich ihm noch einmal in die Augen schauen soll.« Katherine seufzte. »Geschweige denn, was ich tun soll.«

Sophia griff nach ihren Händen und drückte sie. »Ich glaube, wenn du vor ihm stehst, wirst du genau wissen, was du tun willst. Er ist ein guter Mann, Katherine. Vergiss doch endlich einmal seinen Stand. Er wird dich auf Händen tragen. Ich finde, du solltest zu ihm gehen und mit ihm sprechen.«

Doch Katherine war sich nicht sicher, ob sie das konnte. Außerdem war Richard da draußen und dem wollte sie noch weniger begegnen.

Sie hatte Sophia die ganze Geschichte erzählt. Die von Richard und dem Kind kannte sie ja schon, doch nun auch von Philippe, über was sie im Park gesprochen hatten und dass er sie vielleicht gebeten hatte, seine Frau zu werden. Mit brennenden Wangen und gesenktem Kopf hatte sie dagesessen und erzählt, doch zu ihrer Überraschung hatte Sophia nur die Arme verschränkt, den Kopf geschüttelt und gesagt: »Du überraschst mich immer wieder. Aber ich weiß wirklich nicht, was du an diesem Richard findest. Er mag gut aussehen, doch er ist nicht ehrlich.«

»Das weiß ich mittlerweile auch«, hatte Katherine erwidert. Als sie ihn gesehen hatte, waren all die Erinnerungen an die Zeit mit ihm auf sie eingestürzt. Vor allem hatte sie an ihre letzte Begegnung denken müssen und wie er ihr vorsichtig vorgeschlagen hatte, dass es doch auch gut sein könnte, dass das Kind nicht von ihm war. Noch nie in ihrem Leben war sie so wütend auf jemanden gewesen. Und auch jetzt loderte ihre Wut wieder auf. Sie würde ihm niemals verzeihen, dass er sie derart im Stich gelassen hatte. Wieso erdreistete er sich überhaupt, hierherzukommen? Er hatte hier nichts zu suchen. Sie war hierhergekommen, um ihn nicht mehr sehen zu müssen.

Allerdings hatte sie gerade keine Kraft, sich mit ihm auseinanderzusetzen. Sie wollte einfach nur, dass er verschwand. Doch sie wusste auch, wie hartnäckig er sein konnte, wie überzeugend, wie sehr er sich einschmeicheln konnte. Sie war ihm schon einmal erlegen und hatte bitter dafür bezahlt. Doch wenn sie ganz ehrlich zu sich war, wusste sie, dass es wieder passieren könnte. Wenn sie nicht achtgab und er sie in einem schwachen Moment erwischte, war sie sich nicht sicher, ob sie seinen Überredungskünsten gewachsen war.

Sie drückte Sophias Hände. »Bitte versprich mir, dass du mich nicht mit ihm allein lässt.«

Sophia biss sich auf die Lippe und runzelte die Stirn. Es dauerte lange, bis sie antwortete. »Warum nicht? Er wird dir schon nichts tun. Ich finde, so etwas sollte man allein besprechen.«

Katherine brauchte einen Moment, um zu begreifen, dass Sophia von Philippe sprach und nicht von Richard. »Ich meinte …«, sagte sie, doch weiter kam sie nicht, denn Sophia krümmte sich mit einem Schmerzenslaut zusammen.

»Was ist mit dir?« Besorgt legte Katherine ihr eine Hand auf den Rücken.

»Mein Bauch. Er tut so weh.« Wieder stöhnte Sophia auf und zog die Beine an.

»Wie lange hast du schon Schmerzen?«

Sophia drehte den Kopf weg.

Sanft strich Katherine ihr über die Haare. »Den ganzen Tag, nicht wahr?«

Sophia presste die Lippen zusammen und nickte. »Ich wollte dich nicht beunruhigen.« Sie sog scharf die Luft ein, zog die Beine enger an den Bauch und begann, sich vor und zurück zu wiegen. Sie wimmerte.

Katherine rutschte vom Bett und kniete sich daneben, legte beruhigend eine Hand auf Sophias Schulter. Obwohl sie es nicht wollte, wusste sie, was ihrer Schwester gerade geschah. Sie verlor ihr ungeborenes Kind.

Im nächsten Moment schluchzte Sophia. »Ich blute, Katherine. Schlimm.«

Entsetzt packte Katherine die Hände ihrer Schwester, die sich weiter vor Schmerzen krümmte. Sie wollte ihr sagen, dass alles gut werden würde, aber das konnte sie nicht. Alles, was sie wusste, war, dass Sophia gerade einen Teil von sich verlor.

Ein Fleck breitete sich dunkel auf Sophias Rock aus.

»Es tut so weh«, presste sie hervor.

»Ich weiß«, flüsterte Katherine. »Es tut mir so leid.«

Sophia öffnete die Augen. »Verliere ich das Kind?«

Katherine überlegte einen kurzen Moment, ob sie ihre Schwester anlügen sollte, doch sie wusste, dass das nichts brachte. »Ich fürchte, ja.«

Sophia nickte und schloss die Augen wieder. Dann begann sie, zu schluchzen.

Der Fleck auf ihrem Rock wurde größer und Katherine immer nervöser. Sie hatte keine Ahnung, was sie tun musste. War das zu viel Blut? Wie konnte man die Blutung stillen? Bei ihr selbst hatte es irgendwann wieder aufgehört, obwohl Katherine heute nicht mehr sagen konnte, wie lange es gedauert hatte. Aber irgendwie kam es ihr vor, als wäre es nicht so viel Blut gewesen.

Sie erhob sich. »Ich werde Hilfe holen.«

Sophia schüttelte den Kopf. »Es ist zu spät, ich fühle es.«

Katherine ging wieder neben ihr in die Knie. »Wir müssen uns trotzdem um die Blutung kümmern und dir die Schmerzen erleichtern.«

»Warum ist Thomas nicht hier?«, stieß Sophia hervor und als Katherine die Verzweiflung in der Stimme ihrer Schwester hörte, begann sie selbst beinahe, zu weinen.

»Ich bin hier. Ich bin bei dir.«

Sophia presste die Lippen zusammen und Tränen rollten über ihre blassen Wangen. Der Blutfleck wurde immer größer.

Sophia schluchzte lauter. Katherine fiel es schwer, sie allein zu lassen. Doch sie musste zumindest eine Dienerin holen, damit sie ihr helfen konnte, Sophias Kleider zu wechseln und sie zu waschen.

»Ich bin gleich wieder da«, flüsterte sie Sophia zu und küsste sie auf den Kopf. Sie eilte in den Flur und sah sich hektisch um. Ein Diener kam gerade aus einer Tür und schaute sie fragend an. Katherine eilte zu ihm. »Kennst du die Dienerin Suzanne?«

Der junge Mann nickte.

»Hol sie bitte. Sag ihr, dass Lady Katherine sie braucht. Schnell.«

Der junge Mann nickte und eilte dann den Gang entlang.

Was konnte sie noch tun? Katherine versuchte, die aufsteigende Panik zu unterdrücken. Wenn doch nur Thomas hier wäre. Er konnte Sophia immer beruhigen. Sie brauchte ihn jetzt.

Ob sie Lady Ella holen sollte? Doch die wusste genauso wenig übers Kinderkriegen wie Katherine. Lady Valentina war in Versailles. Eine der älteren Ladys kam nicht infrage. Sophia würde nicht wollen, dass jemand sie so sah. Nicht einmal Lady Strickland.

In diesem Moment öffnete sich eine Tür und Suzanne kam in den Flur. »Was ist passiert?«

»Meine Schwester, sie verliert ihr Kind. Ich brauche Hilfe.«

Ein entschlossener Ausdruck trat auf das Gesicht der Dienerin und Katherine war dankbar dafür, dass die junge Frau die Ruhe bewahrte.

»Lasst mich etwas Wasser und ein paar Tücher holen. Geht Ihr zu Lady Sophia.«

Wenig später waren sie wieder bei ihrer Schwester. Suzanne kniete sich neben Katherine, die Sophias eiskalte Hände hielt. Mittlerweile schluchzte sie nicht mehr, sondern war ganz blass und still geworden.

»Ich werde Euch entkleiden und waschen, Lady Sophia. Dann können wir sehen, ob Ihr noch blutet. Aber es scheint, als ob es aufgehört hat. Ich werde Euch einen warmen Ziegel holen, damit wir ihn auf den Bauch legen können. Das lindert die Krämpfe. Später werde ich Euch einen Tee zubereiten.«

»Danke«, flüsterte Sophia.

Katherine schaute Suzanne erstaunt an. »Woher weißt du das?«

Die Dienerin hob die schmalen Schultern. »Meine Tante war Hebamme und hat mir einiges gezeigt.« Sie zögerte. »Aber vielleicht wäre es gut, wenn sich ein Medicus das noch einmal anschaut, denn ich verstehe nicht viel davon.«

»Nein«, stieß Sophia hervor. »Der Medicus lässt mich nur zur Ader. Sonst nichts.«

Suzanne nickte. »Das stimmt sicher. Aber mir wäre wohl, wenn jemand anders Euch anschaut.«

»Ich brauche niemanden«, sagte Sophia heftig. Dann fügte sie leiser hinzu: »Nur Thomas.«

»Soll ich Nachricht nach Versailles schicken?«, fragte Katherine, während Suzanne begann, Sophias Kleid aufzuschnüren.

Doch Sophia schüttelte den Kopf. »Ich will ihn nicht stören. Es ist so wichtig für ihn.«

»Du bist ihm wichtiger«, widersprach Katherine.

Wieder schüttelte Sophia den Kopf. »Lieber nicht. Ich schaffe es auch so.«

Katherine wechselte einen Blick mit Suzanne und zu ihrer Überraschung sah sie, dass die Dienerin mit dem Kopf in Richtung Tür nickte.

»Mylady, ich muss noch etwas holen und Lady Katherine muss mir helfen. Wir sind gleich wieder da.«

Sophia nickte und zog die Beine an. Sie schien immer noch Schmerzen zu haben.

Katherine folgte der Dienerin in den Flur. »Ist es sehr schlimm?«, fragte sie.

Suzanne schüttelte den Kopf. »Es ist eine ganz normale Fehlgeburt. Sie wird noch etwas Blut verlieren und die nächsten Tage viel schlafen müssen. Ich werde ihr Essen zubereiten, das sie wieder stärkt.«

Erleichtert atmete Katherine durch. »Ich danke dir.«

»Trotzdem glaube ich, dass es gut wäre, ihrem Gatten Bescheid zu geben.«

Angst erfasste Katherine. »Warum? Glaubst du, dass ihr Leben in Gefahr ist?« Fast hätte Katherine die junge Frau an den Schultern genommen und geschüttelt.

»Nein, das denke ich nicht. Aber es gibt Frauen, die mit einer Fehlgeburt besser umgehen, und andere scheinen daran fast zu zerbrechen.«

»Und Sophia gehört zu den Letzteren?«, fragte Katherine.

Suzanne zögerte. »Ich meine es nicht böse, wirklich. Ich

weiß, dass Mylady eine starke Frau ist. Aber ich glaube, ihr Gatte würde ihr guttun.«

Katherine atmete tief durch und nickte dann. »Das glaube ich auch. Dann werde ich Nachricht nach Versailles schicken lassen.«

Nur wie?

Suzanne kaute auf ihrer Lippe. »Ihr kennt doch Lady Valentina Wickham, nicht wahr?«

Katherine nickte. »Ja, warum?«

»Sie hat Kontakt zu einer Hebamme in Paris. Vielleicht wäre es möglich, wenn diese kommen würde, um Mylady anzuschauen? Ich weiß, dass sie ihr Handwerk versteht, aber nicht allen Damen ist so etwas recht. Die meisten wollen den Medicus. Doch ich wollte es Euch wenigstens vorschlagen.«

»Ich glaube, das ist eine gute Idee. Aber Lady Valentina ist in Versailles.«

»Ihr Mann weiß sicherlich, wie er die Hebamme erreichen kann, und auch, wie Ihr am besten Nachricht nach Versailles schickt. Und falls Ihr ihn sucht, er ist zu dieser Zeit immer im Stall.«

Katherine starrte die Dienerin erstaunt an. »Ich weiß gar nicht, wie ich dir danken kann, Suzanne.«

»Das braucht Ihr nicht, Mylady. Ich würde alles für Euch tun. Vor allem nach gestern Abend«, fügte sie leiser hinzu.

Einen Moment lang schauten sie sich an und Katherine begriff, dass sie beide nur Frauen waren, die in einer Welt lebten, die von Männern beherrscht wurde. Einer Welt, in der die Frauen zusammenhalten mussten.

»Ich danke dir trotzdem. Von Herzen.«

Suzanne lächelte und senkte den Kopf. »Ich sollte mich weiter um Eure Schwester kümmern.«

»Und ich werde Lord Jonathan suchen.«

## KAPITEL NEUNUNDDREISSIG

Katherine fand Lord Jonathan tatsächlich im Stall, so wie Suzanne es gesagt hatte. Zunächst war es ihr unangenehm, ihn darum zu bitten, die Hebamme zu holen, doch dann gab sie sich einen Ruck und er verzog nicht einmal eine Miene.

»Ich werde einen der Kutscher losschicken. Wenn alles gut geht, könnten sie noch heute Abend wieder hier sein.«

Katherine schloss kurz die Augen. »Ich danke Euch.« Sie atmete tief durch. »Es gibt noch etwas. Ich muss Thomas Bescheid geben. Er ist in Versailles. Wisst Ihr, wie ich das am besten tun kann?«

Lord Jonathan dachte einen Moment lang nach. »Heute reitet kein Bote mehr, aber ich weiß, dass Capitaine Laurent demnächst nach Versailles aufbricht.«

Katherine wurde kalt. »Wie bitte?«

»Ich habe eben mit ihm über den Vorfall gestern gesprochen und anscheinend muss er seinen Vorgesetzten darüber informieren. Deswegen wollte er heute noch dorthin reiten.«

»Aber es wird bald dunkel«, protestierte Katherine. »Das ist doch viel zu gefährlich.«

Lord Jonathan betrachtete sie interessiert. »Ich denke, er

kennt sich gut genug aus, um einschätzen zu können, ob er die Reise macht.«

Katherine musste einsehen, dass er recht hatte. Trotzdem erfüllte sie der Gedanke, dass er abreisen würde, mit Unruhe. Aber vielleicht war es auch besser so.

»Er könnte die Nachricht sicherlich mitnehmen«, sagte Lord Jonathan und strich einem großen grauen Pferd über die Nase.

»Wisst Ihr, wo ich ihn finde?«, fragte Katherine zögerlich.

»Vermutlich in seinem Quartier. Er wollte packen. Es scheint, als würde er länger in Versailles bleiben.«

Katherine spürte, wie die Tränen in ihr aufstiegen. Nein, er würde nicht länger in Versailles bleiben, sondern noch weiter fortgehen. Sophia hatte ihr erklärt, dass die Pfalz ein Gebiet war, das im Reich des Heiligen Römischen Reiches lag und mindestens zehn Tagesreisen von hier entfernt war.

»Danke«, presste sie hervor.

»Wenn Ihr wollt, kann ich ihm die Nachricht auch mitteilen. Er muss sowieso noch einmal hierherkommen, da ich ihm ein Pferd leihe.«

Er klopfte dem Grauen den Hals.

Katherine haderte mit sich. Sie wollte Philippe gern sehen und dann auch wieder nicht. Sie wusste überhaupt nicht, was sie zu ihm sagen sollte, außer, dass er Thomas die Nachricht überbringen sollte, schnellstmöglich nach Saint-Germain-en-Laye zurückzukehren. Aber machte es sie feige, wenn sie Lord Jonathan diese Nachricht ausrichten ließ?

Schließlich atmete sie tief durch. »Wenn es Euch nichts ausmacht, wäre es sehr freundlich, wenn Ihr ihm dies mitteilen könntet. Vielleicht schaffe ich es noch, ihn zu sprechen, bevor er in den Stall kommt, vielleicht aber auch nicht.«

Lord Jonathan nickte. »Soweit ich weiß, haben Damen keinen Zutritt zu den Quartieren der Wachen.«

Katherine lächelte unverbindlich und wandte sich zum Gehen. »Habt Dank, Lord Jonathan.«

Sie würde erst einmal nach Sophia sehen und dann zu ihm

gehen, entschied sie. Und wenn er schon aufgebrochen war, würde sie sich dem Schicksal fügen.

»Gern. Aber erst einmal schicke ich den Kutscher los. Und wenn ich irgendetwas für Sophia und Euch tun kann, sagt es mir.«

»Danke.«

Katherine raffte ihre Röcke und eilte zum Schloss zurück. Sie hoffte, dass es Sophia besser ging und wenigstens die Blutung gestillt war. Dass es ihrer Seele nicht gut gehen würde und die schlimmsten Zeiten noch vor ihr lagen, war Katherine vollkommen bewusst. So etwas heilte nur langsam.

Sie dachte an die Zwillinge und überlegte, dass sie vermutlich Lady Strickland fragen musste, ob sie die beiden eventuell über Nacht nehmen konnte.

Sie öffnete die Tür, die in den Gang führte, der sie an den Wirtschaftsräumen vorbei zum Südflügel und ihrem Zimmer bringen würde.

»Katherine«, hörte sie da hinter sich eine Stimme rufen.

Sie wirbelte herum. Es war tatsächlich Richard, der an der Schlossmauer entlang auf sie zukam.

Sie gab vor, ihn nicht gehört zu haben, und trat in den Gang. Krachend fiel die Tür hinter ihr ins Schloss und sie lauschte ihrem eigenen keuchenden Atem. Im nächsten Moment wurde die Tür wieder geöffnet.

»Katherine«, rief er erneut. »So warte doch. Ich habe dich schon überall gesucht.«

Jetzt konnte sie nicht mehr vorgeben, ihn nicht gehört zu haben. Sie blieb stehen und schloss für einen Moment die Augen. Dann drehte sie sich um. Sie erschrak, als er bereits direkt vor ihr stand.

»Ich habe keine Zeit«, sagte sie.

Richard seufzte und schüttelte den Kopf. »Du weißt, dass ich deinetwegen hier bin, nicht wahr?«, sagte er leise. »Ich habe den ganzen langen Weg von England auf mich genommen, um dich zu sehen.«

Katherine presste die Lippen zusammen und atmete tief

durch. »Es tut mir leid, Richard, aber ich habe dafür gerade wirklich keine Zeit.«

Er lächelte. »Und was könnte es Wichtigeres geben?«

Katherine richtete sich ein wenig mehr auf. »Es gibt eine Menge Dinge, die wichtiger sind als du, Richard.« Sie wusste selbst nicht, woher sie den Mut nahm, dies zu ihm zu sagen. Es hatte eine Zeit in ihrem Leben gegeben, da war nichts wichtiger gewesen als er.

Er quittierte die für ihn ungewohnten Worte mit einem Stirnrunzeln.

»Ich bin gekommen, um dir etwas zu sagen, und es ist wirklich dringend. Ich glaube, du willst es auch hören. Es wird dich freuen.«

Katherine wollte sich abwenden, doch ihre Neugier war auf einmal geweckt und sie schämte sich dafür.

Als sie nichts sagte, fuhr er fort: »Du musst wissen, dass meine Frau vor einigen Wochen verstorben ist. Sie ist einem Fieber erlegen.«

Ungläubig starrte Katherine ihn an. »Und du glaubst, dass mich das freut?«

Seine so selbstsichere Miene geriet ins Wanken. »Nachdem alles geregelt war, habe ich mich erkundigt, wo ich dich finden konnte. Alles, was ich wusste, war, dass du nicht mehr im Haus deiner Tante wohnst und London angeblich verlassen hast. Wie konntest du das nur tun?«

Er kam einen Schritt auf sie zu und streckte die Hand nach ihrer aus. Katherine war zu überrascht, als dass sie sie hätte wegziehen können.

»Ich habe jeden gefragt, den ich kannte, und irgendwann sagte mir jemand, dass du angeblich mit dem Duke of Bedington hierhergekommen bist. Zuerst dachte ich, dass du jetzt etwas mit ihm angefangen hättest, aber dann habe ich erfahren, dass er deine jüngste Schwester geheiratet hat und du die beiden begleitet hast.« Er seufzte. »Ich war froh, denn ich war mir nicht sicher, ob mein Anliegen dein Gehör findet, wenn der Duke of Bedington Anspruch auf dich erhebt.«

Heiß begann der Ärger in Katherines Bauch zu brennen. Gerade Richard hatte kein Recht, sie dafür zu verurteilen, selbst wenn sie etwas mit einem anderen Mann angefangen hätte. Er hatte sie schmählich im Stich gelassen.

Sie fragte sich, wohin seine Rede führen sollte. Doch es gab einen Punkt, der sie beunruhigte und verwirrte. Seine Frau war tot. Sie konnte es nicht glauben. Es hatte Momente gegeben, da hatte sie sich das gewünscht.

Richard hielt ihre Hand fester und trat noch näher. »Kurz bevor ich aus London abgereist bin, um hierher zu dir zu kommen, habe ich deinen Vater aufgesucht und ihn um deine Hand gebeten. Er hat bereits eingewilligt. Ist das nicht wundervoll?«

Entsetzt starrte Katherine ihn an. Was hatte er gerade gesagt? Sie versuchte, ihm ihre Hand zu entziehen, doch er hielt sie fest.

»Du willst mich heiraten?« Ihre Stimme hallte schrill von den Mauern des kahlen Ganges wider.

Er lächelte. »Du wirst Countess, und es gibt nichts, worüber ich mich mehr freue.«

Katherine schüttelte den Kopf. »Ich möchte aber nicht.«

Es dauerte einen Moment, bis er die Worte verstand, und auch sie selbst war überrascht, dass sie das gesagt hatte.

»Natürlich möchtest du das. Es war das, wovon du immer geträumt hast. Wir haben doch darüber gesprochen.«

Sie erinnerte sich an die Nächte, da sie mit ihm im Bett gelegen hatte und er sie neckend gefragt hatte, ob sie sich wünschte, seine Frau zu sein. Sie war so dumm gewesen und hatte mit Ja geantwortet. Heute würde sie das nicht mehr tun.

»Nein!«

Wieder versuchte sie, ihm ihre Hand zu entziehen, doch stattdessen kam er noch näher heran, drängte sie an die Wand.

»Komm schon, Katherine. Du weißt, dass es gut passt. Du bist die Tochter des Earl of Eastham, dein Schwager ist der Duke of Bedington, wir haben durch deine Schwester Verbindungen zum Exilhof. Hinzu kommen meine Kontakte in die Londoner Gesellschaft. Was wollen wir mehr?«

»Das ist für dich nur eine politische Überlegung?«

Er lächelte und schüttelte den Kopf. »Natürlich nicht. Aber auch alles andere passt hervorragend. Vor allem bist du in der Lage, mir den Erben zu schenken, den ich immer wollte. Meine Frau konnte das nicht, unfruchtbar wie sie war. Du schon. Vorausgesetzt, du warst wirklich schwanger, wie du damals gesagt hast.«

Entgeistert starrte Katherine ihn an. Bevor sie auch nur darüber nachdenken konnte, holte sie aus und schlug ihm ins Gesicht. Es klatschte laut und sie glaubte, zu hören, wie Richard einen kleinen Schmerzensschrei ausstieß. Dabei hatte sie nur mit links schlagen können, weil er ihre rechte Hand immer noch festhielt.

»Bist du von Sinnen?«, fragte er und seine Stimme klang auch schrill.

Endlich gelang es Katherine, ihre Hand loszumachen. »Nein, ich bin nicht von Sinnen. Vielleicht war ich es mal, aber das ist vorbei.«

»Glaub ja nicht, dass ich dir so etwas durchgehen lasse, wenn wir verheiratet sind.«

»Ich werde dich nicht heiraten, Richard.«

Sie wusste nicht, woher sie auf einmal diese Ruhe nahm.

»Natürlich wirst du das. Es ist alles arrangiert. Und du solltest froh sein, ich habe sogar schon deine mickrige Mitgift akzeptiert. Das würde nicht jeder Mann tun. Im Grunde solltest du mir dankbar sein.«

Er machte drohend einen Schritt auf sie zu. Katherine spürte die Wand im Rücken und konnte nicht weiter zurückweichen. Sie wusste, dass sie sich auf gefährliches Terrain begab, als sie sagte: »Ich bin dankbar dafür, dass ich dich endlich so sehe, wie du wirklich bist. Ich würde niemals einen Mann wie dich heiraten.«

»Undankbar bist du«, zischte er. »Weißt du eigentlich, wie weit der Weg von England hierher ist?«

»Das weiß ich sehr gut, denn ich habe ihn auch schon zweimal gemacht. Und zwar, um von dir wegzukommen. Deswegen wäre es jetzt sehr freundlich, wenn du mich in Ruhe lässt. Ich muss mich um meine Schwester kümmern.«

Sie wand sich an ihm vorbei, trat in den Gang und nickte ihm zu. »Mein Beileid übrigens zum Tod deiner Frau. Ich kann mir vorstellen, dass du untröstlich bist.«

Mit klopfendem Herzen wandte sie sich ab und wollte gerade in Richtung von Sophias Zimmer eilen, als sie am Ende in den Schatten eine große Gestalt stehen sah. Obwohl es dunkel war, erkannte sie sofort, dass es Philippe war. Sie schnappte nach Luft. Wie lange hatte er dort gestanden?

Er machte einen Schritt auf sie zu. »Alles in Ordnung, Katherine?«

Hinter sich hörte sie Richard leise lachen. »Jetzt verstehe ich. Dann ist er also der Grund, warum du nicht willst.«

Katherine blieb stehen und wandte sich um. »Das geht dich nichts an.«

Selbstgefällig schüttelte er den Kopf. »Das ist erbärmlich, Katherine. Du bist die Tochter eines Earls und könntest mit unserer Heirat eine einflussreiche Frau in London werden. Und wofür gibst du das alles auf? Um dich von einem Soldaten besteigen zu lassen? Und dann noch von einem Franzosen?«

Katherine nahm wahr, wie Philippe sich rasch auf sie zubewegte, doch sie hielt die Hand hoch und schüttelte den Kopf. Das hier war ihr Kampf. Aber es war gut, ihn hinter sich zu wissen. Er würde niemals zulassen, dass Richard ihr etwas tat. Und da sie beide Männer in den Armen gehalten hatte, wusste sie genau, dass Richard keine Chance gegen Philippe hatte. Er schrie ja sogar schon, wenn sie ihm nur eine Ohrfeige verpasste.

Sie trat einen Schritt auf ihn zu. »Ich glaube, es wäre gut für dich, wenn du Frankreich auf dem schnellsten Wege wieder verlässt.«

»Was glaubst du eigentlich, wer du bist?« Dann lächelte er böse. »Ach ja, ich weiß. Eine Hure bist du.«

Wieder spürte Katherine, wie Philippe sich hinter ihr bewegte, und sie wusste, dass er sie verteidigen wollte. Doch das brauchte er nicht.

Ruhig schaute sie Richard an. »Wenn ich eine Hure sein sollte, bist du derjenige, der mich dazu gemacht hat.«

Sie sah, dass er ein schäbiges Grinsen aufsetzte, und wusste, dass er gleich eine noch gemeinere Bemerkung hinzufügen würde, doch sie kam ihm zuvor.

»Aber soweit ich weiß, werden Huren für ihre Dienste bezahlt. Und du weißt besser als ich, dass du mich niemals für irgendetwas bezahlt hast.«

Sie hielt inne und ließ ihre Pause wirken. In dem Moment, als Richard gerade wieder den Mund öffnen wollte, sprach sie weiter. Dies war ein Trick, den ihr Vater immer gern angewandt hatte. Früher hatte sie es gehasst, heute war sie dankbar, dass sie ihn kannte.

»Was du vielleicht nicht weißt, ist, dass es etwas anderes gibt, das Frauen viel besser verstehen als Männer, und das ist die Macht von Gerüchten und Informationen. Deswegen versuchen wir ja auch, unseren guten Ruf so gut zu hüten wie eben möglich. Meiner wurde dank dir zerstört. Das Schöne daran ist aber, dass ich deinen genauso zerstören kann.«

Dieses Mal gab sie ihm die Zeit, zu antworten. Er runzelte die Stirn. »Wovon redest du? Du kannst mir nichts tun.«

Katherine lächelte. »Oh doch, das kann ich. Du weißt gar nicht, was ich alles über dich, deine Geschäfte und deine politischen Ränkespielchen erfahren habe, als wir zusammen waren. Da du mich nicht für klug genug gehalten hast, irgendetwas davon zu verstehen, hast du mir alles erzählt, um damit zu prahlen, wie dumm alle anderen sind und wie klug du bist. Leider könnte dir genau das jetzt zum Verhängnis werden.«

»Was soll das werden, Katherine?«

Doch sie hörte die Beunruhigung in seiner Stimme.

»Ich habe genug Informationen über dich, dass ich deinen

guten Ruf in London oder hier am Exilhof zerstören könnte. Es gibt einige Menschen, die sich dafür interessieren würden, was genau du in der Nacht getan hast, als William of Orange den Thron übernommen hat. Ich denke nicht, dass die Lords hier oder in England erfreut darüber wären, wie du sie gegeneinander ausgespielt hast, um dir dann die bessere Seite auszusuchen, als klar war, dass dein guter Freund König James das Land verlassen wird.«

Richard war blass geworden. »Das würdest du nicht wagen.«

»Doch, Richard, das würde ich und das weißt du auch. Wenn du jetzt allerdings abreist und mich nie wieder belästigst, werde ich zu niemandem etwas sagen. Außer uns beiden weiß dann nur Capitaine Laurent davon. Was er mit dieser Information anfängt, bleibt ihm überlassen. Du weißt ja, dass es seine Aufgabe ist, den König zu bewachen, nicht wahr?«

Unruhig verlagerte Richard sein Gewicht von einem Fuß auf den anderen. Schließlich schüttelte er den Kopf. »Wag es ja nicht …«

Doch Katherine unterbrach ihn: »Geh jetzt, Richard. Wir sind hier fertig.«

Unschlüssig stand er vor ihr, sein Blick flackerte von ihr zu Philippe und wieder zurück. Dann entschied er anscheinend, dass er nicht gewinnen konnte. »Das wirst du bereuen«, sagte er leise.

Katherine war schlau genug, ihm das letzte Wort zu lassen, denn es bedeutete, dass er schneller ging. Tatsächlich wandte er sich jetzt um und stapfte hocherhobenen Hauptes durch den Gang davon. Nur wenige Herzschläge später krachte die Tür ins Schloss.

Erst jetzt begriff Katherine, was sie gerade getan hatte. Sie hatte sich gegen Richard durchgesetzt. Zum allerersten Mal in ihrem Leben hatte sie einen Streit mit einem Mann gewonnen. Trotzdem wurden ihre Knie weich und sie stützte sich an der Mauer ab.

Sofort war Philippes Hand an ihrem Ellenbogen. »Geht es dir gut?«

Katherine unterdrückte ein Schluchzen. »Wie lange hast du zugehört?«

Sie konnte ihn nicht anschauen.

Er zögerte. »Bevor du mich gesehen hast?«

Sie nickte.

»Ich bin gerade rechtzeitig gekommen, um die Ohrfeige mitzuerleben.«

War da Belustigung in seiner Stimme? Vorsichtig blickte sie ihn an. Doch sein Gesicht war ernst.

Er drückte ihren Ellenbogen ein wenig. »Du hast eben zu ihm gesagt, dass du dich um deine Schwester kümmern musst. Was ist mit ihr?«

Katherine erschrak. Sie hatte Sophia ganz vergessen! Jetzt konnte sie die Tränen nicht mehr zurückhalten. Sie liefen ihr einfach über die Wangen.

»Ich muss zu ihr.«

Philippe hatte weiterhin eine Hand an ihrem Ellenbogen, doch er schloss sie nicht in die Arme, um sie zu trösten.

»Was ist denn passiert?«

»Sie hat das Kind verloren.«

Philippe seufzte und trat einen Schritt näher an sie heran. »Es tut mir leid. Kann ich etwas für sie oder dich tun?«

Katherine erinnerte sich daran, dass sie mit ihm hatte sprechen wollen. Ungeduldig wischte sie sich mit der Hand über die Augen. »Lord Jonathan sagte, dass du nach Versailles reitest. Kannst du bitte Thomas ausrichten, was geschehen ist, damit er nach Hause kommt? Sophia will es zwar nicht, aber ich denke, dass es besser ist. Sie braucht ihn.«

»Ich bin ganz deiner Meinung.« Unschlüssig schaute er auf die Tür, die zum Stall führte. »Eigentlich wollte ich erst morgen aufbrechen, da es heute schon bald dunkel wird.«

»Dann tu das«, sagte Katherine schnell. »Ich will nicht, dass dir etwas passiert.«

Er warf ihr einen unergründlichen Blick zu. »Ich werde sehen.«

Katherine zögerte. »Bleibst du dann in Versailles oder kommst du noch einmal zurück?«

Lange schaute er sie an und der Moment schien sich unendlich auszudehnen. Ihr Herz raste, während sie auf seine Antwort wartete, dabei wusste sie nicht, was sie hören wollte.

»Ich weiß es noch nicht«, sagte er schließlich.

Katherine fühlte seine Hand auf ihrem Arm, hörte ihren eigenen, dröhnenden Herzschlag und konnte kaum atmen. Sie wollte ihm etwas sagen, wusste aber nicht, was.

»Gäbe es denn einen Grund für mich, wiederzukommen?«

Seine Stimme war rau und sie fühlte, wie angespannt er war.

Hilflos schaute Katherine ihn an. Sie wollte, dass er wiederkam, doch sie wusste nicht, ob sie all das wollte, was seine Rückkehr bedeutete. Sophia hatte ihr gesagt, dass sie bestimmt wüsste, was sie wollte, wenn sie erst einmal mit ihm sprach. Doch noch immer hatte sie nicht mehr Klarheit darüber als vorhin, als sie mit ihm in der Fensternische gestanden hatte.

»Ich weiß es nicht«, flüsterte sie.

Er schloss die Augen, offensichtlich enttäuscht von ihrer Antwort.

Es dauerte lange, bis er sie wieder anschaute. Sein Ausdruck hatte sich verändert. »Du solltest dich jetzt um deine Schwester kümmern«, sagte er.

Katherines Herz zog sich schmerzhaft zusammen. »Philippe«, flüsterte sie, und wie immer, wenn sie seinen Vornamen benutzte, erstarrte er kurz, als würde es ihn schmerzen.

Er beugte sich vor und küsste sie sanft auf die Stirn. Katherine schloss die Augen und fühlte seine Lippen auf ihrer Haut.

»Leb wohl, Katherine.«

Sie schluckte und sah ihn an. »Danke für alles.«

Er lächelte traurig, dann löste er sich von ihr und ging zur

Tür, die zum Stall führte. Als sie hinter ihm ins Schloss fiel, schluchzte Katherine.

Doch dann besann sie sich. Sophia brauchte sie jetzt. Es war Zeit, dass sie sich um ihre Schwester kümmerte. Später konnte sie immer noch darüber nachdenken, was eben passiert war.

Doch schon als sie den Gang verließ, merkte sie, dass Philippe einen Teil von ihr mitgenommen hatte.

# KAPITEL VIERZIG

Katherine nahm den Becher mit dem Tee und hielt ihn Sophia hin. »Trink noch ein bisschen. Die Hebamme sagte, dass es wichtig ist, dass du zumindest diesen Becher leer trinkst.«

Sophia verzog unwillig das Gesicht, gehorchte aber. Dann drehte sie sich zur Seite und schloss die Augen. Seit dem Abend zuvor hatte sie kaum etwas gesagt.

Zum Glück hatte die Hebamme, die spätabends noch eingetroffen war, bestätigt, dass keine Gefahr für Sophia bestand. Sie hatte zwar das Kind und viel Blut verloren, doch es war nicht lebensgefährlich.

Trotzdem machte Katherine sich Sorgen um ihre Schwester. Sie war vollkommen teilnahmslos. Auch als Katherine heute Morgen mit den Zwillingen zu ihr gekommen war, hatte Sophia nicht einmal gelächelt. Stattdessen hatten sich wieder die krampfartigen Bauchschmerzen eingestellt und sie hatte ein wenig geblutet, als die kleine Janet angefangen hatte, zu weinen. Schnell hatte sie die Kinder zu Lady Strickland gebracht.

Katherine wusste sich nicht mehr zu helfen. Egal, was sie sagte oder tat, es rief keine Reaktion bei Sophia hervor. Es war, als wäre ihre Schwester verschwunden.

Sie war froh, dass sie Thomas die Nachricht geschickt hatte. Doch jedes Mal, wenn sie daran dachte, kehrten ihre Gedanken unweigerlich zu Philippe zurück. Sie wusste, dass er noch gestern Abend aufgebrochen war, sie hatte es gefühlt, dass er nicht bleiben konnte. Nicht, nachdem sie ihm gesagt hatte, dass es eigentlich keinen guten Grund gab, zu ihr zurückzukehren.

Die ganze Nacht hatte sie sich Gedanken darüber gemacht, ob sie richtig gehandelt hatte, und immer wieder hatte sie sich gesagt, dass es besser so war, auch wenn sie mittlerweile nicht mehr wusste, warum.

Gegen Mittag war Lady Ella gekommen, um nach ihnen zu sehen. Als sie gemerkt hatte, dass sie auch nichts für Sophia tun konnte, hatte sie flüsternd erzählt, dass der Earl of Portsbury überraschend am Morgen abgereist war, dabei hatte er noch nicht einmal König James getroffen. Die Gerüchteküche kochte über, was wohl vorgefallen war.

Katherine hatte nur die Schultern gehoben. Sie war überrascht, dass es ihr egal war, ob Richard noch da war oder nicht. Sie hatte ihm gesagt, was sie sagen wollte.

Nun war der Nachmittag bereits weit fortgeschritten und die Hitze erdrückte sie schon wieder. Der Tag schien kein Ende nehmen zu wollen und Katherine wurde immer rastloser. Sie seufzte und strich Sophia eine Strähne aus dem Gesicht. Ihre Schwester schien es nicht einmal zu merken.

Das Geräusch von schnellen Schritten auf dem Flur riss Katherine aus ihren Gedanken. Im nächsten Moment wurde die Tür aufgerissen und Thomas stürzte herein.

»Sophia«, rief er und kniete schon neben dem Bett. Katherine hatte kaum Zeit gehabt, sich zu erheben. Thomas schien sie nicht einmal zu bemerken.

Sophia öffnete die Augen und blinzelte überrascht. »Was tust du hier?«

Thomas griff nach ihren Händen und küsste sie. »Glaubst du wirklich, dass ich dich allein lasse, mein Liebling?«

Irgendetwas an seinen Worten schnürte Katherine die

Kehle zu. Sie trat hinüber zu dem winzigen Fenster, um die beiden nicht zu stören.

Sophia begann, zu schluchzen. »Es tut mir so leid.«

Thomas legte seine Stirn an ihre. »Das ist Unsinn, Liebste. Dir muss gar nichts leidtun. Mir tut es leid, dass ich nicht hier bei dir war.«

»Aber ich habe unser Kind verloren.«

»Dafür kannst du nichts. Gott hat es so gewollt.«

Sophia weinte heftiger. »Es tut mir leid, dass ich dich enttäuscht habe.«

»Das hast du nicht«, flüsterte er. Er setzte sich auf die Bettkante, hob Sophia hoch, als würde sie nichts wiegen, und zog sie auf seinen Schoß. Sie ließ es geschehen und barg ihren Kopf an seiner Schulter. Es schien, als würde sie in seinen Armen schmelzen. All die Härte und Starre der vergangenen Stunden fielen auf einmal von ihr ab. Ihre schmalen Schultern wurden vom Weinen geschüttelt.

Katherine nahm eine Bewegung an der Tür wahr. Suzanne war mit einem neuen Tee gekommen und zog sich gerade wieder lautlos zurück. Erst jetzt begriff Katherine, dass auch sie die beiden besser allein lassen sollte.

Langsam ging sie zur Tür und schloss diese leise von außen. Noch immer hörte sie, wie Thomas beruhigende Worte murmelte, während Sophia weinte. Erleichtert atmete sie tief durch. Es hatte ihr beinahe das Herz zerrissen, hilflos mit anzusehen, wie ihre Schwester litt. Doch jetzt war sie in guten Händen.

Ihr Blick fiel auf Suzanne, die immer noch mit dem heißen Tee neben ihr stand. »Danke, dass du mich ermutigt hast, Thomas zu holen.«

Suzanne lächelte schüchtern. »Er ist ein guter Mann und wird sich um Lady Sophia kümmern. Ihr habt richtig gehandelt.«

Nun, da sie die Verantwortung für Sophia hatte abgeben können, spürte Katherine, wie die Erschöpfung in ihren Körper kroch. Sie unterdrückte ein Gähnen.

Suzanne schaute sie aufmerksam an. »Ihr braucht einen Platz zum Schlafen, nun, da Mylord wieder da ist.«

Katherine rieb sich über die Stirn. Darüber hatte sie noch gar nicht nachgedacht. Aber es stimmte, sie konnte nicht zusammen mit den beiden in einem Zimmer schlafen. Doch dann hob sie die Schultern. Zur Not würde sie wieder in der Bibliothek schlafen, schließlich war der König nicht da.

»Darf ich Euch einen Vorschlag machen, Mylady?«, fragte Suzanne.

Katherine hob die Schultern. »Natürlich.«

»Als Ihr krank mit dem Fieber wart, hat Capitaine Laurent von Monsieur Dufour ein Zimmer bekommen. In das wollte er Euch eigentlich bringen. Er hat es mir damals gezeigt, weil er wissen wollte, ob ich bereit wäre, mich dort um Euch zu kümmern.« Sie lächelte. »Es steht immer noch leer.«

Katherine erinnerte sich daran, dass Philippe sie einmal auf dem Arm hatte, weil er sie in ein anderes Zimmer bringen wollte, doch dann war sie zusammengebrochen und er hatte sie doch in seinem Bett gelassen. Durch das Fieber war die Erinnerung verschwommen und sie hatte das Zimmer schon wieder vergessen. Doch der Gedanke an ein Bett ganz für sich allein war verführerisch. Egal, wo es war.

»Soll ich es Euch zeigen? Es ist zwar im Dienstbotentrakt und nicht gerade ruhig, aber der Capitaine hat extra ein besseres Bett als die Strohmatratze hineinstellen lassen, damit Ihr es bequem habt. Dort könntet Ihr Euch ausruhen.«

Katherine wusste nicht, was sie sagen sollte, deswegen nickte sie nur.

Suzanne lächelte wissend. »Wisst Ihr, nicht nur Sir Thomas ist ein guter Mann.«

Der Kloß in Katherines Hals war so groß, dass sie kaum noch atmen konnte. Doch dann blinzelte sie die Tränen fort, die in ihr aufstiegen. Das war sicherlich nur die Müdigkeit.

»Kommt, Mylady«, sagte Suzanne jetzt. »Ihr braucht den Schlaf, schließlich ist es noch nicht so lange her, dass Ihr auch krank wart.«

# KAPITEL EINUNDVIERZIG

Als ein Klopfen an der Tür sie aus einem unruhigen Schlaf weckte, wusste Katherine zuerst nicht, wo sie war. Sie blickte sich um, doch dann erinnerte sie sich daran, dass sie in der kleinen Kammer war, die Philippe für sie organisiert hatte.

Hatte es wirklich an der Tür geklopft oder hatte sie das nur geträumt?

Mühsam erhob Katherine sich. Zum Glück hatte sie in ihrem Kleid geschlafen.

Sie nahm die Öllampe vom Tisch, die sie hatte brennen lassen – eine Angewohnheit, die sie von Philippe übernommen hatte –, und ging zur Tür.

Wieder klopfte es.

»Wer ist da?«, fragte sie flüsternd.

»Ich bin es, Thomas.«

Katherine atmete tief durch, strich ihr Kleid rasch glatt und schob den Riegel weg. Thomas stand vor der Tür und sah ein wenig betreten aus.

»Entschuldige, dass ich dich wecke. Suzanne hat mir gesagt, wo ich dich finde.«

»Ist etwas mit Sophia?«, fragte Katherine auf einmal hellwach.

Thomas schüttelte den Kopf. »Sie schläft endlich. Aber Suzanne ist bei ihr, damit sie ihr sagen kann, wo ich bin, falls sie aufwacht.«

Katherine wies in den Raum. »Komm doch herein. Allerdings kann ich dir keinen Platz zum Sitzen anbieten.«

Es schickte sich zwar nicht, dass sie nachts ihren Schwager in ihrer Kammer empfing, doch Katherine stellte fest, dass sie schon vor ein paar Tagen aufgehört hatte, sich darum zu kümmern, was sich gehörte und was nicht. Vielleicht waren es auch schon Jahre, dachte sie müde.

Thomas trat ein und schaute sich um. Katherine unterdrückte den Impuls, zu erklären, warum sie in einer so armseligen Kammer übernachtete. Sophia hatte ihr einmal erzählt, dass Thomas in England zum Teil auf dem Boden oder sogar in der Küche hatte schlafen müssen, wenn er irgendwo gespielt hatte und die Auftraggeber den Musiker eher bei den Dienern als bei den Gästen eingeordnet hatten. Seinem Gesicht nach zu urteilen, fand er das Zimmer nicht besonders schlimm.

»Was kann ich für dich tun?«, fragte sie schließlich.

Thomas seufzte. »Ich möchte mich bei dir bedanken. Capitaine Laurent hat mir erzählt, dass Sophia nicht wollte, dass ich aus Versailles abreise, und du mir trotzdem Nachricht gesandt hast.«

Katherines Bauch begann zu kribbeln, als Thomas Philippe erwähnte.

»Sie war so traurig und ich hatte das Gefühl, dass es das Beste wäre, wenn du da bist. Ich habe kein Talent dafür, sie zu trösten.«

Thomas lächelte müde. »Ich glaube, du unterschätzt dich. Ich bin sehr froh, dass du in den vergangenen Tagen für sie da warst.«

»Sie war auch für mich da.«

»Du warst krank, nicht wahr?«

Als Katherine nickte, fragte er: »Geht es dir wieder besser?«

»Ja, danke.«

Thomas fuhr sich durch die Haare. Eine Geste, die ihr von Philippe so vertraut war, dass es wehtat. Sie wandte den Blick ab.

»Ich sollte dir noch etwas geben, eigentlich gleich als ich angekommen bin, aber ich war so entsetzt über Sophias Zustand, dass ich es vergessen habe, es tut mir leid.«

Er zog einen Gegenstand aus der Tasche und es dauerte einen Moment, bis Katherine erkannte, was es war. Es war ein Schlüssel.

Ihr Herz klopfte ein wenig schneller. »Wofür ist der?«

»Capitaine Laurent hat ihn mir gegeben. Er sagte, du wüsstest, in welches Schloss er passt.«

Katherine presste eine Hand vor den Mund, als ihr klar wurde, dass sie diesen Schlüssel sehr wohl kannte, und auch, warum Philippe ihn ihr geschickt hatte. Er hatte ihr den Schlüssel zu seinem Zimmer gegeben, damit sie einen Platz zum Schlafen hatte, weil er gewusst hatte, dass sie nicht mehr bei Sophia bleiben konnte, wenn Thomas zurück war.

Zögernd nahm sie den Schlüssel, den Thomas ihr entgegenstreckte.

»Katherine, ich weiß, dass es mich nichts angeht, aber der Capitaine wirkte sehr unglücklich, als er in Versailles ankam. Vor zwei Tagen haben wir bereits miteinander gesprochen, weil er mir einen Brief von Sophia übermittelt hat. Ich hatte da den Eindruck, dass er wesentlich zufriedener war. Und ich glaube, dass du etwas damit zu tun hast. Kann das sein?«

Katherine schlang die Arme um den Oberkörper. Der Bart des Schlüssels drückte in ihre Handfläche. »Vielleicht.«

Ganz bestimmt sogar.

Thomas schaute sie eindringlich an. »Wie gesagt, mir ist bewusst, dass ich mich nicht einmischen sollte, aber als das mit mir und Sophia war, da war es auch gut, dass andere Menschen sich eingemischt haben. Und deswegen tue ich es jetzt auch.«

Katherine schloss die Augen. »Ich bin mir nicht sicher, ob ich das hören will.«

»Ich fürchte, dass du es musst. Schau, als euer Vater gesagt hat, dass Sophia mich heiraten soll, habe ich ziemlich schnell gemerkt, dass ich eine Enttäuschung für sie war. Sie hatte eigentlich einen Marquess oder gar einen Duke für eine Ehe im Sinn. Da du ihre Schwester bist, kann ich mir vorstellen, dass es bei dir nicht anders ist. Aber darum geht es nicht und ich hoffe, dass du das sehen kannst. In einer Ehe geht es darum, dass man einander beisteht und dass man sich aufeinander verlassen kann, egal, was das Leben einem beschert. Wenn man sich dann noch mag und all die anderen Dinge gern tut«, er wedelte mit der Hand wie Lady Ella, wenn sie nicht genau benennen wollte, was zwischen Mann und Frau passierte, »kann eine solche Verbindung der Himmel auf Erden sein.« Er schüttelte den Kopf. »Ich kann Sophia nicht annähernd das bieten, was sie sich erwünscht hat. Ich habe keinen Titel, kein Landgut, kein Stadthaus, noch nicht einmal eine Kutsche oder ein eigenes Pferd. Das Wertvollste, was ich besitze, sind meine Instrumente. Aber ich kann immer für sie da sein und sie lieben. Wenn sie mich lässt«, fügte er hinzu.

Katherine schluckte. »Ich freue mich für euch, dass ihr das habt. Wirklich.«

Thomas stieß einen ungeduldigen Laut aus. »Du weißt doch genau, worauf ich hinauswill. Meiner Meinung nach kann Capitaine Laurent dir all das bieten. Er mag genauso wie ich keinen Titel oder ein Landgut haben, doch er hat Ehre, Anstand, ist loyal, und vor allem glaube ich, dass er dich verehrt. Er ist ein guter Mann.«

Katherine presste die Lippen zusammen. »Das sagen alle.«

»Weil es so ist! Und du weißt es auch. Er würde dir niemals wehtun und dich immer beschützen.«

Katherine wusste, dass er recht hatte. Tief in ihrem Herzen hatte sie es von dem Moment an gewusst, da er sie nach dem Zusammenstoß mit dem König im Ballsaal in den Armen gehalten hatte.

Das Bild von Thomas und Sophia, wie er sie vor ein paar Stunden umarmt und gewiegt hatte, stieg vor ihrem inneren

Auge auf. In dem Moment, da Sophia sich in die Arme ihres Ehemannes geschmiegt hatte, hatte Katherine einen kleinen Stich gefühlt. Und jetzt wusste sie, was es war. Es war Neid, dass ihre Schwester jemanden hatte, der sie so hielt, wenn es ihr schlecht ging.

In diesem Moment wurde ihr klar, dass sie sich falsch entschieden hatte. Sie hatte auch einen Mann, der sie so halten würde, wenn es ihr schlecht ging. Besser gesagt, er hatte es sogar schon getan, mehrmals. Er hatte sich um sie gekümmert, als sie krank gewesen war, obwohl er damit riskiert hatte, seine Stellung zu verlieren. Er hatte ihre Schwäche nicht ausgenutzt, sondern er hatte ihren Schmerz verstanden und ihr gezeigt, wie Liebe auch sein konnte.

Warum war sie so dumm gewesen und hatte seinen Antrag abgelehnt? Er hatte schon lange bewiesen, dass er sie auf Händen trug, egal, wer sie war, was sie getan hatte oder wie sie sich benahm. Jeden Moment war er an ihrer Seite gewesen. Er hatte für sie sogar den König angelogen. Und sie hatte ihn abgewiesen!

Sie legte die Hände vors Gesicht und schüttelte den Kopf. »Oh Gott«, murmelte sie.

Thomas hatte still vor ihr gestanden, jetzt fühlte sie seine Hände auf ihren Schultern. »Nur damit du es weißt: Ich hätte nichts dagegen, wenn er mein Schwager werden würde.« Er holte tief Luft, so als müsse er etwas beichten. »Und das habe ich ihm auch schon gesagt.«

Katherine nahm die Hände vom Gesicht. »Er hat mit dir darüber gesprochen, dass er mich heiraten will? Hat er etwa um meine Hand angehalten?«

Kurz schob sich der Gedanke an Richard und seine Bemerkung, dass ihr Vater bereits einer Hochzeit zugestimmt hatte, in ihren Kopf. Dieser Teil hatte sie so unglaublich wütend gemacht. So als wäre sie ein Stück Vieh, das man einfach verschacherte. Doch dann schob sie den Gedanken energisch beiseite. Philippe war nicht Richard.

Thomas schüttelte den Kopf und machte ein betretenes

Gesicht. »Es ist möglich, dass ich ein wenig zu viel getrunken habe, als Sophia mir schrieb, dass sie wieder schwanger ist, und es könnte sein, dass ich ihm vorgeschlagen habe, dass Nicholas und ich ihn gut als Verstärkung gebrauchen könnten. Schließlich ist es mit euch Eastham-Frauen nicht immer ganz leicht.«

Er lächelte so entwaffnend jungenhaft, dass Katherine ihm nicht böse sein konnte. Sie musste zugeben, dass sie ihren sorglosen Schwager zu schätzen gelernt hatte.

Jetzt wurde er wieder ernst. »Ich würde es aber auch wiederholen, wenn ich nicht betrunken bin. Ich mag ihn und finde, er passt gut zu uns.«

Katherine seufzte. »Sophia ist der gleichen Meinung.«

Thomas grinste. »Wir wissen eben, was gut für dich ist.«

Wider Willen musste Katherine lächeln. Sie schaute auf den Schlüssel in ihrer Hand. Er war wirklich ein guter Mann.

Thomas nickte ihr zu. »Er ist übrigens noch in Versailles.«

Katherines Herz klopfte schneller. »Du meinst, ich soll hinfahren?«

»Wäre ich an deiner Stelle, würde ich es tun. Ich erkläre dir auch gern, wo die Kammer ist, die mir zugewiesen wurde. Sie ist erstaunlicherweise ein wenig größer als unser neues Zimmer hier im Schloss. Dort kannst du schlafen.«

Katherine atmete tief durch. Sollte sie das tun?

»Darf ich denn überhaupt nach Versailles fahren?«, hörte sie sich selbst fragen. »Jemand hat mir erzählt, dass man die Erlaubnis des Königs braucht.«

Bedauernd hob Thomas die Schultern. »Eigentlich schon. Allerdings habe ich bei meinem übereilten Aufbruch zwei meiner Instrumente dort vergessen. Es wäre wirklich ausgesprochen freundlich, wenn du diese für mich abholen könntest. Wie du weißt, kann ich hier gerade nicht weg.«

Sprachlos schaute sie ihn an. Hatte er all das womöglich geplant?

»Also, fährst du?«

Katherine schaute noch einmal auf den Schlüssel in ihrer

Hand. Er war ein guter Mann. »Ja«, sagte sie mit fester Stimme, »ich fahre.«

Thomas atmete erleichtert aus. »Hervorragend. Ich werde dir morgen früh alles erklären. Jetzt sollte ich besser wieder zu Sophia gehen.«

Er griff nach der Lampe, die er mitgebracht hatte, und legte eine Hand auf die Türklinke. Er zögerte. »Eines noch. Wenn du ihn siehst, erschrick bitte nicht. Er trägt einen Verband am Bein.«

»Er ist verletzt?«

Thomas hob die Schultern. »Es ist nicht weiter schlimm, sagt er. Und er wollte auch nicht, dass ich es dir sage, aber ich dachte, du solltest es wissen. Schließlich bin ich dir etwas schuldig, dafür, dass du dich über Sophias Anweisung hinweggesetzt hast.«

Doch Katherine konnte nur an Philippe denken. »Wie ist das passiert?«

Auf einmal war sie in Sorge um ihn.

»Es war schon dunkel, als er durch dieses große Waldgebiet vor Versailles geritten ist, und er ist ein paar Wegelagerern in die Hände gefallen. Sie wollten ihm das Pferd abnehmen, aber da er es von Jonathan und damit vom König geliehen hatte, hat er ziemlich dafür gekämpft, es behalten zu können. Sagen wir so, er hat gewonnen, doch er hat eine Wunde davongetragen. Aber wie gesagt, er ist der Meinung, es ist nicht der Rede wert. Er wäre schon schlimmer verletzt worden.«

Katherine konnte es sich genau vorstellen, wie Philippe seine Wunde mit einem Schulterzucken abtat. Doch sie konnte das nicht so leicht. Außerdem war sie es gewesen, die ihn so eilig nach Versailles geschickt hatte, um Thomas zu holen. Im Grunde war es ihre Schuld, dass er verletzt war.

Etwas anderes nagte aber auch noch an ihr.

»Warum wollte er nicht, dass du mir das sagst?«

Thomas wurde etwas ernster. »Weil er nicht wollte, dass du dich zu irgendetwas verpflichtet fühlst, nur weil du diejenige warst, die ihn gebeten hat, mir eine Nachricht zu bringen.«

Er kannte sie einfach zu gut.

Ein warmes Gefühl breitete sich in ihr aus. Sie wollte nur noch zu ihm.

»Und es ist wirklich nicht so schlimm?«, fragte sie. »Hast du ihn gesehen?«

Thomas nickte. »Er ist sogar schon aufgestanden, weil er unbedingt den Schlüssel aus seiner Tasche holen wollte.« Er zögerte. »Verrätst du mir, wozu der ist?«

Katherine wog den Schlüssel in ihrer Hand. »Zu seinem Zimmer.«

Thomas lächelte, so als hätte sich eine Vermutung bestätigt. »Richte ihm morgen meine Grüße aus.«

»Danke«, flüsterte sie.

Wenn sie doch nur schon da wäre.

# KAPITEL ZWEIUNDVIERZIG

Philippe bemühte sich redlich, sich auf das Gespräch zwischen König James und dem Capitaine zu konzentrieren, doch es fiel ihm zunehmend schwerer. Das lag nur bedingt daran, dass sein Bein schmerzte und er kaum noch aufrecht stehen konnte. Aber er wollte sich nicht anmerken lassen, dass er Schmerzen hatte, denn er fürchtete, dass der Capitaine ihn dann von der Pfalzmission abziehen würde, und in der vergangenen Nacht hatte er entschieden, dass es vermutlich das Beste für alle wäre, wenn er schnellstmöglich dorthin reisen würde. Es würde ihn ablenken.

Der Zustand, in dem er sich jetzt befand, war unerträglich. Er war viel zu nah an Saint-Germain-en-Laye und hätte jederzeit dorthin aufbrechen können. Ein paar Mal war er in der Nacht in Versuchung geraten, doch dann wusste er nicht, was er dort sollte. Katherine hatte ihm deutlich zu verstehen gegeben, dass sie nicht an einer Zukunft mit ihm interessiert war. Ihre Worte »Ich kann nicht« hallten immer noch in ihm wider.

Allerdings war er erleichtert, wenn er daran dachte, dass sie zumindest diesen Portsbury nicht heiraten würde. Doch dass sie ihn selbst nicht wollte, hatte ihn tiefer getroffen, als er jemals für möglich gehalten hätte.

Zugegeben, es war ein unüberlegter Zug gewesen, als er sie gebeten hatte, auf ihn zu warten, während er in die Pfalz ging. Doch er war in Panik geraten, als er erkannt hatte, warum Portsbury nach Saint-Germain-en-Laye gekommen war. Regelrecht kopflos war er gewesen, was ihm in seinem Leben bisher nur selten passiert war. Doch er wusste aus der Erfahrung auf dem Schlachtfeld, dass kopflose Soldaten meist nur ein Schicksal erwartete, nämlich der Tod.

Der König, der vor ihm auf einem Stuhl saß, schüttelte den Kopf und Philippe spürte, dass der englische Monarch ungehalten wurde. Es ging darum, dass sie nun Ersatz für Philippe sowie für Pierre finden mussten. Jaques konnte diese Aufgaben nicht alle übernehmen.

Der englische König hatte sich verstimmt über die Auswahl seiner Wachen gezeigt, als er erfahren hatte, dass Pierre seines Postens enthoben und eingesperrt worden war, hatte aber mit keinem Wort erwähnt, dass er sich selbst in dem Mann geirrt hatte. Im Gegenteil, er hatte sogar Lourdes darauf hingewiesen, dass er erwartete, dass man ihm bessere Männer zur Verfügung stellte und nicht solche, die seinen Hof ausspionierten. Lourdes hatte sich das mit stoischer Ruhe angehört. Einem König widersprach man nicht, selbst wenn es nicht der eigene war.

Auch jetzt schaute er König James ausdruckslos an, als der sagte: »Capitaine, ich verstehe, was Ihr versucht, mir mitzuteilen, aber ich brauche eine gute Wache. Capitaine Laurent hat mir erklärt, dass es möglich ist, dass irgendein Meuchelmörder sich ins Schloss einschleust, und dass das Leben des Prinzen in Gefahr ist. Das kann ich nicht riskieren.«

»Ihr bekommt ja eine ausgezeichnete Wache. Es wird nur einige Wochen dauern, bis wir zwei Männer gefunden haben, die genug Erfahrung haben, damit sie Euch zuverlässig schützen können. Bis dahin sollte Bonnet allein mit der Situation umgehen. Vielleicht schicke ich noch einen meinen Stellvertreter aus Versailles.«

Philippe wusste, dass Lourdes gerade seine besten Männer von überallher abgezogen hatte, um sie in die Pfalz zu schicken. Den englischen König zu beschützen, war weit weniger wichtig als das. Doch das würde sein Vorgesetzter König James niemals sagen.

Der englische Monarch lehnte sich in seinem Stuhl zurück und schaute in den Park hinaus. Er hatte darauf bestanden, dass sie sich auf die Terrasse des kleinen Salons setzten, in dem sie sich getroffen hatten. Drinnen hatte es fürchterlich nach irgendwelchen verbrannten Kräutern gerochen, anscheinend hatte jemand eine Art Kartenzeremonie kurz zuvor dort abgehalten.

»Wird es heute Abend wohl endlich mal ein wenig Abkühlung bringen?«, fragte König James und lüftete diskret seine Perücke.

Lourdes wandte sich in seinem Stuhl um und betrachtete mit einem Stirnrunzeln den Horizont. Anscheinend war er auf den Themenwechsel nicht vorbereitet gewesen. Philippe hingegen hatte ihn kommen sehen. König James tat das immer, wenn er nachdenken wollte.

»Sehr wahrscheinlich wird es heute Nacht ein Unwetter geben«, sagte Lourdes.

König James seufzte. »Hoffentlich wird es ein wenig mehr Abkühlung bringen als das letzte vor ein paar Wochen. Am nächsten Morgen war es noch unerträglicher als vorher. Wir sind an dem Tag zur Jagd gegangen und haben natürlich nichts erlegt, weil auch die Tiere unter der Hitze litten.« Er wandte sich zu Philippe um, der ein wenig abseits der beiden stand. »Ihr erinnert Euch, Capitaine Laurent?«

Philippe biss die Zähne zusammen. An die Nacht des Unwetters erinnerte er sich besser, als ihm lieb war. Er nickte und zwang sich, nicht daran zu denken, wie es sich angefühlt hatte, als Katherine ihm ihren Hals entgegengebogen hatte.

König James betrachtete ihn nachdenklich, dann wandte er sich wieder an Lourdes. »Wenn ich es mir recht überlege, möchte ich Capitaine Laurent gern behalten. Er spricht so gut Englisch und ich kann mich in jeder Hinsicht auf ihn verlassen. Gibt es eine Möglichkeit, wie wir das arrangieren können?«

Philippe erschrak und warf Capitaine Lourdes einen schnellen Blick zu. Er konnte auf gar keinen Fall in Saint-Germain-en-Laye bleiben. Je weiter er fortging, desto besser.

Sein Vorgesetzter blickte ihn jedoch nicht an. Sein Gesicht war nachdenklich geworden. Sie beide wussten, dass er König James nicht offen widersprechen konnte.

»Es gibt da noch etwas, was ich mit Euch besprechen wollte, Eure Majestät. Es war die Idee von Capitaine Laurent. Er meinte, dass es gut wäre, einen Engländer als Verbindungsmann an Eurem Hof zu haben, der mit dem nächsten Capitaine der Wache eng kooperiert, um Euch die größte Sicherheit zu bieten. Denn ganz sicher wird der nächste Capitaine nicht so versiert in der englischen Sprache sein, wie Capitaine Laurent es ist. Gibt es jemanden, den Ihr Euch für den Posten vorstellen könntet?«

König James runzelte die Stirn. »Das ist doch ein viel zu großer Aufwand, Capitaine. Es würde Euch und auch den englischen Hof zu viel kosten. Wenn ich hingegen Capitaine Laurent behalte, brauchen wir niemand anderen.«

Philippe spürte, wie ihm ein Schweißtropfen die Schläfe entlanglief. Die Etikette verbot es, dass er sich in dieses Gespräch einmischte. Er durfte nur sprechen, wenn der König oder sein Vorgesetzter ihn ansprachen. Doch es fiel ihm schwer, den Mund zu halten. Es hing zu viel davon ab.

Plötzlich hörte er, wie der König schnaubte. »Es fällt mir schwer, das zu glauben.«

Verwirrt schaute Philippe ihn an. Auch Capitaine Lourdes wusste anscheinend nicht, was gemeint war.

»Ich glaube wirklich, dass diese Frau mich verfolgt. Capitaine Laurent, habt Ihr nicht gesagt, dass ich von ihr nichts zu befürchten habe?«

Er deutete auf eine Tür ganz in der Nähe, durch die eben zwei Personen getreten waren und jetzt auf sie zukamen.

Als Philippe Katherine in ihrem goldenen Kleid erkannte, setzte sein Herz ein paar Schläge aus. Neben ihr ging Jaques und redete mit ausholenden Gesten auf sie ein. Anscheinend hatte er gemerkt, dass König James anwesend war, und wollte sie davon abhalten, hierherzukommen.

Katherine blieb kurz stehen, schaute zu den Männern hinüber und zögerte. Doch dann setzte sie ein störrisches Gesicht auf und Philippe wusste, dass sie herüberkommen würde. Und ihm war auch klar, dass er etwas tun musste.

»Ich werde mich darum kümmern, Eure Majestät«, sagte er schnell.

»Wer ist das?«, fragte der Lourdes.

Katherine hatte ihre Röcke gerafft und beschleunigte ihre Schritte jetzt sogar noch.

Philippe zwang seine Beine, sich vorwärts zu bewegen, obwohl sie höllisch schmerzten. Er wollte nicht humpeln, doch das war nicht möglich.

Eine großartige Wache war er.

»Das ist Lady Katherine Eastham«, erklärte der König jetzt. »Sie benimmt sich merkwürdig. Der Mann, den Ihr von meinem Hof entfernt habt, glaubte, sie wäre eine Gefahr für mich.«

Philippe musste die Sitzgruppe umrunden, auf der der König und der Capitaine Lourdes saßen, und weil seine Beine nicht gehorchten, verlor er wertvolle Zeit. Katherine hatte die Terrasse bereits betreten, als er es gerade bis zum König geschafft hatte.

Jaques war direkt hinter ihr. »Lady Katherine, bitte, Ihr könnt nicht einfach …« Doch sie wehrte ihn mit einem Kopfschütteln ab.

»Ich muss mit dem König sprechen.«

»Das geht nicht«, sagten Jaques und er wie aus einem Mund. Warum um alles in der Welt wollte sie mit dem König sprechen?

Katherine warf ihm einen kurzen Blick aus ihren goldenen Augen zu, doch er konnte ihn nicht deuten. Dann schaute sie wieder zum König und sank im nächsten Moment vor ihm in einen tiefen Knicks, in dem sie verharrte. »Eure Majestät.«

König James stieß ein unwilliges Grunzen aus. Auch er schien zu merken, dass von einer Dame, die vor ihm auf dem Boden kniete, keine Gefahr ausging.

Jaques trat zu Philippe und erklärte im Flüsterton: »Ich habe versucht, sie abzuhalten, aber sie ließ sich nichts sagen. Hätte ich sie verhaften sollen?«

Philippe konnte nicht antworten, sondern schaute hilflos auf Katherine, die immer noch vor ihrem König auf dem Boden verharrte. Was hatte sie nur vor? Ein kleiner Teil von ihm verspürte Hoffnung, doch er kämpfte sie nieder. Was war, wenn sie nicht seinetwegen hier war?

»Erhebt Euch, Lady Katherine«, sagte der König verstimmt. »Was wollt Ihr hier?«

Zögernd stand Katherine auf. Dann holte sie tief Luft. »Ich habe ein Anliegen vorzutragen, Sire.«

»Ein Anliegen? Seht Ihr nicht, dass wir mitten in einer wichtigen Besprechung sind? Das kann doch sicher bis zu einer Audienz in Saint-Germain-en-Laye warten.«

Katherine biss sich auf die Lippe und an ihrem Hals bildeten sich wieder die verräterischen roten Flecken.

Philippe räusperte sich. »Wie wäre es, wenn ich Euch zu Eurem Zimmer geleite?«

Es war völliger Unsinn, denn das konnte Jaques auch tun, doch er wollte sie persönlich hier wegbringen, und vor allem wollte er mit ihr allein sprechen, um zu erfahren, was sie sich dabei gedacht hatte.

Katherine warf ihm einen Blick zu, doch konzentrierte sich dann wieder auf den König. »Es ist von äußerster Wichtigkeit, Eure Majestät.«

»Hat es etwas mit dem Vorfall bezüglich des Wachmanns in Saint-Germain-en-Laye zu tun? Man sagte mir, dass Ihr darin verwickelt gewesen seid.«

Philippe hielt den Atem an. Es war gar nicht gut, dass der König dies wusste, und er selbst hatte sich bemüht, diese Information von ihm fernzuhalten. Doch zu seiner Überraschung sagte König James: »Ich möchte Euch danken, dass Ihr dazu beigetragen habt, diese Missstände aufzudecken. Aber seid versichert, dass wir alles im Griff haben. Ihr braucht Euch keine Sorgen zu machen, dass das Schloss unsicher für eine Frau ist. Capitaine Lourdes hier sorgt dafür, dass die Wachen in Zukunft besser besetzt sind.«

Katherine neigte den Kopf leicht. »Ich danke Euch, Sire. Es ist eine Erleichterung, das zu hören. Allerdings geht es nicht darum. Ich habe ein anderes Anliegen.«

König James seufzte und fächelte sich ein wenig Luft zu. Katherine wartete geduldig, bis er sagte: »Und das wäre? Ich fürchte, dass ich Euch vorher sowieso nicht loswerde.«

Philippe biss die Zähne zusammen und fragte sich, ob er etwas tun sollte. Doch dann sagte Katherine: »Wie Ihr wisst, befindet sich mein Vater in England, und ich habe keine Möglichkeit, ihn zu erreichen. Daher möchte ich Euch als meinen König um die Erlaubnis bitten, zu heiraten.«

Philippe schwankte ein wenig, als er begriff, was sie gerade gesagt hatte. Was war passiert, seit er weggegangen war? Hatte sie es sich mit diesem Portsbury anders überlegt?

»Oh«, machte König James erstaunt. Doch es klang, als fühlte er sich geschmeichelt. »Heiraten? Wen denn?«

Katherine reckte das Kinn und Philippe sah, wie sich ihr Brustkorb schnell hob und senkte. Das Warten auf ihre Antwort war reinste Folter. Selbst vor Beginn seiner ersten Schlacht war ihm die Zeit nicht so endlos erschienen.

»Capitaine Laurent, Sire.«

Philippe war sich ganz sicher, dass der warme Sommerwind seinen Ohren einen Streich gespielt hatte. Fassungslos starrte er Katherine an, die ihn noch immer keines Blickes würdigte.

Doch der englische König wandte sich zu ihm um. »Diesen Capitaine Laurent?«, fragte er Katherine.

»So ist es, Sire.«

»Aber warum?«

Für einen Moment herrschte Stille auf der Terrasse und Philippe bemühte sich, einen klaren Gedanken zu fassen. Doch das war nicht möglich.

Katherine senkte den Kopf. »Weil er ein guter Mann ist, Sire.«

Nur das leichte Zittern in ihrer Stimme verriet ihre Aufregung.

König James machte eine wegwerfende Handbewegung. »Das ist kein Grund, denn das sind andere Männer auch. Ihr seid eine Lady, Euer Vater ist ein Earl und Eure Mutter war die Tochter eines Duke. Warum in Gottes Namen wollt Ihr Euch mit einem Capitaine zufriedengeben? Bedenkt doch, was Ihr tut.«

Philippe fragte sich kurz, ob dem König bewusst war, dass er anwesend war und alles hören konnte. Doch dann war es ihm egal. Katherine wollte ihn heiraten. Das war alles, was zählte. Am liebsten wäre er zu ihr gegangen und hätte sie in die Arme geschlossen, doch er rührte sich nicht vom Fleck.

Jetzt lächelte sie sanft. »Ich weiß Eure Sorge um mich zu schätzen, Sire, und danke Euch dafür. Doch Capitaine Laurent ist nicht nur ein guter Mann, sondern Ihr unterschätzt ihn zudem.«

Philippe hielt die Luft an und auch Jaques und der Capitaine bewegten sich unruhig. Niemand durfte einem Monarchen sagen, dass er etwas falsch eingeschätzt hatte. Das konnte einen den Kopf kosten. Doch wann hatte Katherine sich, seit er sie kannte, schon einmal an die Regeln gehalten?

Der englische König hatte eine Augenbraue gehoben und nach kurzem Zögern sprach Katherine weiter. »Es gibt etwas Entscheidendes, das Ihr nicht über ihn wisst. Seine Mutter ist Engländerin.«

»Das weiß Seine Majestät«, erklärte der Capitaine und erhob sich, so als wolle er das Gespräch beenden.

Doch Katherine beachtete ihn gar nicht. »Sie ist eine Norton und hat als Dame Eurer Schwester Prinzessin Henriette gedient. Damals, als sie hier in Versailles gelebt hat. Die Familie der Nortons war eine der wenigen, die die königliche Familie in Zeiten des Aufruhrs unterstützt haben. Vielleicht ist sie Euch bekannt.«

Philippe schluckte hart. Dies aus Katherines Mund zu hören, hatte etwas Anrührendes. Doch er hatte eigentlich nie gewollt, dass König James davon erfuhr, weil er ahnte, dass es sein Leben komplizierter machen würde.

Jetzt wandte sich der englische König zu ihm um. »Ihr seid ein Norton?«, fragte er ungläubig.

Philipp schüttelte den Kopf und räusperte sich. »Mein Vater war Franzose, Eure Majestät.«

»Wer war er?«

Philippe warf dem Capitaine einen Blick zu. Er war sich nicht sicher, was dieser über seine Herkunft wusste. »Er stammte aus dem niederen Adel und hat König Louis treu gedient.«

König James hob erstaunt die Augenbrauen. »Wie war der Name Eurer Mutter?«

Philippe senkte den Kopf. »Ihr Name ist Eleanor.«

Einen Moment lang herrschte Schweigen. Dann hellte sich das Gesicht des Königs auf. »Ich glaube, ich erinnere mich an sie. Sie war noch ein Mädchen, als sie zu Minette nach Frankreich geschickt wurde. Ich wusste gar nicht, dass sie so lange geblieben ist. Man hat nie wieder etwas von ihr gehört.« Er seufzte. »Meine liebe Minette, sie war ein solcher Sonnenschein. Sie ist viel zu früh von uns gegangen.« Dann runzelte er die Stirn. »Sagtet Ihr gerade, der Name Eurer Mutter *ist* Eleanor Norton? Lebt sie noch?«

Philippe nickte. »Sie lebt seit vielen Jahren auf dem Landgut der Familie in der Nähe von Blois.«

»Sie ist nie nach England zurückgekehrt?«

Philippe schüttelte den Kopf. »Sie war hier verheiratet.«

König James schnaubte. »Eine Schande. Sie hat unserer lieben Henriette so treu gedient. Sie wäre in England immer willkommen gewesen.«

Er versank in Gedanken und wieder wurde es still auf der Terrasse.

Philippe schaute hinüber zu Katherine, die mit geradem Rücken dastand und auf die Fliesen vor sich starrte. Ihm wurde klar, dass er sie mehr wollte als jemals zuvor. Und jetzt hing es davon ab, ob der englische König seine Zustimmung geben würde.

Wie hatte es passieren können, dass der weitere Verlauf seines Lebens auf einmal von einem Mann abhing, der nicht sein eigener König war? Doch als er Katherine so betrachtete, wie sie geduldig wartete, wurde ihm klar, dass er sie auch heiraten würde, selbst wenn König James nicht zustimmte.

Schließlich seufzte der englische König. »Ich hoffe wirklich, dass die Wolken dort hinten ein wenig Regen bringen. Diese Hitze ist unerträglich.« Er wandte sich an den Capitaine. »Als Soldat müsstet Ihr Euch doch mit dem Wetter auskennen. Wird es Regen geben?«

Erneut war Lourdes zu perplex, um schnell zu antworten, und brachte nur ein Schulterzucken zustande.

König James schaute Philippe an. »Was denkt Ihr?«

»Ich denke, die Nacht wird Erleichterung bringen, Eure Majestät.« Dann senkte er den Kopf und nutzte seine Chance. »Darf ich auch noch ein Anliegen vorbringen, Eure Majestät?«

König James nickte hoheitsvoll. »Natürlich, Capitaine.«

»Hiermit möchte ich Euch um die Hand von Lady Katherine Eastham bitten.«

König James schnaubte leicht, doch Philippe traute sich nicht, den Kopf zu heben, um zu schauen, ob das Gesicht des Königs etwas verriet.

»Ich dachte schon, Ihr fragt gar nicht mehr. Redet nur über das Wetter.«

Philippe konnte sich ein Lächeln nicht verkneifen. Er begann wirklich, den König zu mögen.

König James erhob sich. »Meinen Segen habt Ihr, Capitaine. Allerdings nur unter einer Bedingung.«

Philippe hatte Mühe, nicht zu taumeln. Der König hatte tatsächlich seine Einwilligung gegeben.

»Danke, Eure Majestät. Und natürlich erfülle ich jede Bedingung, wenn es mir möglich ist.«

»Holt Eure Mutter an den Hof. Ich möchte mit ihr sprechen.«

Erleichtert atmete Philippe aus. »Nichts leichter als das. Ich bin mir sicher, dass es ihr eine große Freude sein wird. Danke, Eure Majestät.«

König James seufzte. »Und jetzt wäre es freundlich, wenn Ihr mich nach drinnen begleitet. Wir haben noch einiges zu besprechen, unter anderem wie wir die Wache in Saint-Germain-en-Laye neu besetzen.« Er wandte sich an den Capitaine. »Möglicherweise habe ich doch eine Idee für einen zuverlässigen Verbindungsmann.«

Der König verschwand in der Tür und der Capitaine bemühte sich, ihm zu folgen. Allerdings nicht, ohne Philippe vorher zuzurufen: »Auf, auf, Capitaine, es gibt viel zu tun.«

Unschlüssig blieb Philippe vor Katherine stehen, die mit ihren goldenen Augen zu ihm aufblickte. Am liebsten hätte er sie in die Arme geschlossen, doch das war hier, wo alle sie sehen konnten, nicht angebracht. Und er wollte mit nichts riskieren, dass man ihnen die Heirat doch noch verbot.

Jaques entfernte sich diskret ein paar Schritte.

»Geh ruhig«, sagte Katherine leise. »Wir haben später noch Zeit.«

»Laurent«, erklang die Stimme des Capitaines von drinnen.

Philippe zögerte. »Ich habe dich noch gar nicht gefragt, ob du mich überhaupt heiraten willst.«

Ein Lächeln breitete sich auf Katherines Gesicht aus. »Wie wäre es, wenn du das heute Abend nachholst? Ich bin in der Kammer von Thomas untergebracht.« Ihr Lächeln vertiefte sich und ihre goldenen Augen funkelten. »Und wie ich hörte, soll es ein Unwetter geben.«

Am liebsten hätte Philippe sie auf der Stelle geküsst, doch dann wandte sie sich ab und ging hinüber zu Jaques. Sie lächelte ihn noch einmal über die Schulter an und Philippe war sich sicher, dass es keinen glücklicheren Mann in diesem Moment in Versailles gab als ihn.

# KAPITEL DREIUNDVIERZIG

Als die Glocke der Kapelle zehn Mal schlug, begann Katherine, sich mit der Erkenntnis abzufinden, dass Philippe nicht mehr kommen würde. Es konnte eine ganz einfache Erklärung geben, zum Beispiel, dass er ihr Zimmer nicht gefunden hatte. Oder eine viel schwerwiegendere, wie die, dass er sie doch nicht mehr wollte. Sie schwankte zwischen beiden hin und her und fragte sich immer wieder, was wohl seit dem Treffen auf der Terrasse geschehen war.

Zu gern wäre sie ihn suchen gegangen, doch zum einen wusste sie nicht, wo er war, zweitens wollte sie dem König nicht noch einmal in die Arme laufen und drittens hatte sie Angst, dass er ausgerechnet dann kam, wenn sie gerade in dem riesigen Palast unterwegs war, in dem sie sich bestimmt verlaufen würde. Also harrte sie unruhig in dem kleinen Zimmer aus.

Sie hatte schon Saint-Germain-en-Laye als riesig empfunden, doch es war kein Vergleich zu dem monströsen Palast, in dem der König von Frankreich lebte.

Es war stickig in dem kleinen Zimmer und sie hatte das Fenster weit geöffnet, um überhaupt etwas Luft zu bekommen. In der Ferne hörte sie Donnergrollen und der Wind begann, aufzufrischen.

Katherine legte sich aufs Bett und fragte sich, ob sie versuchen sollte, zu schlafen. Doch wenn er dann klopfte, würde sie ihn womöglich nicht hören.

Die Erinnerung daran, dass sie heute gegen so viele Regeln der Etikette verstoßen hatte, erstaunte sie immer noch. Sie fragte sich, wie sie es geschafft hatte, den König von England um die Erlaubnis zu bitten, Philippe heiraten zu dürfen. Doch eigentlich war es gleich, denn er hatte zugestimmt. Als der König lange über seine Antwort nachgedacht und dann angefangen hatte, über das Wetter zu sprechen, hatte sie geglaubt, dass sie sterben müsste.

Eigentlich hatte sie sich von diesem Bonnet nur zu Philippe führen lassen wollen. Zum Glück war sie Philippes Stellvertreter relativ schnell über den Weg gelaufen, nachdem sie gerade mit der Kutsche in Versailles angekommen war. Jetzt, da sie gemerkt hatte, wie riesig der Palast war, wusste sie, dass es ein erstaunlicher Zufall gewesen war.

Aus irgendeinem Grund hatte Bonnet sie gleich gefragt, ob sie in Versailles war, um Philippe zu sehen. Dann hatte er sie zu dieser Terrasse geführt. Erst als der König sie schon bemerkt hatte, war dem Soldaten bewusst geworden, neben wem Philippe auf der Terrasse stand. Er hatte versucht, Katherine davon abzubringen, weiterzugehen, doch in diesem Moment war die Idee in ihr gereift, den König selbst um die Erlaubnis zu bitten. Denn ihr war klar geworden, wenn er zustimmte, konnte niemand am Exilhof mehr etwas dagegen sagen.

Zu spät war ihr allerdings bewusst geworden, dass sie nicht sicher sein konnte, dass Philippe es noch wollte. Die Aufregung, dass sie sich vielleicht gerade zum Narren machte und Philippe jeden Moment einwenden würde, dass er sie auf keinen Fall heiraten wollte, hatte ihr fast die Fähigkeit genommen, ein Wort herauszubringen.

Der Donner wurde lauter und ein Windstoß fuhr zum Fenster herein. Fast hätte sie das Klopfen an der Tür überhört.

Mit einem Satz war sie auf den Beinen und mit zwei

Schritten an der Tür, wobei sie fast über Thomas' Lautenkasten gestolpert wäre.

Sie schob den Riegel zurück und riss die Tür auf. Und dann stand er vor ihr. Vielmehr, er lehnte am Türrahmen und versuchte, sein verletztes Bein nicht zu belasten. In der einen Hand trug er einen Korb, in der anderen ein Öllicht.

Er lächelte erleichtert. »Ich war mir schon nicht mehr sicher, ob ich dich noch finde. Ich habe bereits an elf falsche Türen geklopft.«

Atemlos schaute sie ihn an. »Ich bin so froh, dass du da bist.«

Der Wind fuhr erneut ins Zimmer und bauschte ihre Röcke. Draußen donnerte es und ein Blitz zuckte über den dunklen Himmel.

»Kann ich reinkommen?«

Katherine lächelte. »Du bist mein zukünftiger Ehemann. Ich denke, dass das erlaubt sein sollte.«

Als sie das sagte, kribbelte ihr Bauch.

Auch Philipp lächelte und stieß sich vom Türrahmen ab. Unsicher kam er zum Stehen. »Ich fürchte, dass es ganz und gar verboten ist, wenn ich nachts in dein Zimmer komme, solange wir nicht verheiratet sind.«

Das Kribbeln wurde stärker. »Dann sollten wir wohl vorsichtig sein, dass uns keiner erwischt.«

Sie wechselten einen Blick und sie konnte so viel in seinen Augen lesen. Zuneigung, Vergnügen und Begehren. Es machte sie schwindelig vor Glück.

Er trat ein und stellte den Korb und die Öllampe auf die Truhe hinter der Tür. Dann schloss er diese und schob den Riegel vor.

Wieder blitzte es und das Zimmer wurde für einen Moment gleißend hell. Katherine konnte sehen, dass ihm Schweißperlen auf der Stirn standen und dass er sein Bein so wenig wie möglich belastete. Jeder Schritt schien ihm große Schmerzen zu verursachen.

»Wie genau ist das geschehen?«, fragte sie und deutete auf sein Bein.

Philippe seufzte und trat zu ihr. »Willst du wirklich jetzt darüber sprechen?«

Katherine öffnete den Mund, schloss ihn dann jedoch wieder und schüttelte den Kopf.

»Gut«, sagte er leise und trat so dicht an sie heran, dass sich ihre Körper fast berührten. »Es gibt so viele andere Dinge, die ich gern tun würde, als zu reden.«

Ein Schauer lief über Katherines ganzen Körper. »Verbotene Dinge?«, fragte sie.

Er lächelte. »Sehr verbotene Dinge, und dieses Mal nicht nur mit meinen Fingern.«

Sie schielte auf seinen Oberschenkel, wo sich unter der Uniformhose ein Verband abzeichnete. »Ist das denn überhaupt möglich?«

Philippe lachte leise. »Du wirst dich wundern, was alles möglich ist, wenn man es nur will.«

Er beugte sich herunter und küsste sie auf die empfindliche Stelle direkt neben ihrem Ohr. Katherine schloss die Augen und genoss das Gefühl seines Atems, er schien durch ihren ganzen Körper zu prickeln. Trotzdem konnte sie es sich nicht verkneifen, zu sagen: »Wir können natürlich bis nach der Hochzeit warten. Nur, damit alles seine Ordnung hat, und dann wärst du auch auskuriert.«

Er lachte leise. »Wie ich schon sagte, du wirst mich eines Tages noch umbringen. Irgendwann sterbe ich einfach vor unerfülltem Verlangen.« Doch dann löste er sich von ihr und schaute sie ernst an. »Wäre es dir denn lieber, wenn wir mit der Hochzeit noch länger warten?«

Katherine schüttelte den Kopf. Dann fragte sie: »Oder möchtest du warten, bis du aus dieser Pfalz wieder da bist?«

Das Krachen eines Donners erfüllte die Nacht und es dauerte einen Moment, bis Philippe antwortete. Er seufzte, griff nach ihren Händen, führte sie an seinen Mund und küsste sie. »Ich glaube, wir müssen doch erst reden.«

»Wirklich?«, fragte Katherine.

Er musste ihre Enttäuschung gehört haben, denn er lächelte, lehnte sich gegen sie, sodass sie zwischen seinem Körper und der Wand eingeklemmt war, und küsste ihren Hals. Katherine stöhnte leise auf und bog sich ihm entgegen.

»Darf ich dich daran erinnern, dass du eben diejenige warst, die bis nach der Hochzeit warten wollte? Dann wirst du es doch wohl schaffen, erst eine Weile mit mir zu sprechen, bevor wir all diese herrlich verbotenen Dinge tun.«

Ganz leicht biss er sie in den Hals und Katherine spürte ein schmerzhaftes Ziehen zwischen den Beinen. »Ich glaube, ich kann doch nicht warten«, gestand sie und presste sich an ihn.

Doch er löste sich von ihr und führte sie die zwei Schritte zum Bett. »Setz dich bitte«, sagte er, und als sie es tat, ging er hinüber zu der Truhe und ließ sich auf dem Rand nieder. Vorsichtig streckte er sein verletztes Bein aus.

»Du kannst dich auch zu mir setzen«, bot Katherine an. Die Kammer war zwar klein, aber wenn sie so saßen, war er doch so weit weg, dass sie ihn nicht berühren konnte.

Philippe lächelte und schüttelte den Kopf. »Wenn ich bei dir auf dem Bett sitze, kann ich mich nicht mehr konzentrieren, und es gibt ein paar Dinge, die wir besprechen müssen.«

Es fiel Katherine so schon schwer genug, sich zu konzentrieren. Draußen zuckten Blitze über den Himmel und der Donner grollte. Die Spannung, die das Wetter aufbaute, trug nur dazu bei, dass Katherine immer kribbeliger wurde.

»Ich habe uns übrigens etwas zu essen mitgebracht, weil ich dachte, dass du bestimmt hungrig bist. In Versailles muss man wissen, wo die Mahlzeiten aufgetragen werden, sonst stirbt man eines elendigen Hungertodes.«

Tatsächlich hatte Katherine vorhin großen Hunger gehabt, doch seit Philippe hier war, hatte sie den vollkommen vergessen.

»Du möchtest jetzt etwas essen?«, fragte sie ungläubig.

Philippe lächelte und öffnete den Korb. »Ich glaube, dass

sich Zukunftspläne besser schmieden lassen, wenn man dabei etwas isst und trinkt.«

Katherine beobachtete ihn, während er verschiedene Schüsseln aus dem Korb nahm und auf die Truhe stellte. Auf einmal knurrte ihr Magen doch und sie legte sich verschämt eine Hand auf den Bauch.

Sie betrachtete Philippe und fragte sich, wie es sein konnte, dass sie diesen Mann heiraten würde. Er sah so gut aus mit seinen dunklen Haaren, der gebräunten Haut und den großen Händen, mit denen er, wie sie wusste, so liebevoll sein konnte. Er hatte den Kragen seines Hemdes gelockert, weil es so heiß war. Etwas, das sie nur bei ihm gesehen hatte, wenn er mit ihr allein im Zimmer gewesen war, niemals im Dienst.

Sie konnte sich gar nicht sattsehen an ihm, und die Tatsache, dass er den Verband trug, machte ihn noch attraktiver und verwegener.

Wieder blitzte es und das Licht erhellte ihn, sodass er fast überirdisch wirkte. Katherine hielt es nicht einen Moment länger aus, ihn nicht zu berühren.

Als ob er ihren Blick gespürt hätte, blickte er auf und schaute sie an. Langsam stellte er den Korb weg. Sein Blick glitt über sie und sie sah, wie sein Brustkorb sich schneller hob und senkte. Das nackte Verlangen in seinen Augen machte sie so schwach, dass sie zu zittern begann.

Er biss die Zähne zusammen und erhob sich. Zu ihrem Erstaunen ging er vor ihr auf die Knie, obwohl es ihm Schmerzen bereiten musste. Weil sie immer noch auf der Bettkante saß, war er jetzt auf Augenhöhe mit ihr.

Er legte seine Hände auf ihre Taille und brachte seinen Mund nah zu ihrem, berührte sie jedoch nicht.

»Ich weiß, dass ich gesagt habe, dass wir zuerst reden sollen, aber ich kann das nicht.«

»Ich auch nicht«, flüsterte Katherine.

»Seit ich dich zum ersten Mal gesehen habe, wollte ich dich, und obwohl wir eigentlich Zeit haben, weil wir noch alle

Nächte bis zum Ende unseres Lebens gemeinsam verbringen werden, kann ich nicht mehr warten.«

Katherine beugte sich vor und wollte ihn küssen, doch er legte einen Finger auf ihre Lippen.

»Nur eines noch.«

Ein Donnerschlag verschluckte seine nächsten Worte und er setzte noch einmal an.

»Ich werde nicht in die Pfalz gehen müssen. König James hat den Capitaine davon überzeugt, dass ich hierbleiben soll.«

»Ist das wahr?«, flüsterte Katherine und Erleichterung durchflutete sie.

Er nickte. »Alles andere besprechen wir danach, ja?«

Es klang drängend und Katherine musste lächeln. »Nach was denn?«, schaffte sie es gerade noch, zu fragen, doch er antwortete nicht, sondern verschloss ihren Mund mit einem Kuss.

Er küsste sie so tief und innig, dass Katherine schwindelig wurde, obwohl sie auf der Bettkante saß. Sie fühlte sein Verlangen nach ihr und es verstärkte ihr eigenes um ein Vielfaches.

Auf einmal konnte sie nicht mehr an sich halten. »Ich will dich fühlen«, flüsterte sie und begann, sein Hemd aufzuschnüren.

»Langsam«, murmelte er, begann jedoch seinerseits, ihr das Kleid von den Schultern zu streifen.

»Ich kann nicht«, keuchte Katherine und zerrte jetzt an seinem Hemd.

Mit einer fließenden Bewegung zog er es sich über den Kopf und im nächsten Moment lagen Katherines Hände auf seiner warmen Haut. Wie sehr hatte sie sich danach gesehnt!

Der Wind fuhr abermals ins Zimmer, draußen wechselten sich Blitz und Donner ab. Das Gewitter musste genau über dem Palast sein.

»Wie zieht man dieses Kleid aus?«, fragte Philippe auf einmal verzweifelt und zerrte an den Schnüren.

»Warte.«

Katherine legte ihre Hände auf seine, denn sie wusste, dass die Bänder sich noch mehr zusammenzogen, wenn man zu heftig daran zerrte, und dann unendlich schwierig zu lösen waren.

Er stöhnte leise an ihrem Mund. »Ich kann aber nicht mehr warten.«

Katherine hatte mittlerweile so lange ohne Dienerin oder eine Schwester gelebt, dass es ihr nicht schwerfiel, die Schnüre in Windeseile zu lösen. Mit einem zufriedenen Knurren streifte er ihr das Kleid bis zur Taille herunter. Dann machte er sich an den Schleifen ihres Unterkleides zu schaffen.

»Das kann ich«, murmelte er, während er sich über ihre Wange zu ihrem Ohr küsste.

Wie zufällig streiften seine Hände immer wieder über ihre aufgerichteten Brustspitzen und Katherine sog scharf die Luft ein. Es war ein berauschendes Gefühl, das sie so noch nie erlebt hatte.

Als er die Schnüre ihres Unterkleides endlich gelöst hatte und es herunterschob, küsste er zuerst ihre Schultern, setzte sich dann aber zurück, und schaute sie ehrfürchtig an. »Du bist so schön«, sagte er.

Katherine wusste, dass er es genau so meinte, denn sie sah es in seinen Augen. Trotzdem fiel es ihr schwer, diese Worte anzunehmen.

»Ich will dich ganz sehen«, sagte er und seine Stimme war rau.

In diesem Moment schlug der Wind das Fenster erst zu, dann wieder auf, und die Öllampen flackerten.

Mit klopfendem Herzen erhob Katherine sich. Mit zitternden Händen streifte sie das goldene Kleid und das Unterkleid ab, sodass diese um ihre Füße auf den Boden fielen. Als sie nackt vor ihm stand, weiteten sich seine Augen.

Er schüttelte leicht den Kopf. »Ich kann nicht glauben, dass das gerade passiert.«

Katherine lächelte und hielt ihm eine Hand hin. Mühsam

und mit ihrer Hilfe kam er auf die Beine. Sie konnte sehen, dass er den Schmerz unterdrückte.

Der Wind stieß das Fenster wieder auf und mit ihm kam ein wenig Regen herein. Katherine erschauderte, als die Tropfen ihre nackte Haut trafen.

Philippe ging hinüber und schloss das Fenster. Als er sich umdrehte, hielt er inne und betrachtete sie lange.

»Was ist?«, fragte sie und auf einmal schämte sie sich ein wenig. Unwillkürlich bedeckte sie ihre Brüste und ihre Scham mit ihren Händen.

Sofort war er wieder bei ihr. »Nicht«, sagte er sanft und zog ihre Hände weg. »Ich will alles von dir sehen. Ich kann nur einfach nicht glauben, was für ein Glück ich habe.«

Er nahm ihre Hände und legte sie auf seine Brust. Stetig und sicher fühlte sie sein Herz unter ihren Fingern schlagen, und sie wusste, dass sie es war, die Glück gehabt hatte. Unendliches Glück.

Er küsste sie wieder und seine Hände begannen, über ihren Körper zu wandern. Sie erkundeten jedes Fleckchen ihrer nackten Haut und Katherine liefen wohlige Schauer über den Rücken. Wie von selbst machten sich ihre Hände an seiner Hose zu schaffen. Philippe streifte die Stiefel ab und half ihr. Doch als er die Hose nach unten schob, sog er scharf die Luft ein. Als er aus dem Hosenbein stieg und nur das verletzte Bein belastete, schwankte er und musste sich am Bett festhalten.

Der Verband war frisch, aber viel größer, als Katherine gedacht hatte. Er musste wirklich schlimm verletzt sein.

Endlich stand er wieder vor ihr und Katherine versuchte, nicht auf seine Männlichkeit zu schauen, die sich direkt vor ihr aufrichtete.

»Wenn du zu große Schmerzen hast, können wir uns auch einfach nur aufs Bett legen. So wie damals, als ich krank war«, bot sie ihm ihn an.

Er kniff die Augen ein wenig zusammen, dann beugte er sich vor und ließ seine Zunge über ihren Hals fahren, während er mit seinen Fingern ganz sachte ihre aufgerichteten Brustspitzen berührte.

Katherine keuchte.

»Willst du das wirklich?«, fragte er leise, jetzt direkt an ihrem Ohr. Er trat ein wenig näher, sodass ihre Brüste seine nackte Haut berührten und sie sein aufgerichtetes Glied an ihrem Bauch spürte.

Es waren federleichte Berührungen, aber es war genau das, was sie in den Wahnsinn trieb.

»Nein«, flüsterte sie.

»Was möchtest du dann?«

Ganz vorsichtig biss er in ihr Ohrläppchen, während er mit einem Finger über ihre empfindliche Seite über die Taille bis zu ihren Hüften strich.

»Dich, Philippe. Ich will dich.«

Er war einen kurzen Moment ganz still, dann flüsterte er: »Ich liebe es, wenn du meinen Namen sagst.«

»Ich weiß«, erwiderte Katherine und fuhr ihrerseits mit den Fingerspitzen seine Arme hinauf. Entzückt stellte sie fest, dass er eine Gänsehaut bekam.

Seine Hände wanderten zu ihrem Po und für einen kurzen Moment strich er nur darüber, doch dann drückte er fester zu und zog sie an sich.

»Oh Himmel«, murmelte er.

Katherine schlang die Arme um seinen Hals, suchte seinen Mund und fand ihn. Hatte sie gedacht, dass er sie schon leidenschaftlich geküsst hatte, so wurde sie jetzt eines Besseren belehrt. Sein Kuss war so tief und fordernd, dass ihr gesamter Körper auf einmal in Flammen stand.

Seine Hände schienen überall zu sein, doch Katherine wurde bewusst, dass sie mehr wollte. Es fiel ihr schwer, aber sie schaffte es, sich von ihm zu lösen, und ließ sich aufs Bett sinken. Für einen Moment schaute er auf sie herunter, während ein Blitz ihn selbst erhellte. Katherine konnte sich nicht sattsehen an seinem Soldatenkörper und auf einmal musste sie ihn spüren.

»Komm her«, sagte sie und streckte die Hand nach ihm aus.

Beim nächsten Donnerschlag war er über ihr, lag auf ihr, zum ersten Mal nicht getrennt von Kleidern, sondern Haut auf erhitzter Haut. Unwillkürlich schlang sie ein Bein um seine Hüften, um ihn zu sich zu dirigieren. Sie konnte nicht länger warten. Und auch er schien es eilig zu haben.

Katherine fühlte, wie feucht sie war, wie bereit für ihn. Er war direkt an ihrem Eingang, stieß schon mit der Spitze daran. Sie hob ihr Becken, versuchte, ihn dazu zu bringen, in sie zu stoßen. Doch er verharrte. Ganz still.

Katherine öffnete die Lider und sah, wie er sie voller Staunen betrachtete. Als sich ihre Blicke trafen, lächelte er, dann drang er langsam in sie ein.

Endlich war er ganz in ihr und füllte sie aus. Sie schlang das andere Bein um seine Hüften, drängte sich ihm entgegen. Langsam erst, dann immer schneller nahm er ihren Rhythmus auf. Er verschränkte seine Finger mit ihren, hob sie über ihren Kopf, sodass sie ihm ganz ausgeliefert war. Doch es war genau das, was sie wollte.

Er küsste sie wieder, tiefer dieses Mal, und Katherine konnte nur noch fühlen. Ihn fühlen.

Die köstliche Spannung baute sich in ihr auf und dieses Mal war es noch intensiver als vor ein paar Tagen, als sie sich in dem verwilderten Garten in Saint-Germain-en-Laye geliebt hatten.

Immer drängender wurde ihr Rhythmus und als Katherine das Gefühl hatte, dass sie gleich zerspringen würde, wölbte sie sich ihm entgegen.

»Philippe«, hörte sie sich selbst keuchen.

Dieses Mal hielt er nicht inne, sondern stieß noch ein wenig tiefer in sie.

Alles in Katherine spannte sich an und während draußen das Unwetter tobte, zerfloss sie unter ihm. Die süßesten Gefühle durchströmten sie und auch Philippe stöhnte und nach einem letzten Stoß bäumte er sich auf, bevor er auf ihr in sich zusammenfiel.

Keuchend hielten sie einander in den Armen. Katherine hatte immer noch ihre Beine um seine Hüften geschlungen und wollte nicht, dass er jemals fortging. Sie hätte für immer so liegen bleiben können.

Doch nach einer Weile hob er den Kopf und schaute sie an. Liebevoll strich er ihr eine Strähne aus der Stirn. »Lady Katherine Eastham, möchtet Ihr meine Frau werden?« Er grinste. »Ich hatte vorhin vergessen, das zu fragen. Ich hoffe, du kannst mir verzeihen.«

Katherine lächelte. »Ja.«

Er hob die Augenbrauen. »Ja, du kannst mir verzeihen, oder ja, du möchtest meine Frau werden?«

Sie zog ihn heran und küsste ihn. »Beides.«

Er erwiderte ihr Lächeln und küsste sie noch einmal zärtlich. »Du machst mich zum glücklichsten Mann der Welt.«

Katherine ließ ihre Beine von seiner Hüfte rutschen und als Philippe sich auf einen Ellenbogen stützte, verzog er das Gesicht. Es war nur ein kurzer Moment, doch sie hatte es gesehen.

»Wie wäre es, wenn du dich auf den Rücken legst?«, schlug sie vor und klopfte neben sich auf die Matratze.

Er atmete tief durch. »Vielleicht für einen kurzen Moment.«

Er rutschte neben sie, streckte sein verletztes Bein vorsichtig aus und biss die Zähne zusammen. Ein kleiner Blutfleck war auf dem weißen Leinen des Verbands erschienen.

»Wir hätten das nicht tun sollen«, sagte Katherine. »Es bereitet dir Schmerzen.«

Doch Philippe schüttelte den Kopf und zog sie zu sich heran. »Währenddessen habe ich das Bein überhaupt nicht gespürt, und deswegen glaube ich, dass es gut ist, wenn wir es gleich noch einmal tun.«

Katherine rieb ihre Wange an seiner nackten Brust und

lächelte. »Vielleicht finden wir eine andere Position, die für dich weniger schmerzhaft ist.«

Mit der flachen Hand fuhr sie über die Muskeln an seinem straffen Bauch, ließ sie aber nicht weiter nach unten wandern, sondern kurz bevor sie sein Glied erreichte, strich sie mit der Hand wieder nach oben. Unwillkürlich bewegte er die Hüfte und seufzte enttäuscht.

Unter ihrer Wange spürte sie ein leichtes Vibrieren, als er lachte.

»Ich glaube, mit dir wird es nie langweilig werden, Katherine.«

Wohlig streckte sie sich und schaute ihn an. »Das will ich doch hoffen. Allerdings darf es gern etwas weniger Aufregung sein als bisher.« Sie zeigte auf seinen Verband. »So etwas muss nicht noch einmal geschehen. Ich habe mir solche Sorgen gemacht.«

»Und ich habe mir Sorgen um dich gemacht, als ich gehört habe, was mit Pierre passiert ist. Es tut mir leid, dass ich nicht da war und dich mit ihm allein gelassen habe.«

Katherine hob die Schultern. Nun, da sie nackt mit Philippe in einem Bett lag, zufrieden, weil er sie so gut geliebt hatte, schien der Abend im Salon Jahre zurückzuliegen.

»Du konntest nichts dafür.«

Er rollte sich auf die Seite und schaute sie an. »Das Gleiche gilt auch für dich. Du kannst nichts dafür, dass ich verletzt wurde. Ich bin den Wegelagerern nur deswegen in die Hände gefallen, weil ich mich entschieden habe, noch abends aufzubrechen, den gefährlicheren Weg durch den Wald zu nehmen und weil ich ihnen das Pferd nicht überlassen wollte. Dafür kannst du nichts.«

Katherine schluckte und nickte. Warum wusste er, dass sie sich darüber Gedanken gemacht hatte?

»Ich hoffe nur, dass das nicht wieder passiert. Ich könnte es nicht ertragen, wenn dir etwas geschieht.«

Ernst betrachtete er sie. »Du weißt, dass ich Soldat bin. Mir kann so etwas jederzeit passieren. Ich bemühe mich immer, gut aufzupassen, und jetzt noch mehr als jemals zuvor, aber ich kann dir nicht versprechen, dass es nicht wieder geschieht.« Er atmete tief durch. »Willst du mich dann trotzdem noch heiraten?«

Katherine lächelte und beugte sich vor, um ihn zu küssen. »Natürlich will ich das. Spätestens nach dem, was eben passiert ist, kann ich gar nicht mehr anders. Davon möchte ich mehr.« Sie zögerte. »Und wenn ich dabei schwanger werde, umso besser.«

Er riss die Augen auf. »Dann heiratest du mich nur deswegen?«

Katherine wurde ernst. »Nein, Philippe, ich heirate dich, weil du der beste Mann bist, der mir jemals begegnet ist.«

Er lächelte und zog sie auf sich. »Weißt du eigentlich, dass ich sehr dankbar bin, dass du dem König damals im Ballsaal vor die Füße gefallen bist?«

Katherine bewegte vorsichtig ihr Becken. »Wie dankbar?«

Er zog ihren Kopf zu sich und küsste sie. »Das werde ich dir gleich zeigen.«

Und Katherine ergab sich ihm. Es war genau das, was sie immer gewollt hatte.

JULIAS ROMANCE CLUB

Möchtest Du dabei sein, wenn Katherine auf Philippes Landgut nicht nur seine Mutter und Tochter, sondern auch die Köchin kennenlernt? Wenn ja, dann habe ich einen Bonus Epilog für Dich, den Du Dir auf Deinen E-Reader herunterladen kannst.

Du wirst automatisch für Julias Newsletter angemeldet - wenn Du nicht schon auf der Liste bist. Das ist für Dich komplett kostenlos, ich verspreche, dass ich niemals Spam sende und Du kannst Dich natürlich auch jederzeit wieder abmelden.

Tippe einfach folgenden Link in Deinen Browser ein: http://www.juliastirling.com/bedsdh

# EINE REZENSION WÄRE GROSSARTIG!

Liebe Leserin,

Vielen Dank, dass Du Der Stolz des Herzens gelesen hast. **Wenn Dir gefallen hat, was ich schreibe, dann würde ich mich sehr über eine Rezension auf Amazon freuen.**

**Warum Rezensionen so unglaublich wichtig für uns Autoren sind…** Mit jeder Rezension steigt meine Sichtbarkeit im Kindle Shop auf Amazon. Je mehr Rezensionen ein Buch hat, desto höher steigt es im Ranking und in der Sichtbarkeit. Das ist vor allem deshalb wichtig, weil so auch andere Leser meine Bücher finden können, die nie etwas von mir und meinen Büchern erfahren würden, wenn sie mich nicht zufällig auf Amazon finden. Und wenn mich mehr Leser finden, dann kann ich auch weiterhin Geschichten wie diese hier schreiben, um davon zu leben.

**Das heißt: Jede auch noch so kurze Rezension oder ein Klicken auf die Sterne hilft.** Sie muss nicht lang und ausgefeilt sein - aber über die freue ich mich natürlich auch. Und ich verstehe auch, dass viele Leser es auf später verschieben oder es ihnen unangenehm ist. Aber es wäre absolut toll und wunderbar von Dir, wenn Du eine ganz kurze Rezension abgibst - oder auf die Sterne klickst.

Ich wäre Dir sehr, sehr dankbar und Du würdest mich unglaublich glücklich machen!

## HISTORISCHE LIEBESROMANE VON JULIA STIRLING

**Liebe am Exilhof**

Wenn Du historische Liebesgeschichten magst, in denen attraktive Männer um die Liebe einer starken Frau kämpfen und in denen es um Könige, Gentlemen und Ladies, Leidenschaft und natürlich auch um die großen, wahren Gefühle geht, dann sind die Bücher aus der Reihe *Liebe am Exilhof* genau das richtige für Dich!

Sie spielen in den Jahren um 1690 in England und Frankreich am Exilhof von König James II.

Alle Romane sind in sich abgeschlossen und können unabhängig voneinander gelesen werden.

**Bei Amazon findest Du alle Bücher auf der Serienseite oder unter dem jeweiligen Titel des Buches.**

Mittlerweile sind fünf Bücher in der Serie erschienen.

Band 0: Der gestohlene Kuss - Sophia Eastham und Thomas Hartfort

Band 1: Die Liebe der fremden Lady - Valentina Turrini und Jonathan Wickham

Band 2: Die ungezähmte Baroness - Charlotte Dalmore und Alexander Hartfort

Band 3: Das Versprechen einer Lady - Lilly Eastham und Nicholas Bedington

Band 4: Der Stolz des Herzens - Katherine Eastham und Philippe Laurent

Alle Bücher der Reihe sind auf Amazon erhältlich als E-Book, als Taschenbuch und als Großdruck-Ausgabe.

Außerdem sind alle Bücher in Kindle Unlimited und können von Mitgliedern im Rahmen des Kindle Unlimited Programms kostenlos gelesen werden.

Die ersten drei Bände gibt es auch als E-Book Sammelband.

---

**Infos über weitere Bücher gibt es auf Julias Website und hier kannst Du Dich auch für den Newsletter anmelden, damit Du nie eine Neuerscheinung verpasst!**

www.juliastirling.com

## ZEITREISE-ROMANE VON JULIA STIRLING

**Der Club der Zeitreisenden**

Diese spannenden Zeitreise-Serie, die in den schottischen Highlands spielt, ist mystisch, geheimnisvoll, voller Freundschaft und Liebe zu außergewöhnlichen Männern, die nicht aus dieser Welt sind.

Verliebe Dich ebenfalls in die neue Serie *Der Club der Zeitreisenden*.

Alle Romane von *Der Club der Zeitreisenden* sind in sich abgeschlossen und in jedem Buch findet eine andere der Freundinnen, den Mann, für den sie bestimmt ist.

Begleite die vier Freundinnen in eine Welt voller Abenteuer, Freundschaft, Liebe und natürlich atemberaubender Highlander im schottischen Hochland.

Alle Romane sind in sich abgeschlossen und können unabhängig voneinander gelesen werden, aber das beste Leseerlebnis bekommst Du, wenn Du sie in der richtigen Reihenfolge liest.

**Bei Amazon findest Du alle Bücher auf der Serienseite oder unter dem jeweiligen Titel des Buches.**

Mittlerweile sind drei Bücher in der Serie erschienen.

Band 1: JENNA

Band 2: ALLISON

Band 3: LAUREN

Band 4: CAITRIN - erscheint im April 2021

Alle Bücher der Reihe sind auf Amazon erhältlich als E-Book, als Taschenbuch und als Großdruck-Ausgabe.

Außerdem sind alle Bücher in Kindle Unlimited und können von Mitgliedern im Rahmen des Kindle Unlimited Programms kostenlos gelesen werden.

---

**Infos über weitere Bücher gibt es auf Julias Website und hier kannst Du Dich auch für den Newsletter anmelden, damit Du nie eine Neuerscheinung verpasst!**

www.juliastirling.com

Umschlaggestaltung, Illustration: ArtMishel

Lektorat, Korrektorat: Martina König

Verlag: Julia Stirling, Kurpfalzstr. 156, 67435 Neustadt

ISBN: 978-3-949293-05-4



www.juliastirling.com

Printed in Poland
by Amazon Fulfillment
Poland Sp. z o.o., Wrocław

81046320R10284